Die Wahl des Glücks

Nancy Toder

Die Wahl des Glücks

Aus dem amerikanischen Englisch
von Cornelia E. Kähler

Krug & Schadenberg

Dieses Buch ist all den mutigen Frauen gewidmet, die sich in ihrer Liebe zu Frauen gegen so vieles zur Wehr gesetzt haben, und den Frauen, die – aus welchen Gründen auch immer – diese Bindung nicht eingehen oder leben konnten. Laßt uns gemeinsam dafür sorgen, daß unsere Töchter mehr Wahlmöglichkeiten haben.

Auf meiner eigenen persönlichen Reise widme ich dieses Buch Alice Bloch, deren Stärke und Unterstützung mir halfen, meinen Mut wiederzufinden, und die mich in meinem persönlichen Kampf und Wachstum so liebevoll begleitete.

Besonderer Dank gilt Andrea Nachtigall, Jan Oxenberg, Marcy Alancraig, Florence Toder, Emanuel Toder und Connie Katzenstein, deren Glaube an dieses Projekt mich weitermachen ließ, sowie Pat McGloin, Deborah Snow und Gloria Z. Greenfield, die mit PERSEPHONE *einen Verlag aufbauten, den ich von ganzem Herzen unterstützt habe.*

Teil I

1

Der Lärm der Flugzeuge war tröstlich für Sandy. Je lauter die Triebwerke, desto weniger wahrscheinlich war es, daß ihre Mutter versuchen würde, Konversation mit ihr zu machen. Sandy beobachtete einen Flieger, der in den Hangar rollte. Sie liebte Flughäfen; sie bedeuteten Entkommen und Freiheit.

Ihre Mutter haßte Flughäfen aus einem entsprechenden Grund: Sie bedeuteten Fahnenflucht und Einsamkeit. Esther war etwas kleiner als Sandy, doch ebenso wie Sandy wirkte sie größer, als sie war. Ihre Kleidung war nicht teuer, aber geschmackvoll: schwarzer Rock, weiße Bluse und dunkelrote Strickjacke, eine alte Handtasche aus Sandys High-School-Zeit – Sandy sagte ihr oft, sie solle sie doch wegwerfen – und ein Paar bequeme Pumps. Ihr Haar war unordentlich, wie immer. Daran ließ sich nichts ändern, also hatte sie zum Ausgleich heute morgen etwas Lippenstift aufgelegt.

Sandys Vater haßte Flughäfen ebenfalls, allerdings aus einem völlig anderen Grund: Sie vermittelten ihm das Gefühl, klein und hilflos zu sein. Klein, weil der ohrenbetäubende Lärm und die riesigen Flugzeuge aus der Welt mächtiger Männer kamen, einer Welt, der Sid sich nie zugehörig gefühlt hatte. Hilflos, weil er nicht wußte, wie er sich von seiner Tochter, die ihm so fremd geworden war, verabschieden sollte, und vor allem, weil er nicht wußte, wie er mit der Traurigkeit seiner Frau umgehen sollte, wenn sie nach Hause kämen. Je näher der Zeitpunkt von Sandys Abreise gekommen war, desto stiller war Esther geworden; sie starrte häufig ins Leere und begann immer wieder ohne ersichtlichen Anlaß zu weinen. Sid hatte in seinem Leben erfahren, wie es war, sich hilflos zu fühlen, und dies hatte ihn weicher als andere Männer gemacht. Aber er hatte sich nie daran gewöhnt, und es frustrierte ihn jedesmal aufs neue. Sid war so groß wie Sandy (obwohl Sandy größer wirkte, seit sie begonnen hatte, ihr Haar zu stylen), von mittlerer Statur, mit leichtem Ansatz zur Glatze, und hatte früher einmal gut ausgesehen. Die Jahre harter Arbeit hatten ihren Tribut gefordert; er war ein sehr nervöser Mann, und in seinem Gesicht zeigten sich die Falten fortwährender Besorgnis.

Esther schaute ihre Tochter an und seufzte insgeheim. Schwarze Lederjacke, kurzer schwarzer Rock, schwarze Strümpfe und spitze schwarze Schuhe. Sandy sah aus, als sei sie auf dem Weg zu einer Beerdigung. Nein, das war es nicht; ihre Tochter sah aus wie eine Rockerbraut. Das gestylte Haar, das Make-up und das ständige Kaugummikauen (bei dem Sandy niemals den Mund schloß, ganz gleich, wie oft Esther sie darauf hinwies) gaben diesem sorgsam gepflegten Image den letzten Touch. Esther stellte sich vor, wie eine Fremde ihre Tochter sehen würde. Ein hartgesottener New Yorker Teenie. Eine Siebzehnjährige, die als Fünfunddreißigjährige durchgehen mochte. Woher sollten Menschen, die sie nicht kannten, wissen, daß unter dem Kampfanzug eine ungewöhnlich brillante und sensible junge Frau steckte? Eine junge Frau, die eines Tages Großartiges leisten würde. Eines Tages.

Sandy wünschte, ihre Mutter würde aufhören, sie anzusehen. Esther hatte diesen wehmütigen Gesichtsausdruck, bei dem Sandy sich immer besonders unbehaglich fühlte. Die drei warteten seit etwa einer Viertelstunde am Gate. Um sie herum standen weitere CollegeschülerInnen und ihre Eltern, schweigend und in verschiedenen Stadien der Verlegenheit. Sandy wünschte, ihre Eltern würden gehen.

„Ihr müßt hier nicht länger herumstehen."

„Ach, das macht uns nichts aus, nicht wahr, Sid?" Esther machte sich nicht die Mühe, ihren Mann anzublicken, um seine Antwort zu erfahren. „Ich sehe dich doch für lange Zeit das letzte Mal."

Sandy war erbost. Warum machte ihre Mutter immer um alles soviel Wind? „Scheiße, Mom. Ich werde doch zu Thanksgiving nach Hause kommen. Es ist ja schließlich nicht das erste Mal, daß ich fortgehe." Kaum hatte Sandy den letzten Satz ausgesprochen, tat er ihr leid. Ihre Mutter erblaßte, und ihr Vater schien sich noch unbehaglicher zu fühlen. Warum konnte sie nicht den Mund halten? Es schien gerade so, als sprudelten die Worte ohne ihr Zutun aus ihr heraus. Sandy fühlte sich schuldig. Hatte sie ihren Eltern nicht schon genug weh getan?

Esther ignorierte diese Anspielung auf Sandys Verschwinden im letzten Jahr, als sie fortgelaufen und sechs Monate lang verschwunden gewesen war. Sechs schreckliche, angsterfüllte Monate, in denen Esther und Sid jedes Gespräch mit Sandy durchgegangen waren, jede Erinnerung an ihre Kindheit, jede mögliche Erklärung dafür, daß ihre Tochter die High-School abgebrochen hatte und durchgebrannt war. Gott sei Dank gehörte dies alles der Vergangenheit an.

„Nein, aber dies ist das erste Mal, daß meine Kleine zum College aufbricht. Und das erste Mal, daß du fliegst. Und Sandy, du weißt doch, ich mag es nicht, wenn du solche Ausdrücke gebrauchst. Deine Freundinnen mögen das für schick halten, aber es gehört sich nicht für eine junge Dame."

Sandy kaute gelangweilt auf ihrem Kaugummi herum. Sie hatte diese Predigt schon tausendmal gehört. Ihre Antwort war ebenso vorprogrammiert wie Esthers Vorhaltungen. „Es ist nicht das erste Mal, Mom – ich bin einmal nach Washington geflogen. Und ich weiß, daß eine junge Dame zu deiner Zeit nicht *Scheiße* gesagt hat oder *Ficken* oder *Bumsen* oder ..."

Esther unterbrach sie. „Sandy!"

Doch Sandy hatte ihre Klugscheißer-Platte aufgelegt. „Ich wollte nur was klarstellen, Mom. Die Zeiten haben sich geändert."

„Nun, die Veränderungen, die ihr jungen Leute durchlauft, gefallen mir jedenfalls nicht." Esther mußte das letzte Wort behalten, aber sie wußte, daß sie geschlagen war. Es gab nichts, was sie tun konnte. Sandy konnte reden, wie sie wollte, und anziehen, was sie wollte, und nun würde niemand mehr dasein, der ihr Ratschläge gab. Niemand, der sie nervte, wie Sandy sagen würde. Esther erinnerte sich, welch ein außergewöhnliches Kind Sandy gewesen war – so intelligent und eifrig und aufrichtig, so anteilnehmend und lieb. Wie konnte ein solches Wunder von einem Kind sich in einen so zornigen, mürrischen Teenager verwandeln? Der Psychiater hatte gesagt, es sei einfach eine Phase, die Sandy durchlaufe, ganz normale Teenager-Konflikte und -probleme, nur tausendfach verstärkt. Esther hatte nie darüber nachgedacht, aber sie fragte sich, ob er wirklich tausendfach gemeint hatte. Nein, er mußte wohl übertrieben haben.

Sid wanderte auf und ab und schaute nervös um sich. Er war zur anderen Seite des Warteraums gegangen, so daß Mutter und Tochter Gelegenheit hatten, unter vier Augen miteinander zu reden. Allein zu sein. Es war seltsam, wie ihn das noch immer verletzte – ausgeschlossen zu werden. Er warf den beiden einen raschen Blick zu. Sie sahen aus wie ganz gewöhnliche Leute. Und doch waren sie ihm so wichtig. Es war nicht fair. Aber schließlich war nichts im Leben fair. Er ging auf sie zu.

„Wir sollten gehen, Esther. Wir werden einen Strafzettel bekommen. Ich hab' dir ja gesagt, wir sollten da nicht parken – der Platz ist für das Flugpersonal reserviert."

„Sid, es sind doch nur ein paar Minuten. Kein Grund zur Sorge." Esther klang leicht verärgert. Sie war seine ewige Besorgnis leid.

Sandy erkannte ihre Chance. „Dad hat recht, Mom. Es ist unsinnig, einen Strafzettel zu riskieren. Außerdem gibt es hier nichts mehr für dich zu tun. Laß uns jetzt auf Wiedersehen sagen."

Esther schaute von ihrer Tochter zu ihrem Mann, der in Richtung Ausgang nickte. Sie konnte nichts machen; Sandy und Sid verbündeten sich selten, aber wenn, war es ein starkes Bündnis.

Sid trat auf Sandy zu. „Paß auf dich auf, Sandy." Er umarmte sie unbeholfen und ging rasch davon.

„Das werde ich, Dad", rief sie ihm nach.

Esther hatte Tränen in den Augen. „Wirst du uns schreiben?"

Sandy haßte es, wenn ihre Mutter weinte. Sie verspürte eine zunehmende Übelkeit. „Ich kann's dir nicht versprechen, Mom. Du weißt doch, wie ich bin. Aber wir telefonieren. Okay?" Sandy fürchtete, sie müßte sich übergeben.

Esther wischte sich verstohlen die Tränen aus den Augen. Sie haßte es zu weinen, besonders in Gegenwart von Sandy. „Denk daran, daß dein Vater und ich dich lieben." Esther betete, Sandy möge dies begreifen, es möge ihr gutgehen. Was sonst konnte sie ihr mit auf den Weg geben?

Sandy hörte nur halb hin. Diese Art von Intimität war ihr schlichtweg peinlich, Punkt. Vor allem auf einem Flughafen. Wenn das nun jemand mitangehört hatte? Sandy schaute sich rasch um, aber niemand schien sie zu beachten. Die Leute würden denken, sie wäre ein Baby. Sie mußte dem Ganzen schnellstens ein Ende bereiten.

„Ja, ich weiß, Mom."

Zu Sandys großer Erleichterung hatte ihre Mutter nichts weiter zu sagen. Sie umarmte Sandy und ging dann rasch davon zu ihrem Mann. Sandy seufzte erlöst auf. Dann wandte sie sich um und betrachtete die anderen Leute im Warteraum. Die Mütter und Väter machten ein Getue um ihre Kinder. „Scheußlich", dachte Sandy. „Die reinsten Babies."

Sie ging zum Fenster hinüber und starrte hinaus. Als ein Flugzeug beim Landen schlingerte, lächelte sie vor sich hin. Das Unbehagen von vorhin war rasch verflogen; sie hatte ihre Eltern und all diese beklemmenden Gefühle, die sie in ihrer Gegenwart empfand, vergessen, sobald sie außer Sicht waren. Nun würde sie niemand mehr nerven.

2

Aus dem Fenster zu schauen war eine von Sandys Lieblingsbeschäftigungen. Auf diese Weise blieb sie unsichtbar und konnte doch alles beobachten, was um sie herum vorging. Das war ideal, denn sie unterhielt sich nicht gern. Eigentlich wußte sie nur nicht, wie sie mit fremden Menschen reden sollte, aber aus Stolz beschrieb sie sich lieber als „eine, die nicht viel vom Reden hält“. So konnte sie vorgeben, mit dem Stand der Dinge vollauf zufrieden zu sein.

Die Zeit auf der High-School war schwierig für Sandy gewesen. Sie haßte die LehrerInnen, haßte ihre MitschülerInnen, und am meisten haßte sie ihre Schule. Es war die Idee ihrer Mutter gewesen, daß Sandy die Aufnahmeprüfung an einer Spezialschule für besonders begabte SchülerInnen machen sollte. (Eigentlich gab es drei Spezialschulen in New York, aber nur eine von ihnen nahm Mädchen auf.) Sandy hatte sich spaßeshalber darauf eingelassen; sie hätte niemals gedacht, daß sie die Prüfung bestehen würde. Aber sie war angenommen worden – und dann folgten drei lange Jahre mit diesen arschkriecherischen Wichten. Sandy bekam ständig Ärger, weil sie plump-vertraulichen Lehrern patzige Abfuhren erteilte, auf der Toilette rauchte, die Schule schwänzte und andere typische Teenagerstreiche beging. Aber an der Bronx Science tat man so etwas einfach nicht, und ein Mädchen schon gar nicht.

Die schlimmste Zeit war die Mittagspause in der Cafeteria. Sandy saß mit einer Gruppe von Mädchen aus ihrer Klasse zusammen. Sie redeten über die Schule, Jungen, Kleider und andere Themen, die Sandy banal fand. Sie beteiligte sich nie an diesen Gesprächen; sie antwortete mit ja oder nein, wenn eines der Mädchen in dem Bemühen, sie einzubeziehen, eine Frage an sie richtete. Aber Sandy fühlte sich nie zugehörig und fand diese Pausen gräßlich – denn so sehr sie sich auch sagte, sie sei reifer als die anderen Mädchen und wolle eigentlich gar nicht in deren geistloses Geschwätz einbezogen werden, wollte ein Teil von ihr dennoch gern dazugehören.

„Entschuldigung, ist hier besetzt?“ Ein sonderbar aussehendes Mädchen wies auf den Sitz neben Sandy. Sie hatte ein breites Lächeln und strahlte eine nervöse Energie aus, wie sie ihren Tennisschläger mit einer Hand schwang und in der anderen eine große Reisetasche hielt. Sie trug einen Pullover und farblich passende Kniestrümpfe zu einem schlichten Rock und Turnschuhen.

Sandy schüttelte den Kopf und schaute wieder aus dem Fenster.

„Hast du etwas dagegen, wenn ich mich hierhin setze?“

Sandy wandte sich um und betrachtete sie etwas genauer. Sie entschied, das Mädchen sei eindeutig verrückt, und wünschte, sie würde verschwinden, aber was sollte sie sagen? Der Platz war nicht besetzt. Sie schüttelte den Kopf und wandte sich wieder ab, um aus dem Fenster zu schauen.

„O toll!“ Das Mädchen schien Sandys Unfreundlichkeit nicht wahrzunehmen. Voller Enthusiasmus legte sie den Schläger auf den Sitz. Sandy fragte sich, ob sie die Fähigkeit verloren hatte, die richtigen Signale zu geben. Hatte sie das Mädchen nicht mit einem ihrer bösen Stör-mich-nicht-Blicke angefunkelt? Während Sandy sich Gedanken machte, ob ihr ihre abweisende Ausstrahlung abhanden gekommen war, unterbrach das Mädchen sie zum dritten Mal.

„Spielst du?“

Sandy drehte sich um und sah sie wieder an. „Was?“

„Tennis?“

Sandy hörte sich die Frage gegen ihren Willen beantworten. „Eigentlich nicht. Ich habe einen Schläger, aber dort, wo wir wohnen, gibt es keine Tennisplätze. Aber ich habe immer gegen die Garage des Wohnblocks gespielt. Squash.“

„Oh.“ Das Mädchen ließ sich von Sandys Antwort keineswegs abschrecken. Sie war wirklich etwas merkwürdig. „Ich heiße Bernice Bernstein. Meine Freundinnen nennen mich Bunny.“

„Sandy Stein." Sandy begann Bunny irgendwie zu mögen. Sie hatte etwas Liebenswürdiges an sich.

„Schön, dich kennenzulernen. Oh, ich bin so aufgeregt, ich halte es kaum aus. Dies ist das erste Mal, daß ich fliege. Bist du schon mal geflogen?"

Sandy schlüpfte in die Rolle der coolen, abgeklärten älteren Frau, obwohl sie etwa gleichaltrig waren. „Natürlich. Schon oft." Zu ihrem Erstaunen hatte Sandy zunehmend das Gefühl, Bunny beschützen zu wollen.

„Oh, ich bin froh, daß ich mich neben dich gesetzt habe. Du wirkst so ruhig und gelassen, als wüßtest du, was du zu erwarten hast. Es ist das erste Mal, daß ich von zu Hause fort bin. Na, eigentlich nicht – ich war natürlich im Ferienlager. Aber das zählt nicht. Dies hier ist etwas anderes. Jetzt gehe ich aufs College. In Buffalo. Da gibt es eine staatliche Universität." Bunny hielt inne, um Luft zu holen.

„Ich weiß", erwiderte Sandy, amüsiert von Bunnys atemlosen Geplapper. Mit Bunny zu reden war einfach. Ihre Aufregung war fast ansteckend. Sandy erinnerte sich daran, daß sie ja cool war.

„Oh. Gehst du zufällig auch aufs College?"

„Ja."

„Oh, wie toll. Was für ein Glück, daß ich mich neben dich gesetzt habe. Vielleicht können wir zusammen hinfahren."

„Klar. Wenn wir noch andere Studentinnen treffen, können wir uns ein Taxi teilen. In welchem Wohnheim bist du?"

„Goodyear. Und du?"

„Volltreffer." Sandy fragte sich, ob alle ihre Kommilitoninnen wie Bunny sein würden. Sie versuchte sich ein Wohnheim voller fröhlich schwatzender Teenies vorzustellen. Es gelang ihr nicht.

„Oh, wir sind im selben Wohnheim. Wie aufregend. Meine erste Freundin." Bunny lächelte Sandy herzlich an.

Sandy hatte noch nie jemanden wie Bunny kennengelernt. Sie war wirklich drollig. „Woher kommst du denn?"

„Woodmere." Sandy kannte den Ort nicht. „Eine der fünf Städte." Es sagte Sandy immer noch nichts. „Das ist auf Long Island."

„Oh, Long Island." Das erklärte, warum Bunny sich so sonderbar benahm. Es war allgemein bekannt, daß die Leute auf Long Island anders waren. Sie waren alle reich. Vermutlich besaß ihre Familie sogar ein eigenes Haus.

„Woher kommst du, Sandy?" Bunny blickte sie neugierig an.

„Aus der Bronx", sagte Sandy stolz, aber ein wenig defensiv.

Sandy schaute aus dem Fenster, als die Stimme der Stewardeß über die Sprechanlage ertönte. Als die Triebwerke starteten und das Flugzeug zu rollen begann, wurde Bunny unruhig. Sandy war zu sehr mit der sich verändernden Aussicht beschäftigt, um Bunny weiter zu beachten. Sie war wieder in San Francisco und lief mitten in der Nacht durch die Straßen. Der leichte Nieselregen lieferte ihr einen Vorwand, den Kragen ihres Trenchcoats aufzustellen. Sandy schaute sich mit dem bis zu den Ohren hochgeschlagenen Kragen des Trenchcoats gern im Spiegel an. Es gab ihr ein Gefühl von Abgebrühtheit. Sie ließ eine Zigarette aus dem Mundwinkel hängen wie Bogart. Oder Bacall. Der Rauch stieg ihr ins Gesicht, aber Sandy hatte sorgfältig geübt, die Zigarette so zu halten, daß er ihr nicht in die Augen geriet. Es hatte Stunden vor dem Badezimmerspiegel gekostet; wenn jemand rief, sie solle vom Klo kommen, spülte sie die Zigarette in der Toilette hinunter. Aber diese Zeiten des Versteckspiels waren vorbei. Sandy war jetzt ein eigenständiger Mensch. Erwachsen.

„Hättest du etwas dagegen, wenn ich deine Hand halte?"

Bunnys Stimme holte Sandy aus ihrem Tagtraum.

„Was?"

„Ich sagte, hättest du etwas dagegen, wenn ich deine Hand halten würde? Ich weiß, das klingt vielleicht albern. Aber ich habe Angst, und es würde helfen, wenn ich deine Hand hielte."

„Na ja ... klar." Sandy zögerte einen Moment, kam dann aber zu dem Schluß, daß sie sich nicht zu schämen brauchte. Es war schließlich nicht sie, die Angst hatte. Sie versuchte, Bunny zu beruhigen. „Keine Angst, Fliegen ist doch nicht schlimm. Du spürst überhaupt nichts.“

Bunny lächelte dankbar und ergriff Sandys Hand, als das Flugzeug beschleunigte und abhob. Sandy wandte ihre Aufmerksamkeit wieder dem Fenster zu. Sie vergaß Bunny und ihre Hand. Alles, was sie sah, war die entschwindende Stadt.

3

Das Zimmer im Wohnheim wirkte wie eine Gefängniszelle. Eine Ankleidekammer auf der rechten Seite vermittelte ein größeres Gefühl von Raum als das übrige Zimmer mit seinen grauen Ziegelwänden. Rechts standen ein Einzelbett und eine Kommode, links ein Etagenbett mit Metallgestell und eine weitere Kommode. Die dritte Wand, gegenüber der Tür, hatte Fenster, die auf den Campus hinausgingen. Vor diese Wand waren zwei Schreibtische gezwängt worden.

Sandy ging auf und ab und rauchte wütend. Sie war immer noch peinlich berührt, daß sie sich im Flugzeug übergeben hatte. Bunny hatte sich offenbar nichts dabei gedacht, aber Sandy fand, sie habe ihr Gesicht verloren. Sie versuchte, die anderen beiden Mädchen im Zimmer nicht zu beachten, aber sie waren auf Schritt und Tritt in ihrem Blickfeld. Sandy war nie in einem Ferienlager gewesen. Nichts in ihrem Leben hatte sie auf ein so intimes Zusammenleben mit zwei vollkommen fremden Menschen vorbereitet. Sie fühlte sich elend. Warum hatte sie sich nur von ihrer Mutter überreden lassen, es mit dem College zu versuchen? Sie wußte schon jetzt, daß sie es nicht mögen würde.

Jenny hatte ihr Haar auf große Lockenwickler gedreht und feilte sich die Nägel. Die ganze Woche hatte sie sich auf diesen Abend gefreut. Ihr erster Tag fern von zu Hause. Das College. Der Beginn eines geheimnisvollen Abenteuers, eines Lebens voller aufregender Erlebnisse. Jenny hungerte nach Erfahrungen. Sie wollte alles mindestens einmal ausprobieren. Vielleicht sogar zweimal. Sie hatte geduldig den rechten Augenblick abgewartet. Ihre Eltern waren streng mit ihr gewesen: Sie hatten ihre Ausgehzeit strikt begrenzt, Freundinnen wie Freunde auf ihre Erwünschtheit überprüft und auf guten Noten bestanden. Solange sie bei ihren Eltern lebte, hatte Jenny ihre Regeln gewöhnlich befolgt. Die wenigen Male, die sie die Regeln heimlich verletzte, hatte sie große Schuldgefühle empfunden; aber nun war sie auf sich selbst gestellt, und die Regeln ihrer Eltern galten nicht mehr. Sie hatte lange auf diesen Tag gewartet, und nun war er da. Aber er war bereits zu einer großen Enttäuschung geworden.

Jenny musterte ihre Zimmergenossinnen. Mary saß oben auf dem Etagenbett und schrieb einen Brief. Sie hatte sich freiwillig bereit erklärt, dieses Bett zu nehmen. Sandy und Jenny hatten eine Münze geworfen, um zu entscheiden, wer das Einzelbett bekommen sollte. Zum Glück hatte Jenny gewonnen. Mary trug einen langen pinkfarbenen Morgenmantel. Sie hatte glattes blondes Haar und eine spitze getüpfelte Brille. Jenny fand ihre „Mädchen vom Lande"-Ausstrahlung gar nicht mal unattraktiv. Mary schien in Ordnung, nicht gerade ihre erste Wahl als Zimmergenossin, aber verglichen mit Sandy war sie geradezu ein Juwel.

Jenny beobachtete, wie Sandy auf und ab ging. Sie befürchtete ernstlich, Sandy sei verrückt. Sie waren erst wenige Stunden zusammen, und Sandy begann ihr bereits auf die Nerven zu gehen. Sie erinnerte Jenny an eine Löwin im Käfig, voller Groll über die Gefangenschaft und ständig auf der Lauer, um keine Gelegenheit zur Flucht zu verpassen. Jenny war von den Raubkatzen im Zoo immer fasziniert gewesen. Sie fand ihre Ruhelosigkeit und ihre Fähigkeit zu plötzlicher Wildheit aufregend. Aber Sandy war keine Raubkatze, und dies war nicht der Zoo. Jenny begann auf einem eingerissenen Nagel herumzubeißen, ertappte sich dann und fing wieder an zu feilen.

„Wanderst du immer so im Zimmer rum?“ Jenny konnte sich nicht länger beherrschen.

Sandy hielt einen Moment inne und schaute sie an. „Ja.“ Sie ging weiter auf und ab und versuchte die anderen beiden so gut sie konnte zu ignorieren.

Mensch, hatte sie ein Glück! Mary kam offenbar direkt vom Bauernhof. Doch zumindest war sie still. Sie hatte eine zurückhaltende, sachliche Art, die Sandy mochte. Sie war zu ertragen. Aber Jenny! In ihrem rosa Babydoll sah sie aus wie ein Püppchen. Ein Fließbandprodukt, das sich verselbständigt hatte – das lange dunkle Haar auf dicke, häßliche Lockenwickler gedreht, von einem rosa Haarnetz zusammengehalten. Und diese Nase! Wer hatte jemals eine Babypuppe mit einer langen, schmalen jüdischen Nase gesehen? Sie sah lächerlich aus. Wenn sie ein T-Shirt wie Sandy trüge und ihr Haar löste, würde sie nicht schlecht aussehen. Sie hatte wundervolles Haar, es war dick und glatt und glänzend. Das genaue Gegenteil von Sandys Haar. Und sie hatte ein interessantes Gesicht. Nicht hübsch wie Bunnys, aber auf eine ungewöhnliche Weise attraktiv. Sandy schüttelte den Kopf und beschleunigte ihren Schritt. Jenny hatte etwas an sich, was ihr Unbehagen bereitete.

„Ich kann immer noch nicht glauben, daß sie uns zu dritt in so einen winzigen Raum gepfercht haben“, sagte Jenny. Die Stille war ihr auf die Nerven gegangen, und selbst Lamentieren schien besser als gar keine Unterhaltung.

„Ich hatte um ein Einzelzimmer gebeten“, beschwerte sich Sandy. „Ich weiß nicht, warum sie sich die Mühe gemacht haben, uns überhaupt nach unseren Wünschen zu fragen.“

„Und ich hatte um ein Nichtraucherzimmer gebeten“, sagte Mary sanft, als Jenny sich eine Zigarette anzündete.

„Nun, wir können morgen mit der Wohnheimleiterin sprechen. Vielleicht liegt da ein Irrtum vor.“ Es muß einen Ausweg geben, dachte Jenny. Niemand konnte von drei so unterschiedlichen jungen Frauen erwarten, in einem Raum zusammenzuleben, der kaum groß genug für zwei war.

„Das ist Zeitverschwendung.“ Sandys Stimme riß Jenny aus ihren Gedanken. „Das ist denen völlig egal.“ Jenny fühlte sich unbehaglich, war aber von Sandys schroffer und sarkastischer Art fasziniert. Sie war so anders als alle Mädchen, denen Jenny jemals begegnet war.

Jenny wandte sich an Mary, die sich eher für eine gemäßigte Konversation anbot. „Du bist doch gerade erst angekommen. Wem schreibst du denn schon?“

Mary schrieb weiter, ohne aufzublicken. „Meinem Freund“, erwiderte sie.

„Oh. Geht ihr schon lange miteinander?“ Plötzlich war Jenny an Mary interessiert. Sie hörte andere Mädchen immer gern von ihren Freunden erzählen. Sie hatte in der High-School viele Verabredungen gehabt, doch die Jungen, die mit ihr ausgingen, waren – obschon ganz nett – selten die beliebtesten gewesen, und Jenny war heimlich in den Kapitän des Basketballteams und einen der Spitzenspieler der Tennismannschaft verknallt gewesen. Sie hatte beobachtet, wie sie mit den Cheerleadern und den beliebteren Mädchen flirteten, und einen Weg zu finden versucht, diesen Jungen näherzukommen, aber es war ihr nichts Gescheites eingefallen. Sie hatte gesehen, wie andere Mädchen sich lächerlich machten, indem sie den Jungen nachliefen, und in diese Lage hatte sie sich nicht bringen wollen. Also hatte sie sich mit den Jungen, die sie darum baten, verabredet, war mit einigen wenigen fest gegangen, hatte sich aber gefühlsmäßig auf keinen von ihnen besonders eingelassen.

Nun hörte Jenny Mary zu und wunderte sich, wie sachlich Mary über ihren Verlobten sprach. Über ihre Heiratspläne, wenn er seinen Abschluß gemacht haben würde und sie in eine Krankenpflegeschule in seiner Nähe wechseln könnte. Jenny versuchte sich vorzustellen, wie es wohl wäre, die eigene Zukunft zu kennen. Sie hatte keine Ahnung, welches Hauptfach sie wählen sollte, geschweige denn, mit welchem Mann sie den Rest ihres Lebens verbringen würde. Das alles schien in sehr weiter Ferne zu liegen.

Wenn Jenny sich den Mann vorstellte, den sie heiraten würde (und ihr kamen niemals Zweifel, daß sie eines Tages heiraten würde), hatte sie ihn als groß, dunkel und gutaussehend vor Augen. Ein jüdischer Mann, der aussah wie ein Italiener. Ihre Eltern hatten sie nie mit Christen ausgehen lassen, weil sie fürchteten, sie könnte einen heiraten. Jenny hatte erklärt, sie sei erst vierzehn und habe noch keine Lust, überhaupt jemanden zu heiraten, aber ihre Eltern beharrten darauf, daß sie sich womöglich an *gojim* gewöhnen würde, wenn sie mit ihnen ausginge. Und wenn sie sich an sie gewöhnte, würde sie schließlich noch einen heiraten. Es war nicht möglich, mit ihren Eltern logisch zu argumentieren, also hatte Jenny den Jungen, mit denen sie gern ausgegangen wäre, gesagt, sie sei beschäftigt, bis sie nicht mehr anriefen.

Jenny nahm die Regeln, die ihre Eltern aufstellten, gelassen hin. Sie wußte, daß die meisten ihrer Regeln keinen Sinn ergaben, aber es schien den Kampf nicht wert zu sein. Wenn sie versuchte, einen bestimmten Punkt mit ihnen zu diskutieren – wie damals, als sie gegen ihre Sperrstunde aufbegehrte, die eine Stunde früher lag als bei den meisten ihrer Freundinnen –, wurde ihre Mutter hysterisch und ihr Vater fuchsteufelswild, und der Haussegen hing tagelang schief. Und an ihrer Sperrstunde änderte sich nichts.

Ihre Eltern sagten ihr oft, es sei wichtig, daß ihr Ehemann sie gut versorgen könne. Das schien Jenny nicht so entscheidend, sie ging einfach davon aus, daß sie immer ein materiell abgesichertes Leben führen würde. Außerdem wollte sie selbst einen Beruf ergreifen und rechnete damit, eines Tages ebenfalls gutes Geld nach Hause zu bringen. Der Mann, den sie heiraten würde, müßte aufregend sein. Sie würden durch die ganze Welt reisen, in exotischen Restaurants essen und fremde Kulturen kennenlernen.

Wenn sie bei ihm wäre, würde Jenny sich vor nichts fürchten müssen. Er würde sie vor anderen Männern beschützen. Jenny wußte, daß eine Frau allein nicht ungehindert reisen konnte, zumindest in einigen Teilen der Welt nicht. Aber wenn sie verheiratet wäre, würde niemand sie behelligen. Die Männer würden wissen, daß sie vergeben war. Jenny hatte dies immer als gräßlich empfunden, es aber als gegeben hingenommen. Es hatte keinen Sinn, sich über die Regeln aufzuregen; man brach sie, wenn möglich, und befolgte sie, wenn nötig.

Sandy ging weiter auf und ab und störte den Blickkontakt zwischen Jenny und Mary. Sie versuchte, nicht auf ihre Unterhaltung zu hören, aber die Worte fanden beharrlich den Weg in ihre widerstrebenden Ohren. Jungen, Jungen, Jungen. Sie waren erst wenige Stunden in diesem Raum, und schon hatten sie das Thema Nummer Eins gefunden. Die universelle Gemeinsamkeit aller weiblichen Teenager. Außer Sandy. Irgendwas stimmte vermutlich nicht mit ihr. Sie war nie in Elvis Presley verknallt gewesen, obwohl alle anderen Mädchen verrückt nach ihm waren. Sie waren ihr immer irgendwie albern erschienen. Aber Ann Southern oder Gale Storm – ja, das waren Stars, bei denen der coolen Sandy weich ums Herz wurde.

Jenny war mit ihren Nägeln fertig und gähnte laut. „Ich geh' langsam mal ins Bett", sagte sie. Mary klappte ihren Schreibblock zu und schlüpfte unter die Bettdecke.

„Ich bin noch nicht müde, aber du kannst das Licht ausmachen", sagte Sandy. Sie war erleichtert, daß die anderen beiden schlafen gingen. Nun würde sie nachdenken können, ohne ständig von deren Gegenwart gestört zu werden. Sandy ging weiter die schmale Gasse zwischen den Betten auf und ab. Ihre Zigarette glühte im Dunkeln, ein orangeroter Fleck, der ihre Bewegungen begleitete.

Jenny lag im Bett und sagte sich, sie solle sich umdrehen und dieses herumgeisternde orangefarbene Licht vergessen. Sie lag mit dem Gesicht zur Wand, aber dennoch spürte sie, wie Sandy und ihre Zigarette sich hin und her bewegten. Jenny erinnerte sich daran, daß dies ihre erste gemeinsame Nacht war und sie gute Miene zum bösen Spiel machen sollte. Aber sie war nicht gerade freundlich gestimmt.

„He, ich kann nicht einschlafen, wenn du dauernd hin und her gehst. Es macht mich nervös. Willst du dich nicht hinlegen?"

Sandy und ihr orangeroter Punkt hielten für einen Moment inne. Ihre Stimme kam überraschend ruhig aus der Dunkelheit. „Mmh, ich geh' ins Badezimmer."

Jenny hörte, wie Sandy ihre Zigaretten und den Aschenbecher an sich nahm, ins Badezimmer ging und die Tür hinter sich schloß. Ein dünner Lichtstrahl drang unter der Badezimmertür durch. Etwas in Sandys Stimme hatte Jenny beunruhigt. Die bisherige Schroffheit fehlte. Statt dessen meinte Jenny eine Spur von Verletzlichkeit wahrgenommen zu haben. Nun, es war ein harter Tag gewesen. Jenny glitt in den Schlaf hinüber.

Sandy stand mit verlorenem Gesichtsausdruck vor dem Spiegel. Noch nie hatte sie sich so einsam gefühlt. Auf so fremdem Territorium. Sandy wußte, daß sie vor einer neuen Situation stand. Und daß irgend etwas weichen mußte. Aber sie wußte verdammt noch mal nicht, was. Sie hatte einen sauren Geschmack im Mund, der nicht verschwinden wollte, selbst wenn sie schluckte. Sie spürte, wie sich ihre Angst zu Panik steigerte, und beruhigte sich, indem sie das kühle weiße Porzellanbecken umklammerte, bis sie nichts mehr außer der Spannung in ihren Händen fühlte. Sie erinnerte sich daran, daß sie schon härtere Zeiten durchgestanden hatte und auch dies überleben würde. Langsam lockerte sie ihren Griff und begann wieder zu atmen.

4

Zu ihrer beider großen Überraschung wurden Sandy und Jenny Freundinnen. Es begann mit der Entdeckung, daß sie beide gern Karten spielten. Da das College an Wochentagen eine frühe Ausgangssperre verhängte, gab es an den Abenden wenig zu tun (außer wenn du eine Streberin warst und lerntest), also regten die beiden Mädchen an, im Aufenthaltsraum des Wohnheims Binokel zu spielen. Was als gelegentliche Unternehmung begann, entwickelte sich bald zu einem allabendlichen Ereignis. Sandy und Jenny wurden Partnerinnen und begannen alle, die kamen, herauszufordern. Sie fingen sofort nach dem Abendessen mit dem Spielen an und saßen stundenlang am Bridgetisch, während sich leere Colaflaschen und Kartoffelchipstüten, Schokoriegel- und Eiscremepapier um das Sofa und die Sessel herum ansammelten. Ganz gleich wie spät es wurde, Sandy und Jenny wollten stets noch weiterspielen. Wenn die anderen sich schläfrig entschuldigten, um ins Bett zu gehen, blieben sie noch eine Weile auf, zählten ihre Siege und ließen die Anspannung und Aufregung des Spiels ausklingen.

Aber es waren nicht nur die gemeinsamen Siege, die die beiden ungleichen Mädchen zusammenbrachten. Es waren auch diese schrecklichen Morgenstunden, wenn der Wecker um halb acht klingelte, nachdem sie bis morgens um vier gespielt hatten. Sandy rollte sich automatisch aus dem Bett, ein wandelnder Zombie. Mary war normalerweise schon aufgestanden und gegangen. Jenny verschlief den Wecker immer, also rüttelte Sandy sie auf dem Weg zum Badezimmer grob an der Schulter. Wenn Sandy merkte, daß Jenny auf diese erste Maßnahme nicht reagierte, überlegte sie, welche weiteren Schritte sie unternehmen könnte. Manchmal stellte sie Jennys Radiowecker, so daß unvermittelt lautes Rock-and-Roll-Geschmetter aus dem Radio dröhnte, was Jenny sofort hochfahren ließ. Ein andermal tröpfelte sie kaltes Wasser auf Jennys Gesicht oder Zehen, nachdem sie vorsichtig die Bettdecke angehoben hatte. Und als die Vertrautheit zwischen ihnen wuchs, wurde Sandy so mutig, daß sie die Berührungsbarriere durchbrach und mit der stets verläßlichen Kitzeltortur experimentierte. Diese frühmorgendlichen Spielereien endeten meist in Geschrei und Gelächter. Auch wenn sie nicht viel fürs Studium taten, erschienen sie zumindest immer zum Unterricht.

Groggy und noch halb schlafend zockelten sie hinunter zur Cafeteria. Die Hafergrütze von der Konsistenz nassen Zements wurde in beigefarbenen Porzellanschalen ausgegeben. Die Eier, aus einer Pulvermischung geschlagen, waren völlig wäßrig. Der Toast, den es in zwei Variationen gab – verbrannt oder durchgeweicht –, stellte sie zu dieser Morgenstunde vor eine schwere Entscheidung. Der Orangensaft hatte die Farbe von Pisse, der Kaffee war grauenhaft. Die gemeinsame Bewältigung harter Lebensumstände schafft unweigerlich starke Bindungen zwischen den Menschen, die unter solch inhumanen Zuständen leiden. Sandy und Jenny entwickelten geheime Rituale, um ihren stummen Protest auszudrücken. Sie saßen am Tisch, starrten auf ihre Teller und sahen einander an. Jenny probierte als erstes den Saft und verzog das Gesicht. Sandy nahm den Saft von ihrem Tablett und stellte ihn beiseite. Sie stocherte in den wäßrigen Eiern herum, nahm schließlich allen Mut zusammen, um sie zu kosten, und spuckte sie dann sofort voller Abscheu wieder aus. Jenny nahm die Eier von ihrem Tablett und griff nach dem Toast, der hart und bröckelig war und in kleine Stücke zerfiel. Den Kaffee probierten sie gemeinsam und schnitten beide Grimassen. Sie nickten und standen auf, stellten die Speisen auf ihre Tabletts zurück und trugen sie direkt zu den riesigen, mit Plastiksäcken ausgeschlagenen Abfalleimern, wo sie sich des mißratenen Frühstücks mit abgewandtem Gesicht entledigten. Anschließend wandten sie sich einander zu und schüttelten sich in einem schweigenden Pakt die Hand.

Bei den vor- und nachmittäglichen Ausflügen in leere Kinos, wo sie sich auf ihren Plätzen lümmelten und die Füße auf die

Lehnen der Sitze vor ihnen legten, wurde ihre Freundschaft endgültig besiegelt. In die Betrachtung der Leinwand versunken, lehnten sie aneinander und mampften Butterpopcorn. Ihre Hände berührten sich, wenn sie beide in dieselbe fettige Tüte griffen, und ungeniert leckten sie sich geräuschvoll die Finger ab.

Sie aßen zusammen, gingen zusammen zum Unterricht, spielten zusammen Karten, lernten zusammen und gingen zusammen aus. Sie wurden beste Freundinnen.

5

Sandy versuchte, ihre Wimperntusche diesmal richtig aufzulegen. Normalerweise trug sie sie zu dick auf, so daß ihr Gesicht am Ende des Abends verschmiert und fleckig war. Einmal, noch während ihrer High-School-Zeit, als sie mit Tom und einem zweiten Pärchen im Auto auf dem Heimweg gewesen war, hatte das andere Mädchen plötzlich geschrien: „Da, sieh mal!“ Sandy hatte sich umgeschaut, aber nichts sonderlich Interessantes entdecken können. „Na da, du Dummchen, an deiner Hand!“ Sandy hatte auf ihre Hand geschaut und lange schwarze Spuren von Wimperntusche an ihren Fingern bemerkt. Doch ihr war es unvorstellbar, sich nicht die Augen zu reiben, wenn sie juckten. Es war wie mit dem Pinkeln. Wenn du mußtest, dann gingst du. Ein Glück, daß die Mode nicht diktierte, sich zwischen den Beinen zu schminken.

Jenny ging mit Schlüpfer und Büstenhalter bekleidet ins Badezimmer. Da sie keine schwarze Unterwäsche trug, nahm Sandy an, daß sie den Jungen, mit dem sie verabredet war, nicht gut kannte.

„Mit wem gehst du heute abend aus?“

„Bob Klein.“ Jenny malte gerade ihren Lidstrich. Sandy bemerkte, wie anmutig die Linie ihres Ellenbogens war – er war schmal, aber fest. Der Strich, den Jenny zog, war ganz gerade.

„Er hat das SAMI vorgeschlagen." Sie war mit dem linken Auge fertig, drehte den Kopf nach rechts und schielte in den Spiegel, um sich zu vergewissern, daß sie es gut hinbekommen hatte. „Ich habe ihn im CALCULUS getroffen ... Wie steht's mit dir?"

Sandy starrte wieder in den Spiegel über dem Waschbecken und trug auf gut Glück noch eine letzte Schicht auf. Jenny beugte sich über das andere Waschbecken und schminkte sich das rechte Auge. Es kam Sandy immer merkwürdig vor, daß Frauen einander kaum ansahen, wenn sie im Badezimmer miteinander redeten. Statt dessen starrten sie in den Spiegel und zupften an ihrer Bluse, bis sie ordentlich saß, oder machten sich das Gesicht zurecht. Aber es schien ein wichtiges Ritual zu sein, also wandte sich Sandy beim Reden weiterhin dem Spiegel zu, obwohl es für sie nichts mehr zu tun gab.

„Ich kenne meinen noch nicht. Bunny hat mich dazu überredet. Er soll ein Schönling sein." Sandy klang skeptisch. Sie selbst hatte noch nie ein Rendezvous mit einem Unbekannten gehabt, aber die anderen Mädchen meinten immer, es sei schrecklich. „Ich glaube, er will ins SIG gehen. Wann wirst du abgeholt?"

„Um acht."

„Ich auch." Sandys Enthusiasmus hielt sich in Grenzen. Sie hätte nichts dagegen gehabt, den Abend zu Hause zu verbringen, wenn es ihrem Ruf nicht geschadet hätte. Sie wäre gerne in Jeans und T-Shirt in den Fernsehraum hinuntergegangen und hätte sich zusammen mit denen, die gerade da waren, einen gemütlichen Abend gemacht. Aber sie hatte schon am letzten Freitagabend keine Verabredung gehabt, und einige der Mädchen hatten so getan, als sei es enorm wichtig, daß sie sich dieses Wochenende verabredete. Sandy wollte sich nicht nachsagen lassen, daß sie unbeliebt sei oder so, aber sie sah keinen Grund, in Panik zu verfallen, nur weil sie einige Wochen lang keine Verabredung gehabt hatte. In der High-School hatte sie sich oft ein paar Monate lang nicht verabredet. Dann hatte sie jemanden kennengelernt, meistens bei der Party einer Studentenverbindung von der New York University oder von Columbia oder dem City College von New York. Die Studenten vom CCNY hatte sie am meisten gemocht; sie drängten nicht ständig darauf, „es“ zu tun, und sie schienen die Mädchen mehr zu respektieren. Normalerweise hatten sie nicht viel Geld; anstatt also in irgendwelche schicken Bars zu gehen, saßen sie nach dem Kino in Cafés und redeten stundenlang. Sandy mochte das. Es war eine Möglichkeit, sie von Anfang an wissen zu lassen, daß sie nicht auf den Kopf gefallen war. Sie hatten sie immer mit sehr viel Achtung behandelt und sie im Auto nicht bedrängt oder ihr vorgeworfen, erst mache sie sie heiß und dann stelle sie sich zickig an. Sandy wußte von anderen Mädchen, die nein gesagt hatten und denen genau das passiert war. Allein der Gedanke daran trieb ihr die Schamröte ins Gesicht.

Jenny war nun fertig angezogen und prüfte sich im Spiegel. Sie runzelte leicht die Stirn, als sie ihr Profil betrachtete. Sandy mußte zugeben, daß Jenny eine unheimlich große Nase hatte. Aber Sandy fand, es verlieh ihrem Gesicht Charakter. Jenny akzeptierte das Charakter-Argument nicht. In der High-School hatte sie überlegt, sich die Nase korrigieren zu lassen, sich jedoch dagegen entschieden. Alle anderen Mädchen hatten es machen lassen, aber Jenny war standhaft geblieben. Das mochte Sandy an Jenny. Auf ihre Weise schwamm auch sie gegen den Strom. Wie Sandy.

Sandy fühlte sich nicht mehr ganz so einsam wie in den ersten Wochen. Sie hatte sich mit einigen Mädchen angefreundet, und alle auf der Etage schienen sie zu respektieren. Sie behandelten sie, als sei sie älter und klüger, und das gefiel Sandy sehr. Sie war mehr herumgekommen als die anderen Mädchen, und das war zu spüren. In gewisser Hinsicht war es von Vorteil, in der Bronx aufgewachsen zu sein. Niemand konnte sagen, sie sei nicht mit allen Wassern gewaschen. Und angesichts der Albernheit und des Teenie-Gehabes der anderen Neuen und selbst der älteren Schülerinnen auf ihrer Etage fühlte Sandy sich oft überlegen. War sie die einzige, die in der High-School politisch aktiv gewesen war? Die anderen Mädchen hörten aufmerksam zu, wenn Sandy von den Demonstrationen erzählte, an denen sie teilgenommen hatte, und von den Dingen, die sie gesehen hatte. Und einmal hatte sie mit mehreren anderen Mädchen über Religion gesprochen. Sie und eine Katholikin waren in eine hitzige Debatte über das Leben nach dem Tod und die Existenz Gottes geraten. Sandy war die erste Atheistin, mit der das katholische Mädchen jemals gesprochen hatte, und sie sah in den Augen der Zuhörerinnen, daß ihre Argumente weit überzeugender waren.

Obwohl Sandy das Ansehen, das sie in den ersten Monaten im Wohnheim gewonnen hatte, genoß, fühlte sie sich manchmal dennoch allen anderen entfremdet. Das hatte meist mit Geld zu tun. Die anderen Mädchen verfügten über enorme Summen an Taschengeld und gaben es leichtfertig aus. Sandy mußte ihr Geld sorgfältig zusammenhalten, deshalb sagte sie oft, wenn die anderen sich eine Pizza bestellten, ihr wäre nicht danach. Abgesehen davon verfügte sie auch nicht über die Gerätschaften, die die anderen Mädchen besaßen. Und ihr Stolz machte es ihr schwer, sich etwas auszuleihen, wenn sie im Gegenzug nichts zu bieten hatte. Sandy war erstaunt über die Besitztümer der anderen Mädchen und darüber, für wie selbstverständlich sie gehalten wurden – Föns, Schreibmaschinen, Stereoanlagen ... die Liste war endlos. Sandy und ihre Mutter waren vor ihrer Abreise einkaufen gegangen, um eine gute Schreibtischlampe zu besorgen. Damit sie sich nicht die Augen verdarb, wenn sie spät abends lernte. Sie hatten eine teure genommen, das Neueste auf dem Markt, die von fluoreszierendem zu normalem Licht umzuschalten war. Sie hatte Federn und Gelenke, so daß sie sich in jede gewünschte Richtung ausziehen und drehen ließ. Die Lampe, ihr Kofferradio und ein Wecker, den ihre Mutter mit Rabattmarken gekauft hatte, waren alles, was Sandy besaß. Sie hätte es nie zugegeben, aber sie schämte sich ihrer Sachen oder besser gesagt, ihrer fehlenden Sachen ein wenig. Sie sagte sich, daß die anderen Mädchen oberflächlich und verwöhnt seien, und in vielerlei Hinsicht stimmte das auch. Sandy war stolz darauf, daß sie aus einer Arbeiterfamilie kam, daß sie ein Stipendium erhalten hatte und daß ihre Eltern Opfer gebracht hatten, damit sie aufs College gehen konnte. Sehr wenige Schülerinnen kamen aus Brooklyn oder der Bronx, und Sandy wurde bewußt, wie ungewöhnlich es war, daß jemand wie sie auf eine höhere Schule ging. Einerseits empfand sie sich als anders, als etwas Besonderes, und ihre Einmaligkeit gefiel ihr. Doch gelegentlich, etwa, wenn die Mädchen über die Berufe ihrer Väter sprachen, fühlte Sandy sich unterlegen, und es war ihr peinlich. Und dann schämte sie sich noch mehr, weil sie nicht stolz darauf war zu sagen, daß ihr Vater Fabrikarbeiter war. Die Väter der meisten Mädchen waren selbständig – Ärzte, Rechtsanwälte, Geschäftsleute, einige wenige Staatsbedienstete –, und wenn sie hörten, was Sandys Vater machte, entstand ein verlegenes Schweigen, bis schließlich jemand sagte: „Oh, wie interessant!“ Aber es konnte nicht allzu interessant sein, denn niemand ging weiter darauf ein, und das Gespräch wurde rasch an einem anderen Punkt fortgesetzt.

Jenny nahm ihre Handtasche und drehte sich zu Sandy um. „Bist du fertig?“ Sandy nickte. „Prima. Wir können zusammen hinuntergehen. Auf diese Weise bekomme ich deinen tollen Typen zu sehen.“

Sie verließen das Zimmer und gingen den Flur entlang zum Aufzug. Sie fühlten sich mittlerweile richtig vertraut miteinander. Die Ablehnung und das Mißtrauen der ersten Zeit waren verschwunden. Sandy hatte immer eine beste Freundin gehabt, seit sie acht Jahre alt war und die Jungen sich ihr gegenüber allmählich etwas komisch verhielten, und nun spürte sie diese enge Vertrautheit mit Jenny. Es war ein gutes Gefühl.

Eine Gruppe von Mädchen stand um die große Rezeption in der Eingangshalle des Wohnheims herum und wartete auf die

Jungen, mit denen sie verabredet waren. Sandy und Jenny schlossen sich ihnen an und beobachteten die hereinkommenden Typen.

„Er soll groß sein, mit blonden Haaren. Ich habe ihm gesagt, ich würde eine lilafarbene Bluse tragen.“ Sandy kaute Kaugummi, mit weit offenem Mund. Jenny hatte gemeint, das sähe gräßlich aus, aber nachdem Sandy erwidert hatte, sie klänge genauso wie ihre Mutter, hatte Jenny es aufgegeben.

Ein sehr großer, sehr dünner Typ kam herein. Er trug ein Trikot aus Leopardenfell, das seine behaarte Brust nur zur Hälfte bedeckte. Sein Gang war schlaksig und unbeholfen. Sandy und Jenny wechselten einen Blick des Entsetzens. Sie begannen zu kichern, und Sandy piekte Jenny in die Rippen. „Hoffen wir, daß das nicht meiner ist“, sagte Sandy leise. Doch eigentlich machte sie sich keine Sorgen, denn Bunny hatte ihr gesagt, er sei echt süß. Er sah sich unter den Mädchen um und steuerte auf Sandy zu. Sie wurde bleich.

„O nein! Er kommt hierher.“

„Hallo, ich bin Butch. Bist du Sandy?“

Sandy schluckte. Das konnte doch nicht wahr sein! Wenn sie Bunny zu fassen kriegte ... „Ja.“ In diesem Moment wünschte sie verzweifelt, sie wäre nicht Sandy.

„Gut. Dann haben wir uns ja gefunden.“

Sandy musterte ihn und mochte ihren Augen kaum trauen. Jenny versuchte, das Lachen zu unterdrücken, aber es gelang ihr nicht ganz.

„Äh ... was soll dieser Tarzan-Aufzug?“ Ein Anflug von Sarkasmus schlich sich in Sandys Stimme, obwohl sie versuchte, höflich zu sein.

Butch schien stolz auf sich zu sein, als er an seinem Aufzug hinunterblickte. Sandy fragte sich, ob er einen Dachschaden hatte.

„Oh, habe ich dir das nicht gesagt? Es ist eine Hawaii-Party.“

„Nein, hast du nicht.“ Denn dann hätte ich mich nie auf diese

Verabredung eingelassen, du Mistkerl, dachte sie. Der Ärger in ihrer Stimme war nicht zu überhören. Aber Butch schien ihre Gereiztheit als Besorgnis darüber zu mißdeuten, daß sie kein Kostüm hatte.

„Mach dir keine Sorgen. Ich dachte mir, daß du nichts Passendes anzuziehen hättest, also habe ich einen Grasrock mitgebracht. Er ist hinten auf meinem Motorrad. Du kannst ihn anziehen, wenn wir da sind."

Sandy war zu verblüfft, um ihren ironischen Ton beizubehalten. „Motorrad?" fragte sie mit piepsiger Stimme.

„Ja. Komm, laß uns gehen." Butch war mit sich zufrieden. Er schrieb ihre schwache Stimme ihrer natürlichen weiblichen Angst zu, auf seinem Motorrad mitzufahren. Er nahm sich vor, unterwegs einige Schlenker und Kurven zu machen, um ihr zu demonstrieren, was für ein guter Fahrer er war.

„Viel Spaß!" Jennys Stimme klang fröhlich. Sie streute Salz in die Wunde. Sandy warf Jenny einen bösen Blick zu, als Butch ihren Arm ergriff und sie mit sich zog. Sie würde es Jenny später heimzahlen. Und diese Bunny würde etwas zu hören bekommen!

6

Es war ein langer Abend gewesen. Das einzige, was ihr geholfen hatte, ihn zu überstehen, waren die Vergeltungsmaßnahmen, die sie sich ausgemalt hatte. Sie würde die Hilfe einer Freundin in Anspruch nehmen und Bunny unter die eiskalte Dusche schubsen. Sie würde ihr eine Schlange ins Bett legen. (Daß es keine Schlangen in der Gegend gab, war unwesentlich.) Sie würde sie zwingen, mit Butch auszugehen – aber das war fast zu grausig, um es jemandem anzutun. Sandy beobachtete, wie er mehreren seiner Verbindungskameraden ein Glas Bier über den Kopf schüttete. Vielleicht hatten alle Männer einen Dachschaden, und Butch war nur etwas weniger attraktiv als die meisten. Der Gedanke war äußerst unerquicklich! Sandy erinnerte sich daran, daß sie mit einigen älteren Männern in den Zwanzigern und Dreißigern ausgegangen war, die zivilisierter erschienen waren. Sie hatte ihnen gerne zugehört, wenn sie von den verschiedenen Orten erzählten, an denen sie, meist während des Kriegsdienstes, gewesen waren. Sandy war mittlerweile antimilitaristisch eingestellt, aber vielleicht machte die Armee Jungen zu Männern. Jedenfalls schienen die ihr bekannten Männer, die in Übersee gewesen waren, anders zu sein, sanfter. Als hätten sie Dinge gesehen, die sie reifer und ernster machten. Der jungenhafte Überschwang, der immer einen Unterton von Gewalttätigkeit hatte, war verschwunden, als hätten sie eine Haut abgestreift, die scheuerte und juckte und sie zu dem unberechenbaren Verhalten veranlaßte, das sie oft an den Tag legten. Aber Sandy vermutete, daß Soldaten, die weit fort von ihrer vertrauten Umgebung stationiert waren, sich ebenfalls abscheulich betranken und sich kindisch benahmen und einander mit Bier übergossen. Also hatte es vielleicht nichts mit dem Militär zu tun. Es waren eher das Heimkommen und die Frage „Was nun?“, die das bewirkten. Oder war es vielleicht einfach der Prozeß des Älterwerdens? Sie zog ältere Männer entschieden vor. Sie benahmen sich nicht wie kleine Jungen und behandelten dich nicht wie ein kleines Mädchen. Außerdem hatten sie im Gegensatz zu diesen langweiligen Collegestudenten noch andere Dinge im Kopf als Sex.

Während ihres sechsmonatigen Aufenthalts in San Francisco war sie mehrmals mit ehemaligen Seeleuten ausgegangen. Sie erzählten von der Armut, die sie in Singapur, Hongkong, Tokio und Seoul gesehen hatten. Ihr Blick schien in die Ferne zu schweifen, wenn sie Menschen schilderten, die auf der Straße lebten, schmutzige Kinder, die barfuß liefen, die Schrecken von Krankheit und Hunger. Sandy wußte, daß sie von diesen Erfahrungen tief berührt und dadurch menschlich geworden waren. Sie mochte diese Männer. Denn sie hatte ihre Alpträume nachempfinden können, trotz der Tatsache, daß sie selbst diese Dinge nie gesehen hatte. In New York hatte sie eine andere Art von Armut gesehen, nicht ganz so extrem, aber ebenfalls mit verheerender Wirkung. Sie erinnerte sich an einen Tag in der Stadt – sie war etwa elf Jahre alt gewesen –, an dem sie eine in einen völlig durchlöcherten Morgenmantel gekleidete alte Frau gesehen hatte, die die Mülltonnen durchwühlte und vor sich hin brabbelte. Sandy hatte angefangen zu weinen und es sich dann verboten. Wenn sie um jeden armen, verzweifelten, elenden Menschen weinte, den sie auf der Straße sah, würden ihre Tränen ohne Unterlaß fließen. Bald danach hörte sie ganz auf zu weinen, und so blieb es bis heute.

Männer, die im Fernen Osten gewesen waren, schienen ebenfalls anders mit Frauen umzugehen. Sandy wußte, daß viele dieser Männer bei Prostituierten gewesen waren und die Erfahrungen in den Bordellen sie erschüttert hatten. Es hatte ihnen bewußt gemacht, daß sie nicht einfach nur sexuell befriedigt werden wollten. Sie waren auf der Suche nach etwas, das die Einsamkeit tötete, das ihrem Leben einen Sinn gab, in die Staaten zurückgekehrt. Sie wollten Frauen, mit denen sie reden konnten, die sie in den Armen halten und ihnen über das Grauen hinweghelfen würden, das sie gesehen hatten. Sandy brachte dieses Mitgefühl für sie auf. Doch ihr eigentliches Mitgefühl galt den jungen Frauen, deren Armut sie in die Prostitution getrieben hatte. Sie konnte sich nichts Schrecklicheres vorstellen. Und doch hatte sie mit dem Gedanken gespielt, als sie in San Francisco gewesen war. Sie wollte das Leben erfahren. Sie war sicher, daß diese Frauen mehr wußten als sie und in ihrer Qual Wahrheiten erkannten, die Sandy sich kaum vorstellen konnte. Es schien, als sei der Schmerz der Weg zur Erleuchtung. Er machte dich hart. Er ließ dich erwachsen werden. Und wenn du deine schlimmsten Ängste durchgestanden hättest, würdest du nichts mehr fürchten müssen.

Sie hatte sich vorgestellt, wie sie in zehn Jahren auf diese Zeit, in der sie Prostituierte gewesen war und die Schattenseite des Lebens kennengelernt hatte, zurückblicken und sich erinnern würde, wie sie wieder aus der Gosse aufgestanden war und sich ein sinnvolles Leben geschaffen hatte. Ein Leben in Freiheit und unabhängig von kleinbürgerlichen gesellschaftlichen Zwängen. Ein Leben frei von der Heuchelei, die sie überall sah. Manche Leute würden schockiert über sie sein, andere sie verurteilen. Aber Sandy würde sie in ihre Schranken weisen, sie und ihre verlogenen Moralvorstellungen, die jene verdammten, die nicht vom Glück begünstigt waren. Es war nicht fair, daß Frauen für den Versuch zu überleben verachtet wurden.

Also las Sandy eine Woche, nachdem sie sechzehn geworden war, in einer Bar in San Francisco einen ehemaligen Seemann auf. Es gab keine Entschuldigung dafür, daß sie immer noch Jungfrau war. War sie nicht emanzipiert? Glaubte sie nicht an die freie Liebe? Aber als es dann soweit war, kam es ihr nicht in den Sinn, Geld zu nehmen. Sie hatte sich freiwillig entschieden, die Erfahrung zu machen. Sie hatte gesagt: „Warum gehen wir nicht zu dir?“ Nun würde sie wissen, was die anderen Frauen wußten. Sie würde eine Frau werden.

Ein lautes Kreischen brachte sie zurück zu der Verbindungsparty. Zwei der älteren Studenten hatten Butch zu Boden geworfen, sein Trikot gelüpft und ihm ein Glas Bier hineingekippt. Sandy wandte sich angewidert ab. Sie hoffte, er würde im Auto keine Annäherungsversuche machen. Dann erinnerte sie sich, daß sie mit dem Motorrad gekommen waren. Sie lächelte. Der Abend hatte zumindest ein Gutes.

Es war kalt, als sie vor dem Wohnheim vorfuhren; Butch immer noch in seinem Trikot, Sandy mit dem Grasrock, der natürlich kein bißchen wärmte. Es gab noch einen Unterschied, den Sandy bemerkt hatte. Männer schienen nie zu frieren. Sie liefen an Tagen, an denen Sandy einen Pullover trug, ohne Hemd herum. Ihr klapperten die Zähne. Butch schien sich ausgesprochen wohl zu fühlen. Sie konnte ihn wirklich nicht ausstehen.

Vor dem Wohnheim herrschte der übliche Verkehrsstau, da alle erst kurz vor der Sperrstunde von ihren Verabredungen zurückkamen. Alle Mädchen beklagten sich über die Sperrstunde, aber manchmal war sie doch sehr nützlich, dachte Sandy bei sich. Wenn sie jetzt nur ohne Zwischenfall durch das „Aquarium" gelangen würde. Sie ging rasch auf das Wohnheim zu, und Butch folgte ihr.

Das „Aquarium" war der kleine Windfang zwischen den Außen- und den Innentüren des neunstöckigen Studentinnenwohnheims. Normalerweise hielt sich dort niemand auf, doch freitags und samstags nachts gegen zwei Uhr war es voller Paare, die einander gute Nacht sagten. Dutzende von Leuten drängten sich auf einer Fläche von viereinhalb mal drei Metern. Einige Paare konnten ihre Leidenschaft kaum zügeln, doch häufiger versuchten die Mädchen, ihre aufdringlichen Begleiter abzuwehren.

In der hintersten Ecke erblickte Sandy Jenny mit ihrem Typen. Er versuchte sie zu küssen, und sie versuchte höflich, ihn auf Abstand zu halten. In diesem Gedränge war das ein ziemliches Kunststück. Jenny warf Sandy einen Blick zu, der besagte, daß sie es nicht erwarten konnte, ihren Begleiter loszuwerden. Sandy schüttelte mitfühlend den Kopf, wurde dann aber von Butch, der sich auf sie stürzte und sie an der Glastür festnagelte, mit einem Schlag an ihre eigene Lage erinnert. Sandy wandte den Kopf gerade noch rechtzeitig zur Seite, um seinem Kuß auszuweichen. Er landete auf ihrem Ohr.

„Das war ein toller Abend." Butch preßte seinen Körper gegen ihren.

„Ja, ja, es hat großen Spaß gemacht." Sandy schob ihn weg und begann sich ihren Weg durch die Menge zu bahnen. Jahrelange Kämpfe darum, im Berufsverkehr in die U-Bahn zu gelangen, hatten sie auf dieses neue Schlachtfeld vorbereitet. „Hör mal, ich muß jetzt gehen." Sie war fast an der Innentür. Butch klammerte sich an ihre rechte Schulter.

„Also, wann kann ich dich wiedersehen?“

Sandy schoß auf eine Lücke im Gedränge zu. Butch schaffte es nicht und rempelte einen kräftig gebauten Jungen an, der sich zu ihm umdrehte und sagte: „Paß auf, Freundchen!“ Während Butch sich entschuldigte, gelang es Sandy, durch die Tür in die Sicherheit der Eingangshalle zu schlüpfen. Sie rannte zum Aufzug, wo mehrere Mädchen standen, darunter Jenny. Sie sahen einander an und seufzten erleichtert. Dann begannen sie zu kichern.

„Hast du ihn gesehen? Den ganzen Abend sind Leute auf ihn zu gekommen und haben ihn Tarzan genannt. Dann hat er sich jedesmal auf die Brust getrommelt und den Affenschrei ausgestoßen.“ Sandy führte es Jenny vor, als sie in den Aufzug traten. Jenny quiekte hysterisch, ließ sich gegen die Wand fallen und bog sich vor Lachen. Die anderen Mädchen lachten ebenfalls, hielten aber Abstand von Sandy, als fürchteten sie, sie sei verrückt. Aber Sandy bemerkte es nicht. Ihr war allein Jenny wichtig.

„Wie war deiner?“ fragte sie, als Jenny sich wieder ein wenig gefaßt hatte.

„Deiner mag ja ausgesehen haben wie Tarzan, aber meiner hat sich so benommen.“ Sie traten aus dem Aufzug und gingen den Flur entlang. „Den ganzen Abend hat er nur an mir herumgefummelt. Auf der Heimfahrt saßen wir hinten im Auto. Einmal habe ich ihn so fest geschubst, daß er vom Sitz fiel.“

Als sie in ihrem Zimmer angekommen waren, warfen sie sich auf Jennys Bett und brachen in Gelächter aus.

„Ich bin froh, daß ich zu Hause bin.“

„Du sagst es.“

7

Die meisten ihrer wichtigen Gespräche fanden auf Jennys Bett statt. Mary hielt sich kaum im Zimmer auf; sie hatte in der Krankenpflegeschule Freundinnen gefunden und kam nur zum Schlafen ins Wohnheim. Sandys und Jennys Lieblingszeit war der frühe Nachmittag, wenn die anderen Mädchen Unterricht hatten und das Wohnheim ruhig war.

„Es ist komisch, wie sich die Dinge entwickelt haben", sagte Jenny Kaugummi kauend. Sie hatte Sandys schlechte Angewohnheit übernommen. „Als ich dich kennenlernte, habe ich gedacht: ‚O nein, ist die verrückt.' Vor allem am ersten Abend." Sie lachte. „Als du im Dunkeln auf und ab gegangen bist. Ich dachte, wenn überhaupt, würden Mary und ich uns anfreunden." Sie schürzte die Lippen, sah auf ihre Nasenspitze und machte eine Blase. Sie wurde immer größer, bis sie schließlich platzte. Jenny öffnete den Mund und zog den Kaugummi wieder rein. Sie schaute Sandy an, die aus dem Fenster sah.

Je näher Jenny Sandy kennenlernte, desto mehr wurde ihr bewußt, wie sehr Sandy sich von den anderen Mädchen, die Jenny in der Schule und im Ferienlager kennengelernt hatte, unterschied. Jenny hatte immer mehrere Freundinnen gehabt, aber keine von ihnen zu nahe an sich herangelassen. Sie hatte niemals eine beste Freundin gehabt und es eigentlich auch nicht gewollt. Es war nicht ratsam, von einem anderen Mädchen abhängig zu werden, denn in deinem Leben würden die Leute ständig kommen und gehen, und es war nicht klug, sich zu sehr aufeinander einzulassen. Außerdem hatte sie nie das Gefühl gehabt, den anderen Mädchen vertrauen zu können. Es lag nicht nur daran, daß sie dir deinen Freund ausspannen konnten, wie es in *Seventeen* hieß; es war eher ein allgemeines, unbestimmtes Gefühl, das Jenny Abstand halten ließ. Ihre Freundinnen schienen ebenso zu empfinden. Sie unternahmen zwar etwas zusammen – einkaufen, lernen oder ausgehen – doch ihre Beziehungen zueinander waren immer recht oberflächlich. Gelegentlich war Jenny von einer ihrer Freundinnen enttäuscht; sie versprachen, anzurufen, und taten es nicht oder sie versprachen, mit ihr irgendwohin zu gehen, und sagten dann in letzter Minute ab. Jenny war dann zwar sehr verletzt, erholte sich jedoch rasch. Diese Freundschaften waren einfach nicht so wichtig.

Ihre Freundschaft mit Sandy dagegen war anders. Sandy war so ernst. Sie hatte eine klare Meinung zu vielen Dingen, über die Jenny kaum jemals nachgedacht hatte. Jenny bewunderte das an Sandy. Die meisten Mädchen, die Jenny kannte, waren albern und oberflächlich; sie konnte stundenlang mit ihnen über die Kleider bei SAKS im Vergleich zu den Kleidern bei BONWIT oder den neuesten Artikel über verschiedenes Make-up für verschiedene Teints in *Mademoiselle* reden, aber sie langweilte sich oft. Mit Sandy langweilte Jenny sich nie. Sandys Beobachtungen über die Dinge um sie herum waren oft scharfsinnig, und sie redeten stundenlang über Bücher und Filme und Philosophie. Jenny hatte in der Schule immer gute Noten gehabt und sich selbst für intelligent gehalten, aber erst in ihren Gesprächen mit Sandy wurde ihr bewußt, was in ihr steckte. Sandy ermutigte Jenny, ihre Beobachtungen mitzuteilen, und nickte dazu in begeisterter Zustimmung. Jenny entdeckte, daß sie jahrelang menschliche Eigenarten und gesellschaftliche Phänomene registriert hatte, ohne es überhaupt zu merken.

„Wahrscheinlich habe ich mich anfangs irgendwie sonderbar verhalten“, sagte Sandy. „Ich war wirklich ein bißchen ausgeflippt.“ Sie griff nach einer Zigarette und schüttelte den Kopf. „An unserem ersten Abend fand ich euch beide abscheulich. Mary, die süße Landpomeranze, die nichts vom Leben weiß ... und mit dem Jungen von nebenan geht. Meine Güte, wie abgedroschen. Und du, eine reiche, verwöhnte jüdische Prinzessin, mit deiner Stereoanlage und deinem Fön und wahrscheinlich soviel Tiefgang wie Cellophan. Insgeheim habe ich den Computer verflucht, der uns zusammengelegt hatte. Aber dann hat sich doch noch alles zum Guten gewendet.“ Sandy wollte Jenny anschauen, konnte es aber nicht. Neuerdings wurde es zunehmend schwieriger, ihr in die Augen zu sehen.

„Ja. Es hat mich einige Mühe gekostet, aber schließlich bist du doch aufgetaut. Zuerst hast du alle meine Fragen einsilbig beantwortet. Die anderen Mädchen haben dich schon die ‚Geheimnisvolle' genannt. Es war eine Herausforderung, dich dazu zu bringen, über dich zu sprechen."

Sandy wurde plötzlich sehr ernst. Konnte Jenny es wissen? Von der Angst wissen, die Sandy vor Jahren zum Schweigen gebracht hatte? Nachdem sie erlebt hatte, wie Menschen logen, nachdem sie die dümmlichen und nichtigen Gespräche ihrer Altersgenossinnen gehört hatte, hatte sie sich geschworen, nur zu reden, wenn sie etwas zu sagen hatte. Sie hatte sorgsam auf ihre Worte zu achten begonnen, um sicherzugehen, daß sie genau das ausdrückten, was sie beabsichtigte, und daß ihre Absicht sinnvoll war. Je genauer sie darauf achtete, desto weniger Worte hatten genügt. Je weniger Worte genügten, desto besser konnte sie die Worte, die sie sagte, kritisch prüfen. Es war zu einem Teufelskreis geworden, bis Sandy einfach aufgehört hatte zu sprechen.

„Woher wußtest du, daß es hinter dem Schweigen etwas gab, das zum Reden zu bringen sich lohnte?" Sandy hatte das Gefühl, am Rande einer tiefen Felsspalte zu stehen und Jenny dicht hinter sich zu wissen. Sie konnte Jenny nicht sehen und war hilflos; wenn Jenny wollte, konnte sie ihr einfach einen kleinen Schubs geben.

„Ich habe es einfach gewußt." Jennys Stimme war nun ebenfalls ernst. Sie verstand nicht ganz, was in Sandy vorging, aber sie spürte, daß es – was immer es war – wesentlich war. Eine lange Stille trat ein.

„Weißt du ... ich habe niemals zuvor mit irgend jemandem so geredet ..." Sandy stolperte über ihre Worte, „über mich selbst und so. Ich glaube, ich habe das noch nie jemandem gesagt, aber ... manchmal ... habe ich so etwas wie Angst."

Sandy schaute bei diesen Worten zur Seite. Auch Jenny vermied den Blickkontakt. In bestimmten Augenblicken der Nähe kann eine quälende Verlegenheit entstehen. Vielleicht ist eine von beiden zu weit gegangen. Hat eine unsichtbare Linie überquert, die hinterrücks mit einem Stromstoß töten oder hinter einem verborgenen Stacheldrahtzaun einschließen konnte. In solchen Momenten steht das natürliche Wachsen einer Freundschaft auf dem Spiel. Dann braucht es Mut.

Jenny löste die Spannung, indem sie ihre Hand ausstreckte und sie auf Sandys legte. Das war für sie keine gewöhnliche oder leichte Geste, aber es schien das Richtige zu sein. Für Sandy war es der Inbegriff ihrer größten Angst und ihres tiefsten Verlangens. Für einen Augenblick erstarrte sie, hin- und hergerissen zwischen dem alten Reflex, Berührungen zu vermeiden, und dem neuen Gefühl, Körperkontakt zu wünschen. Zögernd ergriff sie Jennys Hand und drückte sie.

Ohne einander anzuschauen, saßen sie schweigend da.

8

Jenny saß im Yogasitz, das aufgeschlagene Lehrbuch auf ihren Beinen, auf dem Stuhl, den sie aus dem Aufenthaltsraum entwendet hatte. Sandy versuchte, Jennys Positur nachzuahmen, aber es gelang ihr nicht. Ihre Knie wollten sich einfach nicht so biegen lassen. Schon im Sportunterricht hatte sie damit immer Schwierigkeiten gehabt. Da sie ansonsten eine hervorragende Sportlerin war, hatten die Lehrerinnen gemeint, sie wollte sich bloß drükken, wenn sie die Übungen, die Gelenkigkeit verlangten, nicht richtig ausführte. Sandy schwieg, wenn sie ihr vorwarfen, es gar nicht ernsthaft zu versuchen. Ihr Moralkodex erlaubte es nicht, sich in solchen Situationen zu verteidigen. Es spielte keine Rolle, daß die Vorwürfe ungerechtfertigt waren. Oder daß einige der LehrerInnen als Reaktion auf ihre Gleichgültigkeit und spröde Überheblichkeit versuchten, sie zu demütigen. Es kam einzig darauf an, niemals zu zeigen, daß es ihr etwas ausmachte. Oder daß irgend etwas, was irgend jemand ihr antun mochte, sie verletzen könnte. Ihre LehrerInnen, vor allem in Englisch und Sozialkunde, hatten versucht, ihr Vertrauen zu gewinnen. Sie war offensichtlich von rascher Auffassungsgabe, weigerte sich jedoch, aktiv am Unterricht teilzunehmen. Das stimmte eigentlich nicht, aber ihre LehrerInnen sahen es so. Sandy beantwortete Fragen, die direkt an sie gerichtet wurden, meldete sich aber niemals freiwillig. Das nahmen sie ihr übel. Die Tatsache, daß ihre Antworten eine ungewöhnliche Kenntnis des Stoffs verrieten, frustrierte die LehrerInnen um so mehr. Sie versuchten, nach dem Unterricht mit ihr zu reden, und als das fehlschlug, schickten sie Sandy zur Schulpsychologin. Aber wie immer sie es auch versuchten, es gelang niemandem, die Mauern zu durchbrechen, die Sandy um sich errichtet hatte. Sandy empfand alle diese Versuche als Angriff auf ihre Privatsphäre. Warum ließen sie sie nicht einfach in Ruhe? Sie hatte ein Recht zu schweigen.

Sandy spürte etwas Feuchtes aus ihrer Scheide rinnen. Sie fuhr mit dem Zeigefinger in ihren Schlüpfer, ohne sich an Jennys Anwesenheit zu stören. Früher hätte sie so etwas niemals getan, aber in den vier Monaten ihres Zusammenlebens waren sie und Jenny vertrauter miteinander geworden, als Sandy es sich jemals hätte vorstellen können. Es gab nichts, über das sie nicht reden konnten. Na ja, fast nichts. Sie zog ihren Finger zurück und sah sich die dunkelrote Substanz an, die unter ihren Fingernagel klebte. Sie würde sich die Hände bürsten müssen – es war immer schwierig, das Blut unter dem Nagel wegzubekommen.

„Scheiße, ich habe gerade meine Periode bekommen." Sandy warf ihr Lehrbuch hin und stand auf. „Und ich glaube, ich habe keine Binden mehr."

„Du kannst meine Tampons nehmen, wenn du willst." Jenny schaute von ihrem Buch hoch.

„Ähm, das geht nicht."

„Warum nicht?" fragte Jenny erstaunt.

Sandy war peinlich berührt. Sie hielt sich selbst gern für erwachsen, auf jeden Fall für reifer und erfahrener als die meisten anderen Mädchen auf der Etage, obwohl sie eine der Jüngsten war. Nur Jenny schien nicht ganz so babyhaft zu sein wie die anderen.

„Ich kriege sie nicht hinein", gab Sandy verlegen zu.

Bevor Sandy sich wehren konnte, hatte Jenny ihr einen Tampon in die Hand gedrückt, sie ins Badezimmer geschoben und gab ihr von der anderen Seite der Tür Anweisungen.

„Hast du's geschafft?"

„Nein, es geht einfach nicht." Sandy ächzte, während sie sich bemühte, den Tampon hineinzuschieben. Schweißperlen erschienen auf ihrer Stirn und in ihren Achselhöhlen. Vielleicht stimmte etwas nicht mit ihr.

„Dann versuch's im Stehen. Stell einen Fuß auf den Klodeckel und halte mit dem anderen das Gleichgewicht."

Das erschien Sandy als eine sehr unbequeme Methode. „Welchen Fuß soll ich aufs Klo stellen?"

„Das ist egal, Dummchen. Wie es bequemer ist." Jenny klang leicht genervt. Sandy versuchte es erst mit dem einen, dann mit dem anderen Fuß.

„Es ist beides gleich doof." Sandy wünschte, sie hätte nie etwas gesagt. Ihre Scheide fühlte sich ganz wund an.

„Nun, entscheide dich für einen, und dann zieh die Lippen auseinander und schieb ihn hinein."

Sandy versuchte es, aber sie schaffte es nicht, sich weit genug vorzubeugen, um zu sehen, was sie da tat. Verdammte Ungelenkigkeit.

„Ich kann es nicht finden."

„Du kannst was nicht finden?"

„Das Loch. Ich kann mein Loch nicht finden."

„Das ist doch nicht zu fassen! Du meinst, du weißt nicht, wo dein Loch ist?" Jenny klang ungläubig. „Aber du hast doch schon mal mit einem Mann geschlafen."

„Na und?“ erwiderte Sandy kleinlaut. „Dabei war ich hier oben beschäftigt, nicht da unten.“ Sandy fühlte sich jämmerlich. Hatten alle solche Schwierigkeiten, ihr Loch zu finden?

Jenny lachte in sich hinein. Da machte Sandy so ein Theater um ihre Weltklugheit, und dann wußte sie nicht, wo ihr Loch war. In mancher Hinsicht war Sandy wirklich ein Baby. Intellektuell war sie frühreif, aber emotional ... hatte sie noch eine Menge zu lernen. Jenny konnte sich an keine Zeit erinnern, zu der sie nicht über ihr Loch Bescheid gewußt hatte. Mit zehn hatte sie bereits regelmäßig masturbiert und manchmal den Finger in ihre Scheide gesteckt. Seit ihrem vierzehnten Lebensjahr benutzte sie Tampons, nachdem eine der Betreuerinnen im Ferienlager ihr gezeigt hatte, wie sie sie hineinschieben mußte. Es war keine große Sache gewesen. Selbst beim ersten Mal, als sie mit einem Jungen geschlafen hatte, war sie es gewesen, die Frank gezeigt hatte, wie er ihn hineinbekam. Obwohl er behauptet hatte, er habe es schon mal gemacht, hatte er ziemliche Schwierigkeiten. Schließlich hatte sie seine Hand genommen und ihm gezeigt, was er tun sollte. In dem Sommer war sie fünfzehn gewesen; die jüngste Schülerin in der Sommerschulklasse, die eigens für zukünftige CollegestudentInnen eingerichtet worden war. Frank war im zweiten Collegejahr und holte Unterricht nach, den er im Winterquartal versäumt hatte. Er war nicht besonders helle, sah aber außergewöhnlich gut aus und schien sich mit Mädchen auszukennen. Er hatte es schon am ersten Abend darauf angelegt, aber nachdem Jenny sich standhaft geweigert hatte, ließ er es langsamer angehen und benahm sich anständig. Jenny mochte das. Sie war die Typen leid, die sie dermaßen bedrängten, daß es ihr den ganzen Abend verdarb. Sie und Frank gingen drei Wochen lang jeden Abend aus, und er wurde dennoch nicht zudringlich. Eines Abends war sie jedoch ein bißchen beschwipst und beschloß, daß der Zeitpunkt gekommen war. Auf dem Weg zurück zum Wohnheim fragte sie Frank, ob er Kondome bei sich habe. Zuerst schien er schockiert, fing sich dann jedoch rasch wieder. Sie gingen zurück zum Verbindungsheim und taten es im Zimmer eines seiner Freunde. Sein Zimmer war von einem anderen Paar in Beschlag genommen.

Jenny hörte Sandy vor Schmerz stöhnen. „Das wird mir doch zu albern! Mach die Tür auf, und ich stecke ihn dir hinein", sagte Jenny mit sachlicher Stimme.

„Was?" kreischte Sandy. „Bist du verrückt? Bleib gefälligst draußen!" Einen so ungeheuerlichen Vorschlag hatte Sandy noch nie gehört.

„Es ist doch nichts dabei, Sandy. Sei nicht so kindisch."

Es gab viele Bezeichnungen, mit denen Sandy tituliert worden war und die sie sich ohne mit der Wimper zu zucken gefallen ließ. Aber „kindisch" gehörte nicht dazu.

„Woher weiß ich, daß du weißt, was du tust?"

Jenny öffnete die Tür und zwängte sich in das winzige Badezimmer, das sie und Sandy und Mary sich teilten. Sie hatte einen frischen Tampon in der Hand und schien zu Sandys großem Erstaunen ganz ruhig. Sie bedeutete Sandy, ihren Fuß auf den Toilettensitz zu stellen.

„Sei bloß vorsichtig, ja?" Sandy erinnerte sich, wie weh es beim ersten Mal getan hatte.

„Du mußt dich entspannen." Jenny wirkte wie eine Ärztin, die eine Patientin behandelt. Ihre Gelassenheit war bewundernswert.

Jenny spreizte Sandys Lippen mit einer Hand und schob mit der anderen den Tampon hinein, und zwar schräg nach hinten statt gerade nach oben, wie Sandy es versucht hatte. Sandy spürte einen kleinen Stich, und dann stand Jenny auf.

„He, wo ist er?" Sandy sah an sich hinab. „Er ist verschwunden!"

„Was glaubst du wohl, wo er ist, Dummchen?" Jenny lächelte sie überlegen an, aber das war Sandy egal.

„Wir haben's geschafft! Wir haben's geschafft!" rief Sandy begeistert und hüpfte auf und ab, während sie Jenny dankbar umarmte.

Nun war Jenny peinlich berührt. „Hörst du wohl auf, mich zu umarmen? Da war doch nichts dabei."

Jenny wandte sich zu Sandy um, die mit einem Ausdruck des Stolzes in den Augen ihren Schlüpfer hochzog. „Und – wie fühlt es sich an?"

Sandy schlurfte langsam aus dem Badezimmer. Mit gebeugtem Oberkörper schaute sie auf ihren Schritt, während sie sich bewegte. Sie sah zerzaust und verschwitzt aus, als hätte sie einen Kampf hinter sich. Behutsam machte sie ein paar normale Schritte. „Nicht schlecht. Nicht schlecht."

9

Sandy hatte nie sehr gute Lerngewohnheiten gehabt. In der High-School hatte sie ihre Aufgaben immer rechtzeitig erledigt, aber das war, bevor ihre jugendliche Rebellionsphase eingesetzt hatte und sie alle Autoritäten einschließlich derer in der Schule ablehnte. Mit möglichst wenig Aufwand gute Noten zu bekommen war eine Kunst, die Sandy beherrschte. Jenny dagegen war immer eine sehr gewissenhafte Schülerin gewesen. Sie lernte ebenso ungern wie Sandy (beide hätten jederzeit ein gutes Binokelblatt vorgezogen), aber die Aussicht auf schlechte Noten war für Jenny viel beängstigender. Wie hätte sie es ihren Eltern erklären sollen? Also arbeitete sie kontinuierlich, wenn auch in bescheidenem Maße, und war mit ihrer Lektüre stets auf dem laufenden.

Wenn Jenny nicht zur Verfügung stand, suchte Sandy sich eines der anderen Mädchen, und sie machten Blödsinn im Aufenthaltsraum oder gingen hinunter in den Fernsehraum. Das war etwas, was Sandy am Wohnheim liebte – es war immer eine da, mit der sie sich die Zeit vertreiben konnte. Doch als die Woche der Abschlußprüfungen nahte, bedauerte sie ihren Lernstil.

Sandy rannte im Aufenthaltsraum hin und her. Verzweifelt umklammerte sie ihr offenes Buch und murmelte vor sich hin, um sich den Stoff besser einzuprägen. Die Papiere und Hefte, die über den Boden verstreut waren, beachtete sie nicht; sie hatte sie schon gelesen, und als sie auf die Uhr an der Wand sah, wußte Sandy, daß sie keine Zeit mehr hatte, sie noch einmal durchzugehen. Es war bereits sechs Uhr. Sie stieß einen Stapel Notizen mit dem Fuß beiseite, um mehr Platz zum Laufen zu haben. Es waren nur noch acht Stunden bis zur Prüfung, und sie brauchte mindestens fünfzehn Minuten, um sich zu waschen. Dabei ging es ihr keineswegs um Sauberkeit – seit Beginn der Prüfungswoche vor fünf Tagen trug sie dasselbe Sweatshirt und dieselben Jeans –, doch das kalte Wasser würde ihr helfen, bei der Prüfung wach zu bleiben. Dann würde sie weitere fünfzehn Minuten für den Weg brauchen, denn die Prüfung fand am anderen Ende des Campus statt. Damit blieben ihr nur noch siebeneinhalb Stunden zum Lernen. Sandy geriet in Panik und konnte sich nicht mehr konzentrieren. Sie las einen Satz dreimal und verstand ihn immer noch nicht. Ihre Panik wuchs, als sie aus dem Fenster schaute und sah, daß die Sonne bereits aufging. Niemand sonst war auf, außer Jenny, die in ihrem Buch zum zweiten Mal Unterstreichungen vornahm. Für Sandy waren Jennys Lerngewohnheiten ein Rätsel; der Text war in zwei verschiedenen Farben unterstrichen, was bedeutete, daß sie den Stoff dreimal gelesen hatte, denn beim ersten Durchgang unterstrich Jenny nie. Dreimal. Sandy beschleunigte ihren Schritt und kehrte zu dem schwierigen Satz zurück. Als sie ihn endlich verstand, stieß sie einen Seufzer der Erleichterung aus.

Jenny konnte kaum noch die Augen offenhalten. Warum hatte sie sich von Sandy überreden lassen, die Nacht durchzumachen? In diesem Zustand würde sie niemals eine Prüfung ablegen können. Sie schloß ihr Buch. Es war jetzt sechs Uhr. Sie könnte vier Stunden schlafen und hätte dann immer noch drei Stunden zum Wiederholen. Sandys Auf- und Ablaufen störte sie kaum noch; sie hatte sich daran gewöhnt. Heute hatte Sandys stete Bewegung eine hypnotische Wirkung auf Jenny. Sie stand auf, reckte sich und schüttelte den Kopf, um ihn klarzubekommen. Sandy sah angespannt aus; ihre Lippen waren fest zusammengepreßt, und sie runzelte die Stirn.

„Wie kommst du voran?" fragte Jenny.

„Schlecht. Ich werde durchfallen."

„Du wirst nicht durchfallen."

„Doch, werde ich. Weißt du, daß ich den größten Teil des Stoffes gerade zum ersten Mal lese?"

„Ja, aber das hast du bei der Zwischenprüfung auch so gemacht, und du hast hervorragend abgeschnitten. Du warst sogar besser als ich, du Ziege – und ich habe wirklich viel dafür gelernt."

Das beruhigte Sandy nicht. Hektisch lief sie weiterhin auf und ab und murmelte laut vor sich hin.

„Weißt du, daß ich seit vierundzwanzig Stunden nicht geschlafen habe?"

Sandy achtete nicht auf Jennys Bemerkung. Ihre Aufmerksamkeit war vollkommen in Anspruch genommen. Der Rhythmus ihrer Schritte wurde nur durch die Kehrtwendung unterbrochen, die sie machte, wenn sie an der einen oder der anderen Seite des Aufenthaltsraums angelangt war. Sandy und ihr Buch schienen zu einer Einheit verwachsen, die, von einer unerschöpflichen Kraft getrieben, durch den Raum eilte.

„Du bist erstaunlich. Du hast seit fast zwei Tagen nicht geschlafen. Und sieh dich an. Immer noch fit. Nun, mir reicht's." Jenny schickte sich an zu gehen. „Weck mich in vier Stunden."

Sandy nickte, ohne aufzublicken. Jede Sekunde zählte. Sie fürchtete, durch die Prüfung zu fallen, und das wäre eine Demütigung. Sie war noch nie an einer Aufgabe gescheitert. Es war eine Frage des Stolzes. Als sie schläfrig wurde, sagte sie sich, daß sie nach der Prüfung noch genug Zeit zum Schlafen hätte. Als ihr langweilig wurde, zwang sie sich, sich zusammenreißen. Sie hatte eine Aufgabe zu erfüllen, und sie würde es schaffen. Wenn sie eines haßte, dann war es Schwäche.

Sie lachten, als sie pitschnaß in ihr Zimmer zurückkamen. Während sie in der Prüfung saßen, hatte es angefangen zu regnen. Jenny ließ ihre Bücher auf den Boden fallen.

„Das war's. Das Ende der Abschlußprüfungen. Junge, bin ich geschafft!" Sie zog den Reißverschluß ihres Regenmantels auf. Sandy schaute aus dem Fenster.

„Laß uns spazierengehen."

„Bist du verrückt? Draußen gießt es in Strömen."

„Na und? Das macht doch Spaß."

„Ach, hör auf."

„Komm schon! Was ist los, du Hasenfuß? Ist unsere Prinzessin etwa aus Zucker?"

Prinzessin genannt zu werden war ein rotes Tuch für Jenny. Außerdem würde es Spaß machen, sich im Regen auszutoben. „Okay. Wir werden sehen, wer zuerst Unterschlupf sucht."

„Die Wette gilt."

Der Campus war verlassen, abgesehen von einigen Studentinnen, die zu Prüfungen eilten oder von dort kamen und ihre Köpfe mit Schirmen und Büchern schützten. Sie starrten die beiden in Jeans, Pullover und grüne Regenmäntel gekleideten Mädchen an, die gemächlich über den Rasen schlenderten. Als sie an einer riesigen Pfütze vorbeikamen, schubste Sandy Jenny hinein. Dann rannte sie los, und Jenny folgte ihr auf dem Fuße.

„Ich werde dich in der nächsten Pfütze ertränken, du Biest!" kreischte Jenny.

Sandy rannte unter einer Reihe von Kiefern hindurch, zog an den Zweigen und ließ sie wieder zurückschnellen, so daß Jenny, die dicht hinter ihr war, mit Wassertropfen besprüht wurde. An der nächsten großen Pfütze betrachteten sie einander und brachen beim Anblick ihrer klatschnassen, an den Gesichtern klebenden Haare, ihrer durchweichten Hosenbeine und der triefenden Mokassins, die bei jedem Schritt quatschten, in Gelächter aus.

Sandy tappte unbekümmert mitten in die tiefe Pfütze, so daß das Wasser ihr bis zu den Waden stand. Dann setzte sie sich sehr langsam und würdevoll hin. Ihr Blick forderte Jenny heraus: „Du traust dich nicht!“ Jenny tippelte kokett um die Pfütze herum und ließ sich dann neben Sandy nieder. Mit übermütigem Gelächter ließen sie sich aneinanderfallen.

Sie lachten immer noch und stießen sich gegenseitig in die Rippen, als sie durch die Tür stürmten.

„Erste in der Dusche!“ rief Sandy, als sie ihre Kleider abstreiften.

Jenny sprang auf und wandte sich zum Badezimmer. „O nein! Ich bin zuerst dran!“

Sandy packte sie am Arm und schubste sie beiseite. „Nein, bist du nicht! Ich hab's zuerst gesagt!“ Sandy lief zum Badezimmer.

Jenny packte sie bei ihrer halb offenen Bluse und versuchte sie daran zu hindern, hineinzugehen. Kichernd rangen sie miteinander und prallten gegen die Wand. „He, paß auf, meine Brust!“ kreischte Sandy, als Jenny sie mit dem Ellenbogen stieß. Immer noch kämpfend, fielen sie auf Jennys Bett. Sandy war größer und stärker und nagelte Jenny schließlich fest, indem sie sich auf sie warf.

„Hab' ich dich!“ rief Sandy und sicherte ihre Position. Sie lächelte Jenny an, die sie fragend betrachtete. Sandys Herz klopfte schneller vom Ringen, wurde nun aber für einen Moment ruhiger, bevor es wieder heftig zu klopfen begann. Sie spürte Jennys Brüste an ihren Oberschenkeln, und ihre Waden ruhten auf Jennys Hüften. Beide wandten rasch den Blick ab.

Sandy stand auf, und Jenny stürzte zur Badezimmertür. Sie begannen wieder zu ringen und zu lachen und einander zu schubsen, waren aber nun ein wenig befangen. Was sie empfunden hatten, war nicht nur unaussprechlich, sondern auch undenkbar. Sandy sagte sich, Jenny könnte unmöglich ebenso empfinden. Aber Jenny wußte es besser.

10

Es war einer ihrer typischen Nachmittage. Sie hatten es heute morgen zum Unterricht geschafft, obwohl das Spiel letzte Nacht bis vier Uhr gedauert hatte, und nun kehrten sie nach dem Mittagessen in ihr Zimmer zurück und brachen erschöpft auf Jennys Bett zusammen. Jenny lag in den gegen das Kopfteil gestellten Kissen und schaute Sandy an, die sich mit einem Kissen im Rücken gegen die Wand lehnte. Sandy wirkte neuerdings viel entspannter. Im weichen Nachmittagslicht sah ihr Gesicht wunderschön aus. Kaum jemand hätte vermutet, daß Sandy Jüdin war – ihre Nase war vollkommen gerade und so fein, daß sie mit dem Rest ihres Gesichts harmonierte. Sandy hatte die Augen geschlossen, und Jenny nutzte die Gelegenheit, ihr Gesicht ungestört zu betrachten. Ihre Unterlippe hatte eine Rundung, die Jenny, deren eigene Lippen im Vergleich dazu dünn waren, immer fasziniert hatte.

Jennys Augen folgten der Linie von Sandys vollen Lippen zum Kinn, die Kehle hinunter und zum Ausschnitt ihrer Bluse, die sich spannte und Jennys Aufmerksamkeit auf die Rundung ihrer teilweise entblößten Brüste lenkte. Jenny schaute weg und schluckte. In ihrem Kopf war eine ungewohnte Leichtigkeit.

Ihre Gefühle für Sandy hatten die Grenze der Freundschaft überschritten. Anfangs war es leicht gewesen, es zu leugnen, ihre Freundschaft einfach nur für enger zu halten als jede andere, die sie gehabt hatte. Aber vor drei Wochen hatte sie geträumt, neben Sandy auf einer Wiese im hohen Gras zu liegen. Sandy hatte Jenny mit einem langen grünen Grashalm hinter dem Ohr gekitzelt, und sie hatten wie so oft begonnen, miteinander zu ringen. Schließlich hatten sie erschöpft innegehalten, und Sandy hatte sich über sie gebeugt und sie auf den Mund geküßt. Jenny war nicht überrascht gewesen. Sie hatte Sandys Kuß erwidert, als sei es das Natürlichste der Welt.

Als sie erwachte, war Jenny über den Traum erstaunt gewesen. Sie hatte sich gefragt, was er bedeutete, und sich dann rasch gesagt, Träume seien Schäume und dieser sei völlig unsinnig. Aber in den darauffolgenden Wochen hatte Jenny festgestellt, daß sie Sandy heimlich anstarrte, sie beim Lernen oder Schlafen beobachtete und den Blick abwandte, wenn Sandy sich auszog. Es gab keinen Zweifel mehr. Sie empfand sexuelle Gefühle für Sandy.

Jenny erinnerte sich, daß jemand damals in der Schule eines der Mädchen eine Lesbe genannt hatte. Es war klargewesen, daß das etwas Schreckliches war, und das Mädchen hatte es weinend abgestritten. Damals hatte Jenny nicht verstanden, worum es ging, deshalb hatte sie ihren älteren Bruder George gefragt, was eine Lesbe sei. Er hatte gesagt, eine Lesbe sei homosexuell, eine Perverse.

Später erfuhr Jenny, daß „Lesbe“ Lesbierin bedeutete. Lesbierinnen waren kranke, abstoßende Frauen, die Sex miteinander hatten. Aber sie und Sandy waren keine Lesbierinnen. Wie denn auch? Lesbierinnen waren häßliche Frauen, die keinen Mann bekommen konnten. Aber das traf auf sie und Sandy nicht zu; beide verabredeten sich mit Männern und waren ziemlich attraktiv. Sie hatte gehört, daß Lesbierinnen Männer haßten, weil sie keinen abgekriegt hatten und weil sie am liebsten selbst ein Mann sein wollten. Das schien Jenny nicht ganz stimmig, aber sie wußte, daß weder sie noch Sandy Männer haßten. Beide mochten Männer. Schon deshalb konnten sie nicht abartig sein. Es war nicht so, daß sie gerne Sex mit anderen Mädchen gehabt hätte. Sie hatte nie zuvor so empfunden, und auch jetzt empfand sie nur Sandy gegenüber so. Jenny war sicher, daß es bei Sandy ebenso war. Was bedeutete, daß sie einander einfach auf ganz besondere Weise mochten.

Jenny hatte noch nie von zwei „normalen" Mädchen gehört, die so empfanden. Das bedeutete, daß das, was zwischen Sandy und ihr geschah, sehr selten vorkam. Vielleicht war es noch nie vorgekommen. Sie spürte, daß andere Menschen es nicht verstehen würden. Sie würden denken, sie und Sandy seien krank, weil sie nicht wußten, daß es auch zwischen zwei netten Mädchen geschehen konnte. Das hieß, sie würden sehr diskret sein müssen.

An dieser Stelle unterbrach Jenny ihren Gedankengang. Sie mußte verrückt sein, es Sandy erzählen zu wollen. Geschweige denn, ihre Gefühle in die Tat umzusetzen. Es war einfach lächerlich. Natürlich würde sie den Mund halten.

Doch vor ein paar Tagen hatte Jenny beschlossen, es Sandy zu erzählen. Sie mußte wissen, ob Sandy ebenso empfand. Außerdem konnte sie mit niemand anders darüber reden, und Jenny hatte ein großes Bedürfnis, es jemandem zu erzählen. Sandy würde sie nicht auslachen. Da war sie ziemlich sicher. Heute wäre der richtige Tag, etwas zu sagen. Sie hatte es gestern versucht, aber jedesmal, wenn sie den Mut dazu aufbrachte, hatte Sandy einen Witz gemacht oder ein ernstes Gespräch begonnen. Es war einfach nicht der richtige Zeitpunkt gewesen. Aber nun war Sandy still, damit beschäftigt, Rauchringe zu blasen.

„Sandy?"

„Mmh." Sandys Wangen waren gebläht, als sie vorsichtig kleine perfekte Rauchringe blies, die sich langsam auflösten, während sie zur Decke hochschwebten.

„Ich weiß nicht genau, wie ich es sagen soll. Ich will nicht, daß du es mißverstehst, aber manchmal ... manchmal, wenn wir nebeneinander liegen oder herumalbern – weißt du, wie beim Ringen –, habe ich diese Gefühle ..." Jenny hielt inne in der Hoffnung, Sandy würde etwas sagen. Aber Sandy schwieg. „Ich bin nicht sicher, was das für Gefühle sind, aber ... manchmal möchte ich dich gerne im Arm halten." Dieser letzte Satz platzte hervor. Jenny war erleichtert, ihn herausbekommen zu haben.

Sandy saß reglos da. Sie hatte sogar aufgehört zu atmen. Sie traute sich nicht, Jenny anzusehen, und schämte sich dafür. Sie bemerkte nicht, daß Jenny sie ebenfalls nicht ansah. Sie war sich ihrer eigenen Gefühle seit langem bewußt, aber sie hatte nie daran gedacht, darüber zu reden. Das Risiko war zu groß. Du konntest nur etwas sagen, wenn du mit Bestimmtheit wußtest, daß die andere ebenso empfand. Und da es keine Möglichkeit gab, sich dessen gewiß zu sein, sagtest du nie etwas. Aber Jenny hatte das Schweigen gebrochen. Das hatte Sandy nie zuvor erlebt, und sie wußte nicht, was sie tun sollte. „Ich dich auch", flüsterte sie.

„Was?" fragte Jenny. Ihr Herz klopfte so laut, daß sie nicht sicher war, ob sie richtig gehört hatte.

„Ich verstehe das. Ich habe dieselben Gefühle." Sandy konnte nicht glauben, daß sie das gesagt hatte. Sie fühlte sich, als hätte sie ihren Körper verlassen, als hinge sie an einer Schnur von der Decke und beobachtete die Szene, die sich auf dem Bett darunter abspielte. Es war Sandy nie in den Sinn gekommen, daß Jenny möglicherweise dasselbe fühlte. Aber wenn Jenny so empfand und Sandy so empfand, dann ... Sandy brachte den Gedanken nicht zu Ende.

„Nun, ich finde, wir müssen nicht unbedingt etwas tun." Jennys Stimme verriet ihre Angst. „Ich wollte es dir nur sagen."

Sandy warf Jenny einen raschen Blick zu, sah ihre abgewandten Augen, ihre langen, schmalen Finger, die die Bettdecke kneteten, ihre zusammengepreßten Lippen, als wollte sie die Worte wieder zurückholen, die ihr gerade entschlüpft waren.

„Ja, das finde ich auch. Es ist gut, daß wir darüber geredet haben, aber es besteht kein Grund, etwas zu tun." Sandy versuchte, erwachsen und selbstsicher zu klingen, obwohl sie sich nicht so fühlte. Es hatte keine Eile zu entscheiden, ob oder ob nicht ... Sandy konnte diesen Gedanken immer noch nicht zu Ende denken. Sie erinnerte sich daran, daß sie atmen mußte, und holte zögernd Luft. Aber ihr Herzklopfen hörte nicht auf.

11

Während der folgenden beiden Wochen sprachen sie nicht darüber, obwohl beide an kaum etwas anderes dachten. Beide fragten sich, ob es ihnen im Gesicht geschrieben stand oder ihren befangenen Bewegungen anzusehen sei. Beide wünschten manchmal, sie hätten den Mut, überlegten es sich dann aber wieder anders. Sandy hatte diese Gefühle früher schon einmal gehabt, wenn auch nie so intensiv. Sie hatte gelernt, sie unter Kontrolle zu halten. Für Jenny waren die Gefühle neu; sie trafen sie unvorbereitet. Sie versuchte, sie loszuwerden, aber sie kamen immer wieder und wurden jedesmal stärker.

Sandy und Jenny kamen lachend ins Zimmer. Es war Sonntag, daher trugen sie Röcke, Blusen und Mokassins. Das gehörte zur Hausordnung des Wohnheims: Beim sonntäglichen Mittagessen mußten Röcke und Strümpfe getragen werden, sonst durfte der Eßsaal nicht betreten werden. Sandy fand die Vorschrift unsinnig. Es kam ihr nie in den Sinn, über den Ursprung der Vorschrift nachzudenken, sich bewußt zu machen, daß Sonntag der christliche Tag der Andacht war. Hätte sie sich das klargemacht, wäre sie doppelt so verstimmt gewesen. Obwohl sie philosophisch über die Existenz Gottes oder den zutiefst verderblichen Einfluß der Religion diskutierte, dachte sie nie daran, daß andere Leute diesen Hokuspokus wirklich glaubten, geschweige denn, daß er ihr eigenes Leben beeinflußte. Sie war sich nicht bewußt, daß eine bestimmte Auslegung der göttlichen Gesetze ihr das Tragen von Strümpfen am Sonntag vorschrieb. Sie hielt Miss Ogleby für die Quelle des Übels.

Miss Ogleby war groß, dünn und farblos. Sie stand mit finsterem Gesicht am Eingang der Cafeteria und inspizierte jede Studentin, die hereinkam. Sandy verachtete Miss Ogleby. Sie beleidigte ihr Empfinden für das, was wichtig war. Heute hatten sie einen Zusammenstoß gehabt.

„Mein Fräulein, du trägst keine Strümpfe, und du kennst die

Vorschriften für das Sonntagessen", hatte die alte Schachtel sie getadelt.

„Aber Miss Ogleby, woher *wissen* Sie, daß ich keine Strümpfe trage?" Ihr Philosophieunterricht zahlte sich schließlich aus. „Wenn Sie sich nicht hundertprozentig sicher sind und das, was Sie sehen, mit weiteren Beweisen untermauern können, haben Sie kaum das Recht, mir das Betreten der Cafeteria zu verwehren." Sandy versuchte, so patzig zu klingen wie Miss Ogleby.

Miss Ogleby war empört. Sandy erkannte das daran, daß ihre Atmung unregelmäßig wurde. Eine lange Schlange von Mädchen hatte sich angesammelt, und sie alle starrten die beiden an.

„Und woher soll ich deiner Meinung nach diesen Beweis nehmen?" Sie ging direkt in Sandys Falle.

„Nun, es gibt eine todsichere Methode, Miss Ogleby. Gott hat Ihnen zwei Hände gegeben."

Miss Ogleby war dunkelrot angelaufen. Mehrere Mädchen hatten gekichert. Sie verlor ihr Gesicht. Also hatte sie es unter dem Druck der Situation getan: Sie hatte Sandy in die bloßen Beine gepiekt und dann verärgert gesagt: „Wenn du mich noch einmal so verschaukelst, mein Fräulein, dann sorge ich dafür, daß du nie mehr in dieser Cafeteria essen darfst."

Sandy und Jenny hatten sich abgewandt und sich das Lachen kaum verkneifen können. Als sie aus Miss Oglebys Blickfeld waren, platzten sie los. Sie lachten immer noch, als sie ihr Zimmer betraten. Sandy schlüpfte aus dem Rock und zog ein Paar Jeans an, die auf dem Boden lagen. Jenny beobachtete sie beifällig und zündete sich dabei eine Zigarette an. Sandy, die sich Jennys Blick nicht bewußt war, lachte immer noch vor sich hin. Niemals mehr in der Cafeteria essen dürfen. Als sei das eine Strafe.

„Gibst du mir eine Zigarette, Jen?"

Jenny ging zu ihrer Handtasche, holte eine zweite Zigarette heraus und zündete sie an der ersten an. Sie hockte sich auf die Bettkante und gab Sandy eine der Zigaretten.

„Danke.“

Sie rauchten schweigend. Sandy setzte sich auf und knuffte ihre Kissen zurecht.

„Gott, ich liebe es, faul zu sein.“ Sandy bemerkte, daß Jenny abgelenkt war. Sie schien ungewöhnlich still.

„Ist irgendwas?“

Jenny hatte auf den Linoleumboden gestarrt. Eine endlose Parade grauer Vierecke. Sie hatte darauf gewartet, daß Sandy es zur Sprache brachte, aber es war klar, daß sie es nicht tun würde. Wenn etwas geschehen sollte, dann würde Jenny handeln müssen. Noch nie hatte sie ein solches Begehren empfunden wie jetzt für Sandy. Ihr ganzer Körper schmerzte von dem Versuch, ihre Gefühle unter Kontrolle zu halten. Sie wollte nicht mehr kämpfen. Sie schaute auf und sah Sandy an.

„Ich möchte dich küssen.“

Sie sahen einander gebannt an. Sie zögerten und hielten den Atem an. Dann beugten sie sich beide ganz langsam vor, und ihre Gesichter trafen sich auf halbem Wege. Die Spannung war an dem kaum merklichen Zittern der Unterlippen zu erkennen, die vom Gehirn zwei Botschaften gleichzeitig empfingen. Ja. Nein. Laß es geschehen. Unterdrücke es. Sehr sanft berührten sich ihre Lippen und erforschten einander. Der Raum um sie herum trat zurück. Alles außer ihren Gesichtern rückte aus dem Blickfeld. Nur ihre Lippen berührten sich. Ihre Körper hielten Abstand. Schließlich legten sie erschöpft die Köpfe aneinander – Stirn an Stirn, Nase an Nase. Ihre Köpfe waren zu schwer, um sie aufrecht zu halten. Langsam neigten sich ihre Gesichter zur Seite, bis sie Wange an Wange lagen und ihr Kinn auf der Schulter der anderen ruhte. Sie hatten lange Zeit gebraucht, um an diesen Punkt zu gelangen.

Dieser erste Kuß war anders als alle Erfahrungen, die Sandy jemals gemacht hatte. Sie fühlte Begehren durch ihren Körper strömen und in einem vollkommen neuen Rhythmus pulsieren, der zugleich von eindringlicher Vertrautheit war. Als ihre Lippen einander erneut zu erforschen begannen, wuchs ihr Begehren. Das rhythmische Pochen in ihren Handgelenken und ihren Ohren und ihrer Brust und ihrer Vagina überwältigte sie; das Pochen wurde lauter, ohrenbetäubend, rasend, und klang dann allmählich ab, wurde fast unhörbar, bis es plötzlich wieder lauter zu werden begann und sein Donnern ihre Haut zu zerreißen drohte, so wie ein Gummiband reißt, wenn es bis an den Punkt gedehnt wird, an dem die Zugkraft größer ist als die natürliche Spannung, die es zusammenhält.

Jenny war die erste, die weiterging. Ihre Lippen wanderten über Sandys Wange hinunter zu ihrem Hals, verweilten dort und setzten dann langsam, ganz langsam ihren Weg an Sandys Kehle hinab fort, ihr Gesicht sank tiefer, ihre Nase schmiegte sich zärtlich in den Raum zwischen Sandys Brüsten, ihr Haar glitt über Sandys Gesicht und Kehle, schob sich in ihre Bluse und strich sanft über ihre Haut.

Sandy kam sich egoistisch vor in ihrem Genuß. Sie hob Jennys Kopf und küßte sie nun eindringlicher, überraschte Jenny damit, fühlte, wie sie nachgab, als Sandy die einleitenden Rituale wiederholte – über die Wange zum Hals, zur Kehle, hinunter zu Jennys Brüsten. Ihr Mund suchte hungrig nach dem, was sie noch nicht kannte. Von einer Kraft getrieben, die so machtvoll war, daß sie sie durch ihr bloßes Vorhandensein schwach machte, legte sie den Kopf gegen Jennys Brüste. Jennys Hand liebkoste ihren Hinterkopf und spielte mit ihrem Haar, sie drehte die Spitzen um ihre Finger, mal sanft, mal fest.

Sandy dachte, sie könne ewig dort liegen. Nichts könne sich je besser anfühlen. Sie setzte sich auf. Sie ließen einander los und schauten sich unverwandt an. Sandy fühlte ihr Verlangen wieder aufwallen. In Jennys Augen sah Sandy dieselbe Leidenschaft wachsen. Das steigerte ihr eigenes Begehren, und dies wiederum vergrößerte Jennys Verlangen. Sandy wunderte sich, wie sie so empfinden konnte, ohne daß sie einander auch nur berührten. Es war, als sei die Luft zwischen ihnen voller Begehren, und jeder flache Atemzug übertrug das Begehren, liebkoste ihren Körper mit einem leichten Kribbeln, das in ihren Händen begann und sich ihre Arme hinauf, über ihre Schultern und weiter ihren Nacken hinauf bis zur Kopfhaut und vorne am Körper wieder hinunter ausbreitete und sich in dem Pochen in ihren Leisten sammelte.

Jenny streckte die Hand aus und knöpfte den obersten Knopf von Sandys Bluse auf. Sandy fürchtete, ohnmächtig zu werden. Statt dessen atmete sie tief ein und machte bei Jenny ebenfalls den obersten Knopf auf. Gleichzeitig rissen sie sich gegenseitig die übrigen Knöpfe der Blusen auf und ließen sie auseinanderfallen. Gleichzeitig streckten sie die Hände nach einander aus; zuerst half Jenny Sandy aus der Bluse, dann Sandy Jenny.

Mit einem verwegenen Lächeln griff Jenny um Sandys Rücken herum und löste den Verschluß ihres BHs. Jennys langes dunkles Haar fiel Sandy über die Schultern und Brüste. Als Jenny sich weiter vorbeugte, streckte Sandy die Hand aus und löste ihr den BH; sie sah, wie er sich bauschte und beim Öffnen mehr von Jennys Brüsten freigab. Beide streiften sich die BHs mit einer leichten Bewegung ab und ließen sie achtlos in den Schoß fallen. Sie sahen einander an.

Sandy kam es wie ein Wunder vor. Sie hatte sich die Brüste eines anderen Mädchens nie genau angesehen. Oh, es hatte verstohlene Blicke im Umkleideraum der Schule gegeben, aber Sandy hatte den Blick immer rasch abgewandt, aus Furcht, er könne etwas anderes ausdrücken als das Desinteresse, das sie meinte empfinden zu müssen. Nun erlaubte sie ihren Augen zögernd, jede Rundung zu erforschen, wahrzunehmen, wie die Wölbung von Jennys Brüsten sich so anmutig zu ihren Nipples verjüngte, die dunkler waren als Sandys, und wie der eine Nipple hochstand, während der andere sich versteckte.

Jennys anfängliche Schüchternheit war verschwunden. Sie merkte, wie ängstlich und zaghaft Sandy war. Das überraschte sie, denn Sandy war sonst so bestimmt. Nun wirkte sie wie ein sehr junges Mädchen, jünger als Jenny. Jenny spürte, wie sie sanft und beschützerisch gegenüber Sandy wurde. Sie hatte gewußt, daß sie die Initiative würde ergreifen müssen. Sie streckte die Hände aus und legte sie auf Sandys Brüste, streichelte sie dann langsam rundum und staunte über ihre Fülle. Sandys Brüste standen gerade vor, als wollten sie sagen: „Hier sind wir, frei und voll." Jennys Brüste hingen ein wenig; sie hatte sich schon oft Sorgen gemacht, daß sie eines Tages so aussehen würde wie die alten Frauen, die sie im Umkleideraum im Schwimmbad gesehen hatte. Die Brüste hingen ihnen bis zum Bauchnabel, ihre Nipples waren vom Alter welk und runzelig. Jenny hoffte, daß Sandy ihre Brüste schön fand. Sie schaute sie an, aber Sandy hatte den Blick gesenkt, ihr Gesicht war rot und aufgewühlt. Sandy streckte die Hand aus und schmiegte sie an Jennys Wange. Dann legte sie sich hin und zog Jenny auf sich. Sie begannen sich zu küssen. Ihre Erregung wuchs, als sie einander mit den Beinen umschlangen; sie wälzten sich auf dem Bett herum, drehten sich immer wieder mit jeder neuen Berührung, jedem neuen Kuß. Für einen Augenblick hielten sie inne, und Jenny legte den Kopf in die Beuge an Sandys Schulter.

„Wenn wir in die Bibliothek wollen, ziehen wir uns besser an", sagte Jenny neckend.

„Scheiß auf die Bibliothek." Sandy beugte sich über sie und gab Jenny einen langen Kuß. „Dies ist wundervoll." Ihr Liebesspiel wurde leidenschaftlicher. Das Bett wackelte, und die Federn ächzten widerstrebend. Jenny hoffte, das Bett würde nicht zusammenbrechen. Wie sollten sie das erklären? Eine Kissenschlacht, dachte sie. Das klang glaubhaft. Sie suchte erneut Sandys Lippen, und ihre Zunge folgte jeder Linie im Innern von Sandys Mund.

Ihre innere Uhr war für einen kostbaren Moment angehalten. Die Zeit verging nicht schnell, blieb aber auch nicht stehen. Sie war ihnen einfach nicht bewußt. Nach einer Weile hielten sie inne und lagen einander ruhig in den Armen.

„Jenny?“ Sandys Stimme klang fragend.

„Ja?“

„Weißt du, was wir tun sollen?“

„Hm, nein.“ Sie sah Sandy an. „Ich hatte gehofft, du wüßtest es.“

Sandy war peinlich berührt und verlegen, als sie den Kopf schüttelte. Sie sahen einander an und brachen in Lachen aus.

„Das ist nicht zu fassen. Hier sind wir, angeblich Frauen von Welt“, Sandys Stimme war sarkastisch, „und keine von uns hat die leiseste Ahnung, wie ...“ Beide kicherten los. „Also, was passiert jetzt?“

Jenny stützte sich auf einen Ellenbogen und sah auf Sandy hinunter, die auf dem Rücken lag. „Mach dir keine Gedanken. Uns wird schon was einfallen.“

12

Sie ließen sich etwas einfallen. Sie ließen sich Dinge einfallen, die keine von ihnen je gehört hatte. Dinge, die sich einfach zu ergeben schienen, aus einer Intuition heraus, der sie sich überließen, wenn sie nicht weiterwußten oder verwirrt waren. Es war, als entdeckten ihre Körper einen neuen Sinn, von dessen Existenz sie nichts gewußt hatten. Sie liebten sich endlos, unterbrochen nur durch den Unterricht, die Binokelspiele und die seltenen Zeiten, wenn Mary im Zimmer war. Ihr Liebesspiel wurde natürlich und ungehemmt, blühte auf in der allmählich wachsenden Vertrautheit. Jede lernte den Körper der anderen kennen wie einen Lieblingsort: Du betrachtest die Landschaft und prägst sie deinem Gedächtnis ein; du achtest auf jedes Detail, so daß die kleinste

Veränderung einen sofortigen Ausruf der Überraschung auslöst. Und in diesen Überraschungen liegt ein großer Genuß, weil du immer mehr wahrnimmst, weil die Sinne neue Möglichkeiten entdecken, dieselben Dinge wahrzunehmen. Blicke und Gerüche und Berührungen und Töne und Geschmack und Bewegungen fließen ineinander, bis das Bekannte so komplex und vielfältig ist wie der Kontrapunkt in einem Musikstück oder die Schatten in einem impressionistischen Gemälde.

Indem sie sich gegenseitig entdeckten, entdeckten sie auch sich selbst. Sie waren dazu erzogen worden, nicht egoistisch zu sein, also erforschten sie erst jetzt, in dem Wunsch, einander Genuß zu bereiten, ihren eigenen Genuß für die andere und unbeabsichtigt auch für sich selbst. Und die Entdeckung war gewaltig; viele von Sandys philosophischen Bedenken und zynischen Ansichten verblaßten vor diesen neuen Gefühlen. Sie hatte niemals erwartet zu lieben, und gewiß nicht so. All die Lieder von romantischer Liebe waren nicht einfach Kinderkram. War es möglich, daß auch andere diese Leidenschaft empfanden, diese vollkommene Hingabe und Anteilnahme an ihren Geliebten? Sandy glaubte das nicht. Sie hatte viele Leute von Liebe reden hören, aber ihre Worte schienen leer, banal und albern, ohne Bezug zum wahren Begehren. Sandy erinnerte sich, wie es mit Männern gewesen war: uninteressant – und sie war unbeteiligt geblieben. Die Männer hatten sich offenbar mehr daraus gemacht, aber der Sex war von einer überstürzten und hektischen Art gewesen, als beeilten sie sich, an irgendeinen unbekannten Ort zu gelangen. Zwar hatten sich nicht alle tolpatschig verhalten, aber es war einfach so reglementiert, vorhersehbar und wenig anregend gewesen. Damals war Sandy dies nicht bewußt geworden, aber keiner von ihnen hatte wirklich gewußt, wie er ihren Körper berühren sollte, wie er es genießen konnte, ihr Genuß zu bereiten. Mit Jenny war es ganz anders. Sandy fand es ebenso aufregend, sie zu berühren, wie von ihr berührt zu werden. Bei ihrem Anblick, oft an Orten, wo das Berühren verboten war, wie in der Cafeteria oder der Bibliothek, wurde es Sandy jäh heiß. Wenn sie einander nahe waren, manchmal sogar nur nebeneinander standen, ohne sich zu berühren, überlief Sandy eine Welle des Begehrens, die ihre Knie weich werden ließ. Und wenn sie einander umarmten, gaben Sandys Knie nach und zitterten etwas, bevor sie schließlich allen Halt verloren, so daß sie und Jenny sich hinsetzen mußten. In dieser Zeit wurde Sandy weicher. Sie lächelte nun oft und lachte ohne bitteren Unterton. Sie hörte auf, ihr Haar hochzustecken und einzusprühen, ließ es offen und spürte seine sinnliche Berührung an Hals und Schultern. Sie wurde liebenswürdig, fast kindlich, und wirkte doch weiblicher. Es war eine friedvolle Zeit.

13

Zu jeder Tages- und Nachtzeit redeten sie. Beide hungerten danach, alles zu erfahren, was die andere fühlte, dachte, träumte und erlebt hatte. Sie vertrauten einander ihre Vergangenheit in einer Weise an, wie es keine von ihnen jemals zuvor getan hatte. Sie teilten einander mit, was sie gelernt hatten, und erforschten, was sie gerade erst zu erahnen begannen. Jede ermutigte die andere, ihre Aufrichtigkeit bis zum äußersten zu testen, dem Vertrauen zwischen ihnen keine Grenzen zu setzen.

„Was meinst du, wie würden deine Eltern reagieren, wenn sie ... von uns wüßten?“ fragte Sandy eines Tages, als sie auf Jennys Bett saßen.

„Wozu es ihnen überhaupt sagen?“ Jenny schüttelte den Kopf. „Sie könnten nicht damit umgehen. Es würde sie umbringen. Ich würde es ihnen niemals sagen. Niemals. Sie haben genug mitgemacht.“

„Du meinst den Krieg?“

Jenny nickte. In der letzten Zeit hatte sie viel über ihre Eltern nachgedacht. Sie erinnerte sich an die Geschichten, die ihre Mutter ihr erzählt hatte, als sie ein kleines Mädchen war. Sie setzte Jenny neben sich und erzählte ihr Geschichten von damals, bevor die Nazis kamen. Und wie es danach gewesen war. Es erstaunte Jenny, daß es sie nach all diesen Jahren immer noch aus der Fassung brachte, wenn sie daran dachte, wie ihre Mutter während des Krieges gelebt hatte. Sie war immer auf der Flucht gewesen und hatte sich, in dem Wissen, daß ihre ganze Familie in den Lagern umgekommen war, vor den Nazis versteckt. Jenny spürte Tränen in ihren Augen aufsteigen, aber sie unterdrückte sie entschlossen. Ihre Mutter hatte nie geweint, wenn sie ihr die Geschichten erzählte. Sie würde auch nicht weinen.

Und dann war da natürlich ihr Vater. Ihm war es nicht ganz so schlimm ergangen. Er hatte in der polnischen Armee gekämpft. Als die Nazis die Macht übernahmen, verließ er mit gefälschten Papieren das Land. Er war nicht erst in letzter Minute entkommen wie ihre Mutter. Nach dem Krieg wurden Hilfsdienste gegründet, die den Leuten halfen, nachzuforschen, ob ihre Verwandten noch lebten. Aber er hatte nie etwas herausgefunden. Er nahm an, daß seine Familie in Warschau ums Leben gekommen war. Er sprach nicht viel über die Vergangenheit. Als sie nach Amerika gekommen waren, erklärte er Jenny, hatten sie ein neues Leben angefangen. Sie arbeiteten hart und kümmerten sich um ihre eigenen Angelegenheiten. Sie erzogen sie und ihre beiden Brüder zu guten amerikanischen Bürgern. Jenny wußte, daß er früher anspruchsvoller gewesen war, aber die Furcht hatte ihn gezwungen, die Dinge zu vereinfachen. Seine Wurzeln lagen in Europa, aber Europa hatte ihn verraten. Jenny seufzte.

„Meine beiden Brüder und ich sind alles, was sie noch an Familie haben. Hohe Erwartungen, fürchte ich ... ich könnte sie nicht enttäuschen."

Sandy war nachdenklich. Sie erinnerte sich, was Jenny ihr über ihre Eltern erzählt hatte. Es war schwer nachzuvollziehen, wie es gewesen sein mußte. Die Angst. Die Ungewißheit. Ihre eigenen

Eltern waren auf der Lower East Side geboren. Sie hatten nicht viel über den Krieg gesprochen. Ihr Trauma war McCarthy gewesen. Sandy erinnerte sich, wie sie eines Nachmittags von einem Bürgerrechtstreffen im Village zurückgekommen war. Ihr Vater war ausgerastet – er schrie sie an und schlug sie, als sie zur Tür hereinkam. Er dachte, sie hätte sich mit der Kommunistischen Partei eingelassen. Als ihre Mutter später an diesem Abend mit ihr sprach, hatte sie Tränen in den Augen. Sie sagte Sandy, sie solle nie politisch tätig werden, denn dann würden sie ihren Namen auf eine Liste setzen, und da würde er für alle Zeit bleiben. Für alle Zeit, betonte ihre Mutter. Sie sagte Sandy, sie solle nie vergessen, daß sie Jüdin sei. Die Leute würden einen Vorwand suchen, um ihr das Leben schwer zu machen, besonders in harten Zeiten.

„Wie steht es mit deinen Eltern?"

Sandy schaute auf. „Ich habe gerade daran gedacht, was meine Eltern mir über das Jüdischsein erzählt haben. Während der Weltwirtschaftskrise blieb meiner Mutter nichts anderes übrig, als sich als Christin auszugeben, wenn sie einen Job bekommen wollte. Sie brachte einen Priester dazu, ihr das zu bezeugen. Und später, während des Krieges, sagte sie, zogen Pro-Nazi-Aufmärsche durch die Straßen von New York. Kannst du dir das vorstellen? In vielen Teilen der Stadt war es für jüdische Menschen auf der Straße nicht sicher. Sie versteckten sich in ihren Häusern."

Sandy stand auf, ging zum Schreibtisch hinüber und nahm sich eine neue Zigarette. „Meine Mutter hat gemeint, die antisemitische Propaganda wäre selbst nach unserem Eintritt in den Krieg weitergegangen", sagte Sandy wütend. „Wahrscheinlich ging man davon aus, daß die Nazis so schlimm nicht sein konnten, solange sie bloß Juden umbrachten."

Sandy zündete sich die neue Zigarette an der alten an und drückte den alten Stummel heftig in einer Kaffeetasse aus, bis er völlig zerbröselt war. Es war schlicht zuviel, um es zu bewältigen.

Sie wußte, wie diese Erlebnisse ihre Eltern erschüttert hatten. Ihre Eltern waren rechtschaffene, liberale Gewerkschaftsmitglieder. Es hatte einfach keinen Sinn ergeben, daß ihr Vater so ausgerastet war ... Heute wußte Sandy, daß sie einfach nur Angst um sie gehabt hatten. Sandy konnte sich nicht einmal vorstellen, wie das Überleben in Europa während des Krieges Jennys Eltern zugesetzt haben mußte. Sie seufzte, ging zurück zum Bett und ließ sich hineinfallen.

Wie also würden ihre Eltern damit umgehen, wenn sie es wüßten? Sie hatten sich immer Sorgen um sie gemacht. Es schien, als sei sie von einem Schlamassel in den nächsten geraten. Wie damals, als sie von der Schule verwiesen wurde, weil sie „kommunistische" Schriften verteilt hatte – es waren nicht mehr als ein paar lausige Bürgerrechtsflugblätter gewesen, die Ankündigung einer Demonstration in der Stadtmitte. Was für ein Arschloch der Direktor war. Ein großer, wichtigtuerischer, zigarrenrauchender Typ, der Sandy zutiefst haßte. Sie haßte, weil er sie nicht einschüchtern konnte. Also hatte er ihre Mutter zu sich zitiert. Sandy war so stolz gewesen. Ihre Mutter war in die Schule gekommen, um sie zu verteidigen. Natürlich hatte sie ihr anschließend daheim die Hölle heiß gemacht, aber sie hatte zu ihr gehalten, als es wirklich darauf ankam.

„Weißt du, ich glaube, sie würden nicht ausflippen, wenn sie es wüßten."

Jenny sah auf, immer noch halb in ihre eigenen Gedanken versunken. „Wenn wer was wüßte?"

„Meine Eltern. Über uns." Jenny sah skeptisch aus. „Nein, ich meine es ernst. Es würde ihnen nicht gefallen, und sie wären besorgt um mich, aber ich glaube, sie würden es akzeptieren."

Jenny machte eine wegwerfende Handbewegung. „Du spinnst ja."

Sandy schüttelte den Kopf. Ganz sicher war sie natürlich nicht, aber sie glaubte, sie würden es akzeptieren. Schließlich hatten sie früher auch immer zu ihr gehalten. Diesmal würde es ihnen vielleicht schwerer fallen, aber sie würden sich daran gewöhnen.

14

Es war fast Sommer, und Sandy merkte, daß sie im Unterricht abschaltete und die Stimme der Dozentin nur aus weiter Entfernung als leises Summen wahrnahm. Im Psychologie-Kurs heute morgen war es besonders schwer gewesen, aufzupassen. Jenny hatte sich pflichtbewußt Notizen gemacht, so daß Sandy sie von ihr übernehmen konnte.

Sie warfen ihre Bücher und Taschen hin, als sie ins Zimmer kamen. „Langweilig. Ich dachte, Psychologie hätte etwas mit Menschen zu tun. Wenn ich noch eine Story über die Freß- und Scheißgewohnheiten von Albert, der Ratte, oder die Hörprobleme von Freddie, dem Frosch, höre, *werde ich laut schreien* ... oder vielleicht werde ich einfach verrückt." Sandy fuchtelte mit den Armen, während sie im Zimmer auf und ab schritt. „Ich sehe die Schlagzeilen schon vor mir: Psychologieunterricht treibt Studentin in den Wahnsinn!"

Sandy lief im Zimmer umher und führte ihre Monsternummer vor, mit komischen Fratzen und Grunzlauten, Schlägen an die Stirn und anderen Posen, die Jenny schlichtweg süß fand. Jenny hatte sich auf das untere Bett gesetzt und lachte über Sandys Mätzchen. Sie winkte Sandy zu sich. Sandy ging zu ihrer Gorillanummer über, grunzte etwas und stapfte zum Bett hinüber. Jenny zog sie auf sich hinunter.

„Ich dachte, wir wollten uns aufs Ohr legen."

Jenny begann mit Sandys Haar zu spielen und knabberte an ihrem Ohr. „Das werden wir", flüsterte sie verführerisch. Sie begannen ihr Liebesspiel. Mittlerweile war es vollkommen natürlich geworden. Sie öffneten sich gegenseitig die Hosen, Jenny zog erst ihre, dann Sandys herunter und küßte Sandy auf den Bauch und dann auf die Hüften. Plötzlich hielt sie inne. „Hast du die Tür abgeschlossen, als wir hereinkamen?“ fragte sie.

„Weiß nicht.“

„Geh und schließ sie ab. Wir wollen doch nicht, daß Mary hereinplatzt.“

Sandy sprang aus dem Bett. Ihre Hosen hingen ihr um die Knie; sie hoppelte unbeholfen zur Tür, schloß sie ab, hoppelte zurück zum Bett und fiel erschöpft auf Jenny.

„Zieh dich aus“, sagte Jenny kichernd. Beide zogen sich Hosen und Blusen aus; die Schlüpfer behielten sie an, als sie sich einander zugewandt hinlegten. Sandy streckte die Hand aus und nahm Jennys Brust in den Mund, während ihre Hand über Jennys Hüften, ihren Hintern und den unteren Teil ihres Rückens glitt. Jenny drückte mit der einen Hand Sandys Gesicht fester an ihre Brust, umspielte mit der anderen Sandys Nipples und schlang die Beine um Sandys Hüften. Spielerisch streichelten sie einander die Innenflächen der Schenkel, packten sich bei den Hüften und fuhren mit der Zunge sanft um die Nipples, bis ihr Begehren wuchs und sie ihre Hüften im gleichen Rhythmus kreisen ließen. Jenny fuhr mit ihrer Hand in Sandys Schlüpfer und zupfte ein paarmal leicht an ihren Haaren. Sandy hob die Hüften an und schob Jennys Hand zwischen ihre Lippen, die feucht und geschwollen waren und vor Verlangen nach direkter Berührung schmerzten. Jenny linderte den Schmerz, als sie mit den Fingern in Sandys Scheide hinein und wieder heraus glitt und zu ihrer Klitoris wanderte, wo sie verweilte, spielerisch darüberstrich und dann zu langsam kreisenden Bewegungen überging. Sandys eine Hand hatte Jennys Hintern umfaßt, und nun bewegte sie diese Hand zu Jennys Poloch, liebkoste sanft die Öffnung und begann mit der anderen Hand Jennys Klitoris mit einer klopfenden Bewegung zu kosen, die direkte Berührung von winzigen Pausen ohne Hautkontakt unterbrochen. Inzwischen wußten beide, welche Art von Stimulation die andere mochte. Ihr Atem wurde schwerer. Jenny begann leicht zu stöhnen. Mit ihrer freien Hand zog sie sich ein Kissen heran, damit niemand ihre Laute hörte. Der Rhythmus ihres Liebesspiels wurde schneller, das Tempo nicht mehr vom Verstand, sondern von einem instinktiven Gefühl geleitet, das an einem bestimmten Punkt übernahm. Sandys Gesicht war zwischen Jennys Brüsten vergraben, die ihr Keuchen, das sich mit den heftigeren, schnelleren Bewegungen ihrer Körper verstärkt hatte, erstickten. Jenny erreichte den Höhepunkt zuerst, ihre Hüften drängten heftig gegen Sandys Hüfte und Hand. Sandy fühlte sich so befriedigt, als sei sie mit Jenny zusammen gekommen. Das war eines der Wunder bei ihrem Liebesspiel – sie ließen sich so sehr aufeinander ein, daß kaum zu spüren war, wem welche Hüfte oder Hand oder Brust gehörte. In der Umschlingung ihrer Körper steigerte sich ihre Erregung gleichzeitig, und die Erlösung der einen empfand auch die andere als Erlösung. Jenny schob das Kissen beiseite und glitt im Bett nach unten, um mit Sandy auf Augenhöhe zu liegen. Sie küßten sich sanft. Sandy rieb Jenny mit einer ganz leichten, kitzelnden Berührung den Rücken, so daß sich die letzte Spannung in Jennys Körper löste.

„Wie war es für dich?“ fragte Jenny.

„Großartig“, murmelte Sandy lächelnd.

„Willst du auch kommen?“ fragte Jenny und zupfte Sandy an den Schamhaaren.

„Muß nicht sein.“ Sandy fühlte sich sehr zufrieden.

Jenny schob ihre Hand zwischen Sandys Lippen, spreizte sie und ließ ihre Finger in der Furche zwischen der Klitoris und der Scheidenöffnung auf und ab gleiten. „Muß es immer noch nicht sein?“ sagte sie mit spitzbübischem Lächeln.

Sandy lachte hell auf. „Du bist wirklich sehr überzeugend.“ Sandy konnte kaum den Satz zu Ende sprechen, denn Jenny küßte sie heftig, mit geöffneten Lippen, und ihre Zunge füllte Sandys Mund, als sie tiefer und tiefer hineinstieß. Jennys Finger spielten mit Sandys Klitoris, glitten dann in ihre Scheide und bewegten sich vor und zurück, während Sandy ihre Hüften kreisen ließ. Mit dem Daumen versuchte Jenny Sandys Klitoris zu liebkosen, zuerst leicht, dann heftiger, als Sandys Erregung wuchs. Jenny wußte immer, wann Sandy kurz vor dem Orgasmus war. Sie keuchte in gleichmäßigem Rhythmus, atmete dann plötzlich tief ein und hielt den Atem an, bis er in einem Schrei explodierte, wenn ihr Körper die Spannung losließ. Nun hatte Sandy diesen Atemzug getan, und Jenny sagte: „Schhhh!“, um sie zu warnen, nicht zu laut zu sein. Sandy unterdrückte ihr Schreien und kam ziemlich leise. Danach erlaubte sie sich, tief einzuatmen und ihre Lungen mit der wunderbar duftenden Luft zu füllen, in die ihr Liebesspiel eingebettet war. Sandy rollte sich auf den Rücken, lachte und schob ihre Hand unter den Kopf. Jenny ließ sich neben ihr nieder. Ihr Kopf ruhte auf Sandys Arm. Nach einer Weile hob Jenny den Kopf und sah Sandy an.

„Du bist dran, die Zigaretten zu holen.“

„Nein, ich hab' sie letztes Mal geholt.“

„Du bist soviel besser im Zigarettenholen als ich“, sagte Jenny honigsüß.

Sandy schüttelte den Kopf. Sie wußte, daß sie Jenny in solchem Unsinn nicht noch bestärken sollte, aber Jenny sah so wunderschön aus. Und es war ja auch nicht der Rede wert. Sandy stand auf und ging zu Jennys Handtasche, die auf einem der Stühle am Schreibtisch lag. Sie holte zwei Zigaretten heraus und zündete eine an. Als sie sich umwandte, um die zweite an der ersten anzustecken, erstarrte sie plötzlich.

„O mein Gott!“ flüsterte Sandy.

„Was ist los?“ Jenny richtete sich auf.

Sandy bedeutete ihr, still zu sein. Aufgeregt winkte sie Jenny zu sich. Sandy wies auf das obere Etagenbett. Dort „schlief“ Mary, in die Ecke gegen die Wand gedrückt, direkt über der Stelle, an der sie sich gerade geliebt hatten. Ihr Körper war sehr still – unnatürlich still.

Sandy dachte, sie würde sterben. Sie grinste hysterisch, und ihr Gesicht drückte eine Mischung aus Angst und Verlegenheit aus. In Jennys Augen stand das blanke Entsetzen. Sie schien in Tränen ausbrechen zu wollen. Sandy versuchte sich einzureden, daß Mary tatsächlich schlief. Normalerweise machte sie keinen Nachmittagsschlaf, also war sie vielleicht sehr müde gewesen. Außerordentlich müde. Geradezu tot. Sandy wünschte, *sie* wäre tot.

15

Sie sprachen nicht über diesen Vorfall. Das war erstes Gebot. Es war zwei Wochen her, und Jenny konnte immer noch nicht glauben, daß es wirklich passiert war. Wie konnten sie und Sandy nur Mary nicht bemerkt haben? Sicher, sie war nachmittags nie im Zimmer, aber wie hatten sie so sorglos sein können? Jenny fragte sich, ob sie mit Mary reden sollte. Aber was gab es da zu sagen? Sie betete nur, daß Mary es niemandem erzählen würde. Lieber Gott, bitte mach, daß sie den Mund hält. Sandy war einige Tage nervös gewesen, aber als sie dann sah, daß keine unmittelbare Katastrophe drohte, hatte sie zu Jennys Empörung zu ihrem normalen Selbst zurückgefunden. Jenny sagte nichts, aber sie war wütend auf Sandy. Wie konnte sie so unbekümmert sein? Es war, als hätte sie bereits vergessen, was geschehen war. Als wäre ihr nicht bewußt, daß dies ihr Leben ruinieren konnte. Wenn Mary zur Wohnheimleiterin ging, würde der Direktor es erfahren. Wenn der Direktor es erfuhr, würden vermutlich ihre Eltern benachrichtigt. Jenny ging an den Schrank und holte sich eine dicke Wolljacke. Obwohl es Sommer war, fror sie neuerdings. Nachts hatte sie schreckliche Träume, in denen sie von unbekannten Gestalten gejagt wurde. Sie wachte in kalten Schweiß gebadet auf und hatte Angst, wieder einzuschlafen. Wenn sie hinübersah, erblickte sie die ruhig schlafende Sandy, den einen Arm aus dem Bett hängend, den anderen über das Gesicht gelegt. Jenny konnte sich nicht darauf verlassen, daß Sandy die Dinge regelte. Sie schwebte in den Wolken und war blind gegen das, was in ihrer Umgebung vorging. Mehrmals war Jenny einigen der anderen Mädchen auf dem Campus begegnet und hatte sich fragen lassen müssen, wo ihre „andere Hälfte" sei. Als erwarteten sie, Jenny nie ohne Sandy zu sehen. Die Leute redeten über sie. Es war eine Sache, beste Freundinnen zu sein, aber sie und Sandy verbrachten fast ihre gesamte Zeit miteinander. Das mußte aufhören. Es war gefährlich.

Jenny blickte hoch, als sich die Tür öffnete und Mary hereinkam. Sie verbrachte neuerdings noch weniger Zeit im Zimmer als gewöhnlich und kehrte oft nicht einmal zum Schlafen zurück. Immer, wenn sie sie sah, krümmte Jenny sich innerlich. Sie fühlte sich hilflos und schämte sich. Mary tat, als sei nichts geschehen, aber Jenny wußte, daß sie es mitbekommen haben mußte. Niemand konnte dabei einfach weitergeschlafen haben. Mein Gott, das Bett hatte gewackelt. Und die Geräusche. Jenny zwang sich, nicht mehr darüber nachzudenken, während Mary im Zimmer war. Sie hatte das Gefühl, sich übergeben zu müssen.

Mary begrüßte sie mit einem Nicken und legte ihre Bücher auf ihr Bett. Dann wandte sie sich zu Jenny um. Sie hatten nicht mehr als ein paar Worte miteinander gewechselt, seit ...

„Ich habe beschlossen, mit Elaine zusammenzuziehen. Im Clement-Heim ist ein Doppelzimmer frei geworden, und wir haben uns schon dafür angemeldet. Es tut mir leid, daß ich euch nicht früher Bescheid gesagt habe, aber es ist alles so plötzlich gekommen."

Jenny blickte auf. Mary schien sich ebenso unwohl zu fühlen wie sie selbst. Das erleichterte Jenny ein wenig.

„Oh, das ist ja toll!" erwiderte sie. „Ich weiß, daß du und Elaine schon seit einiger Zeit zusammenziehen wolltet. Es wird gut für euer Studium sein ... schon weil ihr ja beide in der Krankenpflegeschule seid."

„Ja, das finden wir auch. Wir tun eben alles, um unsere Noten zu verbessern.“ Es war ein lahmer Scherz, aber sie lachten dennoch.

„Tja, ich muß gehen. Ich dachte mir, ich esse früh zu Abend und fange ausgeruht in der Bibliothek an.“ Mary drehte sich um, nahm ihre Handtasche und wandte sich dann wieder Jenny zu. „Sagst du es Sandy, wenn du sie vor mir siehst?“

„Klar, mach' ich. Kein Problem.“

„Gut. Bis dann.“

„Bis dann.“ Jenny schaute Mary beim Hinausgehen nicht nach. Sie blickte erst auf, als sie die Tür ins Schloß fallen hörte. Das war schrecklich gewesen. Aber sie hatte erfahren, was sie wissen wollte. Mary würde es niemandem erzählen. Zumindest nicht absichtlich, um ihnen zu schaden. Aber du konntest nicht wissen, was sie im Laufe der Zeit wem sagen würde. Sie war kein boshafter Mensch, aber du konntest nie wissen. Jenny fiel ein Stein vom Herzen, und ein anderer trat an seine Stelle. Für den Augenblick waren sie in Sicherheit. Aber es durfte sich nie wiederholen.

16

Sandy schwebte im siebten Himmel. Sie hatte nicht gewußt, daß sie sich so fühlen konnte. Es war, als sei sie ihr ganzes Leben lang tot gewesen, und nun schrie jede Zelle ihres Körpers vor Glück, lebendig zu sein. Das Leben war schön. Wer hätte das gedacht?

Sie lag auf dem Bett ausgestreckt und genoß ihre Zigarette mit langen, sinnlichen Zügen. Alles war besser, wenn du verliebt warst. Sie lächelte in der Erinnerung an das Gespräch, das sie vor einer Woche gehabt hatten. Es war das erste Mal, daß sie Jenny gesagt hatte, daß sie sie liebe. Das hatte sie nie zuvor jemandem gesagt. Sandy war immer erstaunt gewesen, wie leichtfertig die Leute dieses Wort benutzten. Liebe. Was bedeutete es, wenn du es zu allen sagtest? Dann war es nichts Besonderes. Deshalb hatte

Sandy es nie zuvor gesagt. Wenn sie es sagte, sollte es etwas bedeuten. Jenny hatte Sandys Liebeserklärung erwidert. Sandy hätte fast geweint. Lieben und Geliebtwerden. Sandy war sicher, daß es nichts Besseres gab. Fest stand, daß ihr niemals zuvor in ihrem Leben etwas so Gutes geschehen war.

Jenny war ungewöhnlich ruhig. Ihr ging vieles im Kopf herum. Sie hatte beschlossen, es Sandy heute zu sagen. Sie hatte es schon mehrere Tage aufgeschoben. Letzte Woche hatte Sandy ihr gesagt, daß sie sie liebe. Das hatte sie erschreckt. So, wie Sandy es gesagt hatte, klang es, als glaubte sie, sie seien verheiratet. Wie Mann und Frau. Jenny mußte die Dinge richtigstellen. In ihrer beider Interesse.

„Was ist los?“ fragte Sandy, als sie bemerkte, daß Jenny abwesend war.

„Nichts. Ich habe nur über den Stoff nachgedacht, den ich für die Geschichtsprüfung lesen muß. Es ist nur noch eine Woche bis dahin, und du hast noch gar nichts gelesen.“ Jenny blickte Sandy an und sah dann rasch weg.

„Ach, wen kümmert das? Außerdem haben wir reichlich Zeit.“ Sandy weigerte sich, wegen der Prüfung nervös zu werden. Oder wegen irgend etwas anderem. Sie gähnte und rekelte sich träge im Bett. Das Leben war schön.

Jenny setzte sich auf, zog die Knie an die Brust und schlang die Arme darum. Es war ihre Haltung für ernste Gespräche. „Erinnerst du dich an den Typen, den ich in Wirtschaftswissenschaft kennengelernt habe – Steve? Wir gehen am Freitag zusammen aus. Wahrscheinlich ins Kino.“ Jennys Stimme klang unbefangen, aber ihr Körper widersprach dem.

„Was?“ Sandy wandte sich um und sah Jenny an.

„Wir sehen uns im Studentenclub einen Film an – *La Strada,* glaube ich.“ Jenny vermied es immer noch, Sandy anzuschauen. Sandy richtete sich im Bett auf. Eine ungute Vorahnung beschlich sie.

„Interessierst du dich für diesen Typen?“ Sandys Stimme war etwas brüchig. Sie ermahnte sich, ruhig zu bleiben; sie mußte Jenny mißverstanden haben. Aber ihr ungutes Gefühl verstärkte sich.

„Ich weiß nicht. Er scheint nett zu sein.“

Jenny schien ihrer Frage ausweichen zu wollen. Sie klang nicht, als sei sie sonderlich an ihm interessiert, aber warum wollte sie dann mit ihm ausgehen? Irgendwas stimmte hier nicht. Es ergab keinen Sinn.

„Ich meine, ist es ein Rendezvous?“

„Ja natürlich ... du hast doch nicht etwa gedacht, wir würden aufhören, uns mit Typen zu verabreden, oder?“ Jenny sah Sandy an, als sei sie verrückt. Nach Sandys Gesichtsausdruck zu urteilen, war klar, daß sie genau das gedacht hatte. „Sei nicht albern. Wir *müssen* uns verabreden.“ Jenny war ärgerlich. Sandy hatte kein Recht, so verletzt auszusehen.

„Warum?“ Sandy spürte Tränen in sich aufsteigen. Sie unterdrückte sie und stand auf.

„Darum ... weil wir müssen. Mädchen verabreden sich mit Jungen. Das gehört sich eben so. Es wird von uns erwartet“, erwiderte Jenny aufgeregt. Sie hatte angenommen, das läge klar auf der Hand. Was dachte Sandy sich bloß? Sandy benahm sich so kindisch. Jenny begann sich zu fürchten. Vielleicht hätten sie es nicht tun sollen. Es war zu kompliziert. Und Sandy machte es noch schlimmer.

„Ich will mich nicht mit Typen verabreden. Du bist es, in die ich verliebt bin.“

Jenny sah, daß Sandy wirklich aus der Fassung war. Sie spürte, daß sie sich gegen den flehenden Blick in Sandys Augen verhärtete. „Aber was werden die Leute denken?“ Sandy mußte doch begreifen, daß die Leute reden würden, wenn sie sich nicht mit Jungen verabredeten. Es wäre offensichtlich.

„Ich weiß nicht.“ Sandy verstand Jennys Furcht falsch. „Wir sagen ihnen einfach, wir sind ineinander verliebt.“

Jennys Stimme wurde schrill. „Nein, Sandy! Niemals! Du mußt mir versprechen, daß du es niemals irgend jemandem erzählen wirst. Wenn du das tust, rede ich nie wieder mit dir. Versprich es mir."

Sandy war übel im Magen. Sie spürte eine Verzweiflung und Heftigkeit bei Jenny, die keinen Sinn ergaben. Jenny verhielt sich, als sei Sandy der Feind. Was hatte sie getan? Sie konnte sich nicht erinnern, etwas falsch gemacht zu haben. Sie liebte Jenny. Bei dem Gedanken, ihre erste Liebe zu verlieren, stieg Panik in ihr auf.

„Na gut. Ich muß es niemandem erzählen, wenn es dir so wichtig ist." Sandy rannte im Zimmer auf und ab. Sie war außer sich. Sie weinte. „Aber ich verstehe nicht, warum wir uns mit Typen verabreden müssen. Die Vorstellung, daß irgendein unreifes Jüngelchen nach mir grapscht – reduziert auf ein hechelndes Stück Glibber, wenn er mir unter den BH faßt!" Sandy ekelte es bei dem Gedanken. Wie konnte sie sich jetzt von einem Mann berühren lassen? Nicht nach dem, was sie und Jenny zusammen erlebt hatten. Es wäre ein Sakrileg. Wovon zum Teufel redete sie da? Sie war nicht religiös.

Ihr fiel ein weiteres Argument ein. „Außerdem sind die Typen hier langweilig. Sie sind unreif und oberflächlich und nur darauf aus, in der Studentenverbindung den großen Macker zu markieren." Sandys Stimme war voller Verachtung. „Eine Horde reicher verwöhnter Bengel aus dem elitären Long Island." Jenny hatte schließlich sie gewählt, und sie war anders. *Weil* sie anders war. Wie konnte Jenny zu denen zurückgehen? Sie ließ nicht locker.

„Versuch mal, ein intelligentes Gespräch über die Bürgerrechtsbewegung oder die Friedensbewegung zu führen, und sie gucken dich mit diesem tumben Glotzblick an: ‚Was ist denn das?'." Sandy ahmte einen großen tumben Macker mit einer tiefen Stimme nach. „Babys und Idioten. Ich will mich nicht mit ihnen verabreden."

Jenny saß während Sandys Ausbruch schweigend da. Sie hatte einen störrischen Ausdruck im Gesicht.

„Wir müssen uns verabreden. Ich werde es tun. Niemand darf von uns wissen. Nicht einmal der Verdacht darf aufkommen." Warum versuchte Sandy, ihr Leben zu ruinieren? Was glaubte sie, wo sie waren – in irgendeinem Märchen? Dies hier war die wirkliche Welt. Wenn du überleben wolltest, mußtest du die Regeln beachten. Und Jenny wollte überleben.

Sandy versuchte es noch einmal. Sie empfand eine zunehmende Hilflosigkeit, aber ihr Verstand sagte ihr, daß Jenny offenbar nicht kapiert hatte, was sie ihr hatte sagen wollen. Sie konnte es nicht verstanden haben, denn sonst hätte sie begriffen, daß das, was Sandy gesagt hatte, einen Sinn ergab. Sehr langsam begann sie zu sprechen und betonte jedes einzelne Wort: „Jenny, ich liebe dich. Ich war noch nie so glücklich und stark und stolz. Ich habe das Gefühl, es mit der ganzen Welt aufnehmen zu können."

Sandy hielt inne und betrachtete die junge Frau, die sie liebte. Für die sie alles tun würde. Für die sie sterben würde. Dies war die Liebe ihres Lebens. So etwas würde es nie wieder geben. Sandy war sich dessen ganz sicher. Sie fuhr fort: „Was können sie uns schon anhaben? Sie können uns nicht weh tun, nicht, wenn unsere Liebe stark ist und wenn wir zusammenhalten. Ich brauche niemand außer dir." Sandy wurde wütend. Darüber, daß ihrer Liebe etwas im Weg stehen sollte. Mit größter Überzeugung sagte sie: „Es ist mir scheißegal, was *die* denken."

„Mir nicht", sagte Jenny leise.

Ihre Blicke begegneten sich. Sie sahen einander unverwandt an. Es war ausgesprochen.

17

Danach war nichts mehr wie vorher. Sandy lebte mit einem Schmerz an einer ganz geheimen Stelle, sorgsam verborgen, wie die Zündflamme an einem Gasherd: Sie war immer da, manchmal klein und unauffällig, aber mit einer Drehung des Schalters konnte sie zu einer sengenden Flamme werden. Als sie in der unteren Hälfte des Etagenbettes lagen, sich küßten und die Brüste der anderen liebkosten, hoffte Sandy, daß es heute nicht so weh täte wie am letzten Wochenende.

Jenny hatte begonnen, sich zu verabreden. Sandy versuchte, unbekümmert zu erscheinen, wenn Jenny ihr Make-up auftrug, einen besonders sexy aussehenden Pulli und Rock anzog und sich dann eilig verabschiedete, wenn ihr Begleiter von unten anrief. Sandy fing an, das Telefon zu hassen. Und die verschiedenen Männerstimmen, die nach Jenny fragten. Sie versuchte, nicht darüber nachzudenken, wie sie aussahen oder wohin sie Jenny mitnahmen oder was auf dem Weg nach Hause in ihren Autos geschah. Aber Bilder von Jenny und verschiedenen Männern verfolgten sie – wie sie im Auto saßen, Jenny sie anlächelte, die Hand eines Mannes sich nach ihr ausstreckte und ihr Haar, ihr Gesicht berührte, ihren Körper hinunterglitt, eine grobe Hand, eine lieblose Hand, die Hand eines anderen, und Zorn brach in ihr auf, so daß sie die Hände zu Fäusten ballte und ihre Nägel sich in die Haut gruben, bis der Schmerz durch ihren ganzen Arm schoß und die Druckstellen in ihrer Handfläche minutenlang, schließlich stundenlang blieben. Nur körperlicher Schmerz konnte sie von dieser inneren Qual ablenken, die ein Eigenleben zu führen schien, einen Willen hatte, der stärker war als Sandy, der über ihre kläglichen Versuche lachte, die Gedanken zu stoppen und die Gefühle wieder unter Kontrolle zu bringen.

Am vergangenen Wochenende hatten sie ebenfalls vor Jennys Verabredung im Bett gelegen und geschmust. Das Schmusen ging in ein leidenschaftliches Liebesspiel über. Sandy vergaß sogar, daß Jenny verabredet war. Dann klingelte das Telefon. Jenny sprang aus dem Bett, bat Sandy, ans Telefon zu gehen, und verschwand im Badezimmer. Gehorsam nahm Sandy ab und hörte die Stimme eines Mannes, der Jenny ausrichten ließ, er warte unten auf sie. Als sie auflegte, war ihr zum Heulen zumute. Ihre

Scheide pochte, und ein stechender Schmerz hatte sich von der Öffnung tief nach innen ausgebreitet. Verwirrt und angsterfüllt setzte sie sich aufs Bett und zog die Knie fest an die Brust. Jenny kam ins Zimmer zurück, griff nach ihrer Handtasche und war verschwunden, ohne das geringste zu merken.

Sandy wußte nicht, wie lange sie dort gesessen hatte, die Beine eng an sich gezogen, in dem vergeblichen Bemühen, sich zu trösten. Sie hatte etwas zu Jenny sagen wollen, hatte zum Sprechen angesetzt, es sich dann aber doch anders überlegt. Was gab es da schon zu sagen? Jenny wußte, daß Sandy etwas dagegen hatte, wenn sie sich verabredete. Und sie tat es trotzdem. Sandy war ohnmächtig; Jenny warf ihr Brosamen hin, und Sandy hob sie dankbar auf.

Jetzt begann Jenny, den Reißverschluß von Sandys Hose zu öffnen. Sandy wollte sie bitten, aufzuhören. Jennys Begleiter würde jeden Augenblick hier sein, und sie wollte keine Wiederholung des letzten Freitagabends. Und außerdem war sie verletzt und wütend, und ihre Gedanken sprangen von einem Punkt zum anderen. Dies war nicht die richtige Zeit, sich zu lieben. Jennys Hand schob sich weiter in ihre Hose, und Sandy wußte, daß sie nichts sagen würde. Wie konnte sie das hier unterbrechen? Es war so wunderbar, so richtig. Scheiß auf ihren Stolz, Scheiß auf ihre Wut, ihr Körper schrie vor Begehren. Sandy spürte ihre Erregung rasch wachsen, spürte die Kraft in der Bewegung ihrer Hüften, als sie Jennys Hand auf halbem Wege entgegenkam, mehr als auf halbem Wege. Das Zimmer begann sich zu drehen, als ihr Atem schnell und flach wurde; sie keuchte, als jeder Muskel und jede Zelle sich anspannte und diesem geheimnisvollen Ort entgegenreckte, an dem alles in ihr zusammenströmte, sich zu einem Punkt verdichtete, der in einem Feuerwerk explodierte, sie in tausend Teile zerriß, die chaotisch auseinanderstoben. Sie war fast da. Fast an dem Ort, von dem es kein Zurück gab.

Das Telefon klingelte.

Statt zu explodieren, hing der Punkt nur für einen Augenblick in der Luft und verschwand dann einfach. Im Äther schwebend, fühlte Sandy die unsichtbaren Spiralen, die sie unter Spannung hielten, zerspringen, und sie stürzte ab und landete zerschunden und schmerzend auf dem Bett. Stumm beobachtete sie, wie Jenny aufstand und sich zum Badezimmer wandte.

„Gehst du dran, Sandy?" rief Jenny über die Schulter zurück. „Sag Sam, ich komme in ein paar Minuten." Der letzte Satz ging im Geräusch des Wasserhahns unter.

Das Telefon klingelte weiter. Sandy lag reglos auf dem Bett, den Blick auf die Stahlfedern gerichtet, die sich gedehnt hatten, wenn Mary dort gelegen hatte, nun aber fest zusammengezogen waren. Sie spürte etwas in sich zerreißen. Es machte ihr nichts mehr aus, was Jenny denken oder sagen würde. In der Reglosigkeit ihres Körpers wuchs ein wilder Zorn, paradoxerweise gepaart mit verwegener Unbekümmertheit.

Jenny kam aus dem Badezimmer und trocknete sich im Gehen die Hände ab. „Würdest du bitte drangehen, Sandy?"

„Nein."

Jenny wandte sich wieder zum Badezimmer, drehte sich aber bestürzt um, als ihr Sandys Antwort ins Bewußtsein drang.

„Was?"

„Ich sagte nein." Das Telefon klingelte noch einmal und verstummte. „Ich werde nicht ans Telefon gehen. Ich werde Sam nicht sagen, daß du in ein paar Minuten kommst. Wenn er noch mal anruft, werde ich ihm sogar sagen, daß er mich am Arsch lecken kann." Sandy spürte, wie sie wieder zu atmen begann. Sie schwang die Beine vom Bett, ihr Rücken war steif, als sie die Füße auf den Boden setzte, ihre Hände umklammerten die Bettkante.

„Ich will wissen, warum du mit ihm ausgehst."

„Hör mal, Sandy, ich habe jetzt keine Zeit für diesen Unsinn." Jenny ging wieder ins Badezimmer. Sandy folgte ihr.

„Nun, du wirst dir die Zeit verdammt noch mal nehmen!“ Sandy breitete die Arme aus und versperrte die Tür. Sie fühlte, wie sie die Beherrschung verlor und ihr Zorn heiß aufloderte. „Er ist dir scheißegal. Gestern hast du mir gesagt, du wärst nicht einmal sicher, ob du ihn magst. Warum verdammt noch mal verbringst du dann den Abend mit ihm, statt mit mir? Angeblich liebst du mich doch. Oder hast du das vergessen?“

Jenny schraubte ihren Mascara auf, beugte sich über das Waschbecken und begann ihre ohnehin schon dunklen Wimpern mit raschen, geübten Strichen zu tuschen. Sandy wußte, daß Jenny sich mit der Antwort absichtlich Zeit ließ, um sie zu frustrieren.

Jenny schminkte das eine Auge fertig und wandte sich zu Sandy um. „Wir haben das schon besprochen. Ich habe keine Lust, es noch mal durchzukauen.“ Sie begann mit dem anderen Auge.

Sandy verspürte plötzlich den Wunsch, die Mascarabürste zu packen und Jenny ein Auge auszustechen. Der Gedanke erschreckte sie. Und bereitete ihr Schuldgefühle. Sie hatte gesagt, daß sie Jenny liebe. Das tat sie auch. Wie konnte sie dann solchen Haß empfinden?

„Ich weiß, daß wir es schon besprochen haben. Aber ich verstehe es immer noch nicht. Es ergibt für mich keinen Sinn. Erkläre es mir noch mal.“

Sandy hörte den flehenden Ton in ihrer Stimme. Sie bemühte sich sehr, vernünftig zu sein. Jenny eine Chance zu geben, ihr zu erklären, warum dieses Vergehen gegen ihre Liebe notwendig war.

„Verdammt noch mal, läßt du mich jetzt in Ruhe!“ schrie Jenny. „Mach, daß du rauskommst!“

Sandy rührte sich nicht. Sie war zu verletzt. Jede noch so kleine Bewegung könnte die Tränen hervorbrechen lassen, die sie so mühsam zurückzuhalten versuchte. Das wäre der Gipfel der Demütigung. Sandy starrte auf den Boden.

„Hast du nicht gehört? Mach, daß du rauskommst!“

Das Telefon klingelte. Sandy spürte, wie das Gefühl der Verletzung schwand und sich in einen heftigen Zorn verwandelte, der sie schließlich bewog, sich umzudrehen, die Zimmertür aufzureißen und den Flur hinunterzustürmen.

Sie fand sich auf dem Golfplatz wieder, der an den Campus angrenzte. Das Geräusch des nassen Grases, das unter ihren Turnschuhen quatschte, erinnerte sie an den langen Spaziergang, den sie an ihrem ersten Abend im Wohnheim unternommen hatte. Es war eine warme Nacht gewesen, die Sterne funkelten nach dem unerwarteten Regenguß am Morgen. Sie hatte sich schrecklich gefühlt. Einsam. Isoliert. Angsterfüllt. Ganz so, wie sie sich jetzt fühlte.

Diese verdammte Jenny. Sie war ein Miststück. Ein schwanzlutschendes gemeines Biest. Sandy konnte sich nicht vorstellen, wieso sie sich überhaupt mit ihr eingelassen hatte. Ihre Wut wärmte sie, stärkte sie, als sie wie besessen ins Gras kickte. Sie brauchte Jenny nicht. Sie brauchte niemanden. Diese Worte – Worte, die sie sich selbst oft gesagt hatte – hatten nun einen falschen Klang. Sandy versuchte, ihre künstliche Tapferkeit zu mobilisieren. Sie steckte die Hände in die Taschen ihrer Jeans und sagte sich, daß ihr alles scheißegal sei; sie hatte schon öfter schwere Zeiten durchgestanden, und dies war nichts im Vergleich zu dem Scheiß, den sie schon erlebt hatte. Sie spürte ein vages Unbehagen in der Brust. Mit ihren Überlegungen stimmte etwas nicht. Irgend etwas war falsch. Halb vollendete Gedanken und Bilder stießen in dem Chaos ihres Geistes aufeinander. Ihr Vater, rotgesichtig, keuchend, mit hervortretenden Augen, ausholend, um sie ins Gesicht zu schlagen. Ich brauche sie. Ihre Mutter, schockiert, schlug sie noch einmal, wobei Sandy den Schlag diesmal trotzig erwiderte und dann innerlich zerrissen nach Vergebung schrie, als die Augen ihrer Mutter sich mit Tränen füllten. Jennys Gesicht vor ihr, mit diesem zynischen, aber selbstbewußten Kichern, das voller Widersprüche war. Und doch so vertraut. Dies ist der Mensch, den ich liebe. Die Frau, die ich liebe. Es schien sonderbar, „Frau“ zu sagen, und doch wieder nicht. Sandy hatte immer gedacht, es würde „Junge“ oder „Mann“ heißen. Dies ist der Junge, den ich liebe. Dies ist der Mann, den ich heiraten werde. Aber das war unsinnig. Sandy wußte seit langem, daß sie niemals heiraten würde. Als sie dreizehn war, hatte sie beschlossen, irgendeines Mannes Geliebte zu werden. Am besten die eines verheirateten Mannes.

Es schien zwei Arten von Frauen in der Welt zu geben: Ehefrauen und Geliebte. Und Sandy war sicher gewesen, daß sie nicht die Ehefrau eines Mannes sein wollte. Aus allem, was sie in Büchern gelesen und in Filmen gesehen hatte, war deutlich geworden, daß Männer ihre Ehefrauen ausnutzten – sie wie Dienstmädchen behandelten, sie ignorierten, wenn sie nach Hause kamen, sie dafür verantwortlich machten, was aus den Kindern wurde. Du mußtest verrückt sein, dir ein solches Leben zu wünschen, hatte Sandy insgeheim oft gedacht. Sie hatte zugehört, wenn die anderen Mädchen über die Männer sprachen, die sie heiraten wollten, hatte ihre romantisch umflorten Blicke gesehen, und ihr war klar geworden, daß sie eines Tages lieber die „andere Frau“ sein wollte. Du hattest deine eigene Bude und viel Freiheit. Ein oder zwei Abende in der Woche kam er vorbei, was völlig ausreichend schien; und wenn er kam, dann weil er wollte, nicht weil er mußte. Sandy gefiel die Vorstellung nicht, sich gefangen zu fühlen, also wollte sie auch nicht, daß einer ihrer Männer dies empfand. Sie war realistisch; sie wußte, es würde mehr als einen Mann geben. Sie würde mehrere, nein, viele Affären mit unterschiedlichen Männern haben. Auf diese Weise würde sie wirklich alles erleben.

In den Filmen waren die Geliebten immer einsam und unglücklich. Sandy verstand das nicht. Sie schienen nie Freundinnen zu haben. Sandy würde Freundinnen haben. Menschen, die sie wirklich mochte. Sie würden sich unten im Village herumtreiben und viel Spaß haben. Außerdem würde Sandy einen Beruf haben. Sie wollte etwas aus ihrem Leben machen. Sie hatte gesehen, wie ihr Vater jeden Abend verbittert und ausgelaugt von der eintönigen Plackerei nach Hause kam. Das würde ihr auf keinen Fall passieren. Ihre Mutter hatte ihr oft gesagt: „Sandy, mach eine Ausbildung. Sieh dir deinen Vater an. Er hatte keine Wahl. Du kannst dafür sorgen, daß du eine hast."

Wahlmöglichkeiten. Selbst in ihren wildesten Phantasien hatte sie sich niemals vorgestellt, sich in eine Frau zu verlieben. Aber stimmte das wirklich? Sie hatte immer enge Freundinnen gehabt. Und meist war sie lieber mit ihnen zusammen gewesen, als sich mit Jungen zu verabreden. Und als Kind hatte sie für einige der älteren Teenagerinnen geschwärmt. Und manchmal wollte sie von diesen Mädchen getröstet werden, im Arm gehalten und ... Plötzlich hielt Sandy inne. Sie hatte etwas im Kopf, was heraus wollte, aber sie konnte es nicht recht zu fassen bekommen. Es war sehr frustrierend. Dann fiel ihr Jenny wieder ein.

Jenny. All der andere Mist war nun graue Theorie. Sie hatte Jenny kennengelernt. Und sich verliebt. Und nun wollte sie nicht nur nicht die Ehefrau eines Mannes werden, sondern hatte auch keinerlei Bedürfnis, die Geliebte eines Mannes zu sein. Alles, was sie wollte, war Jenny. Um den Rest ihres Lebens mit ihr zu verbringen. Es war eigentlich ganz einfach. Wenn Leute sich verliebten, verbrachten sie ihr Leben zusammen. Und Sandy zweifelte nicht daran, daß ihre Liebe von Dauer sein würde. Es war eine Liebe fürs Leben. Eine besondere Liebe. Und welchen Unterschied machte es, daß sie zwei Frauen waren? Menschen waren Menschen, oder? War sie nicht bei Bürgerrechtsdemonstrationen mitgegangen, bei denen die Transparente Gleichheit und Gerechtigkeit für alle Menschen forderten? Und hatte über das Schild eines Freundes gelacht, auf dem stand: „Gut, du bist ein Liberaler – aber würdest du zulassen, daß deine Schwester einen heiratet?"

Wieder wurde ihr unbehaglich. In ihren Gedanken fehlte ein Stück, aber sie konnte nicht den Finger darauf legen. Was immer es war, es machte ihr angst. Ein Bild von Jenny, die neben ihr stand und ihr in die Augen sah, als sie sagte: „Ich liebe dich." Eine unbestimmte Furcht ergriff Sandy. Die Frau, die sie liebte, war genau in diesem Moment mit einem Mann zusammen, den sie nicht einmal mochte. Es schien alles so verrückt. So falsch. Und doch war sie unfähig, es zu ändern. Sie hatte versucht, Jenny die Augen zu öffnen. Aber sie war gescheitert.

Sandy überkam eine neue, unbekannte Verzweiflung. Sie beschleunigte ihre Schritte und stürzte sich in die Dunkelheit, die tiefer wurde, als sie die Lichter des Campus hinter sich ließ. Zugleich begann eine innere Dunkelheit, die zunächst nur ein Punkt war, sich zu vergrößern, sich stetig auszubreiten und ihren Kopf mit höhnischen Schatten zu füllen, die sie zu ersticken drohten, ihren Lungen die Luft entzogen, und sie geriet in Panik und blieb nach Atem ringend stehen. Sie fiel auf die Knie, den Kopf gebeugt, ihre Finger krallten sich ins Gras, bis sie auf Widerstand stießen. Als sie die Daumen und Zeigefinger in die feuchte Erde bohrte, wurde Sandy für einen kurzen Moment von der Angst erlöst, die sie plötzlich ergriffen hatte, die so jäh aus der Dunkelheit gekommen war, daß sie keine Möglichkeit gehabt hatte, sich dagegen zu wappnen.

Lange Zeit kniete sie dort und konzentrierte sich auf die Kühle der Erde an ihren Fingern. Die beklemmende Angst begann nachzulassen. Sandy stand langsam auf und setzte ihren Weg fort.

Es war still, als sie ins Wohnheim zurückkehrte. Für die Mädchen, die zu Hause geblieben waren, war es zu spät, um noch wach zu sein, und für die, die ausgegangen waren, zu früh, um zurückzusein. Automatisch wartete sie auf den großen Stahlaufzug, der sie leise zu ihrer Etage hinauftrug. Es war kein Laut zu hören, als sie den Flur entlangging, dessen grau-weißer Linoleumboden im Neonlicht unheimlich glitzerte. Das Zimmer war dunkel, als sie es betrat. Sandy ließ das Licht aus und setzte sich an ihren Schreibtisch. Die riesigen Straßenlaternen, die den Weg über den Campus säumten, warfen einen glänzenden Lichtschein in die mondlose Nacht. An die konzentrischen Lichtkreise um den Fuß der Laternenpfosten grenzten geheimnisvollere Bereiche an, in denen nichts Genaues auszumachen war. Der Campus war verlassen; Sandy saß in der Dunkelheit und wartete auf etwas, irgend etwas, das die surrealistische Stille, die sie umgab, durchbrochen hätte.

Allmählich begannen die Autos einzutrudeln. Wie unter einem starken Zwang und mit einem unangenehm voyeuristischen Gefühl saß Sandy in der Dunkelheit und beobachtete, wie die Paare ausstiegen. Ein Junge und dann ein Mädchen. Ab und zu ein Mädchen und dann ein Junge. Aber immer ein Junge und ein Mädchen. Das Muster wurde nie durchbrochen. Manchmal kletterten zwei Jungen und zwei Mädchen aus dem Auto, aber sie erschienen immer paarweise. Auf dem Weg zum Wohnheim legten die Jungen ausnahmslos den Arm um die Mädchen. Diese Geste schien eher Ausdruck des Besitzes als der Zuneigung zu sein. Wie kam es, daß diese Jungen, von denen viele die Mädchen, mit denen sie ausgegangen waren, kaum kannten und denen die Mädchen völlig gleichgültig waren, das Recht hatten, den Arm um sie zu legen, während Sandy, die ihr Mädchen liebte und achtete, genau das nicht tun durfte? In den letzten Monaten hatte Sandy oft das Bedürfnis verspürt, Jenny zu berühren, wenn sie in der Öffentlichkeit waren, aber irgend etwas hatte ihren natürlichen Impuls gehemmt. Sie hatten nie darüber gesprochen, aber sie wußte, daß Jenny es nicht mögen würde. Sie hatte daran gedacht, es anzusprechen, dann aber zuviel Angst gehabt. Jenny war in der letzten Zeit so launisch gewesen, manchmal ekstatisch glücklich, dann eigentümlich in sich gekehrt. Und Sandy hatte nichts tun wollen, was Jenny mißfiel, nichts, was dieses plötzliche große Glück, das sie entdeckt hatte, stören könnte. Vielleicht war es dumm von ihr, aus Jennys Verabredungen ein solches Drama zu machen. Schließlich war sie es, die von Jenny geliebt wurde. Welchen Unterschied machte es, wenn sie hin und wieder mit einem dieser *schmatess,* dieser Lackaffen ausging, weil sie es für nötig hielt? Doch gerade dieses Gefühl der Notwendigkeit störte Sandy. Die Angst begann wieder in ihr hochzusteigen, doch sie unterdrückte sie entschlossen. Sie liebte Jenny. Liebe bedeutete, nicht egoistisch zu sein. Wenn Jenny sich verabreden wollte, wenn es ihr dermaßen wichtig war, selbst aus Gründen, die für Sandy keinen Sinn ergaben, müßte sie dies aus Liebe akzeptieren können. Und ihre kindischen Anfälle unter Kontrolle bringen, die ihre wunderbare Liebe zu zerstören drohten. Sie würde sich von diesen Männergeschichten nicht unterkriegen lassen. Sie waren es einfach nicht wert, sich über sie aufzuregen. Selbst Jenny mit ihren verrückten Ansichten mußte das im Grunde wissen.

Die Autos folgten nun rasch aufeinander, die Geräusche der herannahenden Motoren und die Männerstimmen und das gelegentliche Lachen einer Frau drangen die acht Stockwerke zu ihrem Fenster hinauf. Sandy knipste die Lampe auf ihrem Schreibtisch an. Rasch griff sie nach dem nächstgelegenen Lehrbuch, Chemie, und schlug es wahllos auf. Sie schaute auf die Formeln und Zahlen auf der Seite und lächelte in sich hinein. Was für ein Haufen Mist, dachte sie. Was hat dieser ganze Unsinn eigentlich mit mir zu tun?

Sandy hatte sich diese gefährliche Frage beim größten Teil ihres Unterrichts gestellt. Selbst die Psychologieseminare, die sie belegt hatte, schienen für das Leben, für die Dinge, die sie interessierten, ohne Belang. Die beiden Ausnahmen bildeten ihr Philosophiekurs und ihr Seminar über zeitgenössische Literatur. Sie hatte Epistemologie gewählt und liebte die Debatten darüber, was wirklich ist, was wir wissen und was wir nur zu wissen glauben. Philosophie machte Spaß. Und sie war bedeutungsvoll. Sie warf Fragen über den Sinn des Lebens, der Wirklichkeit, der Moral auf. Dies waren Fragen, die sie gewöhnlich für sich behalten hatte. Nun entdeckte sie, daß diese Themen nicht nur Namen hatten – Epistemologie, Metaphysik, Ethik –, sondern daß auch andere Menschen sich dafür interessierten.

Auch der Literaturunterricht war aufregend. Statt die üblichen alten Schinken – Dickens, Hawthorne, Thoreau – zu lesen, all diese alten Knacker, die in einer vollkommen anderen Welt gelebt hatten und deren Texte heute nutzlos waren, lasen sie Camus, Sartre, Marx und Albee. In der High-School hatte sie alle, die früher gelebt hatten, für Idioten gehalten. Außer Freud und Hesse und Huxley, die sie selbst entdeckt hatte. Nun stellte sie fest, daß es noch andere bedeutsame Denker gegeben hatte, Männer, die sich für die ernsthafteren Themen des Lebens interessierten, die noch etwas anderes im Kopf hatten außer der Frage, wer die Meisterschaft gewonnen hatte und wie sie sich ihren nächsten Fick besorgten.

Als die Mädchen von ihren Verabredungen zurückkehrten, hallten Lachen, Schreie und schwere Fußtritte unten in der Halle wider. Sandy nahm ihr Lehrbuch wieder auf und tat, als lese sie darin. Sie wollte nicht, daß Jenny hereinkam und dachte, sie habe einfach nur dagesessen und auf sie gewartet. Das würde Jenny wütend machen. Und heute nacht wollte Sandy eine Versöhnung.

Es klopfte. Überrascht stand Sandy auf und öffnete die Tür. Ein Mädchen, die sie noch nie gesehen hatte, stand im Flur.

„Bist du Sandy?“

Sandy nickte.

„Du wohnst mit einem Mädchen namens Jenny zusammen?“

„Ja.“ Sandy spürte, wie sie in Panik geriet. O Gott, dachte sie, laß sie keinen Unfall gehabt haben!

„Sie ist drüben beim Aufzug. Wir wollten sichergehen, daß dies das richtige Zimmer ist.“

„Was ist mit ihr?“ Sie gingen den Flur entlang in Richtung Aufzug. „Was ist passiert?“

„Ach, nichts weiter“, sagte das Mädchen unbekümmert. „Sie hat nur richtig einen in der Krone. Ich bin im selben Auto mit ihr nach Hause gefahren. Sie lag hinten über vier Leute ausgestreckt. Hat ihren Typen vollgekotzt.“

Jenny lehnte an der Wand. Ein zweites Mädchen stand neben ihr und hielt sie aufrecht.

„Hier ist ihre Mitbewohnerin“, meinte das Mädchen, die Sandy geholt hatte.

Das zweite Mädchen drehte sich um und ließ Jenny einen Augenblick lang los. Jenny glitt zu Boden und ließ den Kopf willenlos hängen. Sandy eilte hinzu und richtete sie mit Hilfe des einen Mädchens auf.

„Kannst du mir helfen, sie ins Zimmer zu bringen?“

„Klar.“

Sie legten sich Jennys schlaffe Arme um die Schultern und schleppten sie bis zur Zimmertür. Sandy spürte eine beschützerische Wut in sich aufsteigen. Wenn Jennys Typ sie absichtlich so betrunken gemacht hatte, würde Sandy ihn zu Brei schlagen. Sie stieß die Tür mit dem Fuß auf.

„Vielen Dank.“ Sandy packte Jenny fest um die Taille.

„Bist du sicher, daß du ...?“

„Ja, jetzt komme ich schon zurecht“, unterbrach Sandy sie. „Nochmals vielen Dank.“ Mit äußerster Anstrengung schleppte Sandy Jenny ins Zimmer. Sie prallten gegen die Wand, als Sandy beim Zustoßen der Tür das Gleichgewicht verlor. Jenny war keinerlei Hilfe.

„Mir is schlecht“, murmelte Jenny mit der Stimme eines Zombies.

„O nein! Okay, Jenny. Halt noch einen Moment aus. Hier geht's lang.“ Sandy zog sie ins Badezimmer und lehnte sie gegen die Wand, während sie den Toilettendeckel hob. Sobald Sandy sie auf die Knie gleiten ließ, begann Jenny zu würgen. Sandy stützte ihr mit einer Hand den Kopf und hielt ihr mit der anderen die Haare aus dem Gesicht. Ganz wie ihre Mutter es für sie getan hatte, als sie ein Kind war. Es hatte Sandy immer getröstet. Sie hatte nie verstanden, wieso ihre Mutter sich nicht vor dem Erbrochenen ekelte; wie sie dabei sein konnte, ohne zu würgen. Aber nun, als sie Jennys Kopf hielt, empfand auch sie keinen Widerwillen. Sie hatte keine Gelegenheit gehabt, darüber nachzudenken; es war einfach selbstverständlich. Sie liebte Jenny ebensosehr, wenn sie sich erbrach, wie wenn es ihr gutging. Es gab nichts, was sie nicht für Jenny tun würde, tun könnte.

Sandy half Jenny auf, nachdem es vorbei zu sein schien. Sie schickten sich an, wieder ins Zimmer zurückzukehren.

„Ich muß pinkeln", murmelte Jenny mit dieser unbekannten Stimme.

Sandy hielt inne, kämpfte kurz um ihr Gleichgewicht und zog Jenny zurück in die Richtung, aus der sie gekommen waren.

„Okay, Jenny. Laß mich erst deine Hose herunterziehen." Sandy lehnte Jenny gegen die Wand, öffnete den Reißverschluß ihrer Hose und zog sie mit einer Hand hinunter, während sie mit der anderen die Brille herunterzuklappen versuchte. Aber Jenny fiel auf die Toilette, bevor Sandy es schaffte.

„Warte einen Moment, Jen. Die Brille."

Jenny saß da und starrte dumpf vor sich hin, die Augen halb geschlossen.

„Okay, Jen. Macht nichts. Bleib nur da und pinkele. Ich bereite dein Bett vor. Ruf mich, wenn du fertig bist, ich helfe dir dann beim Aufstehen."

Sandy rannte ins Zimmer und schlug die Decke von Jennys Bett zurück. Sie hörte ein lautes Poltern, und Jenny stand in der Tür, die Hose um die Knie, und schwankte gefährlich vor und zurück. Sandy hatte kaum Zeit, sie zu packen, bevor sie umkippte. Sie hielt sie von hinten fest und zog sie zum Bett, wo Jenny rücklings auf die Matratze krachte. Sandy hob ihre Füße an, packte sie ins Bett und manövrierte sie in eine bequemere Position. Jenny war weggetreten. Sandy zog sie bis auf den Schlüpfer aus. Als sie sie zugedeckt hatte, strich sie ihr die schweißnassen, zerzausten Haarsträhnen aus dem Gesicht. Zum ersten Mal kam ihr der Gedanke, daß Jenny sich wegen ihres Streits betrunken haben könnte. Jenny mochte diese Auseinandersetzungen ebensowenig wie sie. Sandy betrachtete Jennys befremdend fahles Gesicht und wußte, daß sie Jenny viel bedeutete. Daß ihre Beziehung Jenny wichtig war.

„O Jenny, warum muß das so sein?" sagte Sandy mit sanfter, trauriger Stimme.

Obwohl sie in einen dumpfen Schlaf versunken war, atmete Jenny weiterhin schwer. Sie nahm weder Sandy noch die Frage wahr, die keine von ihnen verstand und die sie noch viele Jahre lang nicht verstehen würden.

18

Beim Lesen ihres Politikwissenschaftbuches summte Jenny leise vor sich hin. Den ganzen Morgen war ihr der Refrain des Oldies *Teen Angel* im Kopf herumgegangen. Sie versuchte, sich auf die Worte vor ihr zu konzentrieren, aber es fiel ihr schwer. Ihre Gedanken waren bei Bruce.

Es war so schnell gegangen. Eben noch hatte sie nichts anbrennen lassen wollen, und dann, schwups – ging sie mit Bruce. Es hatte sofort zwischen ihnen gefunkt; sie hatten begeistert über Musik (er schien so viel zu wissen, und Jenny hoffte, viel von ihm zu lernen) und Kunst und Literatur diskutiert. Er studierte im Hauptfach Englisch, war in einem höheren Semester und viel reifer als all die anderen Knaben, mit denen sie in diesem Jahr – oder überhaupt jemals – ausgegangen war. Seine Energie war ansteckend; im einen Augenblick erzählte er irgendeinen gescheiten Witz, so daß sie in schallendes Gelächter ausbrach, und im nächsten Augenblick ergriff er ihre Hand und schleppte sie buchstäblich davon, um sich irgend etwas anzusehen. Er begeisterte sich für alles in seiner Umgebung, von der kleinen, knorrigen Kiefer, die vor dem Haus der Studentenvereinigung wuchs, bis zur ionischen Architektur der Geschichtsfakultät. Und obendrein war er nett. Menschen im allgemeinen und sie im besonderen schienen ihm wirklich wichtig zu sein. Sie hatte großes Glück gehabt, diesen tollen Typen kennengelernt zu haben und nun mit ihm zu gehen. Na ja, eigentlich kannte sie ihn noch nicht gut genug, um zu wissen, wie toll er wirklich war – aber auf jeden Fall war er nicht schlecht. Und besser als die meisten.

Jenny schaute auf die Buchseite und bemerkte, daß sie sie gelesen hatte, ohne ihren Inhalt überhaupt aufzunehmen. Also, im Deutschen Parlament gab es zwei Kammern: den *Bundesrat* und den *Bundestag*. Sie wiederholte diesen Satz in Gedanken, ohne in das Lehrbuch zu schauen, das aufgeschlagen auf ihren Knien lag. Sandy würde bald zurück sein. Ihr Biologieseminar mußte jetzt gerade zu Ende sein. Jenny nagte nervös an ihrer Oberlippe. Sie hatte Bruce diese Woche fast jeden Abend gesehen, und Sandy war nachmittags immer schweigend und verdrossen durch das Zimmer gestapft. Jenny wußte, wie bestürzt Sandy darüber war, daß sie soviel Zeit mit Bruce verbrachte, statt mit ihr. Das war nicht fair von Sandy. Sie sollte sich lieber freuen, daß Jenny schließlich jemanden kennengelernt hatte, mit dem es etwas Ernstes werden konnte. Hatte Sandy nicht die ganze Zeit gesagt, die Typen, mit denen Jenny sich verabredete, seien *schmatess?* Daß sie es verstehen könnte, wenn Jenny mit jemand Vernünftigem ausginge, aber die Verabredungen mit diesen idiotischen Typen für verrückt hielt? Nun, jetzt war sie jemandem begegnet, der es wert war. Und Sandy benahm sich schlimmer denn je. Jenny war es leid, nach Hause zu kommen und von der anklagenden Feindseligkeit in Sandys Augen begrüßt zu werden. Sandy ging ihr auf die Nerven. Wenn Sandy nur anfangen würde, sich zu verabreden. Wenn sie sich nur halbwegs Mühe gäbe, hätte sie keinerlei

Schwierigkeiten, Typen kennenzulernen. Aber Sandy beharrte darauf, daß es sie nicht interessiere; all die Typen seien unreif und gräßlich, und sie sehe keinen Sinn darin, ihre Zeit zu verschwenden. Nun, wo Jenny öfter weg war, würde sich das vielleicht ändern.

Jenny empfand plötzlich Schuldgefühle. Sie wußte, daß Sandy verletzt war, daß sie verdrossen und feindselig war, weil sie Jenny vermißte und auf ihren neuen Freund eifersüchtig war. Aber daran konnte Jenny nichts ändern. Sie mußte ihr eigenes Leben leben. Sie war zuallererst für sich selbst verantwortlich. Und sie wollte einen Freund. Jemanden, mit dem sie die Wochenenden in trauter Zweisamkeit verbringen konnte; jemanden, mit dem sie Arm in Arm im Studentenclub erscheinen und sich einen Film ansehen konnte; jemanden, den sie mit nach Hause zu ihren Eltern nehmen konnte.

Wow, dachte Jenny. Bloß nichts überstürzen. Du kennst ihn kaum, und schon malst du dir aus, wie du ihn deinen Eltern vorstellst. Sie hörte geradezu, wie Bruce sie fragte, ob er ein weißes Hemd und eine Krawatte tragen müsse, und sie ihm antwortete: „Nein, mach dir nicht die Mühe, meine Eltern sind nicht förmlich." Ihre Eltern würden ihn mögen. Er war wohlerzogen und sehr intelligent und konnte überaus charmant sein, wenn er wollte. Bruce hatte davon gesprochen, dieses Wochenende ein Motelzimmer zu mieten. Einfach zum Spaß. Jenny hatte es noch nie in einem Motel gemacht. Es schien sehr glamourös und reif und ein klein wenig verrucht. Sie würde im Auto warten, während er das Zimmer bezahlte. Die Frau an der Rezeption würde durch die Jalousien nach draußen spähen, um zu sehen, ob noch jemand im Auto war. Jenny würde ihren Blick frech erwidern, und die Frau würde rasch, doch mißbilligend ihre Augen abwenden. Jenny spürte, wie eine wilde Erregung in ihr aufstieg. Sie und Bruce würden viele unerhörte Dinge zusammen unternehmen. Und es wäre ihnen gleichgültig, was die anderen Leute dachten.

Jenny schreckte hoch, als Sandy die Tür aufstieß, hereinkam und ihre Hefte geräuschvoll auf den Boden fallen ließ. Sie war leicht verärgert, daß Sandy ausgerechnet jetzt hereinkam, als sie ernsthaft anfangen wollte zu lernen. Sie warf Sandy einen flüchtigen Blick zu, nickte kurz und widmete sich wieder ihrem Buch. Sandy schlich sich von hinten an Jenny heran und küßte sie zart auf den Hals.

„Laß das!" sagte Jenny gereizt.

„Was ist los?" Sandy klang verletzt. Sie war neuerdings ständig verletzt. Jenny war es leid, daß Sandy dauernd mit traurigem Blick herumlief, wie ein Cockerspaniel, den sein Herrchen getreten hatte.

„Ich versuche zu lernen." Jenny war erstaunt, wie wütend sie klang. Und wie wütend sie allmählich wurde.

Sandy trat einen Schritt zurück und sah sie aufmerksam an. Sie zögerte kurz, bevor sie ansprach, was sie auf dem Herzen hatte.

„Du verhältst dich seit einigen Tagen so merkwürdig. Ist irgend etwas los?" Sandy stand da und sah aus, als erwarte sie jeden Augenblick, das Fallbeil auf sich niedersausen zu spüren. Etwas in Jenny zerriß.

„Ich will, daß wir das nicht mehr tun." Die Worte brachen aus ihr hervor, getrieben von einem Impuls, dessen Jenny sich nicht bewußt gewesen war. Nun war alles klar. Sie wußte, was sie zu tun hatte. Sie konnte nicht riskieren, die Sache mit Bruce zu komplizieren. Und sie wollte sich nie wieder so betrinken wie an dem Abend mit Sam. Das war die schrecklichste Nacht ihres Lebens gewesen. Völlig außer Kontrolle. Unfähig zu verhindern, sich zum Narren zu machen. Und vollkommen verwundbar und wehrlos, so daß jeder alles hätte tun können, was er wollte. Jenny schauderte bei der Erinnerung an diese Nacht. Und an den Ekel vor sich selbst, den sie am nächsten Morgen empfunden hatte. Mit dem scharfsinnigen, kristallklaren Blick, der sich nur in wichtigen Entscheidungssituationen einstellt, sah Jenny, wie Sandy erstarrte, und das Entsetzen, das sie einen Augenblick zuvor empfunden hatte, begann sich über Sandys Gesicht zu verbreiten.

„Was nicht mehr tun?“ Ein langes Schweigen trat ein.

„Wir sind Freundinnen. Gute Freundinnen. Das ist alles.“ Jenny schaute Sandy offen an. Es gab kein Zurück mehr. Es mußte hier und jetzt ausdiskutiert werden.

„Jenny, wovon redest du? Wir sind viel mehr als das.“ Aber Sandys Stimme klang nicht überzeugend. Ein Unterton von Panik hatte sich eingeschlichen.

„Nicht mehr“, sagte Jenny schlicht. Sandy starrte sie erstaunt an. „Ich kann so einfach nicht mehr weitermachen. Es ist zu kompliziert, und du fängst an, Zeit von mir einzufordern. Es hat keinen Zweck, Sandy. Wir müssen aufhören.“ Wie aus weiter Ferne hörte Jenny die Entschlossenheit in ihrer Stimme, nahm die präzise Aussprache wahr, als sie diese Worte hervorbrachte, von denen sie nicht einmal gewußt hatte, daß sie da waren.

„Ich kann nicht glauben, was du da sagst. Das kannst du nicht ernst meinen.“ Sandy schien aus allen Wolken zu fallen. Sie war den Tränen nahe. Für einen Augenblick fühlte Jenny einen Riß in ihrem Panzer, dann sprach sie entschlossen weiter, wie ein Krieger, der sich Gottes Segen gewiß ist.

„Ich meine es ernst. Bruce und ich werden viel Zeit zusammen verbringen.“

„Und es wird keine Zeit für mich geben.“ Sandy schien sich wieder gefangen zu haben. Sie klang zornig.

„Das habe ich nicht gesagt.“ Jenny trat unwillkürlich einen Schritt zurück. Plötzlich fühlte sie sich in der Defensive.

„Das war auch gar nicht nötig. Er ist dir wichtiger als ich.“ Sandy nutzte ihren momentanen Vorteil aus.

„Das stimmt nicht, Sandy.“ Jenny wollte sagen: „Ja, er ist mir wichtiger!“, doch statt dessen hörte sie es sich abstreiten. Offenbar brachte sie die Worte nicht heraus. Warum nicht? Warum konnte sie sie nicht aussprechen? Jenny fühlte sich in die Enge getrieben.

„Was zum Teufel willst du dann sagen?" Sandys Augen durchbohrten sie, ihr Herz klopfte so schnell und heftig, daß ihre Brust schmerzte. Gleichzeitig hatte sie das Gefühl, keine Luft zu bekommen. Ihr wurde schwach. Irgendein verborgener, unverwüstlicher Teil von ihr übernahm die Führung. Dies war eine Schlacht, die zu verlieren sie sich nicht leisten konnte. Sie hatte einfach keine Wahl.

„Ich schaffe es nicht, zwei Beziehungen gleichzeitig zu haben." Verwirrung breitete sich auf Sandys Gesicht aus. Das hatte sie offenbar nicht erwartet. Sandy zögerte einen Moment und ging dann wieder zum Angriff über, diesmal allerdings mit weniger Bestimmtheit.

„Na großartig! Du kannst so nicht weitermachen, also bekomme ich einen Tritt."

„Ich gebe dir keinen Tritt, Sandy. Wir sind immer noch Zimmergenossinnen und Freundinnen. Beste Freundinnen." Sandy warf hilflos die Arme hoch und schnitt ein Gesicht. Nun war Jenny wütend und verletzt.

„Es bedeutet dir also nichts, daß wir beste Freundinnen sind. Na, vielen Dank." Zu ihrer Überraschung hörte Jenny sich schreien. „Ich dachte, ich wäre dir wichtig!" Der Zorn in Sandys Gesicht verwandelte sich in einen Ausdruck der Bestürzung.

„Ich weiß nicht, was hier vor sich geht." Sandy sah Jenny flehend an. „Natürlich bist du mir wichtig. Ich liebe dich. Und unsere Freundschaft bedeutet mir sehr viel. Was hat das damit zu tun?"

„Sehr viel." Jetzt war Jenny sich wieder gewiß, daß sie im Recht war. Es war Sandy, die sich unvernünftig verhielt. „Unsere Freundschaft genügt dir nicht."

„Du hast verdammt recht, sie genügt mir nicht", schoß Sandy heftig zurück. „Du erwartest wohl, daß ich mich freue und sage, ‚danke, Jenny'", Sandy ahmte den Tonfall eines unbedarften Mauerblümchens nach, „‚danke für die Brosamen, die du mir übrig läßt!' Na, ich scheiß' drauf, und ich scheiß' auf dich." Sandy stürmte zur Tür und drehte sich dann um. Ein gequälter Ausdruck verzerrte ihr Gesicht.

„Du glaubst, bloß weil er Proust liest und Wagner hört, ist er anders als der Rest. Nun, er wird dich letzten Endes genauso benutzen, wie die anderen es getan haben. Du willst ihn, also nimm ihn." Die letzten Worte sprudelten mit einer Gehässigkeit hervor, die Jenny schockierte. Sandy öffnete die Tür und wandte sich dann zu einem letzten Hieb um. „Viel Glück", sagte sie bitter und knallte die Tür hinter sich zu.

Jenny rührte sich nicht. Die Stille wurde nur von ihrem unregelmäßigen Atmen unterbrochen. Sie war wie betäubt, als habe Sandy ihr ins Gesicht geschlagen. Gefühlsmäßig ausgelaugt, versuchte sie sich zu erinnern, was sie einander gesagt hatten. Aber alles, was sie sah, war Sandys verzerrtes Gesicht, ihre Züge zu einer grotesken Maske des Schmerzes entstellt. Jenny schauderte, obwohl es eigentlich unangenehm warm im Zimmer war. Ihrem gemeinsamen Zimmer. Der Ausdruck auf Sandys Gesicht besagte, daß sie, Jenny, ihre Todfeindin geworden war. Wie konnten sie weiterhin zusammenwohnen? Tränen begannen ihr über die Wangen zu laufen und tropften zu Boden, während sie reglos dastand und sich vorzustellen versuchte, wie es wäre, nicht mit Sandy zusammenzuwohnen. Eine Welle der Angst überkam sie, durchlief ihren ganzen Körper, und die Heftigkeit und Plötzlichkeit, mit der das geschah, machte sie frösteln. Vielleicht würde sie Sandy verlieren. Es war unvorstellbar, aber es konnte passieren. Sie würde mit dieser Möglichkeit rechnen müssen. Jenny rang darum, ihre Fassung wiederzugewinnen, das unterdrückte Schluchzen zu ersticken, das ihr in der Kehle saß. Plötzlich brach ein zweiter Gedanke in ihr Bewußtsein, der sie mit Panik erfüllte. Was war, wenn es mit Bruce nicht klappte? Dann würde sie niemanden haben. Sie hätte Sandy umsonst von sich gestoßen. Sie würde allein sein. Leer. Sie verspürte den verzweifelten Drang,

Sandy hinterherzulaufen, unterdrückte ihn aber rasch. Es gab jetzt kein Zurück mehr. Sie würde sich darum bemühen, daß es mit Bruce klappte. Und beweisen, daß Sandy unrecht hatte.

19

In den nächsten Monaten durchwanderte Sandy eine unbekannte Wüste. Die Landschaft um sie herum hatte sich nicht verändert, aber Sandy war blind gegen alles außer der Verzweiflung, die ihr im Nacken saß und sie mit der Gewalt eines eisernen Schraubstocks umklammerte. Es gab kein Entkommen aus der Qual, die ihre ungeteilte Aufmerksamkeit forderte. Aber es war nicht allein Trauer, die ihren Körper eroberte und ihren Geist erschöpfte. Das Unerträgliche war, daß sie sich verstümmelt fühlte, als seien ihr die Eingeweide herausgerissen worden. Sie konnte kein Zeichen einer Verletzung erkennen, wenn sie an ihrem Bauch hinuntersah, aber irgend etwas zog sich in ihr zusammen und zwang sie, von trockenem Würgen und krampfartigem Schmerz geschüttelt, im Badezimmer auf die Knie. Innerhalb weniger Wochen war der Schmerz zu ihrem ständigen Begleiter geworden. Sie ging zur College-Krankenstation, wo ein Arzt ihr Valium für ihre „Nerven" verschrieb. Zu anderer Zeit hätte ihr Stolz es nicht zugelassen, auf ein solch sichtbares Zeichen von Schwäche zu reagieren. Aber nun schluckte sie dankbar die Tabletten und betete um die Phasen der Betäubung. Die Abwesenheit von Schmerz schien alles zu sein, was sie im Leben erhoffen konnte. Wie ihr Schmerz kamen ihre Tränen in Wellen, brachen zu den unmöglichsten Zeiten hervor und verschwanden dann auf geheimnisvolle Weise in einem watteartigen Nebel, in dem ihre Qual sich vorübergehend zu einer dumpfen Taubheit abschwächte. Sie aß nicht mehr und verlor zwanzig Pfund. Wenn sie in den Spiegel schaute, kam sie sich wie ein Opfer aus einem Gefangenenlager vor, bei dem sich jede Rippe parallel zum Stacheldrahtzaun deutlich abzeichnete. Aber ebenso wie die Gefangenen lebte sie weiter, obwohl sie kein Motiv zum Überleben hatte. Gegen ihren Willen. Ihr Körper weigerte sich zu sterben.

Sandy hatte daran gedacht, sich das Leben zu nehmen. Aber das verlangte eine Entschlossenheit, die sie nicht aufbrachte. Und was konnte da noch umgebracht werden? Sie hatte den Eindruck, nicht nur Jenny verloren zu haben, sondern auch sich selbst. Es hatte schon früher Zeiten gegeben, in denen Sandy philosophisch mit der Sinnlosigkeit des Lebens gerungen hatte, aber in der Vergangenheit hatte sie zumindest immer noch etwas gehabt, an dem sie sich festhalten konnte. Ihre Härte zum Beispiel. Sie war stolz darauf gewesen, nie zu weinen oder Schwäche zu zeigen. Aber nun war selbst das verlorengegangen. Ihre Liebe zu Jenny hatte sie zu einer schwächlichen, jämmerlichen Heulsuse gemacht, die weder Stolz noch Selbstachtung besaß. Denn wenn Jenny sie zurückhaben wollte, würde Sandy für sie da sein. Und irgendwo in ihr lebte die Hoffnung, daß Jenny ihren Fehler erkennen und dorthin zurückkehren würde, wohin sie gehörte.

An diese Zeit würde Sandy sich später nie genau erinnern. Im Laufe der Monate ließ der akute Schmerz nach und ging in einen unbestimmten Dauerschmerz über. Sie nahm nicht mehr so viele von den kleinen gelben Tabletten, sondern hob sie für Notfälle auf.

Nun, da die Sperrstunde aufgehoben worden war, hielt Jenny sich kaum noch in ihrem Zimmer auf. Ihre Stundenpläne waren verschieden, und Jenny blieb oft lange „zum Lernen" bei Bruce. Ab und zu kam sie am Samstagnachmittag im Wohnheim vorbei und blieb einige Stunden, wusch und legte sich die Haare, feilte sich die Nägel und traf weitere Vorbereitungen für ihre Verabredung am Abend. Sandy machte es sich zur Gewohnheit, diese Nachmittage in ihrem Zimmer zu verbringen, weil sie hoffte, daß Jenny kommen und ein wenig Zeit für sie haben würde. Manchmal dachte sie, es sei besser so. Radikaler Entzug. Aber im Grunde freute sie sich immer wieder darauf, Jenny zu sehen, und sei es nur für ein paar Minuten.

Ihr Leben schien voller Widersprüche zu sein. Sie war immerzu müde und konnte doch nicht schlafen. Da ihre Gedanken sich verzettelten und sie nicht imstande war, sich richtig zu konzentrieren, war sie mehr mit Lernen beschäftigt als je zuvor. Ihr war ständig kalt, selbst an heißen Tagen. Die wöchentlichen Telefongespräche mit ihrer Mutter waren das Schwierigste. Sandy wünschte, sie könnte ihrer Mutter etwas erzählen, aber was gab es da zu sagen? Wenn ihre Mutter sie fragte, wie es ihr gehe, sagte Sandy, gut, und wußte, daß ihre monotone Stimme ihre Worte Lügen strafte. Innerlich schrie sie nach Hilfe, antwortete jedoch mit einem ärgerlichen „Nerv mich nicht!“, wenn ihre Mutter noch einmal fragte, ob auch gewiß alles in Ordnung sei. Dann beendeten sie rasch das Gespräch, ihre Mutter besorgt und verletzt, Sandy schuldbewußt und verstört. Es gab niemand, mit der oder dem sie reden konnte. Niemand konnte verstehen, was passiert war. Sie trauerte allein.

Im September kam ihre alte Freundin Evelyn zum erstenmal für ein Wochenende angereist. Sie besuchte ihren Freund Kevin, der ein Aufbaustudium in Philosophie machte.

Sandy und Evelyn trafen sich zu einem Kaffee auf dem Campus und sprachen über alte Zeiten. In der High-School hatten sie lange Diskussionen über Philosophie, Politik und Freud geführt. Nun, nach einer langen Trennung, erneuerten sie ihre Freundschaft. Nach Evelyns Besuch am Sonntag fühlte Sandy sich seit Monaten erstmals besser. In den Gesprächen mit Evelyn über die Leute, die sie gekannt hatten, die bekifften Ausflüge ins Village, erinnerte Sandy sich an ihr altes Ich. Damals war sie unabhängig gewesen, schneidig, sprühend vor Lebenslust und hatte vor nichts und niemandem Angst gehabt. Wenn sie einmal so gewesen war, konnte sie auch wieder so werden. Die Geschichte mit Jenny hatte sie umgehauen, sie erschüttert wie nichts zuvor in ihrem Leben, aber sie mußte verdammt noch mal wieder auf die Beine kommen.

Sandy freute sich sehr auf die Wochenenden mit Evelyn. Kevin mußte viel fürs Studium tun, also unternahmen Sandy und Evelyn lange Spaziergänge auf dem Campus oder erkundeten die benachbarten Viertel. Sandy stellte überrascht fest, daß sie noch lachen konnte.

Eines Tages, als sie eine ruhige Vorortstraße entlanggingen, erzählte Sandy Evelyn von Jenny. Sandy hatte erwartet, daß es ihr sehr schwerfallen würde, darüber zu sprechen. Sie hatte wochenlang überlegt, ob sie ihren Schwur gegenüber Jenny brechen sollte, und entschieden, daß sie unbedingt mit jemandem darüber reden mußte und daß es wirklich nichts Unrechtes war, Evelyn davon zu erzählen, die Jenny nicht kannte und nicht einmal in derselben Stadt wohnte. Außerdem, fragte sie sich, was schuldete sie Jenny denn? Aber irgendwie fühlte Sandy sich trotz der Tatsache, daß Jenny sich verhielt, als existiere sie nicht, an ihr Versprechen gebunden. Bevor sie es Evelyn erzählte, ließ sie sie deshalb schwören, es nie einer lebenden Seele weiterzusagen. Evelyn lächelte, als sie diesen kindlichen Eid ablegte, sich bekreuzigte und die rituellen Worte wiederholte. Überraschenderweise fiel es Sandy leicht, darüber zu sprechen, wie sie sich in Jenny verliebt hatte, über die schönen Monate, die sie erlebt hatten, und über die Veränderungen danach. Als Sandy geendet hatte, sah sie, daß Evelyn weinte. Sandy spürte, wie auch ihre Augen sich mit Tränen füllten und dann überflossen, als Evelyn sie in die Arme nahm und sachte wiegte. Verlegen, mit reglos herabhängenden Armen stand Sandy da. Sie konnte nicht glauben, daß sie in der Öffentlichkeit weinte. Aber sie tat es. Und das Bemerkenswerte war, daß es einem Teil von ihr sogar gleichgültig war.

20

Als Sandy die drei Karten spielen sah, gestand sie sich ein, daß Evelyn in bezug auf Mike absolut recht gehabt hatte. Er war anders als die anderen Männer, die sie gekannt hatte. Er war gescheit, sensibel und warmherzig. Evelyn hatte zwei Monate gebraucht, um sie davon zu überzeugen, daß es eine gute Idee wäre, Mike, Kevins Mitbewohner, kennenzulernen. Es würde ihr guttun. Sandy hatte darauf beharrt, daß sie keinerlei Bedürfnis hatte, mit jemandem auszugehen. Die ganze Verabrederei an sich schien absurd. Zuerst das obligatorische Kino, dann ein langweiliges Gespräch darüber, wer was als Hauptfach hatte und andere belanglose persönliche Daten. Und wie könnte sie sich je an dem Gerangel im „Aquarium“ beteiligen? Eine solche Demütigung konnte sie jetzt nicht ertragen. Es war schlichtweg lächerlich, über ein derartiges Ansinnen nachzudenken, geschweige denn, es ernsthaft in Erwägung zu ziehen. Aber Evelyn hatte darauf bestanden. Sie mußte sich ja nicht zu einem Rendezvous mit ihm verabreden. Evelyn würde etwas kochen, und sie würden einfach zu viert zu Abend essen. Wenn sie einander mochten, gut. Wenn sie nichts miteinander anfangen konnten, dann wäre es das eben gewesen.

Sandy hatte sich weiterhin gesträubt, aber weniger heftig. Vielleicht war es doch gar keine so schlechte Idee. Schließlich war es ja keine richtige Verabredung. Sie war in keiner Weise verpflichtet, ihn zu mögen oder auch nur mit ihm allein zu sein. Und es wurde Zeit, daß sie die Scherben ihres Lebens aufsammelte. Sie konnte Jenny nicht ewig nachtrauern. Außerdem war sie einsam.

Als sie ihn an jenem Abend das erste Mal sah, war sie sofort von ihm eingenommen gewesen. Sie mochte die Gegensätze in seinem Gesicht: grobe Züge mit babyweicher Haut. Wenn er lachte, erfüllte der natürliche Klang den Raum, und Sandy fühlte sich gelöst. Sie mochte die Art, wie er seine Pfeife hielt, gedankenvoll, aber nicht prahlerisch. Und sie mochte die Art, wie er sprach: bedächtig, wenn er wußte, was er sagen wollte; nachdenklich und offen, wenn er sich seiner Gedanken nicht sicher war. Er mochte sie offensichtlich auch. Er schien interessiert an dem, was sie zu sagen hatte, und war von ihrer Intelligenz offenbar beeindruckt. Aber nicht eingeschüchtert. Beim Essen ermutigte er sie, in einer Diskussion über die Stichhaltigkeit des logischen Positivismus die Gegenposition darzulegen. Beide waren sich einig, daß dieser Ansatz deutliche Grenzen hatte, und Kevin spielte den Advocatus Diaboli, der sich selbstgefällig hinter seiner Philosophenmaske versteckte. Nach dem Essen gingen sie in Mikes Zimmer, um weiterzureden. Der Raum war spärlich eingerichtet und sauber – ein Doppelbett, ein Schreibtisch und ein Stuhl, ein großer Lehnstuhl. Den einzigen Farbtupfer bildete der aus aneinandergenähten Teppichmusterstücken gearbeitete Teppich, der das Zimmer direkt wohnlich machte.

Sandy lächelte in Erinnerung an diesen ersten Abend. Ihr Gespräch war ihr immer noch deutlich im Gedächtnis. Er hatte auf dem Bett gesessen, sie auf dem Stuhl.

„Es hat wirklich Spaß gemacht mit dir – das Essen, die Diskussion", sagte er. „Du bist sehr scharfsinnig."

„Du selbst bist auch nicht schlecht."

Mike errötete. Seine Verlegenheit nahm sie endgültig für ihn ein.

„Ich halte nichts davon, um den heißen Brei herumzureden", sagte sie. „Ich möchte ein Verhältnis mit dir haben."

Mike wirkte schockiert. Er sah sie einen Augenblick mit offenem Mund an, dann gewann er die Fassung wieder.

„Du mußt nicht sofort antworten", sagte sie großzügig.

„Äh, es ist nur ..." Mike schüttelte den Kopf und lachte. „Ich weiß nicht, was ich sagen soll. Noch nie hat eine Frau so etwas zu mir gesagt ... mir so offen ein Angebot gemacht."

„Ich verstehe. Ich habe manchmal eine etwas abrupte Art. Denk darüber nach und sag mir, wie du dich entschieden hast." Sandy schaute auf die Uhr und wußte, daß es Zeit für den Abgang war. Sie war ganz zufrieden mit sich, rechnete aber nicht damit, daß heute abend noch etwas passierte. „Ich muß zurück zum Wohnheim. Würdest du mich hinfahren?"

Mike sprang vom Bett auf und zog sich hastig die Schuhe an. „Oh, entschuldige. Natürlich."

Sandy hatte sich schon zum Gehen gewandt, aber aus den Augenwinkeln gesehen, daß er sie anerkennend anschaute. Sie mochte die Art, wie er sie ansah. Es bestand kein Zweifel, daß er sie anziehend fand, aber neben seinem Begehren spürte sie seinen Respekt.

Es war kaum zu glauben, daß dies erst drei Monate her war. Sie hatte das Gefühl, Mike schon Jahre zu kennen. Sie fühlten sich von Anfang an erstaunlich wohl miteinander. Selbst beim Sex. In der ersten Nacht, die sie miteinander verbrachten, hatte sie Angst gehabt, war sich aber albern vorgekommen, da sie sich als so welterfahren ausgegeben hatte. Mike hatte ihre Angst gespürt und war sehr sanft mit ihr gewesen. Später war er erstaunt, als sie ihm erzählte, daß sie es erst ein paarmal vorher gemacht hatte. Er lachte und sagte, sie sei voller Überraschungen. Sie erwiderte scherzend, das sei noch längst nicht alles gewesen. Sandy hatte sich umgedreht und sich leise in den Schlaf geweint. Sie wußte bis heute nicht, warum sie das getan hatte.

„He, du paßt nicht einmal auf, während ich dieses Spiel für uns verliere." Mike unterbrach ihre Gedanken mit einem breiten Lächeln im Gesicht.

„Scheiße, was für ein Partner bist du?" Sandy schüttelte den Kopf, als sie die Karten sah, die sich vor Kevin und Evelyn stapelten. Bridge war dem Binokel sehr ähnlich, nur komplizierter. Sie wußte immer noch nicht, wie die Punkte gezählt wurden. Mike hatte es ihr mehrmals erklärt, aber sie konnte es einfach nicht behalten. Alle sagten, Bridge sei ein besseres Spiel, weil es schwieriger sei und daher eine größere Herausforderung darstelle, und Sandy nahm an, das stimmte. Aber ihr gefiel Binokel besser. Es war einfacher.

21

Mike legte seinen Band von Kuhns *Die Struktur wissenschaftlicher Revolutionen* beiseite und lehnte sich in seinen grau-blau geblümten Sessel zurück. Es war eine solche Freude, Sandy um sich zu haben. Zum ersten Mal hatte sie zugestimmt, das ganze Wochenende bei ihm zu bleiben. In den letzten Monaten hatte sie zwar die Nächte mit ihm verbracht, jedoch darauf bestanden, wenigstens für einige Stunden ins Wohnheim zurückzukehren, selbst wenn sie für den Abend verabredet waren. Mike verstand das nicht, aber er hatte sie nicht unter Druck gesetzt. Er spürte, daß sie den Freiraum brauchte, und er ließ ihn ihr, ohne Fragen zu stellen.

Sandy war ein Rätsel. Nicht von der üblichen Art einer *femme fatale*, die, wie Mike vor Jahren erfahren hatte, allein dazu diente, von der inneren Leere abzulenken – zarte, verlockende Sahnehäubchen, die sich als riesige Luftblasen entpuppten, wenn man das erste Mal entzückt hineinbiß. Sandy spielte keines der Spiele, die Mike bei seinen früheren Freundinnen für unvermeidlich gehalten hatte. Sie öffnete ihre Autotür selbst, zündete sich ihre Zigarette selbst an, sagte, was sie dachte, und lachte, statt zu kichern. Wie viele Abende hatte Mike albernem weiblichen Gekicher zugehört und versucht, seine Gereiztheit zu unterdrücken, bevor sie sich bis zu einem Grad steigerte, an dem sie sich nicht mehr kontrollieren ließ. Es war, als stünde da ein gewisser Wegweiser, und wenn er den passiert hatte, wandelte sich plötzlich sein Charakter. Ein Dr. Jekyll-Mr. Hyde-Syndrom. Seine zeitweilige Grausamkeit überraschte ihn. Es war nicht so, daß er diese Frauen wirklich haßte; es war eher so, daß ihre Dummheit ihn ärgerte, an seinen Nerven zerrte, bis er seine normale Gutmütigkeit schwinden fühlte und ein sarkastisches, respektloses Alter ego an deren Stelle trat. Er beobachtete sich selbst, wie er einen Giftpfeil abschoß, aus der Ferne die Reaktion des betäubten Opfers beobachtete und eine verwirrende Mischung aus Erregung und Schuldgefühl empfand. Er genoß seine offensichtliche Überlegenheit, seine Fähigkeit, die Situation vollständig zu kontrollieren, sein Opfer anzugreifen und zu entwaffnen, wie es ihm beliebte. Plötzlich erinnerte Mike sich, wie er als Kind Salamander gefangen, ihnen mit einem scharfen Stein die Füße abgehackt und beobachtet hatte, wie sie auf ihren nun verstümmelten Beinen verzweifelt fortzukriechen versuchten. Eine Welle von Schuldgefühl und Abscheu überlief ihn. Sinnlose Grausamkeit. Wie konnte er diese Dinge nur getan haben? Aber es spielte keine Rolle mehr. Zumindest keine so große. Bei Sandy hatte er keines dieser Gefühle. Er hatte nicht etwa bei allen Frauen, mit denen er ausgegangen war, so empfunden. Manchmal hatte er sich mit Frauen verabredet, die er mochte, die Verstand hatten und mit denen er reden konnte. Aber ganz gleich, wie sehr er sie gemocht oder ihre Gesellschaft genossen hatte, er hatte immer gespürt, wie er sich distanzierte, ein Schauspiel verfolgte, das geschrieben worden war, lange bevor er die Bühne betrat.

Allerdings waren alle seine engen Vertrauten seit der High-School Frauen gewesen. Doch das waren zwei Paar Schuhe. Die Frauen, mit denen du dich verabredetest, und die Frauen, die enge Freundinnen wurden. Es war sehr verwirrend. Warum waren die Frauen, mit denen er eine Zeitlang ausgegangen war, keine guten Freundinnen geworden? Fühlte er sich vom falschen Frauentyp angezogen? Oder war etwas an diesem Balzritual, das jede Beziehung ruinierte, bevor sie noch Gelegenheit hatte zu wachsen? Mike hörte, wie sich die Badezimmertür öffnete und Sandy barfuß über die kalten Holzdielen lief. Sie mußte ihre Strümpfe und Schuhe vergessen haben, als sie duschen ging. Es war eigenartig, wie er Sandy gegenüber empfand. Vom ersten Abend an hatte er immer eine gewisse Aufregung verspürt, wenn er in ihrer Nähe war. Eine ungewöhnliche, langsam brennende Aufregung, die sich allmählich steigerte und sein Inneres mehr und mehr wärmte. Er hatte sich nie zuvor mit einer Frau so entspannt gefühlt. Er mußte nicht beweisen, wie klug oder welterfahren er war, und er mußte auch nicht das Stereotyp des Traummannes erfüllen. Sandy langweilte sich mit typischen Männern ebensosehr wie er mit hilflosen Weibchen. Es war nicht nötig, die üblichen Rollenspiele zu spielen, und das war eine große Erleichterung. Mike war nicht bewußt gewesen, wie leid er es war, alle Entscheidungen zu treffen: wo sie essen gehen sollten, welchen Film sie sich ansehen sollten, was sie dieses Wochenende unternehmen sollten. Es war befreiend, loslassen zu können, in dem Bewußtsein, daß Sandy auf seine Frage, was sie tun wollte, aufrichtig antworten würde, statt zu sagen: „Es ist mir egal, was möchtest *du* denn tun?" Eigentlich war Sandy immer ein sehr entschlossener Mensch, selbst im Umgang mit Sex. Er konnte immer noch nicht glauben, was sie ihm gegenüber für einen Annäherungsversuch gemacht hatte. Nein, das traf es eigentlich nicht. Ein Annäherungsversuch war etwas Subtiles, eine ritualisierte Art, die andere Person wissen zu lassen, daß du sie begehrenswert fandest. Aber an dem, was Sandy getan hatte, war nichts Subtiles gewesen; sie hatte ihm ganz sachlich einen Antrag gemacht. Was für eine Erlösung von dem üblichen Katz-und-Maus-Spiel, das beide Spielenden ausgelaugt und geschwächt zurückließ und aus dem eigentlichen Zusammensein bestenfalls eine Enttäuschung machte. Mike hatte nie verstanden, warum soviel Wind darum gemacht wurde, eine Frau ins Bett zu bekommen. Wenn beide wollten, sollte man meinen, die Sache könne reibungslos vonstatten gehen. Das Problem schien darin zu bestehen, daß er fast immer wollte und sie meistens nicht. Männer und Frauen paßten körperlich perfekt zueinander, aber in anderer Hinsicht harmonierten sie offenbar gar nicht. Was Sex betraf, schienen Männer und Frauen sich sogar im Kriegszustand miteinander zu befinden. Aber es gab keine brillanten Manöver und keine vollkommenen Siege. Statt dessen nahmen die Geplänkel einen erniedrigenden Charakter an, bei dem beide Parteien auf unwürdige Manipulationen reduziert wurden; er attackierte die Festung mit Charme, Logik und standhafter Beharrlichkeit, und sie verstärkte ihre Verteidigungsanlagen durch Ausweichen, Widerruf und nicht erfüllte Versprechen. Eindeutig zumindest eine maßlose Zeitverschwendung.

Aber immer noch unendlich viel besser als das Zusammensein mit Männern. Mike hatte sich der Welt der Männer nie zugehörig gefühlt. Das Schulterklopfen wirkte immer unecht und gekünstelt. In der High-School hatte er versucht, „einer der Kumpels" zu sein – aber sobald er sich an den lächerlichen Ritualen (den unablässigen schmutzigen Witzen, der Prahlerei in der Dusche und dem obligatorischen Fluchen) beteiligte, war er sich scheinheilig vorgekommen, und wenn es ihm gelang, sich zu entziehen, hatte er sich einsam gefühlt. Er war nicht nur ein Außenseiter, sondern empfand auch ein tiefes Mißtrauen, das ihn veranlaßte, Distanz zu halten. Einzeln waren sie in Ordnung, aber wenn sie im Rudel auftraten, veränderte sich etwas Wesentliches; ihre Gruppenidentität schien sich von der Summe ihrer Teile zu unterscheiden. Mike konnte es nicht genau benennen, aber etwas an diesem Rudel erschreckte ihn. Irgendwie fürchtete er, die Gruppe könne sich gegen ihn wenden – aber das ergab auch keinen Sinn. Was konnte eine Horde Männer einem einzelnen Mann tun?

Natürlich war es möglich, erinnerte sich Mike, daß er diese ganze Sache rationalisierte. Vielleicht lag es einfach daran, daß er sich unzulänglich fühlte. Unfähig, als „Mann unter Männern" zu bestehen. Schließlich war er auch kein sehr guter Sportler gewesen. Nicht der letzte, der in die Basketballmannschaft gewählt wurde, die sich nach der Schule auf dem Sportplatz bildete, aber auch keinesfalls die erste Wahl. Doch für jemanden seiner Größe spielte er eigentlich verdammt gut. Das Wort „Größe" ließ ihn gelegentlich frösteln. Manchmal, bevor er sich mit einer Frau verabredete, erinnerte er sich selbst daran, daß Alexander der Große ein kleiner Mann gewesen war, und er spürte, wie er den Kopf höher trug und seine Nackenmuskeln anspannte, bis er aussah wie eine Giraffe, die sich nach einem besonders zarten Blatt streckte. Aber dazu hatte er nicht allzuoft Veranlassung. Schließlich maß er einsachtundsechzig, und die meisten Frauen waren ebensogroß oder kleiner als er.

Es war anders, wenn er mit einer Gruppe von Männern zusammen war. Dann war er oft der Kleinste. Wenn sie die Straße entlanggingen, bemerkte er, daß seine Augen auf der Höhe ihrer Schultern waren, daß er den Kopf zurücklegen und aufschauen mußte, um ihnen in die Augen zu sehen. Wenn er eingepfercht in der U-Bahn stand und von der Menge herumgeschubst wurde, beneidete Mike insgeheim die Männer über einsachtzig. Wie war es wohl, die kleinen Würstchen neben sich zu überragen? Nicht von jedem Kerl eingeschüchtert zu werden, der dich anrempelte, sich nicht eilig entschuldigen zu müssen, um nicht eins übergebraten zu bekommen? Schlägertypen hackten auf kleinen Männern herum, und Mike hatte lernen müssen, schnell zu denken und zu reden, um möglicherweise gefährliche Konfrontationen zu entschärfen. Er hatte diese Angst gehaßt, sich seiner Schwäche geschämt. Der einzige Trost war die Gewißheit, daß er diesen tumben Typen, die große Lettern auf ihren Pullovern trugen, geistig überlegen war. Insgeheim vermutete er oft, daß sie diese übergroßen Symbole tragen mußten, weil sie sich nicht erinnern konnten, in welcher Mannschaft sie Kapitän waren, wenn sie nicht irgendein Zeichen direkt vor sich her trugen. Natürlich setzte das die sehr zweifelhafte Annahme voraus, daß sie zu symbolischem Denken in der Lage waren – aber schließlich waren auch Affen fähig, anhand verschiedener visueller Signale einfache Unterscheidungen zu treffen.

Mike lächelte angesichts dieser bemerkenswerten Argumentation. Er brauchte sich nicht mehr so bedroht zu fühlen wie damals in der High-School. Im College war es besser geworden, und nun, als Student im höheren Semester, war er es, der den Status und die besseren Chancen hatte. Sie waren es, denen der große Schock bevorstand, als sie aufs College kamen. Groß und sportlich zu sein half dir nicht, den Unterrichtsstoff zu begreifen. Und im City College, auf das Mike gegangen war, wurde auf Sport gar kein Wert gelegt – den vielen Cracks, die sich im ersten Jahr eingeschrieben hatten, wurden keine Sportlerstipendien gewährt, keine Sonderrechte eingeräumt und keine Ausreden gestattet. Im zweiten Jahr waren sie dann verschwunden. Sie endeten schließlich als schlecht bezahlte Malocher und wohnten, da sie irgendein Mädchen geschwängert hatten und heiraten mußten, in einer überfüllten Wohnung mit vielen unbezahlten Rechnungen und einem Abend in der Woche mit ihren Kumpels, an dem sie immer dieselben schmutzigen Witze rissen und dieselben dummen Lügen verbreiteten und sich brüsteten, sie hätten es mit jeder heißen Puppe in der Stadt getrieben. Und hier war er, Student in einem der besten Colleges des Landes, der bescheiden, aber komfortabel lebte und alle Anregungen und Vergnügungen genoß, die ein Mann sich nur wünschen konnte. Und mit einigen der feinsten jungen Frauen des Landes ausging. Die *crème de la crème:* die Kombination von Geist und Schönheit, die die oft nach dem ersten Fick eintretende Langeweile verhinderte.

Mike zündete erneut seine Pfeife an, machte kurze Züge, bis der Tabak richtig brannte. Es war ihm zuvor nicht bewußt gewesen, aber das war der Grund, warum es mit Sandy so anders war. Er langweilte sich nicht. Jesus, sie kannten sich nun mehrere Monate, verbrachten all diese Wochenenden miteinander, und er genoß ihre Gesellschaft immer noch. Aber es war mehr als das. Es ähnelte einem Entdeckungsprozeß. Jeden Tag lernte er etwas Neues über Sandy: wie sie über Dinge dachte, wie sie schüchtern wurde, wenn jemand ihr ein Kompliment für eine scharfsinnige Bemerkung machte. Und er stellte fest, daß es ihm großes Vergnügen bereitete, ihre Geheimnisse zu enthüllen. Er wollte sie kennen, verstehen, was sie bewegte. Aber es war eigentlich nicht so analytisch, wie es klang; es war nicht so, daß er sie auseinandernehmen und sich die Einzelteile anschauen wollte. Nein, es war etwas Subtileres, etwas Unbestimmteres und weniger Definierbares. Und in diesem Prozeß entdeckte er Seiten an sich selbst, von denen er zuvor nichts gewußt hatte. Eine Zärtlichkeit ohne Scham. Eine innere Ruhe, die zugleich aufregend war.

„Wo ist dein Fön?“ Von ihrem plötzlichen Eintreten überrascht, verschüttete Mike die Asche in seinen Schoß. „Himmel, bist du ungeschickt.“

„Vielen Dank für das Vertrauensvotum. Er ist in der zweiten Schublade im Badezimmerschrank.“ Mike sah zu, wie sie sich vornüberbeugte und sich mit knappen, energischen Bewegungen den Kopf frottierte, während ihr langes braunes Haar in zerzausten Strähnen herabhing. Sie nahm ihn nicht wahr, als sie, den Kopf auf die Seite gelegt, ihre Haare im Nacken frottierte. Völlig unbekümmert darum, daß sie lächerlich erscheinen oder ihr Haar nicht gut aussehen könne. Mike spürte, wie ihn eine Welle der Erregung durchlief. Er malte sich aus, sie zu lieben, gleich hier im Wohnzimmer, ohne Rücksicht auf Kevin und Evelyn, die jeden Moment hereinkommen konnten. Sie drehte sich um und ging hinaus, ohne sich seiner Leidenschaft für sie bewußt zu werden. Es war nicht zu begreifen. Sie hatte nicht einmal besonders hübsch ausgesehen. Und doch hatte er noch nie ein so heftiges Verlangen gespürt.

22

Die Tür war geschlossen. Aber das Wasser lief. Sandy klopfte für alle Fälle an.

„Herein!“

Mike stand halb rasiert am Waschbecken, eine Brücke aus weißem Rasierschaum über der Oberlippe. Ein winziges blutbeflecktes Stück Toilettenpapier, das auf die glatte Seite seines Gesichts geklebt war, zeugte von der Schärfe seines Rasiermessers. Sandy starrte die zehn Zentimeter lange Klinge an und stellte sich vor, wie sie riesige Stücke aus ihren Beinen schnitt. Sie zog die langen Schöße seines Nadelstreifenhemdes hoch, das ihr als Nachthemd diente, und setzte sich mit ihrem üblichen energischen Schwung, mit dem sie fast in der Schüssel landete, auf die Toilette.

„Scheiße." Sandy stand auf, ließ mit einem lauten Krachen die Brille herunter, setzte sich wieder, diesmal behutsamer, und pinkelte. Mike beobachtete angelegentlich seine Hände im Spiegel, legte den Kopf auf die Seite, spannte mit einer Hand die Haut und setzte mit der anderen die Klinge auf der Wange an.

„Wie kannst du nur dieses Ding benutzen? Es sieht aus, als könntest du jemanden damit in Stücke schneiden!"

„Sandy, ich versuche mich zu konzentrieren."

„Aber warum benutzt du so etwas? Es müßte beim FBI als tödliche Waffe registriert werden. Außerdem hast du dich gerade heute morgen rasiert."

Mike, der soeben tapfer den Aufschwung zum Ohr begonnen hatte, glitt bei diesem letzten Vorwurf mit dem Messer ab. „Scheiße! Sandy, würdest du bitte den Mund halten. Du machst mich nervös."

„Okay, okay. Ich sage kein Wort mehr." Sandy riß ein Stück Toilettenpapier von der Rolle und wischte sich ab. Sie zog ab, während sie noch auf der Toilette saß. Mit distanzierter Neugier beobachtete sie, wie Mike die Rasierklinge über sein Gesicht führte und schmale Streifen durch den Seifenschaum zog. Ihre Hand strich unbewußt zärtlich über ihre Wange, als sie sich vorzustellen versuchte, wie es wäre, ein Rasiermesser an ihr Gesicht zu setzen. War es wie das Rasieren der Beine oder der Achseln? Es schien soviel näher, irgendwie intimer. Arme und Beine waren weiter entfernt, ihr nicht so nahe. Aber Männer wiederum sahen das vielleicht anders. Ihnen war das Rasieren des Gesichts vielleicht ebenso lästig wie ihr das Rasieren der Beine. Zumindest brauchten Frauen sich nicht täglich zu rasieren. Was für eine Mühsal das wäre.

„Was ist?“ Mike grinste sie schüchtern an, als er die letzten Reste des Rasierschaums vom Messer abspülte. Er griff sich ein Handtuch von der altmodischen Keramikstange und tupfte sich zart das Gesicht ab.

„Nichts. Ich gucke nur.“

„Du bist schon eine verrückte Nudel“, neckte er sie, als er sich vorbeugte, um sie zu küssen.

Sandy stand auf und ging zur Tür. „Mmh, und was bist du dann, Kumpel?“ Sie hörte ihn kichern, als sie den Flur entlang zum Schlafzimmer ging und an das kleine quadratische Fenster trat, das auf die angrenzenden Doppelhäuser hinausging. Die Bäume, die die Straße säumten, waren noch kahl, ihre knorrigen Stämme und windzerzausten Kronen streckten sich in hilflosem Protest zum Himmel und warteten auf wärmere und freundlichere Tage. Bald würde der Frühling kommen, und die kahlen Bäume würden wieder in der Sonne baden. Sie würden die Trostlosigkeit vergessen und freudig die ersten zarten Knospen bilden, und im Frühsommer würden sie dann wachsen und gedeihen und voll erblühen.

Der Frühling brachte sie immer aus dem Lot. Er machte sie unruhig und gereizt. Ganz gleich, wo sie war, irgendwie meinte sie immer, sie sollte eigentlich anderswo sein, aber sie hatte keine Ahnung, wo dieses Anderswo war. Es war ein verwirrendes, unbestimmtes Gefühl, und Sandy haßte diese Unbestimmtheit mehr noch als das Gefühl selbst. Sie war gewohnt, Dinge analysieren zu können, aber dieses Gefühl widersetzte sich der Benennung, von der Analyse ganz zu schweigen, und machte Sandy ausgesprochen ärgerlich auf sich selbst, weil sie so absurd undurchschaubar war. Vielleicht handelte es sich um eine Art vager Sehnsucht. Es hatte nur einen Frühling gegeben, in dem sie nicht so empfunden hatte. Den Frühling mit Jenny. Wütend ging Sandy zum Nachttisch, holte sich eine Zigarette und zündete sie an. Wie oft hatte sie sich verboten, an den Wochenenden an Jenny zu denken. Das war die Zeit, die sie mit Mike verbrachte, und sie wollte nicht, daß ihre Gedanken an Jenny sie aus der Fassung brachten und die Sache mit Mike zerstörten. Mike war der beste Mann, dem sie je begegnet war. Sie hatten eine gute Beziehung. Sie fühlte sich mit ihm wohler, als sie es jemals mit einem Mann erwartet hätte. Sie hatte sehr viel Glück gehabt, ihm begegnet zu sein. Sandys Wut schwand, und sie ließ sich schwer in Mikes Polstersessel fallen. Sie zog Mike oft damit auf, wie würdevoll er aussah, wenn er seine Pfeife rauchte und sich einer anspruchsvollen Lektüre widmete. Hume oder Bertrand Russell. Er tat dann so, als redete sie dummes Zeug, aber es gefiel ihm. Er liebte ihre Aufmerksamkeit, und die Idee, sich als distinguierten Philosophen zu sehen, behagte ihm. Sandy konnte sich ihn nicht mit distinguiertem Aussehen vorstellen. Nicht bei seinem jungenhaften Gesicht. Vielleicht in vierzig Jahren, wenn sein Haar grau geworden war – nein, weiß – und er sich einen kleinen Bart hatte stehen lassen. Sandy lachte über die Vorstellung von Mike mit Bart. Er würde lächerlich aussehen. Außerdem war er ein wirklich gutaussehender Typ; er brauchte das Gestrüpp im Gesicht nicht. Solange sie zusammen waren, durfte er sich auf keinen Fall einen Bart wachsen lassen. Sie haßte das Kratzige an Bärten. Bei Männern mit Bart war sie sich immer vorgekommen, als ob sie ein Stachelschwein küßte. Und sie hatten immer diese ekligen Speisereste im Bart, die alle sahen, nur sie selbst nicht. Gott sei Dank wollte Mike keinen Bart haben. Es genügte schon, daß Männer am übrigen Körper so behaart waren, sie mußten es ja nicht übertreiben.

Jenny hatte einen Schnurrbart. Sandy hatte ihn nicht einmal bemerkt, aber Jenny regte sich darüber auf. Etwa alle drei oder vier Monate färbte sie ihn mit Wasserstoffsuperoxid. Mit diesem blasenwerfenden Schaum auf der Lippe sah sie einfach komisch aus. Früher hatte Sandy sie immer geneckt, wie gut sie mit diesem Zeug unter der Nase aussähe, und daß sie damit unter die Leute gehen und eine neue Mode kreieren sollte. Jenny hatte vor gespieltem Zorn gekreischt und sie spielerisch in den Arm geknufft. Sandy hatte immer mit ihr ringen wollen, aber Jenny schrie: „Bleib mir vom Leib! Du ruinierst mein Gesicht!" Normalerweise waren sie bei etwas Ruhigem wie Binokel zu zweit gelandet, bis es Zeit wurde, daß Jenny das Zeug von ihrem Gesicht entfernte. Sandy fand immer, daß die dunklen Haare über der Oberlippe nach der Prozedur nicht anders aussahen als vorher, aber sie hatte es nicht übers Herz gebracht, es Jenny zu sagen. Nach der Behandlung strahlte Jenny immer, als glaubte sie tatsächlich, schöner auszusehen. Was Sandy betraf, so war Jenny immer schön. Nein, eigentlich nicht. Es gab Tage, an denen Jenny müde aussah, ihr Teint fahl war und ihre Haut durch die nervösen Falten um den Mund eine Nummer zu groß für sie wirkte. Objektiv wußte Sandy, daß Jenny an diesen Tagen nicht besonders schön war. Aber zugleich war sie für Sandy immer schön. Irgendwie schienen diese beiden Wahrheiten einander nicht zu widersprechen.

Jenny.

Sandy spürte den altvertrauten Schmerz. Er begann an einem Punkt direkt unter ihrem Bauchnabel und strahlte dann aus, bis ihre gesamte Bauchhöhle mit einem diffusen Unwohlsein angefüllt war. Doch zumindest lähmte er sie nicht mehr völlig.

Nun, da Sandy ebenfalls ausging, war Jenny freundlicher. An den Samstagnachmittagen, wenn sie im Wohnheim vorbeischaute, schwatzte Jenny über das, was Bruce und sie in der vergangenen Woche unternommen hatten, wie ihr Studium lief und über andere Neuigkeiten. Sandy erzählte ihr bereitwillig, was sie vorhatte, aber sie sprach selten über Mike. Es schien ihr nicht loyal, seinen Namen zu erwähnen. Jenny sah das offensichtlich anders:

Sie wollte alles über Mike wissen, wie er war und was sie zusammen machten. Sandy enttäuschte sie fortwährend, indem sie ihre Fragen so einsilbig wie möglich beantwortete.

Es war eine unbeholfene Wiederannäherung, aber Sandy nahm sie verdrossen hin. Sie hätte sich länger gegen diese Niederlage gewehrt, wenn sie gewußt hätte, welche Waffen sie noch hätte einsetzen können. Doch all ihre früheren Manöver hatten Jenny merkwürdig unberührt gelassen. Weder Tränen noch Drohungen, noch lange Tiraden hatten eine Wirkung auf die undurchdringliche Maske, die Jenny bei diesen Anlässen trug. Sandy wunderte sich über Jennys Herzlosigkeit. Konnte dies die warme und zärtliche Frau sein, in die sie sich verliebt hatte? Wie konnte sich heftige Leidenschaft in diese zurückhaltende Distanz verwandeln? Es war unbegreiflich. Außer wenn Jenny sie niemals wirklich geliebt hatte. Unbarmherzig durchforstete Sandy ihr Gedächtnis nach Beweisen. Aber wie konnte sie die Stunden verleugnen, in denen sie nebeneinandergelegen und ihre Augen nach jedem Anzeichen von Täuschung oder Unzufriedenheit gesucht hatten? Und immer wieder hatte sie ihr ängstliches Sondieren aufgegeben, wenn Jennys Augen unzweifelhaft ihre Liebe zu Sandy ausdrückten. Schließlich war es Jenny gewesen, die sie energisch verfolgt hatte, auf Nähe drängte, jeden Test bestand und alle Hindernisse überwand, die Sandy ihr in den Weg gelegt hatte und die eine Hochstaplerin abgeschreckt hätten. Konnte es für Jenny nur ein Spiel gewesen sein? Eine Herausforderung? Sandy weigerte sich zu glauben, daß Jenny so teuflisch gemein sein konnte. Ebensowenig glaubte sie, daß sie selbst einen so törichten Fehler begangen hatte. Sie war nicht blöd gewesen. Sie mußte darauf vertrauen, daß das, was sie miteinander geteilt hatten, wirklich gewesen war. Es abzustreiten hieße, ihre innersten Regungen zu leugnen und einer Flut der Leere und Verzweiflung Raum zu geben, die ihren gegenwärtigen Zustand vergleichsweise beschaulich erscheinen ließe.

Als Mike sie zum Wohnheim zurückfuhr, starrte Sandy aus dem Fenster und fragte sich, ob Jenny heute nachmittag da sein würde. Es wäre ihr fast lieber gewesen, wenn nicht. Sie mußte über sich und Mike nachdenken. Liebte sie ihn? Die Frage schien rein theoretisch; sie entsprang ihrem Verstand und schien mit einem allgemeineren Interesse am Leben zusammenzuhängen. Hat das Leben einen Sinn? Diese Frage hatte sie sich in der letzten Zeit wieder häufiger gestellt. Im Gegensatz zu früher konnte sie sie nicht mehr mit einem kategorischen Nein beantworten. Die Begegnung mit Jenny hatte das geändert. Aber sie zu verlieren hatte Sandy erneut in ein Dilemma gestürzt, das nicht mehr so eindeutig schien wie früher. Wie konnte ein Dilemma eindeutig sein? Sandy tadelte sich selbst wegen ihres nachlässigen Umgangs mit Begriffen. Sie hatte irgendwo gelesen, daß die Gehirnzellen sich ab dem fünfzehnten Lebensjahr abzubauen begannen. Und sie war schon fast zwanzig. Vielleicht wurde sie allmählich senil. Was einst ein beklemmender Gedanke gewesen wäre, schien nun nicht mehr so furchtbar. Ihre Mutter hatte ihr oft gesagt, sie sei zu ernst, sie solle aufhören, soviel zu grübeln. Wenn ihr Gehirn abzusterben begann, würde sie vielleicht ein glücklicherer Mensch sein.

23

Jenny sah den Blasen zu, die in ihrem Kaffeebecher langsam nach oben zu steigen begannen. Der Tauchsieder sah aus wie ein einäugiges, mißgebildetes Monster, das auf dem Boden des beigefarbenen Bechers sein Leben aushauchte. Es wurde Zeit, aufzustehen und den Nescafé zu suchen, aber Jenny war zu müde, um mit einer zweifellos längeren Suchaktion zwischen überquellenden Aschenbechern und Bergen ungelesener Papiere anzufangen. Statt dessen betrachtete sie weiterhin, wie die Blasen gegen die Wand des Kaffeebechers prallten. Erst als eine Welle über den

Rand und auf den Schreibtisch schwappte, stand Jenny auf und schob gleichgültig einen Teil des Durcheinanders beiseite. Unter einem Haufen Pullover und alten Nylonstrümpfen lag das umgefallene Nescaféglas. Jenny schüttelte den Kopf, als sie die Strümpfe hochhob und auf den Boden fallenließ. Seit Wochen hatte sie Sandy gesagt, sie solle diese Strümpfe wegwerfen. Aber Sandy meinte, fürs Wohnheim seien sie immer noch gut genug. Zumindest war sie so einsichtig, sie nicht bei ihren Verabredungen zu tragen.

Verabredungen. Heute war seit Monaten der erste Samstag, den sie im Wohnheim verbringen würde. Jenny zog den Stecker heraus, entfernte den Tauchsieder, schüttete etwas Kaffee aus dem Glas in den Becher und rührte mit einer langen Haarklemme um. Vielleicht würde sie den heutigen Abend nutzen, um einiges an Lernstoff aufzuholen. Als sie sich nach ihren Büchern umsah, spürte Jenny, wie ihr die Tränen langsam über die Wangen liefen. Sie sprang aus dem Sessel auf, schritt ärgerlich quer durchs Zimmer, riß ein Papiertaschentuch aus der Schachtel und trocknete sich hastig das Gesicht. Sie würde nicht heulen. Schließlich war es nicht endgültig aus zwischen ihnen. Bruce hatte einfach um etwas Zeit für sich selbst gebeten. Und sie tat, als ginge die Welt unter.

Jenny trat ans Fenster und betrachtete den grauverhangenen Himmel. Der Campus wirkte düster; die ockerfarbenen Gebäude waren wahllos über die öde Landschaft verstreut. Jenny seufzte tief. Es hatte keinen Zweck, sich etwas vorzumachen. Sie wußte schon seit geraumer Zeit, daß die Dinge zwischen ihnen nicht mehr so gut standen wie früher. Sie hatte einfach nicht wahrhaben wollen, daß Bruce sich allmählich mit ihr langweilte. Zuerst war er gereizt gewesen und hatte sie ohne ersichtlichen Grund angeschnauzt. Dann war er still und launisch geworden, hatte sich innerlich zurückgezogen und ihre Gegenwart stundenlang ignoriert. Anfangs hatte Jenny ihn neckend gefragt, was los sei, und ihn einen alten Muffkopf genannt. Aber er fand das gar nicht komisch und sagte ihr, sie solle aufhören, sich wie ein Teenager zu benehmen. Sie war sehr verletzt, wußte aber nicht, was sie sagen sollte. In der Annahme, er sei nervös, weil er noch keine Antwort von einer der Universitäten erhalten hatte, ließ Jenny es einfach auf sich beruhen. Doch seine Gereiztheit verschwand nicht; im Gegenteil, sein verdrossenes Brüten hielt an und verstärkte sich.

Dann hatte Jenny versucht, besonders aufmerksam zu sein, ihm ein neues Feuerzeug gekauft, als sein altes kaputtgegangen war, und ihm ein ausgefallenes Menü bereitet. Als Reaktion auf ihre Aufmerksamkeit hatte sich seine Miene aufgehellt, und sie verbrachten einen schönen Abend, lachten und scherzten und landeten schließlich im Bett. Aber nachdem sie miteinander geschlafen hatten, wurde er wieder launisch, und Jenny spürte eine neue Distanz zwischen ihnen. Und es schien nicht am Sex zu liegen; hinterher sagte er immer, es sei gut gewesen. Aber offensichtlich störte ihn irgend etwas, und Jenny hatte keine Ahnung, was es war. Und keine Idee, wie sie es herausfinden sollte, wenn ihre vorsichtigen Fragen mit Feindseligkeit aufgenommen wurden. Also beschloß sie, darauf zu hoffen, daß es sich geben würde. Und dann hatte Bruce heute morgen beim Frühstück gesagt, sie müßten wohl einmal miteinander reden. Er bestritt den Großteil des Gesprächs. Sie wußte nicht, was sie sagen sollte, also sagte sie kaum etwas. Dann waren sie schweigend zum Wohnheim zurückgefahren.

Jenny sagte sich, sie könne eigentlich nichts anderes tun als warten. Wenn Bruce einige Zeit allein verbrachte, würde er vielleicht merken, wie viel sie ihm tatsächlich bedeutete, und morgen würde er sie anrufen und ihr sagen, daß er sie vermisse. Sie würde es zunächst kühl aufnehmen, nicht sofort in Entzücken ausbrechen. Schließlich war die ganze Sache seine Idee gewesen, und er hatte auf ihre Gefühle keinerlei Rücksicht genommen, warum sollte sie es ihm also leichtmachen? Nein, sie würde ihn eine Weile zappeln lassen und ihm erzählen, sie hätte für diesen Abend andere Pläne. Das würde ihn in die Defensive bringen. – Was zum Teufel tat sie da? Jenny spürte eine Welle der Selbstverachtung. Sie klang wie eines dieser koketten Weibchen, die ihre Spielchen trieben. Sie und Bruce hatten so etwas nicht nötig. Oder war das das Problem? Vielleicht hätte sie die schwer zu Erobernde spielen sollen. Sie hatte mit Bruce sofort am ersten Abend geschlafen, und er hatte gesagt, er rechne es ihr hoch an, daß sie nicht die übliche kokette Rolle gespielt hatte. Aber stimmte das? Vielleicht empfand er doch nicht mehr genügend Respekt für sie. Jenny fühlte, wie eine Woge der Angst in ihr hochstieg, gefolgt von einem Schuldgefühl, das sich heimtückisch in ihre Eingeweide schlich. Ihre Eltern würden schlicht tot umfallen, wenn sie wüßten, daß ihre Tochter mit sechs verschiedenen Männern geschlafen hatte. Sechs. Das war eine ungeheure Zahl. Jenny fragte sich, ob sie eine Hure war. Sie spürte, wie ihr schlecht wurde. Sie versuchte, sich zum Rülpsen zu zwingen, wie Sandy es tat, aber sie hatte es nie richtig gelernt. Statt dessen begann sie zu würgen, schnitt ein Gesicht wie Sandy – aber vergeblich. Sandy zog sie oft auf, weil sie den Trick nach all dieser Zeit immer noch nicht heraus hatte.

Sie zwang sich, ein paarmal tief zu atmen, und setzte sich an ihren Schreibtisch. Der Nachmittag ging vorüber, und sie hatte immer noch kein Buch zur Hand genommen. Sie sah aus dem Fenster, als sich die Tür hinter ihr öffnete.

„Oh, hallo, Jenny. Ich habe nicht erwartet, dich so spät an einem Samstag hier zu sehen."

„Hallo." Jenny sah zu, wie Sandy ihre kleine Reisetasche abstellte. Sandy packte ihre schmutzige Unterwäsche aus und stopfte sie in den Wäschesack, der neben dem Bett stand.

„Wie geht es Mike?" fragte Jenny. Ihr war heute abend besonders nach einem Gespräch. Sandy wirkte in Eile, als sie zum Schrank ging und frische Unterwäsche herausnahm. Aber vielleicht blieb sie ein wenig und unterhielt sich.

„Oh, gut. Gestern abend waren wir wieder auf einer Philosophenparty. Ich habe einige Philosophiestudenten aus den höheren Semestern und die meisten Lehrkräfte kennengelernt." Sandy schürzte die Lippen und zog ihre Wangen ein, um einen britischen Akzent nachzuahmen. „Eine sehr intellektuelle Gruppe, wenn du weißt, was ich meine." Ganz gleich, wie sehr sie sich bemühte, sie klang immer wie aus der Bronx. „Und heute abend gehen wir in ein nettes Restaurant und ins Kino. Wir haben unser Geld zusammengeworfen und beschlossen, mal richtig zu prassen. Und wie steht's mit dir?" Sie hatte sich unterdessen ausgezogen, ging zum Schrank und nahm einen hübschen Pullover und ein Paar Hosen heraus.

„Oh, ich habe keine Pläne für heute abend", antwortete Jenny und wandte sich ab, um aus dem Fenster zu schauen. Sie hatte es beiläufig sagen wollen, aber ihre Stimme klang unverkennbar gepreßt. Sie spürte, wie Sandy innehielt und sie ansah.

„Stimmt etwas nicht?"

Jenny wollte nicht, daß Sandy mitbekam, wie aufgewühlt sie war. Es war eine Frage des Stolzes. Hatte Sandy außerdem nicht verkündet, daß es mit ihr und Bruce niemals halten würde? Sie drehte sich um und hatte Mühe, Sandy in die Augen zu schauen.

„Tja ... Bruce fand, wir hätten einander in der letzten Zeit zu oft gesehen. Er will ein bißchen Abstand." Jenny stand auf und ging im Zimmer umher, um Sandy nicht ansehen zu müssen. Sie ertrug den Ausdruck der Besorgnis und des Mitgefühls in Sandys Gesicht nicht. Er gab ihr das Gefühl zu ersticken. „Und ich glaube, das ist eine gute Idee. Es gibt uns die Möglichkeit, unsere Beziehung zu überprüfen, eine Atempause, um ..." Jenny merkte, wie ihre Stimme lauter und schriller wurde. Sie wiederholte exakt, was Bruce ihr heute morgen gesagt hatte. Es war absurd.

„O Jenny!" Der echte Kummer in Sandys Stimme war zuviel.

Jenny spürte, wie ihr die Tränen übers Gesicht strömten, und konnte sie nicht aufhalten. Diesmal wollte sie es auch nicht. Jenny drehte sich um und sah Sandy an. „Warum tut er das, Sandy? Warum? Es lief so gut mit uns." Jenny begann zu schluchzen. Und dann war Sandy bei ihr, nahm sie in die Arme, wiegte sie sachte und preßte die Lippen an Jennys Haar. Jenny barg ihr Gesicht an Sandys Schulter und weinte hemmungslos. Nach einer Weile versiegten die Tränen. Jenny nahm das Papiertaschentuch, das Sandy ihr reichte, und putzte sich geräuschvoll die Nase. Ihr wurde bewußt, daß sie sich seit Monaten nicht mehr so die Nase geputzt hatte. Am Anfang ihrer Beziehung hatte Bruce einen Witz über einen Mann im Theater gemacht, der sich laut die Nase geputzt hatte, und seitdem achtete Jenny darauf, dezenter zu sein, wenn sie in seiner Nähe war. Scheiß auf Bruce, dachte sie, und trompetete in das Taschentuch. Sandy lachte verständnisvoll.

„Du gehst wohl besser, Sandy ... Mike wartet." Jenny putzte sich ein letztes Mal die Nase. Sandy sah auf die Uhr.

„Ja. Willst du das anlassen oder dich umziehen? Du kommst nämlich mit uns", sagte Sandy entschlossen.

„Sandy ..." Jenny wollte widersprechen, wurde aber unterbrochen.

„Essen gehen und ein Film werden dir guttun. Du glaubst doch nicht, ich würde dich hier in diesem Schweinestall allein lassen, oder?" Sandy schaute sich angewidert im Zimmer um. „Komm, ich habe nicht ewig Zeit. Zieh dich an."

„Sandy, du bist mit Mike verabredet. Er wird es nicht ..."

„Du kennst ihn nicht. Er ist ein unglaublicher Typ. Ohne Quatsch. Keine Spielchen. Und er kann sehr einfühlsam sein." Sandy sah peinlich berührt aus. „Komm schon, ziehst du dich jetzt um oder brauchst du eine Extra-Einladung?"

Jenny spürte, wie sich ihre Stimmung besserte, als sie vor Erleichterung lachte. „Okay, okay, ich ziehe mich um." Sie ging hinüber zum Schrank und nahm ihren braunen Kaschmirpullover und ihre beigefarbene wollene Hose heraus. Es war eine ihrer Lieblingskombinationen. Sandy sagte, sie sähe edel darin aus, wie eine der Frauen, die bei SAKS einkauften. Vielleicht würde der Abend ja ganz nett werden. Jenny hatte Mike seit Monaten kennenlernen wollen, aber immer wenn sie eine Verabredung zu viert vorschlug, hatte Sandy gesagt, sie hätten etwas anderes vor. Das Lächeln verschwand von Jennys Lippen, als sie an Bruce dachte. Zu diesem Spielchen gehörten zwei. Und sie würde verdammt noch mal nicht zulassen, daß er sie zum Narren machte. Sie zog den Pullover über und trat lächelnd aus der Kleiderkammer. Sandy stand drüben am Fenster und sah gedankenverloren hinaus.

„Wie lange soll ich noch auf dich warten?" neckte Jenny.

Sandy wandte sich langsam um. „Was? Ach, bist du fertig? Gut, dann laß uns gehen." Sandy nahm ihre Handtasche und war schon halb an Jenny vorbei, als sie innehielt und lächelte. „He, du siehst großartig aus."

„Nun, du hast doch wohl nicht gedacht, ich würde Mike den Eindruck vermitteln wollen, du wohntest mit einer Schlampe zusammen, oder?"

„Warum nicht? Ich bin auch nicht gerade topmodisch."

„Aber du bist keine Schlampe, Sandy."

„Wie du meinst, Schickse. Können wir jetzt essen gehen?"

Jenny schubste Sandy aus der Tür. „Du nennst mich Schickse?" Sandy versuchte sie ebenfalls zu schubsen, aber Jenny lief bereits den Flur entlang.

„Du Miststück!" rief Sandy und jagte hinter ihr her.

Kichernd schubsten sie sich gegenseitig in den Aufzug.

24

Sandy wußte genau, wie lange es her war, daß sie zu dritt essen gegangen waren. Sechzehn Tage, und jeder fügte ihrem allmählich angesammelten Vorrat an Mut noch ein Quentchen hinzu. Jeden Morgen wachte sie früh auf, den normalerweise benommenen Kopf klar, und fragte sich, ob heute der Tag sei.

Sie hatte vollkommen recht gehabt mit Mike. Er war an jenem Abend sehr galant gewesen und hatte Jenny das Gefühl gegeben, eine willkommene Bereicherung zu sein, statt ein fünftes Rad am Wagen. Auf dem Weg zum Restaurant schlug er sogar vor, Sandy und Jenny sollten sich den Beifahrersitz in seinem Citroën teilen, so daß sie alle drei vorne sitzen konnten. Jenny setzte sich auf Sandys Schoß und plauderte unbekümmert mit Mike, während Sandy die Szene in sich aufnahm. Es war sonderbar, mit Jenny auf dem Schoß neben Mike zu sitzen. Aber die meisten Leute wollten, daß ihre guten Freundinnen und Freunde einander kennenlernten, warum sollte es also mit Mike und Jenny so anders sein? Natürlich wußte Mike nichts von ihr und Jenny. Vielleicht hätte sie erwogen, es ihm zu erzählen, wenn ihr Versprechen Jenny gegenüber nicht gewesen wäre. Eigentlich wußte Sandy, daß dies nicht die ganze Wahrheit war. Sie hätte Angst gehabt, es ihm zu sagen. So feinfühlig er auch war, wie könnte er verstehen, was die beiden füreinander empfanden? Schließlich war er immer noch ein Mann.

An diesem Abend wurde ihr unzweifelhaft klar, daß es Jenny war, in die sie verliebt war. Sandy fragte sich, wie sie das jemals hatte bezweifeln können. Als sie nach dem Essen mit den beiden am Tisch gesessen hatte und abwesend mit den sich lösenden Bastfäden der fast leeren Chianti-Flasche spielte, akzeptierte Sandy die Gefühle, die nun zutage traten. Ihre Gefühle für Jenny und ihre Gefühle für Mike waren nicht miteinander vergleichbar. Und nichts konnte diese schlichte Tatsache aus der Welt schaffen.

Als Jenny den Tisch verließ, um zur Toilette zu gehen, erklärte Sandy Mike, daß Jenny sich gerade von ihrem Freund getrennt hatte. Er war sehr verständnisvoll, selbst als sie sagte, sie wolle die Nacht im Wohnheim verbringen, weil Jenny vielleicht jemanden zum Reden brauchte. Sie fand diese Erklärung ein wenig verlogen, rechtfertigte sie aber damit, daß etwas Wahres daran war. Es war nur nicht die ganze Wahrheit. Aber wie hätte sie Mike erklären können, daß ihr Verlangen nach Jenny an diesem Abend neu entbrannt war? Daß sie während des ganzen Essens Jenny angesehen hatte, über deren Gesicht die roten Duftkerzen ein warmes, schattiges Licht warfen, und sich ihre Rückkehr ins Wohnheim ausmalte, wo sie sich leidenschaftlich lieben würden. Nein, es gab viele Gründe, warum sie Mike das nicht erzählen konnte. Sie hoffte nur, daß sie nicht zu einer heuchlerischen Opportunistin werden würde wie die Generation ihrer Eltern. Sandy war immer der Meinung gewesen, daß es keine Entschuldigung dafür gab, etwas anderes als die ganze Wahrheit zu sagen. Aber in den letzten Jahren hatte sie diesem Grundsatz nicht immer folgen können. Manchmal war es schwer zu entscheiden, was das moralischste Handeln war. Aber dies war kein Abend zum Philosophieren. Seit vielen Monaten hatte sich Sandy nicht so glücklich und lebendig gefühlt wie heute. Sie verbrachten den Rest des Abends kichernd bei einer zweiten Flasche Chianti, statt ins Kino zu gehen.

Als Sandy und Jenny ins Wohnheim zurückkamen, warfen sie sich wie in alten Zeiten auf Jennys Bett. Sie machten sich eine Tasse Kaffee und beschlossen, zu zweit Binokel zu spielen. Sie spielten, bis der Himmel hell zu werden begann und die dicken, flaumigen Wolken von hinten angestrahlt wurden wie von einem Spotlight. Als sie abwuschen, bevor sie schlafen gingen, wandte Jenny sich zu Sandy um und sagte ihr, welches Glück sie habe, mit einem so großartigen Mann wie Mike zusammenzusein. Sandy versuchte, das Thema zu wechseln, aber Jenny fuhr unbeirrt mit ihrem Lob fort und betonte, Mike sei wirklich verrückt nach Sandy. Sandy fühlte sich schrecklich.

Seit dieser Nacht im Wohnheim hatte Sandy an kaum etwas anderes als Jenny gedacht. Sehnsucht durchströmte und elektrisierte sie, wenn sie wach war. In ihren Träumen malte sie sich aus, wie sie langsam durch einen Raum gingen. Ihre Erregung zügelnd, würden sie einander tief in die Augen sehen, wenn sie die zunehmende Heftigkeit ihrer Gefühle spürten. Sie würden sich gegenüber stehen, ohne sich zu berühren, jedoch voller Erregung. Dann würden sie die Köpfe neigen, bis sich ihre Lippen sanft trafen. Sie würden ihrem Verlangen nachgeben, auf die Knie sinken und sich in den Armen der anderen verlieren.

Sandy sah Jenny nicht an, als sie ihr den Joint aus der Hand nahm. Sie fürchtete, ihre Phantasien würden sich in ihren Augen spiegeln, und sie wollte sichergehen, den richtigen Augenblick zu wählen, wenn sie sich Jenny näherte.

„Ich kann es kaum erwarten, in das neue Haus zu ziehen", sagte Sandy aufgeregt. „Nach drei Jahren kommen wir endlich aus dem Wohnheim heraus."

„Hallelujah", erwiderte Jenny, als sie einen langen Zug aus dem verglimmenden Stummel nahm, und sank ins Kissen zurück. Sie schien entspannter, als Sandy sie seit Wochen gesehen hatte. Sandy beschloß, nicht länger zu warten.

„Es ist gut, wieder mehr Zeit miteinander zu verbringen. Ich habe dich vermißt."

Jenny sah auf und lächelte sie an. „Ich habe dich auch vermißt." Jenny zündete den Joint wieder an und reichte ihn Sandy. Als ihre Finger sich berührten, zögerten beide. Wollte Jenny ihr damit bedeuten, daß es in Ordnung sei? Oder war sie einfach nur vollkommen bekifft und hatte Schwierigkeiten, ihre Bewegungen zu steuern? Sandy setzte alles auf eine Karte.

„Ich will dich zurückhaben, Jenny. Ich denke seit Wochen an nichts anderes mehr." Ihr Herz klopfte wild.

Jenny richtete sich erschrocken auf. „Das geht nicht, Sandy."

„Warum nicht?"

„Wir haben das schon so oft besprochen. Kannst du es nicht dabei belassen?" Jenny klang ärgerlich. Aber Sandy hatte zuviel riskiert, um einfach aufzugeben.

„Nein, kann ich nicht. Und nun gibt es keinen Grund mehr, der uns trennt." In Jennys Blick lag Überraschung. Sie tat, als wüßte sie nicht, wovon Sandy sprach. „Du und Bruce, ihr seht euch nicht mehr. Also besteht kein Konflikt mehr“, beharrte Sandy.

„Das hat nichts damit zu tun.“

„Was soll das heißen – das hat nichts damit zu tun?“ Sandy wappnete sich. Sie saß reglos da, als Jenny sich eine Zigarette anzündete.

„Wir können kein Liebespaar sein, weil ... es geht einfach nicht. Ob wir Freunde haben oder nicht spielt keine Rolle.“ Jenny schaute ungeduldig an die Decke und ließ ihren Blick dann durchs Zimmer schweifen, um Sandy nicht ansehen zu müssen.

Plötzlich begann das Pochen in ihrem Kopf. Sandy erkannte das Gefühl, den Schwebezustand vor einer Explosion. Sie ermahnte sich, ruhig zu bleiben. Sie wußte, wenn sie explodierte, würde sie nie die Antworten auf ihre Fragen bekommen. „Du hast mir gesagt, der Grund, warum wir nicht zusammensein könnten, sei, daß du nicht zwei Beziehungen gleichzeitig führen könntest. Willst du mir jetzt sagen, daß das nicht der eigentliche Grund war?“ fragte sie leise.

„Ach, Sandy, ich erinnere mich nicht mehr genau ...“

„Von wegen – du erinnerst dich nicht mehr genau!“ unterbrach Sandy sie wütend. „So unwichtig war es für dich? Hast du das als Grund angegeben – ja oder nein?“

„Sandy, hör auf zu schreien!“ schrie Jenny zurück.

„Ich werde aufhören zu schreien“, brüllte Sandy, „wenn du meine Frage beantwortet hast. Es ist ganz einfach. Ja oder nein.“

Jenny erhob sich und ging ans andere Ende des Zimmers. Sandy stand auf und ging auf sie zu. Die beiden Frauen starrten einander an.

„Ich erinnere mich nicht mehr“, entgegnete Jenny. „Und außerdem bin ich dir keine Antwort schuldig. Für wen zum Teufel hältst du dich eigentlich?“ Jenny fegte an Sandy vorbei und steuerte auf das Badezimmer zu. Sandy folgte ihr. Der letzte Rest ihrer Selbstbeherrschung schwand in rasender Eile.

„Verdammt noch mal! Ja oder nein? Antworte mir, du Miststück! Du hast mich angelogen!“

„Ich habe dich nicht angelogen!“ kreischte Jenny. Sandy sah, daß sie Angst hatte, ließ aber nicht locker – ihre Worte sprudelten unkontrolliert hervor.

„Doch, hast du! Du hast gelogen. Du hast ihn als Ausrede benutzt. Du hattest nicht einmal den Anstand, mir die Wahrheit zu sagen – du Lügnerin, du Feigling!“ Sandy spie die Worte haßerfüllt aus. Sie wollte Jenny auf jede erdenkliche Weise verletzen.

Jenny weinte. „Hör auf! Hör auf“, bettelte sie. „Laß mich in Ruhe. Ich halte das nicht mehr aus! Ich gehe. Bist du nun zufrieden? Ich gehe! Ich hasse dich! Ich hasse dich!“ schrie sie. Sie rannte in die Kleiderkammer, riß eine Reisetasche vom obersten Regalbrett und begann Hosen und Pullover hineinzustopfen.

Sandy ging zur Kleiderkammer hinüber und pflanzte sich in der Tür auf. „Laß das und beantworte meine Frage. Du kannst gehen, wenn du willst – aber zuerst sagst du mir die Wahrheit.“

Jenny ignorierte sie und packte weiter. Erbost entriß Sandy ihr die Reisetasche und schleuderte sie ins Zimmer. „Ich sagte, laß das!“ fauchte Sandy mit zusammengebissenen Zähnen. Schluchzend wollte Jenny die Kammer verlassen. Mit einem harten Stoß schleuderte Sandy sie gegen die Wand. „Du gehst nirgendwohin, bis du mir gesagt hast, warum du gelogen hast.“

„Vielleicht habe ich dir nicht die volle Wahrheit gesagt, aber ... du hast ja immer nur das eine im Kopf.“ Als Jenny den Ausdruck in Sandys Gesicht sah, hielt sie erschrocken inne. Ihr wurde bewußt, daß sie etwas Schreckliches gesagt hatte.

Sandy erstarrte. Ihr Gesicht verzerrte sich vor Wut. „Du Miststück! Du dreckiges Miststück!“ Ohne zu überlegen, holte Sandy aus und schlug Jenny hart ins Gesicht. Jennys Mund stand offen, sie sah überrascht und verletzt aus. Sandy war entsetzt darüber, was sie getan hatte. Sie schaute ihre Hand an, als gehöre sie jemand anders. Als habe sie das schlimmste Verbrechen begangen.

„Es tut mir leid", flüsterte Sandy. Sie wandte sich um und verließ die Kleiderkammer. Sie setzte sich aufs Bett, die Hände vor sich ausgestreckt, und starrte auf den Boden. Jenny ging langsam auf sie zu.

„Sandy", sagte sie sanft.

Sandy schob sie weg. „Du kannst gehen", flüsterte sie. „Ich werde dich nicht aufhalten." Alle Kampfbereitschaft war aus ihr gewichen. Sie fühlte sich besiegt.

„Das war schrecklich, was ich gesagt habe. Es ist nicht wahr, Sandy." Jenny war zutiefst bestürzt. Sie machte sich Sorgen um Sandy und wünschte, sie könnte die haßerfüllten Worte zurücknehmen.

Sandy war mit sich selbst beschäftigt. Mit dem, was sie getan hatte. „Es spielt keine Rolle, was du gesagt hast. Ich hatte kein Recht, dich zu schlagen. Niemand hat das Recht, dich zu schlagen. Ich bin nicht fähig zu lieben."

Jenny kauerte sich nieder und legte die Hände auf Sandys Knie. „Das ist nicht wahr. Ich habe dich provoziert. Ich habe etwas gesagt, von dem ich wußte, daß es dich zutiefst verletzen würde."

Sandy sah zu ihr auf. „Warum? Warum hast du das gesagt?"

Jenny begann wieder zu weinen. „Es tut mir leid, Sandy. Ich hatte solche Angst."

Entgeistert wollte Sandy Jenny bitten zu erklären, was sie meinte, aber Jenny ahnte die Frage und schnitt ihr das Wort ab. „Bitte mich nicht, es zu erklären", sagte Jenny und nahm Sandys Gesicht in ihre Hände. „Das bedeutet nicht, daß ich dich nicht liebe. Das solltest du wissen."

Sandy traten die Tränen in die Augen. Nun weinten sie beide.

„Ich liebe dich ... O Sandy, ich liebe dich wirklich."

Sandy zog Jenny zu sich aufs Bett, so daß sie Seite an Seite saßen. Die Arme fest umeinander gelegt, wiegten sie sich hin und her und schluchzten beide hemmungslos.

25

Als Sandy langsam über den Campus ging, die Hände in den Taschen vergraben, versicherte sie sich nochmals, daß das, was sie vorhatte, das Richtige war. Das einzig Faire. Sie hatte Mike zwei Wochen lang nicht gesehen, und sie schuldete ihm eine Erklärung. Sie konnte sich nicht mehr damit herausreden, zu beschäftigt zu sein oder sich um Jenny kümmern zu müssen. Seine anfängliche Geduld hatte sich in verblüffte Besorgnis und dann in gekränktes Schweigen verwandelt. Sie mußte es ihm sagen. Auch wenn das bedeutete, ihr Versprechen gegenüber Jenny zu brechen. Das zumindest war sie ihm schuldig.

Aber wie sollte sie Mike sagen, daß sie keine Liebesbeziehung mehr zu ihm haben konnte, ohne seine Gefühle zu verletzen? Er verdiente Besseres, als sie ihm gab, und Sandy war übel vor Schuldgefühlen. Sie wußte, wie es war, jemanden wirklich zu wollen und nicht haben zu können. Sie hoffte, Mike empfand für sie nicht dasselbe, was sie für Jenny empfand. Sie konnte den Gedanken nicht ertragen, ihm soviel Schmerz zuzufügen. Als sie länger darüber nachdachte, ließ ihre Panik nach. Mike war nicht so in sie verliebt wie sie in Jenny. Wie sollte er auch? Er kannte sie nicht so, wie Jenny sie kannte oder wie sie Jenny kannte. Es schien, als sei es zwischen Männern und Frauen eine vollkommen andere Sache. Beide Seiten achteten sorgfältiger darauf, Distanz zu wahren. Es schienen einfach natürliche Grenzen zu bestehen, die dich davon abhielten, zu intensiv zu empfinden. Doch andererseits – vielleicht lag es an ihr. Oder an ihr und Mike. Die anderen Mädchen im Wohnheim sprachen von ihren Freunden als der „Liebe ihres Lebens". Doch ihre Gefühle kamen Sandy immer sehr oberflächlich vor, wenn sie darüber plauderten, welchen Ring sie von ihm haben wollten oder wie sie ihn hinhielten, um sein Interesse wachzuhalten. Nichts davon schien ihr von großer Bedeutung, und sie war froh darüber. Sie würde lieber eine alte Jungfer werden, als sich Gedanken darüber zu machen, wieviel Karat ihre Diamanten hatten.

Aber Mike war kein x-beliebiger Simpel. Er hatte Gefühle. Und er war gut zu ihr gewesen. Und nun wollte sie ihm sagen, daß ... daß ... Was sollte sie ihm sagen? In den letzten Wochen hatte sie herauszufinden versucht, was es war, das sie und Jenny verband. Aber es war alles so verwirrend. Jenny beharrte darauf, daß sie zwei normale junge Frauen seien, die sich zufällig ineinander verliebt hatten. Daß das zwar selten sei, aber immerhin vorkam. Es bedeutete nicht, daß sie Frauen „mochten" und Männer nicht. Sie waren nicht homosexuell oder so etwas. Sandy widersprach Jenny nie, wenn sie so etwas sagte, aber seit kurzem hatte sie sich zu fragen begonnen, ob es wirklich so war. Sie hatte allmählich den Verdacht, daß sie und Jenny anders waren. Vielleicht war es für Jenny ein Ausrutscher, aber Sandy war sich nicht sicher, daß es für sie ebenso war. Sie hatte das unbestimmte Gefühl, daß mehr dahintersteckte. Aber was das zu bedeuten hatte, bekam sie nicht zu fassen. Das. Sie war sich nicht einmal sicher, an was sie dabei dachte. Ihre Liebe zu Jenny? Was konnte daran verwirrend sein? Sie war eindeutiger als alles andere. Wahrscheinlich machte sie aus einer Mücke einen Elefanten. Verkomplizierte es unnötig.

Sandy öffnete die große Glastür zum Gebäude des Studentenclubs, ging den Flur entlang und stieg die Betonstufen hinab. Die Hände in den Hosentaschen, sprang sie in unregelmäßigen Schritten die Treppe hinunter, wie sie es bei unzähligen Männern in der U-Bahn gesehen hatte. Sie war immer stolz darauf gewesen, daß sie sich nie am Geländer festzuhalten brauchte.

Jenny hatte sie ständig wegen der Art, wie sie Treppen hinunterlief, zusammengestaucht. „Kannst du nicht wie ein normaler Mensch die Treppe runtergehen?" sagte sie und schüttelte mißbilligend den Kopf. „Ach, du lahme Ente", gab Sandy zurück, „du bist nur neidisch, weil du so ein Trampel bist." „Trampel!" schrie Jenny und raste hinter Sandy her. Sandy hielt ihren Vorsprung mühelos. Sie streckte ihr die Zunge heraus und rief „Komm doch, komm doch!", um Jenny anzustacheln. Kurz bevor Jenny aufgeben wollte, täuschte Sandy Ermüdung vor und ließ zu, daß Jenny sie triumphierend einholte. Jenny packte sie am Kragen und zog sie durch das Gebäude wie eine Mutter, die ein verwöhntes Kind zur Raison bringt. Meistens landeten sie dann im Ratskeller, wo sie einen Cheeseburger mit Pommes frites und einen großen Traubensaft bestellten. Sandy trank ihren Saft immer schon halb aus, während sie in der Schlange auf die Cheeseburger warteten und füllte ihn auf, bevor sie die Kasse erreichten. Jenny verdrehte immer die Augen, wenn Sandy ihr Glas nachfüllte.

Sandy lächelte in Gedanken an die guten Tage, die sie gehabt hatten und wieder haben würden. Dann fiel ihr ein, warum sie hier war, und ihr Lächeln erstarb auf der Stelle. Was zum Teufel war mit ihr los? Der heutige Ausflug in den Ratskeller versprach kein Vergnügen zu werden.

Sandy hielt für einen Moment vor der geschnitzten Holztür inne, atmete tief durch und trat dann entschlossen ein. Sie zögerte, als sie den nahezu leeren Raum sah. Es war eine ruhige Zeit, zu spät für das Mittagessen und zu früh für das Abendessen. Mike saß an einem Tisch am anderen Ende des Raumes. Erleichtert bemerkte sie, daß niemand in seiner Nähe saß. Er winkte, als sie auf ihn zuging.

„Hallo."

„Hallo. Ich glaube, ich hole mir auch eine Tasse Kaffee. Soll ich deine noch einmal nachfüllen?"

„Nein, danke."

Sandy ging rasch zur Theke und füllte die Porzellantasse, die sie noch dampfend von dem grünen Plastiktablett heruntergenommen hatte. Mike wirkte nachdenklich. Er wartete auf ihre Erklärung.

Mike kippte seinen Stuhl zurück, als sie zurückkam. Sie setzte sich und beschloß, es rasch auf den Tisch zu bringen.

„Ich weiß nicht recht, wie ich es sagen soll", begann sie. „Es hat mit mir und Jenny zu tun." Sandy sah, wie ein Paar einige Tische weiter in einen Zungenkuß vertieft war. Sie saß auf seinem Schoß, den Rock hochgeschoben, seine Hand eine riesige Pranke, die schwer auf ihrem bestrumpften Bein lag. Die Frau sah aus wie ein Miniaturspielzeug, das in den Armen eines Gorillas verschwand. Es war eine normale Szene für den Ratskeller, aber heute widerte sie Sandy an. „Jenny und ich", fuhr Sandy fort und hielt dann inne. „Jenny und ich sind mehr als Freundinnen."

Sandy wartete auf seinen Ausbruch. Aber er kam nicht. Statt dessen saß Mike still da und wartete, daß sie weitersprach.

„Du scheinst nicht überrascht zu sein."

„Bin ich wohl auch nicht."

Sandy sah ihn prüfend an. Er schien wirklich nicht überrascht. Es war ihr nie in den Sinn gekommen, daß andere über sie und Jenny Bescheid wissen könnten. Aber Mike war ziemlich gescheit. Vielleicht hatte er gewußt, daß so etwas manchmal vorkam. Er schien es recht gut aufzunehmen. Sandy beschloß, den Sprung ins kalte Wasser zu wagen.

„Wir sind seit dem ersten Studienjahr ineinander verliebt und waren mehr oder weniger zusammen. Seit etwa einem Jahr ist es aus. Das war Jennys Wunsch, ich wollte es nicht. Jedenfalls sind sie und ich seit ein paar Tagen ... nun, wieder zusammen. Und es scheint das Richtige zu sein. Ich mag dich wirklich gern, Mike. Scheiße, ich liebe dich. Aber ich will mit Jenny zusammensein. Und ich kann nicht beides. Es wäre dir gegenüber nicht fair, Mike." Sandy hatte die Augen niedergeschlagen. Nun warf sie Mike einen verstohlenen Blick zu und sah, daß er ebenfalls die Augen gesenkt hatte. Er starrte seinen Löffel an, mit dem er in seinem Kaffee herumrührte. Er war aufgewühlt und kämpfte um seine Beherrschung. Sandy verspürte Gewissensbisse und zwang sich, ruhig zu bleiben. Mike seufzte mehrmals.

„Ich weiß nicht, was ich sagen soll", begann er. „Ich hatte geglaubt, wir hätten eine schöne Beziehung. Ich habe gespürt, daß du etwas zurückhältst, aber ich dachte, es wäre nur eine Frage der Zeit." Mike legte den Löffel hin und rieb sich nervös die Wange.

„Wir haben eine schöne Beziehung, Mike." Sandy war zum Weinen zumute. „Deine Freundschaft ist mir sehr wichtig. Du bist mir sehr wichtig. Und ich bin dir näher, als ich jemals einem Mann war." Sie wollte nicht, daß er glaubte, ihre Beziehung würde ihr nichts bedeuten. Wie konnte sie es erklären? „Aber es ist anders als mit Jenny", fuhr sie fort und bemühte sich, die richtigen Worte zu finden. „Ich empfinde dich mehr als einen guten Freund. In Jenny bin ich verliebt. Ich möchte unsere Freundschaft erhalten. Aber mir ist klar, daß du das vielleicht nicht willst. Jetzt ist es an dir, Mike. Ich bin bereit, auf deine Bedingungen einzugehen."

Mike schüttelte den Kopf. Er starrte immer noch in seinen Kaffee. „Ich weiß nicht ... ich muß darüber nachdenken."

Er sah so niedergeschlagen aus. Sandy wollte die Hand ausstrecken, um die seine zu berühren, hielt sich aber zurück. Sie wollte nicht, daß er es falsch verstand. Außerdem würde er ihre Hand vermutlich im Moment nicht wollen und fände diese Geste der Besorgnis heuchlerisch. Er war kein Schwächling. Er hatte seinen Stolz. Sandy wußte nicht, was sie tun sollte. Sie hatte gesagt, was zu sagen sie gekommen war.

Mike schaute zu ihr hoch. Plötzlich hatte sich eine riesige Kluft zwischen ihnen aufgetan. „Tja, danke, daß du mir gesagt hast, was los ist. Ich glaube, ich möchte jetzt allein sein", sagte er mit leiser Stimme.

„Okay, Mike. Wie du meinst." Sie stand auf, zögerte und suchte nach Worten, um es weniger schmerzlich zu machen. Aber es gab nichts mehr zu sagen. Sie wandte sich um und ging. Sie spürte seinen Blick im Rücken, und ihre Augen schwammen in Tränen.

Für Sandy und Jenny war 1968/69, ihr letztes Jahr, die aufregendste Zeit am College. Der gesamte Campus erwachte zum Leben und wimmelte von demonstrierenden und singenden Leuten. In jedem Raum fanden Teach-ins und Strategiesitzungen mit langhaarigen Männern in Jeanskleidung und Frauen in grünen, zwei Nummern zu großen Parkas statt. Ihr Anblick war für Sandy eine Augenweide. Irgendwie hatte sich das College von einer Spielwiese für unbedarfte Studentinnen und Studenten in eine intellektuelle, politisch interessierte studentische Gemeinschaft verwandelt. Sandy begriff nicht, wie das alles so schnell hatte geschehen können, und eigentlich war es ihr auch egal. Zum ersten Mal seit Beginn ihrer Collegezeit empfand sie sich etwas Größerem, etwas Wesentlichem zugehörig, das andere Menschen einschloß, mit denen sie sich identifizieren konnte. Es war ein verdammtes Wunder.

Auch Jenny schien in dieser Zeit aufzublühen. Auf Streikposten und bei Sit-ins glänzten ihre Augen vor Aufregung. Mit hochrotem Gesicht skandierte sie inbrünstig die politischen Slogans. Zum ersten Mal in ihrem Leben schwänzte sie den Unterricht, ignorierte Hausarbeiten und brach Regeln, deren Mißachtung mit schweren Strafen belegt war.

Mitten in den Krisensitzungen am späten Abend, dem endlosen Flugblätterverteilen, den häufigen Zusammenstößen mit der Verwaltung und manchmal der Polizei entdeckten Sandy und Jenny ihre Liebe aufs neue. Und diesmal war es anders. Was sie durchgemacht hatten, einzeln und gemeinsam, hatte sie verändert, und diese Veränderung spiegelte sich in der neuen Ruhe und Gelassenheit ihrer Liebesbeziehung wider. Jenny fühlte sich in ihrer Beziehung zu Sandy wohler und konnte eher zulassen, daß sie sich liebten. Sandy beschloß, nun, da sie sich Jennys Zuneigung sicherer war, Jenny keine Szenen zu machen, wenn sie sich wieder mit Männern verabredete. Und es war, als spürte Jenny dies, denn sie zeigte wenig Interesse an Verabredungen, ging gelegentlich mit einem alten Freund aus und lernte zwei oder drei neue Männer kennen. Sandy hatte keine Ahnung, warum Männer Jenny nicht mehr so wichtig zu sein schienen, aber sie akzeptierte es mit derselben unanfechtbaren Hochstimmung, die sie gegenüber der radikalen Bewußtseinsveränderung unter ihren KommilitonInnen empfand. Es hatte soviel Leid und Mißstimmung zwischen ihr und Jenny gegeben, und Sandy wollte, daß dieses Jahr, ihr letztes gemeinsames, glücklich war.

Sandy fiel es sehr schwer, der Tatsache ins Auge zu sehen, daß sie am Ende dieses Jahres ihr Examen machen und sich trennen würden. „Getrennte Wege gehen“, wie Jenny oft sagte. Beide bewarben sich fürs Psychologiestudium. Einige ihrer Bewerbungen überschnitten sich, und Sandy hoffte, sie würden an dieselbe Uni gehen können. Aber Jenny war entschieden dagegen. Sie machte Sandy unmißverständlich klar, daß ihre Liebesaffäre nach dem Examen enden würde. Das war nicht verhandlungsfähig, wie Sandy feststellte, als sie versuchte, das Thema anzuschneiden. Jenny weigerte sich schlichtweg, es zu diskutieren.

Sandy wußte nicht, daß es diese Verweigerung einer gemeinsamen Zukunft war, die es Jenny ermöglichte, in der Gegenwart ihre Liebe zu genießen. Solange Jenny wußte, daß das Ende absehbar war, waren sie und Sandy sicher und konnten aus der begrenzten Zeit, die sie zusammen hatten, das Beste machen. Da sie nur noch knapp ein Jahr in Buffalo blieb, fand Jenny, daß es sinnlos sei, eine ernsthafte Beziehung mit einem Mann anzufangen. Das würde bis zur Universität warten müssen. Und in gewisser Hinsicht fühlte sie sich erleichtert. Es bedeutete, daß Sandy und sie dieses Jahr wirklich für sich hatten. Und solange Sandy nicht komisch wurde oder versuchte, die Vereinbarung zwischen ihnen zu ändern, konnte Jenny gelassen sein.

Sie zogen in ein großes, verfallenes zweistöckiges Holzhaus. Schon lange hatten sie außerhalb des Campus wohnen wollen, aber die Studentinnen durften erst im Examensjahr aus dem Wohnheim ausziehen; den Studenten war der Auszug ab dem zweiten Jahr gestattet. Das College erklärte diese Vorschrift mit einem Haufen Verwaltungschinesisch, das sich etwa dahingehend übersetzen ließ, daß das Gut Mädchen unbeschädigt ins College gekommen war und das College die Pflicht hatte, die erstklassige Qualität dieses Gutes in der vierjährigen Zeit der Aufbewahrung, die sich „liberale Erziehung“ nannte, zu erhalten. Sandy und Jenny hatten sich oft über die Naivität ihrer Eltern und der Verwaltung lustig gemacht. Wer von denen, die sie kannten, war noch Jungfrau? Niemand – außer Bunny. Sie hielt sich beharrlich an ihren verschrobenen Vorsatz, erst mit einem Mann zu schlafen, wenn sie wirklich in ihn verliebt war, und sie hatte sich zwar recht häufig verabredet, den „Richtigen“ aber noch nicht gefunden.

Bunny zog zusammen mit ihnen aus dem Wohnheim aus, und sie fanden eine vierte Mitbewohnerin, eine Frau aus der Stadt, die keine von ihnen vorher gekannt hatte. Pat war Studentin im zweiten Studienjahr, die im ersten Jahr zu Hause gewohnt hatte und verzweifelt nach einer anderen Bleibe suchte. Sie war mit einer Studentin im Wohnheim befreundet, und Sandy, Jenny und Bunny beschlossen, es zu riskieren. Pat paßte nicht ganz zu ihnen, aber sie war selten zu Hause, und ihr Schlafzimmer lag im Erdgeschoß. Pat war die meiste Zeit bekifft oder auf einem Trip und sprach mit entrücktem, großäugigen Blick über die Sterne und Buddha und Mantras und Reinkarnation und Geister und Telepathie und eine Menge anderes Zeug, das nicht viel Sinn ergab. Pat schwebte ins Haus hinein und wieder hinaus und schien nie den Boden der Wirklichkeit zu berühren. Sie war auf einer anderen Wellenlänge, und die drei beschlossen, freundlich zu ihr zu sein, wenn sie zu Hause war. Schließlich war sie wirklich nett, wenn auch ein wenig verschroben. Und sie konnte schließlich nichts dafür, daß sie in Buffalo geboren war. Das mußte jede leichtgläubig und unkritisch machen. Ebenso konnte sie nichts dafür, als Christin aufgewachsen zu sein. Sie war gelehrt worden, an Engel zu glauben, die im Himmel umherflogen, an heilige Geister und einen Typ, der der Sohn Gottes war, und an Frauen, die ohne Bumsen schwanger wurden, und andere drollige Dinge. Wer weiß, was für Dauerschäden der Glaube an dieses Zeug in deinem Hirn anrichtet? Statt an ein Leben nach dem Tode voller Engel mit Heiligenschein zu glauben, spekulierte Pat nun über ihre früheren Leben und darüber, als was sie beim nächsten Mal geboren werden würde. Sandy und Jenny rissen manchmal Witze über das, was Pat sagte, bis Bunny sie wegen ihrer Intoleranz tadelte. Bunny erinnerte sie daran, daß jede ein Recht auf ihren persönlichen Glauben hatte, und wer waren sie denn, daß sie sich so überlegen fühlten? Aber sie empfanden Herablassung – Jenny, weil sie es alles so dumm fand, und Sandy, weil sie es für Zeitverschwendung hielt. Schließlich gab es wichtigere Dinge zu bedenken, wie etwa den Kampf gegen soziale Ungerechtigkeit und die Schaffung einer besseren Welt. Wer hatte schon Zeit, sich Gedanken zu machen, wohin eine nichtexistente „Seele" wanderte, wenn dein real existierender Körper zwei Meter unter der Erde verrottete?

Man mußte im Jetzt leben. Und sie hatten noch nie soviel Freude daran gehabt, im Jetzt zu leben, denn es gab niemanden, der ihnen sagte, was sie tun sollten, und in dieser Freiheit spielten sie verrückt. Sie schliefen am Tag und blieben die ganze Nacht auf, rauchten und lachten und machten um drei Uhr morgens Ausflüge zum Hot-Dog-Stand im Ort. Sie hüpften singend durch die Dunkelheit und die verlassenen schneebedeckten Straßen und waren immun gegen den kalten Wind und den mißbilligenden alten Mann hinter der Theke des Hot-Dog-Standes.

Manchmal hatte das Spielerische etwas leicht Überdrehtes. Früher hätten Sandy und Jenny Pats kindische Art verabscheut, mit der sie Ketchup und Senf, Salz und Pfeffer zu einem bunten

Brei auf dem Resopaltisch mischte. Aber nun lachten sie und machten selbst mit, steuerten Kräuter und gehackte Zwiebeln bei, was der teigigen Masse eklige Klumpen hinzufügte.

Sie spürten beide, daß dies das letzte Jahr ihrer neu entdeckten Jugendzeit war, das letzte Jahr der Freiheit von den Aufgaben, die auf sie warteten. Nun wohnten sie außerhalb des Campus, und jede hatte ein Zimmer für sich allein. Sandy versuchte manchmal, Jenny zu überreden, bei ihr zu schlafen, da sie nun ein Doppelbett hatte, aber Jenny lehnte beharrlich ab und erinnerte Sandy daran, daß niemand davon wissen sollte und gemeinsame Nächte sie mit Sicherheit verraten würde. Aber schließlich hatten sie noch nie in einem Bett geschlafen – die Einzelbetten im Wohnheim hatten diese Möglichkeit ausgeschlossen –, also sagte Sandy sich, daß es kaum einen Unterschied machte, wenn sie in getrennten Zimmern schliefen. Und doch vermißte sie es, Jenny nachts anschauen zu können, und manchmal, wenn sie nicht schlafen konnte, stand sie auf und ging über den kalten Boden zu Jennys Schlafzimmer hinüber, wo sie von der Tür aus das vertraute schlafende Gesicht und die dunklen, wirren Haare betrachtete, die ungebändigt über das weiße Kissen verteilt waren. Zufrieden und mit klappernden Zähnen lief sie wieder zurück zu ihrem Bett. Und dann konnte sie einschlafen.

Aber auch wenn das Schlafen in getrennten Zimmern ein Nachteil war, bot das eigene Haus doch viele Vorteile. Erstens hatten sie nun eine Küche. Sie hatten die Cafeteria vor zwei Jahren aufgegeben und waren gezwungen gewesen, sich von dem zu ernähren, was sie auf einer Kochplatte zubereiten konnten. Nun, mit einem Kühlschrank und einem Herd, konnten sie alles kochen, was sie wollten, und sie begannen regelmäßige Familiendinners zuzubereiten und übernahmen abwechselnd das Einkaufen, das Kochen und den Aufwasch.

Und was noch wichtiger war – sie hatten nun eine Privatsphäre. An den vielen Tagen, wenn Bunny und Pat nicht im Haus waren, lagen Sandy und Jenny im Bett, kicherten und alberten herum und liebten sich ohne die Sorge, jemand könne es hören. Sie konnten Lärm machen. Wenn sie sich liebten, mußten sie ihr Gesicht nicht mehr ins Kissen drücken. Sandy konnte Jenny die ganze Zeit ansehen. Es war wunderbar.

Dennoch dachte Sandy immer wieder über die Zukunft nach. Was sollte sie mit ihrem Leben anfangen? Sollte sie zur Universität gehen? Wenn nein, was sollte sie statt dessen tun? Diese letzte Frage war es, die sie dazu gebracht hatte, die nicht enden wollenden Bewerbungsformulare auszufüllen. Alle sagten ihr, sie solle zur Universität gehen; sie hatte hervorragende Noten, gute Beurteilungen von ihren ProfessorInnen sowie eine auf eigenen Forschungen beruhende Abschlußarbeit aufzuweisen. Erstklassige Karten, sagte ihre Tutorin. Sie bräuchte nur noch zu schwören, daß sie die Forschung liebte und niemals Therapie machen wollte, und sie würde an jeder Psychologischen Fakultät des Landes angenommen.

Weitere fünf Jahre zu studieren klang entnervend. Noch mehr ProfessorInnen, noch mehr Examina, noch mehr Pauken, noch mehr nervtötende Pflichtfächer – wann würde dieser Studiumstrott jemals enden? Aber einen Job anzunehmen schien noch schlimmer. Was konnte sie schon tun? Sie hatte als Kellnerin ausgeholfen, als sie vor Jahren in San Francisco gewesen war, und in New York als Bürohilfe gearbeitet. Das war als Ferienjob nicht schlecht gewesen, aber sie wollte gewiß nicht für den Rest ihres Lebens einer derart stumpfsinnigen Beschäftigung nachgehen. Vielleicht war es keine so schlechte Idee, Psychologin zu werden; du tatest etwas Nützliches und konntest Menschen helfen, denen es schlechtging. Und sie würde genug Geld verdienen, um sich immer selbst zu versorgen und so zu leben, wie sie wollte. Wenn du eine gute Ausbildung hattest, brauchtest du dir von niemandem etwas gefallen zu lassen. Das hatte ihr Vater gesagt, und es war eines der wenigen Dinge, bei denen er vollkommen recht hatte.

Es war die Aussicht darauf, Therapeutin zu werden, die sie an der Psychologie reizte, aber in diesem System mußtest du zunächst beweisen, daß du langweiliges Zeug wie Statistik beherrschtest, bevor sie dich überhaupt ein Seminar über Persönlichkeitsentwicklung oder die Psychologie des Anomalen besuchen ließen. Ihre Tutorin hatte ihr erklärt, daß zu viele Leute Psychologie studieren wollten und sie auf diese Weise die weniger engagierten StudentInnen aussonderten. Sandy ärgerte sich darüber, daß nicht viel Zeit bleiben würde, die interessanten Seminare zu besuchen, nachdem sie alle Pflichtkurse hinter sich hätte. Das waren eindeutig falsche Versprechungen. Und nun hieß es, sie müsse auch noch ein Aufbaustudium machen, bevor sie das lernen durfte, was sie wirklich wissen wollte. Etwa, was Menschen zu ihrem Verhalten bewog. Das hatte sie immer fasziniert, schon als Kind. Sie hatte die Erwachsenen um sich herum beobachtet; bemerkt, wer wem in den Arsch kroch und wer etwas sagte, aber eigentlich etwas ganz anderes meinte, und es in der informellen Chronik der Lebenserfahrungen abgespeichert, die sie im Kopf führte.

Mehr darüber zu lernen, warum die Menschen so handelten, wie sie handelten, und was sie zerstörte, interessierte sie brennend. Und vermutlich hörten sie auf der Universität auf, dich wie ein dummes Baby zu behandeln. Sandy war es leid, daß die Leute sie für eine Idiotin hielten, bis sie das Gegenteil bewies, was immer besondere Anstrengung kostete und sie zu Anfang eines Kurses nervös machte, bis die LehrerInnen sie kennengelernt hatten.

Sie wußte immer noch nicht, an welche Universität sie gehen würde, und obwohl es mit Jenny großartig lief und sie keine Prüfungen mehr ablegen mußte, wurde Sandy zunehmend nervös. Alles in ihrem Leben war in der Schwebe. Sie würde Buffalo verlassen, wo sie sich gerade zu Hause zu fühlen begann, und in eine fremde Stadt ziehen, in der sie niemanden kannte. Und sie würde sich für ein Studium einschreiben, von dem sie wußte, daß es ihr nicht gefallen würde, um sich auf einen Beruf vorzubereiten, von dem sie nicht sicher war, daß sie ihn wollte. Und sie und Jenny würden getrennt werden.

Das war das Schlimmste. Sie könnte alles bewältigen, wenn sie und Jenny zusammen wären. Das war alles, was sie im Leben wirklich wollte. Das einzige, was notwendig schien. Jennys Noten waren nicht so gut wie ihre, also würde sie wahrscheinlich von den besseren Universitäten nicht genommen werden, doch Sandy würde auf die Universität von Timbuktu gehen, wenn sie nur mit Jenny zusammensein konnte. Aber Jenny hatte nein gesagt.

Sandy versuchte, die drohende Trennung aus ihrem Kopf zu verbannen. Aber als der Juni herannahte, schlief sie schlecht und verlor das Interesse an den gemeinsamen Mahlzeiten. Sie hatte nie geglaubt, daß der Tag tatsächlich kommen würde, an dem sie und Jenny sich voneinander verabschieden würden. Nun rückte er allmählich in greifbare Nähe.

27

Jenny schloß die Augen und konzentrierte sich auf das warme Sonnenlicht, das auf ihr Gesicht, ihre Arme und Beine fiel. Eine friedliche Trägheit strahlte von ihren Gliedmaßen nach innen in ihre Mitte aus. Der gelegentliche Hauch einer sanften Juni-Brise kühlte ihre bloße Haut. Halb lächelnd freute sie sich an dem kaleidoskopischen Licht, das über ihre Augenlider zuckte. Wenn sie die Augen zu weit öffnete, verschwanden die huschenden Lichter; schloß sie die Augen zu fest, sah sie nichts als einen orangefarbenen Punkt, der unerklärlicherweise von einem Ende ihres Augenlides zum anderen wanderte, verschwand und dann wie ein Wunder an der ursprünglichen Stelle wieder auftauchte, um von neuem loszuwandern. Die ständige Wiederholung dieser Wanderung ging Jenny auf die Nerven. Ihre Gereiztheit erinnerte sie daran, daß sie heute morgen etwas tun sollte, aber sie wußte nicht mehr, was. Sie richtete sich auf dem verschossenen, einst rosafarbenen Sofa auf, das den Regen und Schnee des Winters überstanden hatte, zog die Knie ans Kinn und starrte hinaus auf die ruhige Straße mit den alten zweistöckigen Häusern. Mehrere Häuser weiter sah sie eine alte Frau, die ebenfalls auf einer Veranda saß, in einem Polsterstuhl schaukelte und eine Zeitschrift las. Es war eindeutig ein fauler Tag. Kaum zu glauben, daß sie nächste Woche Collegeabsolventin sein würde. Ihrer Eltern ganzer Stolz. Ihre Eltern. Scheiße. Ihre Mutter hatte sie gebeten, die Reservierung im Motel zu bestätigen, und sie hatte immer noch nicht angerufen. Sie hatte ihrer Mutter gesagt, die Reservierung ginge in Ordnung – sie hatten sie vor vier Monaten vorgenommen –, aber ihre Mutter wollte, daß sie sie sicherheitshalber noch einmal überprüfte, ihrem Vater zuliebe. Was das Reisen anging, war er ein Nervenbündel, vergewisserte sich ständig, ob auch wirklich alles perfekt vorbereitet war. Sie drei Tage lang um sich zu haben würde anstrengend sein. Im Glauben, daß sie ohnehin keinen Wert darauf legten, hatte Sandy ihren Eltern gesagt, sie wolle nicht zur Abschlußfeier gehen. Sie war überrascht, als ihre Mutter meinte, sie hätten sich seit Jahren auf diese Reise nach Buffalo gefreut. Schließlich hätten sie die Stadt und den Campus noch nie gesehen, und dies sei ein guter Anlaß. Sandy erwiderte, es gäbe dort nichts zu sehen, gab dann aber kampflos nach, als ihre Mutter darauf bestand. Als sie Sandy am Telefon zuhörte, hatte Jenny sich über ihre Naivität gewundert. Konnte sie sich denn nicht denken, daß Eltern den Abschlußfeiern ihrer Kinder immer eine besondere Bedeutung beimaßen? Jenny empfand genau dasselbe wie Sandy, aber es wäre ihr nie in den Sinn gekommen, ihre Eltern von dem Besuch abzuhalten.

Jenny wurde sich bewußt, daß sie an dem Nagel ihres Zeigefingers kaute. Sie hörte auf, machte dann aber weiter und sagte sich, sie könne ihn den Sommer über wieder wachsen lassen. Später würde sie reichlich Zeit haben, sich gesittet zu benehmen. Erst die Abschlußfeier, dann einige Wochen, um ihre Angelegenheiten zu ordnen, und dann würde sie sechs Wochen zu Hause sein, bevor ihre Eltern sie nach Ohio brachten. Ohio. Das klang so sonderbar. Wie ein jodelnder Bergsteiger. Das würde für die nächsten vier oder fünf Jahre ihr Zuhause sein. Sie hatte Glück gehabt, dort als Studentin angenommen zu werden und obendrein noch ein Stipendium zu bekommen. Alle sagten, es sei eine gute Fakultät, wenn auch nicht so gut wie Sandys. Arme Sandy. Sie war immer noch todunglücklich, weil Berkeley, ihre erste Wahl, sie nicht angenommen hatte. Aber sie hatte ihre zweite Wahl bekommen, die University of California in Los Angeles, und Jenny fand, Sandy konnte sich eigentlich nicht beklagen. Jenny wäre sehr gerne nach Kalifornien gegangen, aber ihre Tutorin hatte ihr gesagt, sie brauche sich gar nicht erst zu bewerben. Ihre Noten seien einfach nicht gut genug. Also ging sie an einen anderen kalten Ort, während Sandy im warmen, sonnigen Kalifornien leben würde, und ausgerechnet Sandy beklagte sich. Sandy wußte ihr Glück einfach nicht zu schätzen. Sie hatte in der letzten Zeit Trübsal geblasen, war immer stiller geworden und zunehmend in sich gekehrt. Jenny hielt es nicht aus, Sandy so unglücklich zu sehen, also zog sie sie damit auf, daß sie sich zu einer mürrischen alten Frau entwickeln würde, bis Sandy gegen ihren Willen zu lächeln begann.

Jenny seufzte tief. Sie machte sich Sorgen um Sandy. Sandy war ein großes Baby, manchmal so verletzbar und zerbrechlich. Wie sollte sie zurechtkommen, ohne daß Jenny sie auf Trab brachte? Jenny war überrascht, daß ihr plötzlich die Tränen in die Augen stiegen. *So* besorgt war sie um Sandy nun auch wieder nicht. Sandy wußte auf sich selbst aufzupassen, und sie konnte verdammt hart und schwierig sein, wenn sie wollte. Niemand wußte das besser als Jenny. Warum weinte sie also wie ein dummes Schulmädchen? Es war ja nicht so, daß sie sich nie wiedersehen würden. Sie würden beide in den Ferien in New York sein und könnten sich dort treffen. Thanksgiving wahrscheinlich nicht – Sandy konnte es sich nicht leisten, nur für ein Wochenende von Kalifornien herüberzufliegen –, also würden sie einander in den Weihnachtsferien sehen. Und was sie sich zu erzählen hätten! Wer weiß? Vielleicht hätten sie bis dahin beide einen sagenhaften Typen kennengelernt und würden ihre Erfahrungen austauschen können. Schließlich waren sie beste Freundinnen. Und beste Freundinnen wurden oft getrennt, wenn sie in eine andere Stadt zogen oder eine von ihnen heiratete, blieben aber dennoch in Kontakt.

Jenny erblickte Sandy, sobald sie um die Ecke bog. Sie trug abgeschnittene Shorts und eine ärmellose Bluse und schlenderte auf ihren langen, schlanken Beinen anmutig über den betonierten Gehweg. Sie erinnerte Jenny an ein übernervöses Rennpferd.

„Hallo. Was hast du eingekauft?“ Jenny lächelte, als Sandy zwei Stufen auf einmal nahm.

„Etwas Gemüse für heute abend.“ Sandy wies mit dem Kopf auf die braune Tüte, die sie auf einer Hüfte balancierte; mit der freien Hand strich sie sich ihr langes zerzaustes Haar aus den Augen. „Ich bin dran mit Kochen. Ich bin in einer Minute wieder da.“

Jenny hörte Sandy in die Küche stapfen und das Gemüse auf den grauen Resopaltisch knallen, den sie auf der Straße gefunden hatten, als sie damals einzogen. Sandy kam zurück und warf sich neben Jenny auf die Couch, zündete sich mißgelaunt eine Zigarette an und schnippte das Streichholz auf den Gehweg.

„Woran denkst du?“ fragte Jenny.

„Oh – ich habe gerade daran gedacht, daß ich Mike einen Brief schulde. Es ist fast einen Monat her, seit er mir geschrieben hat“, erwiderte sie schuldbewußt.

„Gefällt es ihm dort?“

„Ja, recht gut. Die Universität ist in Ordnung, und er unterrichtet gerne. Am meisten beklagt er sich darüber, daß es dort keine intelligenten Frauen gibt." Sandy schüttelte den Kopf. „Sie kommen alle direkt vom Bauernhof."

„Ich dachte, Calgary wäre eine Großstadt."

„Das habe ich auch gedacht. Aber Mike sagt, es ist mehr wie ein Westernkaff. Die Männer tragen wagenradgroße Hüte und Sporen an den Stiefeln."

„Du machst wohl Witze!" Jenny war entsetzt. Gott, sie hoffte, Ohio war nicht so.

„Nein, selbst in der Innenstadt. Außerdem ist Mike die New Yorker Frauen gewöhnt, und ich kann mir nicht vorstellen, daß die Mädchen dort oben im Norden sehr kultiviert sind." Sandy drehte sich um und sah Jenny mit großen Augen an. „Mensch, daran habe ich nie gedacht – glaubst du, dort gibt es Juden?"

„In Calgary?" Jenny tat überrascht. „Sicher. Mindestens einen, der die koschere Pizzeria betreibt."

Jenny und Sandy brachen gleichzeitig in Lachen aus. Sandy stieß Jenny mit dem Ellenbogen in die Rippen. „Verzieh dich."

„Nein", erwiderte Jenny und begann Sandy zu kitzeln. Lächelnd und balgend fielen sie zurück auf die Couch. Sie lächelten, als sie sich aufsetzten, und ihre Schultern berührten sich leicht.

„Jen", Sandys Stimme war ernst. „Ich weiß, daß ich es nicht mehr ansprechen soll, aber ..."

„Sandy, du hast es versprochen." Jenny spürte, wie sie steif und kalt wurde.

„Aber die Abschlußfeier ist schon nächste Woche, und du wirst in weniger als einem Monat fortgehen."

Jennys Augen verengten sich, als sie das Haus gegenüber anstarrte. Es gab keinen Raum für Freundlichkeit. „Wir haben vereinbart, nicht darüber zu sprechen, Sandy. Es gibt nichts mehr zu sagen. Ich habe von Anfang an klargemacht, daß wir nach dem Examen ..." Jenny ließ den Satz unbeendet, dann entschied sie sich, es deutlich auszusprechen. Sie wollte sich nie vorwerfen müssen, Sandy in dieser Frage getäuscht zu haben. „... daß wir getrennte Wege gehen würden." Jenny wandte sich um und schaute Sandy an, die ungewöhnlich stillsaß und ihre Füße anstarrte.

„Ich weiß", sagte Sandy mit kaum vernehmbarer Stimme. „Es schien vorher bloß nie real. Es schien immer so weit weg."

Sandy wandte den Blick ab und schaute die Straße hinunter. Jenny spürte, daß Sandy weinte und ihre Tränen verbergen wollte. Sie merkte, wie ihr selbst die Tränen kamen, und bemühte sich, sie zu unterdrücken.

„Es tut mir leid, daß ich so kindisch bin. Ich weiß nicht, was mit mir los ist." Sandy sah Jenny entschuldigend an. Sie hatte ihre Gefühle nun im Griff.

„In den letzten Monaten schien alles so gut zu laufen. Bitte zerstöre es nicht, Sandy." Jenny schaute immer noch weg, aber sie wußte, daß ihre Stimme sanfter geworden war. Mehr konnte sie nicht tun.

Sandy stand auf. „Ich gehe hinein und hole mir was zu trinken. Möchtest du auch was?"

„Mmmh." Jenny tat, als sei sie in den Anblick der Straße vertieft. Sie biß sich auf die Lippen und versuchte, die Tränen zurückzuhalten. Aber es gelang ihr nicht. Sie quollen heraus und tropften still auf ihre geballten Fäuste.

28

Die Sonne schien durch die dünnen roten Vorhänge, warf psychedelische Schatten auf die Wände und füllte den Raum mit einem freundlichen rosa Schimmer. Sandy war immer sehr gern in dieser hellen Atmosphäre aufgewacht, aber heute kam es ihr vor wie der reinste Hohn. Sie drehte sich auf den Rücken und blickte zu der schrägen Decke über ihrem Bett hoch. Es war bei weitem das hübscheste Zimmer im Haus. Sie hatte beim Münzenwerfen gewonnen und die Wahl gehabt: die schräge Decke, die großen Fenster auf zwei Seiten und vor dem einen Fenster eine schräge

Nische, die sie als Loggia nutzte. Sie war so glücklich gewesen, als sie dieses Zimmer bekommen hatte. Eine Melodie ging ihr immer wieder im Kopf herum. Wie hieß der Text? „Glückliche Tage sind es wieder, der Himmel ist ..." Sandy warf ungeduldig die Decke beiseite, stand auf und ging den Flur entlang zum Badezimmer. Überall auf dem Boden stand Wasser, und halb durchweichte Handtücher waren um die Badewanne herum verstreut. Offenbar hatte jemand die laienhaft installierte Duschvorrichtung benutzt. „Scheiße", murmelte sie, als sie die Wasserhähne aufdrehte und wußte, daß es Minuten dauern würde, bevor das Wasser warm wurde. Sie holte tief Atem und spritzte sich eiskaltes Wasser ins Gesicht, dann schaute sie in den alten Spiegel über dem Waschbecken. Das Wasser rann ihr über die Wangen, sammelte sich am Kinn und tropfte auf ihre Brüste. Das Gesicht im Spiegel war ausgemergelt und hatte einen grimmigen Ausdruck.

Mit einer brüsken Armbewegung wischte sie sich das Wasser von der Brust und begann sich zu waschen. Sie zwang sich, an nichts zu denken, während sie sich mit dem letzten Rest aus der flachgedrückten Zahnpastatube die Zähne putzte. Auf dem Weg zurück zu ihrem Zimmer blieb sie einen Moment oben an der Treppe stehen und horchte auf die Geräusche, die aus der Küche drangen. Jemand machte Kaffee. Sandy konzentrierte sich auf die Geräusche in der Küche und zwang sich erneut, an nichts zu denken. Hinter dem Nichts waren die Tränen und der Schmerz, den zu spüren sie sich nicht erlauben durfte. Sie mahnte sich, daß dafür später Zeit sein würde, reichlich Zeit, ging zurück in ihr Zimmer und zog ihre Lieblingsjeans an, die neben dem Bett auf dem Boden lag. Sie ging zu dem Holzstuhl neben ihrem Schreibtisch hinüber, fischte einen schwarzen Wollpullover aus dem Kleiderhaufen und zog ihn sich über den Kopf.

Jenny saß am Küchentisch, rauchte eine Zigarette und trank eine Tasse Kaffee.

„Guten Morgen", sagte Sandy und ging zum Herd.

„Guten Morgen. Du bist früh auf."

Sandy goß sich eine Tasse Kaffee ein. „Wann kommt das Taxi?"

„Um Viertel nach sieben." Jenny drückte die Zigarette aus und zündete sich gleich eine neue an.

„Willst du wirklich nicht, daß ich mir Bunnys Auto leihe?" Sandy setzte sich neben Jenny an den Tisch. „Ich könnte dich zum Flughafen fahren."

Jenny schüttelte den Kopf. „Nein, mach dir keine Umstände. Es ist nicht nötig." Jenny stand auf und machte sich mit dem heißen Wasser auf dem Herd noch eine Tasse Kaffee. Sandy fühlte sich sonderbar erleichtert. Zumindest würde es sich auf diese Weise nicht in die Länge ziehen. Das Taxi würde kommen, und Jenny würde gehen. Es würde ein einfacher, sauberer Schnitt sein. Jenny setzte sich und spielte nervös mit ihrem Löffel. Sandy zündete sich eine Zigarette an und beobachtete sie wie aus weiter Ferne. Es war, als betrachte sie Jenny durch ein Teleskop; die Nähe ihrer Körper war ebenso unwirklich, als sähe sie die Figuren in einem Film.

„Und wann fährst du nach Ohio?" War das ihre Stimme, die brüchig wurde? Sie dachte, sie hätte es wie beiläufig gesagt.

„Das Semester beginnt erst in zwei Monaten." Jenny schien durch ihre Frage erleichtert. „Ich werde wahrscheinlich ein paar Wochen in New York verbringen, und dann fahren meine Eltern mich dorthin." Sandy achtete nicht auf Jennys Worte; statt dessen beobachtete sie, wie sich Jennys Lippen öffneten und schlossen. Dies war der letzte Tag, und dennoch fiel es Jenny nicht schwer, ungezwungen zu plaudern. Ihr machte es nichts aus. „Wenn wir eine Wohnung für mich gefunden haben, werde ich mir ein paar Gebrauchtmöbel kaufen und mich einrichten. Wie steht's mit dir? Wann fliegst du nach Kalifornien?"

„In der ersten Septemberwoche", antwortete Sandy kurzangebunden. Führten sie wirklich dieses banale Gespräch? Sollte es so zu Ende gehen? Als wären sie zwei flüchtige Bekannte? „Tja, ich nehme an, wir werden einander eine Weile nicht sehen ... vermutlich erst Weihnachten", warf sie hin. Bitte sag etwas, Jenny.

„Nun, die Zeit wird schnell vergehen. Wir werden beide viel zu tun haben."

„Ja, sicher." Sandy war zumute, als habe sie einen Schlag ins Gesicht bekommen. Die Narkose begann nachzulassen. Jenny verhielt sich, als sei nichts Besonderes los, als habe ihr Abschied keinerlei Folgen. Sandy drohte durchzudrehen.

„Na, ich gehe nach oben und hole meine Koffer." Jenny stand auf und verließ die Küche.

Sandy hörte sie die Treppe hinaufstapfen, lauschte jedem einzelnen Schritt. Sie stand auf, ging unruhig um den Küchentisch herum und kämpfte mit den Tränen.

„Bleib ruhig, Mädchen", flüsterte sie sich zu. „Ehe du dich versiehst, wird alles vorbei sein. Dann kannst du zusammenbrechen. Aber erst, wenn sie gegangen ist."

Sandy zündete sich eine neue Zigarette an, ohne zu bemerken, daß noch eine im Aschenbecher qualmte. Sie hörte, wie Jenny die Treppe herunterstolperte und die Koffer ins Wohnzimmer brachte. Sandy stieg die wenigen Stufen bis zum Treppenabsatz hinauf und dann auf der anderen Seite die Stufen zum Wohnzimmer hinab. Jenny hielt am Fenster nach dem Taxi Ausschau. Sie würde jetzt jeden Augenblick fort sein. Obwohl sie wußte, daß sie bereits geschlagen war, versuchte Sandy es noch einmal, ein letztes Mal.

„Bist du sicher, daß es so sein muß, Jenny?"

Jenny verzog gequält das Gesicht. „Wir sehen uns in ein paar Monaten."

„Ja." Der Schmerz überflutete Sandy und machte sie für einen Augenblick blind. Wie aus weiter Ferne hörte sie das Taxi hupen.

„Tja, da ist mein Taxi." Jenny ging rasch auf Sandy zu, umarmte sie kurz und gab ihr einen Kuß auf die Wange. „Tschüs, Sandy. Ich rufe dich an." Sie nahm ihre Koffer und ging hinaus.

„Auf Wiedersehen, Jenny“, sagte Sandy leise, als sie in der Tür stand und zusah, wie Jenny in das Taxi stieg und der Fahrer ihr Gepäck im Kofferraum verstaute. Dann stieg auch er ein, und sie fuhren davon.

Sandy stand lange Zeit reglos da. Dann schloß sie die Tür und lehnte sich dagegen.

„Tja, Sandy ... jetzt bist du wieder allein.“ Eine ungeheure Welle der Traurigkeit brach über ihr zusammen. Sie sank auf den Fußboden und schluchzte. „Jenny!“ schrie sie. „Wie konntest du mich verlassen?“

Teil II

29

„Ich hatte diesen Traum ... Aber ich bin nicht sicher, ob ich darüber reden will ...“ Marilyn hielt inne, blickte im Raum umher und wartete darauf, daß jemand sie ermunterte. Dann würde sie ihre Bedenken diskutieren können. Aber die Frauen saßen schweigend da. Geduldig.

„Also gut.“ Sie holte tief Luft. „Ich ging einen langen Flur hinunter und hielt Händchen mit Joe – er ist ein Arbeitskollege von mir –, und wir kamen in ein Zimmer voller Leute. Ich merkte, daß es alles Frauen waren. Dann sah ich einige maskulin aussehende Frauen, und mir wurde klar, daß alle Frauen im Raum Lesben waren. Ich wurde ganz rot und verlegen, also ergriff ich Joes Arm, und wir machten uns davon. Ich hatte Angst, er könnte erfahren, daß ich eine von denen bin.“

Marilyns Hände zupften nervös an den roten und blauen Troddeln ihres Gürtels. Sie trug dieselbe dunkelblaue Polyesterhose wie an ihrem ersten Abend in der Gruppe. Damals hatte sie, als die Reihe an ihr war, die anderen Frauen unsicher angesehen und gesagt, sie wisse nicht, ob sie hier hingehöre. Sie leide darunter, daß sie vor kurzem von ihrer Geliebten verlassen worden sei, nach acht Jahren. Aber sie hätten nie Kontakt zu anderen Frauen gehabt, und im Grunde sei sie nicht sicher, ob sie lesbisch sei. Und außerdem, hatte sie nervös hinzugefügt, sei sie die einzige in der Gruppe, die Polyesterhosen trage.

Sandy lächelte insgeheim, als sie sich diese Szene ins Gedächtnis rief. Wie passend es war, daß Marilyns halbbewußte Ängste sich in der Beobachtung bündelten, daß sie anders gekleidet war. In ihren ersten Wochen in der Gruppe hatte Marilyn alle auf Abstand gehalten. Doch die Zweifel über ihr Lesbischsein waren schnell verschwunden, und dann war sie lockerer geworden und hatte begonnen, sich auf die anderen Frauen einzulassen. Ihr rascher, sarkastischer Witz hatte oft eine übermäßige Spannung gebrochen, und inzwischen war sie ein vollwertiges Gruppenmitglied geworden. Letzte Woche hatte sie sogar Jeans und ein Sweatshirt getragen und ihre textile Rüstung zum ersten Mal abgelegt. Und nun trug sie wieder Polyester, als Begleiterscheinung eines Traumes über die Angst vor dem Lesbischsein.

Nun, sie alle mußten diesen Prozeß durchmachen. Sandy erinnerte sich daran, daß einige der Frauen in der Gruppe den langen, schmerzlichen Weg gerade erst begannen. Sie blickte rasch in die Runde, um zu sehen, ob eine der anderen Frauen ängstlich wirkte. Nein, die erwartungsvollen, offenen Gesichter sagten ihr, daß es noch zu früh war. Heute abend würde es interessant werden.

„Erzähl uns mehr über den Flur."

„Nun, er war lang und schmal. Wie die Flure in einem Krankenhaus oder einer Anstalt. Vielleicht einer Nervenheilanstalt ..." Marilyns Worte verloren sich, und sie schien unsicher.

„Was ist mit den maskulin aussehenden Frauen? Was war es für ein Gefühl, mit ihnen in einem Raum zu sein?"

„Ich war sehr wütend auf sie, weil sie so offensichtlich und erkennbar waren", platzte Marilyn heraus. Ein nervöses Kichern entfuhr ihr, als sie den Kopf schüttelte. „Es überrascht mich, daß ich immer noch so gehemmt bin."

„Tief verwurzelte Vorurteile überwinden wir nicht über Nacht. Erzähl uns mehr darüber, wie du dich gefühlt hast." Sandy lehnte sich in ihrem Stuhl zurück.

„Na ja, ich wollte mich nicht mit ihnen identifizieren. Aber ich weiß, daß wir ständig in einen Topf geworfen werden. Und das bedroht mich. Lesben sind ja häufig Zielscheiben des Spotts. Und das bedeutet, daß auch ich leichter verspottet werde. Und das ist nicht fair. Ich halte nichts davon, mich wie ein Mann zu benehmen; es stimmt zwar nicht, aber die Leute denken, wir wollen alle Männer sein."

Marilyn schien das, was sie gerade gesagt hatte, unangenehm zu sein. Als wollte sie einem Angriff zuvorkommen, fügte sie hastig hinzu: „Wißt ihr, ich habe mich ja schon verändert. Ich gehe inzwischen in Lesbenkneipen, und wenn ich die Frauen dort sehe, halte ich zuerst Distanz, als wollte ich nicht mit ihnen gesehen werden, aber es ist komisch: Sobald ich mit ihnen rede, ist dieses Gefühl verschwunden."

Sylvia schaltete sich ein. „Ich schäme mich deswegen, aber mir macht das auch angst. Ich halte mich von Frauen fern, die wie Lesben aussehen. Ich bin einfach noch nicht soweit, offen damit umzugehen. Heute habe ich mit Peter – das ist mein schwuler Arbeitskollege – über ein T-Shirt gesprochen, das ich entwerfen wollte. Ich wollte das doppelte Frauenzeichen verwenden, aber dann dachte ich, wer würde solch ein T-Shirt tragen? Peter sagte, ich sei feige, also habe ich ihn gefragt, ob er ein T-Shirt mit zwei ineinander verschlungenen Männerzeichen tragen würde, und das brachte ihn zum Schweigen. Ich habe dann versucht, ein Muster zu entwerfen, in dem das Lesbensymbol subtil auftaucht."

„Du meinst unsichtbar ist", spöttelte Marsha.

„Nein, es ist ein T-Shirt, das eine Lesbe, die nicht offen lebt, tragen könnte, das sie stolz machen würde, ohne daß alle es direkt mitkriegen. Außer anderen Lesben natürlich." Sylvia hob frustriert die Hände. „Ich glaube, ich wollte ein T-Shirt entwerfen, das eine Frau wie ich tragen könnte."

Jane hockte auf dem braunen Tweedsofa. Sie meldete selten zu Wort, weil es ihr immer noch zu schaffen machte, daß sie eine wesentlich geringere Schulbildung hatte als die anderen Frauen. Am Ende ihres ersten Monats in der Gruppe war sie nahe daran gewesen, aufzugeben; zögernd und stotternd hatte sie gesagt, sie habe nichts anzubieten und gehöre nicht in diese Gruppe.

Eine nach der anderen erzählten die Frauen Jane etwas über ihre eigenen Unsicherheiten und Zweifel. Marilyn, College-Professorin, sagte, sie fühle sich oft dumm und außerdem wenig redegewandt. Sylvia teilte ihre anfängliche Befürchtung mit, sie würde sich niemals so öffnen können wie die Frauen, die länger in der

Gruppe waren; als Fotografin dachte sie in visuellen Bildern und war von den eher sprachlich orientierten Frauen eingeschüchtert.

Jane war verblüfft. Es war ihr nie in den Sinn gekommen, daß gebildete Frauen in dieser Hinsicht unsicher sein könnten. Dann gaben ihr mehrere Frauen zu verstehen, sie würden sie gerne näher kennenlernen, und Marsha, eine radikale lesbische Feministin, sagte, wie sehr sie auf Jane zähle und wie beruhigend es sei, noch eine andere Frau im Raum zu haben, die wie eine Lesbe aussähe.

Seither schien Jane sich etwas wohler zu fühlen, aber sie brauchte gewöhnlich noch ein wenig Ermutigung, bevor sie das Wort ergriff. Sandy schaute in ihre Richtung und sagte sanft: „Du siehst aus, als läge dir etwas auf der Zunge."

Jane lächelte dankbar. „Ja, ich glaube schon. Wißt ihr, ich habe eine Menge Scheiße erlebt, weil ich so männlich aussehe. Meine Haare sind kurz. Ich trage Jeans. Aber ich fühle mich als Frau. Manchmal fühle ich mich weiblich, manchmal nicht. Die Leute haben mich schon oft verspottet. Auf der Arbeit oder auf der Straße fragt irgendein Klugscheißer: ‚Ist das ein Typ oder eine Frau?'"

Sie ließ ihre Fingerknöchel knacken und schaute auf den Boden. „Aber ich bin einfach nur ich selbst, und ich will nicht anders sein." Ihre Stimme wurde stärker, sicherer. „Ich trage keine Kleider. Das ist nicht meine Art zu beweisen, daß ich eine Frau bin. Und ich kenne sehr viele unterschiedliche Frauen. Manche sind stahlhart. Manche sind KVs, manche Femmes. Aber ich mag die männlich aussehenden Frauen. Ich habe das Gefühl, daß sie damit ausdrücken: Ich bin stolz!"

„Wißt ihr, ich hatte mal sehr lange Haare." Laraine machte eine Geste, als kämme sie einen Pferdeschwanz. „Es war Tarnung. Als ich zum ersten Mal mit einer Frau zusammen war, habe ich es auf Schulterlänge abgeschnitten. Es wurde immer kürzer. Ich möchte es gern noch kürzer tragen, aber ich habe Angst. Daß die Leute es mir dann anmerken."

Sandy nickte zustimmend. „Ich bin jahrelang mit langen Haaren herumgelaufen, weil ich nicht als maskulin gelten wollte. Was bedeutet hätte, daß ich keine ‚richtige' Frau bin. Ein Vorwurf, der allen Frauen insgeheim entsetzliche Angst macht. Wir wurden gelehrt, die uns geziemende Weibchenrolle zu erfüllen. Es ist kein Zufall, daß eine Frau, die aus der Rolle fällt, als frigide oder als kastrierende Hexe und schließlich, wenn nichts anderes mehr wirkt, als Lesbe bezeichnet wird. Aber nachdem sie mich als Lesbe abgestempelt haben und mich damit nicht zum Schweigen bringen können, gibt es nichts mehr, was sie mich schimpfen können. Ich bin frei."

Sie ließ die Augen durch den Raum schweifen, um zu sehen, wie ihre Bemerkung aufgenommen wurde. Normalerweise ging sie nicht so vor, vor allem nicht so politisch gefärbt, aber es schien wichtig, daß die Frauen erkannten, in welchem Ausmaß ihre Befürchtungen und Ängste von einer Gesellschaft programmiert waren, die ein Interesse daran hatte, sie ruhig zu halten, wenn sie sie schon nicht vollkommen auslöschen konnte.

„Ich meine, wir haben den offen lesbisch lebenden Frauen der Vergangenheit sehr viel zu verdanken", fuhr Sandy fort. „Sie haben sich einer ungeheuer feindseligen Gesellschaft gestellt und gesagt: ‚Das bin ich!'. Es gab Millionen frauenliebender Frauen, die sich versteckten und als heterosexuelle Frauen durchgingen, aber ein paar Frauen hatten den Mut, es zu riskieren, daß man sie zur Zielscheibe machte, damit sie mehr Freiheit hatten. In gewisser Weise haben sie uns allen mehr Freiheit gegeben. Es gefällt mir vielleicht nicht, daß sie oft ein sogenanntes männliches Rollenverhalten annahmen. Doch sie waren eingeschränkt durch die Wahlmöglichkeiten, die sie kannten: maskulin oder feminin, KV oder Femme. Aber innerhalb dieser begrenzten Lebensentwürfe waren sie in ihrer Ablehnung von Kompromissen sehr mutig."

„Ja, das stimmt", sagte Sylvia aufgeregt. „Und unsere Wahrnehmung ist gesellschaftlich geprägt. Da ich groß bin und kurze

Haare habe, werde ich von hinten oft für einen Mann gehalten. Das macht mich rasend. Also achte ich sorgfältig darauf, was ich trage, obwohl ich finde, daß Männerkleidung mir am besten steht. Außerdem achte ich darauf, mit wem ich gesehen werde. Jane, es ist mir vielleicht manchmal peinlich, aber wenn ich bedenke, was du dir gefallen lassen mußtest ... du hast mir einen guten Tritt in den Hintern gegeben. Es war wirklich wichtig, das noch mal von dir zu hören." Sylvia hatte Tränen in den Augen, als sie Jane ansah, die verlegen ihre Fäuste ballte und wieder öffnete.

„Moment mal", Marilyn hakte nach und sah Sandy skeptisch an. „Willst du mir etwa erzählen, du würdest ein T-Shirt mit der Aufschrift ‚Ich bin homosexuell' tragen?"

„Nein, aber ich würde ein T-Shirt mit zwei ineinander verschlungenen Frauenzeichen tragen."

„Da bin ich völlig anderer Ansicht", widersprach Marilyn. „Ich finde es falsch, es hinauszuposaunen. Warum mußt du das tun? Es ist etwas Persönliches. Du siehst ja auch keine Frauen in T-Shirts mit der Aufschrift ‚Ich schlafe mit Männern'."

„Nein, aber du siehst sie in T-Shirts mit so dämlichen Sprüchen wie ‚Ich bin Jungfrau' oder ‚Ich bin unkompliziert, Baby'."

„Das ist abscheulich", sagte Marsha, streckte die Zunge heraus und verzog angewidert das Gesicht.

„Oder was ist mit ‚Atomkraft – nein danke'?" beharrte Sandy.

„Das ist nichts Persönliches."

„Sicher ist es das. Es sagt etwas über die Überzeugungen aus, die dir wichtig sind."

„Na, das mag ja stimmen, aber es ist nicht so persönlich wie Sex. Das ist etwas Privates. Man erzählt den Leuten nicht wahllos vertrauliche Dinge." Marilyn wirkte bestürzt. Bestürzter, als es einer theoretischen Diskussion angemessen war. Sandy beschloß, darauf einzugehen.

„Warum nicht?" fragte sie.

„Es schickt sich einfach nicht."

„Ich überlege, ob das eine kulturelle Frage ist. Wenn du in New England aufgewachsen bist ...“

Marilyn schüttelte den Kopf. „Es hat mehr mit meiner Mutter zu tun. Sie hat jedem alles erzählt. Auch wenn es die Leute gar nicht interessiert hat, aber das war ihr egal“, stieß sie hervor, die Hand zur Faust geballt.

„Du mußt dich geschämt haben“, sagte Sandy sanft.

Marilyn sah Sandy an und lächelte ironisch. „Tja, ich nehme an, ich habe gelernt, eine gute Zuhörerin zu sein. Und heute habe ich Schwierigkeiten mit dem Reden.“

Sandy nickte und tippte sich nachdenklich mit dem Zeigefinger auf die Oberlippe. Sie fand diese Geste bei anderen immer blasiert, aber sie half ihr, ihre Gedanken klarer zu fassen. „Manchmal erfinden die Leute moralische Prinzipien, die ihren persönlichen Lebensstil unterstützen. Ich meine nicht, du solltest unbedacht daherreden, nur um dich reden zu hören, oder dir dein Gegenüber nicht sorgfältig aussuchen, aber ich finde es wichtig, sich offen äußern zu können.“ Sandy wartete einen Moment, um zu sehen, wie diese Intervention aufgenommen werden würde. Marilyn war eine dickköpfige Frau und kämpfte meist gegen jede neue Erkenntnis an.

Marilyn wiegte den Kopf, als führe sie ein Gespräch mit sich selbst. „Na gut, aber nun sag' mir eins. Würdest du in einen Laden gehen und sagen: ‚Ich bin Jüdin und Lesbe'?“ Sie sah aus, als wäre sie stolz auf sich.

„Na ja“, sagte Sandy gedehnt, „vielleicht würde ich nicht genau diese Worte gebrauchen, aber ich könnte sagen: ‚Hallo, ich bin Jüdin und Lesbe und suche ein Chanukka-Geschenk für meine Geliebte. Was würden Sie mir empfehlen?'“

Die Gruppe brach in Gelächter aus. Marilyn schüttelte amüsiert den Kopf und gab sich geschlagen. „Das muß ich irgendwann einmal versuchen.“ Sie wurde nachdenklich. „Wißt ihr, ich dachte, der Traum wäre ein Rückschritt. Darum wollte ich ihn nicht erzählen.“

„Keineswegs." Sandy beugte sich in ihrem Stuhl vor, Daumen und Zeigefinger zusammengelegt, um ihrem Argument Nachdruck zu verleihen. „Solche Träume haben wir erst dann, wenn wir bereits einen gewissen Punkt erreicht haben und bereit sind, uns mit ihnen auseinanderzusetzen. Oft scheint der Inhalt des Traumes dann am negativsten oder regressivsten, wenn wir kurz vor einer großen Veränderung stehen. Ich erinnere mich, wie ich mich zum ersten Mal mit meiner Angst, lesbisch zu sein und entlarvt zu werden, auseinandergesetzt habe. Im Traum war ich schwanger", Sandy streckte die Arme aus, „und hatte solch einen Bauch. Auf diese Weise dachten alle, ich sei heterosexuell. Niemand konnte mein schreckliches Geheimnis herausfinden. Und meine Träume entwickelten sich daraufhin weiter, bis ich mich wohler fühlte und nicht mehr meinte, mich verstecken zu müssen."

„Weißt du, ich beneide dich wirklich darum, daß du offen lesbisch lebst. Das verdient großen Respekt. Ich bin jedoch nicht sicher, ob ich das kann. Zuerst dachte ich, der Traum würde bedeuten, daß ich mich zu einem Mann hingezogen fühlte, aber dem ist nicht so. Er stellte eine Art Sicherheit dar."

„Du warst anders als die anderen Lesben. Niemand hätte dich für lesbisch gehalten."

Sylvia stieß einen langen Pfiff aus. „Ich hatte diese Woche einen Traum über Sex mit einem Mann. Es war schön. Aber es war mir peinlich, euch davon zu erzählen. Ich hatte Angst, ihr würdet glauben, ich machte Rückschritte. Aber nun sehe ich, daß der Traum durch unser Gespräch in der Gruppe letzte Woche entstanden ist, als ich sagte, ich würde auf keinen Fall mehr mit einem Mann zusammensein wollen."

„Der Traum sagt dir, daß du immer noch Sex mit einem Mann haben könntest", sagte Sandy. „Ist Sex der einzige Grund dafür, daß du jetzt mit einer Frau zusammen bist?"

Sylvia schüttelte entschieden den Kopf.

„Natürlich nicht“, pflichtete Sandy ihr bei. „Der Traum ist nur ein Problem, wenn du ihn so interpretierst, daß du eigentlich keine Lesbe bist. Das ist der Grund, warum wir von sexueller *Präferenz* sprechen – die bessere Bezeichnung wäre eigentlich emotional-sexuelle Präferenz, weil es nicht nur um Sexualität geht. Aber es ist nicht so, daß es zwei voneinander getrennte Schubladen gäbe – homosexuell und heterosexuell – und wir entweder ganz in die eine oder ganz in die andere paßten, ohne daß sie sich überschneiden. Wenn eine heterosexuelle Frau gelegentlich einen Traum von einer Frau hat, stellt sie ihre Identität vermutlich nicht in Frage. Aber homosexuelle Menschen sind immer verletzlich.“

„Ja!“ rief Laraine. „Homosexuelle gehen ständig wie auf rohen Eiern. Ich wette, all die Energie dafür aufzuwenden, sich über Kleinigkeiten den Kopf zu zerbrechen, zerstört letztlich unsere Beziehungen ... Wißt ihr, neulich bin ich wirklich ausgeflippt, als ich eine Mitteilung von der homosexuellen Fraktion der American Civil Liberties Union bekam. Ich habe sie zerrissen. Die Vorstellung, auf der Liste irgendeiner homosexuellen Vereinigung zu stehen ... wer weiß, in wessen Hände die gelangt – vielleicht sogar nach Washington.“ Laraine seufzte. „Ich habe mir zwei Tage lang Sorgen darüber gemacht.“

„Ich habe neulich die Sendung *60 Minutes* gesehen“, fiel Marilyn ein. „Sie haben Zugang zu unseren Schecks, und das sagt alles. Mein erster Gedanke war, wie erkläre ich all diese Schecks an Sandy Stein, die bekannte lesbische Psychologin?“ Die Gruppe lachte. „Aber ich entschied, daß nichts zu machen ist. Wenn sie es erfahren wollen, erfahren sie es auch.“

„Das klingt, als hättest du große Fortschritte gemacht“, bemerkte Marsha.

„Vielleicht. Aber ein T-Shirt mit Lesbenzeichen zu tragen ist, als ob du sagtest: Ihr könnt mich alle mal! Ich finde das nicht richtig.“

„Nein“, schaltete sich Sandy ein. „Ich meine, es hängt von der Frau ab. Die eine Frau trägt dieses T-Shirt und sagt damit: Ihr könnt mich alle mal! Und eine andere Frau trägt dasselbe T-Shirt und sagt damit: Ich liebe Frauen!"

„Das bin ich", rief Marilyn. „Ich möchte ein T-Shirt tragen und damit ‚Scheiß auf dich' sagen." Sie lachte. „Vielleicht wäre das ein Zeichen meiner Heilung. Wenn ich ein T-Shirt tragen könnte, das sagt: Ihr könnt mich alle mal!"

Sandy schaltete das Autoradio ein und stellte es dann rasch wieder ab. Sie war noch nicht bereit, sich von der Musik ablenken zu lassen, die sie meistens auf der langen Fahrt nach Hause hörte. Die Gruppe heute war ungewöhnlich energiegeladen und harmonisch gewesen. Die Frauen wußten, daß sie demnächst an einer Tagung teilnehmen würde, auf der sie einen Vortrag über das Thema Coming-out halten sollte, und dann hatte Marilyn pflichtschuldigst einen exemplarischen Traum eingebracht.

Sandy kicherte, als sie sich Marilyns entsetzte Reaktion auf den Gedanken vorstellte, dieser Traum könnte ein Abschiedsgeschenk gewesen sein, ein aktuelles Beispiel, um den Vortrag, den Sandy bereits geschrieben hatte, zu würzen. Was sie daran erinnerte, daß sie sich im Flugzeug ihre Notizen noch einmal vornehmen mußte. Die Überleitungen waren noch nicht fließend genug.

Sandy spürte ihren Angstpegel sprunghaft ansteigen. Sie schaltete das Radio ein, lehnte sich zurück und zwang sich, das Laubwerk zu betrachten, das die Häuser am Overland Drive schützend überdachte. Die Straße sah aus wie viele andere in diesem Teil von Los Angeles: stuckverzierte Häuser mit Ziegeldächern, alle ordentlich in Reih und Glied, mit Rasenflächen, die von japanischen Gärtnern kurzgehalten wurden wie ein Marine-Haarschnitt. Diese grüne Ordnung war angenehm, sogar tröstend, aber etwas in Sandy rebellierte gegen die einförmige Gepflegtheit der Landschaft.

Sie fuhr ein wenig schneller und entdeckte einen Garten mit hohem Gras und wucherndem Laubwerk, und innerlich jubelte sie den mutigen EigentümerInnen zu, die ihr Grundstück selbst versorgten und sich weigerten, vor den Gepflogenheiten des Viertels zu kapitulieren. Zweifellos beklagten sich die übrigen NachbarInnen über den „Schandfleck", den diese Parzelle darstelle und der den Grundstückswert der Wohngegend mindere. Sandy hatte ein älteres, gebrechliches Ehepaar vor Augen, das sich keinen Gärtner leisten konnte, und entrüstete sich über die unsensiblen Reaktionen der NachbarInnen. Im Geiste begann sie eine vertraute Schimpfkanonade über die Obszönität gesellschaftlicher Einstellungen gegenüber alten Leuten.

Sandy hielt inne, um ihren Gedankengang zu analysieren. Es war viel bequemer für sie, ärgerlich als ängstlich zu sein. Und in diesem Augenblick war es weniger bedrohlich, über die Ungerechtigkeiten gegenüber alten Menschen nachzudenken als über ihren bevorstehenden Vortrag.

Dies würde ihr erster Vortrag auf der Jahrestagung der *National Psychological Association* sein. Sie hatte einmal an der Tagung teilgenommen, und es war eine eigenartige Erfahrung gewesen. Während Sandy sich in die Veranstaltungen hinein und wieder hinaus treiben ließ, die in vornehmen, aber sterilen Konferenzräumen stattfanden, fühlte sie sich ihren Kolleginnen und Kollegen sehr entfremdet.

Welch ein sonderbarer Ausdruck – Kolleginnen und Kollegen. Er bedeutete, daß sie sich den Tausenden von Menschen verbunden fühlen sollte, die wie ein Heuschreckenschwarm in San Francisco einfallen würden. Auf den Straßen würde es von PsychologInnen wimmeln, die an dem Tagungsprogramm in ihren Händen sofort erkennbar wären. Peinlich berührt von der Art und Weise, in der sie die Stadt überfluteten und deren Charakter und Identität veränderten, würde Sandy sich innerlich zurückziehen und eine Fremde unter Fremden sein.

Sie stellte sich vor, den Vorsitzenden der Tagungskommission anzurufen und ihm zu sagen, sie sei todkrank. Sie würde sich eine klägliche Ochsenfroschstimme zulegen, die klang, als läge sie bereits zwei Meter unter der Erde. Dann würde sie unter die Decke kriechen, sich einkuscheln und den ganzen Tag schlafen.

Es gab keinen Zweifel. Sie haßte es immer noch, Vorträge zu halten. Nach den Grundsätzen des Behaviorismus müßte sie das mittlerweile überwunden haben. Aber das hatte sie nicht. Gut, es war im Laufe der Jahre leichter geworden. Statt sich vor einer geplanten Rede drei Monate im voraus zu fürchten, begann sie sich nun erst einige Tage vorher Sorgen zu machen. Und statt an Magenschmerzen und obendrein einer hartnäckigen Übelkeit zu leiden, spürte sie die Spannung nun in den Waden und Oberschenkeln.

Natürlich würde dies kein x-beliebiger akademischer Vortrag sein. Das Thema lautete: „Schwule und lesbische Jugendliche: Der Kampf um Identität". Ein Professor hatte ihr einmal geraten, einen Vortrag stets mit einem Witz zu beginnen, aber es war schwierig, Themen wie Selbstmord, Drogenabhängigkeit, Alkoholismus und die anderen Probleme, die aus der selten erkannten, aber sehr beliebten Haltung namens Homophobie entstehen können, mit Humor zu nehmen.

Sandy stieß einen tiefen Seufzer aus, als sie die Hände gegen das Lenkrad stemmte und sich streckte. Sie tätschelte das Armaturenbrett und flüsterte belanglose Nettigkeiten in die Lüftungsschlitze. „Baby" war ihr erstes Auto. Und ein erstes Auto war etwas ebenso Besonderes wie eine erste Liebe. Sandy schnaubte über ihre eigene Albernheit. Vielleicht beharrte Shelly zu Recht darauf, daß sie diese beruflich bedingte Reise in einen Urlaub verwandelten. Sandy hatte sich seit über einem Jahr nicht freigenommen, und in der letzten Zeit war sie abgespannt und sogar ein wenig deprimiert gewesen.

Sie war sich nicht sicher, wo das Problem lag. In den letzten Wochen bis zu der Gruppensitzung heute nachmittag war sie mit ihrer Arbeit unzufrieden gewesen, und das schien verrückt, denn sie liebte ihren Beruf. Die therapeutische Arbeit verschaffte ihr eine besondere Art von Befriedigung. Jeder Augenblick war voller Möglichkeiten, und fast jede Sitzung brachte eine Veränderung. Und doch war dies in der letzten Zeit offenbar nicht genug.

Schuld. Sie tat nicht genug. Das war es, was sie empfand. Sie war eine von einer Handvoll lesbischer klinischer Psychologinnen, die offen lebten, und was sie tat, beschränkte sich auf ihre private Praxis. Sie hatte weder eine angesehene akademische Position angenommen, wie es ihre ProfessorInnen erwartet hatten, die sie an eine der Spitzenuniversitäten des Landes lanciert hatten, noch sich um eine Verwaltungsstelle in einer psychiatrischen Klinik oder einer staatlichen Behörde bemüht. Statt dessen war sie in der Beratungsarbeit gelandet. Sandy erinnerte sich an den peinlich berührten Gesichtsausdruck ihrer Tutorin, als sie ihr gesagt hatte, was sie nach dem Abschluß ihrer Dissertation tun wollte. Und allein der Gedanke, diesen Campus zu betreten, verursachte ihr eine Gänsehaut, begleitet von akuten Magenbeschwerden. Das Universitätsstudium mit seiner vorgeblichen wissenschaftlichen Strenge und gleichgültigen Objektivität hatte ihr fast den Mut genommen. Jedenfalls hatte sie dort ihre ersten harten Lektionen über Demut und Kompromißbereitschaft gelernt. Wie sonst hätte eine Frau wie sie eine sexistische, homophobe, autoritäre Fabrik durchlaufen können, die sich als Bildungsstätte ausgab? Nein, ermahnte sie sich, das war nicht ganz fair. Sie hatte im Hauptstudium einige wichtige Fähigkeiten erworben. Aber sie hatte einen hohen Preis gezahlt.

Das war der Grund, warum sie beschlossen hatte, eine private Praxis zu eröffnen. Es gab keine Möglichkeit, als politische Lesbe offen zu leben und an der Universität oder einer öffentlichen Institution zu bleiben. Andere Frauen hatten es versucht, und die meisten waren gefeuert worden, oder man hatte ihnen aus unerklärlichen Gründen eine feste Stelle verweigert.

Arme Shelly. Sie hatte noch ein weiteres Jahr, bevor über ihre Festanstellung entschieden wurde. Sandy verstand nicht ganz, wie Shelly an der Universität überlebte, halb drinnen und halb draußen. Irgendwie gelang ihr diese Gratwanderung: nicht zu verbergen, wer und was sie war, und doch ihr Lesbischsein nicht in einer Form öffentlich zu machen, die von ihren KollegInnen oder der Verwaltung als bedrohlich empfunden worden wäre. Vielleicht war es auf einem Gebiet, auf dem nicht ständig die Maßstäbe der Normalität diskutiert oder auf Personen angewandt wurden, einfacher; Sandys Fachrichtung hielt an der Überzeugung fest, KlinikerInnen müßten selbst gut angepaßt sein. Das war nicht falsch, bis auf eine Ausnahme: Homosexuelle kamen immer nur als PatientInnen vor, nicht als ÄrztInnen.

Selbst im Hauptstudium hatte Sandy in bezug auf ihre sexuelle Präferenz niemals wirklich gelogen, sondern geschwiegen, wenn sich ein bestimmter Gesprächsverlauf abzeichnete. Es war ein sehr unbefriedigender Waffenstillstand gewesen, und im Laufe der Jahre hatte sie ihre Haltung zunehmend kompromißlerisch gefunden. Sie wußte, wenn sie in diesem System blieb, würde es sie umbringen. Also tat sie das einzige, was ihre Integrität ihr gebot: selbständig zu arbeiten, als Therapeutin tätig zu sein. Therapie war ohnehin das, was sie am meisten mochte; es paßte allerdings nicht zu ihrem Selbstbild als politischer Aktivistin. Psychotherapie war schön und gut, aber sie erreichte nur eine sehr kleine Gruppe von Frauen, und obendrein zumeist privilegierte Frauen. Sie hatte ihre Preise gestaffelt, so daß sie auch mit einigen weniger wohlhabenden Frauen arbeiten konnte, aber das löschte ihr Schuldgefühl nicht aus. Sie besaß Fähigkeiten, über die nur sehr wenige offen lebende Lesben verfügten. Es war ihre Aufgabe, diese Fähigkeiten zu nutzen, um der Unterdrückung entgegenzuwirken, mit der ihre Schwestern täglich zu kämpfen hatten. Aber das bedeutete, wirklich an die Öffentlichkeit zu gehen, auf Symposien zu reden, im Fernsehen aufzutreten und im Radio zu sprechen und schließlich ihren eigenen Berufsstand weiterzubilden, der den Lesben so sehr geschadet hatte. Deshalb hatte sie Jims

Einladung zu einem Vortrag bei der Tagung des Psychologenverbandes angenommen. Es spielte keine Rolle, daß sie das Reden in der Öffentlichkeit haßte und eine Heidenangst davor hatte. Es war eine Aufgabe, der sie sich nicht entziehen konnte.

Sandy öffnete die Tür zu dem gemütlichen Holzhaus, das sie und Shelly vor einigen Jahren gekauft hatten. Zwei Katzen liefen herbei und strichen ihr um die Beine.

„Hallo, Sappho. Hallo, Emma. Was für eine nette Art, mich zu begrüßen." Sandy stellte ihren Aktenkoffer ab und hockte sich hin, um die Katzen zu streicheln. Das war immer das erste, was sie tat, wenn sie nach Hause kam. Emma begann laut zu schnurren. Sie war eine kleine getigerte Katze mit viel Feuer. Eine Kämpferin. Sie ließ sich gern streicheln, war aber auch außerordentlich unabhängig. Sappho dagegen war lieb und zärtlich, fast anhänglich. Sie hatte schwarzes Fell und war rundlicher und weicher als Emma. Sie saß gern stundenlang auf Shellys Schoß, während Shelly las. Sandy stand auf. „Kommt her. Laßt uns mal sehen, was wir für einen späten Lunch finden können."

Sie ging durch das Wohnzimmer in die Küche. Das Wohnzimmer war holzgetäfelt und hatte einen altmodischen Kamin. Der Raum war in warmen Naturfarben gehalten und mit gemütlichen Schaukelstühlen und einer Menge farbiger Kissen eingerichtet. An den Wänden hingen Makramee, Webteppiche und Gemälde mit Frauengestalten und abstrakter weiblicher Metaphorik. Durch ein großes Panoramafenster bot sich eine Aussicht auf mit Gebüsch bewachsene Berge. Zur Zeit waren die Berge dunkelgrün; in diesem Winter war genug Regen gefallen.

Sandy fand oft, daß die Aussicht künstlich wirkte, wie eine Ansichtskarte. In Wirklichkeit konnte nichts so schön sein. Zehn Jahre in Kalifornien hatten sie weicher gemacht und die körperliche Spannung gelöst, die sie den größten Teil ihrer Jugend und ihres frühen Erwachsenenalters über empfunden hatte. Aber die

Spuren, die das Aufwachsen in New York hinterlassen hatte, waren geblieben. Kam Gemüse nicht einfach aus Dosen? Und Strom aus einem Schalter? Und Wasser bekamst du, indem du einen Hahn aufdrehtest. Es war immer noch schwer zu begreifen, daß die Dinge einen Ursprung hatten.

In der Küche öffnete Sandy eine Dose Katzenfutter und löffelte es in zwei Näpfe. Sie zog ihren Blazer aus und sah den Katzen beim Fressen zu. Sappho fraß ihr Futter gierig, völlig in den Vorgang vertieft. Emma war weniger konzentriert. Sie fraß ein wenig und schaute sich dann um, um zu sehen, ob etwas geschah. Sie hatte ein wenig von dieser New Yorker Paranoia in sich. Sehr jüdisch. Sappho dagegen wirkte *gojisch*. Sie war selbstsicher und mit sich und der Welt zufrieden. Freute sich ihres Daseins ohne Zweifel, war glücklich zu leben. Sandy hatte einige ProtestantInnen kennengelernt, die so waren. Meistens mit Geld im Hintergrund. Sie schienen sich ständig so verdammt wohlzufühlen. Sandy war hin- und hergerissen zwischen Neid und der Gewißheit, daß es alles künstlich war. Wie eine Ansichtskarte.

Sie kehrte ins Wohnzimmer zurück und begann, einige der Toilettenartikel zu sortieren, die neben zwei halb gepackten Koffern mitten im Raum lagen. Dann ging sie die Treppe hinauf und durch das Redwood-Badezimmer ins Schlafzimmer, einen großen Raum mit Blick auf die Berge, der von einem alten Holzbett beherrscht wurde. Es war kunstvoll geschnitzt, aus Mahagoni und einem nicht zu identifizierenden Hartholz gefertigt, das in einer etwas anderen Farbe gebeizt war. Alle, die zu Besuch kamen, bemerkten immer, wie schön das Bett sei. Selbst die Verwandten.

Sandy hob einige Kleidungsstücke auf, die auf dem Bett lagen, und ging wieder nach unten. Emma saß in einem der Koffer.

„Darf ich mal, Emma? Ich versuche zu packen."

Emma sah Sandy an, streckte sich ausgiebig und begann sich zu putzen. Gehorsam gehörte nicht zu ihren Tugenden. Sandy nahm es gelassen. „Wer hat hier eigentlich das Sagen?" scherzte sie. Emma schaute Sandy gelangweilt an und ringelte sich dann zusammen, um ein Nickerchen zu machen. Die Antwort auf die Frage war beiden klar.

30

Shelly Cohen hielt ihre letzte Vorlesung vor den Ferien. Der Hörsaal war riesig, und Shelly mußte ein an ihre Bluse geheftetes Mikrophon benutzen, um die letzten StudentInnen zu erreichen, die weit hinten im Auditorium saßen. Anfangs war es nicht leicht gewesen, vor dreihundert Studierenden zu sprechen, aber die Übung hatte es erträglich und gelegentlich sogar angenehm gemacht. Die Aufmerksamkeit so vieler Menschen zu beeinflussen war peinlich und faszinierend zugleich. Shelly warf einen Blick auf die Uhr und faßte ihre Vorlesung zusammen.

„So, dies war ein Überblick über die wichtigsten anthropologischen Theorien der letzten beiden Jahrhunderte. Nun müssen wir uns in Erinnerung rufen, daß all diese Theorien dieselben drei Fragen zu beantworten versuchen: Warum unterscheiden sich Kulturen voneinander? Wie unterscheiden sie sich voneinander? Und welche Beziehung besteht zwischen dem Individuum und seiner Gesellschaft? ... Ich glaube, dies ist eine günstige Stelle, um einen Augenblick zu unterbrechen. Gibt es Fragen? ... Ja?"

Ein junger Mann im Hintergrund hatte seine Hand gehoben und stand nun auf, langsam und mit einem gewissen Renommiergehabe. Das entsprechende Adjektiv war großspurig.

„Wieviel von der Jahresabschlußprüfung behandelt Stoff, den wir für das erste Halbjahr lernen mußten?"

Shelly nickte, als bedenke sie seine Frage ernsthaft. „Ich will mich vergewissern, daß ich das richtig verstehe." Ihre Stimme nahm einen ironischen Ton an. „Ich versuche, die wesentlichen Fragen und Themen der letzten zehn Wochen zusammenzufassen, und Sie wollen einzig wissen, ob Sie die ersten zweihundert

Seiten des Lehrbuches noch einmal – oder vielleicht zum ersten Mal lesen müssen?“

Die Studentinnen und Studenten lachten. Ihr Sarkasmus wurde gewürdigt. Aber der junge Mann schien unbeeindruckt. Shelly fand die Chuzpe mancher ihrer StudentInnen erstaunlich. Sie erinnerte sich daran, wie sie im College gewesen war. Eine ernsthafte Studentin, die stets ihre Aufgaben und mehr machte. Mit Respekt vor den DozentInnen und größter Hochachtung vor dem Wissen. Noten? Einsen waren selbstverständlich. Gute Noten bewirkten, daß deine Eltern stolz waren und lachten und zum Abendessen ein Glas Wein spendierten.

„Richtig“, antwortete der junge Mann. Shelly resignierte. Von einer Handvoll StudentInnen abgesehen, war die Gelehrsamkeit an der Universität tot. Gott steh uns bei. Aber Gott war schließlich auch tot.

„Tja, was Ihre Frage angeht: ja, Sie müssen die ersten zweihundert Seiten lesen und dazu die angegebene Sekundärliteratur.“

Lautes Stöhnen erhob sich im Hörsaal. Aber das machte Shelly nichts aus. Sie hatte sich daran gewöhnt und es aufgegeben, sich zu entschuldigen und zu versuchen, den Studierenden Zugeständnisse zu machen. Vielleicht war das nicht zeitgemäß, aber sie würde weiterhin ein gewisses Maß an Belesenheit von ihren StudentInnen fordern.

„Noch weitere Fragen?“ Shelly schaute im Hörsaal umher, und ihre Augen schweiften über die unsichtbare Linie, die die eifrigen StudentInnen in den ersten Reihen von den gelangweilten weiter hinten trennte, die nahe an den Ausgängen saßen, denen sie zustrebten, sobald die Klingel ertönte. Sie schwankte zwischen Zorn auf diese ausdruckslosen Gesichter und Bestürzung sowie Schuldgefühlen darüber, daß das System ihnen nicht gerecht wurde. Daß *sie* ihnen nicht gerecht wurde.

Sie schaute wieder auf die Uhr: noch fünf Minuten bis zum Ende der Vorlesung. Es hatte keinen Sinn, diese Tortur noch länger hinauszuzögern. Im Laufe der Jahre hatte sie gelernt, die letzten zwei oder drei Veranstaltungen abzuschreiben. Die StudentInnen, die zur Universität gehen wollten, waren viel zu erwartungsvoll, um noch etwas Neues aufzunehmen, und die anderen, die auf dem College blieben, waren bereits in seliger Ferienstimmung. Praktisch hörte ihr niemand mehr zu. Vielleicht sollte sie das künftig berücksichtigen und den wichtigen Stoff in den ersten neun Wochen des Trimesters unterbringen.

„Dann wollen wir hiermit schließen. Wenn Sie noch Fragen haben, kommen Sie zu mir. Ich danke Ihnen."

Zu ihrer Überraschung begannen die StudentInnen zu applaudieren. Selbst einige aus den hinteren Reihen hatten auf ihren üblichen fluchtartigen Abgang verzichtet, um sich an dieser Geste des Respekts zu beteiligen. War es möglich, daß sie einige der StudentInnen erreicht hatte, die ihre KollegInnen die „mittelmäßige Masse" nannten? Es war so einfach und verführerisch, sie zu ignorieren und sich statt dessen auf die wenigen intelligenten und motivierten StudentInnen zu konzentrieren, die in deine Sprechstunde kamen und dich in interessante Dialoge verwickelten. Aber seit einiger Zeit fand sie es wirklich beunruhigend, daß so viele StudentInnen, die sich durch ihren Unterricht treiben ließen, so entfremdet, so absolut unberührt von den Lernerfahrungen wirkten. Ihre Gesichter spiegelten bereits jetzt den stumpfen, leblosen Gesichtsausdruck ihrer Eltern wider.

Es war erschreckend, diese Generation ohne Wißbegier oder Interesse an der Welt um sie herum aufwachsen zu sehen. In ihrem Drogennebel oder ihrer zwanghaften Sexbesessenheit schienen diese jungen Leute den Blick für das Wesentliche und für die Feinheiten der Erfahrung verloren zu haben. In den letzten fünf Jahren hatte sie einen stetigen Rückgang der Schreibfähigkeit und des kritischen Denkens in den Arbeiten, die sie bewertete, registriert. Einige der Studierenden konnten buchstäblich keinen vollständigen, verständlichen Satz verfassen. Viele andere beherrschten weder Rechtschreibung noch Grammatik, und nur eine Handvoll StudentInnen ließ gedankliche Klarheit und Stil erkennen.

Einige ihrer KollegInnen machten das Fernsehen für die Weitergabe eines mittelmäßigen Abbilds der Kultur an diese gefügigen, passiven Kinder der Glotze verantwortlich. Es stimmte, die Generation davor hatte die Welt durch Lesen, einen viel aktiveren Prozeß, kennengelernt; aber Shelly glaubte eigentlich nicht, daß das Fernsehen eine ausreichende Erklärung für das lieferte, was sie um sich herum beobachtete. Es war, als hätten diese Kinder, die in den späten fünfziger Jahren geboren und in den Siebzigern Jugendliche gewesen waren, die Hoffnung aufgegeben. So transusig, wie sie im Unterricht hockten, schienen sie keine Träume zu haben.

Die Apathie dieser StudentInnen war offenbar ein Zeichen für eine ignorante und repressive Zeit. Und der Rückschlag war ja wirklich schon da. Vielleicht war das das eigentlich Bestürzende an den StudentInnen, die hinten im Hörsaal saßen. Es waren dieselben, die stillhalten würden, falls die Verwaltung jemals Shellys Entlassung beschließen würde, weil sie lesbisch war. Einige der Stimmen zugunsten der anstehenden lesben- und schwulenfeindlichen Gesetzesänderung würden von ihren eigenen StudentInnen kommen.

Es war erschreckend, es so zu personalisieren. Neulich abends, als sie im Büro der Gruppe „Nein zu Artikel 6" Dienst hatte, sprach sie mit einem jungen Mathematiklehrer. Er hatte endlich den Mut aufgebracht, seine Eltern zu fragen, wie sie im Herbst zum Artikel 6 stimmen würden. Seine Mutter sagte nachdrücklich, sie würde für den Gesetzesvorschlag stimmen; natürlich konnte man diese Perversen nicht an Kinder heranlassen. Sein Vater äußerte sich beiläufiger dazu: „Ich habe mich noch nicht entschieden. Die ganze Sache erscheint mir wie viel Lärm um nichts."

Um nichts. Die Dummheit der Leute, die ihrem eigenen Sohn so etwas sagten und nicht begriffen, daß er es war, der vielleicht seinen Job verlor und bei dem die bösartigen Lügen, zu deren Verbreitung sie beitrugen, Narben hinterlassen würden. Der junge Mann hatte Tränen in den Augen, als er Shelly erzählte, daß er zu beschämt und ängstlich für das Coming-out gegenüber seinen Eltern gewesen war, das er geplant hatte. Statt dessen war er wütend und angeekelt von seiner eigenen Feigheit nach Hause gegangen.

Shelly hatte Mitgefühl mit ihm gehabt, aber ihr war nichts eingefallen, was sie hätte sagen können, um ihn zu trösten. Sie hatte die Hand ausstrecken und ihn berühren wollen, aber dann hatte sie gezögert, und der Augenblick war vorbei gewesen. Nun war sie wütend auf sich selbst, weil sie ihn im Stich gelassen hatte. Sie würde ihn umarmen, wenn sie ihn das nächste Mal sah.

Shelly liebte die Heimfahrt von der Universität. Sie schaltete im Radio ihren Lieblingssender mit klassischer Musik ein und verlor sich in Phantasien, bis sie das Meer erreichte. Dann wurde sie sich wieder der Welt um sie herum bewußt. Es gab keine Berge, die denen an der kalifornischen Küste gleichkamen; die sanft abfallenden Linien der Hügel erinnerten sie oft an Frauenkörper.

Plötzlich bremste das Auto vor ihr scharf, und sie schaffte es gerade noch, nicht aufzufahren. Zwei Jungen mit Surfbrettern rannten über die Fahrbahn. Als sie wohlbehalten auf der anderen Seite angekommen waren, lachten sie und rempelten einander an. Shelly war immer erstaunt über die Art, wie männliche Menschen sich zueinander verhielten, physische Anziehung mit einem Knuff oder Stoß ausdrückten und grölend miteinander lachten. Diese Halbwüchsigen waren noch jung, vermutlich erst dreizehn oder vierzehn, und in ihren Faxen lag eine Verlegenheit und Unschlüssigkeit, als hätten sie die Regeln noch nicht ganz gelernt und fürchteten, einen Fehler zu machen.

Shellys Gedanken wanderten zu den Dingen, die sie vor Freitag noch erledigen mußte. Die Liste war überwältigend: die Kleidung von der Reinigung holen, zur Bank gehen, der Frau, die einhütete, zeigen, wo alles war, ihre Sachen für die Reise packen (das Problem war nicht das Packen, sondern zu entscheiden, was sie mitnehmen sollte), die letzten Verpflichtungen am College erledigen – wobei ihr einfiel, daß sie vergessen hatte, dem Tutor Anweisungen für die Abschlußprüfung zu geben, und verdammt, da war diese Sitzung morgen, bei der sie Mathews überzeugen mußte, noch eine Frau in der Fakultät einzustellen. Das würde sicher ein harter Kampf werden, und sie glaubte nicht, daß sie im Moment die Energie dazu hatte.

Es war ein schwieriges Trimester gewesen. Eine neue Vorlesungsreihe in physiologischer Anthropologie vorzubereiten – nicht ihr Spezialgebiet – war mühselig gewesen. Und dann noch die Sorge und die Arbeit wegen Artikel 6. Zumindest würde sie im nächsten Trimester im Fachbereich Frauenstudien unterrichten. Zum ersten Mal würde sich eine Anthropologie-Dozentin dieses ungeliebten Kindes annehmen dürfen. Es hatte eine Weile gedauert, aber langsam fügte sich eines zum anderen. Die ersten Jahre, bevor Amanda eingestellt wurde, war Shelly die einzige Frau bei den wöchentlichen Fakultätssitzungen gewesen. Die Witze und das Getuschel! Ihr Gesicht war eine Maske aus Höflichkeit gewesen, aber innerlich hatte sie gekocht. Shelly schüttelte ihre Erinnerungen ab. Da war noch etwas, was ihr entfallen war. Was war es bloß?

Sie hielt an einer Ampel und schaute sich im Rückspiegel an. Das vertraute Gesicht: jüdische Nase, Brille, blasser Teint. Sie freute sich darauf, auf Hawaii etwas Sonne zu bekommen. Die graue Haarsträhne an ihrer linken Schläfe war deutlich größer geworden. Shelly hatte ihr Haar immer gemocht, seine Dichte, seine satte schwarze Farbe. In bezug auf die Strähne hatte sie gemischte Gefühle, aber Sandy fand, sie sähe damit schöner aus, reifer. Shelly mußte zugeben, daß die Strähne ihrem Gesicht einen Hauch von Würde verlieh. Aber sie war ebenso ein Anzeichen für das Älterwerden, wie die leichte Verfärbung unter ihren Augen, die etwas zahlreicheren Linien um ihren Mund und das Austrocknen ihrer Haut. Als Kind hatte Shelly sich nie vorgestellt, älter als dreißig zu werden. Nun war sie vierunddreißig und oft überrascht, daß sie ins Erwachsenenalter gekommen war.

Die Fahrt durch die Berge war wohltuend. Die wilden Fliederbüsche standen in Blüte, und ihr leicht süßlicher Duft verlieh der kühlen Brise ein volles Aroma. Ihre Befürchtung, mit ihren Reisevorbereitungen nicht rechtzeitig fertig zu werden, legte sich, als sie Sandys Auto sah, einen verbeulten beigefarbenen VW. Sandy fuhr sehr schnell, und das machte Shelly oft nervös. Aber ihr Auto in der Einfahrt zu sehen gehörte mit zum Schönsten am Heimkommen. Eine gewisse leere Stelle in ihrem Magen füllte sich auf wundersame Weise.

Shelly ging summend die Stufen zum Hauseingang hinunter. Sie schob die Glastür auf und sah die Koffer mitten im Zimmer.

„Hallo Liebes, ich bin da."

Sandy kam die Treppe hinuntergehüpft. „Hallo." Sie umarmten einander und küßten sich innig. „Wie war dein Tag?" fragte Sandy.

„Tja, die Woche der Abschlußprüfungen ... Und deiner?"

„Der übliche Wahnsinn", erwiderte Sandy. Sie ging zu dem Haufen Kleider und Toilettenartikel neben dem einen offenen Koffer und suchte ein paar Sachen heraus. Emma saß immer noch oben auf dem Haufen. „Ich bin gerade dabei, die letzten Sachen zu verstauen, falls Ihre Majestät so freundlich wäre, Ihren Hintern zu bewegen."

Shelly ging hinüber, hob Emma hoch und fragte: „Und was für einen Tag hast du gehabt, Emma?"

Sandy antwortete für sie. „Einen emsigen. Unter dem Bett liegt eine tote Taschenratte."

Shelly wandte sich zu Sandy um. „Das sagst du im Präsens ... oder hast du sie weggeschafft?" Sie klang skeptisch.

„Himmel, nein. Das wollte ich dir überlassen." Sandy machte ein angeekeltes Gesicht. „Du weißt, daß diese Viecher mir eine Gänsehaut verursachen."

„Meine arme zerbrechliche Frau." Shelly ging zu Sandy hinüber und setzte Emma auf den Boden. Sie knuffte Sandy spielerisch. Sandy duckte sich und griff Shelly lachend um die Taille. Sie zog Shelly mit sich hinunter. „Komm her. Ich werde dich vermissen."

„Natürlich. Wer wird die Krabbeltiere töten, die du in der Badewanne findest?"

Sandy spielte mit Shellys Haar. Sie hob die kurzen Strähnen im Nacken hoch und beobachtete, wie sie zurückfielen. „Nein, ich meine es ernst. Drei Tage. Das ist eine lange Zeit."

„Nicht lange genug, um wirklich einen Vorgeschmack zu bekommen, wie es ist, wieder als Single zu leben", sagte Shelly sarkastisch.

„Verdammt noch mal, Shelly, ich dachte, wir hätten das geklärt." Sandy schüttelte verdrossen den Kopf. „Du weißt, daß ich viel rede, wenn der Tag lang ist. Ich liebe *dich* und will mit *dir* zusammensein. Und ich bin ein so überzeugter Single, daß ich mir nicht einmal vorstellen kann, dich drei Tage nicht zu sehen."

Shellys Stimme wurde sanfter. „Auf der Tagung wird viel los sein. Du wirst haufenweise Leute treffen, die du lange Zeit nicht gesehen hast."

„Ich weiß. Trotzdem wünschte ich, du wärst am College schon fertig."

Shelly knabberte an Sandys Ohrläppchen. Ihre Stimme klang leicht gedämpft. „Ich auch. Aber ich komme am Freitag nach, und dann sind wir acht Tage zusammen und machen den romantischen Urlaub, den du mir schon seit einem Jahr versprochen hast."

„Hört, hört! Ich habe die Bücher gesehen, die du für die Reise bereitgelegt hast." Sie wies mit dem Kopf zu dem Stapel auf der Eßtheke. „Wie soll es romantisch werden, wenn du die alle lesen willst?"

Das war ein ewiger Streitpunkt zwischen ihnen. Shelly war ein Bücherwurm. Sandy, die Ablenkung brauchte, wenn sie nach Hause kam, stellte oft den Fernseher an. Da sie sich abends gerne aneinanderkuschelten, war das ein Problem. Shelly fand, Sandy sehe zu viel fern. Sandy war eifersüchtig auf Shellys Bücher.

„Ich liebe Bücher. Und ich liebe dich. Da gibt es keinen Konflikt."

Sie lächelten beide über Shellys diplomatische Antwort und küßten sich lange und zärtlich. Shelly fing gerade an, sich darin zu verlieren, als Sandy sich erinnerte, daß sie noch einiges zu erledigen hatte, und aufsprang. Shelly war wieder einmal überrascht, wie scheinbar mühelos Sandy von einer Stimmung in die andere wechselte.

Shelly sah zu, wie Sandy weiter packte und sich mit gerunzelter Stirn vergewisserte, daß sie alles auf ihrer Liste abgehakt hatte. Sandys Energie erstaunte Shelly immer wieder. Hundertprozentiger Einsatz bei allem, was sie tat. Sandy gestattete sich nie, sich von den vielen Dingen ablenken zu lassen, die Shellys Aufmerksamkeit ständig in Anspruch nahmen: Katzen, die gestreichelt werden wollten, eine Reihe interessanter Ideen oder Gedankengänge, Geschirr, das abgewaschen werden mußte, eine plötzlich auftauchende Erinnerung, ein Buch, auf das ihr Blick fiel. Was Shelly daran erinnerte, daß sie vergessen hatte, Filme für die Reise zu kaufen. Sie stand auf, um dies der Liste hinzuzufügen, die sie aufgestellt hatte, um nichts zu vergessen. Nur daß sie die Liste kaum beachtete. Listenmachen war eine Gewohnheit, die sie von Sandy übernommen hatte, aber wie eine Pflanze, die in fremde Erde umgesetzt wird, blühte sie nicht ganz so, wie sie es in dem alten Boden getan hatte.

Shelly lachte in sich hinein bei dem Gedanken, daß Sandy den alten Boden darstellte; sie kannte keine andere Frau, die so wenig Interesse an Ritualen oder Gewohnheiten hatte. Sandy kümmerte sich nicht viel um die Vergangenheit. Bereitete sie Probleme?

Wenn nicht, nun, dann zurück zu den wirklichen Dingen des Lebens.

Diese ganze Frage der Anziehung war Shelly immer noch ein Rätsel. Manchmal fand sie, Sandy und sie hätten so wenig gemeinsam, daß sie fast extreme Gegensätze darstellten. In anderen Augenblicken war sie sicher, daß Sandy der einzige Mensch auf der Welt war, der die Dinge aus genau derselben Perspektive betrachtete wie sie.

Shelly rief sich in Erinnerung, daß es noch einiges für sie zu tun gab und dies nicht der richtige Zeitpunkt war, um sich zu fragen, warum sie sich füreinander entschieden hatten. Seufzend erhob sie sich und begann ihre Bücher in ihre abgewetzte grüne Schultertasche zu packen.

31

Der Berufsverkehr hatte noch nicht eingesetzt, und sie brausten an den endlosen Tankstellen, Supermärkten und Fast-Food-Restaurants vorbei, die den Lincoln Boulevard auf dem Weg zum Flughafen säumten. Als Sandy nach Los Angeles gekommen war, war sie von der Häßlichkeit dieses Teils von Santa Monica mit seinen flachen Gebäuden, die ihre Schilder dem Boulevard entgegenreckten und aggressiv nach Aufmerksamkeit verlangten, überwältigt gewesen. Sie hatte sagen hören, Los Angeles sei eine Plastikstadt, aber erst, als sie es mit eigenen Augen sah, verstand sie, was damit gemeint war.

Das erste Jahr war Sandy mit dem Bus und gelegentlich per Anhalter gefahren, wenn sie rasch irgendwohin mußte. Es hatte ihr sehr gefallen, den Bus zur Universität und zurück zu nehmen. Es war die einzige Zeit, in der sie sich vollkommen verlieren konnte, sich ihrer selbst nicht bewußt zu sein brauchte. Die Straßen und die Menschen huschten vorüber wie in einem Kaleidoskop, ein ständiges Geschwirr komplexer Bewegungen. Wenn der Bus an einer roten Ampel hielt, starrte Sandy die Leute mit unverhohlener Neugier an. Hätte sie das jemals in der U-Bahn getan, hätte sie Prügel bezogen. Aber im Bus war sie unverletzbar.

Sobald sie aus dem Bus ausstieg, war sie allein, verletzt und furchtsam. Der Schmerz, Jenny verloren zu haben, hatte nachgelassen, aber sie verbrachte immer noch viele Tage mit Strandspaziergängen oder vor dem Fernseher. *Raumschiff Enterprise* war damals ihre Lieblingssendung gewesen. Sie hatte peinlich genau darauf geachtet, um sechs Uhr zu Hause zu sein, und sah sich alle Wiederholungen an. Der tüchtige, furchtlose Captain, der analytische, emotionslose Spock – kein Wunder, daß sie sich zu diesen Figuren hingezogen gefühlt hatte. Sie waren so einfache und klare Symbole, so tröstlich für ihren verwirrten Verstand.

Dann, im dritten Jahr an der Universität, hatte sie Shelly kennengelernt. Sie waren sich in einem Lesbenzentrum begegnet und hatten stundenlang miteinander geredet. Sandy war von Shellys Intelligenz und Nachdenklichkeit sofort beeindruckt. Es lag etwas ganz Besonderes in der Wärme ihrer Stimme, den weichen Rundungen ihres Körpers und der Ausdrucksstärke ihrer Augen. Gegen Ende des Abends wußte Sandy, daß sie in Shelly verliebt war.

In den ersten beiden Jahren ihrer Beziehung riß ihre tiefe Intimität jede erdenkliche Schranke zwischen ihnen ein. In jeder freien Minute – und in einigen, die eigentlich nicht frei waren – liebten sie sich leidenschaftlich oder führten endlose Gespräche, in denen sie einander die Geheimnisse ihres Lebens enthüllten. Sandy entdeckte, daß es nichts gab, was sie Shelly nicht sagen konnte, daß es keinen Teil von ihr gab, den sie um dieser wunderbaren Liebe willen verbergen mußte. Altbekannte Alpträume, einige aus früheren Beziehungen, andere unbekannten Ursprungs, verfolgten Sandy und erinnerten sie daran, daß ein solches Glück nicht von Dauer sein konnte. Sie lebte in einem Zustand der Hochstimmung, aber ebenso der Furcht, daß jemand oder etwas ihr diese überaus kostbare Erfahrung entreißen würde.

Von Anfang an war ihr Liebesspiel ein außergewöhnliches Erlebnis gewesen. Nach der anfänglichen Unsicherheit und Schüchternheit hatten sie entdeckt, daß ihre Körper wie zwei fein aufeinander abgestimmte Instrumente mit ausgeprägter Resonanz waren, stets in vollkommener Harmonie. Doch inmitten der Schönheit ihres wundervollen Liebens entdeckte Sandy eine rätselhafte Traurigkeit in sich. Sie schluchzte hemmungslos, und Shelly hielt sie im Arm und wiegte sie, bis sie einfach keine Kraft mehr zum Weinen hatte. Sie analysierten alles mögliche und fanden viele brillante Erklärungen für Sandys Schmerz. Und doch schienen ihre Lebensumstände diese tiefe Trauer nicht ganz erklären zu können; es war, als nähre sich ihr individueller, persönlicher Schmerz aus einer größeren, fast überpersönlichen Quelle.

Irgendwann im zweiten Jahr ihrer Beziehung begannen Sandys heftige Gefühlsausbrüche nachzulassen. Sie schloß ihre Dissertation ab, und der Druck des Studiums ließ nach. Zum ersten Mal in ihrem Erwachsenenleben spürte Sandy weder Angst noch Schmerz. Die nächsten Jahre gehörten zu den besten, die sie je erlebt hatte. Es war eine friedliche Zeit, eine Zeit des Heilwerdens. Sandy erhöhte ihr Arbeitspensum in ihrer Praxis, achtete aber darauf, nie mehr als vier Tage in der Woche zu arbeiten. Shellys Job an der Universität war zwar anspruchsvoll, ermöglichte ihr aber flexible Arbeitszeiten, und sie verbrachten viel Zeit miteinander. In dieser Phase entwickelte Sandy eine innere Zuversicht, die ihre Beziehung zur Außenwelt veränderte. Sie wurde großzügiger in ihrem Umgang mit Menschen und nahm sogar etwas an Gewicht zu, ein Zeichen, daß sich ihre Ecken und Kanten abrundeten. Sie arbeitete an der Vervollkommnung ihrer therapeutischen Fähigkeiten und wurde in ihren eigenen Augen eine verdammt gute Klinikerin. Shelly und sie wurden zunehmend in lesbisch-feministischen Gruppen aktiv. Nun, da Sandy die Universität abgeschlossen hatte, fühlte sie sich frei, überall, wo sie wollte, offen als Lesbe aufzutreten. Es war eine hoffnungsvolle Zeit.

Sandy wußte nicht genau, wann die Unruhe eingesetzt hatte, aber sie hatte sie schon einige Jahre lang immer mal wieder gespürt. Und diese Unruhe hatte das Bedürfnis nach einer Affäre mit sich gebracht. Wie die meisten Menschen hatte Sandy immer angenommen, wenn ein Teil eines Paares eine Affäre haben wollte, bedeutete das vermutlich, daß etwas mit der Beziehung nicht stimmte. Aber sie liebte Shelly immer noch sehr und konnte sich keine bessere Beziehung vorstellen. Sie hatte sich nie so zufrieden und geborgen gefühlt wie jetzt.

Sandy konnte nicht umhin, sich zu fragen, ob sie nicht doch manchmal ein wenig verrückt war. Jahrelang hatte sie nach einer festen und liebevollen Beziehung gesucht, und nun, wo sie dieses Ziel erreicht hatte, wuchs in ihr eine nostalgische Sehnsucht nach den wilden, freien, sorglosen Collegetagen, in denen Beziehungen alles andere als fest waren.

Noch lächerlicher war, daß Sandy nicht einmal eine Frau kannte, mit der sie eine Affäre haben wollte. Es war ein abstraktes Verlangen, das mit einer echten Frau offenbar gar nichts zu tun hatte.

Sie erzählte die ganze Sache Shelly, die sich bedroht fühlte und bestürzt war, und sie sprachen mehrere Monate lang darüber. Shelly gefiel der Gedanke nicht, und Sandy stimmte ihr zu, daß es vermutlich nicht gutgehen würde.

Dennoch kehrte die Phantasie immer wieder. Sandy wußte nicht, wie sie diese Gefühle vor Shelly verbergen sollte, und Shelly begann ärgerlich zu werden. Sie war es leid, Sandys Klagen zu hören, und irgendwann einmal sagte sie: „Nun geh schon und tu es!" Shellys Erlaubnis ließ den Wunsch augenblicklich verschwinden, und Sandy schloß daraus, daß sie wahrscheinlich nur ihre Grenzen hatte testen wollen. Aber sechs Monate später begannen die Phantasien von neuem, und Sandy spürte, daß sie näher daran war, sie in die Tat umzusetzen. Alles, was sie brauchte, war ein Versprechen, daß Shelly sich nicht zu sehr darüber aufregen und ihre Beziehung nicht darunter leiden würde. Shelly hatte zu Recht entgegnet: „Das ist große Scheiße. Du wirst die Verantwortung für deine Entscheidungen übernehmen müssen."

Aber die Verantwortung zu übernehmen war genau das, was Sandy nicht wollte. Abgesehen von ihrer Arbeit, die verlangte, daß sie stets reif und sensibel auf ihre Klientinnen reagierte, und ihren politischen Aktivitäten in der Öffentlichkeit, die verlangten, daß sie sich als musterhafte Lesbe verhielt, wurde Sandy die Verantwortlichkeit leid. Sie wollte frei und unbekümmert und sogar verantwortungslos sein, wenn es ihr verdammt noch mal paßte. Das gehörte zum Reiz einer Affäre. Das Problem war, daß alle Frauen, die Sandy kannte und die mit der Nichtmonogamie experimentiert hatten, heute mehr Probleme hatten als je zuvor. Daher beschloß sie, alles sorgfältig zu planen, um die damit verbundenen Risiken möglichst gering zu halten.

Sie versuchte sich vorzustellen, wie die perfekte Frau sein müßte, so daß die Situation nicht zu brenzlig werden würde. Es durfte natürlich keine Freundin und noch nicht einmal eine Bekannte sein, denn Shelly würde nicht mit ihr zusammentreffen wollen. Eine Single-Frau war keine gute Idee, denn sie könnte sich in Sandy verlieben oder mehr wollen, als Sandy anzubieten hatte. Aber wenn die Frau in einer festen Beziehung lebte und auf eine Affäre aus war, bedeutete das vermutlich, daß sie und ihre Geliebte Probleme hatten. Und darauf wollte Sandy sich nicht einlassen; mit Problemen hatte sie den ganzen Tag in ihrer Praxis zu tun. Also mußte es eine Frau sein, die in einer glücklichen festen Beziehung lebte und deren Geliebte nicht eifersüchtig wäre. Sandy wollte sich schließlich nicht schuldig fühlen, weil sie einer anderen Schwester weh tat. Aber warum sollte eine Frau es zulassen, daß ihre Geliebte eine Affäre hatte, wenn sie glücklich miteinander waren – außer wenn sie selbst eine Affäre wollte? Sandy stellte fest, daß Shelly eine Ausnahme von dieser Regel bildete, aber schließlich war Shelly eine Ausnahme von den meisten Regeln, und es war höchst unwahrscheinlich, daß Sandy eine Frau über den Weg laufen würde, die eine ähnliche Geliebte hatte wie sie. Also suchte Sandy nach einer unbekannten Frau, die in einer glücklichen festen Beziehung lebte, in der beide Frauen beschlossen hatten, es wäre interessant und ihrem inneren Wachstum förderlich, nebenher Affären zu haben.

Leider hatte sich Sandy in den letzten sieben Jahren nur zu drei Frauen hingezogen gefühlt, und keine davon paßte in ihre rasch enger werdende Auswahlkategorie. Und selbst wenn sie eine solche Frau finden würde, müßte sie sich immer noch mit dem unfairen Ungleichgewicht auseinandersetzen, daß sie eine Affäre hätte und Shelly nicht. Das bereitete ihr ungeheure Schuldgefühle, also versuchte sie eine Zeitlang, Shelly ebenfalls zu einer Affäre zu überreden. Aber Shelly beharrte darauf, nicht mit einer anderen Frau schlafen zu wollen, und außerdem wies sie zu Recht darauf hin, daß Sandy das auch gar nicht gefallen würde. Was Shelly betraf, war Sandy maßlos eifersüchtig.

An diesem Punkt begann Sandy sich zu fragen, ob sie überhaupt zu einer Affäre bereit sei. Ihre bisherigen Phantasien hatten sich darauf beschränkt, eine Frau kennenzulernen, von ihr fasziniert zu sein und schließlich bei Sonnenuntergang am Meer einen leidenschaftlichen Kuß auszutauschen.

Aber nun versuchte Sandy sich vorzustellen, wie es eigentlich sein würde, mit einer anderen Frau zu schlafen. Sie malte sich aus, wie sie ins Bett gingen und sich küßten. Dann würde die andere Frau anfangen, Sandys Bluse aufzuknöpfen, und Sandy würde in Tränen ausbrechen. Sie würde hemmungslos schluchzend aus dem Bett steigen, ihre Schuhe anziehen und sich bei der verblüfften Frau überschwenglich entschuldigen: es sei nicht persönlich gemeint, sie habe einfach nur zu viele Schuldgefühle, um sich darauf einzulassen. Dann würde sie nach Hause fahren, Shelly erzählen, was sie getan hatte, und den Rest der Nacht weinend in Shellys Armen liegen.

Diese Phantasie war entmutigend. Sandy sah sich selbst gerne als emanzipierte Frau und glaubte eigentlich nicht an sexuelle Treue. Früher hatte sie sogar oft mehrere Beziehungen gleichzeitig gehabt und sich nie als besonders eifersüchtige oder von Schuldgefühlen geplagte Frau erlebt. Aber Shelly war die erste offen lebende und überzeugte Lesbe, auf die sie sich eingelassen hatte, und die erste Frau, die bereit war, sich so sehr auf eine Beziehung einzulassen, wie Sandy es sich immer gewünscht hatte. Und das hatte alles verändert. Das einzige andere Mal, daß Sandy sich aberwitzig eifersüchtig und treu gefühlt hatte, war bei ihrer ersten Liebesbeziehung mit Jennifer Chase gewesen. Aber sie hatte diese Gefühle rasch begraben müssen, oder sie wäre unter den gegebenen Umständen verrückt geworden.

Sandy wurde klar, daß sie eigentlich nicht an einem flüchtigen Abenteuer interessiert war, obwohl sie wußte, daß dies das Einfachste und Praktischste gewesen wäre. Sie hatte kein Bedürfnis nach unverbindlichem Sex. Sie wollte sich wieder einmal verlieben – das war es. Offenbar machte sie eine Art Midlife-Crisis durch. Es war nicht so, daß sie das Älterwerden fürchtete; wenn überhaupt, fand sie ältere Frauen anziehender. Aber sie vermißte die romantische und intensive Leidenschaft, die sie in den ersten Jahren ihrer Beziehung mit Shelly und während ihrer Beziehung mit Jenny empfunden hatte.

Sie stellte fest, daß sie sich zum erstenmal seit Jahren Gedanken machte, was aus Jenny geworden war. Das letzte Mal hatte sie Jenny bei ihrer Hochzeit gesehen, kurz nachdem sie beide das Universitätsstudium begonnen hatten. Sandy hatte sich gefragt, ob Jenny Torschlußpanik bekommen und sich den erstbesten netten Typen geschnappt hatte, der ihr über den Weg gelaufen war. Jedenfalls war die Hochzeit ein schreckliches Erlebnis für Sandy gewesen, und sie hatte nie wieder von Jenny gehört.

Sandy vermißte die Begeisterung und den jugendlichen Überschwang ihrer Affäre mit Jenny. Sie wußte, daß sie die Vergangenheit wahrscheinlich romantisch verklärte, aber sie hatte sie als eine aufregende Zeit unvergleichlicher Unschuld in Erinnerung.

Als sie erkannte, daß sie einzig versuchte, die Vergangenheit wieder lebendig zu machen, gab sie jeden Gedanken an eine Affäre auf. Aber manchmal spürte sie immer noch den Drang, allein an einem neuen Ort zu sein. Schließlich waren sie und Shelly in den letzten vier Jahren nicht eine einzige Nacht getrennt gewesen. Also schlug Sandy beiläufig vor, es könnte eine nette Abwechslung sein, wenn sie allein zu der Tagung führe. Aber Shelly hatte, ohne daß Sandy davon wußte, Bücher über Hawaii gelesen und sich auf einen romantischen Urlaub zu zweit nach Sandys Vortrag gefreut. Shelly war schrecklich verletzt, weil Sandy offenbar nicht mit ihr Urlaub machen wollte. Daß die Tagung etwa zum Zeitpunkt ihres Jahrestages stattfand, machte es noch schlimmer.

Es hatte einiger Überredungskunst bedurft, Shelly zu versichern, daß Sandy die Idee eines romantischen Urlaubs sehr gefiel; dann kamen sie überein, daß die Reise ihr Jubiläumsgeschenk füreinander sein würde. Das war der gegenwärtige Stand der Dinge. Sandy sah zu Shelly hinüber, um zu sehen, ob sie aufgeregt oder bedrückt wirkte. Shelly starrte geistesabwesend aus dem Fenster. Das war durchaus nichts Ungewöhnliches. Sandy machte sich im Geiste eine Notiz, Shelly in Honolulu ein ganz besonderes Geschenk zu kaufen.

Auf dem Flughafen ging es wie üblich zu wie im Tollhaus. Shelly stellte sich vor, wie eine Luftaufnahme des Ortes aussehen würde. Eigentlich würde ein Stummfilm die Szene am besten einfangen können: kleine Figuren, die in sonderbare Fahrzeuge hinein- und aus ihnen heraussprangen. War die Entfernung groß genug, würden die Figuren und Autos miteinander verschmelzen und wahrscheinlich wie Ameisen wirken, die zu wichtigen Geschäften hasteten, die immer irgendwo anders stattfanden. Shelly dachte oft darüber nach, wie anders die Gebräuche und Situationen auf der Erde auf fremde Wesen wirken mochten. Dabei stellte sie sich nicht einfach Fremde vor, sondern Außerirdische, eine Zivilisation, die nicht den gleichen Hintergrund hatte wie die Menschen. Zweifellos würden ihnen die ErdbewohnerInnen bizarr erscheinen. Denn wenn schon Shelly, die den gleichen Hintergrund hatte, manchmal alles bizarr fand, konnte sie nur spekulieren, wie albern diese hektische Betriebsamkeit wirklichen Außenseitern erscheinen mochte. Aber wer konnte schon sagen, ob diese weniger hektisch wären? Das war ein optimistischer Traum: irgendwo dort draußen befand sich eine reifere und höherentwickelte Zivilisation, die die Wilden auf der Erde positiv beeinflussen würde. Außerdem – woher wußte sie, daß sie die ErdbewohnerInnen albern finden würden? Vielleicht hätten sie nicht einmal Humor.

Plötzlich erwachte sie aus ihrem Tagtraum. Sie warf einen raschen Blick auf Sandy, um zu sehen, ob ihre Abwesenheit aufgefallen war. Sandy konnte nie verstehen, wieso Shelly dieses Sonderangebotsschild im Schaufenster oder jenen prachtvollen Sportwagen vier Spuren weiter nicht bemerkte. Sie sagte dann: „Warst du wieder weggetreten?" Shelly nickte daraufhin immer, da sie ihre Zeit nicht damit verschwenden wollte, Sandy zu erklären, daß sie nicht „weggetreten" war. (Gott, wie sie diesen Ausdruck haßte; er war ein perfektes Beispiel dafür, wie die Sprache durch ungenaue und unsinnige Wendungen zerstört wurde.) Sandy konnte nicht verstehen, wie es möglich war, sich der Umgebung nicht jederzeit bewußt zu sein. Vielleicht lag das daran, daß sie in der Großstadt aufgewachsen war, wachsam gegenüber potentiellen Angreifern, die ohne erkennbaren Grund aus dem Nichts auftauchen konnten. Für Shelly schien die Außenwelt auch eine Gefahr darzustellen, aber sie kam damit zurecht, indem sie sie ignorierte. Warum sich über etwas Gedanken machen, das nicht zu kontrollieren war und das ohnehin vielleicht gar nicht geschehen würde? Außerdem, wenn du nicht hinschautest, fielen dir viele Dinge, die dich stören könnten, gar nicht erst auf, also war das die beste Methode, sich zu schützen. Sie diskutierten diese Frage oft, und Sandy versuchte Shelly davon zu überzeugen, daß der beste Schutz darin lag, die Wirklichkeit zu kennen und sich so gut wie möglich damit auseinanderzusetzen.

Dieser Gedankengang wurde abrupt unterbrochen, als Sandy den Wagen in eine kleine Lücke steuerte, die vor der Abflughalle frei wurde. Sie schien stolz auf sich zu sein, als sie einem Typen in einem großen amerikanischen Wagen einen Vogel zeigte, weil er sie angehupt hatte, als sie ihn schnitt, um in die Parklücke zu gelangen. Sandy schien sich von den größeren Autos, mit denen sie sich die Straße teilte, nie einschüchtern zu lassen. Wenn überhaupt, fand sie, sie habe mehr Rechte auf der Straße, da die großen Autos ständig soviel Platz beanspruchten. Sie waren wie Männer: Ihre bloße Gegenwart gab dir das Gefühl, dein Raum werde eingeschränkt, wenn sie sich bewegten und alles Kleinere in ihrer Umgebung unverhohlen ignorierten.

Shelly stieg aus dem Auto und ergriff einen von Sandys Koffern. Die beiden Frauen standen am Bordstein und sahen einander an.

Shelly brach das Schweigen. „Ruf mich an, wenn du angekommen bist."

Sandy nickte und trat zu ihr. Sie umarmten sich, eng umschlungen, das Gesicht am Hals der anderen vergraben. Sandy liebte den Duft von Shellys Hals; er erinnerte sie an Leder, ihren Lieblingsgeruch. Andere Leute sahen sich einen Schuh genau an, bevor sie ihn anprobierten; Sandy roch zuerst daran, um sicherzugehen, daß er einen guten Ledergeruch hatte. Wenn er nicht gut roch, kaufte sie ihn nicht. Nun schnüffelte sie an Shellys Hals in dem Bewußtsein, daß sie mehrere Tage ohne diesen Geruch auskommen mußte.

Die Vorübergehenden warfen den beiden Frauen, die sich vor dem Flughafengebäude umarmten, rasche, erstaunte Blicke zu.

Mehrere Leute schauten zweimal hin, wenn sie bemerkten, daß es zwei Frauen waren, die sich so innig umarmten. Aber die beiden Frauen beachteten diese Aufmerksamkeit nicht. So war es nicht immer gewesen. Es hatte eine Zeit gegeben, in der Sandy sogar Angst gehabt hatte, Arm in Arm durch die Stadt zu gehen. Shelly hatte Sandy gesagt, daß es unter den Frauen in Europa ganz normal war und nichts zu bedeuten hatte. Aber Sandy hatte erwidert, hier sei nicht Europa und deshalb würde es durchaus etwas bedeuten, was auch den anderen Leuten klar wäre. Im Laufe der Jahre machte es beiden Frauen nichts mehr aus, sich in der Öffentlichkeit als lesbisches Paar zu erkennen zu geben. Zumindest meistens nicht.

Sie trennten sich zögernd. Der Lärm des Flughafenverkehrs war durchdringend.

„Wir sind wahre Musterbeispiele von Unabhängigkeit, nicht wahr?“ Shelly lächelte.

Sandy lachte laut. „Ich liebe dich.“

Shelly beugte sich vor und küßte Sandy zart auf die Lippen. Dann wandte sie sich um, ging zum Auto und stieg ein. Sandy wollte sie nicht wegfahren sehen, also nahm sie rasch ihre Koffer und betrat das Flughafengebäude.

32

Es war ein typischer Flug. Die üblichen Geschäftsmänner fühlten sich bemüßigt, die Stewardessen anzumachen; ein paar Touristen tranken zuviel und benahmen sich flegelhaft; der entnervte Vater eines schreienden Kindes drängte die Mutter immer wieder, das Kind ruhigzustellen; ein junges Hippiepaar verschwand mehrmals kichernd im Waschraum, um sich zu bekiffen; der Pilot mit der typisch tiefen männlichen Stimme erzählte Witze, über die niemand lachte. Die Frau, die neben Sandy saß, war eigentlich ganz nett. Sie lebte auf der Hauptinsel Hawaii und hatte ihre verheiratete Tochter in Los Angeles besucht. Sie sprachen über den Smog und den Verkehr, und die Frau empfahl Sandy einige entlegene Orte auf Maui, die zu erkunden sich lohne.

Nach der Landung ereignete sich ein Zwischenfall, der Sandy die Laune verdarb. Als sie aus dem Flugzeug trat und oben auf der Treppe stand, sah sie, wie ein betrunkener Mann mittleren Alters eine der jungen Hawaiianerinnen, die die Fluggäste beim Aussteigen begrüßten, küßte und betatschte. Die Frau hatte ihm eine Blumenkette um den Hals gelegt und versuchte nun höflich, sich der Zudringlichkeiten zu erwehren; die Ehefrau stand verlegen daneben, warf rasche Blicke auf ihren Mann und schaute dann wieder weg.

Sandy war angewidert und wütend, als sie die Treppe hinunterstieg. In der Schlange am Schalter von *Tropical Rent-A-Car* ermahnte sie sich, es nicht so wichtig zu nehmen. Es hatte keinen Zweck, sich aufzuregen. Aber offenbar konnte sie sich nicht so leicht beruhigen. Ganz gleich, wohin Frauen gingen, sie wurden immer in diese Situation gebracht, in der sie nicht gewinnen konnten. Wenn du wütend wurdest oder beleidigt reagiertest, riskiertest du, geschlagen oder zumindest beschimpft zu werden. Wenn du lieb und höflich warst, fühltest du dich wie ein Feigling, eine Heuchlerin.

Eine Bekannte hatte ihr kürzlich von einem Besuch in einer Single-Bar erzählt. Ein Mann hatte sie gefragt, ob sie tanzen wolle, und als sie höflich ablehnte, hatte er ausgeholt und sie geohrfeigt. Selbst wenn du höflich warst, warst du also nicht unbedingt sicher. Die Bedrohung war stets vorhanden.

Vor dem Hotel herrschte ein Chaos; die Leihwagen und Taxis stauten sich. Eine riesige blau-weiße Fahne mit der Aufschrift „Wir begrüßen die *National Psychological Association*“ wehte von einem Baldachin über dem Eingang. Sandy fragte sich, ob die Menschen, die hier lebten, die Konferenzen überhaupt beachteten. Stellten sie Unterschiede zwischen den PsychologInnen,

ZahnärztInnen, LehrerInnen und PostbeamtInnen fest, die hier tagten? Sandy schaltete in den ersten Gang, benutzte eine unerlaubte Fahrspur, um die wartenden Autos zu überholen, und fuhr in die Tiefgarage des Hotels. Sie verspürte einen Anflug von Schuldgefühl, sagte sich jedoch, es sei nur ein geringfügiges Vergehen.

Nachdem sie das Auto abgestellt hatte, bahnte sie sich einen Weg durch die Menge der PsychologInnen zur Rezeption. Das Saufen hatte bereits begonnen. Als Sandy sich vorwärtsschob, stieß eine Frau sie an und verschüttete ihren Drink auf Sandys Blazer. Sie entschuldigte sich wortreich. Sandy öffnete wütend den Mund, um ihr die Meinung zu sagen, besann sich dann jedoch. Sie wußte, es war nicht nur der Drink. Das Bild des Mannes, der die Frau betatscht hatte, war ihr in Erinnerung geblieben. Ihm galt ihre Wut.

Als sie schließlich den Schlüssel in Empfang genommen hatte und in den Aufzug zu ihrem Zimmer stieg, verwünschte sie sich, daß sie zu dieser verdammten Tagung gekommen war. Sie haßte Tagungen. Vor allem die landesweiten. Alle taten so aufgeblasen akademisch. Es war, als könnten sie nicht mehr Englisch sprechen, wenn sie ihre Vorträge hielten und einer den anderen zu übertreffen suchte, um zu sehen, wer unverständlicher reden konnte. Eine allgemein verbreitete Maxime: Je unverständlicher dein Vortrag ist, desto intelligenter mußt du sein. Und dann das Politisieren. Die Häuptlinge trafen sich zu ihrer Jahrestagung und diskutierten die Situation ihres Berufsstandes. In diese höhere Kaste wurden nur wenige Frauen aufgenommen, hauptsächlich, um die Egos zu besänftigen, wenn es hitzig wurde.

Sandy ging ins Badezimmer, um nachzusehen, ob Handtücher da waren (schließlich zahlte sie eine Menge), dann schaute sie in die Schränke, um sicherzugehen, daß sich niemand darin versteckte. Sie rechnete eigentlich nicht damit, aber es war eine alte Gewohnheit, und es konnte nicht schaden, auf Nummer sicher zu gehen. Sie ließ sich auf das Bett sinken und griff nach dem Telefon. Sie war erst wenige Stunden fort. Sie konnte Shelly nicht jetzt schon vermissen. Das wäre ein Zeichen von schrecklicher Abhängigkeit. Sandy dachte einen Moment darüber nach und entschied, daß sie schrecklich abhängig war. Sie war nicht nur gern mit Shelly zusammen, sondern Shelly half ihr auch, sich gegen den Wahnwitz um sie herum zu behaupten. Diese Fürsorge beruhte auf Gegenseitigkeit. Wäre Shelly hiergewesen, hätte sie Sandy den Arm um die Schulter gelegt, sie hätten einen Blick des Abscheus getauscht, und Sandy hätte sich in ihren Empfindungen bestätigt gefühlt. Aber für den Rest der Welt war sie eine Verrückte, die sich über alltägliche Dinge aufregte, über die Durchschnittsmenschen gar nicht nachdachten. Ein Betrunkener, der ein bißchen zu gefühlsselig war. Was war daran schlimm? Wie hätte sie ihnen erklären können, daß dies nur ein weiteres Beispiel für die Mentalität war, die dazu führte, daß Frauen vergewaltigt und brutal behandelt wurden, daß Kinder mißbraucht wurden, daß „schmutzige Witze" erzählt wurden, die blanken Frauenhaß bargen, daß Frauen gezwungen waren, in einem Zustand ständiger Angst zu leben – und, was vielleicht das Schlimmste war, daß Frauen sich schuldig und besudelt fühlten, als seien sie irgendwie verantwortlich für die Lüsternheit und Erniedrigung, die sich ständig gegen sie richtete. Sandy gefiel dieser letzte Gedanke. Er hatte etwas Melodramatisches. Vielleicht sollte sie etwas ähnliches in ihrem Vortrag verwenden. Sie nahm den Hörer ab und hoffte, daß Shelly zu Hause war.

33

Die Cocktailbar war sehr voll, aber Sandy sah die kleine Gruppe sofort beim Eintreten. Sie standen abseits der Theke und wirkten ein wenig befangen, als spürten sie, daß sie nicht zum Rest der Anwesenden paßten. Barbara, Jan und eine Frau, die Sandy nicht kannte, trugen die gängigen dreiteiligen Kostüme. Julie und Pat waren legerer gekleidet, in Bluse und Hose wie Sandy. Margo sah in ihrem rot-weißen Kaftan umwerfend aus, und Catherine wirkte in ihrem hellen bunten Kleid aus Südamerika mit langen Muschelketten und Federohrringen wie eine englische Professorin. Ein bunter Haufen gutaussehender Frauen, dachte Sandy. Sie ging zur Bar hinüber und bestellte einen Whisky Sour. Sie mochte harte alkoholische Getränke nicht besonders, aber sie hatte bei all den Bar Mizwas, an denen sie als Teenagerin teilgenommen hatte, Geschmack an Whisky Sour gefunden.

Julie, eine große rothaarige Frau Mitte Dreißig, war die erste, die Sandy an der Bar entdeckte. Sie lächelte breit, kam herüber und umarmte Sandy. Die Arme immer noch umeinander gelegt, gingen sie zur Gruppe zurück. Sandy bemerkte, daß mehrere Leute sie anstarrten und dann wegsahen, wenn sie den Blick erwiderte. Gaffer. Sie erinnerte sich, daß dies ein weiterer Grund war, warum sie nicht gern an Tagungen teilnahm: Die meisten ihrer Kollegen waren Blödmänner.

Sandy umarmte Barbara, eine Jüdin aus New York, mit der sie gut befreundet war, und küßte Jan auf ihr dunkles, lockiges Haar. Jan war italienischer Abstammung und kam aus Philadelphia. Sie war in einem Armenviertel aufgewachsen, und Sandy fand sie wegen ihres ausgeprägten Klassenbewußtseins liebenswert, auch wenn Jan „Altlesbe“ war und ständig Anstößiges von sich gab. Ihre letzte meschugge Aktion hatte in dem Versuch bestanden, ihre Freundinnen dazu zu bewegen, sie „Rocky“ zu nennen, nach dem „Italienischen Hengst“. Natürlich hatte ihr keine der Frauen diesen Gefallen getan.

Margo beugte sich vor und küßte Sandy auf die Wange. Sie war eine auffallend schöne Frau, groß und stattlich, von westindischer Herkunft. In den letzten Jahren war ihr Haar allmählich grau geworden, was ihrem Afro eine erstaunliche Mischung von dunkel und hell verlieh. Sandy beugte sich vor, um Catherine zu küssen, die ihr die Wange hinhielt und die Lippen spitzte. Catherine war ein komischer Vogel, eine Kombination aus romantischem Gemüt und selbsternannter Amateurpsychologin. Sandy wußte nie so recht, wie sie sich ihr gegenüber verhalten sollte, aber sie nahm an, daß sich unter der aufgesetzten Überschwenglichkeit etwas Tiefgründigeres verbarg. Schließlich war Catherine Margos Geliebte, und Sandy achtete Margo sehr. Pat begrüßte Sandy warmherzig und stellte sie Dolores vor, der Frau, die Sandy nicht kannte. Sie kam aus Nordkalifornien. Sandy kannte Pat nicht sehr gut, aber sie hatte eine Art, die Sandy mochte und der sie vertraute. Vielleicht war es Pats sachliche Aufrichtigkeit oder ihre von Herzen kommende Begeisterung, die Sandy oft ein Lächeln entlockte.

„Gerade angekommen?“ fragte Julie, als sie den Arm um Sandy legte und sie an sich drückte. Sie und Sandy waren zusammen zur Universität gegangen. Sie hatten sich beide mehr oder weniger in den gleichen Typen verliebt. Natürlich hatte sich herausgestellt, daß er schwul war. Als sie schließlich ihre Briefe verglichen und entdeckten, daß er beiden denselben schwülstigen Kram geschrieben hatte, vergaßen sie ihn und wurden beste Freundinnen. Im Laufe der Jahre, als Sandy sich ihrer lesbischen Identität sicherer geworden war und Julie eine Reihe von Affären mit Männern hatte, die Sandy gräßlich fand, hatten sie sich aus den Augen verloren. Vor etwa einem Jahr schließlich hatte Julie eine Affäre mit einer Frau. Sandy wußte noch nicht ganz, was das zu bedeuten hatte. Aber trotz der Distanz zwischen ihnen empfanden sie immer eine warme Freundschaft, wenn sie einander sahen.

„Rate mal, worüber wir gerade gesprochen haben“, sagte Barbara mit einem ironischen Lächeln.

„Die Briggs-Gesetzesänderung“, erwiderte Sandy und hielt dabei die Fingerspitzen ihrer rechten Hand an die Stirn, als sei sie ein Medium. „Artikel 6.“

„He, woher wußtest du das?“ rief Jan überrascht aus.

„Eines der ersten Kriterien für die Aufnahme an einer Fakultät für Klinische Psychologie ist Hellsehen. Hat dir das nie jemand gesagt, Jan?" Margos Sarkasmus war nicht böse gemeint.

„Hast du dich deshalb der Experimentellen Psychologie zugewandt, Margo?" erwiderte Sandy. „Als du entdecktest, daß du nicht hellsehen konntest, hast du die zweitbeste Wahl getroffen."

Margo lachte. Sie war die einzige Wissenschaftlerin in der Gruppe, und sie und Sandy führten eine fortwährende Debatte über die Relevanz ihrer Fachgebiete. Margo fand klinische PsychologInnen verschroben und bezeichnete Sandy als „Hohepriesterin", weil sie fand, daß Sandy keine Wissenschaft, sondern Religion praktiziere. Sandy wiederum hielt die meisten experimentellen PsychologInnen für phantasielose und unflexible Leute, die die menschliche Erfahrung auf einen quantitativen Nenner reduzierten, den ihre gegenständliche, nicht introspektive Sichtweise der Welt erfassen konnte. Beide Frauen hielten die andere jedoch für die Ausnahme von der Regel, und das ermöglichte ihnen, einander zu necken.

„Nein, ich meine es ernst, Sandy", beharrte Jan ungeduldig. „Woher wußtest du, worüber wir reden?"

„Ich habe etwas von Orangensaft gehört, als ich an der Bar stand", sagte Sandy. „Es war keine schwierige Schlußfolgerung, wenn ich die Zeiten bedenke."

„Mein Lieblingsdrink war früher ein Screwdriver", klagte Catherine, „aber du weißt ja, daß sie in allen Bars Orangensaft aus Florida verwenden. Was für Opfer wir für unsere politische Überzeugung bringen."

„Hast du jemals kalifornischen Orangensaft probiert?" Barbara verzog das Gesicht. „Als ich neulich Marian welchen gegeben habe, meinte sie: ‚Der Grapefruitsaft schmeckt aber komisch'!"

Die Frauen lachten.

„Wenn dieses verdammte Gesetz verabschiedet wird, ist das erst der Anfang", sagte Dolores ärgerlich. „Ich kenne Frauen, die anfangen, sich zu bewaffnen."

„Was?" Catherine klang schockiert. „Wozu?"

„Weil wir kämpfen werden, bevor wir zulassen, daß sie uns ins Straflager stecken." Dolores meinte es todernst.

Catherine sah sich in der Gruppe nach Unterstützung um. Die anderen Frauen schwiegen. „Das könnte hier nie geschehen. Ich will ja nicht kitschig klingen, aber dies ist Amerika. Es gibt ein gewisses Maß an Gerechtigkeit."

„Erzähl das all den Frauen, die mit fünfjährigen Haftstrafen im Gefängnis sitzen, weil sie ungedeckte Schecks ausgestellt haben, um ihre Kinder zu ernähren." Jan war jetzt wütend.

„Das ist wirklich nicht ganz dasselbe", sagte Margo zu Catherines Verteidigung. „Mitgefühl hin oder her – es bleibt eine Straftat."

„Erzähl das den japanischen EinwanderInnen, die vor fünfunddreißig Jahren in unserem großartigen Kalifornien inhaftiert wurden", setzte Pat ruhig hinzu.

„Aber das war während des Krieges", erwiderte Catherine.

„Wenn du meinst, wir wären jetzt nicht im Krieg ..." begann Dolores.

Barbara unterbrach sie: „Margo, in den meisten Bundesstaaten ist Homosexualität immer noch ein Strafbestand." Die Gruppe schwieg.

Sandy beendete das Schweigen. „Shelly und ich haben darüber gesprochen. Wir sind letzten Endes zu der Entscheidung gekommen, daß wir das Land verlassen werden, wenn sich die Lage verschlimmert. In Richtung Kanada vermutlich."

„Nimmst du das wirklich so ernst?" Nun war Margo schokkiert.

„Das Berufsverbot für homosexuelle Lehrer war eine der ersten Unterdrückungsmaßnahmen, die die Nazis damals ergriffen haben", sagte Julie. „Wer will behaupten, das könnte hier nicht passieren?"

„Es ist ein Horror für die Frauen", fuhr Sandy fort. „Ich sehe es in meiner Praxis. Die Frauen kommen herein, und sie haben

Angst. Selbst die Unpolitischen. Und die jüdischen Lesben geraten vollends in Panik. Sie sprechen von Konzentrationslagern für Lesben und Schwule. Für sie ist es sehr real." Sandy schüttelte den Kopf. „Für sie. Es ist für uns sehr real."

„Dieses verdammte frömmlerische Arschloch. Sie hat unser Leben wirklich beeinflußt", sagte Jan bitter.

„Na, ich glaube, Anita Bryant war sich nicht bewußt, wie sehr diese Kampagne auch ihr Leben beeinflussen würde", sagte Pat. „Sie kann sich inzwischen nirgendwo mehr die Haare machen lassen." Die Frauen prusteten vor Lachen. Die Spannung war gelöst.

„Ich finde, in einem Punkt müssen wir ihr dankbar sein", sagte Barbara. „Nichts hat die Schwulen- und Lesbengemeinschaft jemals mehr mobilisiert als ihre Kampagne zur Rettung der Kinder."

„Habt ihr den Slogan gesehen, den die Gruppe *Eltern und Freunde von Homosexuellen* sich ausgedacht hat?" fragte Sandy. „‚Rettet unsere Kinder – vor Anita Bryant und Konsorten, die unsere Kinder ihrer Bürgerrechte berauben wollen!'"

„Hey, das ist der Hit", lachte Jan zustimmend. „Nun, wir werden diesen frömmlerischen Bastarden etwas für ihr Geld bieten."

„Ich verstehe wirklich nicht, was das alles soll. Wir sind doch wohl kaum ein neues Phänomen", sagte Catherine. „Wir existieren schon mindestens seit Anbeginn der Geschichtsschreibung."

„Aber es gab nie zuvor ein derart massenhaftes Coming-out, und wir haben noch nie von der Gesellschaft gefordert, sich mit uns auseinanderzusetzen", argumentierte Pat. „Es war in Ordnung, solange es sich um ein paar extravagante Einzelfälle handelte, die ein wenig Farbe in die Monotonie des heterosexuellen Lebens brachten."

„Stimmt genau." Dolores legte Pat die Hand auf die Schulter. „Wir stellen eine politische Bedrohung dar."

„Die psychodynamischen Faktoren nicht zu vergessen", warf Barbara ein. Sandy wußte, was nun kam, und lächelte. Barbara hatte Anfang der sechziger Jahre ihren Abschluß gemacht, und ihre Orientierung und Ausbildung war traditionell psychoanalytisch. Sie hatte ihre Theorie ein wenig abgewandelt und um eine feministische Sichtweise erweitert, aber in ihrem Ansatz war sie immer noch im wesentlichen Freudianerin und konzentrierte sich daher auf die innerpsychischen Faktoren der Homophobie.

„Alle Menschen fühlen sich mehr oder weniger von Menschen ihres Geschlechts angezogen“, fuhr Barbara fort. „Stark homophobe Heteros haben vermutlich mehr homosexuelle Gefühle als andere und müssen sich daher stärker gegen diese Gefühle schützen, indem sie sie mit ihrem Abscheu und ihrer Wut auf Homosexuelle überkompensieren. Der primäre Mechanismus ist Angst, Angst davor, daß ihre eigenen unterdrückten Gefühle hochkommen.“

„Da ist sicherlich was dran, aber ich glaube, es ist noch viel einfacher“, sagte Pat mit einem Lächeln. Pats Rolle in solchen verkopften Diskussionen war es für gewöhnlich, die Dinge humorvoll zu vereinfachen. Sie hatte für übermäßiges Intellektualisieren nichts übrig. Es fehlte ihr nicht etwa an Intelligenz – Sandy fand die Tiefgründigkeit ihrer Anekdoten oft verblüffend –, aber sie hatte nicht die Vorliebe für sprachliche Abstraktionen, die die Akademikerinnen der Gruppe auszeichnete. Sie war eine trockene Alkoholikerin, die ein Selbsthilfeprogramm für Frauen leitete. Sandy hatte sie nie bei der Arbeit erlebt, aber sie war überzeugt, daß Pat großartig war.

Nun bot Pat ihre ironische Analyse an. „Wißt ihr, Homosexualität ist ansteckend. Es ist wie eine gesellschaftliche Krankheit.“ Barbara schüttelte den Kopf und lachte. Pats Respektlosigkeit amüsierte auch sie. „Also paßt besser auf, auf welche Toilette ihr euch setzt, denn ihr wißt nie, wer vor euch dort war. Wir vom anderen Ufer sind die amerikanischen ...“ sie zögerte einen Augenblick, „wie heißen diese Leute in Indien noch mal – die Unberührbaren?“

„Parias“, half Catherine.

„Irgendwelche Verwandtschaft zu Elliot Ness?“ scherzte Jan.

„Jan! Was für ein scheußlicher Vergleich!“

„Wer hat dich denn gefragt, Dolores? Na, dann habe ich auch noch etwas beizutragen“, sagte Jan. Sandy wartete auf die absehbare sozialistische Analyse des Problems. Trotz ihres Teenagergehabes war Jan sehr scharfsichtig in bezug auf Menschen und Macht. Sie teilte die Welt in Besitzende und Besitzlose ein. Ohne sich auf eine politische Richtung festzulegen, neigte sie oft zu einer marxistischen Sichtweise.

„Sie haben Angst, daß noch mehr Leute sich entscheiden, schwul oder lesbisch zu leben, wenn es allgemein akzeptiert wird“, fuhr Jan fort.

„Was nicht zu der Propagandabehauptung paßt, daß ihre Lebensweise befriedigender sei oder daß Gott auf ihrer Seite stehe“, unterbrach Julie. „Wenn sie wirklich überzeugt wären, daß Heterosexualität so viel attraktiver ist, warum haben sie dann solche Angst, daß der Kontakt zu auch nur einem einzigen homosexuellen Rollenmodell den Bestand des gesamten amerikanischen Systems untergraben könnte?“

„Das zeigt, wie stark das System ist“, fügte Dolores sarkastisch hinzu.

„Ich meine“, fiel Jan aufgeregt ein, „daß die Heteros Angst haben, in die Minderheit geraten zu können und nicht mehr die Zügel in der Hand zu haben.“

„Das ist nicht sehr wahrscheinlich“, fand Margo.

„Warum sind sie dann so nervös?“ gab Jan zurück. „Ich glaube, es liegt daran, daß sie fürchten, wenn wir an die Macht kommen, könnten wir genau dasselbe mit ihnen machen, was sie all die Jahre mit uns gemacht haben.“

„Aus soziologischer Sicht ist das sicher die Angst der Mehrheit“, bemerkte Julie. „Schwarzen und Frauen das Wahlrecht in diesem Lande zu geben ist damals auf ähnlichen Widerstand gestoßen, wenngleich es besser getarnt wurde. Was gerade in Südafrika geschieht, ist ein weiteres Beispiel, obwohl die herrschende Klasse dort immer die Minderheit war. Seht euch die Ängste in der weißen Schicht an: daß die Frauen vergewaltigt werden, die Männer ermordet und alle Überlebenden in ein Weißenghetto verfrachtet und zu einem Leben unter menschenunwürdigen Bedingungen gezwungen werden. Das ist genau die Realität, in der die Schwarzen jetzt unter der weißen Herrschaft leben!"

„Wir müssen gar nicht nach Südafrika blicken, um die Wirkung dieses Prinzips zu erkennen", bemerkte Dolores. „Seht euch nur Südkalifornien und die Chicanos an. Wir sind die am schnellsten wachsende Minderheit in diesem Staat und werden bis 1985 die Mehrheit sein. Und was glaubt ihr, welche Angst die Gringos davor haben? Plötzlich tauchen die Politiker im Barrio auf. Sie halten uns für dumme Mexikaner und glauben, wir würden die Jahre der Demütigungen vergessen. Aber wir werden uns erinnern, wer unsere Freunde sind." In Dolores Prophezeiung schwang unverhohlener Groll mit. Es entstand betretenes Schweigen. Ihre Bemerkung hatte gesessen.

„He, du bist die ganze Zeit so ruhig, Sandy, was meinst du?" Jan versuchte, das Thema zu wechseln.

„Sandy spielt schon so lange Therapeutin, daß sie das Reden verlernt hat", witzelte Barbara.

Barbara und Sandy waren die beiden einzigen in der Gruppe, die sich dem Anachronismus der Einzeltherapie verschrieben hatten. Im größeren Kreis hielten sie sich gewöhnlich zurück, und sie scherzten oft miteinander über die größte Gefahr des Therapeutinnenberufs: chronisches Verstummen.

„Danke." Sandy bedachte Barbara mit einer formellen Verbeugung. „Nun, der einzige Standpunkt, der noch nicht angesprochen wurde, ist die feministische Analyse, die die größte Bedrohung des Patriarchats in den nicht-traditionellen Geschlechtsrollen sieht." Sandy räusperte sich. „Ich wüßte gerne, warum dieser Aspekt von einer Gruppe so überzeugter Feministinnen vergessen wurde." Sie sah mit gespielter Mißbilligung in die Runde.

„Wir haben ihn nicht vergessen", sagte Julie rasch. „Wir haben ihn nur bis zuletzt aufgehoben, damit er den gebührenden Platz erhält."

„Das große Finale", ergänzte Barbara.

„Genau", sagte Julie stolz. „Und außerdem", sie machte eine grandiose Geste in Sandys Richtung, „wollten wir ihn dir überlassen."

„Gut pariert!" Catherine hob ihr Glas.

„Meint ihr denn, ich sei verrückt?" Sandy merkte, daß ihre Stimme einen stärkeren New Yorker Akzent bekam, wie immer, wenn sie aufgeregt oder verlegen war. Im Moment fühlte sie sich bei all der Aufmerksamkeit äußerst unwohl. „Wer würde nach einer solchen Einleitung noch etwas sagen? Ich weiß, wann ich den Mund halten muß."

„Ach komm, Sandy", drängte Catherine, „unterhalte uns in der großartigen Tradition von Sappho, Colette, Vivien ..."

„Ich unterhalte euch Weibsbilder morgen", sagte Sandy entschlossen. „Das genügt für eine Woche."

„Oh, das hatte ich ja ganz vergessen", warf Barbara rasch ein. Sandy begriff, daß sie das Thema wechselte, und lächelte sie dankbar an. „Bist du gut vorbereitet?"

„Ich werde meinen Vortrag morgen vormittag noch einmal durchgehen. Der Inhalt an sich ist kein Problem, aber ich mache mir Sorgen, ob ich die richtigen Worte finde." Sandy nickte in Catherines Richtung.

„Du mußt keine rhetorische Glanzleistung vollbringen, Sandy." Pat legte ihr den Arm um die Schultern. „Sag einfach, wie es ist."

Marian, Barbaras Geliebte, trat zu der Gruppe. „Hallo, ihr wundervollen Mädels", sagte sie, als sie Sandy und Margo umarmte und zu Barbara hinüberging.

„Zu mir hat schon lange niemand mehr wundervolles Mädel

gesagt", meinte Pat mit gespieltem Gram. Pat war Anfang Sechzig und hatte dünnes ergrauendes Haar und ein faltenreiches Gesicht. Sie war im Süden aufgewachsen, als Tochter eines Fernfahrers, der ihr einen Job als Sattelschlepperfahrerin besorgt hatte, als es noch gar keine Lkw-Fahrerinnen gab. Sie war ihr ganzes Leben lang lesbisch gewesen und konnte erstaunliche Geschichten von früher erzählen. Sandy wußte, daß Pat als junge Frau schwere Lkws oben im Yukon gefahren hatte. Sie hatte mit einer Prostituierten zusammengelebt, die dann von einem Zuhälter umgebracht worden war. Danach hatte Pat sich im ganzen Land herumgetrieben, war eine ziemliche Draufgängerin gewesen und hatte Beziehungen zu allen möglichen Frauen gehabt. Vor fünfzehn Jahren war sie mit Hilfe der Anonymen Alkoholiker trokken geworden, und seit fünf Jahren arbeitete sie als Beraterin für Alkoholabhängige.

„Ach, Unsinn", sagte Marian, tätschelte Pat die Wange und küßte sie sanft. „Wenn ich nur ein Zehntel deiner Geliebten gehabt hätte ..."

„Wie ist eigentlich der Status von ‚Mädel'?" fragte Dolores Sandy. „Ist es PI?" Sandy zuckte die Achseln.

„Was ist PI?" fragte Margo.

„Politisch inkorrekt", erklärte Julie.

„He, wo ist Shelly eigentlich?" Marian schaute sich fragend in der Runde um.

„Sie kommt erst Freitag", sagte Sandy.

„Aha!" Jan stieß Sandy mit dem Ellenbogen an. „Was hältst du davon, wenn wir in die Stadt fahren und schauen, wo was los ist?"

Die Frauen seufzten. Sandy ärgerte sich, obwohl sie wußte, daß Jan sich vor kurzem nach sechsjähriger Beziehung von ihrer Freundin Mary getrennt hatte und diesen Verlust kompensierte, indem sie sich als tolle Aufreißerin ausgab.

„Laß es gut sein, Jan. Du machst dich unbeliebt." Sandy versuchte, ihren Ärger herunterzuspielen.

Margo wandte sich an Sandy. „Gegen diese Frau ist Don Juan nur ein schwacher Abklatsch."

Dolores schaute Jan skeptisch von oben bis unten an. „Die letzte große Herzensbrecherin, was?"

„Behauptet sie", meinte Sandy.

„He, das ist mein Ruf, den ihr da durch den Kakao zieht!"

„Die Zeiten haben sich geändert, Jan", sagte Pat augenzwinkernd. „Ich habe seit der Frauenbewegung grundlegend umgelernt, und wenn eine Uraltlesbe wie ich sich ändern kann, kannst du es auch."

Sandy sah, daß Jan schmollte. Jan war in der letzten Zeit viel geneckt worden und schien nicht recht zu verstehen, warum. Sandy fragte sich, ob sie das gleiche Problem gehabt hätte, wenn sie zehn Jahre früher geboren wäre. Nein, es war nicht einfach eine Frage des Alters. Pat zum Beispiel hatte sich tatsächlich verändert, und Sandy kannte andere Frauen in den Vierzigern und Fünfzigern, die ohne Rollenverhalten auskamen. Nein, es war nicht das Alter. Es war eine gewisse Unbeweglichkeit.

„Ich finde, darauf sollten wir trinken, Ladies", sagte Julie, erhob ihr Glas und legte den Arm um Jan. „Auf die Frauenbewegung."

Jan erhob mürrisch zusammen mit den anderen Frauen ihr Glas. „Auf die Frauenbewegung", antworteten sie unisono.

Sandy nahm einen langen Schluck aus ihrem Glas und spürte, wie die Spannung aus ihrem Körper wich. Die Anwesenheit ihrer Freundinnen würde die nächsten Tage erträglich machen. Wenn die Vorträge zu öde wurden, könnten sie essen gehen und sich unterhalten. Sie würden verstehen, wovon sie redete, und ihre Meinung teilen. Zum ersten Mal, seit sie aus dem Flugzeug gestiegen war, fühlte Sandy sich gelöst.

34

Sandy wartete an der Information. Ihre Reihe, die für die Buchstaben R, S und T, war die längste im Foyer. Sie schaute auf die Uhr. Es war fast 17.00 Uhr, und der Vortrag über Kindesmißbrauch begann um 17.15 Uhr. Sie seufzte tief und trat ungeduldig von einem Bein aufs andere. Die Frau vor ihr wandte sich um.

„Man sollte meinen, sie hätten für S eine Extrareihe.“ Die Frau war Ende Fünfzig. Sie hatte ihr rotblond getöntes Haar sorgfältig zu einer Hochfrisur toupiert. Es war genau die Art Frau, die es Sandy an der Universität schwergemacht hatte – die immer mißbilligend auf ihre Sandalen oder Jeans geschaut, ihre Meinung aber nie offen und ehrlich in Worte gefaßt hatte. Aber in der Stimme dieser Frau lag nun ein kollegialer Ton. Offenbar war Sandy jetzt gleichgestellt, eine Berufsgenossin.

„Darauf kommen sie nie. Dazu wäre Intelligenz nötig“, erwiderte Sandy ärgerlich. Ihr Ärger kam zum Teil vom Warten und zum Teil daher, daß diese Frau sie an frühere Ausbilderinnen erinnerte, die darauf beharrt hatten, Sandy mache eine Phase durch, eine Verlängerung ihrer jugendlichen Rebellion, wenn sie sich gegen den Grundsatz sträubte, daß TherapeutInnen Autoritätsfiguren sein sollten, distanziert und sachbezogen. „Ich komme später wieder. Das ist mir zu dumm“, sagte sie in gereiztem Ton.

Sie bahnte sich einen Weg durch die anderen Schlangen und wandte sich wieder der Haupthalle zu. Warum hatte sie das getan? Sie hatte angefangen zu warten, hatte begonnen, ihre Zeit zu investieren. Versuchte sie, die Frau damit zu beeindrucken, daß sie, Sandy, keine Zeit zu verschwenden hatte?

Sandy wußte jetzt wieder genau, an welche Ausbilderin die Frau sie erinnerte: an die Medikationsleiterin im Veteran's Hospital, die ihr gesagt hatte, sie sei eine hervorragende Klinikerin, engagiert bei ihrer Arbeit und für eine Studentin im dritten Jahr sehr gut, aber sie müsse ihr eine Drei geben (was an der Universität knapp vor dem Durchfallen war). Und als Sandy nach dem

Grund fragte, hatte ihr die Frau in mütterlichem Ton erklärt, sie sei einfach nicht professionell genug. Noch nicht. Wenn Sandy jedoch das Studium beendet hätte, würde sich das gewiß ändern. Was für ein Blödsinn. Sandy lächelte in sich hinein. Auf keinen Fall wollte sie eine so selbstgefällige und altmodische Haltung übernehmen, und im Grunde war sie innerlich immer noch so aufsässig, daß sie sich sogar dagegen verwahrte, mit einer solchen Frau in derselben Schlange zu stehen. Diese kindische Aufsässigkeit hatte ihr schon oft eine Menge Ärger eingebracht. Aber sie half ihr auch, aufrichtig zu bleiben.

Als Sandy die Halle durchquerte, bemerkte sie eine Frau, die in der Ecke stand und das Tagungsprogramm las. Sandy blieb stehen und starrte sie an. Es war lange her; das Haar war kürzer, schulterlang und modisch frisiert, aber es sah ganz nach Jenny aus. Sie spürte, wie ihr das Herz stehenblieb. Zögernd ging sie auf die Frau zu und hoffte, es sei nicht Jenny. Hoffte, es sei Jenny.

„Jenny? Jenny Chase?“

Die Frau schaute hoch. Es gab keinen Zweifel mehr.

„Ja, das war mein Geburtsname. Kenne ich Sie ...?“

Sandy spürte das Lächeln auf ihrem Gesicht gefrieren. „Das kannst du wohl sagen, Jennifer.“ Sie sprach den Namen aus, wie sie es früher getan hatte, wenn sie ärgerlich war.

Jenny schluckte. Sie hatte immer damit gerechnet, daß sie einander eines Tages über den Weg laufen würden, aber heute war sie nicht darauf vorbereitet gewesen. Sie hoffte, daß Sandy ihr Schlucken nicht bemerkt hatte. Sandy sah so selbstsicher aus.

„Sandy Stein? Das glaube ich einfach nicht. Uns so über den Weg zu laufen ... Gott, wie lange ist das her?“ Irgendwie kamen die Worte heraus. Sie klangen natürlich genug. Aber ihr war schwindlig, und ihre Stimme schien wie aus weiter Ferne zu kommen.

„Seit der Hochzeit. 1970, glaube ich.“

„Acht Jahre ... und du siehst so verändert aus. Dein Haar ist so kurz, du hast es früher nie kurz getragen ... du siehst einfach so anders aus. Du hast zugenommen, wie ich sehe. Ich habe dich erst gar nicht erkannt." Jenny konnte sich nicht beruhigen, wie kurz Sandys Haar war. Sie hatte Sandys langes Haar immer gemocht. So war es – männlicher.

Sandy blickte Jenny offen in die Augen. Jenny fühlte sich unbehaglich unter diesem Blick. Er zeugte von vergangenen Intimitäten. Sie griff automatisch nach dem Zigarettenetui in ihrer Handtasche, die ihr über die rechte Schulter hing.

„Bist du zu der Tagung hier?" sagte Jenny und hoffte, diesen Blick ablenken zu können. Aber Sandy sah sie immer noch an.

„Ja, und danach zu einem Kurzurlaub auf einer der Inseln."

Jenny nestelte an ihrem Etui und dem Feuerzeug. Sie zerknüllte eine leere Schachtel und begann, eine neue zu öffnen. Das gab ihr etwas Zeit zum Überlegen. Barry mußte jeden Augenblick kommen. Sandy war älter geworden. Sie würde sich gewiß zivilisiert benehmen.

„Bist du allein hier oder ...?" Jenny sah fragend auf.

In Sandys Augen lag der Anflug eines Lächelns, als habe sie Jennys Gedanken lesen können. Das hatte Jenny an Sandy immer gehaßt. Ihren wissenden Blick, ihre ruhige Ausstrahlung, die von Überlegenheit zeugte.

„Im Augenblick ja. Shelly wird in ein paar Tagen nachkommen. Und du?" Sandy schaute auf Jennys Ehering. „Bist du mit deinem Ehemann hier?" Sandy hoffte, daß es beiläufig klang. An dem Wort „Ehemann" wäre sie fast erstickt. Freundinnen hatten oft ihre Unfähigkeit kritisiert, ihre Gefühle zu verbergen und Konversation zu machen, wenn es nötig war. Na, wer sagte es denn? Hier stand sie, verstellte sich und führte eine „normale" Unterhaltung.

„Ich bin mit Barry hier." Shelly. Sandy hatte also einen Geliebten. Kein Ring, also war sie vermutlich nicht verheiratet. Vielleicht sollten sie mal alle zusammen einen Cocktail trinken. Es könnte interessant sein. Jenny hatte die Packung geöffnet und bot Sandy eine Zigarette an.

„Nein danke, ich rauche nicht mehr.“

„Du machst wohl Witze. Du hast früher zwei Schachteln am Tag geraucht. Ich habe nie jemanden kennengelernt, der so gern geraucht hat wie du.“ Jenny hielt einen Augenblick inne. „Du hast doch kein Kind, oder?“

„Nein, warum?“

Jenny seufzte erleichtert. Warum sollte es sie aus der Fassung bringen, wenn Sandy ein Kind hätte? Dies war nicht der richtige Zeitpunkt, um darüber nachzugrübeln. „Weil mir einfiel, daß wir immer gesagt haben, das Rauchen würde uns umbringen ... und du hast gesagt, du rauchst so gerne, daß du nur aufhören würdest, wenn du ein Kind bekämst, wenn das Leben eines anderen Menschen von dir abhinge.“

Sandy schwieg einen Augenblick. Es war etwas Vertrautes an der Art, wie sie nachdenklich wurde. Jenny sah, daß Sandy trotz des Haarschnitts immer noch attraktiv war.

„Tja, komisch, ich habe das Rauchen aufgegeben, kurz nachdem Shelly und ich uns kennengelernt hatten. Ich nehme an, ich hatte zum ersten Mal großes Interesse am Leben.“ Sandy war überrascht, wie persönlich ihre Antwort ausgefallen war. Insgeheim dachte sie, daß sie verrückt sein müsse, sich dieser Frau gegenüber verletzlich zu machen, nach allem, was geschehen war. Und dann fiel Sandy ein, Jenny könnte sich durch das, was sie gesagt hatte, verletzt fühlen, als hätte sie damit andeuten wollen, daß ihre Beziehung nicht sehr wichtig gewesen sei. Versuchte sie immer noch, Jenny zu verletzen? Ihr diese schrecklichen Monate heimzuzahlen? Diese schrecklichen Jahre? Jenny schien tatsächlich irgendwie bestürzt zu sein. Volltreffer.

„Ach so.“ Jenny hatte sich wieder gefangen. „Nun, ist Shelly der Mann, mit dem du jetzt zusammen bist?“ Sandy lachte. Was zum Teufel war daran so komisch?

„Ja, Shelly ist der Mensch, mit dem ich zusammenlebe, aber sie ist kein Mann. Shelly ist die Abkürzung für Michelle.“

Jenny spürte, wie ihr Gesichtsausdruck gefror und ihre Schultern sich verspannten. Sie hatte diese neblige Leere im Kopf, die sie immer überkam, wenn etwas Unerwartetes geschah, das ihr peinlich war. Sandy war also mit einer Frau zusammen. Sie mußte etwas sagen. Gelassen erscheinen. „Ach." Warum hatte sie das nur gesagt? Sandy würde wissen, daß sie peinlich berührt war. Sie versuchte, sich etwas anderes einfallen zu lassen, aber es gelang ihr nicht. Das Wetter war auf Hawaii immer gut.

Es entstand ein verlegenes Schweigen. Sandy wußte auch nicht, was sie sagen sollte. Jenny hätte doch wohl klar sein müssen, daß Sandy lesbisch war. Wie konnte sie das nicht gewußt haben? Aber sie schien wirklich überrascht. Das war verrückt. Sie benahmen sich wie Fremde.

Sandy bemerkte, wie ein Mann quer durch die Halle auf sie zukam. Es war Barry. Er hatte einige Haare verloren und einen kleinen Bauch angesetzt. Er trug ein kurzärmeliges Synthetikhemd und Bermudashorts, die ihm um die Beine schlotterten. Er hatte sogar ein wenig von dieser weißen Schmiere auf der Nase, dem Zeug gegen Sonnenbrand. Na ja, zumindest sah er etwas reifer und selbstsicherer aus, als sie ihn von der Hochzeit her in Erinnerung hatte. Dieser Schock, als sie ihn das erste Mal gesehen hatte – ein schmächtiges jüdisches Jüngelchen. Das war der Mann, den Jenny heiraten wollte? Sandy bemerkte, wie ungeschickt er sich seinen Weg durch die Menge bahnte. Er mußte als Kind schlecht in Sport gewesen sein. Hatte vermutlich eine Menge Frotzeleien von den anderen Jungen einstecken müssen. Barry sah Sandy an, als er näherkam.

„Hallo." Er war freundlich.

„Hallo."

Jenny wandte sich zu Barry um und legte ihm die Hand auf den Arm. Die unmißverständliche Geste einer Ehefrau.

„Liebling, du erinnerst dich an Sandy Stein? Meine Zimmergenossin im College."

Barry nickte. „Sicher. Ich habe sie auf Anhieb erkannt.“ Er wandte sich wieder an Sandy. „Es ist die Art, wie du dastehst.“ Er schaute sie offen an. Offener, als Jenny es getan hatte.

„Ich habe dich an deinem Gang erkannt.“ Sandy erwiderte seinen Blick. Wortlos erkannten sie die Bedeutung des anderen, der anderen an. Sandy spürte einen Anflug von Achtung vor ihm. Er war wirklich ein netter Kerl. Vermutlich so anständig, wie ein Mann nur sein konnte. Zumindest war Jenny nicht bei einem dieser Macho-Typen gelandet, mit denen sie früher ausgegangen war. Sandy drehte sich um und sah Jenny an. Sie schien verwirrt darüber, wie Sandy und Barry miteinander sprachen.

„Tja, ich muß gehen.“ Sandy war höflich gewesen, aber es bestand kein Grund, es zu übertreiben. „Ich treffe mich mit ein paar Freundinnen bei einem Symposium. Vielleicht können wir einmal etwas zusammen trinken.“ Es war klar, daß die Einladung allein Jenny galt.

„Das klingt großartig. Wir haben uns eine Menge zu erzählen.“

35

Sandy schritt in dem engen Hotelzimmer auf und ab. Sie war außer sich. Es hatte eine Weile gedauert, bis es gesackt war. Anfangs hatte sie über den Zufall gegrübelt. Dann hatte sie beschlossen, die Vorträge ausfallen zu lassen; sie war wirklich nicht in der Stimmung dafür. Sie war in ihr Zimmer zurückgekehrt, hatte sich aufs Bett gelegt, die goldgesprenkelte Stuckdecke angestarrt und war in Gedanken das Gespräch noch einmal durchgegangen. Jenny hatte wie eine Fremde gewirkt. Sandy fühlte nichts Besonderes, nur die Distanz zwischen ihnen. Und daß sie eine Zigarette wollte. Das war der erste Hinweis darauf, daß etwas nicht stimmte: nur selten noch überfiel sie das Bedürfnis, wieder zu rauchen.

Sie beschloß, Shelly anzurufen. Shelly würde diese Situation aufregend finden. Aber es war niemand zu Hause. Sandy wurde ärgerlich. Dann wurde ihr angst und bange. Sie fühlte sich aus der Bahn geworfen, wie damals, als sie zum ersten Mal ein Paar Roots getragen und ihr Körperschwerpunkt sich verändert hatte. Plötzlich erinnerte sie sich an Jennys Gesicht – und ihr wurde bewußt, wie aufgewühlt sie war.

Jennys Gesicht war Sandy so vertraut wie ihr eigenes. Die Form ihrer Nase, die Farbe ihrer Augen, sogar die Beschaffenheit ihrer Haut. Sandy kannte jede Linie und Falte, jedes Muttermal und jede Sommersprosse in diesem Gesicht. Es war, als hätten die acht Jahre, in denen sie sich nicht gesehen hatten, nie existiert. Als seien sie und Jenny immer noch durch ein untrennbares Band miteinander verbunden. Wie konnte Sandy in einem Augenblick diese Verbindung spüren und im nächsten Jenny als Fremde empfinden? Sandy wußte nicht, welche Empfindung sie mehr erschreckte.

Plötzlich fragte sie sich, ob Jenny mit Barry glücklich sei. Barry schien Jenny immer noch vollkommen ergeben. Bei der Hochzeit hatte Sandy gespürt, daß Jenny die Beziehung von Beginn an beherrschte. Barry war offensichtlich mehr in sie verliebt als sie in ihn. Und wenn Jenny nicht eine vollständige Persönlichkeitsveränderung durchgemacht hatte, würde ein Machtungleichgewicht zu ihren Gunsten zumindest dazu führen, daß sie ihn für selbstverständlich nahm, und vielleicht sogar bewirken, daß sie ihn nicht einmal sonderlich schätzte. Nicht gerade die Zutaten für eine befriedigende Ehe. Sandy bezweifelte nicht etwa, daß Jenny Barry liebte; es war eher die Frage, welche *Art* von Liebe sie für ihn empfand.

Sandy ging zum Fenster und schaute auf die belebte Straße hinunter. Aus der achten Etage schienen die Menschen winzig und unbedeutend. Wenn sich die Erde öffnete und sie verschlänge, würde sie Bedauern empfinden, aber kein wirkliches Mitgefühl. Sie war ihnen nicht verbunden. Wenn sie jedoch, bevor sie starben, hinunterginge und mit ihnen redete, etwas aus ihrem Leben erführe, ihre Sorgen, ihre Träume, würde sie trauern, wenn sie starben. Selbst ein Fünf-Minuten-Gespräch könnte das bewirken, eine Verbindung herstellen, die stark genug war, daß sie ihren Tod als Verlust erlebte. Was war das Band, das uns füreinander existent machte?

Und wie kam es, daß die, denen wir am nächsten standen, oft diejenigen waren, für die wir am wenigsten Mitgefühl empfanden? Sie wünschte Fremden nichts Böses, aber im Laufe der Jahre hatte sie oft gehofft, Jenny würde ihren Teil abbekommen – jemand würde ihr das antun, was sie Sandy angetan hatte. Aber das war nie geschehen, denn Jenny hatte sich einen Mann ausgesucht, der sie niemals sitzenlassen würde. Die Rache hatte Jenny also auf unerwartetem Wege ereilt, einem Weg, der Sandy vor zehn Jahren nie in den Sinn gekommen wäre. Jenny hatte sich mit der Sicherheit und deren unvermeidlichen Begleitern begnügt: Langeweile und Mittelmäßigkeit.

Sandy hätte ihr eine schmerzliche Liebesaffäre mit der ausgleichenden Gerechtigkeit des „Auge für Auge, Zahn um Zahn" gewünscht. Aber dem Schicksal, das Jenny gewählt hatte oder in das sie geraten war, fehlte die Leidenschaftlichkeit der Bestrafung, und aus eben diesem Grund verursachte es Sandy Unbehagen. Ein Teil von ihr mochte sich daran weiden, daß Jenny ein schlimmeres Schicksal erlitt, als Sandy ihr gewünscht hatte, und doch war ein anderer Teil von ihr bestürzt über Jennys Entscheidung. Wie hatte Jenny von dem, was sie zusammen erlebt hatten, in diese Ehe gehen können? Barry war gewiß kein schlechter Mann. Sandy war sicher, daß er einen ausgezeichneten Ehemann abgab. Aber sie konnte sich nicht vorstellen, daß das Leben mit ihm aufregend war. Jenny mußte voller Unrast sein.

Doch wer war sie schon, daß sie so dachte? In den letzten ein oder zwei Jahren hatte sie sich in ihrer Arbeit, in ihrer Beziehung mit Shelly ebenfalls voller Unrast gefühlt. Vielleicht war die Rastlosigkeit ein Zustand des zwanzigsten Jahrhunderts, ein Barometer der existentiellen Krise dieser Zeit. Nicht daß es sie früher nicht gegeben hätte, aber schließlich glaubte jede Generation narzistischerweise, die Konflikte ihres historischen Augenblicks hätten zuvor nicht existiert.

Sandy wurde sich bewußt, daß in ihrem Gedankengang ein wichtiger Punkt fehlte. Sie rieb sich den Kopf, versuchte, sich zu entspannen und ihre Kopfhaut zu stimulieren, so daß auf magische Weise Klarheit entstehen würde. Es war ein alter Trick aus ihrer Studienzeit, und sie wandte ihn immer noch gelegentlich an, wenn ihr Verstand sich jeder Eingebung widersetzte.

Sie und Jenny waren beide voller Unrast in ihren Beziehungen, aber Sandy war sich sicher, daß es einen wesentlichen Unterschied zwischen ihnen beiden gab. Sie wußte, sie war weniger rastlos als Jenny, aber es ging eigentlich nicht um das Ausmaß. Der Unterschied lag in dem Prozeß, in dem sie an diesen Punkt gelangt waren. Sandy sah sich mit der unausweichlichen Realität von Langzeitbeziehungen konfrontiert: Mit der Zeit ließen Romantik und Leidenschaft nach. Nein, eigentlich ließen sie nicht nach, sie veränderten sich. Jenny dagegen hatte mit Barry überhaupt nie Leidenschaft oder Romantik erlebt. Sandy konnte sich vorstellen, daß Jennys Rastlosigkeit von Anfang an dagewesen war. Aber spielte es wirklich eine Rolle, wie jede von ihnen dorthin gelangt war, wenn sie nun am gleichen Punkt standen? War es denn überhaupt der gleiche?

Sandy spürte, daß die glühende Leidenschaft am Anfang ihrer Liebe zu Shelly ihrer Beziehung eine Ganzheit verliehen hatte, auch wenn ein Teil der Leidenschaft sich jetzt in andere Bereiche verflüchtigt hatte. Wenn sie an ihre und Shellys Beziehung dachte, hatte sie etwas Rundes vor Augen, ein eiähnliches Gebilde, das in einem anhaltenden Veränderungsprozeß allmählich seine Form wandelte.

Vielleicht war dies ein wichtiger Unterschied zwischen ihr und Jenny. Ihre Rastlosigkeit war nicht etwa existentiell bedeutungsvoller als Jennys, sondern Jenny schien zu stagnieren, als sei sie auf eine Straßensperre getroffen, einfach einige Meilen zurückgegangen und habe dort ihr Lager aufgeschlagen.

Sandy ging zum Bett zurück und versuchte noch einmal, Shelly anzurufen. Immer noch keine Antwort. Wie würde Shelly reagieren, wenn sie hörte, daß Jenny auf der Tagung war? Vielleicht würde sie sich ein wenig bedroht fühlen und ein paar abfällige Bemerkungen machte. Shelly haßte Jenny dafür, daß sie Sandy so verletzt hatte. Sie sagte immer, sie könne nicht verstehen, wie Jenny einen solchen Hauptgewinn wie Sandy aufgeben konnte. Was würde sie denken, wenn sie Barry sah? Sie würde wahrscheinlich meinen, jede, die dumm genug sei, Sandy für so jemanden aufzugeben, habe Sandy von Anfang an nicht verdient. Aber Shelly verstand ohnehin nicht, wie eine Frau einen Mann einer Frau vorziehen konnte.

Das war es. Das war der springende Punkt. Die 100 000-Dollar-Frage des heutigen Abends: War Jennifer Chase Berkowitz heterosexuell? Oder war sie eigentlich eine Lesbe, die aus lauter Angst vor Frauen davongelaufen war?

Sandy mußte über sich selbst lachen. Was für ein Melodrama. „Schalten Sie morgen zur nächsten spannenden Folge von *Wie die Welt homosexuell wird* ein!“ Sie steckte ihre Brieftasche ein und verließ rasch das Hotelzimmer. Vielleicht würde ein Spaziergang am Meer ihr guttun.

Es war dunkel, als sie nach draußen trat. Sandy mochte die Dunkelheit; sie verlieh ihr eine gewisse Anonymität. Sie ging über den Strand bis zum Wasser, zog sich die Schuhe aus und ging im flachen Wasser weiter. Es verlangsamte ihren raschen Schritt. Widerstreitende Gefühle tobten in ihr. Wie Stromstöße. AC/DC. Eine Frau in einer Bar in Hollywood hatte dies einmal über eine andere Frau gesagt. Sie war erstaunt, daß Sandy nicht wußte, was der Ausdruck bedeutete. „Na eben AC/DC“, hatte sie erklärt, „schwingt in beide Richtungen.“ „Ach, du meinst bisexuell“, hatte Sandy gesagt. „Ja“, hatte die Frau gemeint, „AC/DC.“

Ein Schauer überlief Sandy. Die Abendbrise war plötzlich kalt geworden. Sie blieb stehen, holte tief Luft und schaute aufs Meer hinaus. Der tiefe Atemzug half nicht gegen ihr Frösteln, und das beständige Schlagen der Wellen wirkte heute abend aufreizend, nicht beruhigend wie sonst. Sie kehrte zum Hotel zurück.

In dem kleinen Waschbecken wusch Sandy den Sand ab, der an ihren Füßen klebte und zwischen ihren Zehen steckte. Sie hatte keinen Grund, aufgeregt zu sein. Sie reagierte übertrieben, wie es nach Shellys Ansicht oft der Fall war. Jenny gehörte der Vergangenheit und noch dazu einer fernen Vergangenheit an. Heute konnte sie Sandy nicht mehr verletzen, selbst wenn sie es wollte, und sie hatte keinen Grund, es zu wollen. Schließlich war alles nach ihrem Willen gelaufen. Es gab immer noch einige Fragen, die Sandy nie gestellt oder auf die sie nie zufriedenstellende Antworten bekommen hatte, und dies könnte ein idealer Zeitpunkt sein, diese Antworten zu erhalten.

Sie wollte wissen, ob Jenny bisexuell war. Oder was sonst. Sandy hielt Bisexualität im Grunde für großen Mist. Sie glaubte nicht etwa, daß die Menschen nicht fähig wären, sich sexuell oder emotional auf beide Geschlechter zu beziehen; die meisten Lesben, die sie kannte, hatten irgendwann einmal Beziehungen zu Männern gehabt, und manche heterosexuelle Frau hatte wichtige Beziehungen mit Frauen gehabt. Das Problem war das Leugnen einer Präferenz. Wenn es darauf ankam, zogen fast alle eine Art der Beziehung der anderen vor. Und nach Sandys Erfahrung waren die allermeisten Frauen, die sich als bisexuell bezeichneten, eigentlich Lesben, die Angst vor der Unterdrückung und Verachtung hatten, der sie begegnen könnten, wenn sie das Etikett „lesbisch" akzeptierten. Diese Frauen behaupteten, sie hätten etwas gegen Etiketten. Eigentlich meinten sie aber, daß sie etwas gegen das hatten, was mit ihnen geschehen könnte, wenn sie das falsche Etikett wählten. Schließlich lebten nicht viele Heterosexuelle in der Angst, für heterosexuell gehalten zu werden. Sandy war sicher, daß Jenny sich selbst für heterosexuell hielt. Sie lebte nicht in Angst. Aber was war sie wirklich? Sandy hielt einen Augenblick inne, bevor sie sich die nächste Frage stellte. Was erwartete sie?

Sandy gefiel diese Frage überhaupt nicht.

36

Sandy war also mit einer Frau zusammen. Jenny schnippte die Asche in den Aschenbecher auf dem Nachttisch und lehnte sich an das stoffbespannte Kopfteil des Bettes. Seit Stunden ging ihr dieser Gedanke beständig im Kopf herum. Sie hatte gespürt, wie ihr ganzer Körper sich verspannte und sie unwillkürlich die Zähne zusammenbiß; dann aber hatte sie ungehalten den Kopf geschüttelt und sich von dieser unangenehmen Vorstellung befreit. Für eine Weile zumindest. Solange sie sich irgendwie beschäftigt hatte, war alles in Ordnung gewesen. Aber sobald sie einen Moment zur Ruhe kam, drang dieses Wissen wieder in ihr Bewußtsein.

Der dreiviertel volle Mond warf ein fahles Licht auf die grüngeblümte Bettdecke. Das Licht wurde durch die Fensterläden gebrochen, so daß ein Muster aus dunklen und hellen Streifen quer über das Bett und ihren Körper fiel. Jenny verfolgte mit dem Zeigefinger einen der dunklen Streifen auf ihren Oberschenkel. Die Glätte der Haut überraschte sie. Sie war weich und fest zugleich. Sie strich mit den Fingern an der Seite ihres Oberschenkels hoch und hielt inne, als Barry im Schlaf seufzte, sich auf die andere Seite drehte und ihr den Rücken zukehrte. Er schlief immer noch fest; Jenny hatte ihn in den letzten Stunden hin und wieder betrachtet. Er sah im Schlaf soviel jünger aus, sein volles Gesicht erinnerte sie an den Babyspeck eines Kindes, unschuldig und unerfahren. Sandy hatte auch etwas zugenommen. Ihr Körper war nicht mehr so hager und fest wie damals im College. Ihre Hüften und Brüste waren voller, als Jenny sie in Erinnerung hatte, und das ließ sie weiblicher erscheinen, während sie durch ihren Haarschnitt und ihre Kleidung gleichzeitig männlicher wirkte.

Jenny drückte die Zigarette mit einer heftigen Drehung aus, wobei der Aschenbecher gegen die Lampe stieß und ein lautes Geräusch verursachte. Sie hielt den Atem an und wartete, um zu sehen, ob Barry aufwachen würde. Wenn sie nicht schlafen konnte, fand sie gewöhnlich eine Möglichkeit, Barry zu wecken, damit er ihr Gesellschaft leistete. Aber heute nacht wollte sie allein sein, auf die Stille horchen, ihren Kopf von allen Gedanken freimachen und nur dasitzen und in die Dunkelheit schauen.

Sandy war also mit einer Frau zusammen. Shelly war also eine Sie. Die Erinnerung an Sandys herablassendes Lächeln kam ihr in den Sinn. Das Bild weckte in ihr den Wunsch, Sandy ins Gesicht zu schlagen. Immer wenn sie dieses Lächeln sah, raste eine unerhörte Wut durch ihren Körper. Es war ein irrationales, unbezähmbares Gefühl, das Jenny großes Unbehagen bereitete. Sie hatte keinen Grund, so außer sich zu sein. Es war ihr scheißegal, mit wem Sandy zusammen war. Wenn Sandy so leben wollte, war das ihre Sache. Anders als Jenny war sie einfach nie aus dieser Phase herausgewachsen.

Jenny fragte sich, was für eine Frau Shelly war. War sie attraktiv oder unscheinbar? Maskuliner als Sandy oder femininer? Was für einen Beruf hatte sie? Wie war sie im Bett? Jenny beobachtete sich selbst bei diesem Gedankengang: Sie drehte unter einem inneren Zwang an ihrem Ehering; ihr großer Zeh schlang sich in einer mörderischen Umarmung um seinen Nachbarn; die Gedankenfolge endete, wie vorauszusehen war, beim Thema Sexualität. Freud hatte zweifellos recht gehabt.

Vielleicht war das alles, was jemals zwischen ihr und Sandy gewesen war. Jugendliche Leidenschaft. Nie schrieb jemand ein Buch über dieses Thema. Es hieß allgemein, daß Frauen ihre Sexualität erst aufregend fanden, wenn sie in den Dreißigern waren und die Männer die Blüte ihrer Jahre bereits überschritten hatten.

Das galt gewiß nicht für sie; sie war sich ihrer Sexualität immer bewußt gewesen, und deren Intensität hatte sie in der Zeit, als sie mit Sandy zusammenlebte, oft überwältigt. Jenny fragte sich, ob sie in dieser Hinsicht vielleicht anormal sei. Sie hatte nie gehört, daß eine andere Frau ihre ersten sexuellen Erfahrungen als leidenschaftlich bezeichnete. Die meisten Frauen lachten, wenn sie die unbeholfenen Szenen auf dem Rücksitz eines Autos beschrieben, den großen Frust, wenn er ihn endlich hineinsteckte und dann in wenigen Augenblicken alles vorbei war. Nein, ihr fiel keine Frau ein, die jugendliche Leidenschaft erlebt hatte. Außer Sandy. Sandy und sie.

Plötzlich fand sie sich vor dem abgedunkelten Fenster wieder, mit einer Zigarette in der Hand, die angezündet zu haben sie sich nicht erinnern konnte. Das alles war ja lächerlich. Sie hatte im Laufe der Jahre kaum an Sandy gedacht, ein deutliches Zeichen, daß Sandy ihr nicht wichtig gewesen war. Sie war einfach müde und überdreht. Sie hatte selten Schwierigkeiten, einzuschlafen, und ihre heutige Schlaflosigkeit irritierte sie mehr, als sie gedacht hatte. Sie schaute Barry an, der fest schlief.

Lächelnd ging sie zurück zum Bett, drückte ihre Zigarette aus, legte sich mit einem heftigen Schwung hin und zog die Decke über sich. Barrys Bein zuckte ein wenig, aber es bedurfte anscheinend drastischerer Maßnahmen, um ihn aufzuwecken. Er würde das Neuartige an einer mitternächtlichen Nummer genießen, und danach würde sie schlafen können.

Sie klopfte laut ihr Kissen zurecht und ließ sich gegen das Kopfteil fallen. Barry rührte sich nicht. Jenny holte tief Luft und atmete laut aus. Aus den Augenwinkeln sah sie, daß Barry sich noch immer nicht im mindesten gerührt hatte. Ein Anflug von Ärger überkam sie. Normalerweise war er nicht so unsensibel gegenüber ihren Stimmungen. Aber sie war wirklich nicht fair. Wenn sie wollte, daß er aufwachte, sollte sie es riskieren und ihn einfach wecken. Vielleicht brauchte er wirklich seinen Schlaf. Er hatte sehr müde gewirkt, als er ins Bett ging. Und er schlief so friedlich. Aber sie schlief überhaupt nicht. Und wenn sie keinen Schlaf bekam, würde sie morgen gänzlich ungenießbar sein und ihnen beiden den Tag verderben. Das gab den Ausschlag. Sie beugte sich über ihn und küßte ihn aufs Ohr.

„Barry ... Barry.“ Sie streichelte sein Haar.

„Mmh?“

„Bist du wach?“

Barry drehte sich auf den Rücken und rieb sich die Augen. „Mmh ... ich glaube ja.“

„Gut. Ich bin geil.“

Barry schaute sie verwirrt an. Er wandte sich zum Nachttisch und griff nach dem Reisewecker.

„Liebling, weißt du, wie spät es ist? Wir müssen morgen früh um ...“

Jenny rollte sich auf ihn, ließ ihre Hüften kreisen und drückte ihr Becken gegen seins. Barry stellte lachend den Wecker hin. Sie spürte, wie er hart wurde. Sie war heute nacht sehr geil und wollte keine Zeit mit dem Vorspiel verschwenden. Sie streifte ihren Slip herunter, griff seinen steifen Schwanz und schob ihn sich hinein. Sie berührte ihre Scheide und stellte überrascht fest, wie naß sie war. Sie ritt ihn zunehmend stärker, wollte seinen Schwanz voll in sich fühlen, genoß den leichten Schmerz ihrer kraftvollen Stöße. Barry stimulierte mit der Hand ihre Klitoris, und sie kam sofort. Sie hörten auf zu bumsen, und Barry sah sie überrascht an. Beide lachten. Barrys Penis war immer noch steif in ihr. Sie ließ sich von ihm herunterrollen, legte sich neben ihn und wollte es ihm mit der Hand machen. Doch Barry hielt ihre Hand fest.

„Komm einfach her und laß mich dich in den Arm nehmen.“

Jenny kuschelte sich in seine Arme und lehnte den Kopf an seine Brust. Plötzlich war sie sehr müde. Sie glitt in den Schlaf hinüber.

Jetzt konnte Barry nicht mehr schlafen. Sein linker Arm wurde taub, doch er wollte ihn nicht bewegen, um Jenny nicht zu wekken. Das Wiedersehen mit Sandy hatte sie mehr aufgewühlt, als ihr bewußt war. So war es mit Jenny immer. Sie ließ es nicht zu, sich aufzuregen; sie redete sich ein, es sei alles in Ordnung, und zögerte die Reaktion tagelang, manchmal wochenlang hinaus. Wenn sie schließlich bereit war, wählte sie Zeit und Ort, um sich mit dem auseinanderzusetzen, was in ihr brodelte. Barry hatte gelernt, ihr die Zeit zu lassen, die sie brauchte. Er hätte es vorgezogen, eher über alles zu reden, aber im Laufe der Jahre hatte er die Erfahrung gemacht, daß es keinen Zweck hatte, sie zu drängen.

Sanft zog er seinen Arm unter ihrem Kopf hervor und deckte sie sachte zu. Jenny seufzte im Schlaf und drehte sich, die Arme um die Brust geschlungen, die Knie hochgezogen, um. Barry stand auf und ging leise ins Badezimmer, schloß die Tür und schaltete dann das Licht an. Es hatte etwas sehr Befriedigendes, den Urin in einem langen, sauberen Bogen herausspritzen und genau in der Mitte des Toilettenbeckens auftreffen zu sehen. Als Junge hatte er oft mit verschiedenen Abständen experimentiert und war recht gut darin geworden, seine Muskeln so zu steuern, daß er den Strahl am Toilettenrand entlang lenken konnte, ohne auf den Sitz zu spritzen.

Barry war nie ein sehr guter Sportler gewesen; eigentlich sogar eine schreckliche Niete. Wenn Wormface Wolowitz nicht gewesen wäre, hätte er eine noch schwierigere Kindheit gehabt als ohnehin schon. Dank Wormface war er nie der letzte gewesen, der zum Wetturnen oder Basketball gewählt wurde, und das hatte ihm geholfen, in der qualvollen Tortur namens Pause ein Fitzelchen Würde zu wahren.

Die Leute redeten oft davon, daß sie gern ihre Kindheit mit ihren unschuldigen Freuden, frei von jeder Verantwortung, wiederhätten. Sie schienen überrascht, wenn Barry sagte, er sei enorm froh, erwachsen zu sein und die „Freude und Unschuld“ der Kindheit überlebt zu haben. Barry fragte sich, ob die meisten Menschen tatsächlich eine glückliche Kindheit gehabt hatten oder ob sie aus irgendeinem merkwürdigen Grund die Grausamkeiten und Ungerechtigkeiten leugneten, die Kinder von Erwachsenen und ihresgleichen erdulden mußten. Er hatte den Spott nicht vergessen, die kleinen Demütigungen, die er zu ignorieren versucht hatte, die ihn jedoch so sehr verletzten, daß er im Alter von acht Jahren schreckliche Bauchschmerzen bekam. Die ersten Anzeichen eines Magengeschwürs! O ja, die Freuden der Kindheit!

Er erinnerte sich daran, wie Sandy weggegangen war, wie sie die Hotelhalle durchquert und sich mühelos ihren Weg durch die Menge gebahnt hatte. In ihren Bewegungen lagen eine Sicherheit und Anmut, die sie als Sportlerin auswiesen. Barry hatte oft die unbefangene Selbstsicherheit anderer Männer beneidet: die Art und Weise, wie sie auf einem Stuhl saßen, die langen Beine lässig von sich gestreckt, oder wie sie an einer Wand lehnten und ihr Körper ungezwungen die richtige Haltung einnahm, um ihr maßgeschneidertes Arrow-Hemd zur Geltung zu bringen. Sandy war wie diese Männer. Sie hatte durchaus nichts Männliches – ihr Gebaren und ihre Figur waren zweifellos weiblich. Die Ähnlichkeit lag in der Art, wie sie in ihrem Körper zu Hause schien, dem Wissen, daß ihr Körper das tun würde, was sie wollte, verläßlich war, die Reflexe bereit, so daß die Muskeln in dem Bewußtsein, daß sie augenblicklich zu mobilisieren waren, sich nun entspannt und fließend bewegen konnten.

Wie verschieden er und Sandy waren. Und doch hatte Jenny sie sich beide als Geliebte gewählt. Im College war Jenny mit einigen Machos ausgegangen, also hatte sich ihr Geschmack vielleicht mit zunehmendem Alter verändert. Außerdem war das, was Jenny von einem Mann brauchte, vielleicht etwas anderes als das, was sie an einer Frau schätzte. Sandy mochte sportlich sein, aber das war ihre einzige Ähnlichkeit mit den Männern, mit denen Jenny ausgegangen war. Sandy hatte einen Ernst und eine Ehrlichkeit an sich, die er schon damals auf der Hochzeit bemerkt hatte, als er sie kennenlernte. Er hatte sie von Anfang an gemocht; ihre Unverblümtheit, ihre Weigerung, die gesellschaftlichen Spielchen mitzumachen, hatten etwas Faszinierendes. Barry hatte gehofft, sie würden sich miteinander anfreunden, aber Sandy hatte das eindeutig nicht gewollt. Und Jenny auch nicht.

Barry blieb am Fußende des Bettes stehen und betrachtete die Frau, die dort schlief, seine Frau. Sie lag nun auf dem Rücken, eine Hand auf seine Seite des Bettes geworfen, ihr dunkles zerzaustes Haar fächerförmig auf dem hellen Kopfkissen. Frauen hatten ganz anderes Haar als Männer. Es schien eine Festigkeit und Fülle zu haben, die den dünnen Strähnen der meisten Männer, die ihr Haar lang trugen, fehlte. Anfang der siebziger Jahre hatte Barry sein Haar wachsen lassen, aber es hatte sich hartnäckig geweigert, modisch auszusehen, und sich statt dessen im Nacken in drei Stränge geteilt. Jenny hatte ihm gesagt, er solle sich entweder die Haare schneiden lassen oder ein Clownskostüm anziehen, das zu seinem neuen Aussehen passe. Am nächsten Tag hatte er sich die Haare abschneiden lassen.

Sie war schön. Selbst so, mit leicht geöffnetem Mund und unnatürlich verdrehtem Körper fand er sie immer noch verführerisch. Und das nach all diesen Jahren. Andere Männer klagten, daß sie sich in sexueller Hinsicht mit ihren Ehefrauen langweilten und ab und zu einen Seitensprung brauchten, eine „neue Möse". Als würde eine Möse bei ständigem Gebrauch ranzig oder schlaff und sie bräuchten Frischfleisch. Barry hatte das nie verstanden. Natürlich fühlte er sich gelegentlich von anderen Frauen angezogen – er war schließlich auch nur ein Mann. Aber die Vorstellung, Sex mit einer fremden Frau zu haben, reizte ihn nicht. Da gäbe es so viele Probleme. Zum Beispiel, nicht zu wissen, was sie wollte; und worüber sollten sie hinterher bloß reden? Smalltalk zu machen, nachdem sie gerade gefickt hatten, schien ihm nicht angemessen, aber was sollten sie sonst tun, wenn sie sich nicht kannten? Es schien weder die Peinlichkeit noch den Umstand zu lohnen. Außerdem hatte er auf seine Intimsphäre schon immer größten Wert gelegt, und gab es etwas Intimeres als Sex? Nein, er riß mit den anderen Männern die üblichen Witze und steuerte seinen Teil an Bemerkungen über eine attraktive Frau im Büro bei, aber eigentlich war er nicht interessiert. Für ihn gab es nur Jenny.

Barry ging zu seiner Seite des Bettes, zog vorsichtig die Decke zurück und hob Jennys Arm gerade so weit an, daß er ins Bett schlüpfen konnte. Mit einem Seufzer, aber ohne zu erwachen, drehte sie sich auf die Seite. Er kroch näher an sie heran und legte seinen Kopf in die Beuge ihres Nackens. Mit ihren Haaren auf seiner Wange glitt er in den Schlaf hinüber.

37

Jenny saß in der vorletzten Reihe des großen Konferenzsaals. Sie war versucht gewesen, in der ersten Reihe Platz zu nehmen, fand dann aber, das sei zu auffällig. Von ihrem Platz aus konnte sie den ganzen Saal überblicken, ohne sich selbst wie auf dem Präsentierteller zu fühlen. Der Saal war voll besetzt, und Lärm umfing sie wie Rauchschwaden. Als sie hereingekommen war, hatte sie sich befangen gefühlt; sie hatte sich gefragt, ob die bereits Anwesenden alle Eintretenden prüfend betrachteten und abschätzten: „Ist sie oder ist sie nicht?“ Jenny lächelte ironisch. Nicht einmal die Friseusen wußten es ganz genau.

Dies war das erste Mal, daß sie ein solches Symposion besuchte. Ihr Spezialgebiet war Familientherapie, und mit der Teilnahme an Symposien und Vorträgen auf ihrem eigenen Gebiet war sie normalerweise vollauf beschäftigt. In den letzten fünf Jahren war ihr die wachsende Anzahl von Veranstaltungen über lesben- und schwulenrelevante Fragen aufgefallen. Jenny registrierte diese Veränderung beiläufig, freute sich aber, daß die Betreffenden sich organisierten und ihre Rechte einforderten. Vor einigen Jahren war ein Arbeitskreis Homosexueller PsychologInnen gegründet worden, der sich in Jennys Vorstellung aus irgendeinem Grund ausschließlich aus Männern zusammensetzte. Vorne links im Auditorium bemerkte sie tatsächlich eine Gruppe von Männern, die vertraulich zusammensaßen, redeten und lachten. Doch vorne rechts saß auch eine Gruppe von Frauen. Sie schienen einander gut zu kennen; einige hatten ungezwungen einen Arm um die Stuhllehne ihrer Nachbarin gelegt, und sie beugten sich beim Sprechen nahe zueinander, die Gesichter nur wenige Zentimeter voneinander entfernt. In der Mitte und weiter hinten im Saal saßen kleinere Grüppchen von Leuten, Männer und Frauen gemischt; sie schwiegen, waren unruhig und achteten peinlich auf ihre Körpergrenzen. Sie berührten einander kaum, obwohl einige von ihnen sich gut zu kennen schienen. Jennys Blick kehrte immer wieder zu der Gruppe von Frauen zurück, die vorne zusammensaß. Hin und wieder klang ihr Gelächter bis zu Jenny herüber. Die Frauen schienen sehr autonom, als bildeten sie eine Welt für sich.

Auf dem Podium saßen zwei Männer hinter einem langen Tisch; die beiden Plätze zu ihrer Linken waren leer. Jenny sah, wie Sandy und eine andere Frau zusammen den Saal betraten und die beiden Männer zur Begrüßung umarmten und küßten. Sandy und ihre Freundin nahmen Platz und ließen ihre Blicke über das Publikum schweifen. Sandy winkte einigen der Frauen zu, die vorne zusammensaßen.

Jenny nutzte die Gelegenheit, um Sandy unverfroren zu betrachten. Sie war eine reife, attraktive Frau geworden. Ja, „attraktiv" war das richtige Wort; sie war weder hübsch noch schön zu nennen. Doch ihre Gesichtszüge hatten etwas Starkes und zugleich Zartes, und ihre Haltung drückte eine gewisse Würde aus. Sie trug einen klassisch geschnittenen sandfarbenen Anzug mit einer rostroten Seidenbluse, die die kastanienbraunen Strähnchen in ihrem kurzen, stufig geschnittenen Haar zur Geltung brachte. Sie hatte große goldene Ohrringe und eine schlichte goldene Halskette angelegt, die im Neonlicht funkelte. Die Goldkette war faszinierend; Jenny fiel es schwer, den Blick von dieser Kette und dem Hautdreieck, auf dem sie ruhte, loszureißen.

Einer der Männer stand zuerst auf, trat ans Mikrofon und sprach. Er arbeitete in der Bewährungshilfe für männliche Jugendliche. Er war ein großer, stattlich wirkender Mann mit leicht ergrauten Schläfen. Nicht im mindesten unmännlich. Man hätte ihn nie für schwul gehalten, wenn es in der Beschreibung der Podiumsveranstaltung nicht klar geheißen hätte, daß alle PsychologInnen, die daran teilnahmen, selbst schwul bzw. lesbisch waren. Jenny schaute sich unter dem aufmerksam zuhörenden Publikum um. Sie fragte sich, wie viele gekommen waren, um sich die schwul-lesbischen Standpunkte anzuhören und etwas zu lernen, und wie viele gekommen waren, um die Vortragenden zu begaffen. Sie spürte, wie sie wütend wurde und diese vier Leute beschützen wollte, die den Mut hatten, sich dort oben offen hinzustellen und die Verachtung und den Spott ihrer KollegInnen zu riskieren. Sandy hörte konzentriert zu und machte sich gelegentlich Notizen, während ihr schwuler Bruder sprach. Jenny schüttelte den Kopf. Schwule Brüder und lesbische Schwestern. Sie hatte während ihres Studiums einmal den Priester einer Homosexuellengemeinde predigen hören, und er hatte diesen Ausdruck gebraucht. Ihr war gar nicht bewußt gewesen, daß er sie in irgendeiner Weise beeindruckt hatte.

Der Mann vor ihr flüsterte mit seiner Nachbarin. Sie kicherten, und ohne zu überlegen, beugte Jenny sich vor.

„Wenn Sie kein Interesse haben und reden müssen, warum gehen Sie dann nicht, statt andere zu stören?“

Jenny sah den betroffenen Ausdruck auf ihren Gesichtern und wurde sich bewußt, daß ihre Stimme barsch geklungen hatte. Sie hatte angenommen, sie machten sich über den Redner lustig. Was war eigentlich mit ihr los? Sie wußte nicht, worüber sie gelacht hatten; es konnte alles mögliche gewesen sein. Litt sie unter Wahnvorstellungen? Wer wußte das schon? Wenn du schwul oder lesbisch warst, wußtest du vielleicht nie genau, woran du mit anderen Menschen warst. Sie konnten dir gegenüber freundlich tun, sich aber hinter deinem Rücken über dich lustig machen. Es würde niemanden geben, dem du wirklich vertrauen konntest. Außer vielleicht anderen Lesben und Schwulen.

Sie fragte sich, wie viele der Leute im Saal homosexuell waren. Es war unmöglich zu sagen. Im Publikum waren einige feminin aussehende Männer, aber vielleicht waren es einfach sensible Heterosexuelle. Und was die Frauen betraf, so erkannte Jenny einige der eher maskulin aussehenden Frauen um sich herum und wußte, daß viele von ihnen verheiratet waren. Offenbar war es nicht mit Sicherheit auszumachen. Wie erkannten Schwule und Lesben sich dann untereinander?

Jenny hörte Applaus und dann die Stimme einer Frau im Hintergrund. Sie erinnerte sich, wie Barry und sie zusammen mit einem anderen Paar einmal in eine Schwulenbar gegangen waren. Eine Bar für Männer. Nachdem ihre Augen sich an die Dunkelheit gewöhnt hatten, sahen sie ein Meer von Männern, das sich von der Bar über die Tanzfläche erstreckte. Es hatte ein sonderbarer, überwältigender Geruch im Raum gehangen, dessen beharrliche Intensität sie zu ersticken drohte. Später merkte sie, daß es der Schweißgeruch von Hunderten schwitzender Männerkörper war. Jenny fiel der Umkleideraum in der High-School ein, wo die Mädchen sich immer die Nase zugehalten hatten, wenn sie sich nach der Sportstunde umzogen; wie sie gekichert und das Gesicht verzogen hatten über die Ausdünstung der Schweißperlen, die zwischen ihren Brüsten entlangrannen und schließlich begierig vom Bauchnabel aufgefangen wurden, der die Feuchtigkeit hortete. Aber der Dunst in der Bar war völlig anders, saurer als der Geruch, den Jenny in Erinnerung hatte; er hatte fremdartig gewirkt.

Sie und Barry hatten sich den Weg zu einem kleinen Tisch an der Seite der Tanzfläche gebahnt. Die Männer ignorierten sie, als seien sie unsichtbar. Jenny hatte sich noch nie in einer Situation befunden, in der so viele Männer anwesend waren – und keiner von ihnen taxierte sie. Es war ein sehr merkwürdiges Gefühl gewesen, zu begreifen, daß sie keinerlei sexuelles Interesse an ihr hatten. Es spielte keine Rolle, ob sie an diesem Tag ihre Haare frisiert oder viel Zeit auf ihr Make-up verwendet hatte. Es gab nichts, was sie hätte tun können – es sei denn, etwas Absonderliches –, um ihre Aufmerksamkeit zu erregen.

Ihre beiden Begleiter waren sehr nervös gewesen. Als sie und Rita aufstanden, um zur Toilette zu gehen, hatte Jim darauf bestanden, daß sie einzeln gingen, damit immer eine von ihnen am Tisch säße. Jenny war das albern vorgekommen, denn keiner der Männer schenkte Barry oder Jim auch nur die geringste Beachtung. Aber sie und Rita hatten ihnen den Gefallen getan.

Jenny und Rita hatten sich an diesem Abend ausgezeichnet amüsiert. Sie konnten es nicht lassen, Bemerkungen darüber zu machen, wie ungewöhnlich attraktiv die Männer waren. Es lag etwas in ihren Bewegungen, das auf eine außerordentliche Sinnlichkeit hinwies. Und in der Art, wie sie tanzten, steigerte sich diese sinnliche Andeutung zu einer demonstrativen Vorführung unverhüllter Erotik. Das Tanzen bereitete Barry und Jim großes Unbehagen; nach ein oder zwei Versuchen weigerten sie sich, wieder auf die Tanzfläche zu gehen. Jenny konnte es ihnen nicht verdenken. Verglichen mit den anderen Männern wirkten sie wie Marionetten – von einem unsichtbaren Puppenspieler gesteuert, der an den Schnüren ruckte und abgehackte, unharmonische Bewegungen erzeugte, die dem Rhythmus der Musik zuwiderliefen. Selbst Jenny kam sich gegenüber einigen der anmutigeren Tänzer unbeholfen vor.

Der Klang von Sandys Stimme holte Jenny aus ihrer Tagträumerei zurück. „Meine Erfahrung auf diesem Gebiet stammt nicht nur aus meiner Arbeit mit lesbischen Klientinnen. Mein eigener Kampf um eine positive lesbische Identität hat mich sehr viel über einige der speziellen Probleme gelehrt, vor denen Lesben im allgemeinen und in der therapeutischen Situation im besonderen stehen."

Jenny bewunderte das Selbstvertrauen in Sandys Stimme. Sandy hatte ihre Argumente schon immer überzeugend vorbringen können, aber die jugendliche Unsicherheit, die sich in der übertriebenen Vehemenz ihrer Redeweise gezeigt hatte, war verschwunden. Ihre Stimme war ruhiger. Sie strahlte Offenheit und Wärme aus, und doch war deutlich zu spüren, daß mit dieser Frau nicht zu spaßen war.

„Eines der brennendsten Probleme, die schwule und lesbische Heranwachsende haben, ist das Gefühl extremer Isolation von den Menschen ihrer Umgebung. Bis heute denken viele dieser Jugendlichen trotz der Lesben- und Schwulenbewegung und der Frauenbewegung fälschlicherweise, sie seien die einzigen. Sie sind sich des gesellschaftlichen und familiären Zwangs, heterosexuell zu leben, überaus bewußt und leben oft in großer Angst, daß jemand ihre geheimsten Gedanken und Gefühle entdecken könnte."

Die einzigen. Die einzigen. Diese Worte wiederholten sich, als sei die Nadel eines Plattenspielers hängengeblieben. Auch sie hatten gedacht, sie seien die einzigen. Jenny hatte gehofft, sie wären die einzigen. Sie hatte gewußt, daß es Lesben gab, aber sie hatte sich gewünscht, daß sie beide eine andere, seltene Erfahrung machten, unberührt von allen Etiketten, die das abwerten würden, was sie und Sandy zusammen erlebten. Es war ihr immer unsinnig erschienen, daß die Menschen auf Etiketten bestanden. Etiketten waren eine Falle, eine Form, dich deiner Individualität zu berauben. Niemand regte sich darüber auf, daß zwei Frauen einander liebten (außer, wenn er oder sie wirklich altmodisch war), aber viele Leute wurden von dem Etikett „lesbisch" abgeschreckt. Welchen Sinn hatte es, ein Wort zu benutzen, das so viele Leute aufregte? Und doch wiederholte Sandy dieses Wort immer wieder, und Jenny hatte schon andere homosexuelle RednerInnen sagen hören, wie wichtig es sei, aufzustehen und als Schwule und Lesben wahrgenommen zu werden. Es handelte sich offenkundig um eine künstliche Unterscheidung. Nicht umsonst hatte Kinsey seine 7-Punkte-Skala entwickelt. Jenny versuchte, sich aus dem Studium zu erinnern, an welchem Ende des Kontinuums die Lesben und Schwulen standen. War es die Null, die bedeutete, daß du hundertprozentig homosexuell warst, oder war es die Sechs? Sie wußte es nicht mehr, und sie sagte sich, es sei nicht wichtig. Wichtig war, daß Kinseys Forschungen zufolge die meisten Menschen weder bei Null noch bei Sechs einzuordnen waren. Die meisten Menschen hatten homosexuelle wie heterosexuelle Gedanken, Phantasien und Verhaltensweisen. Manche neigten mehr zum einen, manche eher zum anderen Ende des Kontinuums als die übrigen, aber nur sehr wenige waren rein heterosexuell oder rein homosexuell.

Wie kam sie bloß auf das Wort „rein"? Sie war sicher, daß Kinsey nie einen solchen Begriff verwendet hätte. Richtig, er stammte aus dem Film *Doktor Seltsam oder Wie ich lernte, die Bombe zu lieben,* den sie neulich abends gesehen hatte, mit diesem verrückten General, der davon faselte, die Welt zur Reinheit der weißen Rasse zurückzuführen. Als gäbe es eine reine Rasse oder als wäre „weiß" ein sinnvoller Begriff. Jenny versuchte, sich wieder auf Sandys Vortrag zu konzentrieren. Sie tadelte sich, daß sie so abgeschweift war. Sie war gekommen, um Sandy sprechen zu hören, und hier saß sie nun und dachte an einen idiotischen Film.

„Da lesbische und schwule Teenager zudem oft die herrschenden Stereotype, Mythen und die allgemein verbreiteten Vorurteile über Homosexuelle verinnerlicht haben, müssen sie den zusätzlichen Streß bewältigen, zu begreifen, daß das, was sie empfinden, von manchen Menschen als sündig oder krankhaft und von vielen als illegal betrachtet wird. Addieren Sie die Belastung, die durch das Gefühl entsteht, unmoralisch, abartig und kriminell zu sein, zu den normalen Belastungen und Krisen, die Jugendliche zu bewältigen haben, und Sie haben eine ungeheuer brisante Situation."

Sandy hielt inne, um dieses letzte Argument wirken zu lassen. So viele Menschen verstanden die Qual nicht, die junge Lesben und Schwule durchmachten. Die Verwirrung und die überwältigende Angst – daß etwas verquer lief und vielleicht nie wieder ins Lot kommen würde. Niemals. Für diejenigen, die an ein Jüngstes Gericht und ein Leben nach dem Tode glaubten, nahm dieses Niemals die Dimension der Ewigkeit an. Die Menschen lebten in der ständigen Furcht, in die Hölle verbannt zu werden. Ohne Hoffnung auf Erlösung von irgendeiner Seite wuchsen ihre Isolation und Angst und trieben einige von ihnen über die Grenzen ihrer geistigen Gesundheit. Kein Wunder, daß manche AnalytikerInnen erhebliche Funktionsstörungen im Zusammenhang mit Homosexualität „entdeckten". Du mußtest eine Superfrau sein, um die Kombination aus äußerem Druck und innerer Belastung bewältigen zu können.

Als Sandy ihren Blick über die ZuhörerInnen schweifen ließ, entdeckte sie Jenny hinten im Saal. Sie hatte Jenny noch nie auf einer dieser Veranstaltungen bemerkt, vermutlich war dies ihre erste. Was mag sie wohl denken? überlegte Sandy. Bringt sie unsere damalige Erfahrung hiermit in Zusammenhang? Oder glaubt sie immer noch, was wir getan haben, hätte nichts mit Lesbischsein zu tun gehabt?

Jenny fragte sich, ob Sandy Männer haßte. War das ein weiterer Mythos, oder stimmte es, daß die meisten Lesben Männer haßten? Im College hatte Sandy sie nicht gehaßt. Sie war mit Männern sogar besser ausgekommen als viele der anderen jungen Frauen. Sandy war der Typ Mädchen gewesen, den die Jungen respektierten. Sie war keine dumme Gans, und sie besaß eine gewisse Unbefangenheit im Umgang mit ihnen. Jenny hatte Sandys Fähigkeit bewundert, einfach sie selbst zu sein und sich keinerlei Sorgen zu machen, was andere Leute von ihr denken mochten. Sie wurde gemeinhin respektiert als jemand, die auf positive Weise anders war.

Die beiden Männer auf dem Podium saßen dicht nebeneinander und hielten einen gewissen Abstand von den beiden Frauen, die wiederum dicht beieinander saßen. Genauso wie die Gruppe der Männer und die Gruppe der Frauen in den vorderen Reihen des Publikums. Also blieben die Frauen und die Männer jeweils für sich. Doch Sandy und die andere Frau hatten die beiden männlichen Podiumsteilnehmer umarmt, als sie hereinkamen; offenbar fühlten sie sich von Männerkörpern nicht abgestoßen. Andererseits zählte das vielleicht nicht, weil es schwule Männer waren.

Der aufkommende Beifall riß Jenny aus ihren Gedanken. Sie applaudierte mit und sah Sandy an ihren Platz zurückgehen. Einer der Männer gab bekannt, daß die PodiumsteilnehmerInnen nun für Fragen zur Verfügung stünden.

„Ja, dies richtet sich an alle auf dem Podium.“ Ein hochgewachsener Mann Anfang Fünfzig stand auf, steckte eine Hand in die Hosentasche seines Dreiteilers und räusperte sich, bis es vollkommen still im Saal war. „Ich hatte angenommen, das heutige Symposium sollte ein wissenschaftlicher Vortrag aus psychologischer Sicht sein. Statt dessen mußte ich feststellen, daß mir politische Rhetorik im Gewand vermeintlicher Objektivität geboten wurde.“

Vorne im Publikum wurden gedämpfte Unmutsäußerungen laut. Der Mann fuhr unbeirrt fort; offenbar genoß er seine Rolle als Advocatus Diaboli. „Offen gesagt, ich gehöre der alten Schule an, die die Psychologie als wissenschaftliches Unterfangen zur Erforschung komplexer Wahrheiten versteht. Diese Einstellung scheint heutzutage nicht viel Ansehen zu genießen. Statt dessen drängt eine Handvoll kleiner Interessengruppen den Berufsstand zu politischen Entscheidungen – etwa, diese Tagung nur in Staaten abzuhalten, die die ERA ratifiziert haben, oder die kürzlichen Manöver, die dazu geführt haben, daß Homosexualität als Störung aus dem Diagnosehandbuch der APA gestrichen wurde. Ich will nicht behaupten, daß Homosexualität per se zwangsläufig als pathologisch eingestuft werden sollte, aber ich betone, daß diese Entscheidung durch politischen Druck zustande kam, nicht aufgrund wissenschaftlicher Daten. Meines Erachtens gibt es in unserer Berufsgruppe zuviel Aktivismus auf Kosten solider, verantwortungsvoller und wissenschaftlich begründeter Forschung. Wenn wir als ernstzunehmender Berufsstand überleben wollen, dürfen wir uns nicht zum Spielball neumodischer politischer Marotten machen lassen."

Es herrschte Schweigen, während die PodiumsteilnehmerInnen einander fragend ansahen, um festzustellen, wer auf diese Provokation antworten wollte. Sandy nickte gedankenvoll mit dem Kopf. „Sie haben vollkommen recht. Statt dessen sollten wir uns den altmodischen politischen Marotten von vor zehn Jahren beugen." Das Publikum brach in Gelächter aus.

„Ich finde, das ist keine sehr ernsthafte Antwort." Der Mann setzte sich.

„Nein, das ist es wohl nicht." Sandy stand auf und trat wieder ans Mikrofon. „Ich will Ihnen eine ernsthafte Antwort geben. Meiner Ansicht nach ist eine der gefährlichsten Illusionen, die unser Berufsstand genährt hat, die, daß die Psychologie eine objektive, unpolitische, logische, vernünftige und sachbezogene Wissenschaft sei. Diese Einstellung ist nicht nur naiv in bezug darauf, wie Werte und Anschauungen wissenschaftliche Forschungen und Schlußfolgerungen beeinflussen, sondern auch ein schädlicher Mythos, der zur Rechtfertigung des Status quo und aller möglichen Ungerechtigkeiten im Gefolge der kulturellen Zusammenhänge dient. Ich will meine Ansicht mit einigen Beispielen verdeutlichen. Vor zehn Jahren wurden Homosexuelle als krankhaft und abweichend etikettiert. Diese Schlußfolgerung entstand aus den Eindrücken, die Kliniker von ihren Patientinnen und Patienten gewannen, die zur psychiatrischen Behandlung zu ihnen kamen. Um Schlüsse über Heterosexuelle zu ziehen, untersuchten unsere Kollegen dagegen eine Gruppe von Nicht-Patienten. Diese kleine Unstimmigkeit in der Zusammensetzung der Vergleichsgruppe war das Werk einiger als hervorragend geltender zeitgenössischer Wissenschaftler. Sie nennen diese sogenannten wissenschaftlichen Wahrheiten vernünftig? Unpolitisch?

Die sogenannte wissenschaftliche Objektivität läßt sich auch auf dem Gebiet der weiblichen Sexualität beobachten. Vor fünfzehn Jahren hatte die Wissenschaft keine Ahnung, welche Bedeutung die Klitoris für die sexuelle Reaktionsfähigkeit der Frau hat. Die Vorstellung vom vaginalen Orgasmus als anders, reifer und dem klitoralen Orgasmus überlegen, wurde, obwohl absolut unwissenschaftlich, von der wissenschaftlichen Gemeinschaft gebilligt. Und natürlich spiegelte diese Vorstellung nicht nur den Zeitgeist wider, sondern auch die Tatsache, daß Theorien über weibliche Sexualität von Männern aufgestellt wurden, praktisch ohne jeden Beitrag von Frauen. Heute können wir mit Gewißheit sagen, daß unser Wissen über Frauen und ihre Sexualität fundierter ist, denn wir sind schließlich dahin gekommen, die wirklichen Experten über weibliche Sexualität zu befragen: die Frauen selbst. Sie wollen etwas über Schwule und Lesben wissen? Dann fragen Sie uns."

Sandy schaute sich im Saal um, während ein paar Männer und Frauen Zustimmung bekundeten. „Ja, bitte, die Frau im schwarzen Kostüm."

„Wenn ein Jugendlicher zu mir in die Praxis kommt und sagt, er habe Angst, weil er glaube, er könnte schwul sein, woher weiß ich, ob er es ist oder nicht?" Die Frau zuckte hilflos die Schultern. „Ich will ja niemanden zur Heterosexualität zwingen, aber wie gehe ich mit einer solchen Situation um?"

Jenny hörte nur halbherzig zu, als die andere Frau auf dem Podium die Frage beantwortete. Sie hatte immer noch Herzklopfen von dem Wortwechsel, der zuvor zwischen Sandy und diesem Mann stattgefunden hatte. Was für ein aufgeblasenes Arschloch. Sie war wütend gewesen, als er zu sprechen begann; sie wollte, daß er sich setzte und den Mund hielt. Doch als er weitersprach, hatte sie eine wachsende Angst in sich aufsteigen gespürt, und als er geendet hatte, war sie praktisch in einem Zustand der Panik. Auf Sandys Retourkutsche hin hatte sie beifällig gelacht, und während Sandy ihre Stellungnahme näher ausführte, spürte Jenny die Angst allmählich schwinden. Aber sie war immer noch sehr aufgewühlt und wußte nicht, warum. Es hatte etwas damit zu tun, wie der Mann dastand, wie er Sandy ansah. Er war durchaus höflich gewesen, aber seine Körpersprache hatte eine gehörige Portion Verachtung ausgedrückt.

Wieder erhob sich Beifall, und dann begannen die Leute um Jenny herum aufzubrechen. Sie war erleichtert über das Gedränge ringsum; die Stehenden versperrten ihr den Blick auf Sandy wie einem kleinen Kind in einer Menge von Erwachsenen. Das gab ihr Zeit zum Nachdenken. Wollte sie nach vorne gehen und mit Sandy reden? Sandy würde vermutlich von ihren Freundinnen umringt sein. Vielleicht wäre es besser, sie später im Hotelzimmer anzurufen und sie zu einem Drink einzuladen, wie sie es vorgeschlagen hatte. Oder Jenny könnte an der Rezeption eine Nachricht hinterlassen. Die Menge lichtete sich etwas, und Jenny sah, daß Sandy mit einer eng beisammenstehenden Gruppe von Frauen sprach. Ich bin feige, dachte Jenny. Wovor habe ich Angst?

Sie stand entschlossen auf. Sie ließ sich kleine Unsicherheiten ungern durchgehen. Das Schlimmste, was passieren konnte, war, daß sie sich unbehaglich fühlen würde. Außerdem war sie neugierig. Wer waren diese Frauen, die zusammengesessen hatten und nun bei Sandy standen? Sie wußte nicht einmal, ob es Lesben waren. Es würde eine interessante Erfahrung sein. Jenny spürte, wie ihre Anspannung nachließ. Sie hatte schon viele schwierige Situationen bewältigt, und mit dieser würde sie auch umgehen können.

Sandy war mit sich zufrieden. Ihr Vortrag war nicht nur vorüber, sondern er war auch gut gewesen. Ihre anfängliche Erleichterung begann sich bereits in genüßliche Aufregung zu verwandeln. Das war eines der merkwürdigsten Phänomene, die sie bei ihren Vorträgen entdeckt hatte: Ihre Begeisterung setzte erst hinterher ein. Angst und Lampenfieber hinderten sie immer, die Rede zu genießen, während sie sie hielt. Ihr Ziel war es – wenn es ihr schon nicht gelänge, sich auf Vorträge zu freuen –, zumindest vorher und währenddessen entspannt zu sein, aber davon war sie immer noch weit entfernt.

Sie ging um den Podiumstisch herum und schloß sich der Gruppe von Frauen an, die dort stand. Julie und Margo umarmten sie herzlich. Jan legte den Arm um sie und strahlte wie eine stolze Mutter, deren altkluges Kind gerade den Rechtschreibewettbewerb gewonnen hat.

„Ein Vortrag mit viel Zündstoff, Sandy", sagte Julie.

„Jedesmal, wenn du das Wort ‚lesbisch' gesagt hast, zuckte die Frau vor mir zusammen", ergänzte Margo. Die Frauen lachten.

„Du hättest diesen einen Typ sehen sollen. Nervöser Bursche. Am Ende deines Vortrags hatte er einen Tick entwickelt." Jan imitierte ein nervöses Augenzucken.

„Wir alle haben eine kleine Feier verdient", sagte Dolores, schnippte mit den Fingern und posierte verführerisch. „Der Club heißt GAY NINETIES."

„Klingt ganz nach unserem Geschmack", sagte Jan und knuffte Sandy in die Seite. Sandy hob abwehrend die Fäuste und sah, wie Jenny auf sie zukam. Sie ließ die Fäuste sinken.

„Hallo."

„Hallo", erwiderte Sandy. „Wir sprachen gerade über den Vortrag. Hört mal, das ist Jenny. Jenny, das sind Margo, Julie, Dolores und Jan."

„Das war ein sehr beeindruckender Vortrag. Du bist mit den Jahren wirklich redegewandt geworden."

„Danke."

Jan schaute zwischen ihnen hin und her, während sie sprachen. „Ihr beide klingt wie alte Freundinnen."

Sandy ignorierte den spitzen Unterton in Jans Stimme. „Ja, wir kennen uns schon seit dem College“, sagte sie kurzangebunden.

Dolores schaltete sich ein. „Hört mal, ich muß gehen, und wir müssen noch Pläne für heute abend machen. Was haltet ihr davon, wenn wir uns um neun im Foyer treffen?“

„Ich laufe jetzt schon auf Hochtouren.“ Jan hüpfte von einem Fuß auf den anderen und wandte sich dann an Jenny. „Wir gehen heute abend tanzen. Willst du mitkommen?“

Sandy spürte, wie ihr Unmut sich zu Wut steigerte. Was zum Teufel war mit Jan los? Es sah ihr ähnlich, anzunehmen, daß Jenny lesbisch war, nur weil sie im College miteinander befreundet gewesen waren. Und selbst wenn sie es war, wußte Jan nichts über ihre Beziehung. Welches Recht hatte sie, Jenny einzuladen, ohne sich vorher mit Sandy abzusprechen?

„Oh ...“ Jenny zögerte einen Moment. „Das klingt verlockend.“

„Wir gehen ins Gay Nineties. Das ist eine Frauenbar“, platzte Sandy heraus; sie wußte, wie verbiestert sie klang, konnte sich aber nicht beherrschen.

„Natürlich ist es eine Frauenbar“, sagte Julie ungeduldig. „Was sonst? Wer geht mit zu dem Workshop über Vergewaltigung?“

„Ich“, sagte Dolores und wandte sich zum Ausgang. Julie und Margo schlossen sich ihr an.

„Kommst du mit, Sandy?“ fragte Jan.

„Nein, ich glaube, ich lasse ihn aus. Ich muß erst mal ein wenig abschalten. Geht nur. Ich sehe euch später.“

„Okay.“ Jan wandte sich an Jenny. „War nett, dich kennenzulernen. Ich hoffe, du kommst heute abend mit.“ Jan wandte sich um und ging auf den Ausgang zu. Dann rief sie schelmisch über die Schulter zurück: „L.G. heute abend, Mädels.“

Der Konferenzsaal war leer – bis auf sie beide. Sandy vermied es, Jenny anzusehen. Jenny hatte noch nicht zugesagt, aber Sandy war bei der Aussicht, daß sie tatsächlich mitkommen könnte, äußerst unbehaglich zumute. Diese verflixte Jan und ihre gottverdammte Voreiligkeit. Sandy blickte Jenny an und sah, daß sie sie fragend anschaute.

„Was ist L.G.?“

„Lesbische Gala ... willst du wirklich mitkommen?“

„Klar“, erwiderte Jenny forsch und steuerte auf den Ausgang zu. „Warum nicht?“

Sandy folgte Jenny schweigend hinaus.

Im Foyer wandte Jenny sich zu Sandy um und lächelte breit. „Tja, ich denke, ich gehe auf mein Zimmer. Ich leg' mich ein bißchen hin. Bis später.“ Sie zwinkerte Sandy zu und steuerte dann quer durch die Halle auf den Fahrstuhl zu.

Sandy beobachtete gedrückt, wie Jenny das Foyer durchquerte und sich beim Gehen leicht, aber provokativ in den Hüften wiegte. Es war der Gang einer Heterofrau. Sandy merkte, daß sie Jennys Hintern nachstarrte, als sie im Aufzug verschwand. Es war ein hübscher Hintern.

38

Erst als Jenny auf ihrem Zimmer war, wurde ihr bewußt, daß sie keine Ahnung hatte, was lesbische Gala bedeutete. Trugen Lesben besondere Kleidung, wenn sie abends ausgingen? Sie hatte gehört, daß es Lederbars gab und Bars, in denen Männer sich wie Cowboys anzogen, aber es war schwer, sich einen Raum voller Frauen in schwarzem Leder oder in Western-Outfits auszumalen. Jenny lachte leise, als sie sich Sandy in Lederhose und Lederjacke mit Fransen vorstellte. Andererseits würde sie in einer Lesbenbar vielleicht eher einen Lederrock mit Fransen tragen. Wie immer die Mode auch sein mochte, Jenny wußte, daß Sandy nie wie ein Cowboy oder Cowgirl gekleidet auftauchen würde.

Jenny rief sich in Erinnerung, was die Frauen bei der Veranstaltung getragen hatten. Sie hatten alle ganz normal ausgesehen, keine war in irgendeiner merkwürdigen Aufmachung erschienen.

Jenny ging zum Schrank, holte das orangefarbene geblümte Kleid heraus, das sie im Ausverkauf bei BLOOMINGDALE'S erstanden hatte, als sie letztes Jahr zum Einkaufen nach New York gefahren war. Es war lang und fließend, aus einem weichen, leicht schimmernden Synthetikstoff, der sich ihrem Körper anschmiegte. Das Dekolleté war so raffiniert, daß der Blick unweigerlich auf die zarte Linie des Brustansatzes fallen mußte.

Jenny zog eine Kommodenschublade auf und wählte ein neues Paar Strumpfhosen aus. Sie riß die Folie auf und hielt dann plötzlich inne. Keine der Frauen hatte Strümpfe getragen. Und nun, wo sie darüber nachdachte, fiel ihr auf, daß alle Frauen Hosen getragen hatten und keines ihrer Tops mit den Rüschen und Spitzen verziert gewesen war, die augenblicklich Mode waren.

Jenny hängte das Kleid wieder in den Schrank. Sie wollte nicht zu feminin aussehen. Sie fragte sich, ob alle Lesben Hosen trugen und das vielleicht am attraktivsten fanden. Oder trugen vielleicht ihre Geliebten die femininere Kleidung?

Sie versuchte sich ins Gedächtnis zu rufen, was Sandy im College erregend gefunden hatte. Hatte Sandy es reizvoller gefunden, wenn Jenny ein Kleid und Strümpfe angezogen hatte? Nein, sie konnte sich nicht erinnern, daß Sandy die eine oder andere Aufmachung bevorzugt hätte. Kleidung war Sandy anscheinend nie wichtig gewesen; sie selbst hatte gern lässige und bequeme Sachen getragen und in ihren Lieblingsjeans praktisch gelebt.

Es war sehr verwirrend. Jenny hatte das Gefühl, als käme sie in eine unbekannte, fremdartige Kultur, in der sie keine der Sitten und Gebräuche kannte. Nervös sah sie ihre Kleidung auf der Stange durch, bis sie auf den hellgrünen Hosenanzug mit der buntgeblümten Bluse stieß, die am Hals locker gerafft war. Das war gefahrlos.

Später beim Anziehen versuchte sie sich vorzustellen, wie es in dem Club aussehen würde. Würde es ein enger, dunkler, schäbiger Raum sein, das Stereotyp einer Lesbenbar, oder einfach wie eine der Bars, in die sie zu Hause ging? Während sie sich ein passendes Seidentuch um den Hals band, betrachtete Jenny sich unzufrieden im Spiegel. In ihrem Gesicht, an den Tränensäcken, zeigte sich allmählich ihr Alter. Automatisch strich sie sich unter den Augen lang, als könne sie die Falten ausbügeln. Stirnrunzelnd nahm sie ihre Handtasche und ging.

Ein Meer von Frauen erfüllte den riesigen Raum, der von Dutzenden altmodischer Kandelaber erleuchtet war. Frauen saßen in kleinen Gruppen an Tischen, Frauen standen in Dreierreihen an der Bar, um Drinks zu bestellen, Frauen tanzten miteinander auf der geräumigen hölzernen Tanzfläche. Die Wände waren mit rotem Samt ausgeschlagen, und die dunklen, fast rostroten Fensterrahmen und Vorhänge verliehen dem Raum zusätzlich einen Eindruck von Größe. Hölzerne Balustraden trennten eine Empore ab, die einen ausgezeichneten Blick auf die Tische und die Tanzfläche auf der unteren Ebene bot. Ein großartiger Raum.

Jenny war über die Vielfalt der Frauen überrascht. Junge und alte, asiatische und weiße, modisch und weniger modisch gekleidete Frauen. Die meisten trugen Hosen, wie Jenny erwartet hatte, manche aber auch lange Kleider und Röcke in ähnlichem Stil wie das Kleid, das Jenny verworfen hatte. Einige der Frauen waren extravagant in den neuesten Disco-Seidenklamotten und Tops mit weitem Ausschnitt gekleidet, während andere konservative Polyester-Kostüme und Pumps trugen.

Auf dem Weg hierher hatten sich die acht Frauen in Sandys Mietwagen gequetscht. Das hatte Spaß gemacht; es erinnerte an Collegetage. Jenny hatte sich zusammen mit Julie, Jan, Margo und Catherine auf den Rücksitz gequetscht, und sie hatten gewitzelt, daß es ein perfektes Setting für eine Marathon-Encounter-Gruppe sei. Eine Blödelei jagte die andere. Und hier war sie nun, in einer fremdartigen Umgebung, und versuchte, so zu tun, als sei sie eine von ihnen.

Sie fühlte sich befangen, als sie durch den Club zu einem der hinteren Tische gingen. Was tat sie hier? Sie gehörte nicht dazu. Sie hatte gehofft, mit Sandy reden zu können, aber Sandy schien ihr aus dem Weg zu gehen. Sie hatte Jenny kurz begrüßt, als sie sich im Hotelfoyer trafen, sie dann aber während der gesamten Autofahrt ignoriert. Jenny hoffte, Sandy würde nicht den ganzen Abend unfreundlich sein. Schließlich waren sie alte Freundinnen.

Sandy, Jan, Pat und Dolores saßen bereits, und beide Plätze neben Sandy waren besetzt. Scheiße. Sandy mußte wissen, daß diese Situation – ganz allein in einer Gruppe von Fremden zu sein – für Jenny irgendwie heikel war, und dennoch gab sie sich keinerlei Mühe, Jenny ihre Befangenheit zu nehmen. Mißmutig und unsicher setzte Jenny sich neben Julie. Margo und Catherine nahmen auf der anderen Seite Platz.

„Woher kommst du eigentlich, Jenny?" fragte Julie und zündete sich eine Zigarette an.

„Ursprünglich aus New York, aber jetzt lebe ich in Ohio." Jenny nahm eine Zigarette heraus und zündete sie an. Zumindest rauchten einige Lesben.

„Es war eine interessante Erfahrung, in den Mittleren Westen zu ziehen", fuhr Jenny fort, um sich von ihrer Verdrossenheit wegen Sandys Verhalten abzulenken. „Ich hatte erwartet, die Leute wären ziemlich hinterwäldlerisch, aber viele sind überraschend kultiviert."

„Du zählst Ohio zum Mittleren Westen?" lächelte Julie. „Schwester, ich bin aus der Prärie von Iowa. Da, wo ich herkomme, gilt Ohio als Vorort der Ostküste."

Jenny lächelte Julie an. Sie mochte ihre freundliche, warme Art und war ihr dankbar, daß sie sich bemühte, sie einzubeziehen.

„Ohio", sagte Catherine spöttisch. „Da war ich noch nie, fürchte ich. Lebst du in einer größeren Stadt oder auf dem Land?"

„Für das südliche Ohio ist es eine Stadt von beachtlicher Größe, an New York oder Los Angeles gemessen aber ein Dorf."

„Ich habe ausschließlich in Großstädten gelebt", sagte Catherine. „In kleineren Orten muß es sehr viel schwieriger sein."

„Es ist nicht so schlimm." Jenny war nicht sicher, was Catherine meinte. „Wir haben nicht das gleiche kulturelle Angebot wie hier in Los Angeles, aber die Leute sind sehr nett." Jenny fühlte sich in der Defensive. Catherine war zweifellos ein Snob, wenn sie dachte, Großstädte seien die einzigen Orte, an denen eine Frau von Welt wie sie leben konnte. In ihrem Tonfall lag eine Anmaßung, die Jenny ärgerte.

„Nun, ich bin erfreut zu hören, daß der Mittlere Westen toleranter wird", sagte Catherine überrascht.

Jenny fühlte sich, als hätte sie eine Ohrfeige bekommen. Sie hatte nicht begriffen, daß Catherine über das Los von Lesben und Schwulen in kleineren Orten sprach. Aber noch verblüffender war, daß Catherine angenommen hatte, sie sei eine von ihnen. Es war Jenny nicht in den Sinn gekommen, daß sie sie für lesbisch halten könnten. Sie erinnerte sich an ihr anfängliches Unbehagen, als sie zu Sandys Vortrag gegangen war und sich gefragt hatte, ob jemand sie für eine Lesbe halten würde. Aber sie hatte angenommen, daß höchstens die Heterosexuellen diese Fehleinschätzung begehen würden. Sie hatte nicht damit gerechnet, daß eine Lesbe sich so irren könnte. Hieß es nicht, sie könnten immer erkennen, wer dazugehörte? Offenbar nicht.

Sie schaute in die Runde und fragte sich, welche der anderen Frauen, falls überhaupt, sie ebenfalls für lesbisch halten mochte. Nahmen sie alle automatisch an, eine Bekannte von Sandy müsse lesbisch sein, oder war Catherine besonders unsensibel? Jenny verstand so vieles an dieser Situation nicht. Trafen sich Lesben nur mit anderen Lesben? Sie mußten doch sicher auch Frauen kennen, die *straight* waren.

Woher hatte sie denn dieses Wort? Es war ein schreckliches Wort. Jenny benutzte es gewöhnlich, um engstirnige und konventionelle Menschen zu beschreiben, Menschen, die spießig waren.

Homosexuelle benutzten dasselbe Wort für alle, die nicht lesbisch oder schwul waren. Wie konnten sie dich für engstirnig, konventionell und spießig halten, nur weil du heterosexuell warst? Es war nicht fair von ihnen, derartig zu verallgemeinern.

Doch das Wort *straight* hatte ja noch eine andere Bedeutung; es bedeutete auch, daß jemand ehrlich war, offen und direkt. Was war dann das Gegenteil von *straight?* Unehrlich, hinterhältig, durchtrieben, deviant? Es war ebenso unfair, wenn Heterosexuelle alle Homosexuellen für deviant hielten. Doch sie waren anders, vielleicht nicht im negativen Sinne, aber eindeutig anders, wie sie gerade erfuhr. Und wenn Jenny den Eindruck hatte, sie lebten in zwei verschiedenen Welten, so dachten die anderen das vermutlich ebenfalls.

Doch wie konnte es große Unterschiede geben, wenn sie nicht einmal zu erkennen vermochten, daß Jenny nicht eine von ihnen war? Offensichtlich konnte sie als Lesbe durchgehen. Jenny war zufrieden mit sich; sie war eine kultivierte Frau, die sich in vielen unterschiedlichen Kreisen zu bewegen wußte. Wenn nicht einmal ein Haufen Lesben erkennen konnte, ob sie „echt" war, dann mußte sie ... mußte sie was?

Plötzlich stieg Angst in ihr auf. Signalisierte sie etwa, daß sie lesbisch war? Das war verrückt. Sie benahm sich einfach natürlich. Und wieso wußten sie nicht, daß sie verheiratet war? Sie trug schließlich einen Ehering.

Jenny warf einen verstohlenen Blick auf Julies Hand. Sie trug einen folkloristischen Silberring mit einem Türkis am Mittelfinger der linken Hand; das war offensichtlich kein Ehering. Als Margo nach einer weiteren Zigarette griff, stellte Jenny fest, daß sie einen Goldring trug. Er war aus Altgold und ziselierter als ein typischer Trauring, aber Jenny hätte nicht sagen können, ob er einfach nur ein Schmuckstück war oder eine Bedeutung hatte. Sie versuchte zu erkennen, ob Catherine einen ähnlichen Ring trug, aber Catherine hatte die Hand unter dem Tisch. Vielleicht trugen

Lesben, die in langfristigen Beziehungen lebten, ebenfalls einen Goldring; dann könnten sie vermuten, Jenny sei fest mit einer Frau liiert.

Das war verrückt. Hatte sie denn Barry nicht erwähnt? Nein, sie konnte sich nicht erinnern, etwas über ihn erzählt zu haben. Er war im Gespräch einfach nicht vorgekommen.

Aber ihren Ehemann nicht erwähnt zu haben war noch lange kein Grund, sie für lesbisch zu halten. Es sei denn, Sandy hätte ihnen etwas von damals ... Jenny mochte diesen Gedanken nicht zu Ende denken. Die Vorstellung war zu schrecklich. Jenny schaute Sandy an, die mit Pat sprach. Es war unmöglich, daß Sandy ihnen allen von ihrer Beziehung mit Jenny im College erzählt hatte. Sandy war manchmal naiv, und gelegentlich fiel es ihr schwer, diskret zu sein, aber sie hätte keine Veranlassung gehabt, ihre gemeinsame Vergangenheit zur Sprache zu bringen. Es ging die Frauen nichts an. Doch vielleicht sah Sandy das anders.

Vielleicht? Es war offensichtlich, daß Sandy das anders sah. Schließlich war ihr Vortrag ein öffentliches Coming-out gewesen, und Jenny mußte davon ausgehen, daß sie auch in anderen Situationen offen über sich sprach. Sandy verhielt sich, als hätte sie nichts zu verlieren. Ihre Einstellung oder persönliche Präferenz, wie sie es nannten, war dem kritischen Blick der Öffentlichkeit ausgesetzt. Warum sollte sie dann nicht der Meinung sein, es stünde ihr frei, es zu erzählen, wem sie wollte?

Weil sie es mir versprochen hat, darum, dachte Jenny erleichtert. Natürlich würde Sandy es nicht erzählen. Sie würde das Versprechen, das sie im College gegeben hatte, nicht brechen, auch wenn es inzwischen zehn Jahre alt war.

Vertrauenswürdigkeit war eine der Eigenschaften, die Jenny von Anfang an zu Sandy hingezogen hatten. Jenny hatte gespürt, daß es fürs ganze Leben wäre, wenn sie Sandys Freundschaft gewinnen könnte. Ganz gleich, welche Fehler Sandy auch hatte, sie war unbedingt loyal. Jenny empfand eine altvertraute Zärtlichkeit für Sandy; sie war in vieler Hinsicht ein außergewöhnlicher Mensch.

Jenny erwischte sich dabei, daß sie Sandy verstohlen beobachtete. Es gab viele attraktive Frauen in der Bar, aber irgendwie stach Sandy hervor. Als ihre Gruppe hereingekommen war, hatte Jenny bemerkt, wie mehrere Frauen Sandy mit ihren Blicken verfolgten. Ihre Art, sich zu bewegen, ihre Haltung erregte Aufmerksamkeit. Im College hatten die Mädchen aus dem Wohnheim Sandy immer wie etwas Besonderes behandelt. Aber selbst hier schien sie etwas Besonderes zu sein. Jenny schoß plötzlich ein merkwürdiger Ausdruck durch den Kopf. Ja, das war es. Sandy war eine „Frauen-Frau".

Jenny sah den Frauen beim Tanzen zu und bemerkte ihre Sinnlichkeit. Sie hatte sich gefragt, wie zwei Frauen miteinander tanzen würden, und sich immer vorgestellt, sie würden unbeholfen mit den Brüsten aneinanderstoßen, aber diese Frauen schienen keine Schwierigkeiten zu haben. Viele waren sogar gleich groß, und wenn sie einander eng im Arm hielten, konnten sie Wange an Wange legen, und ihre Körper verschmolzen miteinander. Jenny bemerkte überrascht, daß die Tanzfläche dadurch anders wirkte. In heterosexuellen Bars gab es meist erhebliche Größenunterschiede zwischen den Tanzenden, und die Frauen legten ihren Kopf an die Schulter oder die Brust der Männer. Jenny fragte sich, was für ein Gefühl es wäre, mit jemandem von gleicher Größe zu tanzen. Sie war eine relativ kleine Frau, und alle Männer, mit denen sie ausgegangen war, waren viel größer gewesen. Es kam ihr merkwürdig vor.

Mit amüsiertem Lächeln beobachtete Jenny, wie Sandy und Jan zu einem schnellen Tanz aufstanden. Zu ihrer Überraschung bewegte Jan sich recht anmutig. Aber Sandy war diejenige, die die Aufmerksamkeit auf sich zog. Ihre Bewegungen waren elegant und geschmeidig. Jenny merkte, daß sie Sandys Hüften anstarrte und beobachtete, wie sie zwischen langsamem Kreisen und schnellen, präzisen Stößen wechselte, die den Raum um sie zu durchdringen schienen. Langsam hob Jenny den Blick und folgte den Knöpfen von Sandys Bluse aufwärts bis zu der Stelle, wo der letzte Knopf die straff gespannte Bluse verschloß. Die Konturen von Sandys Brüsten waren voll sichtbar, und Jenny bemerkte fasziniert, wie sie mit jeder Bewegung schwangen und hüpften. Sandy trug keinen BH. Und das, obwohl ihre Brüste voller waren als jemals zuvor.

Sandy schaute in ihre Richtung, und Jenny wandte rasch den Blick ab, doch nicht rasch genug, als daß Sandy nicht bemerkt hätte, daß sie sie betrachtete. Jenny war ein wenig unbehaglich zumute, als sei sie bei etwas Verbotenem erwischt worden. Sandy wußte nun vermutlich, daß Jenny sie immer noch attraktiv fand, und Jenny ärgerte sich, daß sie diese Information preisgegeben hatte.

Sie fragte sich, ob Sandy sie ebenfalls attraktiv fand. Sandy hatte weder Gespräch noch Blickkontakt zwischen ihnen gefördert. Jenny hatte bemerkt, daß Sandy die anderen Frauen freimütig berührte, sich von ihr jedoch fernzuhalten schien. War sie nicht mehr an ihr interessiert oder konnte sie es nur gut verbergen? Jenny blickte in die Runde und entschied, daß sie ebenso gut aussah wie jede andere der Frauen, die an ihrem Tisch saßen. Doch als sie die übrigen Frauen in der Bar musterte, sah sie, daß viele von ihnen attraktiver waren als sie. Jenny zwickte sich in das Fettröllchen unter ihren Brüsten und beschloß, die fünf Pfund abzunehmen, die sie im Urlaub zugenommen hatte. Sie hatte sich ihre Figur seit dem College ganz gut erhalten, und die fünf Pfund waren ihr eigentlich nur im Badeanzug, nicht aber in gewöhnlicher Kleidung anzusehen.

Sandy und Jan gingen zu einem Paartanz über und wirbelten miteinander über die Tanzfläche. Vielleicht fühlte Sandy sich immer noch zu Jenny hingezogen und kaschierte das, indem sie sie kaum beachtete. Es würde Sandy ähnlich sehen, die Sache cool anzugehen. Schließlich hatte sie Jenny früher einmal attraktiv gefunden, warum sollte sich das geändert haben? Jenny nahm einen Kamm aus ihrer Handtasche und zupfte mit einem Blick in den kleinen Spiegel ihrer Puderdose ihre Frisur zurecht. Sie frischte ihren Lippenstift auf, steckte Puderdose und Kamm in die Handtasche zurück und legte den Arm auf die Lehne eines anderen Stuhls, so daß sie die Menge bequem betrachten konnte. Sie nippte an ihrem Drink, lächelte Pat und Dolores zu, die am anderen Ende des Tisches saßen, und spürte ihr Selbstvertrauen zurückkehren. Die Musik war zu Ende, und die Paare kehrten an die Tische zurück.

„Möchtest du den nächsten Tanz mit mir tanzen?" rief Dolores ihr über den Lärm hinweg zu.

„Klar", erwiderte Jenny mit einem strahlenden Lächeln. Sie und Dolores gingen zur Tanzfläche. Als sie an Sandy und Jan vorbeikamen, die zum Tisch zurückkehrten, zwinkerte Jenny Sandy zu. Sie bemerkte zufrieden, daß Sandy verstimmt aussah. Wenn Sandy dachte, Jenny würde einfach nur dasitzen und darauf warten, daß Sandy sie zum Tanzen aufforderte, hatte sie sich geschnitten.

39

Sandy beobachtete Jenny aus den Augenwinkeln. Sie war in ein Gespräch mit Julie vertieft und schien vollkommen gefesselt. Was zum Teufel tat sie hier überhaupt? Sandy hatte das starke Verlangen, Jenny am Arm zu packen und aus der Bar zu schaffen. Sie hatte kein Recht, hier zu sein. Dies war eine Lesbenbar, und Jenny gehörte nicht dazu. Sie hatte sich für Ehemann, Konformität, ein sicheres Leben entschieden. Sie war aus dem lesbischen Leben ausgestiegen und verdiente es nicht, mit all diesen anderen Frauen zusammenzusitzen und zu trinken – Frauen, die nicht ihre heterosexuellen Privilegien hatten, Frauen, die am Rande einer sehr konformen Welt lebten und liebten. Sandy war oft wütend auf die Heteros, die in Lesbenbars kamen – auf die Frauen, die sich an die Männer schmiegten und das Banner ihrer Heterosexualität schwenkten, so daß niemand sie für lesbisch halten würde. Zunächst befürchteten sie offenbar, einige wilde Lesben würden ihre Ehemänner zusammenschlagen und sie selbst an den Haaren fortschleifen. Aber im Laufe des Abends schwand die Paranoia, die mehr als nur einen Hauch von Erregung hatte, und an ihre Stelle trat ein trauriges Schmollen. Später gingen die Frauen dann voller Enttäuschung heim und erzählten ihren Freundinnen und Freunden, daß es in den Lesbenbars nichts Interessantes zu sehen gäbe – nur eine Menge Frauen, die miteinander tanzten. Niemals aber wären sie so ehrlich, sich einzugestehen, daß sie schlicht ignoriert worden waren. Sie, die wahren Frauen, waren von den Lesben abgelehnt worden. Das war unbegreiflich.

Und dann die Heteromänner. Meist kamen sie zu zweit. Sie kamen, um zu gaffen, um sich ihre private Pornoshow in 3-D anzusehen. Sie saßen an einem Tisch und tranken, während sie die Frauen beim Tanzen beobachteten. Die Draufgänger oder die Betrunkenen versuchten, Gespräche anzuknüpfen, und hofften, sie würden eine dieser abgedrehten Lesben aufreißen können und zu einem Fick kommen.

Viele Lesben waren höflich zu den Männern, und einige strengten sich geradezu an, zu beweisen, daß sie keine „Männerhasserinnen“ waren. Sandy wurde übel, wenn sie diese Gespräche beobachtete, in denen die Frauen zu zeigen versuchten, daß sie Männer durchaus mochten, und die Männer sich ihre Naivität und Gutwilligkeit zunutze machten, im Handumdrehen zu dreckigen Witzen übergingen und die Frauen begrapschten. Gewöhnlich hatten die Männer einen unfehlbaren Riecher. Sie schienen zu wissen, bei welchen Frauen sie ihre Nummer abziehen konnten und welchen Frauen sie aus dem Weg gehen mußten. Sandy kochte innerlich, aber ihr blieb nichts anderes übrig, als abzuschalten, sich auf die Frauen zu konzentrieren und die Eindringlinge auszublenden.

Heute war Jenny der Eindringling. Sandy beobachtete, wie Jenny eine Zigarette nahm und Jan, die sich zu ihr gesetzt hatte, ihr Feuer gab. Diese Jan verursachte ihr Übelkeit. Es sah ihr ähnlich, eine neue Frau in der Gruppe zu behandeln, als sei sie Scarlett O'Hara und sie selbst Rhett Butler. Ein Rhett Butler in Miniaturformat. Sandy wies sich zurecht; es war gemein, Jan herabzusetzen, weil sie so klein war.

Doch am meisten erboste Sandy, daß Jenny sich offenbar großartig amüsierte. Sandy wäre wohler gewesen, wenn Jenny befangen gewirkt hätte, wenn sie erkannt hätte, wie wenig sie zu ihnen paßte. Doch das Gegenteil war der Fall; sie schien förmlich aufzublühen. Eigentlich benahm sie sich schlichtweg verführerisch. Es lag nicht nur an ihrer Bluse, die einen Gutteil ihrer Brüste sehen ließ – Sandy hatte dieses Spielchen durchschaut, als sie ins Auto stiegen, und es hatte sie in Rage gebracht –, sondern auch an der Art, wie Jenny ihre Zigarette hielt, besonders tief inhalierte und ihre Lippen beim Ausatmen schürzte.

Es war lächerlich. Sie war hier auf ihrem ureigenen Territorium, mit *ihren* Freundinnen, und sie war diejenige, die sich nicht amüsierte. Sie war eifersüchtig. Als sei es ihr nicht völlig gleichgültig, was Jenny mit sich anfing. Wie konnte sie wegen einer Frau eifersüchtig sein, die sie kaum mehr kannte, einer Frau, die sie acht Jahre nicht gesehen hatte? Das verstieß gegen jegliche Vernunft.

Sandy zwang sich, ihre Aufmerksamkeit auf die Frauen auf der Tanzfläche zu richten. Sie hatte schon immer gern beobachtet, auf welch unterschiedliche Art Frauen sich bewegten. Shelly meinte, sie könne sehen, wie eine Frau im Bett sei, wenn sie sie tanzen sähe, aber Sandy fand, das stimmte nicht immer. Eine Frau konnte auf der Tanzfläche sexy wirken, aber im Bett zu Eis erstarren, und eine andere mochte zu schüchtern sein, um sich vor so vielen Frauen sexy zu bewegen, aber allein mit ihrer Geliebten wunderbar ungehemmt sein. Wie dem auch sein mochte, Sandy genoß es ungeheuer, die verschiedenen Tänzerinnen zu beobachten, zu spekulieren, um was für einen Typ von Frau es sich jeweils handeln mochte, und manchmal, wenn die Bewegungen einer bestimmten Frau sie faszinierten, zu überlegen, wie es wohl wäre, mit dieser Frau zu schlafen.

Zu ihrem Verdruß kehrten ihre Gedanken wieder zu Jenny zurück. Warum war Jenny überhaupt hergekommen? Um eine „Erfahrung“ zu machen, wie die anderen Heterofrauen? Oder um zu sehen, was sie durch die Heirat mit Barry versäumt hatte? Sandy fragte sich, ob Jenny glaubte, mit diesen anderen Frauen irgend etwas gemeinsam zu haben. Sie hatte sich selbst nie als Lesbe gefühlt, also verwendete sie das Etikett vielleicht, um sich von ihnen abzugrenzen, um zu vergessen, daß sie einmal eine Frau geliebt hatte. Eine Frau. Es war nicht einfach irgendeine Frau, erinnerte sich Sandy, sie hat mich einmal geliebt. Zumindest dachte ich das.

Sandy merkte, daß sie ihr Glas gedankenverloren schwenkte, was ihrer Erscheinung einen Hauch von Intellektualität und Nachdenklichkeit verlieh. Sie trank einen großen Schluck. Hieß es nicht, der Schein trügt? Jenny schien sich wohlzufühlen, obwohl Sandy verdammt gut wußte, daß sie die Hosen voll haben mußte. Und sie selbst saß hier und gab sich gelassen, war höflich, tat aber nicht allzu interessiert, so daß Jenny nicht im Traum vermuten würde, daß sie an nichts anderes mehr denken konnte, seit sie sie gestern das erste Mal zu Gesicht bekommen hatte.

„Wie wär's mit einer Runde, Sportsfreundin?“ rief Jan quer über den Tisch.

Sandy lachte, erleichtert, daß sie aus ihren unangenehmen Gedanken gerissen wurde. Vielleicht würde es ihr guttun, zu tanzen und ihre Anspannung und Beklommenheit loszuwerden. Sie nickte Jan zu, stand auf, und sie bahnten sich einen Weg um die überfüllten Tische herum zur Tanzfläche. Sandy fragte sich, ob sie Jenny zum Tanzen auffordern sollte. Was gebot die Etikette einer

Lesbe, die ihre erste Geliebte, inzwischen hetero, acht Jahre lang nicht gesehen hatte? Wenn sie sie zum Tanzen aufforderte, sollte es ein langsamer oder ein schneller Tanz sein? Knigge hatte diese Situation offenbar nicht bedacht.

Die Band machte eine Pause, und die Musikbox begann mit einem Hit der Supremes, *My world is empty without you, babe.* Sandy schloß die Augen, folgte im Geist dem Text und versuchte sich dabei auf die Musik und auf ihren Körper zu konzentrieren. Sie bekam oft Komplimente für ihr Tanzen; sie erlaubte sich kaum je zu flirten, daher waren die Frauen oft überrascht, wenn sie ihrer offenkundigen sexuellen Energie auf der Tanzfläche freien Lauf ließ. Sie fragte sich, ob Jenny sie tanzen sah und welche Schlüsse sie daraus zog. Sie merkte, daß sie gerade einige außergewöhnlich kokette Handbewegungen machte, und unterbrach sich hastig. Was zum Teufel tat sie da?

Sandy schaute zum Tisch hinüber und ertappte Jenny dabei, wie sie sie anstarrte. Jenny wandte rasch den Blick ab, und Sandy notierte sich im Geiste die Antwort auf eine der Fragen, die sie sich nicht hatte stellen wollen. Ja, Jenny fühlte sich immer noch von ihr angezogen. Es war unmißverständlich in ihren Augen zu lesen gewesen, in der Art, wie sie sich rasch schuldbewußt abgewandt hatte. Sandy spürte ihr Unbehagen wachsen. Was wollte sie?

Es fiel Sandy schwer, sich selbst einzugestehen, daß sie sich immer noch zu Jennifer hingezogen fühlte. Sie beschloß, Jenny in Gedanken „Jennifer" zu nennen, um sich die tatsächliche Distanz zwischen ihnen ins Gedächtnis zu rufen. Was war mit ihr los, sich zu einer heterosexuellen Frau hingezogen zu fühlen? Das gehörte einer früheren Phase an, die sie lange überwunden zu haben glaubte. Es gab nichts Regressiveres als eine engagierte Lesbe, die sich Hals über Kopf in eine heterosexuelle Frau verknallte. Sandy hatte diese herzzerreißende Geschichte tausendmal in der Praxis gehört. Es war eine Phase, die viele Lesben durchmachten, vor allem in der Übergangszeit, wenn sie sich ihrer lesbischen Identität noch unsicher waren und keine anderen Lesben kannten oder sich vor ihnen fürchteten. Aber sie war keine Halbwüchsige mit traditionellen Weiblichkeitsvorstellungen mehr. Für sie gab es keine Entschuldigung.

Ein anderer Teil von Sandy hielt dagegen: „Das ist nicht gerade fair. Jenny war mir einmal sehr wichtig. Es ist ganz natürlich, daß ich neugierig bin, mich dafür interessiere, was sie in all diesen Jahren gemacht hat, und ein wenig Zeit mit ihr verbringen will – und überlege, wie es wäre, mit ihr ins Bett zu gehen." Eine diabolische Stimme fügte rasch noch diese letzten Worte hinzu.

Sandy war entsetzt über die Leichtfertigkeit dieses Gedankens. Die ganze Sache war lächerlich. Sie kannte Jenny heute nicht einmal mehr, wie konnte sie dann bloß an eine Affäre mit ihr denken? Andererseits hatte sie vielleicht gar nicht den Wunsch nach einer Affäre mit Jenny, vielleicht ging es bei dieser Phantasie nur darum, es ein einziges Mal zu tun. Um der alten Zeiten willen. Das klang schlicht nach B-Movie. Und sie hatte geglaubt, sie hätte sich von diesem Mist weitgehend befreit. Was war mit ihr los? Es sah ihr nicht ähnlich, so kindisch und einseitig fixiert zu sein. Sandy stellte fest, daß sie in Klischees dachte: Spiel mit dem Feuer, Versuchung des Teufels (wie geriet eine solch merkwürdige Wendung bloß in das reine Herz eines netten jüdischen Mädchens?), verbotene Liebe. Was war verboten daran, es mit Jenny zu tun? Es schien fast inzestuös. Diese Frau war jemand, die sie gekannt hatte, als sie sehr viel jünger war. Eine Kindergartenliebe sozusagen. Wenn sie heute miteinander schlafen würden, wäre das eine Vermischung ihrer beiden verschiedenen Ichs, eine unzulässige Verschmelzung der Vergangenheit mit der Gegenwart. Was in aller Welt dachte sie da? Ob das wirklich ganz gewöhnlicher Alkohol gewesen war, den sie getrunken hatte? Wenn schlüssiges Denken ein maßgebliches Kriterium war, dann war sie besoffen. Sie würde Shelly bitten müssen, sie nach Hause zu fahren.

Himmel. Shelly. Sie war wirklich nicht mehr ganz bei Verstand. Und das nach nur zwei Drinks. Vielleicht lag es daran, daß sie den ganzen Tag nichts gegessen hatte. Sandy fragte sich, was Shelly heute abend tat. Sie hatte heute nicht einmal versucht, sie anzurufen, und Shelly würde warten und wissen wollen, wie der Vortrag gelaufen war. Sie würde in die Luft gehen, wenn sie herausfand, daß Sandy getrunken hatte, ohne etwas zu essen. Sandy wünschte, Shelly wäre hier, bei ihr. Es war komisch, die ganze Nacht allein zu schlafen, ohne sich an Shelly kuscheln zu können, die das Bett für sie beide wärmte.

Aber wenn Shelly hier wäre, würde Sandy sich jetzt nicht fragen, ob Jenny immer noch auf sie stand. Sandy bekam Gewissensbisse. Sich von einer anderen Frau angezogen zu fühlen war eine Sache – aber ausgerechnet *Jennifer!* Shelly würde ausrasten, wenn sie das hörte.

Und wo blieb Sandys Stolz? Diese Frau hatte sie vier Jahre lang wie ein Stück Dreck behandelt. Sandy spürte, wie sie wütend wurde, und verdrängte ihren Zorn. Sie zog es vor, liebenswürdig und betrunken zu sein, statt wütend und betrunken. Aber die Wut war ein wichtiges Signal dafür, daß sie das Kapitel Jennifer Chase noch nicht abgeschlossen hatte. Berkowitz. Es war schwer, sich daran zu gewöhnen, daß Jennifer einen neuen Namen hatte. Als sei der alte nicht gut genug gewesen. Hatte Jennifer jemals etwas von Feminismus gehört? Wußte sie nicht, daß viele Frauen heute ihren eigenen Nachnamen durch einen Bindestrich mit dem ihres Mannes verknüpften? Nicht daß es in Sandys Augen wirklich eine Rolle spielte, solange die Männer nicht ebenfalls Bindestrich-Namen annahmen, aber Jenny würde mit diesem differenzierten Einwand nichts anfangen können.

Sandy wandte sich um und sah Jenny an, die mit Margo sprach. Wo hatte sie in den letzten zehn Jahren bloß gelebt? Die verschiedenen Befreiungsbewegungen schienen spurlos an ihr vorübergegangen zu sein.

Das Stück war zu Ende, und Sandy und Jan verließen die Tanzfläche. Als sie auf ihren Tisch zusteuerten, sah Sandy Dolores und Jenny auf sich zukommen, offenbar auf dem Weg zur Tanzfläche. Sandy runzelte schon die Stirn, doch es gelang ihr gerade noch rechtzeitig, ihren Gesichtsausdruck zu ändern. Sie lächelte Dolores an, nickte Jenny flüchtig zu und drehte sich beiseite, so daß ihre Brüste sich nicht streiften. Für einen Moment begegneten sich ihre Blicke, und Jenny lächelte verschmitzt und zwinkerte ihr zu.

Jenny wollte also mit ihr flirten. Nun, zu diesem Spiel gehörten zwei. Sandy beschloß, es darauf ankommen zu lassen und zu sehen, wer zuerst kneifen würde. Sie drehte ihren Stuhl, so daß er der tanzenden Menge zugewandt war, als die Musikbox ein Stück von Tina Turner spielte. Sie starrte Jenny unverhohlen an, als sie und Dolores zu tanzen begannen. Jenny blickte zum Tisch, sah, daß Sandy sie anschaute, lächelte unsicher und wandte sich dann wieder Dolores zu. Das unsichere Lächeln bedeutete einen Punkt für Sandy: Wahrscheinlich hatte Jenny gehofft, Sandy bei einem verstohlenen Blick zu ertappen, wußte aber nicht, wie sie mit der unverhohlenen Aufmerksamkeit umgehen sollte. Heute war Jenny auf Sandys Terrain, und Sandy würde sich nicht austricksen lassen.

Sandy spürte, daß sie sich innerlich in einer Weise wappnete, wie sie es als Kind oft getan hatte und heute nur noch gelegentlich tat, wenn sie sich durch etwas bedroht fühlte, das ihr nicht ganz koscher vorkam. Sie schob die Selbstzweifel beiseite und gab Jenny acht Punkte fürs Tanzen; sie war gut, aber nicht hervorragend. Jenny kannte die Schritte und wußte sich zu bewegen, bekam aber einen Punkt für fehlende Originalität abgezogen und einen weiteren für eine gewisse Angespanntheit, die Sandys kritischem Auge nicht entging. Schuldbewußt erkannte Sandy, daß sie Jenny zum Objekt machte, sie in eine Nummer verwandelte, sie kritisch bewertete, als sei sie eine Semesterarbeit. Sie ahnte, daß dies ein Schutzmechanismus gegen eine vage Angst war, die nicht vergehen wollte, obwohl Sandy sich einzureden versuchte, daß alles in Ordnung sei.

Jan kam hinzu und setzte sich neben Sandy. Sie wies auf eine Gruppe von Frauen, die an einem der Nebentische saß. „Hast du die gutaussehende Blonde bemerkt?"

Sandy wandte den Blick von Jenny ab, drehte sich um und schaute in die Richtung, in die Jan deutete. „Nein. Sie sieht nett aus." Jan nickte zustimmend. „Nur zu", lachte Sandy. „Frag sie, ob sie tanzen will."

„Sieht aus, als hättest du selbst was am Laufen", kicherte Jan.

„Wovon redest du?" Sandy spürte, wie abwehrend sie klang. Jans Bemerkung hatte sie unvorbereitet getroffen.

„Ich meine diese alte College-Freundin von dir", sagte Jan. „Du hast sie den ganzen Abend nicht aus den Augen gelassen. Wo du doch so gut wie verheiratet bist ..."

„Verheiratet!" schnaubte Sandy verärgert. „Wovon, zum Teufel, redest du? Nun geh schon und fordere deine Blonde zum Tanzen auf!"

„Ist ja schon gut", sagte Jan beschwichtigend. „Ich hab' doch nur Spaß gemacht." Sie stand auf und zog ihre Samtweste und den Kragen ihrer Bluse zurecht. „Wünsch mir Glück", sagte sie und machte sich auf den Weg.

Sandy beobachtete sie einen Moment und wandte sich dann wieder Jenny auf der Tanzfläche zu. Es hatte keinen Sinn, sich über das, was Jan gesagt hatte, aufzuregen. Jan war eine dumme Kuh. Sandy sah Jenny entgegen, als sie am Ende des Stückes an den Tisch zurückkehrte.

„Du siehst aus, als würdest du dich amüsieren", sagte Sandy.

„Ich amüsiere mich großartig." Jenny blieb vor Sandy stehen. „Alles, was mir noch fehlt, um den Abend vollkommen zu machen, ist ein Tanz mit dir."

Sandy lachte. „Okay, Jennifer, kannst du haben."

Sandy sah, daß die Band auf die Bühne zurückkehrte und die Instrumente für die nächste Runde stimmte. Es waren sechs Frauen: zwei Gitarristinnen, eine Drummerin, eine Pianistin, eine Flötistin und eine Geigerin. Vor der Pause hatten sie ein lateinamerikanisches Stück gespielt, und das hatte recht gut geklungen. Sandy freute sich darauf, mehr von ihnen zu hören.

Die Leadgitarristin nahm ihr Mikrofon auf und wartete, bis es im Publikum etwas leiser geworden war. „Während der Pause wurden wir gebeten, eine Polka zu spielen." Einige Frauen pfiffen. „Nun, Ladies, hier ist sie."

Zu Sandys Erstaunen legte die Band mit einem Rhythmus los, der allen in die Beine fuhr. Die Frauen johlten vor Begeisterung und stürmten die Tanzfläche. Pat schleifte Dolores mit sich, die buchstäblich um Hilfe rief, und die Frauen am Tisch brachen in schallendes Gelächter aus. Sandy klatschte zur Musik in die Hände und summte mit. Lächelnd beobachtete sie, wie Jan und die Blonde aufstanden und wild auf der Tanzfläche herumzutollen begannen, mit anderen Paaren zusammenstießen, die stehenblieben, während sie weiter im Kreis herumtobten. Sandy lachte über die groteske Szene: In einem Etablissement, das aussah wie ein Nobelbordell der Jahrhundertwende, auf einer entlegenen Insel namens Oahu, spielten sechs Rockmusikerinnen in psychedelischen Glitzerklamotten eine Polka für eine begeisterte Menge johlender Lesben. Der Abend entwickelte sich zu einem außergewöhnlichen Erlebnis.

Als die Polka zu Ende war, sprangen die Frauen massenweise auf, klatschten und schrien: „Zugabe!" Die Bandleaderin schüttelte den Kopf und hob die Hand, um die Menge zum Schweigen zu bringen.

„Wir haben heute abend einige merkwürdige Musikwünsche gehabt", sagte sie gutgelaunt. „Zuerst ein Charleston." Vereinzelte Hochrufe und begeistertes Klatschen. „Dann die Horra." Eine Gruppe von Frauen auf der anderen Seite der Bar johlte und klatschte zustimmend, und Sandy bedauerte, nicht schon früher gekommen zu sein. „Und nun haben wir eine Polka gespielt. Bevor wir zu etwas zeitgenössischeren Klängen zurückkehren – hat noch jemand einen letzten ungewöhnlichen Musikwunsch?"

„Einen Walzer!" rief eine ältere Frau aus dem Hintergrund. Einige Frauen applaudierten, andere buhten. Die Bandleaderin drehte sich zu den anderen Musikerinnen um. „Ladies, wir wurden um einen Walzer gebeten. Was meint ihr?" Die Band nickte und stimmte die Instrumente. Sandy stand auf.

„Du wolltest doch mit mir tanzen." Sie sah Jenny mit einem halben Lächeln an. „Also?"

„Machst du Witze? Ein Walzer?"

Sandy bot Jenny galant den Arm. Jenny lachte, stand auf und hakte sich bei Sandy unter, als sie auf die nahezu leere Tanzfläche gingen. Die Band stimmte den Donauwalzer an.

„Möchtest du führen, oder soll ich?"

Jenny schüttelte den Kopf. „Es war deine Idee, Sandy, nur zu. Ich weiß nicht einmal, ob ich mich erinnere, wie Walzer geht."

Sie blickten auf ihre Füße, lachten und begannen zu tanzen. Sandy mochte das Gefühl von Jennys Hand in der ihren und die Art, wie Jennys Taille sich gegen die Innenfläche ihrer anderen Hand schmiegte. So nah war sie Jenny seit Jahren nicht gewesen, und nachdem sie sicher war, die Schritte richtig zu setzen, nutzte sie die Gelegenheit, Jenny verstohlen anzuschauen. Jenny war zweifellos um einiges älter geworden, hatte aber eine Frische an sich, die Sandy an das Mädchen erinnerte, die sie früher gekannt hatte. Sie spürte Zuneigung in sich aufsteigen; wie hatte sie annehmen können, diese Frau sei eine Fremde? Jenny blickte Sandy ins Gesicht, und Sandy lächelte sie offen an. Jenny erwiderte das Lächeln, und während sie weitertanzten und das Tempo der Musik sich leicht steigerte, sahen sie einander unverwandt an. Sandy begriff, daß sie nicht den Wunsch hatte, mit dieser Frau Spielchen zu treiben; dies war eine Frau, die sie einmal geliebt hatte, und das, was sie damals miteinander geteilt hatten, war zu kostbar, um es durch oberflächlichen Blödsinn zu entwerten.

Als sie sich beide entspannten, wurde ihr Tanz leichtfüßiger und fließender. Sandy hatte den Walzer im Scherz vorgeschlagen, aber unversehens wurde es ernst; in ihrem Tanzen lag nichts Albernes. Als die Musik zu Ende war, hielten sie einander noch einen Augenblick länger im Arm, und die Ernsthaftigkeit ging in ein schüchternes Lächeln über.

„Ich danke Ihnen, Madame", sagte Sandy mit einer förmlichen Verbeugung.

„Ich danke Ihnen." Jenny verbeugte sich ebenfalls. Sie gingen zurück zum Tisch. Beide fühlten sich ein wenig befangen.

„Das war das erste Mal, daß wir je zusammen getanzt haben", sagte Sandy. Sie wollte den Augenblick nicht enden lassen.

Jenny wirkte überrascht. „Wirklich?" sagte sie leichthin. Sie ging weiter bis zu dem Ende des Tisches, an dem Dolores und Catherine einen Bing Crosby-Schlager sangen. Sandy hätte nie gedacht, daß eine radikale junge Frau wie Dolores ein solches Lied überhaupt kannte, geschweige denn, es in der Öffentlichkeit singen würde, aber der heutige Abend hatte schließlich bei ihnen allen erstaunliche Seiten ans Licht gebracht. Sandy setzte sich neben Julie, die sie nachdenklich ansah.

„Wie geht's, Julie?" Sandy legte den Arm um Julies Stuhllehne.

„Gut", antwortete Julie ruhig. „Und dir?"

„Mir? Großartig." Sandy suchte unter den Gläsern auf dem Tisch nach ihrem Scotch on the Rocks. Sie hielt eine vorbeigehende Kellnerin an und bestellte sich noch einen Drink. Dann wandte sie sich wieder Julie zu, die sie immer noch ansah. Ihr wurde ein wenig unbehaglich.

„Was geht dir im Kopf herum, Julie?"

„Willst du es wirklich wissen?"

„Ja, natürlich will ich es wissen."

„Gut." Julie drückte ihre Zigarette aus. „Ist sie dir wichtig?"

Sandy saß einen Moment reglos da. Dann lächelte sie kläglich. „Ist es so offensichtlich?“ Julie sagte nichts. Sandy seufzte tief. „Das ist Jenny. Meine Zimmergenossin aus dem College.“

„*Die* Jenny?“ Julie pfiff durch die Zähne. „Ich bin erstaunt. Du hältst dich gut.“

„Findest du?“ fragte Sandy unsicher.

„Wenn ich mich recht erinnere, hast du sie sehr geliebt, oder?“ Sandy nickte. „Seit wann habt ihr euch nicht mehr gesehen?“

„Seit ihrer Hochzeit.“ Ein langes Schweigen trat ein. „Und er ist auch hier.“ Julie nickte verständnisvoll. Sandy war dankbar, daß sie nicht zu erklären brauchte, wer „er“ war. Sie wollte das Wort „Ehemann“ nicht aussprechen. Sie haßte dieses Wort. Es weckte nicht nur die Assoziation von Eigentum, sondern bedeutete auch, daß alles, was Jenny vor ihrer Ehe erlebt hatte, unbedeutend gewesen war. Sandy war eine Affäre gewesen; er war das Eigentliche, ihr Ehemann.

„Wenn du später heute abend oder irgendwann sonst darüber reden willst, bin ich für dich da.“ Julie legte Sandy die Hand auf den Arm. Sandy lächelte, legte ihre Hand auf Julies und drückte sie leicht. Es tat gut, von Julie bestätigt zu bekommen, daß es schwer für sie war, Jenny wieder über den Weg gelaufen zu sein; sie war nicht ganz sicher gewesen, ob sie nicht viel Lärm um nichts machte. Sie hatte also ein Recht darauf, aufgewühlt zu sein.

Sandys Scotch kam, und sie blickte nachdenklich in das rostbraune Getränk. Es war Jahre her, daß sie einen Scotch on the Rocks bestellt hatte – eigentlich mochte sie den Medizingeschmack nicht –, aber heute abend hatte sie Lust auf „Erwachsenen“-Drinks. Sie hatte das erste Mal als Teenager Scotch getrunken; wahrscheinlich war sie durch die alten Filme darauf gekommen, in denen der männliche Held immer einen harten Drink bestellte. Über seine Lippen gelangte nichts Weichliches, und über Sandys auch nicht. Sie war ein harter Typ, der nur richtige Drinks akzeptierte. Im Laufe der Jahre hatte Sandy entschieden, daß es unsinnig war, Getränke zu bestellen, die sie eigentlich nicht mochte, und zu ihrer Belustigung stellte sie fest, daß sie ausgerechnet die „damenhaften“ Getränke am liebsten mochte: Whisky sour, Bananen-Daiquiri und alle Cocktails, die nicht nach Alkohol schmeckten. Aber heute abend verspürte Sandy das alte Bedürfnis nach einem Scotch. Versuchte sie, Jenny mit ihrer Weltläufigkeit zu beeindrucken? Oder wollte sie vielmehr die Atmosphäre jener Zeit zurückholen, in der sie Jenny zum ersten Mal begegnet war – vor fast fünfzehn Jahren? Himmel, was für ein Kind sie damals gewesen war, so unschuldig und altklug zugleich. Heute abend auf der Tanzfläche hatte sie für einen Augenblick diese alte, zärtliche Schüchternheit aus jener Zeit verspürt, als sie und Jenny sich ineinander verliebt hatten. Es war erstaunlich, daß Jenny noch immer diese ganz besondere Unschuld erwecken konnte.

Plötzlich war Sandy sehr müde. Sie hatte über vieles nachzudenken, und ihr Geist schien dieser Aufgabe nicht gewachsen. Sie war verwirrt; Vergangenheit und Gegenwart glitten immer wieder ineinander über, und sie wußte nicht, wie sie sie auseinanderhalten sollte.

Sandy blickte in die Runde: Alle Frauen waren da, und alle wirkten etwas beschwipst – selbst Pat, die den ganzen Abend Mineralwasser getrunken hatte –, und Sandy lächelte, als sie Pat und Dolores „Backe, backe Kuchen“ spielen sah, während Margo und Catherine das Kinderlied dazu sangen.

„He, ich bin allmählich müde“, rief Sandy und schaute demonstrativ auf die Uhr. „Seid ihr Frauen bereit, zurückzufahren?“

„Sandys Uhr sagt, sie ist müde.“ Margo schaute auf ihre eigene Armbanduhr. „Meine Uhr sagt, ich amüsiere mich immer noch großartig.“

Die Frauen lachten.

„Ach, komm schon, Sandy. Sei keine Spielverderberin.“ Jan hatte ihren Kopf auf die Ellenbogen gestützt.

„Ja, du olle Miesmacherin“, neckte Pat.

„Sagt, was ihr wollt, ich bin schließlich die Fahrerin“, erwiderte Sandy.

„Mach dir darum keine Gedanken“, murmelte Dolores. „Das kann ich übernehmen.“

„Du?“ meinte Sandy skeptisch.

„Ich möchte eigentlich auch gehen“, sagte Jenny.

Sandy war entzückt. Es war ihr gar nicht in den Sinn gekommen, daß sie und Jenny Zeit für sich allein haben könnten. Sie hoffte, daß keine der anderen Frauen schon nach Hause wollte.

„Also ich möchte noch nicht gehen“, sagte Julie. „Warum haut ihr beide nicht ab? Wir nehmen uns ein Taxi.“

Sandy sah Julie dankbar an. Sie war eine echte Freundin. „Ist das in Ordnung?“ fragte Sandy die Gruppe. Julie lächelte, Margo und Jan nickten, Catherine winkte zum Abschied, und Pat und Dolores kicherten und schrieben einander Mitteilungen auf ihre Servietten. Sandy sah Jenny an. Jenny nickte, und sie standen auf und verabschiedeten sich.

„Die frische Luft tut gut“, sagte Sandy auf dem Weg zum Parkplatz.

„Ja, es ist eine schöne Nacht.“ Jenny schlang die Arme eng um sich. Sandy hatte das Bedürfnis, den Arm um Jenny zu legen, um sie zu wärmen, steckte aber statt dessen die Hände in die Hosentaschen.

Erst als Sandy hinter dem Steuer saß, bemerkte sie, wie betrunken sie war: Sie konnte das Zündschloß nicht finden. Sie fluchte, und Jenny lachte. Schließlich fand sie es. „Ich weiß, das war nicht sehr vielversprechend“, sagte sie und startete, „aber ich versichere dir, ich werde dich wohlbehalten nach Hause bringen.“

Jenny lehnte sich im Sitz zurück. „Ich habe größtes Vertrauen zu dir, Sandy. Ich weiß, du würdest nichts tun, was mir schaden könnte.“ Sandy schluckte schwer. Sie hatte ohnehin genug Schwierigkeiten, aus der Parklücke zu kommen; dies war nicht der richtige Zeitpunkt, sich von Jennys Verführungskünsten ablenken zu lassen. Sie kurbelte das Fenster herunter und zwang sich, den Blick auf die Straße zu richten, aber sie konnte nicht umhin, aus den Augenwinkeln zu bemerken, daß Jenny sie bewundernd ansah. Sandy stellte sich vor, anzuhalten und Jenny in die Arme zu nehmen. Ihre Lippen würden sich hart auf Jennys Lippen pressen, ihre Zunge sich in Jennys Mund drängen, während ihre Hände an Jennys Seiten und an ihren Oberschenkeln entlanggleiten würden, bis Jennys Erregung kurz vor dem Höhepunkt war.

„Hat dir der Abend Spaß gemacht?" fragte Sandy beiläufig.

„Darf ich?" Jenny zündete sich eine Zigarette an und zog den Aschenbecher heraus. Sandy nickte. „Sogar großen Spaß. Deine Freundinnen sind sehr nett."

„Du klingst überrascht."

„Eigentlich nicht." Jenny nahm ein paar Züge und streifte die Asche ab. Ein paar Stäubchen landeten auf Sandys Oberschenkel. Jenny wischte sie rasch weg. „Ehrlich gesagt, ich wußte nicht, was auf mich zukommen würde."

„Eine Horde wilder, barbarischer Bestien." Sandy bemühte sich, ungezwungen zu klingen. Sie war enttäuscht, daß Jenny von dem, was sie gesehen hatte, nicht mehr schockiert schien.

„Das hatte ich nie erwartet, Sandy. Ich weiß nicht, wie du darauf kommst." Jenny wirkte verärgert. Sandy verfluchte ihre eigene Blödheit. Sie fühlte sich wohl in Jennys Gegenwart; warum tat sie dann alles, um sie vor den Kopf zu stoßen? „So habe ich es nicht gemeint", sagte Sandy und kam sich feige vor, es zurückzunehmen. „Manchmal würde es mir vielleicht ganz guttun, etwas ungezügelter und weniger beherrscht zu sein." Sie lächelte, und Jenny lächelte zurück.

„Ich weiß nicht, Sandy. Du kommst mir immer noch recht ungezügelt vor." Sie lachten.

„Weißt du noch, wie ich bekifft war und du versucht hast, mich davon abzuhalten, im Ratskeller auf den Tisch zu steigen und *Love is a many splendored thing* zu singen?" kicherte Sandy.

„Und ob! Ich wäre am liebsten im Erdboden versunken. Ich kann mich nicht erinnern, daß mir je etwas so peinlich war." Beide Frauen lachten. „Ich weiß nicht, ob ich es dir jemals gesagt habe, Sandy", Jenny machte eine dramatische Pause, „aber du hast die absolut fürchterlichste Singstimme, die ich je gehört habe."

Sandy schaute Jenny mit gespieltem Kummer an. „Wie kannst du einer alten Freundin so etwas sagen?"

„Nun, zumindest habe ich es dir heimgezahlt", sagte Jenny stolz. Sandy war verwirrt. „Weißt du nicht mehr? Du warst in der Dusche und hast *Old MacDonald had a farm* gesungen." Sandy schüttelte den Kopf. „Ich habe alle Frauen von unserem Stockwerk zusammengetrommelt, und als du den Duschvorhang zurückgezogen hast, standen wir alle vor dir."

Sandy errötete. „Himmel, das hatte ich ganz vergessen. Das war schrecklich, Jenny."

„Deine Darbietung von *Love is a many splendored thing* aber auch."

Sandy fuhr den Wagen in die Tiefgarage des Hotels. Sie war hellerleuchtet, und die beiden kniffen die Augen zusammen, bis sie das Hotelfoyer erreichten. Jetzt, da Sandy sie beide sicher heimgebracht hatte, gestattete sie sich, betrunken zu sein. Sie torkelte ein wenig auf dem Weg zum Aufzug.

„Hey, weißt du, wozu ich jetzt Lust hätte?" sagte Sandy aufgeregt. Jenny schüttelte den Kopf. „Zum Golfspielen." Sandy brachte ihren Oberkörper in Schlagposition, schwankte ein wenig, bis sie das Gleichgewicht fand, führte einen imaginären Schlag aus und fiel gegen die Wand. Jenny kicherte.

„Im Norden der Insel soll es einen wirklich schönen Golfplatz geben", sagte Sandy.

„Gut, laß uns spielen."

„Du machst Witze."

„Nein, ehrlich, ich hätte große Lust dazu." Jenny wirkte, als meine sie es ernst. „Ich komme nicht mehr zum Spielen. Barry interessiert sich nicht für Golf, und ich habe keine Freundinnen, mit denen ich spielen kann."

„Aber wir haben keine Schläger dabei", sagte Sandy, als sähe sie sich mit einem unlösbaren Problem konfrontiert.

„Wir können uns welche ausleihen."

„Ja, gute Idee." Sandy wandte sich um und schickte sich an zu gehen. „Dann mal los." Jenny ergriff ihren Arm und hielt sie zurück.

„Nicht jetzt, Sandy. Morgen."

„Aber was ist mit der Tagung?" fragte Sandy schuldbewußt.

„Würdest du lieber Golf spielen oder drinnen hocken und den ganzen Nachmittag langweilige Vorträge hören?"

Sandy dachte einen Augenblick darüber nach. Der Aufzug kam, und sie gingen hinein. Es war keine schwierige Entscheidung. „Golf spielen."

Als sich die Aufzugtür auf ihrer Etage öffnete, trat Sandy heraus und wandte sich zu Jenny um. „Also, ich muß hier raus. Gute Nacht, Jenny." Die Aufzugtür schloß sich und ging sofort wieder auf.

„Augenblick mal", sagte Jenny und hielt die Tür offen. „Den ganzen Abend hast du Frauen umarmt. Bekomme ich nicht einmal einen Gutenachtkuß?"

Sandy imitierte Mae West. „Flirtest du mit mir, Jenny, oder freust du dich einfach, mich nach zehn Jahren wiederzusehen?"

„Wahrscheinlich beides."

Plötzlich war Sandy wieder nüchtern. Sie zögerte einen Moment, beugte sich dann vor und küßte Jenny auf die Wange. Dann drehte sie sich um und ging den Gang entlang, ohne zurückzuschauen.

Sandy saß lange Zeit, wie ihr schien, in dem geblümten grünen Sessel. Sonderbare Dinge fielen ihr ein: das erste Mal, als sie mit einem Jungen geknutscht hatte, ein Englischlehrer aus der High-

School, die Gummiente, die sie als Kind mit in die Badewanne genommen hatte. Jenny wiederzusehen hatte ihr psychisches Gleichgewicht gestört – als ob ihre Psyche, wie die Erde, aus Schichten bestünde und ein unterirdischer Aufruhr diese Schichten voneinander getrennt und gegeneinander verschoben hätte.

Sie hätte gerne Gesellschaft gehabt, aber es war zwei Uhr morgens, und ihre Freundinnen schliefen vermutlich schon. Julie hatte ihr angeboten, sie könne vorbeikommen, aber Sandy war sich nicht sicher, ob es fair war, sich ihr aufzudrängen, vor allem da sie in den letzten Jahren nicht sehr eng befreundet gewesen waren. Sie könnte Barbara anrufen, aber dann würde Marian wissen wollen, was los war, und beleidigt sein, wenn Sandy sagte, sie wolle mit Barbara allein reden.

Aber vielleicht war Julie auch noch wach; vielleicht waren sie alle gerade erst aus der Bar zurückgekommen. Sandy ging die Treppe in den nächsten Stock hinunter. Es war unheimlich, durch die hellerleuchteten Gänge zu gehen, die Tag und Nacht gleich aussahen. Vor Julies Zimmer zögerte sie und horchte an der Tür. Das Summen der Neonbeleuchtung im Gang machte es schwer zu unterscheiden, ob sie Wasser laufen oder ein Elektrogerät surren hörte. Sie wollte nicht riskieren, Julie zu wecken, also wandte sie sich zum Gehen. Doch dann fiel ihr ein, sie könnte vielleicht einen Lichtschein unter der Tür erkennen. Sie ging rasch zurück, ließ sich auf die Knie nieder und versuchte durch den Spalt zu spähen. Es war sehr staubig dort unten, und ehe sie sich versah, hatte sie geniest.

Die Tür wurde aufgerissen.

„Meine Güte, Sandy! Was zum Teufel machst du da?"

Sandy blickte hoch und sah Julie im Nachthemd über sich stehen, eine Vase in der erhobenen Hand.

„Würdest du mir glauben, daß ich zufällig in der Nähe war?" Sandy lächelte schwach.

„Steh auf und komm herein."

Sandy erhob sich leicht schwindelig und stolperte in das dunkle Zimmer. Julie knipste die Nachttischlampe neben dem Bett an.

„Ich wollte dich nicht aufwecken", sagte Sandy entschuldigend.

„Statt dessen hast du beschlossen, mich zu Tode zu erschrekken."

„Vielleicht sollte ich besser gehen. Es tut mir leid, Julie ..."

„Wirst du jetzt wohl den Mund halten und dich hinsetzen?" Julie schlüpfte wieder unter die Decke und stopfte sich das Kopfkissen in den Rücken. „Wenn du nach alledem glaubst, ich würde dich gehen lassen, ohne zu erfahren, was in deinem angeschlagenen Kopf vor sich geht, hast du keine Ahnung, wieviel Mumm wir aus dem Mittleren Westen haben."

„Ich dachte, Mumm sei etwas zum Trinken", sagte Sandy, immer noch verlegen.

Julie lachte. „Du bist wirklich aus der Provinz, was? Komm und setz dich." Ihre Stimme wurde weicher.

Sandy setzte sich auf die Bettkante und kam sich töricht vor; sie wußte, daß sie sich kindisch benahm, aber bei Julie fühlte sie sich sicher. Sie kannten sich schon viele Jahre, und Sandy vertraute darauf, daß Julie sie nicht tadeln würde, weil sie ein wenig durcheinander war.

„Ich fühle mich beschissen. Ich weiß nicht, was los ist oder auf was ich mich da einlasse. Ich habe mich morgen mit ihr zum Golfspielen verabredet. Ich habe Shelly noch nicht einmal erzählt, daß ich sie überhaupt getroffen habe. Wie soll ich ihr das alles erklären?" fragte Sandy mit panischer Stimme. Sie fühlte sich, als säße sie in einer Achterbahn, ohne schwindelfrei zu sein.

„Nun beruhige dich erst mal, Sandy." Julie warf die Bettdecke zurück und rutschte hinter Sandy, legte ihr die Hände auf die Schultern und begann sie langsam zu kneten. „Ich weiß nicht, wann ich dich je so verspannt gesehen habe", sagte sie, während sie Sandys Nacken massierte. Tränen liefen Sandy über die Wangen und tropften auf ihre Hände, die schlaff in ihrem Schoß lagen. Ihre Angst löste sich sofort; es war diese umfassende Traurigkeit, die sie hatte vermeiden wollen.

Sandy spürte Julies Arme um ihre Schultern, und die Zärtlichkeit dieser Geste brachte sie erst recht zum Weinen. Eine Weile lang drang nichts anderes in ihr Bewußtsein als das Geräusch ihres Schluchzens und die Feuchtigkeit auf ihren Wangen und ihrem Kinn.

„Hast du ein Taschentuch für mich?" fragte Sandy, als das Weinen nachließ.

„Ja, ich habe ein Taschentuch für dich", sagte Julie und ahmte liebevoll Sandys New Yorker Akzent nach. Sie ging ins Badezimmer und holte eine Schachtel Papiertaschentücher. Sandy putzte sich geräuschvoll die Nase. Manche Frauen hätten ein, zwei Taschentücher geholt, aber Julie hatte die ganze Schachtel mitgebracht; Sandy war ihr für ihre Großzügigkeit dankbar.

Sandy wandte sich zur Seite und sah Julie an, die neben ihr auf dem Bett saß. „Was ist mit uns geschehen, Julie? Früher haben wir uns so nahe gestanden."

„Es hat sich eben einiges verändert." Julie zuckte die Achseln. „Wir haben uns allmählich in unterschiedliche Richtungen entwickelt."

„Du bist nachsichtig. Es war meine Schuld."

„Ach komm, Sandy."

„Nein, das war es. Ich bin mit den Männern nicht zurechtgekommen, mit denen du ausgegangen bist. Es hat mich rasend gemacht, dich mit einem Widerling nach dem anderen zu sehen."

„Wenn ich zurückdenke, finde ich sie auch nicht gerade toll." Beide Frauen lachten. Dann seufzte Julie. „Es hat mich wirklich verletzt, daß du nichts von meinen Freunden wissen wolltest. Ich war sauer auf dich, Sandy. Ich hatte das Gefühl, du hättest unserer Freundschaft eine unsinnige Grenze gesetzt. Aber ich konnte es verstehen, und insgeheim habe dir beigestimmt – keiner dieser Männer hat sehr viel getaugt."

Sandy nahm allen Mut zusammen und sagte, was sie nie zuvor über die Lippen gebracht hatte. „Als ich dir gesagt habe, ich könne es nicht ertragen, noch mehr von meiner Energie in deine selbstzerstörerischen Männerbeziehungen zu stecken, war ich weder mit dir noch mit mir selbst vollkommen ehrlich. Ich wollte, daß du eine Lesbe bist, Julie." Sandy schüttelte den Kopf. „Du warst eine meiner engsten Freundinnen. Shelly und ich hatten uns gerade kennengelernt, und ich wollte alles mit dir teilen: lesbisch zu werden, meinen Zorn zu entdecken ... es tut mir leid."

„Es war nicht allein deine Schuld, Sandy. Du weißt, wie sehr ich Shelly mag, aber es war schwer, mit euch beiden zusammenzusein. Ihr wart so verliebt und so verdammt gut füreinander – es war nicht leicht, das mitanzusehen und dann zu meinem Typ nach Hause zu gehen oder in einer Bar irgendeinen Blödmann aufzulesen." Julie sah Sandy eindringlich an. „Es ist lange her, Sandy. Ich bin bereit, es zu vergessen, wenn du es auch bist."

„Ich glaube, bei dem Handel kommst du schlechter weg." Sandy stand auf. „Warum schreist du mich nicht an oder so? Sag mir, wie unfair ich gewesen bin, wie selbstgefällig ich war."

Julie lächelte ein wenig. „Wenn es dir so wichtig war, daß ich lesbisch bin, warum hast du dann nichts unternommen?"

„Was meinst du?"

„Für eine intelligente Frau hast du manchmal ein ganz schön dickes Brett vorm Kopf, Sandy." Julie blickte Sandy immer noch an, und Sandy spürte, wie sie errötete.

„Scheiße, Julie, wir waren Freundinnen."

„Ach, du schläfst wohl nur mit Feindinnen", sagte Julie sarkastisch. „Wie mildtätig von dir."

Sandy schaute Julie aufmerksam an. „Wir haben nicht miteinander geschlafen, weil wir uns dagegen entschieden haben." Julie wirkte überrascht. „Erinnerst du dich nicht? Wir haben miteinander geredet, und ich weiß nicht mehr, wie wir darauf kamen, aber eine von uns sagte so etwas wie, daß sie sich zu der anderen hingezogen fühle, und die andere sagte, sie empfände das gleiche, und wir haben uns entschieden, nichts zu unternehmen. Wir wollten unsere Freundschaft nicht zerstören."

„Das kommt mir irgendwie bekannt vor."

„Damals warst du mit William zusammen."

„O Gott, William." Julie langte zur Kommode hinüber und nahm sich eine Zigarette. „Es war eine schreckliche Beziehung."

„Ich dachte, du wärst in ihn verliebt gewesen."

„War ich auch." Julie stand auf und holte sich einen Aschenbecher aus dem Badezimmer. Sie blieb im Türrahmen stehen und sah Sandy mit einem ironischem Lächeln an. „Er fand dich immer sehr sexy. Wenn unsere Freundschaft nicht gewesen wäre, hätte er sicher versucht, dir an die Wäsche zu gehen, wie man so sagt."

„Ha, was heißt hier hätte!" sagte Sandy erbost.

Julie kam zum Bett herüber und baute sich vor Sandy auf.

„Was meinst du damit?"

Sandy blickte Julie überrascht an. „Ich meine die Nacht, wo wir auf der Party in der 20. Straße waren. Als er betrunken war." Sandy sah Julie an, daß sie keine Ahnung hatte, wovon sie sprach. Im stillen verfluchte sie sich; sie hätte das Thema nicht anschneiden sollen. „Ach, es war keine große Sache, Julie. Vergessen wir es, okay?"

„Sandy, ich will wissen, was passiert ist", beharrte Julie.

„Es war nichts. Ihr beide habt im Wohnzimmer geschlafen. Ich war in meinem Schlafzimmer. Jedenfalls ist er in mein Zimmer gekommen und ..." Sandy war sich bewußt, daß sie Julie nicht in die Augen sah und es dadurch noch schlimmer wurde, aber sie brachte es einfach nicht über sich. „... also er kam zu mir ins Bett und fing an ..." Sandy stieß den Atem aus, den sie angehalten hatte.

„Er fing was an?" Julie stand stocksteif vor ihr.

„Er fiel über mich her", sagte Sandy schnell und wünschte, sie könnte dieses unangenehme Gespräch beenden.

Julies Blick war hart. „Was ist passiert?"

„Scheiße, Julie. Wir haben eine Weile gekämpft, und schließlich ist es mir gelungen, ihn rauszuwerfen. Es ist nichts passiert."

„Er hat versucht, dich zu vergewaltigen." In Julies Gesicht stand die blanke Wut. Sie durchquerte den Raum, trat ans Fenster und krallte die Hände in die Vorhänge.

„Julie, er war betrunken. Er wußte nicht, was er ..."

„Was sagst du da?" schrie Julie. „Hörst du dir selbst überhaupt zu? Er war betrunken ..." höhnte Julie, „und das soll Sandy Stein sein, die radikale Feministin, die keinem Mann in ihrer Hörweite eine sexistische Bemerkung durchgehen läßt? Ist das dieselbe Frau, die ihn jetzt damit entschuldigt, daß er betrunken war?" Julie packte Sandy bei den Schultern. „Sieh mich an, Stein, verdammt noch mal, sieh mich an! Warum hast du es mir nicht erzählt?"

Sandy stand auf, steckte die Hände in die Taschen und ging zur anderen Seite des Zimmers hinüber. Sie drehte sich zu Julie um. „Ich weiß nicht, warum ich dir nichts gesagt habe. Ich hätte es tun sollen. Ich glaube, ich wollte dich schützen. Ich wollte dir nicht weh tun."

„Wie kannst du dabei bloß so gleichgültig bleiben! Als hätte es dich nicht im geringsten berührt." Julie ballte die Faust. „Dieses Schwein!" Sie wandte sich wieder Sandy zu. „Glaubst du, ich hätte das von einem Mann, mit dem ich zusammenlebe, nicht wissen wollen? Wie konntest du es mir verheimlichen?"

„Wie hätte ich es dir sagen können?" gab Sandy zurück. „Was hättest du getan? Ihn verlassen? Wenn ja, hättest du mich dafür gehaßt. Und wenn nicht, hätte ich dich gehaßt, weil du weiterhin mit einem Mann zusammen warst, der so etwas tun konnte. In jedem Fall hätte es unsere Freundschaft zerstört." Sandy zuckte die Achseln. „Ich glaube, das wollte ich nicht riskieren."

„Hast du wirklich so wenig Vertrauen zu mir, Sandy?" sagte Julie leise.

Sandy blickte Julie an.

„Ich habe noch nie eine Heterofrau getroffen, die wegen einer Freundin oder gar eines Prinzips zuliebe mit ihrem Typ Schluß gemacht hätte.“ Sie seufzte. „Vielleicht hätte ich dir vertrauen oder dich zumindest auf die Probe stellen sollen, Julie. Ich weiß es nicht. Aber damals wußte ich einfach nicht, was ich tun sollte. Ich fühlte mich so ...“ Sandy mußte sich überwinden, das Wort auszusprechen. „... gedemütigt“, flüsterte sie.

„O Sandy!“ rief Julie. „Ich schäme mich so.“ Sie wandte sich um und stand reglos vor dem Fenster. „Wenn ich mir vorstelle, daß ich den Wichser am nächsten Abend in mein Bett gelassen habe ...“ Julie schauderte.

Sandy ging zu ihr hinüber und legte ihr die Hand auf die Schulter. „Es war nicht deine Schuld, Julie. Du hast keinen Grund, dich zu schämen.“ Julie schüttelte den Kopf. „Hör zu“, sagte Sandy und drehte Julies Gesicht zu sich um. „Du bist nicht für ihn verantwortlich. Es tut mir leid, daß ich es dir nicht erzählt habe. Ich hätte es tun sollen. Aber es war kurz nachdem Jenny sich von mir getrennt hatte; sie war meine Geliebte, und sie hat Männer immer an die erste Stelle gesetzt; woher hätte ich also das Vertrauen nehmen sollen, daß dir unsere Freundschaft ernst war?“ Sandy legte eine Hand an Julies Wange und strich ihr das wirre Haar aus dem Gesicht. Ihre Augen füllten sich mit Tränen, als sie in Julies offenes Gesicht blickte.

„Du hättest es mir sagen sollen, Sandy.“ Julie legte die Arme um sie, und Sandy umarmte sie ebenfalls. „Wir hätten das gemeinsam bewältigen sollen.“

„Du meinst, du wärst mit mir gekommen, um ihn zusammenzuschlagen?“ scherzte Sandy.

„Warum machst du immer noch Witze darüber, Sandy?“ Julie klang verärgert.

„Verdammt noch mal, Julie, wenn ich keine Witze darüber mache ...“ Sandy ging zum Fenster und schlug krachend mit der Faust gegen die Wand. „Ich hätte ihn umbringen können!“ schnaubte sie. „Aber er war nicht bloß ein x-beliebiger geiler Bock. Er war dein Geliebter. Und du warst meine beste Freundin ... Ich glaube, ich war ebenso wütend darüber, was er dir damit angetan hatte, wie über das, was er mir anzutun versuchte.“ Sandy schritt durch den Raum, gab dem Papierkorb einen saftigen Fußtritt, so daß er gegen die Wand flog. Die beiden Frauen sahen einander an und lachten.

„Vielleicht sollten wir versuchen, dieses Gespräch noch einmal von vorne zu beginnen.“ Julie wies auf das Bett, und Sandy ließ sich darauf fallen. „Also – du hast morgen eine Verabredung zum Golf.“

„Scheiße. Das hatte ich vollkommen vergessen. Jenny. Ich weiß nicht, wo ich anfangen soll.“ Sandy setzte sich auf und stellte die Füße auf den Boden. „Vor allem bin ich richtig sauer auf sie. Wenn ich daran denke, wie sie mich behandelt hat und was für einen Mist ich mir habe gefallen lassen, koche ich vor Wut. Wäre ich ein Mann gewesen, wäre sie nie so mit mir umgesprungen. Verdammt, wir hätten wahrscheinlich geheiratet.“ Sandy lächelte. „Aber wenn ich ein Mann gewesen wäre, hätten wir uns wiederum auch nie so geliebt, wie wir es taten.“

Sandy sah Julie fragend an. „Das ist genau der Punkt, den ich nicht verstehe. Wenn sie mich so geliebt hat, wie ich es in Erinnerung habe, wie hat sie mich dann verlassen können? Und bei irgendeinem Mann enden?“

Sie schüttelte den Kopf.

„Diese Intensität, die wir miteinander hatten ... wie konnte sie da hetero werden? Bei einer Frau, die nie erfahren hat, wie es ist, mit einer anderen Frau zusammenzusein, ist das etwas anderes. Bei ihr kann ich verstehen, daß sie sich mit Männern verabredet, heiratet und den ganzen üblichen Kram mitmacht. Und viele der Lesben, mit denen ich arbeite, gehen diesen Weg, bevor sie entdecken, daß sie lesbisch sind. Aber den Unterschied von Anfang an zu kennen und dennoch zu heiraten ...“

Sandy sah Julie an, die auf dem gepolsterten Arm des Sessels hockte. Plötzlich wurde ihr klar, warum sie gezögert hatte, mit Julie darüber zu sprechen, und warum es sie trotzdem mitten in der Nacht hierhergezogen hatte. Sandy hatte immer angenommen, Julie sei eine der „echten" heterosexuellen Frauen; Julie schien Sex mit Männern zu genießen und in den Auseinandersetzungen mit ihnen Kraft zu gewinnen. Und dann hatte Sandy gerüchteweise gehört, daß Julie eine Affäre mit einer Frau hatte.

„Ich glaube, ich versuche herauszufinden", fuhr Sandy fort, „ob Jenny eine Lesbe ist." Innerlich zweifelte sie nicht daran, daß Jenny ihre intensivsten sexuellen und emotionalen Erfahrungen mit Sandy gehabt hatte und wahrscheinlich auch mit anderen Frauen haben würde. Aber Jenny, von der Sandy vermutete, sie sei in Wirklichkeit lesbisch, war mit einem Mann zusammen, und Julie, die Sandy für hundertprozentig hetero gehalten hatte, experimentierte nun mit Frauen, und Sandy begann sich zu fragen, was zum Teufel das alles zu bedeuten hatte.

40

Sie waren am vorletzten Loch, und Jenny war schon seit geraumer Zeit nervös und machte Scherze über ihr Spiel. Zunächst versuchte Sandy, ihr zu versichern, sie spiele gar nicht schlecht, wenn sie bedenke, wie lange es her sei, aber Jenny beharrte auf ihrer Selbstkritik. Irgend etwas machte ihr zu schaffen. Es hatte vermutlich mit ihrem Zusammensein zu tun, aber Sandy hatte keine Ahnung, was genau es war. Die ganze Situation war enttäuschend, vor allem da Sandy erwartet hatte, das gemeinsame Golfspiel würde die alte Nähe zwischen ihnen wiederaufleben lassen; statt dessen schien es die entgegengesetzte Wirkung zu haben. Und das war genau das, was Sandy nicht gewollt hatte.

Jenny war dran und schlug den Ball zu hoch. „Scheiße." Gereizt hob sie das Tee auf. „Ich bin wirklich aus der Übung."

„Dagegen unternehmen wir ja gerade etwas", neckte Sandy sie. Jenny knurrte, aber Sandy merkte, daß ihr die Doppelsinnigkeit gefiel. Sie gingen weiter.

Den Vormittag über hatte Sandy versucht, sich während eines Vortrags über unbedeutende Forschungsergebnisse zum Thema „Entscheidungsfindungsprozesse von Frauen" am Einnicken zu hindern, indem sie darüber nachgrübelte, was zwischen ihr und Jenny ablief. Einige Dinge wurden ihr klar. Zum Beispiel, was es zu bedeuten hatte, daß sie sich in Gedanken so intensiv damit beschäftigte, mit Jenny ins Bett zu gehen. Wenn Sandy sich ausmalte, wie sie miteinander schliefen, waren die Bilder anfangs wunderschön und erotisch, dann aber wurden sie kalt und mechanisch. Danach empfand Sandy nichts als eine schmerzliche Leere. Sie konnte sich nichts Schrecklicheres vorstellen, als sich distanziert zu fühlen, während sie mit einer Frau schlief. Sie war dieser Erfahrung sorgsam aus dem Weg gegangen, und der Gedanke, Jenny und sie könnten eine solch alptraumhafte Situation erleben, war ernüchternd und machte sie frösteln.

Die Phantasieübung zeigte Sandy, daß sie auf dem Holzweg war, und sie begriff, daß sie von Jenny eigentlich nichts anderes wollte, als daß sie einander näherkämen. Einander berührten. Wie die meisten ihrer Landsleute hatte sie diesen Wunsch sofort in ein sexuelles Bedürfnis übersetzt. Außerdem war der Drang, mit Jenny ins Bett zu gehen, auch so etwas wie ein Egotrip: eine Gelegenheit, Jenny zu beweisen, welch einen Fehler sie begangen hatte, als sie Sandy verließ, welch eine Chance sie vertan hatte. Sandys betörendes Liebesspiel würde Jenny auf der Stelle in eine frauenliebende Frau verwandeln. Während Jenny ihren nächsten Versuch unternahm, amüsierte Sandy sich insgeheim über diesen Anfall von Größenwahn, war jedoch von der Unlauterkeit ihres Motivs zugleich peinlich berührt.

Warum sie eine intime Nähe zu Jenny brauchte, war eine ganz andere Geschichte. Das schien ebenfalls egoistisch motiviert, aber auch wichtig zu sein. Den Grund konnte sie nur vage vermuten, aber sie wußte, daß sie sich etwas beweisen mußte, bevor sie Jennifer diesmal wieder aus ihrem Leben entlassen konnte.

Als sie Sandys Ball erreichten, hockte sie sich nieder und peilte sorgfältig die Richtung ihres nächsten Schlages an. Sie sprach den Ball kurz an, holte zum Schlag aus und konzentrierte sich auf den berechneten Weg des Balles. Schläger und Ball trafen richtig und kräftig aufeinander, und Sandy lächelte, als sie beobachtete, wie der Ball in der Luft einen Bogen beschrieb und direkt am Ende des Fairways landete.

Jenny beobachtete sie genau. Sandy hätte nicht sagen können, ob Jenny sie oder ihren Schlag studierte.

„Du hast schon immer gut am Ball gestanden", sagte Jenny neidvoll.

„Erinnerst du dich an Miss Johnson?" Sandy versuchte Jenny von ihren Konkurrenzgefühlen abzulenken.

„Wer könnte sie vergessen?" Jenny warf sich in die Brust und schmetterte: „Guten Morgen, Mädchen." Sie lachten.

„Ich werde nie den Tag vergessen, als sie zu mir kam und meinte: ‚Sehen wir uns mal an, wie du am Ball stehst, Stein!'", sagte Sandy mit tiefer Stimme.

„Das stimmt", fiel Jenny ein. „Sie nannte dich immer Stein. Wir anderen wurden beim Vornamen gerufen."

„Ja. Weißt du noch? Ich habe einen wunderbaren Ball geschlagen ...", Sandy blieb stehen und stellte sich mit leeren Händen in Positur, „... und sie sagte: ‚Sie haben einen Schlag wie ein Mann, Stein. Üben Sie weiter, vielleicht werden Sie eines Tages Golfer'."

Die beiden Frauen gingen weiter. Sandy blickte gedankenverloren über den saftiggrünen Golfplatz, auf dem vereinzelt ein paar hochgewachsene Kokospalmen und Bananenbäume standen. „Damals fand ich, das sei das größte Kompliment, das eine Frau einer anderen machen kann. Grrrh!" Sie blieb abrupt stehen und schnitt eine fürchterliche Grimasse. „Ist das nicht unglaublich?"

Jenny lächelte. Sie gab keine Antwort und setzte ihren Weg fort. Sandy hatte das Gefühl, eine Tür habe sich geöffnet und sei dann wieder zugeschlagen. War es möglich, daß Jenny nicht verstanden hatte, was sie meinte? Nein, das konnte nicht sein. Jenny war offensichtlich nicht in der Frauenbewegung aktiv, aber sie mußte doch irgendwas davon mitbekommen haben. Warum hatte sie dann nicht reagiert? Sandy kam ein bestürzender Gedanke: Vielleicht kümmerte es Jenny einen Dreck.

Beim nächsten Abschlag fragte Sandy: „Wie kommt es, daß du keine Freundinnen hast, mit denen du spielen kannst?"

„Ich weiß nicht." Jenny tat die Frage mit einem Achselzucken ab. „Die meisten meiner engen Freunde sind Männer. Ich fühle mich mit Männern einfach wohler."

Sandy hätte sie am liebsten gepackt und geschüttelt. Wie konnte sie etwas so Unerhörtes sagen? Wußte sie nicht, daß Frauen nicht zu mögen bedeutete, sich selbst nicht zu mögen? Und wo blieb ihre Loyalität gegenüber ihren Schwestern?

Sandy wählte einen Schläger aus, sprach den Ball kurz an, machte dann einen kraftvollen langen Rückschwung, und der Zorn fuhr ihr in die Arme und katapultierte den Ball in hohem Bogen auf die Bahn.

„Oooh!" Jenny schirmte ihre Augen mit der Hand ab, um die Entfernung zu schätzen. „Das sind fast zweihundert Meter."

Sandy hob wortlos das Tee auf, wandte sich brüsk um und ging ihrem Ball nach. Sie spürte, wie Jenny zögerte und ihr dann langsam folgte. Jenny hatte das gewiß nicht so gemeint, versuchte Sandy sich zu beschwichtigen. Sie war einfach verunsichert; sie fühlte sich in Sandys Gegenwart unbehaglich, also übertrug sie ihr Unbehagen auf alle Frauen. Sandy beruhigte sich ein wenig, obwohl sie insgeheim argwöhnte, daß sie sich selbst etwas vormachte, um den Frieden wiederherzustellen. Denn nur in einer harmonischen Stimmung würde sie die Antworten bekommen, die sie brauchte.

Sie beendeten das letzte Loch schweigend; beide Frauen taten, als konzentrierten sie sich auf das Spiel. Auf dem Weg zurück zum Clubhaus schlug Jenny einen leichten Plauderton an: „Hast du noch zu irgend jemandem aus Buffalo Kontakt?"

„Nein. Als ich in den Westen zog, waren die meisten meiner Freundschaften aus dem College zu Ende. Und du?" Innerlich tadelte Sandy sich, weil sie sich auf Jennys Geplänkel einließ, statt das Gespräch auf wichtigere Themen zu lenken.

„Erinnerst du dich an Doris?"

„Natürlich."

„Das letzte, was ich gehört habe, war, daß sie ihren Abschluß in Sonderpädagogik gemacht hat und er in der Facharztausbildung ist. Sie haben endlich geheiratet und sind sehr glücklich."

„Wie schön für sie."

Als sie das Clubhaus betraten, warf Sandy Jenny einen raschen Seitenblick zu, um zu sehen, ob sie sich absichtlich so abscheulich verhielt. Aber Jenny sah aus, als fände sie ihre Bemerkung völlig harmlos und normal. Oberflächlich besehen war sie ja auch keineswegs ungewöhnlich, aber der Satz über die Freuden der Ehe klang Sandy wie ein Seitenhieb. Oder war Jenny wirklich so einfältig? Vielleicht war sie selbst aber auch nur überempfindlich.

Das Clubhaus wimmelte von einheimischen Clubmitgliedern und TouristInnen, die sich nach ihren neun Löchern einen Drink genehmigten. Sandy erkannte die Touristinnen und Touristen an ihren grellen Hemden und Polyesterhosen. Als sie zu einem Tisch am Fenster gingen, spürte Sandy, wie mehrere Männer sie und Jenny taxierten. Der Ärger darüber überwog die Freude, einen Fensterplatz bekommen zu haben, und machte Sandy ihre gereizte Stimmung bewußt. Sie mußte sich bei Jenny angesteckt haben, die nun recht fröhlich wirkte.

Kurz nachdem sie bestellt hatten, brachte ihnen die Kellnerin ihre Getränke an den Tisch: einen trockenen Martini für Jenny und einen Whisky sour für Sandy. Offensichtlich ein nobler Schuppen. Sandy wischte sich mit der Stoffserviette den Schweiß vom Gesicht, tauchte sie dann in ihr Wasserglas und drückte sich das kühle Tuch an die Wangen. Als sie aufblickte, sah sie Jenny den Kopf schütteln und lächeln.

„Du hast dich nicht sehr verändert, Stein“, sagte Jenny und nippte an ihrem Martini.

Sandy beschloß, nicht auf die Bemerkung einzugehen. „Wo arbeitest du jetzt eigentlich?“ Sie fischte die künstlich aussehende Kirsche aus ihrem Glas und ließ sie in den Aschenbecher fallen.

„Ich arbeite in einer psychiatrischen Klinik“, erwiderte Jenny. „Mein Spezialgebiet ist Familientherapie, und seit kurzem engagiere ich mich für Kinderrechte.“

„Kinderrechte.“ Sandy war beeindruckt. „Darüber weiß ich nicht viel.“

„Na ja, es war eine natürliche Weiterentwicklung meiner Arbeit mit Familien“, erklärte Jenny. „Ich erlebe andauernd diese verrückten Eltern, die ein armes kleines Kind zu mir bringen, das sie für alle häuslichen Probleme verantwortlich machen.“ In Jennys Stimme schwang Verärgerung mit. „Die durchschnittliche amerikanische Familie betrachtet ihre Kinder als Eigentum. Das gibt ihnen das Recht, Kinder so zu behandeln, wie sie es für richtig halten. Die Eltern berufen sich auf die individuelle Freiheit, die Unverletzlichkeit der Familie und das Recht auf Privatsphäre, um ihre Kinder physisch und psychisch zu mißhandeln und sexuell zu mißbrauchen.“ Jenny hielt inne, um einen Schluck zu trinken. Sandy war überrascht von Jennys Leidenschaftlichkeit und Engagement; sie wirkte fast wie eine Kämpferin. „Langweile ich dich?“

„Nicht im geringsten. Sprich weiter.“ Jenny sah skeptisch aus. „Wirklich, Jenny.“

„Wir vertreten die Einstellung, daß Kindern bestimmte unveräußerliche Rechte zugestanden werden müssen, ebenso wie Erwachsenen. Wir als Psychologen haben die Verpflichtung, die Rechte der Kinder in bezug auf Strafmaßnahmen, Erziehungsmethoden und diagnostische Einstufung zu verfechten und auf gewissen grundlegenden Minimalbedingungen innerhalb der Familie zu bestehen, etwa dem Recht, nicht mißhandelt zu werden." Sandy schüttelte den Kopf und lächelte. „Was ist?"

„Frauen, Kinder und Homosexuelle", sagte Sandy.

„Wovon redest du?"

„Die Grenzen des amerikanischen Gleichheitsprinzips. Nicht daß arme oder schwarze Menschen gerecht behandelt würden, aber sie haben zumindest formal die gleichen Rechte." Sandy nahm ihren Löffel und klopfte leicht gegen ihr Glas. Allmählich machte ihr die Situation wieder Spaß. „Aber mit Frauen, Kindern, Lesben und Schwulen ist das etwas anderes. Es ist unglaublich, daß es überhaupt zur Debatte steht, ob Eltern das Recht haben, ihre Kinder zu mißhandeln. Oder daß Frauen die gleichen Rechte haben wie Männer. Oder daß Lesben und Schwule besondere Schutzbestimmungen brauchen, die ihnen das Recht sichern, nicht diskriminiert zu werden, und daß der Kampf für dieses Grundrecht gerade verloren wird." Sandy sah Jenny mit einem amüsierten Lächeln an. „Es ist komisch, aber in gewisser Hinsicht setzen wir uns für ähnliche Ziele ein."

Jenny schien unbehaglich zumute zu sein. Sie schwieg einen Augenblick. „Wieso meinst du, du hast nichts mit den Rechten von Kindern zu tun?" sagte sie ruhig. „Du hast gerade einen Vortrag über homosexuelle Jugendliche gehalten."

Sandy lachte. „Das stimmt. Vermutlich, weil ich Jugendliche nicht als Kinder begreife. Im juristischen Sinne sind sie es natürlich, und darum stehen wir vor so vielen Problemen, wenn wir versuchen, sie bei der Bildung einer positiven lesbischen oder schwulen Identität zu unterstützen, die die Eltern vielleicht entschieden ablehnen. Es ist interessant ... was du nicht erwähnt hast, waren zum Beispiel die sexuellen Rechte von Kindern. Setzt ihr euch auch dafür ein?"

Jenny pfiff leise durch die Zähne.

„Du hast gerade den Finger auf den wunden Punkt gelegt. Um die Frage machen alle Kinderschutzaktivisten einen großen Bogen. Wir bewegen uns auf sicherem Terrain, solange es um das Recht eines Kindes geht, nicht von einem Erwachsenen sexuell mißbraucht zu werden, aber was das Recht dieses Kindes auf eine eigene Sexualität betrifft", Jenny schüttelte den Kopf, „das heißt, an die stärksten kulturellen Tabus zu rühren. Das Thema ist der reinste Sprengstoff."

„Aber in bezug auf Jugendliche muß es thematisiert werden", beharrte Sandy. „Amerikanische Jugendliche fangen immer früher an, sexuell aktiv zu werden. Ob uns das gefällt oder nicht, es ist die Realität."

Jenny lächelte. „Ich habe den Eindruck, daß du Sexualität bei Jugendlichen nicht billigst."

„Die Vorstellung, daß eine Zwölfjährige Geschlechtsverkehr hat, ist mir nicht sehr angenehm. Ich könnte mein Unbehagen rechtfertigen, indem ich auf das Problem der Schwangerschaften bei Teenagerinnen hinweise, aber das allein ist es nicht. Ich weiß nicht, vielleicht bin ich in dieser Hinsicht ein wenig altmodisch. Um die Jungen mache ich mir keine Gedanken, aber um die Mädchen ..." Sandy schaute aus dem Fenster. „Ich glaube nicht, daß das etwas mit Doppelmoral zu tun hat. Aber angesichts der Tatsache, daß die Gesellschaft eine Doppelmoral vertritt, erleiden die Mädchen Schaden. Und ich glaube, wenn die Mädchen mit einem halbwüchsigen Jungen ins Bett gehen, suchen sie etwas anderes als der typische Junge. Das ist das Problem mit der ganzen sexuellen Revolution. Es ist eine Revolution, die im Interesse der Männer und nicht der Frauen ersonnen und durchgeführt wurde."

„Ich verstehe." Jenny lächelte vor sich hin. „Wenn ich nicht irre, Frau Doktor, hatten Sie als Jugendliche doch sexuelle Erfahrungen, die Ihnen keineswegs geschadet haben?"

Sandy errötete. „Das ist etwas anderes. Als ich das erste Mal mit einem Mann ins Bett ging, war ich sechzehn ...", sie hielt inne und sah Jenny direkt in die Augen, „... und siebzehn, als ich meine erste Erfahrung mit einer Frau gemacht habe. Sechzehn oder siebzehn ist etwas anderes als zwölf oder dreizehn. Ich nehme an, das habe ich gemeint, als ich sagte, daß Jugendliche keine Kinder sind. Zwölf Jahre ist für mich Kindesalter, sechzehn nicht." Sandy tat, als schaue sie wieder aus dem Fenster, beobachtete statt dessen jedoch Jennys Spiegelbild in der Scheibe. „Und Sex zwischen Teenagerinnen ist etwas anderes. Keine benutzt oder mißbraucht die andere. Auch auf die Gefahr hin, heterophob zu klingen: Das ist frei von Gewalt und Machtmißbrauch."

Sandy wußte, daß Jenny sie ansah, hatte aber Angst, ihrem Blick zu begegnen. Sie schluckte so schwer, daß sie dachte, alle im Raum müßten es gehört haben. Sie wußte, daß sie auf der Schwelle zu ihrer alten Vertrautheit standen, daß sie dicht davor waren, ihre beiderseitig gezogenen Grenzen zu überschreiten, und obwohl sie sich genau das gewünscht hatte, fürchtete sie sich nun davor. Mit welchem Feuer spielten sie hier?

„Das klingt, als wären deine Erfahrungen als Jugendliche sehr bemerkenswert gewesen." Jennys Stimme war ruhig und sicher. Sandys Furcht verschwand, als sie Jennys Blick begegnete.

„Das waren sie."

Zum ersten Mal, seit sie sich wiederbegegnet waren, sahen sie einander wirklich an. Sandy spürte ihre Aufregung wachsen, bis sie den Tränen nahe war. Jenny schlug die Augen nieder, nahm einen unbenutzten Löffel und spielte damit. Sandy spürte, daß Jenny Angst hatte, zwischen Nähe und Flucht schwankte. Sandy wollte diesen Augenblick nicht verspielen und versuchte verzweifelt, sich etwas einfallen zu lassen, um Jenny ein Gefühl von Sicherheit zu vermitteln.

„Was haltet ihr Mädchen von ein bißchen Gesellschaft?" dröhnte eine Stimme links hinter ihr.

Sandy drehte sich um und sah zwei Männer, beide Anfang Vierzig, an ihrem Tisch stehen. Sie hatten Gläser in der Hand, und der aggressivere stand, mit einem breiten Grinsen im Gesicht, nur wenige Zentimeter von ihr entfernt.

„Wie Sie sehen, sind wir mitten in einem Gespräch, also ..." Sandy versuchte, ihren Ärger unter Kontrolle zu halten. Der Mann neben ihr zog einen freien Stuhl heran, und der andere trat näher.

„Konversation ist zufällig eine meiner starken Seiten", sagte der erste Mann und wollte sich setzen.

„Was zum Teufel fällt Ihnen ein?" Sandy spie die Worte aus, und der Mann hielt mitten in der Bewegung inne. „Wie können Sie es wagen, hier so hereinzuplatzen! Was gibt Ihnen das Recht dazu?"

Der Mann richtete sich mit finsterem Blick wieder auf. „Sieht aus, als hätten wir eine von diesen Schwanzabschneiderinnen erwischt, Ralph", sagte er. Er muß um jeden Preis sein Gesicht wahren, dachte Sandy; daß er nicht bereit war, sich zu entschuldigen, erzürnte sie noch mehr.

„Ich kann nichts entdecken, was zu kastrieren sich lohnte", erwiderte sie eisig.

„Na hören Sie mal ...!" begann der erste Mann, aber sein Freund packte ihn am Arm.

„Komm, Dave, das lohnt sich nicht."

„Fotze!" schnaubte Dave, und dann zogen sie ab.

Mit geschlossenen Augen versuchte Sandy, ihren Adrenalinspiegel unter Kontrolle zu bekommen, indem sie mehrmals tief ein- und ausatmete. Als sie die Augen wieder öffnete, sah sie, daß Jenny sie anstarrte.

„Warum mußtest du Streit anfangen?" Jenny klang verärgert.

„*Ich* habe Streit angefangen? Du machst wohl Witze ..." Sandy hielt inne und sah Jenny scharf an. „Du hast es ihnen nicht verübelt, daß sie sich uns so aufgedrängt haben?"

„Sie wollten doch nur freundlich sein."

„Freundlich!" Sandy explodierte. „Glaubst du, sie hätten das getan, wenn wir zwei Männer im Gespräch miteinander gewesen wären oder ein Mann und eine Frau? Niemals. Sie hätten unsere Privatsphäre respektiert." Jenny wirkte uneinsichtig. „Aber zwei Frauen allein", Sandy betonte das letzte Wort, „nun, du hast es ja gehört: ‚Was haltet ihr von ein bißchen Gesellschaft?' Was bedeutet, daß zwei Frauen füreinander keine Gesellschaft sind." Jenny sah Sandy immer noch an, als sei sie nicht recht gescheit. „Findest du das nicht beleidigend?" fragte Sandy.

„Nun, wenn du es so betrachtest, ja. Aber ich sehe es anders." Jenny griff nach einer Zigarette und zündete sie an. Sandy kochte innerlich und versuchte, sich zu beruhigen. Glaubte Jenny etwa, was sie da sagte, oder versuchte sie nur, Sandy zu provozieren? Aber warum sollte sie?

„Was gerade geschehen ist war doch nichts Ungewöhnliches. So ist es nun mal", fuhr Jenny nachdenklich fort. „Du wirst wohl oft wütend, wie?"

Sandy seufzte, und ihre Anspannung ließ ein wenig nach. Jenny nahm sie nicht auf den Arm; sie verstand ihre Wut wirklich nicht. Sandy betrachtete sie mit einer neuen Art von Mitgefühl. Es gab so vieles, was Jenny nicht verstand. Und irgendwann würde es sie erwischen. Früher oder später mußte sich jede Frau damit auseinandersetzen, eine Frau in einer Männerwelt zu sein.

„Ich bin in den letzten Jahren sogar etwas ruhiger geworden. Du hast eine Frau vor dir, die einen großen Teil ihrer Wut erfolgreich bewältigt hat. Du hättest mich vor fünf Jahren sehen sollen." Sandy kicherte. „Jedesmal, wenn ein Mann mir hinterherpfiff oder mir ein sogenanntes Kompliment machte ..." Sandy schüttelte den Kopf, „... ich war ständig in Rage."

„Ich weiß nicht, ob ich dich beneide, Sandy", sagte Jenny mit fremd klingender Stimme. Sandy wußte nicht, worauf Jenny hinauswollte, also sprach sie einfach weiter.

„Manchmal bin ich mir da selbst nicht so sicher. Wenn dir erst einmal die Augen aufgegangen sind", Sandy schaute sich im Restaurant um, „kannst du nie mehr dieselbe sein wie vorher." Sie spürte eine wohlbekannte Traurigkeit, einen dumpfen Schmerz, der tief aus ihrem Inneren kam. „Aber ich glaube, ich habe nie gelernt, wegzusehen." Plötzlich kam sie sich töricht vor und wollte das Thema wechseln. „Also, wo waren wir stehengeblieben?"

„Nun, wir haben darüber geredet, was aus verschiedenen Leuten aus Buffalo geworden ist", sagte Jenny und lenkte damit das Gespräch auf sicheres Terrain. „Hast du von Bunny gehört?"

„Nein. Was ist mit ihr?" Sandy konnte den Ärger in ihrer Stimme nicht ganz verhehlen. Zu anderer Zeit wäre sie sehr neugierig gewesen, von Bunny zu hören. Aber nun wollte sie zu der Intimität zurückfinden, die zwischen ihr und Jenny bestanden hatte, bevor diese Arschlöcher sie unterbrochen hatten, und Jennys plötzliches Interesse an Klatsch und Tratsch bedeutete, daß sie wieder von vorn anfangen mußte.

„Vor kurzem habe ich einen Bekannten von ihr getroffen", fuhr Jenny fort. Sie nahm Sandys mangelndes Interesse offenbar nicht zur Kenntnis. „Wir fanden nur durch Zufall heraus, daß es sich um dieselbe Frau handelte."

Jenny schien sehr viel daran gelegen, diese Geschichte zu erzählen. Der Vorfall mit den Männern hatte sie nicht nur um eine halbe Stunde, er hatte sie um Jahre zurückgeworfen.

„Als sie auf der Universität war, hat sie einen Philosophiestudenten geheiratet, und heute kennt sie niemand mehr unter ihrem Geburtsnamen. Rein zufällig stellten wir fest, daß wir dieselbe Bunny meinten." Jenny hielt inne, um Luft zu schöpfen, und fuhr fort: „Wie heißt sie heute noch gleich? Krakerhauser, Kraushauser oder so ähnlich. Jedenfalls hat er eine Stelle als Dozent an einem College in Long Island, und sie unterrichtet an der High-School."

„Ich dachte, sie hätte einen Abschluß in Politikwissenschaft", sagte Sandy streitlustig.

„Ich glaube ja", erwiderte Jenny, „aber du weißt ja, daß es am College zur Zeit keine Jobs gibt."

„Oh, natürlich. Politikwissenschaftlerinnen sind nicht gefragt, aber an Philosophen besteht immer noch ein großer Bedarf."

„Du hast also überhaupt niemanden aus Buffalo wiedergesehen?" Jenny wirkte nervös; Sandys Sarkasmus prallte schließlich doch nicht an ihr ab.

„Doch, ja, einer Frau aus dem College bin ich mal begegnet", antwortete Sandy herausfordernd. „Andrea Goldmann."

„Ach ja", sagte Jenny mit strahlendem Lächeln. „Wie geht es ihr?"

„Gut. Es ist allerdings nicht sehr wahrscheinlich, daß ihr Name sich ändert. Sie ist lesbisch." Sandy registrierte Jennys Unbehagen und setzte noch eins obendrauf. „Es sei denn, sie ändert ihn in Goldfrau."

Es entstand eine lange verlegene Pause.

„Wie geht es denn deinen Eltern?" fragte Jenny schließlich.

„Großartig. Sie führen eine glückliche Ehe und leben in Dade County. Sie verkaufen Orangensaft an der Straßenecke, um ihre Rente etwas aufzubessern ... Hör mal, Jenny, willst du wirklich die Zeit mit belanglosem Geschwätz vertun?"

„Dich nach deinen Eltern zu fragen ist nicht belanglos", protestierte Jenny. „Ich habe sie wirklich gern gemocht. Denkst du an irgendwas Bestimmtes?"

„Allerdings. Ich habe einen Haufen Fragen. Fragen, auf die ich nie eine Antwort bekommen habe." Sandy sah Jenny an, die entnervt aus dem Fenster starrte.

„Ich sehe keinen Grund, die Situation für uns beide noch schwieriger zu machen", sagte Jenny und konnte ihren Ärger kaum verhehlen.

„Schwieriger?" rief Sandy. Es war ihr inzwischen egal, ob sie strategisch klug vorging. „Himmel, weißt du überhaupt, wer ich bin?" Jenny blickte sich peinlich berührt im Raum um. Sandy dämpfte ihre Stimme etwas. „Ich bin die Frau, die vier Jahre lang mit dir zusammengelebt hat. Ich habe dich im Arm gehalten, wenn du Angst hattest, ich habe dich ins Bett gebracht, wenn du zu betrunken warst, um es allein zu schaffen. Ich habe dich geliebt und mit dir gestritten, und ich bin mit dir zusammen erwachsen geworden. Wenn ich dich so reden höre und es nicht besser wüßte, käme ich nie auf die Idee, daß wir einmal ein Liebespaar waren."

Sandy merkte, daß ihre Stimme nicht mehr wütend, sondern flehend klang. Sie wollte unbedingt, daß Jenny anerkannte, wer sie war und was sie einander bedeutet hatten. Jenny hatte einen häßlichen Ausdruck im Gesicht; sie hatte die Lippen fest zusammengepreßt, um ihren Zorn zurückzuhalten. Sandy hätte Jennys Mund am liebsten aufgestemmt und das Gefühl herausgezerrt. Wenn es ihr nur gelänge, Jenny in Wut zu versetzen, würde sie sie vielleicht dazu bringen können, zuzugeben, daß Sandy ihr etwas bedeutet hatte.

„Das ist schon lange her, Sandy." Jenny schien entschlossen, sich nicht gehenzulassen. „Es hat keinen Sinn, die Vergangenheit wieder auszugraben. Was willst du eigentlich von mir?"

„Auszugraben?" Sandy schäumte. „Wie du das sagst, klingt es, als sei unsere Vergangenheit etwas Widerwärtiges, wie eine verweste Moorleiche ... Was ich von dir will? Ich will wissen, was geschehen ist. Ich will wissen, warum du nicht bei mir geblieben bist. Ich will verstehen, warum du geheiratet hast und wie du all die Jahre verheiratet bleiben konntest. Ich will wissen, ob ich verrückt bin oder ob du mich wirklich geliebt hast, so wie ich es in Erinnerung habe."

Sandy hatte das Gefühl, als hätte sie sich mit diesen Worten von einer großen Last befreit. Ihr wurde klarer, was mit ihr geschah. Sie fragte sich, wie sie hatte glauben können, die Lösung läge darin, nicht wütend zu werden, denn meist fand sie im Zorn heraus, was ihr wirklich im Kopf herumging.

„Was hat das für einen Sinn?" Jenny brüllte zum ersten Mal zurück. Sandy bemerkte vergnügt, daß Jenny wirklich sauer zu sein schien. „Du willst wissen, ob ich dich geliebt habe? Ja, ich habe dich geliebt.“ Ihr Ton war gehässig. „Du willst wissen, ob ich mit Barry so zufrieden bin wie damals mit dir? Nun, diese Frage kann ich nicht beantworten. Ich weigere mich, meine Gefühle für dich mit meinen Gefühlen für Barry zu vergleichen. Das ist etwas anderes. Ich habe mein Wahl getroffen. Und ich habe mich entschieden, mit einem Mann zu leben. Ich mag Männer.“ Sie sah Sandy herausfordernd an. „Ich bin gerne mit Männern zusammen. Ich weiß nicht, was du von mir willst.“

Plötzlich fühlte Sandy sich schuldig. Was wollte sie *wirklich* von Jenny? Sie hatte diese Situation herausgefordert und war immer noch nicht zufrieden. Sie hörte mit Erleichterung, daß Jenny sie geliebt hatte, aber irgend etwas war immer noch nicht stimmig.

„Ich muß mich bei dir entschuldigen, Jenny“, sagte Sandy und betrachtete ihren Löffel. Sie zwang sich, ihren Blick zu heben und Jenny anzusehen. „Ich weiß nicht, was mit mir los ist.“ Sie ertappte sich dabei, wie sie nervös mit dem Löffel an das Glas klopfte. Sie hatte es immer gehaßt, wenn Männer das taten, um ein Ventil für ihre Ängste zu haben. Sie legte den Löffel hin. „Hör mal, es tut mir leid, daß ich dich in die Enge getrieben habe. Ich hatte kein Recht dazu. Ich habe es nicht gewollt.“

Sandy kam sich idiotisch vor. Als sie wieder aufschaute, lächelte Jenny leicht.

„Die Entschuldigung ist angenommen. Weißt du, du hast immer noch ein schrecklich hitziges Temperament. Wie kommt Michelle damit zurecht?“

„Anfangs war es schwer, aber sie hat gelernt, zurückzuschlagen.“ Sandy war Jenny dankbar, daß sie das Gespräch wieder in normale Bahnen lenkte. „Außerdem streiten wir uns nicht mehr soviel wie früher. Wie ist es bei dir und Barry?“

„Wir haben gelegentlich unsere schwierigen Phasen. Aber nichts von Bedeutung ... Wie geht’s denn deinen Eltern nun wirklich?“ Die Frauen lachten.

„Gut“, antwortete Sandy. „Sie sind tatsächlich gerade in Rente gegangen und fangen an, ihr Leben nach Jahren endlich wieder zu genießen.“ Sandy zögerte und setzte dann hinzu: „Und inzwischen unterstützen sie mich wirklich.“ Jenny wirkte unangenehm berührt. „Vielleicht, weil sie Shelly vergöttern. Sie kommt mit ihnen sogar besser zurecht als ich.“

Sandy erinnerte sich an Jennys finstere Prophezeiung vor Jahren und hoffte, daß Jenny nicht dachte, sie hätte sie mit ihrer Bemerkung eines Besseren belehren wollen.

„Nun, meine Eltern sind absolut vernarrt in Barry“, erwiderte Jenny. Sie schaute auf ihre Uhr. „Da ich gerade von Barry spreche – ich habe ihm gesagt, ich würde ihn um vier Uhr treffen.“

„Oh, na gut.“

Sandy übernahm die Rechnung. Jenny wollte Einwände erheben, aber Sandy schnitt ihr das Wort ab. „Jenny, bitte. Dies hier geht auf mich.“

„Okay.“ Jenny lächelte. „Sehe ich dich wieder?“

„Willst du das denn noch?“ erwiderte Sandy überrascht.

„Ja, wenn du versprichst, dich zu benehmen“, scherzte Jenny. „Wie wäre es, wenn wir morgen abend zusammen essen gehen? Barry hat ohnehin einen Geschäftstermin.“

Sandy spürte, wie sich ein warmes Gefühl in ihrem Körper ausbreitete. Es muß wohl am Drink liegen, dachte sie. „Okay. Am besten aber früh, sagen wir um fünf Uhr. Ich muß Shelly um acht vom Flughafen abholen.“

Jenny nickte zustimmend, und sie standen auf und gingen zur Kasse.

Sandy wunderte sich, wie ungezwungen sie beide Shelly und Barry erwähnt hatten. Aber warum hätte das auch problematisch sein sollen? Schließlich waren sie zwei reife, erwachsene Frauen.

41

Jenny schob die Glasdrehtür an und ließ sich rasch ins Hotel hineintragen. Ihre ersten Schritte waren unsicher; das war ein vertrautes Gefühl, das sie in ihre Kindheit in New York zurückversetzte, wo die meisten Warenhäuser diese Art von Eingang hatten. Als kleines Mädchen war sie gerne in eines der kleinen gläsernen Abteile gesprungen, hatte die Tür mit aller Kraft angeschoben und war eine Runde lang in dem Karussell geblieben, bis sie wieder an derselben Stelle landete, von der sie ausgegangen war. Aber dazu war sie nur selten gekommen; ihre Mutter hatte sie zurückgehalten und ihr erklärt, es sei gefährlich für ein kleines Mädchen, und außerdem sei es unmanierlich und eine Belästigung für die anderen Leute.

Als sie durchs Foyer ging, merkte Jenny, daß sie dringend pinkeln mußte. Die ganze Zeit, während sie und Sandy miteinander geredet hatten, war keine von ihnen zur Toilette gegangen. Kein Wunder, daß sie das Gefühl hatte, ihre Blase müsse jeden Moment platzen. Sie kam an einem Ballsaal vorbei, in dem die Tische bereits gedeckt waren. Sie trat ein und sah sich um. Auf der linken Seite war ein schmaler Gang. Sie steuerte darauf zu und kam sich vor wie eine Entdeckerin. Wie sie vermutet hatte, sah sie gleich darauf das Schild der Herrentoilette, was bedeutete, daß die Damentoilette nicht weit seit konnte. Sie fand sie und trat ein. Der Vorraum hatte eine pinkfarbene Velourstapete, und vor dem riesigen Make-up-Spiegel hingen hellerleuchtete Kristallampen. Vor dem marmornen Waschtisch standen fünf pinkfarbene runde Stühle mit niedrigen Metallehnen.

Als Jenny die Tür zum Innenraum mit den Kabinen aufstieß, fiel ihr die tiefe Stille auf. Sie setzte sich und begann die Gefühle zu sortieren, die das Treffen mit Sandy in ihr wachgerufen hatte. Sie lächelte ironisch; es war eher ein Termin als ein zwangloses Beisammensein gewesen. Sandy hatte sie richtiggehend verhört. Jenny ärgerte sich. Sie hatte Sandy keine privaten Fragen gestellt;

welches Recht hatte Sandy also, sie in die Zange zu nehmen? Sandy machte ein großes Theater um Ehrlichkeit und Fairneß, aber ihr gegenüber war sie bestimmt nicht fair gewesen.

Und es ging Sandy verdammt noch mal überhaupt nichts an, warum Jenny nicht viele Freundinnen hatte. *Keine* Freundinnen, korrigierte eine innere Stimme. Das ist ja wohl nichts Ungewöhnliches, antwortete Jenny der Stimme. Viele Frauen zogen die Gesellschaft von Männern vor. Männer um sich zu haben war unkomplizierter; oft konnten sie gut Geschichten erzählen und hatten interessante Ansichten über das, was in der Welt geschah. Außerdem gingen sie mit ihren Wünschen oft direkter um als die meisten Frauen. Wenn sie sich erotisch zu ihr hingezogen fühlten, kam das frühzeitig in der Beziehung zur Sprache und wurde auf die eine oder die andere Art gelöst. Jenny verstand Männer; ihre Wünsche waren einfach und unkompliziert, und selbst wenn sie ihr nicht in jeder Hinsicht reinen Wein einschenkten, fiel es ihr nie schwer, herauszufinden, was in ihnen vorging.

Frauen waren vollkommen anders. Wenn Jenny bei gesellschaftlichen Anlässen mit ihnen zusammen war, spürte sie oft ein leichtes Unbehagen; sie wußte nie genau, was sie tun würden. Das war es, entschied Jenny. Sie waren unberechenbar. Sie sagten etwas, und obwohl du wußtest, daß mehr dahintersteckte, hattest du keine Ahnung, was es war. Frauen schienen komplexer zu sein, vielleicht weil sie gefühlsbetonter waren als Männer und diese zusätzliche Komponente ihrem Intellekt zuwiderlief. Wenn das stimmte, grübelte Jenny, waren Frauen mehr an den Primärprozeß gebunden, wie es Freud in seinen Theorien über die infantilere Natur von Frauen und ihre geringer entwickelte Moral angedeutet hatte.

Aber Freud hatte unrecht; sie fühlte sich den meisten Männern, die sie kannte, gewiß weder moralisch noch intellektuell unterlegen, und an der Universität hatte sie viele Frauen kennengelernt, die außerordentlich kompetent, ja oft sogar viel begabter als ihre männlichen Kommilitonen waren. Nein, sie hatte nur im emotionalen Bereich Schwierigkeiten mit Beziehungen zu anderen Frauen, beschloß Jenny. Vielleicht war sie emotional den Männern ähnlicher?

Meistens, fand Jenny, hatten Männer ihre Gefühle mehr unter Kontrolle, waren weniger anfällig für irrationale Entscheidungen. Männer mußten sich zwar auch mit unbewußten primitiven Trieben auseinandersetzen; das war unumgänglich. Aber sie schienen ihre Emotionen besser unter Kontrolle zu haben und damit zu gewährleisten, daß ihre Gefühle der Gesamtpersönlichkeit untergeordnet blieben. Oder den Einschränkungen der Gesellschaft, in der sie lebten. In der Geschäftswelt galten Emotionen als Hindernis, und die Gesellschaft insgesamt war gefühlsbetonten Männern gegenüber immer noch recht intolerant und betrachtete sie häufig als weniger männlich. Vielleicht steckte hinter der Weigerung der Männer, die Kontrolle über ihre Gefühle zu verlieren, eine Angst vor Homosexualität.

Bei diesem Gedanken fiel Jenny Sandy wieder ein. Sie war eine außergewöhnliche Frau. Es war unmöglich festzustellen, wo sie auf der Maskulin-Feminin-Skala einzuordnen war. Einerseits hätte Jenny gedacht, daß sie eher zum Männlichen tendiere, aber andererseits schien Sandy Männer nicht zu mögen, würde dem also wohl kaum zustimmen. Zweifellos hatte Sandy Kontrolle über ihr Leben und über Situationen mit anderen Menschen. Sie war keine zerbrechliche Dame. Aber die Art, wie Sandy sich in ihrer Auseinandersetzung im Clubhaus verhalten hatte, war auch nicht typisch männlich; die meisten Männer hätten ihre Gefühle nicht so offen geäußert wie Sandy. Es war sehr sonderbar: Sandy schien ihre Emotionen offenbaren zu können, ohne an Macht zu verlieren. Sie war während ihres Gesprächs äußerst emotional gewesen; sie war in aller Öffentlichkeit laut geworden und hatte mehrmals sogar Tränen in den Augen gehabt. Aber alle diese Gefühle schienen auf Stärke zu basieren, nicht auf Schwäche oder Hysterie.

Irgendwann wurde Jenny bewußt, daß sie über alles und alle außer sich selbst nachdachte. Es war vollkommen in Ordnung, sich die Situation klarmachen zu wollen, aber warum mied sie ihre eigenen Gefühle so sorgsam? Warum bereiteten sie ihr so große Angst?

Jenny ging das Gespräch mit Sandy im Geist noch einmal durch. Sie spürte, daß dieses Gespräch Fingerzeige enthielt und sie alles verstehen würde, wenn sie sie nur ausfindig machte. Die Frage war, wo sie anfangen sollte zu suchen.

Jenny stand auf, verließ die Kabine und blieb vor dem großen Spiegel stehen, um ihr Gesicht zu studieren. Es war kein schönes Gesicht: ihre Nase war sehr jüdisch, ihre Haut zu dunkel, ihre Lippen zu dünn. Aber sie hatte schöne Augen, wundervolles Haar (alle fanden immer, das sei ihr größtes Plus) und angenehme, wenn auch nicht sehr interessante Gesichtszüge. Jenny kam der Verdacht, daß dieses vertraute Gesicht zu einer Frau gehörte, die sie in Wirklichkeit gar nicht kannte. Welche Geheimnisse lagen dahinter verborgen, getarnt durch dieses gewöhnliche Aussehen? War sie innerlich eine ebenso normale Frau wie äußerlich? Gewiß, das Leben, für das sie sich entschieden hatte, war sehr konventionell: eine gute Ehe, ein gutes Zuhause, ein guter Beruf. Nach den derzeitigen Maßstäben sehr eintönig und wenig anregend. Natürlich war sie Akademikerin, und das gab in manchen Kreisen Pluspunkte. Und sie hatte beschlossen, keine Kinder zu haben. Diese Einstellung fanden viele merkwürdig, vor allem ihre Eltern, die immer noch fragten: „Wann?“ und immer noch die Antwort erhielten: „Später.“ Doch an dieser Frau, die leidenschaftslos ihren Blick erwiderte, war gewiß nichts Außergewöhnliches. Wenn sie es genau bedachte, war Jenny nicht einmal sicher, daß sie diese hinter Mascara und einem nervösen Lächeln verborgene traurige Frau überhaupt mochte.

Aber sie mochte Sandy. So sonderbar und fordernd sie auch war – Sandy war eine Persönlichkeit, ein *mensh*. Jenny lächelte.

Dieses Wort hatte sie jahrelang nicht gehört. Das Leben in einer Kleinstadt in Ohio war dem bißchen Jiddisch, das sie von ihren Eltern aufgeschnappt hatte, nicht gerade förderlich gewesen. Es war merkwürdig, daß ihre Eltern sich nie nach Sandy erkundigt hatten. Sie hatten sie nie gefragt, warum Sandy, ihre Busenfreundin im College, plötzlich aus ihrem Leben verschwunden war. Zum ersten Mal fragte Jenny sich, ob ihre Eltern etwas von ihr und Sandy geahnt hatten. Nein, das lag einfach nicht in ihrem Vorstellungsbereich.

Aber es lag in ihrem eigenen, auch wenn es tief vergraben war. Es fiel ihr schwer, sich daran zu erinnern, daß sie und Sandy wirklich ein Liebespaar gewesen waren. Lag das einfach daran, daß es so lange her war, oder gab es andere Gründe, warum sie sich diesem Teil ihrer Vergangenheit so wenig verbunden fühlte? Bis zu diesem Wiedersehen hatte sie kaum je an Sandy gedacht. In den letzten Jahren war viel über die Schwulenbewegung zu hören gewesen, aber Jenny hatte das immer auf Männer bezogen. Sie hatte damals im Studium Kinsey gelesen und erfahren, daß sehr viele Menschen als Jugendliche homosexuelle Erfahrungen machten, hatte diese Information aber nie mit sich selbst in Verbindung gebracht. Es gab keinen Grund, eine solche Erfahrung überzubewerten, aber sie hatte offenbar genau das Gegenteil getan – sie bis zum Verschwinden verdrängt. Warum?

Diese Frage bereitete ihr großes Unbehagen. Sie nahm ihre Handtasche, verließ die Toilette und wandte sich dem Aufzug im Foyer zu. Barry würde jetzt oben sein, und er würde wissen wollen, worüber sie geredet hatten. Sie ärgerte sich wieder. Was für eine Frechheit von Sandy, sie zu fragen, wie sie Barry hatte heiraten können und warum sie immer noch mit ihm zusammen war! Die Antwort war klar: weil sie ihn liebte. Was glaubte Sandy denn? Daß sie Barry geheiratet hatte, um sich über Sandy hinwegzutrösten? Sandy war ganz schön von sich eingenommen. Sie war so verdammt selbstsicher, so selbstgefällig, was ihre Lebensweise betraf. Was glaubte sie, wer sie war? Sie tat, als sei sie etwas Besseres als alle anderen und vor allem als Jenny. Wie unverschämt von Sandy, anzudeuten, daß Jennys Leben mit Barry nicht gerade ideal sei!

Was wußte Sandy überhaupt von Jennys Leben? Sie kannte sie gar nicht mehr, und doch erdreistete sie sich, Jenny dafür zu kritisieren, daß sie nicht ebenso lebte wie sie selbst. Nun, wenn Sandy meinte, sie so attackieren zu müssen, konnte sie mit ihrem eigenen Leben nicht sehr glücklich sein. Dieser Gedanke tröstete Jenny. Vielleicht gab Sandy nur vor, glücklich und geborgen zu sein, und hinter ihrer falschen Fassade war sie ebenso verunsichert und konfus wie alle anderen auch.

Jenny hielt inne. Was meinte sie mit „alle anderen auch"? Sie selbst hielt sich nicht für konfus oder verunsichert. Sie führte ein gutes Leben. Sicher, manchmal langweilte sie sich, war ein wenig rastlos, fragte sich, ob sie nicht etwas verpasse, aber das gehörte zum Leben dazu. Gehörte zu einer Ehe dazu.

Jenny versuchte sich zu erinnern, ob sie Sandy für ihre Unterstellung, Jenny könne mit Barry unmöglich so glücklich sein, wie sie es mit Sandy gewesen war, zurechtgewiesen hatte. Ja, doch, sie hatte gesagt, daß sie ihre Gefühle für die beiden nicht miteinander vergleichen könne. Warum hatte sie das nur behauptet? Sie konnte sie verdammt gut vergleichen, und sie war mit Barry viel zufriedener, als sie es mit Sandy je gewesen war. Die Liebe, die sie mit Barry verband, war eine reife Liebe; sie und Sandy waren nur Kinder gewesen, die herumexperimentiert hatten.

Der Aufzug kam, und Jenny stieg ein. Die Frau neben ihr trug ein so süßliches Parfüm, daß Jenny sich fast übergeben mußte. Diese ganze Sache hatte sie völlig aus der Bahn geworfen. Sie durfte sich nicht so darüber aufregen. Sie war sicher, daß Sandy es viel gelassener nahm. Diese verdammte Sandy schien nie aus der Fassung zu geraten. Sie lebte ihr Leben, wie sie Golf spielte: gut, stilvoll und immer obenauf. Neben ihr hatte Jenny sich auf dem

Golfplatz wie ein *klotz* gefühlt; es war ein Fehler gewesen, mit Sandy zu spielen, obwohl sie völlig aus der Übung war.

Je mehr Jenny darüber nachdachte, desto unzufriedener war sie mit ihrem Gesprächsverhalten. Einiges von dem, was sie gesagt hatte, konnte sie kaum glauben: etwa all den Unsinn über die positiven Auswirkungen der Ehe. Sie hatte wie ihre Mutter geklungen. Und dann ihre ausweichende Antwort auf die Frage, ob sie mit Barry zufriedener war als damals mit Sandy. Sie hatte keine Ahnung, warum sie nicht ehrlich gewesen war. Vielleicht weil sie Sandys Gefühle nicht verletzen wollte. Nein, wahrscheinlich, weil sie keine Auseinandersetzung provozieren wollte. Nun, das war feige von ihr gewesen, und beim nächsten Mal, wenn sie sich trafen, würde sie sich nicht so verhalten. Auf keinen Fall würde sie Sandy erlauben, wieder das Gespräch zu steuern. Bei einem Menschen wie Sandy konntest du einfach nicht höflich sein; sie nahm die ganze Hand, sobald du ihr den kleinen Finger reichtest.

Jenny ging den Gang entlang bis zu ihrer Zimmertür. Sie war in einem gräßlichen Gelbton gestrichen, grell und glänzend wie manche Küchen. Sie schloß auf und öffnete die Tür.

Barry saß auf dem Bett, ein Kissen im Rücken, und las Zeitung.

„Hallo, Liebling“, sagte er mit einem Lächeln. „Wie war’s?“

Jenny machte eine abfällige Handbewegung. „Ach, vergiß es. Wie war dein Nachmittag?“

„Gut.“ Barry warf die Zeitung auf den Boden und richtete sich auf. „Ich habe Tim und seinen Partner Steve Williams getroffen. Wir sind die Verträge durchgegangen, und es sieht gut aus. Ich glaube, ich kann die Sache rasch zum Abschluß bringen.“ Barry nahm zwei Zigaretten aus der Schachtel, zündete sie an und reichte Jenny eine davon. „Also, wie war es denn nun mit dir und Sandy?“

Jenny nahm die Zigarette und hockte sich aufs Bett. „Ich will nicht darüber reden. Sie ist ein Miststück.“

„Komm schon, Jenny, spuck es aus, dann bist du es los. Du siehst verärgert aus."

„Wütend ist das richtige Wort." Jenny sah Barry an, der amüsiert schien. „Na gut." Sie stand auf und ging in die Mitte des Raumes. „Wir haben achtzehn Löcher gespielt. Das lief ganz gut. Sie war irgendwie launisch, aber sonst war alles in Ordnung. Ich habe lausig gespielt." Jenny lehnte sich zurück und streckte sich. „Dann waren wir auf einen Drink im Clubhaus. Wir haben uns richtig nett unterhalten, aber dann wurde sie plötzlich gehässig und hat kleine abfällige Bemerkungen gemacht." Jenny ging ins Badezimmer, nahm einen Aschenbecher und brachte ihn mit ins Schlafzimmer. „Ich weiß nicht, warum es mich überrascht. Es sieht ihr ähnlich."

Barry war verblüfft. „Was meinst du damit, sie wurde gehässig?"

„Das habe ich doch gerade gesagt", gab sie patzig zurück. „Sie hat mir die ganze Zeit Vorträge gehalten. Jedes zweite Wort von ihr war ‚lesbisch'. Na und, ist sie eben lesbisch – und wenn schon!" Jenny zog wütend an ihrer Zigarette. „Sie führt ihre Sexualität vor wie eine Tapferkeitsmedaille. Und wir einfachen und gewöhnlichen Heterosexuellen sind im Vergleich dazu minderwertig."

„Das klingt ziemlich unschön."

„Sie hat den ganzen Nachmittag an mir herumgenörgelt", sagte Jenny und ignorierte Barrys Bemerkung. „Ich tue dies nicht und ich tue jenes nicht." Wütend warf sie sich in den Sessel.

„Tja, das klingt ziemlich schrecklich, aber du brauchst sie ja nicht wiederzusehen", sagte Barry.

„Leider doch." Jenny seufzte. „Wir gehen morgen abend zusammen essen."

Barry spürte, wie sich sein Körper verspannte. Wenn Jenny eine so scheußliche Zeit mit Sandy verbracht hatte, warum wollte sie sie dann gleich noch einmal treffen?

„Morgen abend sind wir mit Tim Collins zum Essen verabredet." Barry versuchte, ruhig zu klingen.

Jenny zuckte die Achseln. „Ich dachte, es wäre nicht so wichtig, ob ich dabei bin oder nicht."

„Doch, das ist es", widersprach Barry. Er holte tief Luft. „Außerdem habe ich ihm schon gesagt, daß du mitkämst, und deshalb wollte er seine Frau auch mitbringen ... Was soll ich ihm nun erzählen? Daß du eine Verabredung mit deiner lesbischen Ex-Geliebten hast?"

„Hör auf damit, Barry", sagte Jenny gereizt. „Wir waren vielleicht mal zusammen, aber wir waren niemals Lesben."

„Na schön", lenkte Barry ein, „aber wie kommt es, daß du sie wiedersehen willst, wenn du dich so sehr über sie geärgert hast?"

„Ich weiß nicht." Jenny wandte den Blick ab. „Ich glaube, ich habe immer schon einen masochistischen Zug gehabt", sagte sie mit einem koketten Lächeln.

„Was geht in dir vor, Jenny?"

„Wovon redest du?" fragte Jenny erstaunt.

„Ich kenne dich", sagte Barry sanft, „und ich weiß, daß irgend etwas nicht stimmt."

„Hör bitte auf, den Therapeuten zu spielen."

„Ich höre auf, den Therapeuten zu spielen, wenn du anfängst, dich mit dieser Sache auseinanderzusetzen, Jenny", sagte Barry entschlossen. Ihm war klar, daß Jenny nicht nur ihm, sondern auch sich selbst etwas vormachte. Aus eigener Erfahrung wußte er, daß das gefährlich war. „Sandy war deine erste Liebe. Und das war eine sehr große Liebe. Es ist doch verständlich, daß es dich durcheinanderbringt." Jenny sah ihn erstaunt an. „Das weiß ich, auch ohne daß du es mir erzählt hast ... genauso wie ich weiß, daß es mit uns anders war ... uns verbindet eine ruhigere Liebe, die mit der Zeit allmählich gewachsen ist." Während er sprach, sah er, wie Jennys starre Haltung sich ein wenig löste. Gut, dachte er, sie hört zu.

„Ich weiß, daß ich nicht der aufregendste Mann der Welt bin – oder der bestaussehende", fuhr Barry fort, „und ich weiß, daß du nicht unsterblich in mich verliebt warst, als wir geheiratet haben." Er war jetzt ganz ernst. „Und daß du dich seither auch zu anderen Männern hingezogen gefühlt hast und es eines Tages auch wieder eine Frau sein könnte. Aber das ist in Ordnung. Ich verstehe es."

Jenny saß vollkommen reglos da. Ihre Augen durchbohrten ihn, und er zwang sich, den Blick zu erwidern. „Du weißt, ich für meinen Teil sehe das anders", sagte er. „Versteh mich bitte nicht falsch. Ich bin kein Märtyrer. Aber ich habe einfach kein Verlangen nach einer anderen Frau." Barry spürte Tränen in sich aufsteigen. Entschlossen drängte er sie zurück. Es war wichtig, daß Jenny ihm bis zu Ende zuhörte und sich nicht durch Schuldgefühle ablenken ließ.

„Du bist meine erste Frau und meine erste Liebe. Ich finde, ich habe großes Glück gehabt, daß du mich zum Ehemann gewählt hast." Er lächelte. „Ich mag ja vielleicht kein besonders kluger Mann sein, aber ich verstehe dich." Barry senkte den Blick. Für ihn gab es nichts mehr zu sagen. Jetzt war die Reihe an Jenny.

Jenny ging zum Bett hinüber, setzte sich neben ihn und legte ihm die Hand auf die Brust. Langsam hob er die Augen.

„Du bist ein ganz außergewöhnlicher Mann, Barry. Du gibst so viel ..." Jenny sah ihn liebevoll an. Sie fühlte sich ihm so nah wie seit langem nicht mehr. Sie küßte ihn leicht und strich über seine Lippen, bis sie beide zu lächeln begannen. „Aber du bauschst diese Sache mit Sandy unnötig auf", tadelte sie ihn in spielerischem Ton.

„Gut. Dann macht es dir nichts aus, ihr abzusagen?" fragte Barry unschuldig.

Sie zögerte einen Augenblick. „Nein. Natürlich nicht." Sie legte sich neben ihn und ließ ihre Hand auf seiner Brust ruhen. Er hielt sie fest in den Armen, und nun, da sie es nicht sehen konnte, ließ er zu, daß seine Augen sich mit Tränen füllten.

Sie lagen lange Zeit da.

Allmählich gewann Barry seine Fassung wieder. Es war schwer einzuschätzen, wie ernst diese Sache mit Sandy war. Die Frage war nicht, ob Jenny ihn wissentlich täuschte; es ging vielmehr darum, daß sie manchmal nicht wußte, wie wichtig etwas oder jemand für sie war.

Jenny war schon einmal ganz beiläufig über eine „Freundschaft" mit einem ihrer Kollegen an der Klinik hinweggegangen. Barry hatte den Verdacht, daß sie eine Affäre hatten, hielt sie aber für ebenso unwichtig wie die anderen. Es zerrte an seinen Nerven, aber er wartete geduldig, daß es vorüberging und Jenny zu ihm zurückkehrte, wie immer. Statt dessen hatte sie ihm eines Abends gesagt, sie wolle sich von ihm trennen, sie sei in diesen Mann verliebt. Die nächsten Monate waren schrecklich gewesen. Die reinste Achterbahnfahrt; sie hatten sich permanent verkracht und wieder versöhnt, je nachdem, wie die Dinge zwischen Jenny und ihrem Liebhaber gerade standen. Barry hatte damit rechnen müssen, Jenny zu verlieren, und das erschreckte ihn wie nichts anderes zuvor. Dann hatte Jenny den anderen Mann nicht mehr so oft gesehen und die Beziehung schließlich beendet. Es hatte Monate gedauert, bis Barry sich in seinem eigenen Zuhause wieder sicher fühlte.

Diese Erfahrung hatte ihm etwas sehr Wichtiges über Jenny mitgeteilt: Wenn sie sich zu jemandem hingezogen fühlte, gab sie sich, ungeachtet ihrer wahren Gefühle, immer ganz beiläufig. Damals hatte er keine Alarmzeichen bemerkt und deshalb törichterweise angenommen, für Jenny gäbe es auch keine. Aber sie hatte ihr Wissen einfach verborgen gehalten, bis sie es ihm eines Tages plötzlich präsentierte.

Barry hatte schon oft erwogen, ihr diese Affären zu verbieten. Aber irgend etwas hatte ihn immer davon abgehalten, Grenzen zu setzen. Er hatte gespürt, daß er Jenny damit nur provozieren würde, sie auszutesten und schließlich zu überschreiten. Sie schien ungewöhnlich viel Freiraum zu brauchen. Barry wußte nicht, warum, aber er akzeptierte diese Tatsache und kalkulierte sie mit ein. Im Augenblick, erinnerte sich Barry, ging es darum, einzuschätzen, wie bedrohlich Sandy war. Sandy war eine gutaussehende Frau. Zwar nicht der Typ Frau, den er faszinierend fand, aber er konnte verstehen, daß sie für jemand anders attraktiv war. Zum Beispiel für Jenny. Jenny hatte sich einst sehr zu Sandy hingezogen gefühlt. Konnte das wieder geschehen?

Barry fiel ein, wie Jenny sich aufgeregt hatte, als er Sandy ihre lesbische Geliebte genannt hatte. Jenny hatte sich niemals für lesbisch gehalten. Aber sie schien das auch auf Sandy zu übertragen, und dabei war Sandy eindeutig lesbisch. War sie es immer schon gewesen? Oder war seit ihrer Beziehung mit Jenny etwas mit ihr geschehen? Und wenn ja, was hatte diese Veränderung in ihr bewirkt?

Barry verstand nichts von diesen Dingen. Er hatte sich nie zu einem Menschen seines Geschlechts hingezogen gefühlt, und er konnte sich nicht recht vorstellen, wie es war, diese Neigung zu haben. Vor kurzem hatte er in einer Zeitschrift etwas über den Kunstsinn von Homosexuellen gelesen, aber das hatte offenbar nicht viel mit Jenny zu tun. Sie beide waren sich ziemlich einig darüber, was sie schön fanden. Und obwohl er Sandy gar nicht kannte, konnte er sich nicht vorstellen, daß sie einen außergewöhnlichen Sinn für Ästhetik hatte. Sie wirkte eigentlich gar nicht wie der Typ, der sich überhaupt für Kunst interessierte. Was also zeichnete homosexuelle Menschen aus?

Barry verlagerte sein Gewicht, und Jenny bewegte sich. „Bist du eingeschlafen, Liebling?“ fragte er.

Jenny sah ihn verschlafen an. „Ich glaube, ich habe gedöst. Wie spät ist es?“

„Ungefähr sechs.“

„Oh.“ Jenny rekelte sich träge. „Ich glaube, ich werde duschen gehen. Am liebsten würde ich heute gar nicht mehr aufstehen.“ Sie erhob sich und ging ins Badezimmer.

Er hörte sie herumhantieren, und dann begann das Wasser zu laufen. Barry versuchte sich zu erinnern, ob er jemals eine Lesbe oder einen Schwulen getroffen hatte. Da war das eine Mal, als er und Jenny und ein weiteres Paar in eine Schwulenbar gegangen waren, aber dort hatten sie mit niemandem gesprochen. Nein, Sandy war die einzige Lesbe, die er kannte. Und Jenny war die einzige Frau mit einer lesbischen Erfahrung, die er kannte. Damit war nicht gerade viel anzufangen.

Er fragte sich, wie Leute erkannten, daß sie schwul oder lesbisch waren. Früher hatte er geglaubt, Homosexuelle mochten Menschen des anderen Geschlechts nicht leiden; aber er wußte von Jenny, daß Sandy sich im College mit Männern verabredet hatte, und irgendwo hatte er gelesen, daß Lesben und Schwule durchaus Sex mit dem anderen Geschlecht haben konnten. Vor kurzem hatte er gehört, daß ein neuer Ausdruck die Runde machte, wie hieß er noch gleich, irgendwas wie bevorzugen oder so – „sexuelle Präferenz“, das war es, und das schien auch zu beinhalten, daß manchen Menschen beides möglich war, sie aber das eine dem anderen vorzogen. Für Barry waren solche Leute bisexuell. Demnach mußte es zwei Arten von Bisexuellen geben: diejenigen, die Partnerinnen bzw. Partner des gleichen Geschlechts bevorzugten, und diejenigen, die das andere Geschlecht bevorzugten. In seinem Kopf tauchte ein erschreckender Gedanke auf: Konnte eine Frau lesbisch sein und es nicht wissen?

Er griff nach einer Zigarette, stellte fest, daß die Schachtel leer war, zerknüllte sie erbost und warf sie in Richtung des Papierkorbs am anderen Ende des Zimmers. Dann öffnete er die Nachttischschublade, um eine neue Schachtel herauszunehmen. Es war ihm nie zuvor in den Sinn gekommen, daß jemand unsicher sein könnte, was er oder sie war. Er selbst war sich seiner immer so sicher gewesen, daß er einfach angenommen hatte, es ginge allen anderen genauso – entweder so oder so. Aber wenn jemand bisexuell war, wie entschied er oder sie sich für eine Lebensweise?

Wenn diese Person mit beiden Geschlechtern schlief, gab es kein Problem. Aber wenn sie sich in jemanden verliebte und eine feste Beziehung einging, war das etwas ganz anderes. Vielleicht war das der Punkt. Bisexuelle Menschen entschieden sich letztlich für die Person, in die sie sich verliebten. Wenn es jemand des gleichen Geschlechts war, wurden sie lesbisch oder schwul, und wenn es jemand des anderen Geschlechts war, wurden sie normal.

Das fand er einleuchtend. Interessant war allerdings, daß Jenny seit ihrer Heirat nur Affären mit Männern gehabt hatte, nie mit einer Frau. Also war Jenny vielleicht in Wirklichkeit eher heterosexuell mit einer winzigen Neigung zur Homosexualität. Möglicherweise hätte sie niemals eine lesbische Erfahrung gemacht, wenn sie Sandy nicht begegnet wäre und sich in sie verliebt hätte. Vielleicht war die Affäre mit Sandy ein einmaliger Zufall gewesen; aus irgendeinem unbekannten Grund hatte sich Jenny stark zu Sandy hingezogen gefühlt, obwohl sie eigentlich heterosexuell war. Dann brauchte er sich nur zu überlegen, wie er Jenny von ihr fernhielt. Wenn Sandy von der Bildfläche verschwunden war, würden sich die Dinge wieder einrenken, und alles würde sein wie immer.

Barry war stolz auf sich. Er hatte diese Situation nicht nur bemerkenswert gut gehandhabt, sondern auch recht scharfsinnig analysiert, was dahintersteckte. Wenn seine Analyse stimmte, gab es keinen Grund zur Besorgnis.

Jenny kam ins Zimmer zurück und ging zum Schrank, um etwas Frisches zum Anziehen herauszusuchen. Barry beobachtete sie vergnügt beim Anziehen.

„Weißt du, Liebling, ich habe mir gedacht", meinte Jenny, als sie das Handtuch vom Kopf wickelte und das Haar fallenließ, „es wäre nett, wenn ich bei Sandy vorbeiginge, um ihr zu sagen, daß ich morgen abend nicht kommen kann." Sie nahm eine Bürste und fuhr sich damit durchs Haar. Dann ging sie zu Barry hinüber und setzte sich neben ihn aufs Bett.

„Wenn ich sie morgen abend nicht sehe, werde ich sie wahrscheinlich gar nicht mehr sehen, und ich möchte mich lieber persönlich von ihr verabschieden als am Telefon." Jennys Gesichtsausdruck war neutral und ihre Stimme sachlich. Barry konnte nichts Falsches darin entdecken. „Einverstanden, mein Schatz?"

Barry lächelte. „Natürlich, Liebes. Mach das nur, und dann gehen wir essen." Er beugte sich vor und hob die Zeitung auf. „Außerdem schaffe ich es auf diese Weise, die Ratgeberkolumne zu lesen", scherzte er. „Du weißt, wie gerne ich auf dem laufenden bleibe, was deine Kollegen betrifft." Jenny knuffte ihn leicht in die Schulter.

Jenny ging zur Tür und wandte sich zu Barry um, der bereits in die Zeitung vertieft zu sein schien. „Ich bin in ein paar Minuten zurück", sagte sie. Barry hob kurz den Kopf, lächelte und sah dann wieder hinunter. Er wollte nicht, daß Jenny dachte, er mache sich ihretwegen Sorgen. Was konnte bei einer kurzen Verabschiedung schon geschehen?

Jenny ging. Als die Tür sich schloß, ließ Barry die Zeitung sinken. Er war in außerordentlich guter Stimmung. Heute abend würden sie ausgehen und feiern, eine gute Flasche Wein zum Essen trinken. Dieser Zwischenfall war nun so gut wie abgeschlossen.

42

Aus irgendeinem Grund war sie aufgewühlt. Jenny ging langsam durch den langen Flur. Nun hatte sie gerade eine wunderbar intime Stunde mit Barry gehabt, sie waren einander näher als seit Monaten, und dennoch war sie von einer unbestimmten Traurigkeit erfüllt. Es ergab keinen Sinn. Es sei denn, Barry hatte recht; vielleicht war das Wiedersehen mit Sandy belastender, als sie zugeben wollte.

Jenny merkte, daß sie nicht einmal Sandys Zimmernummer wußte. Sie würde an der Rezeption fragen müssen. Als sie in den

Aufzug stieg, fühlte sie sich den Tränen nahe. Für den Fall, daß der Mann und die Frau, die mit ihr im Aufzug fuhren, ihre feuchten Augen bemerkten, holte sie ein Taschentuch hervor und putzte sich die Nase. So würden sie glauben, sie hätte eine Erkältung.

An der Rezeption stand eine lange Schlange, und Jenny stellte sich hinten an. Warum war sie bloß so verstört? Sie fühlte sich, als verlöre sie ihre beste Freundin. Was lächerlich war. Aber andererseits *war* Sandy in vieler Hinsicht ihre beste Freundin. Sie hatte sich nie einer anderen Frau so nahe gefühlt wie Sandy damals. Und auf irgendeine mysteriöse Weise waren sie einander immer noch nahe.

Bei dem Gedanken, Sandy vielleicht nie wiederzusehen, geriet Jenny plötzlich in Panik. In wenigen Minuten würden sie sich voneinander verabschieden und vollständig aus dem Leben der anderen verschwinden, wie vor Jahren schon einmal. Jenny kämpfte gegen ein Gefühl von trostloser Verlassenheit an und schalt sich für diese Überreaktion. Natürlich würde sie Sandy vermissen, aber sie würde darüber hinwegkommen. Das hatte sie beim erstenmal geschafft, und nun würde sie es wieder schaffen.

Die Frau vor ihr beschwerte sich beim Empfangschef, weil sie um zwei separate Betten gebeten und versehentlich ein Doppelbett bekommen hatte. Sie und ihr Mann könnten auf keinen Fall im selben Bett schlafen, er sei ein sehr unruhiger Schläfer, und sie würde kein Auge zutun können. Jenny merkte, daß sie den Mann hinter der Theke mitfühlend anlächelte. Leute gibt's, las sie in seinen Augen. Er wirkte erleichtert, als Jenny an der Reihe war. Sie erfuhr Sandys Zimmernummer und wandte sich wieder dem Aufzug zu. Die Frau wiederholte ihre Beschwerde nun gegenüber einem anderen Mann, der verlegen dastand, offenbar ein Fremder, der zufällig zur falschen Zeit am falschen Ort war. Jenny versuchte, sich das Lachen zu verbeißen.

Sie dachte wieder an Sandy. Wenn sie nur den Zorn ablegen und wirklich miteinander hätten reden können, von Frau zu Frau.

Jenny hatte viele Fragen, die sie Sandy gerne gestellt hatte; sie hätte gerne erfahren, wie Sandys Leben war, wie es war, lesbisch zu sein. Jenny lächelte ironisch. Wenn sie Sandy danach gefragt hätte, hätte Sandy ihr vermutlich wieder vorgeworfen, Smalltalk zu machen. Erschreckt wurde Jenny klar, daß ihr die Antworten auf diese Fragen sehr wichtig waren.

Im Aufzug, auf dem Weg nach oben, beschloß sie, Sandy zu sagen, sie möge sie besuchen, wann immer sie in der Gegend sei. Jenny lächelte traurig. Die Wahrscheinlichkeit, daß Sandy je in ihre Ecke des Landes käme, war gleich Null; aber vielleicht würde sie im Gegenzug von Sandy eingeladen, und es war durchaus möglich, daß sie eines Tages in Los Angeles sein würde. Der Gedanke, Sandy niemals wiederzusehen, war ihr unerträglich. Mit wem sollte sie sich streiten? Sie und Barry hatten gelegentlich Auseinandersetzungen, aber das war nichts gegen ihre hitzigen Streitgespräche mit Sandy. Wie das heutige Wortgefecht gezeigt hatte, war Jenny diese Art von Auseinandersetzung nicht mehr gewohnt, während Sandy zweifellos im Training geblieben war. Wie es aussah, würde sie das Streiten ebenso üben müssen wie das Golfspielen, um auf ein Treffen mit Sandy in L.A. vorbereitet zu sein. Jenny bemerkte überrascht, daß es ihr ernst damit war, Sandy in Kalifornien zu besuchen. Es würde sie ziemlich viel Überredungskunst kosten, um Barry zu dieser Reise zu bewegen, aber unmöglich wäre es nicht.

Sie klopfte an die Tür. Sandy öffnete und sah Jenny verblüfft an.

„Hallo."

„Äh ... hallo", stammelte Sandy. „Komm herein."

Jenny trat ein und sah sich um. Sandy schien die Situation unangenehm zu sein. Plötzlich wurde Jenny bewußt, daß sie sich in einem Hotelzimmer befanden. Allein. Mit einem riesigen Bett.

„Ich kann es kaum glauben", sagte Jenny und sah sich um. „Dein Zimmer ist genauso eingerichtet wie meins." Kaum hatte sie den Satz ausgesprochen, wurde ihr bewußt, daß sie „meins", statt „unseres" gesagt hatte. Was tat sie da? „Diese Hotels erinnern mich an Wohnheime", platzte sie zu ihrem Entsetzen heraus.

„Na ja, nicht ganz", meinte Sandy amüsiert. Sie schien sich wieder gefangen zu haben.

Es entstand ein verlegenes Schweigen.

„Hör zu, ich bin gekommen, um dir zu sagen, daß ich morgen abend nicht mit dir essen gehen kann." Jenny sah einen Ausdruck der Enttäuschung über Sandys Gesicht huschen. Also war sie wohl doch keine Superfrau. „Es tut mir leid, daß ich absagen muß", fuhr sie fort. „Es hat sich herausgestellt, daß Barry mich miteingeplant hat."

„Ach so." Sandy steckte die Hände in die Taschen. Sie kam Jenny plötzlich sehr jung vor. „Dann werden wir uns wohl nicht mehr sehen. Shelly und ich fliegen am Samstag nachmittag nach Hana."

„Nach Hana! Ihr wollt doch nicht etwa in den Ort, der in der *Psych Gazette* annonciert war, oder?"

„Doch." Sandy klang überrascht. „Paradise Cove." Sie zitierte aus einem Reiseprospekt: „... abgeschiedene Hütten, umgeben von üppigem Grün ..." Jenny stimmte ein, und sie beendeten den Satz zusammen: „... und Ihr eigener Privatstrand." Beide Frauen lachten.

„Barry und ich haben die Anzeige auch gesehen. Wir haben ab nächsten Mittwoch gebucht. Ich wüßte gern, wer die anderen achtzehn Paare sind", sagte Jenny aufgeregt.

„Ich kann es einfach nicht glauben." Sandy schüttelte langsam den Kopf. „Ich kann es einfach nicht glauben", wiederholte sie.

„Na, das ist ja wunderbar", sagte Jenny. „Dann gehen wir auf Maui zusammen essen."

„Ja", sagte Sandy begeistert. „Das machen wir."

Jenny trat auf Sandy zu und umarmte sie kurz. Sandy schien wieder überrascht. „Großartig", meinte Jenny und ging zur Tür. „Bis dann."

Sie pfiff vor sich hin, als sie zum Aufzug schlenderte. Sie fühlte sich richtig übermütig, fast wie ein Schulmädchen. Sie riß sich zusammen und betrat ruhig den Aufzug. Nun konnte sie sich entspannen; sie und Sandy würden doch noch ein wenig Zeit miteinander verbringen.

43

Die Hände in den Taschen, starrte Sandy aus den riesigen Fenstern der Ankunftshalle. Sie war froh, daß Shellys Flugzeug noch nicht gelandet war; sie war innerlich noch gar nicht auf Shelly vorbereitet und fühlte sich deswegen schuldig. Aber nicht halb so schuldig wie angesichts der Tatsache, daß sie Shelly nichts von ihrem zufälligen Wiedersehen mit Jenny erzählt hatte. Es war nicht ihre Art, Geheimnisse vor Shelly zu haben; meistens platzte sie mit allem heraus und konnte nicht einmal die geplante Überraschungsparty zu Shellys Geburtstag für sich behalten.

Sandy rechtfertigte ihr Schweigen vor sich selbst damit, daß sie es Shelly nicht am Telefon hatte erzählen wollen. Sie wollte Shellys Gesicht sehen, wollte sehen, wie sie reagierte, und das ging nicht am Telefon.

Aber Sandy wußte, daß dies nicht die ganze Wahrheit war; zum ersten Mal in ihrer Beziehung hatte sie das Bedürfnis, etwas zu verheimlichen. Sie wollte Shelly ihre Gefühle für Jenny nicht anvertrauen. Wie sie Jenny gegenüber empfand, hatte mit Shelly nichts zu tun, und Sandy kannte sich selbst gut genug, um zu wissen, daß sie sich von Shellys Reaktionen beeinflussen lassen würde. Sie würde auf Shellys Ängste, Unsicherheiten und Bedürfnisse eingehen, und dann würde sie nicht mehr wissen, was sie selbst eigentlich empfand.

Das klang zwar logisch, beseitigte Sandys Unbehagen aber keineswegs. Sie bezeichnete sich ungern als selbstsüchtig oder unaufrichtig, und doch war ihr Verhalten in den letzten Tagen nicht anders zu nennen. Und heute war der Tag des Jüngsten Gerichts. Kein Wunder, daß sie sich auf Shellys Ankunft nicht freute.

Sie hoffte, Shelly würde Verständnis zeigen. Meistens war sie sehr verständnisvoll. Aber Shelly hatte einige wunde Punkte, und Jenny war einer davon. Jedesmal, wenn ihr Name fiel, machte sie abfällige Bemerkungen. Zuerst hatte Sandy dies der Eifersucht zugeschrieben. Sie hatte Shelly nie verheimlicht, wie wichtig Jenny ihr gewesen war, und sie konnte verstehen, daß Shelly sich bedroht fühlte. Aber selbst nach ihrem fünften gemeinsamen Jahr, dem Beweis, daß ihre Verbindung mit Shelly weit mehr Substanz hatte als ihre vierjährige Beziehung zu Jenny, äußerte Shelly sich geringschätzig, wann immer Sandy Jenny erwähnte.

Natürlich war sie selbst zumindest teilweise für Shellys Verhalten verantwortlich. Wann hatte sie jemals etwas Positives über Jenny gesagt? Kein Wunder, daß Shelly sie für ein Scheusal hielt. Wie die meisten Menschen, die verlassen worden sind, neigte Sandy dazu, eher die Fehler ihrer Ex-Geliebten herauszustellen als ihre guten Seiten. Diese Lektion hatte sie in ihrer therapeutischen Arbeit schon früh gelernt. Eine ihrer ersten Klientinnen erzählte ihr wochenlang, wie lieblos und brutal ihr Ehemann sei. Schließlich hatte Sandy ihn leidenschaftlich zu hassen begonnen und nicht begreifen können, wieso ihre Klientin bei ihm blieb. Dann war der Mann mit zur Therapie gekommen, und Sandy war geschockt gewesen: Der barbarische Ehemann hatte sich als ein sanfter Mensch entpuppt, der seine Frau offensichtlich sehr liebte. Es war eine harte Lektion gewesen, vor allem für Sandy, die sich nach eindeutigen Situationen sehnte, in denen sie richtig und falsch mühelos auseinanderhalten und entsprechend Partei ergreifen konnte. Ihre Wahrnehmung war ebenso verzerrt gewesen wie die ihrer Klientin.

Was ihr allerdings im Moment kein bißchen weiterhalf. Sie hatte die bestehende Situation herbeigeführt, und nun mußte sie die Suppe auslöffeln. Was war mit ihr los? Sie war doch sonst nicht zu feige, die Konsequenzen ihrer Handlungen zu tragen. Allerdings war sie sonst meistens auch nicht derartig im Unrecht.

Mit einem Seufzer der Erleichterung erkannte Sandy, wie überaus schuldig sie sich fühlte. Sie hatte Shelly noch nie angelogen. Das hier war zwar genaugenommen keine Lüge; es war ein irreführendes Verschweigen. Nach den Maßstäben der meisten Menschen hatte sie vermutlich nichts Schreckliches getan, aber gemessen an ihrem eigenen Moralkodex hatte sie ein Grundprinzip verletzt. Bewußt etwas zu verheimlichen war für sie ebenso schlimm wie Lügen – nun, vielleicht nicht *ganz* so verabscheuungswürdig, aber fast, und für ihr Verhalten in dieser Situation gebührten ihr gewiß keine goldenen Sterne. Sandy grinste spöttisch. Seit Jahren hatte sie nicht mehr an die goldenen Sterne gedacht, die ihre Lehrerin in den ersten Schuljahren vergeben hatte. Aber genau so fühlte sie sich jetzt: Sie war ein böses kleines Mädchen gewesen und verdiente keine Belohnung.

Es war merkwürdig, wie rasch du dich wieder wie ein Kind fühltest, wenn du etwas Falsches getan hattest. Vielleicht sollte sie Shelly mit einer Windel um den Leib und einem Schnuller in der Hand entgegentreten. Nein, Shelly würde das gar nicht komisch finden. Sie kam auf die Inseln, um mit ihrer erwachsenen Geliebten Urlaub zu machen. Das mindeste, was Sandy tun konnte, war, sich der Situation direkt zu stellen – „es wie ein Mann zu nehmen", flüsterte eine ironische innere Stimme ihr zu. Sie war wirklich nicht ganz bei Trost, wenn sie eine derartige John Wayne-Stimmung heraufbeschwor! Sich kindisch zu fühlen war eine Sache – männliche Heldenepen zu inszenieren eine ganz andere. „Das kommt davon, wenn du dich mit Heterofrauen herumtreibst", spottete die freche Stimme. „Ach, halt den Mund", gab Sandy zurück.

Sie atmete mehrmals tief durch und versuchte sich zu entspannen. Wenn sie nicht ruhiger wurde, würde Shelly gleich beim Verlassen des Flugzeugs spüren, daß etwas nicht stimmte. Meistens wußte Sandy Shellys Sensibilität zu schätzen; sie erleichterte es ihr, über sich selbst zu sprechen. Aber sie fand es nicht fair, Shelly sofort bei ihrer Ankunft mit einer solchen Sache zu überfallen. Also mußte sie sich innerhalb der nächsten drei Minuten zusammengerissen haben – falls das Flugzeug pünktlich war, was es heute, wo sie noch etwas Zeit brauchte, mit Sicherheit sein würde.

Shelly würde sich riesig freuen, Sandy zu sehen, und sie würde von ihr erwarten, daß sie ebenfalls überglücklich war. Riesenfreude war nicht gerade das, was Sandy empfand, und sie wußte, daß es keinen Zweck hatte, ein so überschwengliches Gefühl vorzutäuschen. Shelly würde sagen, sie habe sie vermißt. Sie würde es gewiß merken, wenn Sandy versuchte, das Thema zu wechseln, statt darauf einzugehen. Verzweifelt versuchte Sandy, wieder eine innere Verbindung zu der Frau, die sie liebte, und zu ihrem gemeinsamen Leben an einem fernen Ort namens Los Angeles herzustellen. Sie vergegenwärtigte sich ihr gemeinsames Zuhause. Sie sah ihr Wohnzimmer, aber alle Gegenstände schienen statisch und zweidimensional – die Perspektive fehlte.

Es hieß immer, wenn du zwei Menschen gleichzeitig liebtest, wären das unterschiedliche Gefühle, die nichts miteinander zu tun hätten. Aber wenn das stimmte, warum zum Teufel fühlte sie sich dann plötzlich von ihren Gefühlen für Shelly abgeschnitten? Die humanistische Psychologie redete von dem grenzenlosen Quell der Liebe, den Menschen in sich haben und der nur angezapft zu werden brauche. Hatten diese Leute je etwas von dem natürlichen Phänomen namens Dürre gehört? Mit einem Schock wurde Sandy bewußt, daß sie für Jenny ebenfalls nichts empfand. Ihr Inneres war wie ausgedörrt.

Reglos stand sie da und beobachtete, wie das Flugzeug zum Terminal rollte.

44

Der Himmel veränderte sich. Zuerst war er klar gewesen, ein endloses blasses Blau, das sich über den Horizont erstreckte. Shelly hatte ihre Ausgabe von *Am Anfang war die Frau* zur Hand genommen und begonnen, das Buch zum zweitenmal zu lesen. Elizabeth Gould Davis war ein gutes Beispiel für eine kreative Denkerin ohne ausreichenden theoretischen Hintergrund, mit dem sie ihre Arbeit untermauern könnte. Dieser Text wäre geeignet, sowohl die Grenzen als auch die Vorteile, die sich aus dem Verzicht auf herkömmliche wissenschaftliche Forschung ergaben, aufzuzeigen. Shelly ließ das Buch in den Schoß sinken und betrachtete die dicken flauschigen Wolkenbälle, die das Flugzeug einhüllten.

Erst jetzt, wo sie L.A. verließ, wurde ihr bewußt, wie sehr das fast ständig sonnige Wetter sie langweilte. Sie vermißte die gewaltigen Stürme des Ostens, das Grollen des grauschwarzen, von Blitzen aufgerissenen Himmels. Manchmal hatte sie sogar den Eindruck, daß das Aufwachsen in dem gemäßigten südkalifornischen Klima die dortigen Menschen unauslöschlich prägte: Sie waren schön, gesund und unbestreitbar langweilig. Selbst die Jüdinnen und Juden wirkten nicht jüdisch.

Seufzend lehnte Shelly sich zurück und streckte die Füße von sich. Sie freute sich wirklich auf diesen Urlaub. Es würde wundervoll sein, allein mit Sandy eine ruhige Zeit zu verbringen. Seit einigen Monaten schon war sie in einer ungewöhnlich romantischen Stimmung; eines Abends war sie mit einem Dutzend gelber Rosen nach Hause gekommen, und sie und Sandy hatten sich ganz ohne Anlaß ein besonders schönes Abendessen mit Wein gemacht. Aber dann hatte Shelly mit der Bewertung der Seminararbeiten und der „Nein zu Artikel 6“-Kampagne alle Hände voll zu tun gehabt und Sandy sich über ihren Vortrag für die Tagung Gedanken machen müssen. In gewisser Weise war Shelly froh, daß sie Sandys Podiumsdiskussion nicht miterlebt hatte; wenn sie nun eintraf, würde Sandy zumindest von diesem Druck befreit sein, und sie konnten unbelastet ihren Urlaub auf Hawaii beginnen.

Sandy hatte vermutlich noch nicht zu Abend gegessen, also würden sie ausgehen und ihre gemeinsame Zeit zu genießen beginnen. Shelly lächelte vor sich hin. Sie hatte einen Urlaub mit der Frau, die sie liebte, auf einer idyllischen Insel im Pazifik vor sich. Was konnte eine Frau sich noch mehr wünschen?

Allerdings wollte sie sich etwas Zeit nehmen, um nach vorgeschichtlichen Felszeichnungen zu suchen, und das würde ein kleines Problem aufwerfen, da Sandy kein Interesse daran hatte, „irgendwelche blöden Felsen abzusuchen". Sie würden einen Kompromiß aushandeln müssen: Shelly würde mit Sandy schnorcheln gehen – etwas, vor dem sie Angst hatte –, wenn Sandy sie auf einer Exkursion begleitete. Sandy würde zwar ein bißchen maulen, aber vernünftig sein; es war für sie schon das halbe Vergnügen, vorzugeben, etwas nicht tun zu wollen, von dem Shelly wußte, daß sie eigentlich neugierig darauf war, weil sie unablässig Fragen dazu stellte. Aber Sandy würde es bis zum Schluß leugnen. Shelly konnte sich schon Sandys Reaktion auf die erste Felszeichnung, die sie entdeckten, vorstellen. „Pah", würde sie sagen und das Gesicht verziehen, „das ist aber keine sehr gelungene Zeichnung. Dafür hast du mich fünf Meilen über die Berge geschleppt?"

Sandys fehlender Respekt vor der Tradition und ihre Unduldsamkeit gegenüber allem Erhabenen gehörten zu den Eigenschaften, die Shelly am meisten an ihr liebte. Den ganzen Tag über war Shelly bei der Arbeit mit dem Dünkel ihrer Akademikerkollegen konfrontiert. Bei Sandy jedoch konnte sie durchatmen. Natürlich war Sandy manchmal aufreizend, wie eine frische Brise, die sich plötzlich in einen unangenehmen Windstoß verwandelte. Etwa, wenn sie sich weigerte, den Wert von etwas, das Shelly teuer war, anzuerkennen; die Oper war das beste Beispiel dafür. Sandy weigerte sich nicht bloß, auch nur ein einziges Mal die Oper zu besuchen, sondern machte auch noch verächtliche Bemerkungen, als Shelly einige Male mit Freundinnen hinging. Im Laufe der Jahre war Shelly immer seltener in die Oper gegangen – einst eine richtige Leidenschaft von ihr –, und das war ein Grund, weswegen sie Sandy grollte. Sie wußte noch nicht, wie, aber eines Tages würde sie ihre widerspenstige Geliebte in ein Opernhaus schleppen.

Shelly ließ sich vom Strom der Passagiere treiben, die das Flugzeug verließen. Manchmal fühlte sie sich wie abgeschnitten von dem Lärm und der Nähe einer Menschenmenge, aber heute war sie eins mit den Leuten, die sich drängelnd und rempelnd den Weg durch den engen Gang bahnten. Mit wachsender Aufregung suchte Shelly unter den Wartenden nach Sandy. Sie ließ ihren Blick über die wiedervereinigten Familien schweifen, und dann entdeckte sie Sandy, die an einem Pfeiler lehnte. Sie winkte ihr aufgeregt zu, und schließlich sah Sandy sie und lächelte. Shelly ging rasch durch die Halle und schlang die Arme um Sandy, die einen Augenblick zögerte, bevor sie die Umarmung erwiderte. Überrascht trat Shelly einen Schritt zurück und sah Sandy prüfend an.

„Geht es dir gut?"

„Na klar. Wie könnte es mir auf Hawaii nicht gutgehen? Hattest du einen guten Flug?"

„Ja." Shelly war von Sandys ausweichender Antwort ein wenig brüskiert. Sandy schien in sich gekehrt, fast abwesend zu sein.

„Machen wir, daß wir hier rauskommen, Liebes", sagte Sandy warm und legte Shelly den Arm um die Schultern. Shelly entspannte sich sofort. Schließlich hatten sie einander drei Tage lang nicht gesehen; vielleicht brauchte Sandy einfach etwas Zeit, um sich wieder an sie zu gewöhnen.

„Ich habe neben einer Frau gesessen, die ihr ganzes Leben auf den Inseln verbracht hat", sagte Shelly. „Sie hat mir von einem wunderschönen Wasserfall in der Nähe von Hana erzählt." Shelly sah, wie Sandy die Leute beobachtete, die auf der Rolltreppe in entgegengesetzter Richtung an ihnen vorbeizogen. „Hörst du mir zu, Sandy?“ Shelly drückte Sandys Hand.

„Natürlich höre ich dir zu“, erwiderte Sandy ein wenig schuldbewußt und warf Shelly einen kurzen Blick zu. „Du hast im Flugzeug eine Frau kennengelernt ...“

„Ja, und sie erzählte mir von einem verborgenen Wasserfall. Ich dachte, du liebst Wasserfälle und würdest dich darauf freuen, auf Entdeckungsreise zu gehen.“ Shelly merkte, daß sie leicht verdrossen klang und ärgerte sich über sich selbst.

„Es ist schön, dich wiederzusehen, mein Schatz.“ Shelly küßte Sandy aufs Ohr.

Sandy lächelte verlegen. „Das mit dem Wasserfall klingt wirklich toll. Es sieht dir ähnlich, selbst im Flugzeug noch zu recherchieren.“

Shelly warf Sandy einen verstohlenen Blick zu, als sie am Fuß der Rolltreppe ankamen. Es war nicht allein Sandys Reserviertheit – ihre Bewegungen schienen lustlos, und ihr Gesicht wirkte stumpf wie unpoliertes Kupfer.

„Also, wie geht es dir?“ Shelly versuchte, unbesorgt zu klingen. Sandy studierte intensiv jedes Gepäckstück, das die Metallrutsche hinunterglitt und gegen die niedrige Einfassung vor ihren Beinen stieß. Shelly hatte keinen Zweifel mehr: Sandy verhielt sich sonderbar. Die Frage war nur, warum.

„Gut“, erwiderte Sandy unverbindlich. „Eigentlich nicht schlecht“, fügte sie nach einer Pause hinzu.

„Hat euch New Yorkerinnen noch nie jemand gesagt, daß die englische Sprache mehr als vier Zustandsbeschreibungen umfaßt?“ neckte Shelly. Sie ahmte den Bronx-Akzent nach: „Gut, nicht schlecht, könnte schlimmer sein, geht so.“

Sandy lachte. „Es ist wirklich schön, dich zu sehen“, sagte sie, schaute Shelly zum ersten Mal in die Augen und küßte sie auf den Mund. Dann entdeckte sie Shellys Gepäck und lief ihm nach, um es zu erwischen, bevor es noch eine Runde drehte. Shelly lächelte. Das war die Sandy, die sie kannte.

Shelly erwog, ob sie Sandy zu einer Erklärung drängen sollte. Der Flughafen war nicht der richtige Ort; es wäre besser zu warten, bis sie im Auto saßen und unter sich waren. Schweigend gingen sie zum Parkplatz. Sandy war offenbar voll damit beschäftigt, die Autos und Menschen um sich herum zu betrachten.

Shelly wurde allmählich ärgerlich. Es war offensichtlich, daß kein Gespräch aufkommen würde, wenn sie nicht die Initiative ergriff. Warum war Sandy die ganze Zeit so verdammt mißmutig? Ständig beschäftigte sie irgend etwas. Sie gab sich selbst nie frei; sobald eine Krise überwunden war, sorgte sie sich bereits wegen der nächsten. Und sie erwartete von Shelly, sie dabei zu begleiten und sich auf ihre Launen einzustellen. Nun, sie war Sandys Ansprüche und Launen wirklich leid. Es wurde Zeit, daß Sandy sich zur Abwechslung mal um *ihre* Bedürfnisse kümmerte. Und in diesem Augenblick hatte sie das Bedürfnis, ihren Urlaub zu genießen. Das letzte, was sie wollte, war, diese Reise zu einer Art intensivem Encounter zu machen. Man sollte meinen, Sandy hätte in der Praxis genug davon.

Plötzlich fühlte Shelly sich schuldig. Sandy regte sich normalerweise nicht über Nichtigkeiten auf. Vielleicht stimmte wirklich etwas nicht. Shelly versuchte sich vorzustellen, was das sein könnte. Vielleicht hatte Sandy sie wirklich vermißt und war über sich selbst verärgert, weil sie so abhängig war. Nein, das war unwahrscheinlich. Sandy war ganz gern eine „abhängige Schlampe", wie sie es oft spaßeshalber nannte.

Vielleicht war also etwas wirklich Schreckliches passiert. Es war nicht der Vortrag. Sandy hatte ihr erzählt, daß er gut gelaufen war, und warum hätte sie lügen sollen? Vielleicht war eine ihrer Freundinnen krank. Wo doch alle möglichen Frauen in der letzten Zeit sogenannte „Totaloperationen" hatten. Shelly hoffte, es wäre nichts noch Ernsteres. Oder vielleicht war jemand im Begriff sich zu trennen. Es mußten enge Freundinnen von ihnen sein, sonst würde es Sandy nicht so aus der Fassung bringen. Vielleicht Barbara und Marian. Sie machten offenbar gerade eine schwierige Phase durch, und angesichts von Barbaras Seitensprüngen, über die nie gesprochen wurde, war es ohnehin eine recht merkwürdige Beziehung. Vielleicht war aus einer dieser belanglosen Affären etwas Ernstes geworden.

Sandy neigte in der Tat dazu, Shelly vor schlechten Nachrichten bewahren zu wollen. Gewöhnlich wartete sie einen Zeitpunkt ab, an dem sie meinte, Shelly die Neuigkeit zumuten zu können. Dabei war ihr allerdings nie bewußt, daß die schlechten Nachrichten ihr im Gesicht geschrieben standen und Shellys Mutmaßungen unterdessen ein Ausmaß annahmen, das die Realität, vor der Sandy sie schützen wollte, weit übertraf. Shelly beschloß, es sofort anzusprechen, damit „es", was auch immer es sein mochte, auf dem Tisch war. Doch gerade als sie zum Sprechen ansetzte, riß Sandy das Steuer hart nach rechts und fluchte über die lahme Ente auf der linken Spur.

„Das ist die Überholspur, du Blödmann!" schrie Sandy den alten Fahrer und seine Frau an, die reglos wie Mumien stur geradeaus blickten. Sandys Wutausbruch und die Heftigkeit, mit der sie den Schaltknüppel umklammerte, warnten Shelly, daß dies kein guter Zeitpunkt für Fragen war. Sie unterdrückte das starke Bedürfnis, ein belangloses Gespräch anzufangen. Es war besser, wenn Sandy jetzt etwas Dampf abließ und Shelly sie später im Hotel befragte, falls Sandy ihr nicht zuvorkam.

Während Shelly ihren Koffer auspackte, ging Sandy im Zimmer auf und ab, so wie sie es früher, als sie sich kennenlernten, immer getan hatte. „Mir scheint, als wäre die Tagung ziemlich langweilig gewesen", sagte Shelly vorsichtig.

„Das ist die Untertreibung des Jahres." Sandys Ton war eher gleichgültig als gereizt. All ihre Reaktionen schienen eine Spur daneben zu sein.

„Wie geht's unseren Mädchen?“ fragte sie unvermittelt.

„Gut.“ Shelly verstaute ihre letzten Sachen in einer Schublade. „Sie vermissen dich. Sappho ist immer wieder aufs Bett gesprungen und hat deine Seite beschnüffelt, und Emma hat jedesmal, wenn ich wegfahren wollte, versucht, ins Auto zu klettern.“

Sandy nickte. Dann ging sie zum Bett und streckte sich darauf aus, die Hände hinter dem Kopf verschränkt. Rastlos wälzte sie sich herum, bis sie sich schließlich auf die Seite legte und abwesend das Tagungsprogramm durchblätterte. Zum ersten Mal kam Shelly in den Sinn, daß Sandy vielleicht ihre Hilfe brauchte, um ansprechen zu können, was sie bedrückte. Sie ging zum Bett hinüber. „Bist du sicher, daß alles in Ordnung ist, Sandy?“

Sandy sah auf. „Mmmh. Warum?“

„Nun, du wirkst ein wenig gedankenverloren. Ich habe es gestern beim Telefonieren schon gespürt. Es war, als wolltest du mir etwas sagen und hättest dich dann entschieden, es nicht zu tun.“

Sandy setzte sich auf. „Wirst du deine Scharfsinnigkeit denn nie leid?“ sagte sie mit einem schwachen Lächeln. „Komm, setz dich zu mir.“ Sie klopfte neben sich auf das Bett. Shelly setzte sich. Sie versuchte, geduldig zu warten, während Sandy nach den richtigen Worten suchte.

„Ich weiß nicht, warum es mir so schwerfällt, darüber zu reden“, begann Sandy und hielt dann inne. „Vor ein paar Tagen ... vor ein paar Tagen ist mir Jenny über den Weg gelaufen. Jenny Chase.“ Der Nachname war unnötig; Shelly wußte sofort, wen Sandy meinte.

„Nun, das mußte ja eines Tages passieren“, sagte Shelly und schaltete auf Autopilot um, so daß sie unwillkürlich die richtigen Worte fand. Tief im Inneren ihres Körpers, dem sie sich im Augenblick ganz entrückt fühlte, hörte sie eine fremde Stimme schreien.

„Ja, vermutlich“, fuhr Sandy fort, von Shellys maßvoller Reaktion sichtlich erleichtert, „aber ich war nicht wirklich darauf vorbereitet, was ich dabei empfinden würde.“

Da bist du nicht die einzige, dachte Shelly. Sandy schien sehr weit weg zu sein, und zwischen ihnen lag ein dicker unsichtbarer Wall, der Sandys Laute dämpfte. Das war ein vertrauter Zustand, erinnerte Shelly sich; sie reagierte oft so, wenn sie überrascht wurde. Davor mußte sie keine Angst haben. Sie zwang sich zur Konzentration, um Sandys Laute in Worte zu verwandeln.

„Es war einfach merkwürdig", sprach Sandy weiter, „und jedesmal fühlte es sich anders an." Das Wort „jedesmal" schrillte in Shellys Kopf mit der Hartnäckigkeit eines herannahenden Feuerwehrautos. Der Nebel in ihrem Kopf lichtete sich etwas, und sie spürte eine heiße Welle des Zorns.

„Abwechslung macht das Leben süß", sagte Shelly und merkte kaum, daß sie Sandy verspottete. „Ich freue mich, daß du die Zeit so genossen hast!"

„Himmel noch mal, Shelly!" Sandys Stimme war wütend. „Würdest du bitte den Anstand haben, dich klipp und klar zu äußern? Wenn du sauer bist, dann sag es, aber komm mir nicht mit diesem Scheiß Sarkasmus."

Sandys Wut verwirrte Shelly nur noch mehr. Was zum Teufel ging hier vor? Wenn sie diejenige war, die Grund hatte, wütend zu sein, wieso war es dann Sandy, die schrie? Shelly wünschte, sie wäre nie nach Hawaii gekommen. Sie malte sich aus, wieder ins Flugzeug zu steigen und in ihr ruhiges, sicheres Haus zurückzukehren.

„Verdammt noch mal, Shelly, antworte mir und sitz nicht da wie ein Ölgötze!" brüllte Sandy. Shelly wurde aus ihrem Tagtraum gerissen und begriff, daß sie sich mit dieser Situation würde auseinandersetzen müssen – Phantasien über eine Rückkehr nach L.A. waren nutzlos. Sie verdrängte den restlichen Nebel, und nur eine dünne Trennfolie blieb zwischen ihr und Sandy bestehen.

„Es tut mir leid", sagte Shelly. „Ich weiß, ich war nicht sehr verständnisvoll. Aber ich war auf diese Situation auch nicht vorbereitet. Sprich weiter, erzähl mir, was war." Sandy zögerte. „Glaub mir, Sandy, ich will es wissen." Ja, sie wollte es wirklich wissen; sie brauchte mehr Informationen. Das war ihre vordringlichste Aufgabe. Später hätte sie noch genug Zeit, um auszurasten.

Ihr Nacken verspannte sich. Vielleicht hatte sie übertrieben reagiert. Schließlich war Sandy nur drei Tage fortgewesen. Was konnte in zweiundsiebzig Stunden schon geschehen? Shelly bereute sofort, daß sie die Zeit in Stunden umgerechnet hatte; die erheblich höhere Zahl der Stunden klang, als könnte sehr viel mehr passiert sein. Sie zwang sich, ruhig zu bleiben und Sandy aufmerksam zuzuhören.

„Manchmal schaue ich sie an, und sie kommt mir vor wie eine Fremde. Aber dann wieder ... sehe ich ihr ins Gesicht, und es ist mir so vertraut wie mein eigenes."

Oder wie meins, dachte Shelly automatisch und ärgerte sich, daß sie einen solchen Vergleich angestellt hatte. Sie nickte Sandy ermutigend zu.

„Meine Gefühle für sie sind mir einfach schleierhaft", fuhr Sandy fort. „Alles, was ich weiß, ist, daß sie intensiv sind. Andererseits bin ich mir nicht sicher, ob es dabei wirklich um sie oder um etwas anderes geht." Sandy machte eine hilflose Geste.

Shelly sah, wie aufgewühlt Sandy war, zögerte aber, Mitgefühl zu zeigen. Was ist mit *meinen* Bedürfnissen, dachte sie. Sie fühlte sich zwischen dem Wunsch, Sandy zu trösten, und ihrer Erbitterung über die ganze Situation hin- und hergerissen.

„Ich fühle mich, als sei ich in eine frühere Zeit zurückversetzt. Als hätte ich zwei Ichs – das eine, das ich heute bin, und das andere, das ich vor zehn Jahren mit Jenny war." Sandy standen die Tränen in den Augen. Shelly war um einiges milder gestimmt. „Ich bin einfach so verdammt verwirrt. Ich kann diese beiden Ichs in keiner Weise in Übereinstimmung bringen, und jedesmal, wenn sie sich darüber streiten, was ich empfinde oder was ich tue, zerren sie von beiden Seiten an mir." Sandy sah Shelly vertrauensvoll an. Es war schwer, wütend auf sie zu sein, wenn sie so verletzlich war. Shelly spürte ihre Liebe zu Sandy in sich aufwallen, und sie legte Sandy sanft die Hand an die Wange. Sandy weinte.

„Shelly, kann ich dir das überhaupt alles erzählen?" Sandy weinte heftiger, und von ihrer Nase hing ein dünner Faden Schleim. Shelly nickte. „Ich meine, du bist ... du fühlst dich von all dem nicht bedroht?" Es war eine dumme Frage, aber Sandy mußte sich rückversichern.

„Natürlich fühle ich mich dadurch bedroht", antwortete Shelly und versuchte ihre Ungeduld zu unterdrücken. „Sowie du ihren Namen ausgesprochen hast, hatte ich einen Knoten im Magen. Ich hasse diese Frau seit Jahren, und ich bin von Anfang an eifersüchtig auf sie gewesen. Und am ersten Abend unseres Urlaubs über deine Gefühle für sie hören zu müssen ist nicht gerade das, was ich mir vorgestellt hatte." Shelly war stolz darauf, daß es ihr gelungen war, ihren Sarkasmus auf ein Minimum zu begrenzen. „Aber es ist passiert, und ich bemühe mich, verständnisvoll zu sein ... Ist dies das erste Mal, daß du dir erlaubst, zu weinen?"

„So ungefähr", erwiderte Sandy leise. „Ich will ja auch nicht, daß dies unseren Urlaub ruiniert." Shellys Ärger verschwand; Sandy litt und brauchte sie jetzt.

„Komm her", sagte Shelly sanft und breitete die Arme aus. Sandy kuschelte sich an sie und legte den Kopf an Shellys Brust. Als Shelly ihr übers Haar strich, stieß Sandy einen tiefen Seufzer aus und schmiegte sich noch enger an sie.

Während Sandy friedlich in ihren Armen lag, regte Shelly sich zunehmend auf. Sandy war ihre Schuldgefühle und ihre Angst losgeworden, ihr ging es jetzt gut, aber Shelly begann gerade erst die Last zu spüren, die auf ihr abgeladen worden war. Das sah Sandy wirklich ähnlich – sie schreckte vor nichts zurück, um einen harmonischen Urlaub zu verhindern, dachte Shelly. Selbst wenn sie es nicht absichtlich tat, mußte Sandy auf irgendeine

Weise dafür verantwortlich sein. So etwas kam nicht von ungefähr. Es geschah, wenn jemand wollte, daß es geschah. Schließlich hatte Sandy schon an vielen Fachtagungen teilgenommen und war nie einer ihrer früheren Geliebten begegnet. Also mußte sie irgend etwas getan haben, um diese Begegnung herbeizuführen. Und nun mußte sie, Shelly, mit den Folgen leben.

Es war einfach ungerecht. Erst hatte sie sich Sandys endlose Monologe über ihren Wunsch nach einer Affäre anhören müssen. Und kaum hatte Sandy diese fixe Idee überwunden, lief sie „zufällig" Jenny über den Weg und war mit ihr beschäftigt. Das war wirklich der Gipfel.

Sandy verlagerte ihr Gewicht und ließ ihren Kopf in Shellys Schoß sinken. Shelly unterdrückte den Impuls, Sandy eine dicke Strähne Haar auszureißen. In bezug auf ihr Haar war Sandy überaus eitel; sie ärgerte sich den ganzen Tag, wenn es nicht gut lag. Sie hätte eine kahle Stelle verdient, die Monate brauchen würde, um wieder zuzuwachsen.

Shelly runzelte die Stirn. Derartige Gedanken trugen nicht dazu bei, daß sie sich besser fühlte. Im Gegenteil, sie war leicht beschämt über ihre Reaktion. Sie hatte jedes Recht, sauer zu sein, aber daß Sandy ihre Ex-Geliebte einige Male getroffen hatte, rechtfertigte keine Verstümmelung. Shelly schleppte zwar einigen Groll aus der Vergangenheit mit sich herum, doch diese Wut schien ein wenig zu extrem.

Doch Jenny war keine x-beliebige Verflossene, erinnerte sie sich. Das stand eindeutig fest. Sie hegte einen leidenschaftlichen Haß auf Jenny, seit Sandy das erste Mal von ihr gesprochen hatte. Sie haßte Jenny für die rückgratlose Feigheit, mit der sie Sandy um des sicheren Ehehafens willen verlassen hatte. Sie verabscheute Jennys kriecherisches Sicherheitsbedürfnis, ihre Angst, sich dem Unbekannten zu stellen oder eine unpopuläre Position zu vertreten, ihre passive Willfährigkeit gegenüber den herrschenden Kräften. Und obendrein war sie Sandy auch noch wichtig. Es war schwer nachvollziehbar, wie Sandy sich in eine solche Frau hatte verlieben können, aber es war so.

Daß jemand wie Jenny Sandys Entwicklung von einer Jugendlichen zur erwachsenen Frau begleitet hatte, war für Shelly schwer zu schlucken. Sie wünschte, sie hätte Sandy damals gekannt; sie wünschte, sie wäre diejenige gewesen, mit der Sandy Liebe und Sexualität entdeckt hätte. Aber all diese schönen Erfahrungen waren an eine Frau verschwendet worden, die es nicht zu schätzen gewußt hatte. Eine Frau, die Sandy abscheulich behandelt und tief verletzt hatte.

Trotz alledem hatte Sandy immer noch ein idealisiertes Bild von Jenny im Kopf. Sie schien zu meinen, sie stünde tief in Jennys Schuld, weil Jenny sie gelehrt hatte zu lieben. Mehr noch – sie gelehrt hatte, Frauen zu lieben. Shelly war sicher, daß Sandy das eigentlich von ihrer Mutter gelernt hatte; sie betete Sandy an und hatte sie gelehrt, Frauen zu achten.

Shellys Ansicht nach war Sandy dafür geschaffen, Frauen zu lieben, und wenn es Jenny nicht gewesen wäre, dann eben jemand anders. Aber Sandy war überzeugt, daß die Beziehung zu Jenny für die Entwicklung ihrer lesbischen Identität von entscheidender Bedeutung gewesen war, und über diesen Punkt war mit ihr nicht zu diskutieren. Tief im Innersten war Sandy Jenny gegenüber immer noch loyal und verteidigte sie stets gegen Shellys Kritik.

Das einzig Tröstliche daran war, daß Sandy, falls sie und Shelly sich jemals trennen sollten, auch über Shelly niemanden etwas Böses sagen lassen würde. Zumindest war sie konsequent. Bei diesem Gedanken empfand Shelly wieder eine warme Zuneigung für Sandy.

„Du bist eine sehr loyale Frau, Sandy“, sagte Shelly und brach damit das Schweigen.

„Was?“ Sandy wälzte sich herum und richtete sich auf. „Was meinst du?“

„Ach, nichts ... Nun, wenigstens werden wir diese Insel verlassen, und damit ist die Sache beendet." Bestürzt registrierte Shelly das Unbehagen, das sich auf Sandys Gesicht ausbreitete.

„Ähm ... nicht ganz." Sandy zögerte und sah Shelly verlegen an. „Sie haben ein Cottage gebucht, sie und ihr Mann – in Paradise Cove."

„Was?" Shelly schlug mit der Faust auf die Bettdecke. „Wieso das?"

„Sie haben dieselbe Anzeige in der *Gazette* gesehen wie wir", antwortete Sandy beklommen. „Aber sie kommen erst am Mittwoch."

„Scheiße ... ausgerechnet!" sagte Shelly mißmutig. Eine teuflische Macht hatte es auf sie abgesehen.

„Du mußt zugeben, es ist ziemlich komisch", sagte Sandy ohne Überzeugung.

„Wieso muß ich dann nicht lachen?" Shelly stand auf und ging in Richtung Bad.

„Wo gehst du hin?" rief Sandy panisch.

„Für eine intelligente Frau hast du manchmal wirklich wenig Phantasie." Shelly knallte die Tür hinter sich zu. Sie hörte Sandy fluchen, und dann war es still. Shelly sah sich in dem winzigen Raum um und hockte sich auf den Badewannenrand. Sie legte die Hände auf den glatten, kühlen Porzellanrand und streckte ein Bein von sich.

Sie fühlte sich an ihre Kindheit erinnert, in der das Bad oft der einzige Ort gewesen war, an dem sie für sich sein konnte. Sie hatte sich oft dahin zurückgezogen, um den Kabbeleien ihrer Geschwister zu entfliehen. Nach dem Tod ihres Vaters war es noch schlimmer geworden. Damals war sie zehn Jahre alt. Ihre Mutter mußte wieder arbeiten gehen, und als die Älteste hatte Shelly die Verantwortung für ihre Schwestern und Brüder übernehmen müssen. Damals war ihr nie der Gedanke gekommen, sich dagegen zu wehren; sie hatte diese Bürde fraglos auf sich genommen.

Erst Jahre später hatte sie erkannt, wie diese Erfahrung sie geprägt hatte. Die Bedürfnisse anderer Menschen wichtiger zu nehmen als die eigenen konnte zur Gewohnheit werden, und sie mußte ständig gegen diese Tendenz ankämpfen. Sandy hätte sie nie bewußt ausgenutzt wie viele andere, vor allem die Männer, aber Sandys gesunden Egoismus empfand sie oft als überwältigend. Sandy konnte so leicht benennen, was sie fühlte und was sie wollte; Shelly brauchte manchmal Tage, um herausfinden, wie sie zu einer Sache stand. Im Laufe der Jahre hatte Sandy Shelly geholfen, ihre eigentlichen Gefühle rascher zu erkennen. Aber mit diesem Fortschritt waren – zumindest aus Sandys Sicht – auch einige Nachteile verbunden: Shelly war heute viel aufbrausender und viel weniger geduldig.

Es hatte eine Zeit gegeben, in der Shelly nie aus dem Zimmer gegangen wäre wie gerade eben, und Sandy hatte sich an die Veränderungen noch nicht ganz gewöhnt. Es war ein gutes Gefühl, aufstehen und eine Situation verlassen zu können. Shelly genoß es zu wissen, daß Sandy im anderen Zimmer schmorte. Zumindest war sie nicht länger die einzige, die sich um die Reaktionen anderer sorgte.

Shelly wußte, daß sie nicht ganz fair war. Sandy war ihren Stimmungen gegenüber immer sensibel gewesen und hatte ihr aus der Schale herausgeholfen, so wie Jenny Sandy aus ihrer Schale herausgeholfen hatte. Vielleicht war es das, was so bedrohlich an Jenny war: Shelly fragte sich, wer von ihnen beiden mehr für Sandy getan hatte. Nun war sie diejenige, die dumme Fragen stellte. Jenny hatte Sandy vielleicht den ersten Geschmack der Liebe vermittelt, aber es war Shelly, die ihr gezeigt hatte, daß Liebe dauerhaft und bestärkend sein konnte.

Shelly betrachtete ihre Hand, die einen Rhythmus auf den Wannenrand klopfte. Warum stellte sie so viele Vergleiche zwischen sich und Jenny an? Sie hatte vermutlich Angst – obwohl dies gewiß keine zwangsläufige Reaktion war. Sie und Sandy hatten eine gute Beziehung, die Jennys Geist auf keinen Fall zerstören konnte. Wahrscheinlich dramatisierte Sandy diese Begegnung, und es war töricht von Shelly, dasselbe zu tun, obwohl sie es besser wußte. Natürlich war Jenny ein außerordentlich wichtiger Mensch in Sandys Leben gewesen, und ihr unverhofft über den Weg zu laufen mochte ein wenig traumatisch sein; aber die ganze Sache gehörte der Vergangenheit an, und auch wenn Sandy es noch nicht wußte – Shelly hatte keinen Grund, die Nerven zu verlieren.

Shellys Gelassenheit kehrte zurück. Sie war von der Situation überrumpelt worden, aber allmählich gewannen die Dinge wieder ihr wirkliches Maß. Sie mußten ihre Buchung auf Maui nicht stornieren; sie würden ihren Urlaub wie geplant verbringen, zum Teufel mit Jenny. Sandy würde eine Weile brauchen, um alles zu verdauen, aber sie verarbeitete Dinge rasch. Sie waren beide unverwüstliche Frauen, und es bestand kein Grund, weshalb dies ein fundamentaler Rückschlag für sie sein sollte.

Vielleicht würde es ganz interessant sein, Miss Jennifer Chase – oder Mrs. Berkowitz, wie sie jetzt hieß – kennenzulernen. Shelly war schon seit langem neugierig auf Jenny, aber es war ihr nie in den Sinn gekommen, daß sie tatsächlich einmal Gelegenheit haben würde, sie in Fleisch und Blut zu sehen. Ein Treffen zu dritt mußte spannend sein; sie würde Jennys Reaktion genießen, wenn sie sah, daß Sandy und Shelly gemeinsam das Leben lebten, zu dem Jenny nicht den Mut gehabt hatte. Außerdem hätte Shelly die Möglichkeit zu sehen, was für eine Frau Jenny eigentlich war.

Die einzige Komplikation konnten die Gefühle bilden, die Sandy noch immer für Jenny hegte. Schließlich hatte Jenny Sandy verlassen, und in solchen Situationen blieb immer eine im ungewissen und fragte sich nach langer Zeit noch, wofür sie sich jetzt entscheiden würde, wenn ihr alle Möglichkeiten offenstünden. Shelly wußte, daß Sandy sich auf irgendeiner Ebene diese Frage stellte, und das erklärte ihr verwirrtes Schwanken zwischen Vergangenheit und Gegenwart.

Shelly stand auf und reckte sich, streckte mehrmals die Arme zur Decke, ließ sie fallen und berührte ihre Zehen. Sie freute sich, daß ihr Körper immer noch elastisch war, auch wenn sie mit der Morgengymnastik aufgehört hatte, als es am College zu hektisch wurde. Vielleicht würde sie frühmorgens am Strand einige Streckübungen machen. Sie fühlte sich sehr erleichtert. Sandy sagte oft, der intellektuelle Zugriff auf ein Problem reiche nicht aus, aber ihr ging es nun eindeutig besser.

Sie öffnete die Badezimmertür und trat ins Zimmer. Sandy hatte den Sessel zum Fenster gedreht und starrte nachdenklich hinaus.

„Hallo", sagte Sandy und stand auf, um Shelly anzusehen.

„Hallo", erwiderte Shelly in ebenso wehmütigem Ton. Beide Frauen lächelten.

Sandy ging zu ihr und nahm Shellys Kopf in beide Hände. „Das alles tut mir wirklich leid, Shelly. Ich möchte es irgendwie wiedergutmachen."

„Gut", meinte Shelly und lächelte. „Du kannst damit anfangen, alle Telefonate zu übernehmen, während wir auf Hawaii sind."

„Alle?" rief Sandy. „Da hätte ich ja vom Bewährungsausschuß mehr Milde zu erwarten."

„Dann geh und lebe mit dem Bewährungsausschuß."

„Du stellst sehr schwierige Bedingungen."

„Ich lebe auch mit einer sehr schwierigen Frau."

Sandy lachte. „In Ordnung. Ich werde mich während unseres Urlaubs um sämtliche telefonischen Arrangements kümmern. Das ist zwar etwas, was wir beide hassen, aber da ich großzügig bin ..."

„... du ein schlechtes Gewissen hast", warf Shelly ein.

Sandy nickte. „... da ich ein schlechtes Gewissen habe, werde ich diese gräßliche Aufgabe übernehmen. Fall erledigt?"

Shelly strich sich bedächtig das Kinn. „Das Gericht wird das Verhalten der Angeklagten in den nächsten Tagen genau beobachten, bevor es zu einer endgültigen Entscheidung kommt."

„Schon kapiert", sagte Sandy und drängte Shelly in Richtung Bett. „Du willst einen schönen Urlaub haben, nicht wahr? Nun, was ist ein Urlaub ohne ein bißchen Lachen?" Sandy ließ sich aufs Bett fallen und zog Shelly auf sich. „Und was ist Lachen ohne ein bißchen Kitzeln?" keuchte sie, packte Shelly um die Taille und kitzelte sie.

Sie rangelten auf dem Bett, lachten und kreischten. Dann ließ Sandy sich auf Shelly fallen. Sie hob den Kopf und küßte sie sanft. „Ich bin froh, daß du hier bist, Shelly", sagte sie. Sie küßten sich erneut, diesmal länger. Shelly ließ ihre Hände über Sandys Rücken gleiten und drückte begehrlich ihre Pobacken.

„Ich glaube, ich verkrafte das heute abend nicht", sagte Sandy leise und schob Shellys Hände hoch zu ihrer Taille. „Okay?" Shelly nickte, obwohl sie ein wenig verletzt war. „Aber ich lass' dich wissen, sobald es wieder geht."

„Gut", sagte Shelly, warf Sandy auf den Rücken und legte sich auf sie. Sandy schlang die Arme um Shelly, und Shelly legte das Gesicht in die Beuge zwischen Sandys Arm und Brust. Sandy griff nach der Nachttischlampe, knipste sie aus, und sie schmiegten sich im Dunkeln aneinander.

45

In wenigen Metern Entfernung zog ein Schwarm von Großen Segelflossern mit hellglänzenden Schuppen vorbei. Shelly hielt den Atem an, sie fürchtete, sie zu stören, aber sie schienen ihre Gegenwart nicht zu bemerken. Vor sich sah sie Sandys Schwimmflossen leicht auf und ab wedeln, während sie mühelos dahinglitt. Sandy schien sich in dieser Welt der Stille und der leuchtenden Farben zu Hause zu fühlen. Sie bewegte sich mit intuitiver Anmut, genau wie die anderen Wesen in diesem Unterwasser-Universum.

Shelly fiel es sehr schwer, sich ihrer selbst nicht ständig bewußt zu sein. Selbst hier, inmitten dieser sinnlichen Schönheit, konnte sie nicht umhin, sich zu fragen, ob sie nicht ein Eindringling in diesem Wunderland der Natur war und das ökologische Gleichgewicht in irgendeiner Weise störe. Und doch war sie froh, daß sie eingewilligt hatte, mit Sandy schnorcheln zu gehen. Die Vielfalt der Korallen war außergewöhnlich, viel spektakulärer als an der Küste von Catalina. Sie schlug ruckartig mit den Füßen und glitt an der Oberfläche entlang, bis sie die Felsen auf der anderen Seite der Bucht erreichte.

Das Wasser vermittelte ein enormes Gefühl von Freiheit. Sie glitt fast mühelos voran, und die leichteste Bewegung führte sofort zu einer Änderung ihrer Lage. Wir nehmen die Schwerkraft für selbstverständlich, bis wir aus irgendeinem Anlaß auf sie aufmerksam werden.

Plötzlich spürte sie, wie etwas an ihrer Schwimmflosse zog, dann tauchte Sandy auf, und ihr Haar trieb auf dem Wasser, als sie Shelly durch die Taucherbrille verführerisch zuzwinkerte. Auf einmal war sie wieder fort, ihr Körper streckte sich und schoß über dem Meeresboden dahin. Shelly schwamm ihr ohne zu überlegen nach. Erst als sie tief unten war, fiel ihr ein, daß sie Schwierigkeiten hatte, ihren Schnorchel freizubekommen, wenn er erst einmal voller Wasser war. Doch nun war es zu spät, um sich darüber Gedanken zu machen.

Sie tauchten fast gleichzeitig auf. Ein langer Wasserstrahl schoß aus Sandys Schnorchel. Shelly nahm ihren Schnorchel aus dem Mund und atmete tief ein. Dann schwamm sie zu Sandy hinüber, die ausgelassen lachte und auf der Stelle trat.

Shelly sagte: „He, du willst mich anmachen?“

Die maskierte Gestalt nickte begeistert. Shelly holte tief Luft und tauchte unter. Sie packte Sandys Beine, preßte das Gesicht zwischen ihre Schenkel und zwickte Sandy unter dem Badeanzug in den Hintern. Die plötzliche Bewegung zog Sandy unter Wasser. Sie bekam Shelly um den Bauch zu fassen, und sie wirbelten in einer amphibienartigen Umarmung unter Wasser im Kreis herum.

Als sie auftauchten, um Luft zu holen, wies Sandy zum Strand hinüber. Sie schwammen Seite an Seite gemächlich ans Ufer. Sobald sie stehen konnten, zog Shelly ihre Schwimmflossen aus und beobachtete Sandy, die wie ein Pinguin durch die Wellen stakste.

„Du süßer *klotz!*“ rief Shelly und lief an Sandy vorbei, die immer noch ihre Schwimmflossen anhatte.

„*Klotz!*“ rief Sandy entrüstet. Sie riß sich die Flossen von den Füßen und stürzte hinter Shelly her. Sie rannten über den heißen Sand und fielen keuchend auf die Decke. Shelly drehte sich auf den Rücken, Arme und Beine von sich gestreckt, und schnappte nach Luft. Sandy lag neben ihr und japste ebenfalls.

Shelly drehte sich um und kuschelte ihr Gesicht an Sandys Hals; ihre Zunge leckte die Wasserperlen auf, die wie gläserne Früchte an der Haut hingen. Sie hatte diesen Teil von Sandys Körper immer geliebt; er war so sanft wie Sandy selbst, wenn sie sich liebten. Sandy legte genießerisch den Hals zurück und bot Shellys begehrlichem Mund noch mehr von ihrem zarten Fleisch dar, als wüßte sie, was Shelly im Sinn hatte.

„Du schmeckst so gut“, murmelte Shelly, als ihre Zunge eine zarte Linie beschrieb.

Den Blick in den klaren Himmel gerichtet, ließ Sandy Shelly an sich knabbern und grub den Hinterkopf in das warme, weiche Kissen aus Sand. Sie drückte lustvoll den Rücken durch und genoß die erfahrene Berührung, die ihr ein Prickeln den Rücken hinunter und die Schenkel entlang bis in die Zehen jagte. In ruhiger Erregung wandte Sandy den Kopf zur Seite und barg ihn an Shellys Unterarm. Frisch duftende Wassertropfen sprühten ihr ins Gesicht. Mit katzenartigen Bewegungen zupfte Sandy an dem dünnen Haarflaum, bis sich jedes einzelne Haar genüßlich sträubte. Sie spürte, wie Shellys Körper sich erregt anspannte und strich mit den Lippen langsam an Shellys Seite entlang bis zum Brustansatz.

Sie streifte Shelly den einen Träger ihres Badeanzugs von der Schulter und schob ihn bis zum Ellenbogen herunter. Shelly half ihr, ihn abzustreifen. Der Badeanzug zog sich schräg über Shellys Oberkörper, bedeckte eine Brust und ließ die andere frei, was Sandy an die Männerbadeanzüge zu Anfang des Jahrhunderts erinnerte. Vielleicht war das die Art von Kleidung, die die Amazonen trugen, dachte Sandy.

Shelly lehnte sich mit amüsierter Miene zurück. „Bist du sicher, daß du das verkraftest?" fragte sie in gespielter Sorge.

Erstaunt öffnete Sandy den Mund, und ihre Augen wanderten zu Shellys Gesicht. „Was?" fragte sie und erinnerte sich dann an den Abend, an dem Shelly angekommen war. „Ach du meine Güte, Shelly", stöhnte sie. „Willst du mir deswegen das Leben schwermachen?"

„Das Leben schwermachen?" Shelly tat überrascht. „Ich wollte nur nichts tun, was ..." Shelly konnte den Satz nicht mehr beenden. Sandy stürzte sich auf sie, und beide kugelten sich lachend herum. Sandys Lippen fanden Shellys Mund, und ihre Zungen begannen einander in dem kunstvollen Tanz von Vortasten, Berühren und Rückzug zu umkreisen.

Shelly drückte Sandy die Arme an die Seite und streifte ihr den Badeanzug bis zum Bauch herunter. Liebevoll lächelnd betrachtete Shelly das plötzlich freigelegte Neuland. Sie nahm beide Brüste in die Hände und leckte sanft über die Knospen, mal über diese, mal über jene, damit sich keine von beiden vernachlässigt fühlte.

Sandy legte die Hände um Shellys Hinterkopf, und ihre Finger massierten Shellys Nacken im gleichen Rhythmus, in dem Shellys Zunge sich auf ihren Brüsten bewegte. Erregt von der Hitze, die sich von ihren Brüsten aus bis zur Möse ausbreitete, schlang Sandy die Beine um Shellys Taille und preßte die Oberschenkel fest zusammen. Sie lächelte ekstatisch, und Shelly saugte mit der Erfahrung der Geliebten an ihren Brüsten, und ihre Körper pulsierten in einem zunehmend schnelleren Rhythmus. Sandy zog mit ihrer Zunge eine Fährte um den Rand von Shellys Ohr. Dort war Shelly außerordentlich empfindlich, und Sandy berührte sie so nur bei besonderen Gelegenheiten. Sie ließ ihre Zunge in Shellys Ohr schnellen, gleichsam als Vorgeschmack auf die bevorstehende Ekstase. Nun biß Shelly in Sandys aufgerichtete Brustknospen, die vor Erregung pochten. Shelly spürte Sandys Begehren, zog sie auf sich herab und schob einen Schenkel zwischen ihre Beine, um Sandy den Druck zu geben, nach dem sie verlangte.

Sandy reagierte, preßte ihren Venusberg gegen Shellys und stieß ihre Zunge tief in Shellys Ohrmuschel. Shelly saugte heftig an Sandys Brust, packte mit einer Hand Sandys Hüfte, während die andere unter ihren Badeanzug glitt und ihre Pobacke knetete.

Sandy rollte sie beide auf die Seite und streifte Shelly den zweiten Badeanzugträger von der Schulter. Ihre Lippen strichen an Shellys Hals entlang bis zu der weichen Mulde zwischen Schlüsselbein und Schulter. Shelly stützte sich auf den Ellenbogen, hob die Hüfte an und ließ Sandy ihren Badeanzug ganz abstreifen. Wollüstig legte sie sich wieder hin, während Sandy den Badeanzug beiseite warf und ihre Augen begehrlich über Shellys Körper schweifen ließ. Es war lange her, daß Sandy eine so starke Erregung empfunden hatte, und diesen köstlichen Zustand wollte sie so lange wie möglich auskosten. Shellys Hüften waren schmal und eckig und hoben sich in scharfem Kontrast von ihrem flachen Bauch ab. Die Linie ihrer Hüfte verjüngte sich spannungsvoll bis zu der schmalen Taille, die Sandy beinahe mit den Händen umfassen konnte. Zu Sandys immerwährender Überraschung und Freude waren Shellys Brüste jedoch groß und voll und quollen in eigenwilliger Fülle aus ihrem schlanken Körper hervor. Sie schienen ein Eigenleben zu haben und wogten heftig bei jeder plötzlichen Bewegung. Schwer und ausladend bildeten sie ebenso einen Ort der Sicherheit wie des Begehrens.

Shelly sah, wie Sandy ihren Anblick in sich aufnahm, lachte tief und streckte ihr einladend die Hüften entgegen. Sanft ließ Sandy einen Finger von Shellys Nacken über ihr Dekolleté, durch die

Rinne zwischen ihren Brüsten und dann über den Bauch fahren, verweilte am Nabel und setzte ihren Weg zu dem flauschigen Pelz fort. Als sie die Furche zwischen Shellys Schenkeln erreichte, streichelte sie sanft die gekräuselten Haare. Shelly stöhnte leise und hob ihre Möse an, um Sandys Finger zwischen ihren Lippen einzufangen. Aber Sandy hielt ihre Hand in quälerischem Zögern zurück, fuhr dann die Lippen entlang, bis sie an die Zone um die Öffnung gelangte, wo sie mit kreisenden Bewegungen über die Haare strich.

Sandy genoß es, zuzuschauen, wie Shellys Erregung wuchs, und ihr eigener Körper reagierte auf das, was sie sah. Zweifellos waren Frauenkörper schön, aber irgendwie fand Sandy an Shelly Gefallen wie an keiner anderen Frau. Das lag gewiß nicht daran, daß Shelly den herrlichsten Körper der Welt hatte; Sandy hatte die körperlichen Attribute ihrer Geliebten immer objektiv beurteilt, auch wenn sie Shellys Gesicht außergewöhnlich fand: Die lange Nase und die hohen Wangenknochen verliehen ihrem Aussehen eine Würde und einen Charakter, neben denen Cover-Girls dümmlich wirkten. Nein, es hatte mehr damit zu tun, wie Shellys Körper ihre Persönlichkeit unterstrich und Sandy beständig daran erinnerte, daß dies die Frau war, die sie liebte. Die Frau, mit der sie ihr Leben teilte.

Sandy kraulte Shellys Schamhaare. „Du hältst mich hin." Shelly richtete sich auf, so daß sie Seite an Seite saßen und ihre Beine in entgegengesetzte Richtungen wiesen. Shelly beugte sich über Sandy, stützte sich mit beiden Händen ab und senkte ihr Gesicht auf Sandys Bauch. Ihr Mund glitt sanft über das glatte Fleisch unterhalb der Hüfte. Sandy stützte sich auf einen Ellenbogen, ihr Mund liebkoste Shellys eine Brust, bis sie die fleischige Knospe fand und zwischen ihre geschürzten Lippen nahm.

Shelly ließ ihr Gesicht abwärts wandern und verbarg es in dem flaumigen Hügel. Tief atmete sie den prickelnden Duft von Sand und salzigem Körper ein, während ihre Zunge den Weg durch das Dickicht erkundete. Unvermittelt gelangte sie an eine freiere Stelle und ließ ihre Zunge diesen schmalen Pfad entlangwandern.

Sandys Zunge folgte der imaginären Linie, die sie einen Augenblick zuvor mit dem Finger gezogen hatte; von der Brust bis zum Bauch leckte sie sich bis zu Shellys Nabel vor und grub ihre Zunge hinein, während sie gleichzeitig mit den Händen Shellys Hintern griff und einen Finger um das Poloch wandern ließ. Beide Frauen wanden sich vor Lust und Erwartung. Shelly brach die Spannung, tastete sich mit der Zunge in Sandys Möse und drang tief in die nasse Furche ein, während Sandys Hüften sich ihr entgegendrängten.

Sandy teilte Shellys geschwollene Lippen mit den Fingern und ließ den Daumen von der Öffnung bis zur Klitoris und wieder zurück gleiten. Shellys Möse war naß von dem Saft, der Sandy berauschte und lockte. Den Mund leicht geöffnet, das Herz wild klopfend, grub Sandy ihr Gesicht in Shellys Möse, ihre Zunge glitt die Furche entlang, und Shellys köstliche Flüssigkeit mischte sich mit ihrem eigenen Speichel, bis die Nässe überall war. Sandy leckte sanft die Klitoris, ihre Lippen massierten die Vulva, und Shelly preßte ihre Schenkel um Sandys Gesicht. Als Shellys Erregung sich steigerte, drang Sandy mit zwei Fingern in ihre Möse ein und ließ sie langsam zwischen den schlüpfrigen Wänden kreisen.

Nun leckten beide einander, rollten sich hin und her, ohne Rücksicht auf den Sand, der allmählich an ihren Körpern kleben blieb. Mund an Möse, Möse an Mund, kreisten ihre Hüften und Köpfe in einem Rhythmus, der wie ein elektrischer Strom zwischen ihnen floß. Ihre Ekstase sprang von einer zur anderen über und steigerte sich mit jeder Drehung ihrer Körper.

Shelly spürte, wie sie sich einer Klippe näherte. Ihre Beine wurden steif, und dann fiel sie vornüber, ihr ganzer Körper zuckte krampfartig, während Sandys Mund ihr folgte, nicht von ihr ablassen wollte und sich unmißverständlich zur Geltung brachte. Als die Kontraktionen nachließen, spreizte Shelly die Schenkel ein wenig, und Sandy wanderte mit ihren Lippen Shellys Bein entlang und küßte es sanft.

Beide Frauen seufzten befriedigt. Den Kopf auf dem Schenkel der anderen ruhend, lagen sie still da und genossen ihre Nähe. Die Sonne heizte ihre Körper mit einer anderen Hitze als jene, die sie Augenblicke zuvor verzehrt hatte.

Sandy ließ die Finger leicht über Shellys Hintern und den unteren Teil ihres Rückens streifen. Shelly spürte ihr Begehren wieder aufflammen; sie küßte die Innenfläche von Sandys Schenkel, und ihre Lippen wanderten von der Möse bis zum Knie und wieder zurück. Dann begann sie Sandys Pobacken zu massieren und knetete die kräftigen Muskeln mit den Fingern. Mit dem Mund neckte sie Sandy, leckte kurz über ihre Möse, ließ sich aber nicht aufs Verweilen ein. Bald begann Sandy sich zu winden und wollte diesen ausweichenden Mund einfangen.

Brennend vor Verlangen tauchte Sandy zwischen Shellys Schenkel und begann sie wild zu lecken. Überwältigt begann Shellys Körper zu zittern. Dann stieß Shelly plötzlich drei Finger in Sandys Möse und vögelte sie heftig mit kreisförmigen Bewegungen. Sandy drängte sich ihrer Hand lustvoll entgegen.

Shelly zog ihre Hand zurück und begann Sandys Möse zu küssen, und ihr Gesicht grub sich tiefer in die Nässe, die aus Sandys Vagina floß. Ihre Zunge teilte langsam die Lippen und kreiste aufreizend um die Klitoris, bis Sandy vor Erregung außer sich war. Ihre Möse preßte sich gegen Shellys Gesicht, verlangte nach mehr. Und gerade als Sandy keine zärtliche Berührung mehr ertragen zu können glaubte, begann Shelly sie kräftig zu lecken, bis Sandy kurz davor war zu explodieren. Dann saugte Shelly wieder sanft an der verborgenen Knospe, zwang sie, wieder herauszukommen, sich ihrem Mund voll zu ergeben, und Sandy spürte immer mehr sanfte Wellen in den Strom einmünden, der sie aus ihrem Körper hinaustrug und sie zugleich nichts außer ihrem und Shellys Körper empfinden ließ. Das Saugen wurde heftiger, dann ungestüm, und Sandy war auf dem Kamm einer riesigen Welle, die den unteren Teil ihres Körpers in die eine und den oberen Teil in die andere Richtung zog, und auf dem Höhepunkt, als sie meinte, ihr Körper müsse bersten, brach die Welle, sie stürzte hinunter, und ihr Körper explodierte in mehreren heftigen Ausbrüchen, die eine Flut von Gefühlen freisetzten.

Sandy schluchzte, tiefe schmerzliche Schluchzer, die ihren Körper ebenso erschütterten wie das Beben einen Augenblick zuvor. Ein ungeheurer Tränenstrom floß auf Shellys Schenkel und mischte sich mit dem anderen Saft. Plötzlich fuhr Sandy hoch und drehte sich um, so daß sie Shelly von Angesicht zu Angesicht gegenüberlag. Shelly schien von dem Tränenausbruch nicht überrascht. Sie schlang die Arme um Sandy, und ihre Hand barg Sandys Gesicht an ihrer Brust. Im Schutze der Gewißheit von Shellys Liebe und dem Trost, sich in ihre Arme schmiegen zu können, ließ Sandy der unerklärlichen Traurigkeit freien Lauf. Sie weinte lange Zeit.

Als die Tränen versiegten, ließ Sandy ihre Hand über Shellys Rücken wandern und fand durch diese wohlbekannte Geste wieder in die Realität zurück. Ein vertrauter Wegweiser.

„Willst du darüber reden?“ Shelly strich Sandy das wirre Haar aus dem Gesicht. Sandy war dankbar, daß Shelly ihr die Wahl ließ – sie fragte, ohne eine Antwort zu verlangen.

„Ich weiß auch nicht recht, woher all dieser Schmerz kommt.“ Sandy beugte sich vor und küßte die flache Mulde von Shellys Bauch.

„Es muß etwas damit zu tun haben, daß ich Jenny begegnet bin.“ Sie drehte sich auf den Rücken und sah Shelly an, die sich auf den Ellenbogen stützte und mit der anderen Hand über Sandys Wange strich. „Was meinst du dazu?“ Sandy verließ sich oft darauf, daß Shelly einen Sinn in etwas brachte, das sie verwirrte.

„Ich glaube, es hat zum einen mit Jenny zu tun und zum anderen hat es mit uns zu tun“, erwiderte Shelly fest.

„Mit uns?“ Sandy war betroffen. „Warum sollte ich unseretwegen weinen?“

„Du warst in der letzten Woche innerlich weit weg von mir. Das ist noch nie vorgekommen.“ Sandy begann wieder zu weinen. „Es hat dir mehr Angst eingejagt, als du dir eingestehen wolltest“, sagte Shelly ruhig.

„Das wußte ich nicht, Shelly“, flüsterte Sandy.

„Ich weiß.“

Sandy hatte das Gefühl, als spülten ihre Tränen die letzten Schranken zwischen ihr und Shelly fort. Natürlich liebte sie Shelly. Wie hatte sie je daran zweifeln können? Wer sonst kannte sie in- und auswendig und liebte sie dennoch? Sie legte den Kopf zurück, sah in den Himmel und beobachtete einen Schwarm Seemöwen, der über ihnen vorbeizog. Sie schienen auf eine Weise mit ihrer Welt eins zu sein, die Sandy kaum vorstellbar war. Shelly war mehr wie die Möwen; sie besaß eine natürliche Klugheit und Anmut, die sie selbst die schwierigsten Situationen bewältigen ließen. Ihr gesunder Menschenverstand war eine der Eigenschaften, die Sandys Liebe vor Jahren zementiert hatten. Zementiert. Frag ein Kind der Bronx, wenn du eine urbane Metapher suchst.

„Wir sollten uns auf den Rückweg machen. Du hast eine Gänsehaut.“ Shelly rieb Sandys Arme. Sandy nickte. Sie fühlte sich sehr klein und der Sprache nicht mächtig. Sie standen auf und wischten sich den Sand ab. Ein starker Wind kam plötzlich auf und bedeckte alle ihre Sachen mit Sand. Sie zogen sich hastig an, sammelten ihre Sachen zusammen und gingen zu ihrem Jeep.

„Würdest du bitte fahren?“ sagte Sandy und kletterte auf den Beifahrersitz.

„Und was verschafft mir die Ehre?“ Shelly glitt hinter das Lenkrad und startete den Motor. Sandy fuhr gewöhnlich lieber selbst; sie behauptete, ihr würde schlecht, wenn sie nicht am Steuer saß.

„Ich bin noch nicht alt genug“, sagte Sandy mit süßer Babystimme.

Shelly lächelte das treuherzige kleine Mädchen zärtlich an, das neben ihr saß und mit einer imaginären Spielkameradin „Backe, backe Kuchen“ spielte. Sandy fiel nicht oft in ihre Kleinkindphase zurück, aber wenn, dann mit allem, was dazugehörte.

„Na dann paß mal auf, daß die klitzekleine Sandy nicht vom Sitz fällt“, mahnte Shelly. Sie wünschte, sie hätte auf dem Hinweg besser achtgegeben, als Sandy auf einem kaum sichtbaren Pfad, einzig vom Steinschen Orientierungssinn geleitet, von der Hauptstraße in Richtung Meer abgebogen war. Nun fuhr Shelly den Hügel hinauf und versuchte, gelassen zu wirken, während ihr der Magen fast in der Kehle saß. Sandy sang fröhlich Kinderlieder vor sich hin und hüpfte jedesmal, wenn sie über eine Bodenwelle holperten, ausgelassen auf dem Sitz herum.

Mit großer Erleichterung erreichte Shelly die Hauptstraße und fuhr in Richtung Hotel. Als sie erst einmal auf dem Highway waren, begann sie die Fahrt im offenen Jeep zu genießen. Es war ein wunderbares Gefühl von Freiheit, zu spüren, wie der Wind ihr das Haar zerzauste. Sie schaute zu Sandy hinüber, die sich auf ihrem Sitz lümmelte und die Füße auf das Armaturenbrett gelegt hatte. Es tat Sandy gut, sich ein wenig gehenzulassen; sie war in der letzten Zeit sehr angespannt gewesen. Sandy bemerkte, daß Shelly sie betrachtete, und lächelte sie an. Sie war jetzt wieder eine Erwachsene, wirkte nun aber sanftmütiger und verletzlicher. Shelly lächelte zurück. Nur sehr wenige Menschen bekamen diese Seite von Sandy je zu sehen; Shelly schätzte sich sehr glücklich.

Es war später Nachmittag, als sie die Hütte erreichten. Sie zogen sich aus und sprangen unter die Dusche, und der heiße Strahl vertrieb sogleich die Kühle der Meeresbrise und der Rückfahrt. Sandy schlang die Arme um Shellys Taille, umarmte sie fest und tat, als wasche sie ihr den Rücken.

„Wann habe ich dir zuletzt gesagt, wie schön du bist?“ Sandy rieb Shelly mit dem Fuß etwas Sand von der Wade.

„Oh, vielleicht gestern“, antwortete Shelly und runzelte die Stirn.

„Ist das schon so lange her?" Sandy schüttelte mißbilligend den Kopf und schnalzte mit der Zunge. Dann erschien ein Lächeln auf ihrem Gesicht. „Wie kann ich dich nach all den Jahren noch so sehr lieben?" Sandy stellte die Dusche ab, während sie diese wohlvertraute rhetorische Frage stellte.

„Nach all den Jahren? Das war noch gar nichts, mein Schatz. Die besten zwanzig Jahre haben wir noch vor uns."

Shelly trat aus der Dusche, griff sich ein Handtuch und warf Sandy eins zu. Sandy hatte die verrückte Vorstellung, daß romantische Liebe einen gewissen, willkürlich gesetzten Punkt nicht überdauern könnte. Je mehr Jahre sie zusammen verbrachten, desto weiter schob sie den Schlußpunkt hinaus. Shelly hatte sich am Anfang ihrer Beziehung über derartige Gedanken aufgeregt, aber dann hatte sie beschlossen, sich nicht darüber zu streiten, denn Sandys Gefühle richteten sich ohnehin nie nach dem, was sie sich zurechtlegte. Sie mochte vielleicht die abgebrühte Zynikerin spielen, aber in Wirklichkeit war sie viel romantischer als irgendeine andere Frau, der Shelly je begegnet war.

46

Als Shelly aufwachte, ging ihr die Melodie der Mozartsonate immer noch im Kopf herum. Der Traum hatte im Haus ihrer Großmutter gespielt; das schmiedeeiserne Tor, auf dem sie immer geschaukelt hatte, bis ihre Mutter gesagt hatte: „Kleine Mädchen tun so etwas nicht!"; die große dunkle Haustür mit dem Messingklopfer, mit dem sie an die Tür pochen durfte, nachdem sie ihren Vater angebettelt hatte, sie hochzuheben; und drinnen in der Diele die hohe Eichengarderobe mit dem ovalen Spiegel.

Nachdem sie Großmutter umarmt hatte, war sie in ihren Lackschuhen, deren Absätze auf dem Holzboden klapperten, immer den Flur entlanggerannt, bis sie ihr Lieblingszimmer mit den schweren hölzernen Schiebetüren erreichte, die für Riesenhände bestimmt schienen. Sie hatte beide Hände in die Vertiefung gestemmt und die Tür aufgeschoben, während ihre Großmutter begeistert ausrief: „*Shaynele, Shaynele* – sie ist ebenso stark wie hübsch!" Dann war Shelly durch den Raum gewandert und hatte mit den Händen über die beiden samtbezogenen Ohrensessel gestrichen, die vor dem steinernen Kamin standen, oder sie war in die Küche gerannt, wo es immer nach Kreplach-Suppe roch oder nach Borschtsch.

Aber am liebsten erinnerte sie sich daran, wie sie neben Großmutter auf dem Klavierhocker gesessen hatte und das riesige Piano erbebte, wenn Großmutters geübte Hände Klänge hervorzauberten, die sie vor Ehrfurcht frösteln machten. Wenn Großmutter zu spielen aufhörte, saßen sie still da, und Großmutter seufzte mit einem traurigen und abwesenden Ausdruck im Gesicht und legte Shelly die Hand auf den Oberschenkel. Shelly schlang Großmutter die Arme um den Hals und versuchte, sie zurückzuholen. Doch Großmutter lächelte nur traurig und nahm Shelly bei der Hand. Sie gingen in die Ecke, in der Großmutter die Familienfotos aufbewahrte, und dann erklärte sie: „Das war meine Mutter Sarah. Sie war eine sehr schöne Frau. Sie war erst siebzehn, als sie meinen Vater, einen der wenigen jüdischen Anwälte damals, heiratete. Und das war meine ältere Schwester Hannah. Ich habe ihr gesagt, sie solle nach Amerika kommen, aber sie wollte nichts davon wissen; sie war ihrer gewohnten Umgebung zu sehr verhaftet." Und Großmutter zeigte ihr alle Fotos, erzählte zu jedem eine Geschichte und forderte das kleine Shaynele auf, sie zu wiederholen, bis die Gesichter und Namen sich ihrem Gedächtnis eingeprägt hatten.

Sandys Hand ruhte auf Shellys Oberschenkel, die Finger um die Rundung des Beines geschmiegt. Shelly hob die Hand behutsam an und legte sie aufs Bett. Dann schob sie die Decke beiseite und stand leise auf. Sie zog den Vorhang zurück und atmete die feuchte Morgenluft tief ein. In den Hala-Bäumen vor dem Fenster hing immer noch der Tau, aber die Sonne schien bereits hell und warm.

Während sie sich die Zähne putzte, betrachtete Shelly prüfend ihr Gesicht. Ihre Haut war gebräunt, und sie sah erholt aus. Die letzten Tage waren schön gewesen: Ausruhen, Essen und Lieben. Genau das, was sie gebraucht hatten, als sie L.A. verließen. Rasch verbannte Shelly L.A. aus ihren Gedanken; sie hatten nur noch wenige Tage, und sie war entschlossen, sie nicht zu verderben, indem sie sich Sorgen um die Aufgaben machte, die sie zu Hause erwarteten.

Sollte sie wieder ins Bett kriechen oder spazierengehen? Am Swimmingpool würde es wundervoll sein, und wahrscheinlich wäre kaum jemand da. Sie beschloß, mit einem Buch zum Schwimmbecken hinunterzugehen. Sie hatte am Tag zuvor einige Liegestühle entdeckt, und es verlockte sie, sich auszustrecken, die Mango- und Guajavabäume und die Kokospalmen zu betrachten, die um den Swimmingpool herum standen, und den unverkennbaren Rufen des Amakihi, eines hiesigen Vogels, und des Japanischen Weißauges, der zu Anfang des Jahrhunderts hierhergekommen war, zu lauschen. Shelly war mit sich zufrieden; zumindest hatte sie einiges aus dem Buch über die hawaiianische Flora und Fauna behalten, das sie sich aus der Universitätsbibliothek geliehen hatte. Sie hatte eigentlich noch mehr lesen wollen, war aber wegen der Abschlußprüfungen und der politischen Arbeit einfach nicht dazu gekommen.

Sie zog ihren Badeanzug an, hinterließ Sandy eine Nachricht und ging den schattigen Pfad zum Swimmingpool hinunter. Eine plötzliche Freude überkam sie, und sie begann zu laufen, wobei die Sohlen ihrer Sandalen laut unter ihren Füßen klatschten. Kurz bevor sie den Swimmingpool erreichte, verlangsamte sie ihre Schritte. In einem der beiden Liegestühle am anderen Ende des Pools lag ein Mann. Scheiße, dachte sie. Warum mußte jetzt jemand hier sein, und noch dazu ein Mann!

Sie ging zum Becken, schlüpfte aus einer Sandale und prüfte mit den Zehen das Wasser. Es war kühl, aber nicht kalt; vielleicht würde sie eine Runde schwimmen, bevor sie wieder zurückging. Aber zunächst wollte sie eine Weile in der Sonne liegen und Wärme tanken, so daß das kühle Naß sie erfrischte, wenn sie hineinsprang. Doch da war noch ein Problem – dieser Mann. Sein Liegestuhl stand direkt neben dem einzigen anderen. Eigentlich wollte sie nicht so nahe bei ihm sitzen; vielleicht war er ja ein Schwätzer, und sie war nicht in der Stimmung für belanglose Konversation, schon gar nicht mit einem fremden Mann. Sandy würde sagen: „Schnapp dir den Stuhl und trag ihn ans andere Ende des Pools!“, aber das schien unhöflich. Doch der Stuhl stand schrecklich nah bei ihm, und sie wußte, seine Gegenwart würde ihr auf die Nerven gehen. Das ist ja lächerlich, dachte sie. Ich verschwende hier diesen absolut wunderbaren Morgen mit der Entscheidung, ob ich einen blöden Stuhl wegtragen soll. Entschlossen marschierte Shelly auf den Stuhl und den Mann zu.

„Entschuldigen Sie ... ist dieser Stuhl frei?“

Der Mann öffnete die Augen. „Na ja, meine Frau wird in ein paar Minuten kommen ...“ Shelly wandte sich ab, „aber Sie waren zuerst hier, also nehmen Sie ihn ruhig.“ Shelly zögerte, aber der Mann bestand darauf. „Nein, nur zu.“

Shelly zog den Liegestuhl ein Stück von dem Mann fort, aber nicht so weit, wie sie es gern getan hätte. Wie konnte sie den Stuhl von ihm wegziehen, als hätte er die Pest, wenn er so freundlich gewesen war? Männern gegenüber konntest du einfach nicht gewinnen.

„Sind Sie schon lange hier?“ Der Mann richtete sich auf und cremte sich die Beine mit Sonnenmilch ein. Er war etwa Mitte Dreißig, ein jüdischer Mann von durchschnittlichem Äußeren. Nichts Besonderes, abgesehen von seiner Stimme, die so freundlich und warm war, daß Shellys Ärger nachließ.

„Ein paar Tage“, sagte sie unverbindlich.

Der Mann nickte. „Ich bin das erste Mal auf diesen Inseln. Sie sind schöner, als ich es mir je vorgestellt hatte. Eine willkommene Abwechslung vom Mittleren Westen."

„Das kann ich nachempfinden", erwiderte Shelly und ließ sich gegen ihren Willen auf das Gespräch ein. „Ich bin ursprünglich auch aus dem Mittleren Westen."

„Ach ja? Woher kommen Sie denn?"

Shelly hörte Schritte näherkommen, bevor sie die Frau sah. Als der Mann winkte, drehte sie sich um, und die Frau war nur wenige Meter entfernt. Shelly bekam heftiges Herzklopfen.

„Hast du die Sonnenmilch mitgenommen?" Die Frau ging zum Liegestuhl ihres Mannes und lächelte flüchtig in Shellys Richtung. „Ich konnte sie nirgends finden."

Der Mann nickte und wies auf die Flasche. Plötzlich war die Sonne glühendheiß, und Shelly wurde schwarz vor Augen. Sie wollte aufstehen und zusehen, daß sie hier wegkam, aber ihr Körper weigerte sich.

„Liebling, das ist ..." Der Mann kratzte sich am Kopf. „Ich habe Sie gar nicht nach Ihrem Namen gefragt, oder? Ich bin Barry, und das ist meine Frau Jenny."

„Ja, ich weiß." Shelly zwang sich dazu, sich Jenny zuzuwenden und ihr direkt ins Gesicht zu sehen. „Ich habe Sie von dem Foto erkannt ... ich bin Michelle." Die Worte klangen ihr gewichtig, fast unheilvoll.

„Sandys Freundin?" rief Barry. „Ha! Das ist ja lustig."

„Die wundersamen Wege des Schicksals." Shelly stand auf. Sie war von sich selbst angewidert; die letzte Bemerkung klang wie aus einer Seifenoper. Verdammt, diese Leute brachten sie dazu, sich wie eine Närrin zu verhalten. „Tja, also ...", begann sie verlegen und verstummte. Sie wollte nichts als weglaufen, davonlaufen aus dieser demütigenden Szene mit ihren abscheulichen Figuren.

„Bleiben Sie ruhig sitzen." Jenny war so verdammt nett. „Ich kann mir einen Stuhl holen ..."

„Nein, bitte“, unterbrach Shelly sie. „Machen Sie sich keine Umstände, ich muß ohnehin zur Hütte zurück. Ich habe Sandy versprochen, sie zu wecken.“

„Sie schläft also immer noch gern lange“, sagte Jenny.

Ein verlegenes Schweigen trat ein.

Shelly schäumte innerlich. War Jenny einfach taktlos und unsensibel oder war das als Spitze gegen Shelly gemeint gewesen, als Erinnerung daran, daß auch sie mit Sandy aufs innigste vertraut war? Shelly wandte sich gerade zum Gehen, als ein begeisterter Ausruf von Jenny sie zurückhielt.

„Hören Sie, mir kommt gerade eine Idee. Warum treffen wir uns nicht mal zu viert?“

„Nun, rufen Sie doch später an, dann sehen wir weiter“, erwiderte Shelly über die Schulter zurück.

„Schön. Bis dann!“ rief Jenny freundlich.

Shelly fühlte sich wie eine dumme Gans, als sie das Weite suchte. Warum hatte sie Jenny nicht einfach gesagt, wohin sie sich ihre „Idee“ mal stecken könnte? In dieser Situation war Unhöflichkeit angebracht. Ganz gleich, wie grob sie gewesen wäre, sie hätte unmöglich so ungehobelt sein können wie diese Jenny.

Warum ausgerechnet jetzt? Sie und Sandy begannen ihren Urlaub gerade zu genießen. Jenny jetzt wieder zu sehen würde Sandy erneut aus der Fassung bringen, und wahrscheinlich würde sie reagieren, indem sie sich von Shelly zurückzog, und dann wären sie wieder am selben Punkt wie bei ihrer Ankunft in Honolulu. Verdammt noch mal, wer gibt ihnen das Recht, uns zu behelligen? dachte sie.

Je länger Shelly darüber nachgrübelte, desto wütender wurde sie. Sie hatte keinen Blick für die tropischen Pflanzen am Wegesrand; alles, was sie sah, waren Bilder von Sandy und Jenny im Wohnheim: beim Essen, beim Schlafen, bei der Liebe. Und hinter diesen Bildern lauerten brennende Fragen – Fragen, die sie innerlich versengten und Wunden schlugen. Wie konnte Sandy diese

Frau geliebt haben? Eine Frau, die nicht einmal ihren Respekt verdiente, geschweige denn ihre Liebe. Und warum hatte Shellys stolze, willensstarke Geliebte zugelassen, von dieser Niete gedemütigt und zutiefst verletzt zu werden? Shelly kochte vor Wut. Sie hätte es noch verstehen können, wenn Jenny Sandy wegen einer anderen Frau verlassen hätte. Aber Sandy aus reiner Feigheit und den Männern zuliebe einfach in die Wüste zu schicken? Das war unverzeihlich.

Doch Shelly war nicht nur auf Jenny wütend, sondern auch auf Sandy. Selbst wenn Sandy sich – aus was für Gründen auch immer – in diese Frau verliebt hatte, wie konnte sie nach all diesen Jahren und nach allem, was sie erlebt hatte, immer noch etwas für sie empfinden? Es war ihr unbegreiflich. Sandy mußte entweder töricht sein oder masochistisch.

Dieser Gedanke erschreckte Shelly. Vielleicht hatte Sandy eine masochistische Tendenz, die sie nie bemerkt hatte – einen latenten Zug, der nur darauf gelauert hatte, beim richtigen Signal zum Vorschein zu kommen. Vielleicht hatte Shelly einen taktischen Fehler gemacht, als sie sich Sandy gegenüber so einfühlsam gezeigt hatte. Wäre sie kühler und distanzierter gewesen und hätte sie es Sandy nicht so leicht gemacht, wüßte Sandy sie vielleicht mehr zu schätzen. Shelly fand oft, daß Sandy sie für selbstverständlich nahm. Was sie beide miteinander teilten war besser als das, was Sandy und Jenny miteinander gehabt hatten – aber was war stärker? War es Angst, die sich hinter ihrer heftigen Reaktion verbarg?

Nein, entschied Shelly, es war eigentlich ganz einfach. Niemand begegnete gern der Ex-Geliebten ihrer Geliebten, und schon gar nicht im Urlaub. Ihre Reaktion war keineswegs übertrieben; sie wollte mit diesem ganzen Kram einfach nichts zu tun haben, und sie sah auch keinen Grund dafür. Es war Sandys Schuld, daß sie beide überhaupt in diesen Schlamassel geraten waren; wenn sie vor einigen Tagen nicht mit Jenny ausgegangen wäre, hätte all dies nicht geschehen können. Sandy hatte die Wahl gehabt, Jenny zu ignorieren oder sich selbst wieder in Konflikte zu verstricken. Und sie hatte letzteres gewählt, ohne Shellys Gefühle zu berücksichtigen.

Shelly stampfte in die Hütte und knallte die Tür hinter sich zu. Sandy rührte sich, öffnete langsam die Augen und rekelte sich.

„Hallo, Liebes“, sagte sie mit weicher Stimme, was Shellys Zorn nur noch mehr Nahrung gab.

„Das kannst du dir sparen!“ Shelly schleuderte das Handtuch auf den Boden. Sandy setzte sich verstört auf.

„Rate mal, wen ich am Swimmingpool getroffen habe“, sagte Shelly. „Mr. und Mrs. Normalo.“ Sie warf sich in Pose und klimperte mit den Wimpern. „‚Darling, hast du die Sonnenmilch mitgenommen? Ich konnte sie nirgends finden.‘ Wie konntest du mit dieser Frau nur jemals zusammensein? Sie ist schlichtweg erbärmlich.“

Sandy saß einen Moment reglos da, dann stand sie auf und ging in Richtung Bad.

„Was zum Teufel hast du vor?“ fragte Shelly bissig.

„Mir etwas kaltes Wasser ins Gesicht spritzen“, antwortete Sandy und verschwand im Bad. Shelly hörte das Wasser laufen. „Ich habe das Gefühl, wir werden gleich Krach kriegen, und im Augenblick bin ich noch nicht in bester Kampfform.“

Shelly folgte Sandy ins Bad und baute sich hinter ihr auf. Sie unterdrückte den Impuls, Sandy in den Hintern zu treten; Sandy würde mit dem Kopf gegen das Waschbecken knallen und sich vermutlich eine Platzwunde zuziehen, und dann müßte Shelly sie ins Krankenhaus fahren. So einfach würde sie Sandy auf keinen Fall davonkommen lassen.

„Sie hatte tatsächlich die Chuzpe, vorzuschlagen, daß wir uns zu viert treffen. Wen will sie damit zum Narren halten? Sie tut, als wären wir alle seit Ewigkeiten dick befreundet und hätten uns bloß eine Weile nicht gesehen.“ Shelly wartete darauf, daß Sandy

Jenny verteidigte oder wütend wurde, aber Sandy trocknete sich einfach nur das Gesicht ab. Ihr Schweigen brachte Shelly nur noch mehr auf die Palme. „Ich jedenfalls habe keine Lust, mich mit ihnen zu treffen." Nun würde Sandy antworten müssen.

„Das hatte ich auch nicht angenommen", sagte Sandy ruhig. „Wenn sie sich meldet, werde ich mich darum kümmern."

Sandy verließ das Bad und kehrte in das kleine Schlafzimmer zurück, das ihr im Augenblick unerträglich eng vorkam. Bisher hatte sie einen Streit vermeiden können, aber wenn Shelly so weitermachte, würde sie doch noch in die Luft gehen.

„Darauf wette ich", sagte Shelly bitter.

„Was zum Teufel soll das heißen?"

„Seit ich angekommen bin, bist du mal leidenschaftlich und dann wieder abweisend. Ich muß kein Genie sein, um mir vorstellen zu können, was dir im Kopf herumgeht." Sandy schrak vor Shellys Sarkasmus zurück. Das war eine Seite von Shelly, die sie nur selten erlebte: eine Shelly, die Giftpfeile abschoß und Blut sehen wollte.

„Ich finde, das geht unter die Gürtellinie, Shelly", sagte Sandy in dem Versuch, sie zu beschämen.

„Nun, dort scheint sich dein Bewußtseinszentrum neuerdings zu befinden." Shelly war voll in Fahrt. Sandy spürte eine Welle der Angst. „Also habe ich doch nicht schlecht gezielt."

„Hör mal, Shelly, wenn du Jenny nicht sehen willst, ist das in Ordnung. Niemand hat dich darum gebeten. Belaß es einfach dabei. Du treibst es wirklich zu weit."

„Zu weit!" schrie Shelly. „Ha, das ist noch gar nichts! Ich fange gerade erst an."

„Würdest du bitte leiser sein?"

„Ich werde nicht leiser sein!" schrie Shelly. „Laß mich gefälligst ausreden! Ich bin noch nicht fertig! Und du wirst dich hinsetzen und zur Abwechslung mal den Mund halten."

Sandy fand Shellys Schreien äußerst peinlich. In einigen der anderen Hütten wohnten vermutlich Kolleginnen und Kollegen von ihr, und dieser Ausbruch würde ihrem professionellen Ruf nicht gerade guttun. Und irgendwo dort draußen waren Jenny und Barry. Es war demütigend, sich vorzustellen, daß sie etwas davon mitkriegen könnten. Sandy setzte sich. Wenn sie sich kooperativ zeigte, würde Shelly sich vielleicht beruhigen.

„In den letzten beiden Jahren hast du mir wie ein quengeliges Kind mit deinem Wunsch nach einer Affäre in den Ohren gelegen. Ich war die ganze Zeit geduldig, manchmal ein wenig gereizt, aber im Grunde verdammt geduldig, und habe auf deine Entscheidung gewartet und mir deinen konfusen Blödsinn über das Wie, Warum, Wo und Wann angehört, als würdest du einen Akt von historischer Tragweite planen. Und jetzt will ich mal was klarstellen. Ob du nun letztlich mit irgendeiner Frau ins Bett gehst oder nicht ist keineswegs von weltbewegender Bedeutung; es ist eigentlich noch nicht einmal interessant. Aber mit deiner gedanklichen Poussiererei hast du uns beide auf diese banale Ebene reduziert, und ich weigere mich, das weiter mitzumachen. Ich will nie wieder etwas davon hören. Ist das klar? Nie wieder!" Shelly wiederholte dies, als spräche sie mit einer Schwachsinnigen.

„Und was die Geschichte mit Jenny betrifft ...", fuhr sie fort, „ich mag diese Frau nicht. Ich weiß nicht, was du in ihr gesehen hast, und ich weiß nicht, warum du dich immer noch zu ihr hingezogen fühlst. Aber ich weigere mich, sie in mein Leben zu lassen. Vielleicht findest du mich unvernünftig. Vielleicht *bin* ich unvernünftig. Aber ich will sie nicht in meinem Leben haben. Was bedeutet, daß ich sie in *deinem* Leben nicht haben will. Es sei denn, du willst nicht mehr, daß unsere Leben sich überschneiden. In diesem Fall werde ich meine Sachen packen und zusehen, daß ich mit dem nächsten Flugzeug verschwinde."

Shellys Stimme hatte bei den letzten Sätzen etwas von ihrer Wut verloren. Sandy spürte, daß Shelly über das, was sie da gesagt hatte, ebensosehr erschrocken war wie sie selbst. In all den

Jahren, in denen sie zusammengewesen waren, hatte Shelly nie gedroht zu gehen. Sandy war völlig entgeistert.

„Du hast eine Entscheidung zu treffen, Sandy. Sie oder ich. Beide kannst du nicht haben. Ich habe dir einmal gesagt, du könntest eine Affäre haben, aber das bezog sich nicht auf sie. Ich habe sie damals nicht explizit von unserer Abmachung ausgenommen, weil es mir nie in den Sinn kam, daß sie wieder auf der Bildfläche erscheinen könnte. Ich will nicht, daß du sie siehst. Ich habe dir noch nie etwas verboten, aber nun verbiete ich dir, sie zu sehen."

Sandy begriff kaum, wie ihr geschah, und sie versuchte, die Bruchstücke zusammenzusetzen. Im einen Augenblick hatte sie friedlich geschlafen, und im nächsten Augenblick drohte Shelly, sie zu verlassen. Es war verrückt, wie die Handlung eines surrealistischen Experimentalfilms, in dem alles symbolisch ist und keine der Figuren wirklich scheint.

„Ich finde, du dramatisierst das Ganze, Shelly, aber darum geht es nicht. Ich habe dich noch nie dermaßen aufgebracht gesehen. Wenn es eine ernsthafte Bedrohung für uns ist, daß ich Jenny treffe, dann werde ich sie nicht wiedersehen. Es ist wichtig für mich, sie zu sehen, aber längst nicht so wichtig, als daß ich unsere Beziehung aufs Spiel setzen würde."

„Also abgemacht?"

„Abgemacht. Wenn sie anruft, werde ich ihr sagen, daß ich beschlossen habe, sie nicht wiederzusehen. Eigentlich gibt es auch gar keinen Grund für uns, auf dieser Insel zu bleiben. Ich bezweifle, daß wir jetzt auf einer der anderen Inseln eine Unterkunft finden, aber wir können sicher einen früheren Flug nach Hause bekommen. Soll ich die Fluglinien anrufen und sehen, ob wir für morgen einen Flug kriegen?"

„Du wärst bereit, jetzt abzureisen?" sagte Shelly leise.

„Ja, natürlich."

„Dann haben wir keinen Grund, abzureisen." Shelly trat einen Schritt auf Sandy zu.

„Ich will unseren Urlaub nicht abbrechen. Wir haben uns so lange darauf gefreut."

„Bisher war er nicht eben sehr erholsam. Vielleicht sollten wir einfach heimfliegen und versuchen, uns zu beruhigen und wieder aufeinander zu konzentrieren. Ich glaube, wir haben beide mehr erlebt, als wir bewältigen können."

„Nein, ich will bleiben." Shelly schüttelte störrisch den Kopf. „Und ich möchte, daß du sie wiedersiehst."

„Was? Verdammt, Shelly, was heißt das denn nun wieder?" Sandy war verblüfft.

„Jetzt raste nicht gleich aus", bat Shelly. „Ich will, daß du sie noch einmal triffst. Du willst es doch, oder?"

Sandy hob resigniert die Hände. „Ich weiß nicht. Was spielt das für eine Rolle?"

„Du mußt mit ihr reden und es zu Ende bringen. Das ist für uns beide wichtig."

„Shelly, vor zwei Minuten hast du gedroht, mich zu verlassen, wenn ich sie je wiedersehe. Nun sagst du, du seist erst zufrieden, wenn ich sie noch einmal sehe. Was zum Teufel soll ich denn nun glauben?"

„Vor zwei Minuten war ich nicht sicher, ob du mich genug liebst, um von ihr abzulassen."

„Also das war es." Sandy seufzte vor Erleichterung. „Du hast mich wirklich erschreckt, Shelly. Ich dachte schon, das wäre ernst!"

„Es war auch ernst gemeint."

„Nein, so meine ich es nicht. Als du gesagt hast, du würdest mich verlassen, hatte ich das Gefühl, meine ganze Welt stünde Kopf, und ich wußte nicht, was ich tun sollte, um sie wieder in Ordnung zu bringen." Sandy trat einen Schritt näher, zögerte aber, Shelly zu berühren. „Es tut mir wirklich leid, daß ich dir so weh getan habe." Sandy sah, wie sich Shellys Augen mit Tränen füllten, und auch sie war nahe daran zu weinen.

Während ihr die Tränen über die Wangen liefen, begann Shelly plötzlich zu lachen. „Schau uns bloß an. Wir sind beide ein bißchen meschugge, nicht wahr?“ Sie legte Sandy die Hände auf die Schultern. „Vielleicht kommen wir deshalb so gut miteinander aus.“

„Ich glaube, unser Punktekonto für diese Woche ist nicht sehr beeindruckend“, sagte Sandy trocken.

Shelly holte sich ein Taschentuch vom Frisiertisch und trocknete sich hastig die Augen. „Da liegen Sie aber schief, Dr. Stein“, sagte sie und ahmte Sandys professionellen Ton nach. „Unsere Leistung in dieser Woche war bemerkenswert, wenn Sie bedenken, unter welchem Streß wir gestanden haben. Ich würde meinen, einer Kriseninterventionsspezialistin wie Ihnen dürfte das nicht entgangen sein.“

„Bin ich nicht ein Glückspilz, so ‘ne plietsche Geliebte zu haben?“ Sandy übertrieb ihren Bronx-Akzent. „Sind Sie sicher, daß Sie nicht auf einem Mädchenpensionat waren? Ich kann nicht glauben, daß Sie diese Ausdrucksweise auf der Straße gelernt haben.“

„Du bist unglaublich“, sagte Shelly und schüttelte belustigt den Kopf.

„Nun, dann bin ich wohl die unglaubliche Traumfrau.“

47

„Bist du sicher, daß alles in Ordnung ist?“ Barry drehte nervös den Tennisschläger in den Händen.

„Ja. Das fragst du mich heute morgen schon zum dritten Mal. Hör auf, mich zu nerven!“ sagte Jenny mürrisch und starrte weiter aus dem Fenster.

„Na gut. Ich gehe dann mal runter zu den Tennisplätzen.“

Jenny nickte. Barry stand verlegen herum und fragte sich, ob er einen letzten Versuch machen sollte, mit ihr zu reden.

„Was stehst du denn noch herum? Würdest du jetzt bitte spielen gehen?" Jenny sah ihn an und lächelte dann. „Es geht mir gut. Geh nur. Viel Spaß!"

Barry erwiderte Jennys Lächeln, ging rasch zu ihr hinüber und küßte sie auf die Stirn. Dann verließ er das Zimmer und machte sich auf den Weg zu den Tennisplätzen. Mit einem Blick auf die Uhr stellte er fest, daß er bis zu seiner Verabredung mit John noch eine halbe Stunde Zeit hatte. Er wandte sich um und ging in Richtung Strand.

Die Wärme in Jennys Stimme, als sie ihm viel Spaß wünschte, hatte ihn ein wenig erleichtert. Sie war in den letzten Tagen so gereizt gewesen, hatte an allem, was er tat, herumgemäkelt, so daß er sich zu fragen begann, ob sie ihn überhaupt noch mochte. Einen Augenblick war sie euphorisch und im nächsten deprimiert. Nachmittags freute sie sich auf das schöne Dinner, das sie abends essen würden, und wenn sie dann im Restaurant saßen, starrte sie schweigend die anderen Gäste an.

Er hatte nichts gegen ihre Launenhaftigkeit, und er mißgönnte ihr auch die beiden neuen Kostüme nicht, die sie sich auf Oahu gekauft hatte, obwohl sie bereits etliche schicke Kostüme besaß. Was ihn wirklich verstörte, war ihre ständige Nörgelei, er solle sein Hemd in die Hose stecken, weil er sonst ordinär aussehe, oder er solle keinen Nachtisch bestellen, weil er ein paar Pfund abnehmen müsse. Diese schnodderigen Bemerkungen trafen ihn tief, und er war immer noch zu verletzt, um mit ihr darüber zu reden. Er verstand einfach nicht, wie sie so etwas zu ihm sagen konnte. Sie wußte, wie unsicher er in bezug auf seinen Körper war und wie viele Jahre er gebraucht hatte, um sich mit seinem Aussehen wohlzufühlen. In den ersten Jahren ihrer Ehe hatte Jenny ihn sehr unterstützt und ihm oft versichert, daß er ihr gerade recht sei, und wenn sie einen Athleten hätte haben wollen, hätte sie sich an der Sportfakultät umgesehen, statt bei den Betriebswirtschaftlern.

Die ersten beiden Jahre waren gut gewesen. Er und Jenny hatten ihr Zusammensein wirklich genossen und stundenlang über die Ereignisse eines jeden Tages gesprochen. Da die meisten ihrer Kommilitonen nicht verheiratet gewesen waren, war ihr Haus zum Treffpunkt für Singles geworden, die eine selbstgekochte Mahlzeit brauchten oder über ihre Probleme reden wollten. Wenn die anderen gegangen waren, hatten Jenny und er noch eine Weile über sie gesprochen und waren dann zusammen ins Bett gegangen, hatten manchmal miteinander geschlafen und sich in dem Bewußtsein, daß sie ein gutes Leben führten, geschützt vor der Unbeständigkeit um sie herum, sehr geborgen gefühlt.

Aber am Ende ihres zweiten gemeinsamen Jahres begann Jenny Affären zu haben, und allmählich änderten sich die Dinge. Sie schienen einander einfach nicht mehr so nahe zu sein. Es war, als sei zwischen ihnen eine durchsichtige Plastikwand errichtet worden – sie konnten einander zwar berühren, aber es war immer etwas Trennendes da. Vielleicht hätte er einer offenen Ehe nie zustimmen sollen; er hatte es gewiß nicht ein einziges Mal ausgenutzt. Doch es schien einfach nicht fair, Jenny etwas zu verbieten, was sie wirklich wollte. Ihm gefiel weder die Idee noch die tatsächliche Praxis, aber er tröstete sich mit dem Wissen, daß Jenny ihn liebte, und für eine reife Beziehung wie die ihre sollte Gelegenheitssex keine Bedrohung darstellen. Zudem war es erträglich, da Jenny ihre Affären diskret zu handhaben wußte. Bis Roger kam.

Barry umklammerte fest den Tennisschläger, während er zusah, wie die Wellen an den Strand schlugen und sich kleine Schaumkronen bildeten und wieder verschwanden. Ein Leben ohne Jenny konnte er sich nur schwer vorstellen. Das Wort „leer“ hallte in seinem Kopf wider. Damals, während ihrer Affäre mit Roger, hatte es viele schlaflose Nächte gegeben, in denen er im Bett lag und den leeren Platz neben sich anstarrte. Manchmal war er in kalten Schweiß gebadet erwacht, und sein Körper hatte sich angefühlt, als hätte jemand mit einem Sandsack auf ihn eingeschlagen.

Er schüttelte heftig den Kopf, als wollte er die quälenden Bilder aus seinen Gedanken vertreiben. Er versuchte, nicht über diese Zeit nachzudenken, und in den letzten Monaten hatte es keinen Anlaß zur Besorgnis gegeben. Jenny schien das Interesse an den gelegentlichen Affären verloren zu haben. Er hatte sich wieder sicher gefühlt und entschieden, daß Jenny einfach einige Jahre gebraucht hatte, um sich an den Stand der Ehe zu gewöhnen, und sie nun zum friedvollen Teil ihres Lebens übergehen könnten, einer Zeit der gemeinsamen Entspannung und des gegenseitigen Genusses.

Inzwischen hatten sie genug Geld für die Reisen, die sie schon immer hatten unternehmen wollen; aber als sie einen Kurzurlaub auf den Bahamas verbrachten und dann einen längeren in Brasilien, schien Jenny eher rastlos als begeistert. Sie entwarf eine anspruchsvolle Besichtigungstour, schleppte ihn ständig in Kirchen und Museen und auf Märkte und fiel am Ende des Tages erschöpft ins Bett. Schließlich hatten sie im Urlaub weniger Zeit miteinander gehabt als zu Hause. Darum war ihm diese Reise nach Hawaii perfekt erschienen: Sie würden aus Gründen der Steuerersparnis das Geschäftliche mit dem Privaten verbinden und schließlich einen ruhigen Urlaub auf Maui verbringen, nachdem sie einen Teil ihrer hektischen Anspannung in Honolulu losgeworden waren.

Aber statt einander näherzukommen, schienen sie nun weiter voneinander entfernt als je zuvor. Daß diese verdammte Sandy gerade jetzt, wo alles so gut lief, in ihrem Leben auftauchen mußte! Barry hockte sich auf die Fersen und faltete die Hände. Er war nicht ganz ehrlich mit sich selbst. Die Probleme zwischen ihm und Jenny hatten nicht erst diese Woche begonnen; er war manchen beunruhigenden Gedanken schon eine ganze Weile aus dem Weg gegangen, und nun war er gezwungen, sich das, was er geargwöhnt hatte, aber nicht akzeptieren wollte, genau anzusehen. Irgend etwas stimmte mit ihrer Beziehung nicht. Er wußte nicht genau, was es war, aber er wußte, daß es wichtig war.

Anscheinend hatten sie keinen Spaß mehr miteinander. Er erinnerte sich, wie es zu Anfang ihrer Ehe gewesen war: beide waren voller Liebe füreinander gewesen, hatten alles miteinander teilen wollen. Eines Tages hatte er einen jungen Vogel gefunden und ihn mit nach Hause genommen. Jenny hatte ihn für verrückt erklärt, weil der Vogel ohne seine Mutter sterben würde und sie ihn in ihrer Wohnung und mit ihren vollen Terminkalendern keinesfalls versorgen könnten. Aber sie hatten ihn warm gehalten, ihn mit Fliegen gefüttert und sogar Würmer für ihn kleingehackt. Er hatte überlebt und war einige Wochen später ausgeflogen.

Was war mit ihnen geschehen? Es war, als ob jeder Tag ihnen ein wenig mehr von ihrem Leben geraubt und ihnen die Freude genommen hätte, die sie einmal im Überfluß gehabt hatten. Verglichen mit den meisten Leuten besaßen sie so viel, und doch langweilte Jenny sich, und er war unzufrieden. War er es wirklich? Vielleicht glaubte er nur, es zu sein, weil er wußte, daß Jenny unzufrieden war. Verdammt noch mal, was erwarten die Leute eigentlich vom Leben? Du versuchtest, ein anständiges Leben zu führen, für deine Familie zu sorgen und relativ glücklich zu sein. Es war nichts Spektakuläres, aber es war real. Doch Jenny hatte die romantische Vorstellung, das Leben müsse aufregend sein. Und nun stellte sie sich vermutlich vor, Sandy könne diese Erwartung erfüllen. Nun, er hatte ihre Phantastereien allmählich satt. Er wollte etwas, auf das er sich verlassen konnte, das dem Leben einen Sinn gab. Er wollte eine Familie.

Seit seiner Kindheit hatte er sich darauf gefreut, einmal viele Kinder zu haben. Er war ein Einzelkind gewesen, und er hatte sich geschworen, daß seine Kinder Brüder und Schwestern haben würden, die große, herzliche Familie, die er selbst sich immer gewünscht hatte. Er hatte sich gute Noten erarbeitet, so daß er ein

Studium absolvieren, eines Tages seine Familie unterhalten und seinen Kindern das würde bieten können, was seinen Eltern nicht möglich gewesen war. Das schien ein durchaus erfüllbarer Traum zu sein, sehr normal und profan.

Aber Jenny wollte keine Kinder. Das Thema kam ein Jahr nach ihrer Hochzeit zum ersten Mal auf den Tisch. Er sprach über den günstigsten Zeitpunkt für eine Familiengründung, berücksichtigte dabei ihre finanzielle Situation und wies darauf hin, wie wichtig es sei, Jennys berufliche Unterbrechung zeitlich richtig abzustimmen. Jenny hatte ihn überrascht angesehen und gesagt: „Ich weiß nicht, ob ich Kinder haben will."

Damals hatte er das nicht weiter ernst genommen – schließlich waren sie immer noch auf der Universität, hatten kein Geld und würden anschließend erst einmal beruflich Fuß fassen müssen, daher war es nur verständlich, daß sie dieser Meinung war. Aber nachdem sie beide einige Jahre gearbeitet hatten, zeigte Jenny immer noch kein Interesse an eigenen Kindern. Sie sagte zwar nicht kategorisch nein, schob es aber immer wieder hinaus. Irgendwann wurde ihm klar, daß der richtige Zeitpunkt nie kommen würde. Sie hatten einige heftige Auseinandersetzungen, in deren Verlauf Jenny einmal ausgerufen hatte: „Wenn du so gerne Kinder haben willst, dann laß dich doch schwängern und bekomm *du* sie!" Beide hatten lachen müssen, und die Spannung war für eine Weile verschwunden. Sie waren übereingekommen, die Frage zurückzustellen, und abgesehen von einigen gelegentlichen Bemerkungen war die Entscheidung immer wieder vertagt worden.

Viele Fachleute meinten, eine Frau, die keine Kinder habe, werde neurotisch und frustriert. Das könnte Jennys Rastlosigkeit erklären. Er war sicher, Jenny würde ihm das nicht abkaufen; er konnte geradezu hören, wie sie das als einen Haufen sexistischen Unsinns abtat. Und vielleicht hatte sie recht. Angesichts des Bevölkerungsproblems gab es gewiß keinen Grund, warum jede Frau Kinder haben sollte. Aber Kinder würden gut für ihre Ehe sein. Das Lachen von Kindern brachte Freude ins Haus. Barry wußte nicht, wo er das gehört hatte. Auf seine eigene Kindheit traf es gewiß nicht zu. Seine Geburt schien seine Eltern in zwei feindliche Lager gespalten zu haben, die ihn beide als Verbündeten wollten. Aber selbst wenn Kinder dein Leben nicht bereicherten, so schien es doch falsch, einfach nur für sich selbst zu leben. Es war so ... egoistisch.

Jenny sah das anders. Sie beharrte darauf, daß ihrer beider Leben auch so einen Sinn hatte und sie es nicht einmal in Erwägung ziehen würde, Kinder zu bekommen, wenn sie nicht überzeugt wäre, daß sie es wirklich wollte, und nicht nur, weil es von ihr erwartet wurde. Da sie mit all diesen problematischen Familien arbeitete, begriff Barry, woher diese Einstellung kam. Sicher hatten viele Leute Kinder, die niemals welche hätten haben sollen. Aber sollten er und Jenny tatsächlich keine Kinder haben, nur weil so viele andere als Eltern versagten?

Wenn Jenny nicht viele Kinder wollte, würde er sich ja mit zweien begnügen. Ein Junge und ein Mädchen. Barry lachte, als er sich vorstellte, wie sie zu viert sonntags zum Picknick fuhren. Der amerikanische Traum. Er war in mancher Hinsicht wirklich ein Spießer, aber eine Familie zu haben war ihm nun mal wichtig.

Er wollte erleben, wie seine Kinder sich an einigen Dingen freuten, die auch ihm als Kind Spaß gemacht hatten. Etwa im Stadion Hot Dogs zu essen. Barry hielt inne. In der Nähe ihres Wohnortes gab es keine Baseballmannschaft, und der letzte Verbraucherreport über die Zusammensetzung von Würstchen konnte einem den Appetit darauf für immer verderben. Natürlich konnte er seinen Kindern nicht so einen Mist zu essen geben. Aber Avocado- und Granola-Sandwiches klangen eben einfach nicht verlockend. Irgend etwas war in den letzten zwanzig Jahren eindeutig den Bach hinuntergegangen.

Was machte Kindern heutzutage eigentlich Spaß? Drogen und Sex, antwortete eine sarkastische Stimme. Das hatte ihm gerade noch gefehlt. Was wäre, wenn seine Tochter ein Junkie würde und dann auf den Strich ginge, um ihre Sucht bezahlen zu können? Damit würde er nicht fertigwerden. Es war schwer vorstellbar, wie es sein würde, Vater zu sein und etwas, jemand, aus deinem eigenen Körper zu erschaffen und zusehen zu müssen, wie dieses kleine, hilflose, wunderbare Wesen, dieser kleine Mensch, der aussah wie du und sich anhörte wie deine Frau – nein, besser anders herum, Jenny war diejenige in der Familie, die gut aussah – wie dieses kleine Kind, das du von ganzem Herzen liebtest, auf Abwege geriet und vielleicht sogar zerstört wurde. Er fühlte mit den armen Eltern im Fernsehen, die nach ihren davongelaufenen Teenagern suchten oder deren Kinder sich den Moonies oder einer anderen verrückten Sekte angeschlossen hatten.

Kinder hatten die Eigenschaft, sich nicht so zu entwickeln, wie du sie haben wolltest. Seine Mutter hatte sich nie damit abgefunden, daß er nicht Arzt geworden war, und sein Vater war schrecklich verletzt, daß er und Jenny sich nicht in der Nähe von New York niedergelassen hatten. Obwohl das überhaupt keinen Sinn ergab, denn wenn sein Vater nicht gewesen wäre, wäre er gar nicht erst aus der Stadt herausgekommen. Vielleicht wäre er sogar nicht einmal aus seinem alten Viertel herausgekommen. Seine Mutter wollte, daß er zum Brooklyn College ging und zu Hause wohnte wie jedermann sonst in Flatbush. Aber sein Vater hatte darauf bestanden, daß sein einziger Sohn ein College außerhalb der Stadt besuchen sollte, wie die Kinder der Reichen.

Seine Mutter hatte jede Taktik angewandt, die sie kannte. Wochenlang weinte sie und tupfte sich still die Augen. Als das nicht half, bekam sie Tobsuchtsanfälle und bedrängte ihren Mann, der im Lehnstuhl saß und fernsah. Sie packte Barry am Arm und zog ihn zu seinem Vater. „Siehst du das, du herzloser Schlächter?" schrie sie. „Dies ist mein Kind, mein einziger Sohn. Du willst ihn dreihundert Meilen weit fortschicken. Du willst mir das Herz brechen. Du bekommst wohl tagsüber noch nicht genug Blut, also los, reiß es mir heraus!“ heulte sie, schlug sich mit der einen Hand auf die Brust und hielt mit der anderen Barry fest.

Dann sagte sein Vater: „Ida, mein Entschluß ist gefaßt“, und wandte sich wieder dem Fernseher zu.

„Du willst wohl unbedingt, daß ich einen Nervenzusammenbruch kriege? Gut, den Gefallen tu' ich dir.“

Der Streit war eines Abends beendet, als sein Vater zurückschrie: „Dann mach es doch endlich! Krieg deinen Nervenzusammenbruch! Vielleicht habe ich dann ein bißchen Ruhe im Haus.“

Barry und sein Vater sprachen nie darüber, aber Barry wußte, warum sein Vater nicht klein beigegeben und dafür gesorgt hatte, daß Barry so weit fort kam wie möglich, ohne sein Stipendium und seine innerstaatliche Studienberechtigung zu verlieren. Hinter dem Stolz, daß sein Sohn die bestmögliche Ausbildung bekommen würde, wie die Kinder der Reichen, verbarg sich die Furcht, Barry könnte zu still und zu schüchtern sein und niemals lernen, auf eigenen Füßen stehen.

Bei dem Gedanken an seinen Vater wurde Barry warm ums Herz. Er war ein ganz außergewöhnlicher Mensch, und Barrys Mutter hatte ihren Mann nie wirklich zu schätzen gewußt. Manchmal hatte Barry den Verdacht, seine Mutter habe seinen Vater nur geheiratet, weil er Metzger war und sie auf diese Weise an die besten Stücke kam. Und da sie das beste Fleisch hatte und noch dazu kostenlos, wurden alle Familienfeste in ihrem Hause gefeiert, so daß sie alles unter Kontrolle hatte. Das war Idas Traum. Barry erinnerte sich an das große weiße Schild mit den fetten schwarzen Buchstaben: MORT'S FLEISCHWAREN – *Das Feinste für die coschere Cüche.* Alle Frauen, die neu zuzogen, kamen herein, um ihm zu sagen, daß sein Schild falsch geschrieben war. Wenn sie einmal da waren, verkaufte er ihnen ein Stück Fleisch, und da seine Ware von bester Qualität war, hatte er eine neue Kundin gewonnen.

Er war ein stiller Mann, der regelmäßig seine Zeitung las und Boxkämpfe liebte. Ida fand es abscheulich, daß erwachsene Männer es nötig hatten, sich gegenseitig k.o. zu schlagen, fand aber, es sei besser, wenn zwei es täten und Tausende zusähen, als wenn alle sich prügeln müßten. Auf diese Weise käme ihr schmächtiger Ehemann wenigstens heil nach Hause. „Abscheulich“, sagte sie, wenn die Kämpfe im Fernsehen übertragen wurden. Barry fand Boxen auch brutal, aber meistens setzte er sich dennoch zu seinem Vater, nur um in seiner Nähe zu sein. Es wurde zu einem Vater-Sohn-Ritual, auf das er sich freute.

Als er die High-School besuchte, forderte seine Mutter ihn auf, mit einem netten Mädchen auszugehen, statt mit seinem Dummkopf von Vater zu Hause zu hocken, der nicht mehr Verstand besäße als die Männer, die sich vor aller Welt grün und blau prügelten. Sein Vater verteidigte ihn immer: „Ida, geh zurück in die Küche. Du hast seit mindestens einer Stunde den Spülstein nicht mehr gescheuert. Laß mir meinen Sohn.“ Und seine Mutter zog sich in die Küche zurück und murmelte, ihr Sohn, der angehende Doktor, solle sich nicht solche Brutalitäten ansehen. Dann suchte sie sich etwas zum Putzen.

Ida war eine Sauberkeitsfanatikerin, und die Töpfe und Pfannen, die an Messinghaltern über dem weißesten Herd der Welt hingen, blitzten in strahlendem Glanz. Er und sein Vater witzelten oft darüber, sie sollte einen Werbespot für Scheuermittel machen und der Welt zeigen, was *wirkliche* Sauberkeit war. Dann sagte sie: „Seid nicht so albern“, fühlte sich insgeheim aber geschmeichelt.

Freitags abends gingen sie zusammen in die Synagoge, und danach stand Barry bei den Männern und hörte zu, wie sie über Politik, Sport und die Lage in Israel reden. Seine Mutter hielt sich an der anderen Seite der Treppe auf, wo sich die Frauen versammelten. Manchmal bekam Barry etwas von ihren Gesprächen mit. Es war eine Menge langweiliges Zeug über Sonderangebote in verschiedenen Supermärkten, aber hin und wieder hörte er ein paar Worte Klatsch. Die arme Mrs. Levine, ihre Tochter ist im dritten

Monat. Nein! Doch! Und haben Sie das von Mrs. Wassermann gehört? Ihr Sohn geht mit einer Schickse. Nein! Und es soll was Ernstes sein. Und obendrein hat ihr Mann eine Affäre mit ... Sie wissen schon.

Nun, auch wenn seine Eltern von ihm enttäuscht waren – eigentlich konnten sie sich nicht beklagen. Es hätte schlimmer kommen können. Er hätte ein Mörder oder ein Dieb werden können oder ein Jesus-Freak oder – ein Homosexueller. Barry hielt inne und hing diesem letzten Gedanken nach. Er hatte nie richtig darüber nachgedacht, aber er hätte seinen Eltern nichts Schlimmeres antun können, als schwul zu werden. Vermutlich hätten sie es noch vorgezogen, wenn er Alkoholiker oder Schürzenjäger geworden wäre. Das wäre wenigstens etwas Normales.

Er sah seine Mutter vor sich – völlig aufgelöst raufte sie sich die Haare und schrie: „Was haben wir falsch gemacht?“ Und seinen Vater, der sie mit finsterem, beherrschtem Gesichtsausdruck zurückhielt, die Adern am Hals geschwollen, während er Barry befahl, das Haus zu verlassen und nie wiederzukommen. Barry würde in der Tür stehen und seinen Vater den Kaddisch sprechen hören, das Gebet für die Toten, während seine Mutter schluchzte: „Nein, Mort, er ist unser Sohn!“ Ohne Gefühlsregung, mit versteinertem Gesicht würde Mort sagen: „Wir haben keinen Sohn.“

Barry stand auf und ging langsam am Wasser entlang zurück in Richtung der Tennisplätze. Es war nichts Ungewöhnliches, daß er sich verschiedene Situationen ausmalte oder sich in das Leben anderer Leute hineinversetzte, aber die Intensität dieser kleinen Szene überraschte ihn. Wie konnten Homosexuelle es jemals ihren Eltern erzählen? Selbstmord oder Elternmord schienen die humaneren Alternativen. Barry hatte oft gehört, daß Schwulsein doch kein Drama sei, „Leben und leben lassen“ war die Devise, die er von seinem Vater gelernt hatte. Aber diese philosophische Haltung bezog sich auf andere, die *gojim* und die assimilierten Juden mit ihren neuen Namen, die ein Lotterleben führten. Das hatte mit ihrer eigenen Familie nichts zu tun. Barry war sicher, daß sein Vater Homosexualität für eine Verschwörung der *gojim* hielt, an der Juden keinen Anteil hatten. Er würde es auf keinen Fall verstehen, wenn Barry ihm sagte, er sei schwul. Er würde nur die Schande empfinden, die Barry über die Familie gebracht hätte. Er würde es nicht aussprechen, aber denken: „Nach allem, was wir dir gegeben haben, nach all den Opfern, die wir dir gebracht haben, ist das nun der Dank." Sein Vater würde es seiner Mutter überlassen, das auszusprechen.

Er fragte sich, wie Homosexuelle sich ihren Familien gegenüber verhielten. Manche verheimlichten es offenbar, aber andere schienen sich vor aller Welt offen dazu zu bekennen, wie Sandy. Wußten ihre Eltern davon? Sie waren jüdischer Herkunft und lebten ebenfalls in New York, vermutlich waren sie im gleichen Alter wie seine Eltern. Hatten sie den Kaddisch über sie gesprochen? Vielleicht gingen manche Eltern anders damit um. Wenn sie gebildeter waren, wären sie über diese Dinge besser informiert. Jennys Eltern waren gebildet und weltgewandt, doch konnte er sich trotzdem nicht vorstellen, daß sie sehr tolerant wären. Sie waren ja bereits verstimmt, weil er und Jenny schon fast zehn Jahre verheiratet und noch immer kinderlos waren. Eines Tages hatte Jennys Mutter ihn beiseite genommen und ihm gesagt, sie wisse, daß er Kinder wolle, und wenn Jenny sich störrisch und kindisch anstelle, wisse er hoffentlich, was er dagegen tun könne. Er hatte Jenny nie davon erzählt – es hatte keinen Sinn, sie unnötig in Rage zu bringen, und sie wäre wütend gewesen, daß ihre eigene Mutter ihm geraten hatte, sie hereinzulegen.

Barry stieg den schmalen Fußpfad zu den Tennisplätzen hinauf. Die Morgensonne schien ihm bereits warm auf den Nacken und die Schultern.

Dies war zweifellos nicht der richtige Zeitpunkt, das Thema Kinder wieder anzuschneiden. Die Begegnung mit Sandy hatte

Jenny aufgewühlt, und er würde warten müssen, bis sie ihre Ruhe wiedergefunden hatte.

Aus irgendeinem Grund war Jennys Verhalten noch merkwürdiger geworden, seit sie Sandys Geliebte Shelly getroffen hatten. Sie war in sich gekehrt und gab vor, in einen Roman vertieft zu sein, blätterte aber nie eine Seite um. Es schien sie große Mühe zu kosten, auch nur ein paar Worte mit ihm zu reden. Allmählich wurde er sauer. Nein, er war schon sauer, seit Sandy ihnen das erste Mal über den Weg gelaufen war, aber er hatte sein Bestes getan, vernünftig zu bleiben und die Lage im Griff zu behalten. Aber diese Situation war lächerlich. Auf Oahu hatte Jenny ständig gesagt, sie könne es kaum erwarten, nach Maui zu kommen, und wie schade es sei, daß sie soviel Zeit für Oahu verplant hätten, und seit sie hier angekommen waren, wollte sie nichts weiter als am Pool sitzen oder allein lange Spaziergänge machen. Und abends zog sie sich oft stundenlang ins Badezimmer zurück.

Warum verschloß sie sich vor ihm? Glaubte sie, er könne mit ihren Gefühlen gegenüber Sandy nicht umgehen? Selbst wenn sie sich wieder zu Sandy hingezogen fühlte, war das bei einer Ex-Geliebten doch ganz natürlich. Warum soviel Wind darum machen? Es sei denn, es wäre *wirklich* mehr dran, dachte Barry plötzlich. Vielleicht waren Jennys Gefühle für Sandy stärker, als er angenommen hatte. Konnte es sein, daß Jenny Sandy immer noch liebte? Nach all den Jahren schien das kaum möglich. Ihm wurde schlecht. Er hatte einen üblen süßlichen Geschmack im Mund; der Orangensaft, den er in der Hütte getrunken hatte, stieß ihm auf. Der Pfad führte ziemlich steil bergan, und Barry ruhte sich einen Augenblick aus. Das konnte einfach nicht sein. Jenny mochte Sandy gern haben, aber doch nicht lieben! Was also verheimlichte sie ihm?

Vielleicht war die Anziehung, der Jenny damals erlegen war, doch keine einmalige Sache gewesen, wie sie behauptet hatte. Konnte es möglich sein, daß sie sich von Frauen grundsätzlich angezogen fühlte? Aber Jenny hatte nicht einmal Freundinnen. Barry wurde zunehmend mißtrauischer. Warum zum Teufel hatte sie keine Freundinnen? Das war zweifellos merkwürdig, es sei denn, sie mochte Frauen nicht besonders. Das war zwar möglich – Barry hatte Frauen sagen hören, sie zögen die Gesellschaft von Männern vor –, aber wie wäre dann die Sache mit Sandy zu erklären? Nun, vielleicht war Sandy in Jennys Augen mehr wie ein Mann und deshalb hatte Jenny sich zu ihr hingezogen gefühlt, so wie sie sich zu irgendeinem Typen hingezogen gefühlt hätte.

Barry war ein wenig erleichtert. Wenn Jenny Sandy anziehend fand, weil sie wie ein Mann war, konnte er sich nicht vorstellen, daß sie ihn für etwas verlassen würde, das nicht einmal echt war. Aber was war dann mit Shelly? Sie sah recht feminin aus. Irgendwie ähnelte sie sogar Jenny. Eine Welle von Panik überflutete ihn und löschte seine Gedanken aus. Barry kletterte rasch den Hügel hinauf, um dem schrecklichen Gefühl zu entkommen.

Auf dem Tennisplatz winkte er John zu, der gerade aufschlagen wollte.

„Wir sind fast fertig“, rief John ihm zu.

Barry nickte Johns Spielpartner zu. Er war ein kleiner, stämmiger Mann, vermutlich in den Sechzigern; Barry sah den Schweiß auf seiner Brust und seinem Rücken glänzen. John schlug einen schnellen Ball in die rechte Ecke, und der kleine Mann sprang hin und schlug ihn zurück. Er war erstaunlich flink, und der Ball schoß auf die linke Seite von Johns Spielhälfte und zwang ihn zu einer unbeholfenen Rückhand.

Barry hatte John und seine Frau gestern am Swimmingpool kennengelernt, und sie hatten festgestellt, daß sie beide Tennis spielten. John war ein Goldjunge. Diesen Ausdruck verwendete Barry für die großen, gutaussehenden blonden *gojim*, die mit einem goldenen Löffel im Mund geboren waren und mit bereitwilligen Frauen und schnellen Sportwagen aufwuchsen. Diesem Typ Mann war er zum ersten Mal im College begegnet; sie spielten

Tennis und nahmen Fechtunterricht und gehörten den besten Studentenverbindungen an. Sie konnten jede Frau haben, die sie wollten, und sie wollten keine Frau, die sie haben konnten. Barry beobachtete sie immer von ferne und voller Haß. Er war nicht nur neidisch auf sie – das auch –, und er hatte nicht nur Angst vor ihnen – das auch –, sondern er hatte das unbestimmte Gefühl, daß sie seine Feinde waren.

Nun sah er zu, wie John seinen Gegner abservierte. Der kleinere Mann spielte gut, aber mit Johns langbeiniger Geschmeidigkeit und Stärke konnte er nicht mithalten.

Was war eigentlich eine Lesbe? Konnte Jenny eine Lesbe sein? Er hatte einfach angenommen, sie sei es nicht, weil sie es ihm so gesagt und weil sie ihn geheiratet hatte. Es war ihm nie in den Sinn gekommen, daß eine Lesbe heiraten würde. Aber neulich hatte er gelesen, daß viele schwule Männer verheiratet waren und Familien hatten.

Wie hatte er so naiv sein können? Jenny hatte ihm von ihrer Affäre mit Sandy erzählt; warum hatte er dem damals nicht mehr Beachtung geschenkt? Jenny hatte getan, als sei es nicht weiter von Bedeutung, und gewöhnlich war sie ihm gegenüber ehrlich, aber Barry wußte, daß sie gewisse Dinge für sich behielt.

Ihm dämmerte, daß es vielleicht Dinge gab, die Jenny Sandy erzählt hatte und ihm nicht. Die Vorstellung, daß die beiden Frauen einander näher waren als er und Jenny, war niederschmetternd. Aber vielleicht gab es auch Dinge, über die Jenny mit Barry reden konnte und mit Sandy nicht. Er sprach mit seinen Kollegen im Büro in einer Weise, wie er mit Jenny nie sprechen würde. Das war etwas anderes. Es bedeutete nicht, daß er den Kollegen näher war, es war nur anders. Eigentlich war er Jenny viel näher; mit den Kollegen mußte er ein wenig herumflachsen, eine Show abziehen. Die reiferen Männer nahmen das nicht sehr ernst, es gehörte einfach dazu. Aber Jenny gegenüber konnte er sich so geben, wie er wirklich war.

Barry fragte sich, wie es unter Frauen zuging. Prahlten sie voreinander mit ihren Eroberungen? Nein, das schien unwahrscheinlich. Aber vielleicht gaben sie mit anderen Dingen an, etwa damit, wer den größeren Diamanten hatte oder das größere Landhaus. Worüber zum Teufel dachte er da nach? Jenny hatte keine Diamanten, und sie besaßen nicht einmal ein Cottage und gehörten auch keinem Country-Club an. Worüber sprachen also Frauen wie Jenny mit den Frauen, die ihnen nahestanden? Barry wußte es nicht, weil er Jenny nie in engem Kontakt mit einer anderen Frau erlebt hatte. Die einzige Frau, der sie nahegestanden hatte, war Sandy.

Barry schwirrte der Kopf. Ihm fiel ein Gespräch mit Robert, einem der anderen Buchprüfer in seiner Firma, ein. Robert und seine Freundin waren seit fünf Jahren zusammen, seit drei Jahren lebten sie zusammen, und Robert fand, daß es an der Zeit war zu heiraten. Aber Jean wollte nicht; sie sagte, es würde ihre Beziehung ruinieren. „Frauen!" sagte Robert frustriert. „Versteh einer die Weiber!" Barry hatte immer gedacht, er verstünde Jenny, ebenso wie er angenommen hatte, daß er wüßte, was in seiner Mutter vorging. Aber vielleicht hatten sie noch eine ganz andere Seite, eine geheime Seite, die kein Mann je zu sehen bekam und die nur sie kannten. Jede Frau bewahrte das Geheimnis und gab es an ihre Töchter weiter, wenn die Männer nicht zu Hause waren.

Er litt allmählich an Wahnvorstellungen. Demnächst würde er sich noch eine weibliche Verschwörung ausmalen, mit Hohepriesterinnen in langen fließenden Gewändern, die durch stille Steintempel wandelten und mysteriöse Rituale zelebrierten. Woher zum Teufel kam das alles? Dann erinnerte er sich an einen Spätfilm, den er vor einigen Wochen gesehen hatte, als er nicht einschlafen konnte. Er hieß *Katzenfrauen auf dem Mars* oder so ähnlich und handelte von einer Zivilisation, in der alle Männer an einem Virus gestorben und nur die Frauen übriggeblieben waren. Dann landete ein Raumschiff voller männlicher Astronauten von der Erde. Die Frauen beschlossen, die Invasoren zu töten, wurden jedoch mit allerlei Tricks und Schmeicheleien davon abgebracht, und am Ende waren sie froh, wieder Männer in ihrem Leben zu haben und warteten auf eine weitere Schiffsladung von der Erde. Es war ein blöder Film gewesen, aber danach hatte er schlafen können.

Barry grübelte darüber nach, welche Strategie er bei Jenny anwenden sollte. Sollte er energischer auftreten und darauf bestehen, daß sie ihm erzählte, was los war, und den Kontakt zu Sandy abbrach? Barry hatte in der letzten Zeit viel über seine Eltern und ihre Art der Problembewältigung nachgedacht. Jenny war ganz anders als seine Mutter: Sie war gebildet, vernünftig und emanzipiert. Ida hatte nie einen Beruf gehabt; sie hatte Mort geheiratet, als sie siebzehn war. Aber Jenny ähnelte seiner Mutter insofern, als sie beide willensstarke Frauen waren, die es gewohnt waren, ihren Kopf durchzusetzen. Sein Vater lehnte sich selten dagegen auf, außer in wichtigen Fragen, und Barry reagierte ebenso. Er haßte Streit und eine geladene Atmosphäre zu Hause oder Spannungen zwischen ihm und Jenny. Aber vielleicht sollte er Jenny nicht soviel durchgehen lassen. Er hatte zugelassen, daß sie die Hosen anhatte, und nun respektierte sie ihn vielleicht nicht mehr. Er war es leid, daß sie ihn für selbstverständlich nahm und ihn wie ein altes Sofa behandelte, das vertraut und bequem, aber langweilig war. Er hatte Besseres verdient.

Wenn er ihr allerdings ein Ultimatum stellte, lief er Gefahr, daß Jenny aufsässig wurde und genau das tat, was er ihr untersagte. Sie konnte sehr störrisch sein und neigte dazu, sich gegen Verbote aufzulehnen, als hinge ihr Leben davon ab. Seine übliche Strategie bestand darin, einfühlsam und verständnisvoll vorzugehen. Auf diese Weise erkannte Jenny, was sie an ihm hatte, und es gab nichts, gegen das sie rebellieren mußte. Aber er bezweifelte, ob diese Taktik diesmal funktionieren würde. Seit Jenny Sandy begegnet war, schien sie von ihm enttäuscht zu sein; offenbar wollte sie irgend etwas von ihm, aber er wußte nicht, was.

Der kleine Mann kam schwer atmend zur Bank herüber. John sammelte die Bälle auf seiner Seite des Netzes ein und gesellte sich dann zu ihnen.

„Sind Sie bereit für ein Spiel?" fragte John, und sein bronzefarbener Körper glänzte im hellen Sonnenlicht.

„Klar. Aber wollen Sie nicht erst ein paar Minuten Pause machen?"

„Nicht nötig. Ich bin in Form." John wandte sich um und ging auf den Platz zurück.

Barry ärgerte sich. Dieser Typ hielt sich wirklich für einen Teufelskerl. „Sie haben gut gespielt", sagte er zu dem Mann neben sich.

„Ach was", antwortete der Mann kopfschüttelnd, während er sich mit dem Handtuch abtrocknete.

„Nein, wirklich." Barry stand auf und nahm seine Position auf dem Platz ein. „Wollen Sie aufschlagen oder soll ich?" fragte er John.

„Fangen Sie an." John machte eine großzügige Handbewegung. Er hatte Barry bereits als ungefährlichen Gegner eingestuft. Er konnte nicht wissen, daß Barry recht gut spielte. Es war ihm nicht leichtgefallen, aber er hatte hart daran gearbeitet. In der Nähe seines Büros lag ein Tennisplatz, und er spielte oft während der Mittagspause und wann immer er sonst die Gelegenheit hatte. Barry taxierte seinen Gegner: er hatte einen guten Aufschlag, war schneller als Barry und stärker im Rückschlag. Aber er wirkte ein wenig nachlässig und ging mit übergroßer Zuversicht in dieses Spiel. Es mochte sich gerade eben ausgleichen.

Barry schlug einen flachen schnellen Ball in die Ecke und zwang John zu einer Rückhand. Der Ball kam über das Netz, aber ziellos und ohne Kraft. John rannte in die Mitte seines Feldes, als Barry den Ball nochmals in dieselbe Ecke plazierte. John mußte mitten im Lauf eine Kehrtwendung machen und verfehlte den Ball um fast einen Meter.

Beim zweiten Aufschlag schlug Barry den Ball wieder in die schwache Ecke. John war diesmal besser vorbereitet, aber sein Return war immer noch nicht stark. Sie wechselten einige Volleys, wobei Barry die Bälle sorgfältig plazierte, statt mit voller Kraft zu schlagen. Er sah, wie die Selbstsicherheit aus Johns Gesicht schwand und einer kaum verhohlenen Verwirrung Platz machte. Barry holte auch den zweiten Punkt.

Als Barry sich auf den dritten Aufschlag vorbereitete, lächelte er innerlich. Es war ihm gar nicht aufgefallen, aber während er vorhin zugeschaut hatte, mußte er Johns schwachen Punkt registriert haben. Goldjunge brauchte sich vielleicht um nichts in der Welt zu sorgen, aber heute würde er den Arsch voll kriegen.

48

Jenny beendete die letzte Seite und ließ das Buch in den Schoß sinken. Sie saß reglos da und versuchte, die vielen Stimmen zum Schweigen zu bringen, die gleichzeitig in ihr sprachen, bis ihr schwindlig wurde. Sie drehte das Buch um und starrte auf den lavendelfarbenen Einband mit den schnörkeligen weißen Buchstaben: *Lesben/Frauen.* Sie schlug das Buch wieder auf, wie sie es zum ersten Mal vor vier Tagen im Drugstore getan hatte. Sie hatte sich verstohlen umgeblickt und sich vergewissert, daß niemand in ihre Richtung sah, bevor sie das Buch zur Hand genommen und die Kurzbeschreibung gelesen hatte.

Wieder sprang ihr die in fetten Großbuchstaben gesetzte Frage in die Augen: WAS SIND LESBEN? Und dann die Reihe von Fragen darunter: *Sind es Frauen, die wie Männer denken, handeln, leben und lieben? Sind sie physiologische Irrtümer der Natur? Sind es Frauen mit einem so starken Sexualtrieb, daß sie sich ihre Liebespartner und -partnerinnen wahllos aussuchen?*

Jennys Augen wanderten zu der Antwort: „Es sind Vororthausfrauen und alte Jungfern, Karrierefrauen, Frauen im Showbusineß und Taxifahrerinnen, Damen der Gesellschaft, Königinnen, verheiratete Mittelschichtsfrauen und Mütter."

Da hatte sie das Buch zugeschlagen. Sie wußte, sie wollte es kaufen; die Frage war nur, wie sollte sie es anstellen? Sie sah sich rasch nach einem Roman von einem männlichen Autor um. Sie erblickte John Updikes *Rabbit auf der Flucht*, nahm es aus dem Regal und legte es auf *Lesben/Frauen.*

Als sie zwischen einem Mann, der Rasierschaum bezahlte, und einer Frau mit zwei halbwüchsigen Kindern an der Kasse wartete, fiel Jenny auf, daß sie die Titel verdeckte, indem sie die Bücher an die Brust preßte. Sie sagte sich, sie wolle nur niemandem einen falschen Eindruck vermitteln. Sie könnten sie für lesbisch halten, und es wäre falsch, sie irrezuführen. Aber sie wußte sofort, daß das Unsinn war. Sie hatte Angst. Sie wollte nicht, daß sie dachten, mit ihr stimme etwas nicht. Der Mann könnte sie anstarren, statt ihr zuzulächeln wie eben, als er an ihr vorbeigegangen war. Und die junge Mutter könnte ihr einen abfälligen Blick zuwerfen oder, Himmel bewahre, zu den Kindern etwas sagen wie: „Seht ihr diese Frau? Haltet euch von Leuten ihrer Sorte fern." Dann würde sie die Kinder auf die andere Seite des Ladens drängen und ihre Verachtung an sie weitergeben, so wirksam, als würden sie sie mit der Luft einatmen.

Jenny war deswegen nicht stolz auf sich, aber sie hatte das Buch versteckt, als sie ins Hotel zurückkehrte. Sie verbarg es in ihrem Kosmetikkoffer. Dort schaute Barry nie hinein. Sie wollte sich nicht mit Barrys fragendem Blick auseinandersetzen und das Buch nicht mit ihm teilen müssen. Das Buch gehörte ihr, und sie wollte es ungestört lesen.

Sie las spätabends, wenn Barry eingeschlafen war, oder frühmorgens, wenn sie im ersten Morgenlicht erwachte. Vieles in dem Buch schockierte sie, und doch waren es Dinge, die sie kannte. Es war eine merkwürdige Erfahrung – als lese sie ein Buch, das sie vor langer Zeit einmal gelesen und dann vollkommen vergessen hatte. Es war ein beklemmendes Gefühl, bei dem sich Raum und Zeit verschoben, als sie ihr Leben mit den Leben der Frauen in dem Buch eins werden fühlte. In vielen Geschichten der Frauen fand Jenny Sandy wieder und erstaunlicherweise auch sich selbst.

Sie hatte oft gesagt, daß Kategorien bedeutungslos seien und sie keine Etiketten mochte, aber plötzlich lösten sich die Grenzen in ihren Gedanken auf, und sie war verwirrt. Sie sagte sich, das sei lächerlich, aber jede Nacht fühlte sie sich wieder zu dem Buch hingezogen und verfolgte begierig Qual und Glück dieser Frauen. Tagsüber dachte sie an das Buch, und die Zeit verlor ihre Bedeutung, und sie fand sich bei der einen oder anderen Beschäftigung wieder, ohne genau zu wissen, wo sie war oder wie sie dazu gekommen war. Sie haßte die Ablenkungen durch Einkaufsbummel, Besichtigungen oder Restaurantbesuche; alles, was sie wollte, war, heimzukommen und in dem Buch weiterzulesen, das Worte und Geschichten in ihren Kopf einbrannte, die irgendwie etwas mit ihr zu tun hatte.

Während des Lesens stellte sie fest, daß sie erst ärgerlich und dann wütend wurde über das „Doppelleben", das so viele Frauen führen mußten, nur um ihren Arbeitsplatz und ihre Kinder zu behalten und ihr Ansehen zu wahren. Das Ausmaß der Diskriminierung war überwältigend.

Bei anderen Abschnitten empfand sie eher Angst als Wut. Dann wurde sie plötzlich unaufmerksam. Zuerst meinte sie immer, auf eine langweilige Passage gestoßen zu sein, aber wenn sie zurückblätterte und sie noch einmal las, wurde ihr bange. Dreimal las Jenny die Zeilen: „Manche schaffen diese lange einsame Reise nie. Sie ertragen die Zurückweisung nicht, die Einstufung als ‚abweichend' oder ‚pervers'." Jedesmal legte sie das Buch hin und nahm es dann wieder zur Hand.

Sie hatte das, was sie und Sandy verband, nie als lesbische Liebesbeziehung betrachten wollen. Und sie hatte sich selbst gewiß nie als Lesbe gefühlt. Machte sie sich selbst etwas vor? Konnte sie eines der Opfer einer lesbenfeindlichen Gesellschaft sein? Sie haßte das Wort „Opfer". Es entsprach ganz und gar nicht ihrem Selbstbild. Es mochte auf Selbstmörderinnen zutreffen, auf Alkoholikerinnen, auf Frauen, die schließlich in Nervenkliniken landeten. Aber sie war eine voll funktionsfähige Frau.

In dem Buch hieß es, viele Frauen fingen lesbische Beziehungen an und lebten sogar zusammen, thematisierten ihr Lesbischsein aber niemals. Sie sagten sich: „Ich habe mich in einen Menschen verliebt, der rein zufällig eine Frau ist, aber eigentlich bin ich nicht lesbisch." Genau das hatte Jenny sich immer gesagt; sie hatte das, was zwischen ihr und Sandy gewesen war, immer für einmalig gehalten. Nun stellte sie fest, daß Tausende anderer Frauen ähnliche Erfahrungen gemacht hatten. Viele dieser Frauen entdeckten später, daß sie eigentlich Lesben waren. Was hieß das dann für *sie?*

Mit Erleichterung las sie, daß viele verheiratete Frauen ihre wahre Neigung immer gekannt, aber geheimgehalten hatten. Das traf sicher nicht auf sie zu. Sie hatte nie Geheimnisse vor Barry gehabt, und sie liebte ihn wirklich und genoß den Sex mit ihm. Sie dachte nie an Frauen.

Aber später im Buch erfuhr sie, daß Frauen zu unterschiedlichen Zeitpunkten und auf unterschiedlichen Wegen ihr „Coming-out" hatten. Manche wußten bereits als kleines Mädchen, daß sie lesbisch waren, andere als Teenager; manche hatten in ihrer Jugend lesbische Erfahrungen gemacht, dann geheiratet und waren sich erst Jahre später bewußt geworden, daß sie lesbisch waren; manche hatten sich nie bewußt zu Frauen hingezogen gefühlt, bis sie geheiratet und Kinder großgezogen hatten, und erst dann entdeckten sie, daß sie lesbisch waren und es vermutlich immer schon gewesen waren. Es war unglaublich, auf wie vielen Wegen Frauen dazu kamen, ihr Lesbischsein zu erkennen und dann zu akzeptieren.

Als psychologische Frage fand Jenny dies faszinierend; es gab so viele Unklarheiten im Zusammenhang mit Verleugnung und

Unterdrückung als Reaktion auf Anpassungsdruck. Und als persönliche Frage war es aufrüttelnd: Es gab so viele Dinge, die sie nie in Frage gestellt, über die sie nie wirklich nachgedacht hatte. Und das Erstaunliche war, daß sie eine intelligente, gebildete und psychologisch scharfsinnige Frau war. Es war kaum zu glauben, daß die Begegnung mit Sandy all diese Verwirrung bewirkt haben sollte. Nein, es mußte daran liegen, daß ihr innerer Aufruhr dicht unter der Oberfläche gelauert hatte, bereit, auszubrechen, und daß Sandy der Katalysator gewesen war. Wie damals.

Jenny konnte Sandy nicht aus ihren Gedanken verbannen. Sie hatte ständig Phantasien darüber, wie sie miteinander schliefen. Sie lagen am Strand, und die Wellen rollten dicht an sie heran, während sie ihre Körper aneinanderpreßten und ihre Lippen die geheimen Stellen der anderen fanden. Jenny mußte immer wieder an ihr Zusammenleben im Wohnheim denken. Sie stellte sich Sandys Körper vor, ihren Duft; sie versuchte sich zu erinnern, wie Sandys Haut geschmeckt hatte. Wenn sie an Sandy dachte, fühlte sie sich leicht, übermütig und aufgeregt. Zu anderen Zeiten dagegen war sie verwirrt und aufgewühlt.

Aber es war nicht nur Sandy. Jenny merkte, daß sie die Frauen in den Straßen von Honolulu und jetzt hier am Swimmingpool anstarrte. Vor einigen Tagen hatte sie vor dem Hotel gesessen und die Brüste der vorübergehenden Frauen betrachtet. Sie hatte gerade eine besonders attraktive Frau in einem engen Sommerkleid beobachtet, als sie bemerkte, daß die Frau sie ebenfalls anschaute. Die Frau hatte belustigt gewirkt, ganz und gar nicht entsetzt, aber Jenny war knallrot geworden. Wie konnte sie sich so gehenlassen? Und was sollte diese plötzliche Faszination von Brüsten? Nach diesem Vorfall hörte Jenny auf, Frauen anzustarren, und warf ihnen nur noch verstohlene Blicke zu.

Es war, als sei durch die Begegnung mit Sandy ein Damm gebrochen und als strömte nun eine Flut von Lust aus ihr heraus. Himmel, was sie für Bilder im Kopf hatte! Aber sie konnte es offenbar nicht lassen. Und sie war sich nicht sicher, ob sie es sein lassen wollte. Es machte Spaß, sich lebendig zu fühlen und neugierig zu sein, und warum sollte sie nicht ihre Phantasien haben?

Sie erinnerte sich, wie sie und Sandy im College Karten gespielt hatten. Es war eine so unbekümmerte Zeit gewesen: keine ernsthaften Sorgen und reichlich Zeit, sich zu amüsieren. Sie hatte sich sogar so sehr amüsiert, daß ihre Noten darunter litten. Sandys jedoch nicht. Irgendwie hatte sie immer die besten Noten geschafft, obwohl sie nie lernte. Also war sie die Glückliche gewesen, die nach Kalifornien gehen konnte.

Jenny fragte sich, was geschehen wäre, wenn sie statt Sandy nach Kalifornien gegangen wäre. Inwiefern würde ihr Leben anders sein? Sie hätte jemand anders geheiratet. Oder hätte sie nie geheiratet? Kalifornien schien ein lebenslustiges Land zu sein, in dem du tun konntest, was du wolltest, ohne daß jemand groß Notiz davon nahm. Jeder Lebensstil wurde akzeptiert. Selbst Sandys. Wenn Sandy nach Ohio gegangen wäre und Jenny an die Universität nach Los Angeles, wäre dann Jenny heute die Lesbe und Sandy verheiratet, vielleicht mit Barry? Jenny lachte über den Gedanken, daß Sandy mit Barry verheiratet sein könnte. Es war eine unmögliche Verbindung. Sandy würde ihn mit links in die Tasche stecken. Genau wie du, erwiderte eine leise Stimme.

Warum hatte sie Barry eigentlich geheiratet? Die übliche Antwort – sie hatte sich in ihn verliebt – schien heute nicht mehr zu genügen. Barry war ein lieber, freundlicher Mann. Ein liebevoller Mann. Manche ihrer Freunde fanden, er sei ein *nebbich,* ein wenig farblos, aber das hatte sie nicht abgeschreckt. Ein Mann mit größerem Selbstbewußtsein und besserem Aussehen wäre unabhängiger gewesen. Dann hätte sie mit anderen Frauen um ihn konkurrieren müssen, und das wollte Jenny nicht. Sie wollte sicher sein, daß ihr Ehemann jemand war, auf den sie zählen konnte, der vertrauenswürdig und verläßlich war. Das war wichtiger als seine sexuelle Ausstrahlung.

Sie mußte zugeben, daß sie Barry nicht sehr attraktiv fand. Sein Körper war zu weich und rundlich; sie mochte schlanke und muskulöse und unbehaarte Männer lieber. Zumindest war Barry nicht sehr behaart. Und sie hatten guten Sex miteinander. Sie hatte fast jedesmal einen Orgasmus, und er liebte es, sie zu befriedigen, und war zart und sicher in seinen Berührungen. Aber ihr machte es nie wirklich Spaß, seinen Körper zu lieben. Es war in Ordnung, sie tat es, aber innerlich war sie eigentlich nicht beteiligt. Zu Anfang ihrer Beziehung hatte sie ihm einige Male einen geblasen, aber im Laufe der Jahre hatte sie damit aufgehört, und Barry schien das nichts auszumachen. Jedenfalls sagte er nie etwas dazu. Allerdings machte sie es bei den anderen Männern auch nicht. Nein, das konnte sie nur, wenn ihr ein Mann wirklich wichtig war, und der einzige, für den sie genug empfunden hatte, war Roger gewesen.

Jenny erinnerte sich an das letzte Mal, daß sie miteinander geschlafen hatten, vor vier Jahren. Sie war so begierig darauf gewesen, daß er sie fickte; sie wurde halb wahnsinnig, bis er ihn endlich hineinsteckte. Sie hatte sich gewunden, und er hatte sich beherrscht, um zu genießen, wie sehr sie ihn begehrte. Aber ihm war es nie ernst mit ihr gewesen. Für ihn war sie nicht mehr als ein belangloses Abenteuer. Typisch! Barry ließ sich mehr auf sie ein als sie sich auf ihn, und sie war verrückt nach Roger gewesen, der nur mit ihr spielte. Beziehungen waren nie gleichberechtigt. Und weil das so war, wollte sie die Oberhand behalten. Auf keinen Fall hätte sie sich auf eine Ehe eingelassen, bei der der Mann mehr Macht hatte und diese benutzte, um sie kleinzukriegen.

Sie versuchte sich zu erinnern, ob es je einen Mann gegeben hatte, den sie mehr gewollt hatte als Barry. Roger war eine leidenschaftliche Affäre gewesen, aber wenn sie heute daran zurückdachte, wußte sie, daß sie ihn nicht hätte heiraten wollen. Sie hatten sich stark zueinander hingezogen gefühlt, aber ihre Beziehung hatte nicht viel Substanz gehabt, und er hätte einen schauderhaften Ehemann abgegeben. Er war viel zu egozentrisch. Nein, Barry war der beste Mann, den sie je getroffen hatte. Sie konnte sich keinen besseren Gefährten für sich vorstellen. Was war also los? Sie hatte das Glück gehabt, einen freundlichen, sensiblen und großzügigen Mann zu finden und war immer noch nicht zufrieden. Was wollte sie eigentlich?

Jenny wußte nicht, was sie wollte, aber sie verspürte einen unbestimmten Schmerz im Bauch. Sie hatte dieses Gefühl schon früher gehabt, aber nun war es stärker. Es schrie nach Beachtung, beharrte darauf, daß sie das kodierte Körpersignal entschlüsselte, das sich in Sehnsucht und nicht in Worten ausdrückte. Ihre Haut fühlte sich an, als sei sie straff über kleine Gefäße voll von einer Flüssigkeit gespannt, die sich langsam ausdehnte und unter der Oberfläche Druck aufbaute, bis sie nicht mehr zurückzuhalten war und die Gefäße zum Platzen brachte.

Aber noch drängender als die Angst, auseinanderzubersten, waren die heißen Schauer der Erregung, die ihren Körper ergriffen und antrieben. Nachts warf sie sich wie im Fieber hin und her, vollkommen in Träume vertieft, an die sie sich beim Erwachen nicht mehr erinnerte. Und tagsüber schwankte sie zwischen einem fast katatonischen Stupor, der sie stundenlang dasitzen und ins Leere blicken ließ, und manischen Energieausbrüchen, die sie von einem Ort zum anderen trieben.

Es war, als brüte sie etwas aus, das noch nicht bereit war, ans Licht zu kommen. Manchmal lag sie ruhig da und gewährte dem Unbekannten, sich seinem eigenen Tempo gemäß zu entfalten. Dann wiederum fühlte sie sich in entgegengesetzte Richtungen geschoben und gezerrt. Aber immer war da eine unterschwellige Erregung.

Wieso glaubte sie, mit einer Frau wäre es anders? Lesben mußten sich auf die Dauer zweifellos ebenfalls miteinander langweilen, sich in bequemen Beziehungen einrichten wie alle anderen auch. Und dann wären da zwei, die einige Tage vor ihrer Periode griesgrämig wurden. Jenny hatte in einer Psychologiezeitschrift von einer Studie gelesen, derzufolge Frauen, die zusammenlebten, schließlich oft ihre Periode am selben Tag bekamen. Sie versuchte, sich zu erinnern, wie es gewesen war, als Sandy und sie zusammen gelebt hatten; sie glaubte nicht, daß sie ihre Periode gleichzeitig bekommen hatten. Sie fragte sich, ob Sandys und Shellys Zyklus übereinstimmte.

Shelly war zweifellos nicht sehr hübsch. Sie sah aus wie eine Lehrerin. Ob sie wohl in der letzten Zeit kleine Mädchen belästigt hat? dachte Jenny und hielt dann betroffen inne. Was war mit ihr los? Kleinlich zu sein mochte ja noch angehen, aber dies war eine richtig bösartige Unterstellung und schrecklich ungerecht. Shelly wirkte sehr nett. Weder aufsehenerregend noch unscheinbar – einfach eine ganz normale Frau. Jenny hatte keinen Anlaß, sie so schlechtzumachen.

Warum hatte Shelly es so eilig gehabt, am Swimmingpool von ihr und Barry wegzukommen? Vermutlich hatte sie nicht gewußt, wer Barry war, und schließlich war der Groschen gefallen. Jenny konnte es ihr nicht verdenken, daß sie keine Konversation machen wollte, aber sie war überrascht, daß Shelly nicht neugieriger auf sie gewesen war. So wie sie es auf Shelly war.

Jenny überlegte, wie die Beziehung zwischen Sandy und Shelly aussehen mochte. Sie hätte wetten können, daß Sandy das Sagen hatte; sie wirkte ebenso herrisch und rechthaberisch wie damals. Liebte Shelly also Sandy mehr, als Sandy Shelly liebte? Jenny hatte sie nicht zusammen gesehen, aber Sandy schien verrückt nach Shelly zu sein; ihr Gesicht war immer ganz weich geworden, wenn sie ihren Namen erwähnt hatte. Während ihres Gesprächs hatte Jenny es ignoriert, aber nun erinnerte sie sich an Sandys Gesichtsausdruck und spürte eine Welle der Eifersucht.

Es sähe Sandy ähnlich, letztendlich das glücklichere Los gezogen zu haben. Im College hatte sie lamentiert, das Leben sei jammervoll und Leiden sei der Kern des Seins, und nun war sie diejenige, die das tolle Leben in Südkalifornien führte. Sandy schien alles zu haben, was sie sich wünschte. Und Kalifornien hatte etwas Magisches. Jenny hatte immer gehofft, eines Tages dort zu leben, aber es hatte sich nie so ergeben. Statt dessen hatte sie die letzten zehn Jahre in Ohio verbracht. Was zum Teufel machte sie dort? O ja, sie hatte einen guten Job und genug Freunde, aber ihr kam es vor, als ginge das Leben an ihr vorbei. Vielleicht war es Zeit für einen Tapetenwechsel. Sie hatte sich geschworen, nie wieder in einer Großstadt zu leben, aber nun sah sie es anders. Sie brauchte mehr Anregung. Der Stellenmarkt war eng, aber vielleicht konnten sie und Barry in Kalifornien Arbeit finden.

Ein unausgegorener Gedanke weigerte sich, Gestalt anzunehmen. Jenny versuchte es mit einem Trick, den sie oft ihren KlientInnen empfahl, wenn sie dicht vor einer Erkenntnis standen, den notwendigen Gedankensprung aber nicht schafften. Sie schloß die Augen und atmete dreimal tief durch. Ein und aus. Ein und aus. Ein und aus. In ihren Gedanken war nichts als finstere Leere. Sie beschwor sich, keine Angst zu haben. Dann schaukelte sie leicht vor und zurück und verlor sich in der langsamen, rhythmischen Bewegung ihres Körpers.

In einem Türrahmen stand eine Frau. Jenny konnte ihr Gesicht nicht erkennen, aber es war jemand, die sie kannte. Die Frau betrat den Raum, doch weil es dunkel war, konnte Jenny immer noch nicht erkennen, wer sie war. Sie bewegte sich behende in der Dunkelheit – eine Frau, die Jennys Zimmer kannte und den Möbeln auswich. Nun stand sie hinter Jenny, nur Zentimeter von ihr entfernt. Jenny spürte ihre Nähe und bekam Angst. Was wollte diese Frau? Sie war nicht sicher, ob sie ihr nicht weh tun würde. Die Frau legte das Gesicht auf Jennys Schulter. Überraschenderweise war ihr Atem kalt. Jenny konnte die Haut der Frau riechen; es war ein vertrauter und angenehmer Duft. Sie versuchte, sich umzudrehen, um zu sehen, wer die Frau war, aber die Frau wich Jennys Manöver aus, bewegte sich gleichzeitig mit ihr, als ahne sie Jennys nächsten Schritt voraus. Jenny öffnete frustriert die Augen.

Eine Frau, die sie kannte, die sich von hinten anschlich: offensichtlich jemand aus ihrer Vergangenheit, die sie überrumpelte. Sandy. Der Duft schien noch im Raum zu hängen. Jenny erinnerte sich, daß Sandy für eine Frau einen kräftigen Geruch hatte. Sie hatte ihn immer gemocht, er hatte etwas Beruhigendes an sich. Er war weniger scharf als der Geruch eines Mannes, als Barrys Geruch. Anfangs hatte sie Barrys Geruch nicht gemocht, sich aber mit der Zeit daran gewöhnt. Auch wenn er sie nicht dazu verlockte, sich in eine Achsel zu schmiegen, wie sie es bei Sandy getan hatte.

Frauen rochen also besser als Männer. War das der einzige Unterschied? Jenny versuchte sich zu erinnern, wie es mit Sandy gewesen war. Aber wie konnte sie über zehn Jahre hinweg einen Vergleich anstellen? Damals war sie eine andere Frau gewesen, hatte gerade erst begonnen herauszufinden, wer sie war und was sie wollte. Sandy war ein befremdendes Rätsel, ein unbekanntes Phänomen. Wenn du den ersten Schock überwunden hattest, war sie eigentlich recht charmant, und Jenny fand sie auf eine unkonventionelle Weise attraktiv.

Wenn sie darüber nachdachte, war ihre Beziehung mit Sandy nahezu gleichberechtigt gewesen. Sandy hatte in bestimmten Dingen den Ton angegeben; sie war von Natur aus eigensinniger und wußte meist genau, was sie wollte, und Jenny hatte sich ihr oft angeschlossen. Sandy hatte vermutlich Jenny für die Mächtigere gehalten, weil sie darauf bestanden hatte, daß sie sich mit Männern verabredeten. Aber das war Jenny nicht als Macht erschienen, sondern als Notwendigkeit. Jenny hatte ihnen beiden einen Gefallen getan, indem sie ihren Ruf schützte.

Natürlich schien das heute nicht mehr unbedingt nötig. Zumindest nicht in Kalifornien, wo Sandy nicht nur in einer lesbischen Beziehung lebte, sondern es alle wissen ließ. Jenny fragte sich, wie das sein mochte. Wie behandelten ihre Kolleginnen und Kollegen sie? Machten sie ihr das Leben schwer oder rissen sie ihre Witze nur hinter ihrem Rücken? Oder respektierten sie Sandy vielleicht für ihre Offenheit und ihren Mut? Möglicherweise gab es auch viele homosexuelle Psychologinnen und Psychologen in Kalifornien, die ihre eigene kleine Gemeinschaft bildeten.

Und wie stand es mit Sandys Eltern? Jenny würde sich genauer erkundigen müssen, wie sie es aufnahmen. Während der Collegezeit hatte Sandy ihnen nicht sehr nahegestanden, also war es ihr vielleicht gleichgültig, was sie dachten; vielleicht hatte sie es schon vor Jahren aufgegeben, ihre Anerkennung zu gewinnen. Wie Jenny es hätte tun sollen. Ihre Eltern konnten nicht einmal verstehen, warum Barry und sie noch keine Kinder hatten. Worauf warteten sie eigentlich? fragte ihre Mutter immer. Dann gab ihr Vater seinen Senf über die Freuden der Elternschaft hinzu und meinte, wie schade es wäre, sie sich entgehen zu lassen. Was für ein Blödsinn! Sie sah, was die Freuden der Elternschaft in den Ehen ihrer Brüder angerichtet hatten. Der eine war geschieden, und der andere blieb der Kinder wegen bei seiner Frau. Als sei eine spannungsgeladene Zweckbeziehung gut für Kinder.

Ihre Eltern hatten in der letzten Zeit gewiß nicht viel *nachas* gehabt. Ihre Kinder bereiteten ihnen mehr Kummer als Freude, und doch beharrten sie immer noch darauf, Kinder zu haben sei die wunderbarste Erfahrung des Lebens. Wie konnten sie mit dieser Lüge leben? Es war wirklich unglaublich, wie beharrlich sie sich etwas vormachten und taten, als sei alles in bester Ordnung und liefe ganz nach Plan.

Und sie hatte ihre Lektionen gut gelernt. Sie hatten sie gelehrt, Sicherheit sei alles, was sie vom Leben zu erwarten habe, und die sei durch Geld und eine Familie zu erwerben. Nur die Familie würde sich um dich kümmern, wenn du schwere Zeiten durchmachtest. Niemand sonst würde sich um dich scheren. Es war eine von Angst und Schmerz geschmiedete Philosophie. Sie konnte ihnen ihre Überzeugungen nicht vorwerfen. Aber sie war nach dem Holocaust geboren, und er verfolgte sie immer noch. Hatten ihre Eltern recht, wenn sie meinten, daß sich eigentlich nichts geändert habe und sie damit rechnen müsse, daß der Alptraum jederzeit wieder über sie hereinbrechen könnte? Oder war die Welt heute wirklich anders? Vielleicht lebte sie in unnötiger Angst, in ihrem Bunker verkrochen, und harrte einer Katastrophe, die nie eintreten würde.

Angenommen sie hätte die Wahl: Würde sie Barry wegen Sandy verlassen? Würde Sandy Michelle ihretwegen verlassen? Es ergab keinen Sinn, daß zwei Menschen, die einander jahrelang nicht gesehen hatten, so intensiv füreinander empfanden. Aber schließlich waren Sandy und sie sich sehr nahe gewesen, so nahe wie zwei Menschen einander nur sein können, und obwohl sie eine Menge durchgemacht hatten, war dieses tiefe Wissen umeinander immer noch da. Jenny wußte einfach, daß es so war. Sandy war keine Fremde. Selbst mit all ihrer Lesbenrhetorik war sie keine Fremde. Es spielte keine Rolle, was sie mit Worten sagte. In dem Lächeln und Stirnrunzeln und der Haltung der Frau, die sie jetzt gesehen hatte, erkannte Jenny jene Sandy, die sie vor fünfzehn Jahren kennengelernt hatte. Da war noch immer die gleiche politische Leidenschaft, die gleiche Intensität, die gleiche Verletzlichkeit. Sandy war immer noch Sandy. Aber war Jenny immer noch Jenny? Diese Frage brachte Jenny mehr aus der Fassung, als sie sich eingestehen wollte. Sie hatte sich in den letzten zehn Jahren sehr verändert, aber sie war nicht sicher, ob ihr diese Veränderungen gefielen. Sie schien konservativer geworden zu sein, unflexibler. Sie hatte Selbstsicherheit gewonnen, aber einen Teil ihrer Neugier verloren. Ihr Leben war vernünftig und maßvoll, aber ob es sinnvoll und richtig war, dessen war sie sich heute weniger gewiß als seit langem.

Richtig. Das war das Gefühl, das sie mit Sandy gehabt hatte, als sie Zimmergenossinnen gewesen waren. Als sie ein Liebespaar gewesen waren. Die Zeit, die sie miteinander verbracht hatten, war vollkommen gewesen. Die Stunden vergingen, und irgendwie hatten sie einander nie gelangweilt. Beide waren innerlich von der anderen fasziniert gewesen, begierig, jeden Winkel und jede Nische kennenzulernen, so daß nichts Unbekanntes mehr übrig bliebe. Dennoch bestand immer ein tiefes Geheimnis zwischen ihnen, und es hielt sie nichts zusammen als die Richtigkeit ihrer Gefühle. Merkwürdig, daß die Leute Homosexualität unnatürlich fanden. Eigentlich schien sie nur zu natürlich. Vielleicht war das das Beängstigende daran. Sie hatte immer gefürchtet, daß sie sich in Sandy verlieren würde, daß sie sich zu einer selbstgenügsamen Einheit abseits der Welt entwickeln würden. Das hatte es unnatürlich gemacht. In dieser Welt lesbisch zu sein. Aber es war die einzige Welt, die es gab. Jedenfalls hatte Jenny das immer angenommen. Nun fragte sie sich, ob das Leben in Ohio in den letzten zehn Jahren ihr Weltbild verzerrt hatte. Vielleicht war es möglich, ohne täglichen Horror und Schmerz als Lesbe zu leben. Wenn dem so war, könnte es fast so etwas wie eine Wahl geben.

49

Barry verbarg sein Gesicht hinter einem *Newsweek*-Heft und beobachtete, wie Jenny den Reißverschluß ihrer Hose hochzog. Sie summte leise vor sich hin, während sie sich ankleidete; meistens mochte Barry diesen Ton, eine Mischung aus Schnurren und Trällern, aber heute ging ihm ihre Fröhlichkeit auf die Nerven. Sie hatte ihm gerade erst mitgeteilt, daß sie mit Sandy zum Abendessen verabredet war, und ihm mißfiel ihre plötzliche gute Laune. Er kriegte die Ungeduld und Griesgrämigkeit ab und Sandy den Charme und das strahlende Lächeln. Nun, er hatte es satt, den Fußabtreter für Jennys zarte Füßchen zu spielen.

Jenny trat vor den Badezimmerspiegel und wühlte in ihrem Kosmetikkoffer. Wenn er etwas sagen wollte, dann war jetzt der richtige Zeitpunkt. Barry legte die Zeitschrift hin und versuchte, seine Gedanken zu sammeln. Sie summte immer noch. Wie konnte sie es wagen, so glücklich zu sein! Sie, die Ursache all seines Elends, war davon vollkommen unberührt. Er sprang auf und schlenderte ins Badezimmer.

„Was ich dir noch sagen wollte, bevor du gehst." Barry stand hinter ihr und sah sie im Spiegel an. „Du wirst sie nie wiedersehen."

„Wovon in aller Welt redest du?" Jenny legte die eleganten goldenen Ohrringe an, die er ihr zum Geburtstag geschenkt hatte. Sie hatte kein Recht, diese Ohrringe zu einer Verabredung mit einer Lesbe zu tragen.

„Du hast mich schon verstanden, Jenny." Barry bemerkte, daß seine Stimme drohend klang, aber es war ihm egal. „Ich will nicht, daß du über den heutigen Abend hinaus noch Kontakt zu Sandy hast."

Jenny wirbelte herum und sah ihn kalt an. „Was glaubst du eigentlich, mit wem du redest?" Ihr Ton war hochmütig. „Ich bin nicht deine halbwüchsige Tochter, die du herumkommandieren kannst."

„Nein, du bist meine Frau." Barry erwiderte ihren Blick unbewegt. „Und es wird Zeit, daß du dich auch so benimmst."

„Und was soll das bedeuten?"

„Das bedeutet, daß es einige kleine Veränderungen geben wird." Barry stand zwischen Jenny und der Tür. „Andernfalls wird es ein paar ganz große Veränderungen geben."

„Ist das ein Ultimatum?" Jenny fegte an ihm vorbei und nahm ihre Handtasche, die auf dem Nachttisch lag. Barry unterdrückte den Impuls, sie bei den Schultern zu packen und zu schütteln. Er zwang sich, seine Wut im Zaum zu halten. Dies war erst der Anfang. Sie hatten einen langen Kampf vor sich.

„Nenn es, wie du willst", sagte er ruhig. „Ich liebe dich, Jenny. Aber du mußt begreifen, daß es Grenzen gibt."

„Tja, dies ist ein äußerst schlechter Augenblick, dich über mich aufzuregen." Jenny nutzte Barrys Zurückweichen, um in die Offensive zu gehen. „Ich lasse mich nicht auf einen Streit mit dir ein, Barry." Sie nahm ihr Jackett und legte es sich um die Schultern. „Ich habe eine Verabredung zum Abendessen, und ich bin nicht gewillt, mich zu verspäten. Wir können später darüber reden."

Sie ging rasch zur Rezeption hinunter. Verdammter Barry. Dies war das einzige Erlebnis, auf das sie sich die ganze Woche gefreut hatte, und er wollte es ihr verderben. Eigentlich konnte sie ihm das nicht verübeln. Er hatte nicht viel gesagt, aber er fühlte sich offenbar durch Sandy bedroht. Und Jenny wußte, daß sie sich nicht viel Mühe gegeben hatte, so zu tun, als sei alles in Ordnung. Denn es war nicht alles in Ordnung. Vermutlich spürte Barry, daß etwas Wesentliches mit ihr geschah. Kein Wunder, daß er diese Sache mit dem Ultimatum angefangen hatte. Das sah ihm gar nicht ähnlich. Er mußte große Angst haben. Jenny fühlte sich schuldig; sie hatte sich während dieses Urlaubs nicht viel um ihn gekümmert. Sie war ganz mit sich selbst beschäftigt gewesen.

„Scheiße", murmelte Jenny, als sie auf einen Stein trat und für einen Augenblick das Gleichgewicht verlor. Das war das letzte, worüber sie sich jetzt Sorgen machen wollte. Sie hatte so viele Fragen über Sandys Leben und ihre Beziehung mit Shelly im Kopf. Und dies würde für eine Weile die letzte Gelegenheit sein – wenn Barry seinen Willen durchsetzte, für immer.

Im Moment würde sie sich von all dem freimachen müssen. Es hatte keinen Zweck, sich wegen Barry aufzuregen und sich schuldig zu fühlen. Später würde sie es wieder gutmachen. Aber den heutigen Abend wollte sie nur für sich und Sandy haben.

Der Ober brachte ihnen den Wein und zögerte einen Moment, wen er kosten lassen sollte.

„Probier du ihn, Jenny", sagte Sandy großzügig. „Ich bin keine Weinkennerin."

Jenny fühlte sich geschmeichelt. Sie nahm einen kleinen Schluck und genoß die warme Fülle in ihrem Mund.

„Er ist köstlich. Vielen Dank." Sie wartete, bis der Ober gegangen war. „Also, worauf trinken wir?" fragte sie und hob ihr Glas.

„Wie wär's mit dem '69er Jahrgang?" sagte Sandy mit unschuldigem Lächeln. Jenny entging der Doppelsinn nicht. Sandy sah hinreißend aus. Sie trug weiße Leinenhosen und eine schwarze Seidenbluse, die sich zwischen ihren Brüsten öffnete und die frisch erworbene Sonnenbräune verlockend enthüllte. Jenny lächelte, als Sandy ihr Glas erhob. „Auf den '69er Jahrgang."

„Auf den '69er Jahrgang", wiederholte Jenny, als sich ihre Gläser leicht berührten.

Nachdem beide einen Schluck getrunken hatten, sagte Sandy: „Weißt du noch, daß du mich gefragt hast, ob ich noch zu jemandem aus Buffalo Kontakt habe, und ich nein sagte?" Jenny nickte. „Ich hatte Mike vollkommen vergessen."

„Mike Sandler?"

„Ja. Wir sind all die Jahre in Verbindung geblieben."

„Das ist erstaunlich", meinte Jenny und war nicht im geringsten interessiert. Sie versuchte sich eine taktvolle Art einfallen zu lassen, wie sie Sandy nach ihrer Beziehung mit Shelly fragen konnte. „Lebt er immer noch in Kanada?"

„Ja, er ist jetzt in Vancouver. Für gewöhnlich sehen wir uns einmal im Jahr. Er kommt nach Kalifornien und besucht uns, oder wir fahren für eine Woche oder so zu ihm nach Kanada."

„Dann kennt er Michelle?" fragte Jenny vorsichtig mit neuerwachtem Interesse.

„O ja, sie sind eng miteinander befreundet. Wenn wir ausgehen, begutachten sie immer gemeinsam die jungen Frauen. Ich kann dem nichts abgewinnen. Ich habe immer ältere Frauen bevorzugt."

Der Ober brachte ihnen das Essen: in Butter geschwenkte Muscheln für Sandy, Lobster Thermidor für sie. Sandy machte sich mit großem Appetit über ihr Essen her und ließ eine Gesprächspause aufkommen. In diesem Punkt hatte sie sich eindeutig nicht verändert.

„Willst du mal probieren?“ Sandy rutschte vergnügt auf ihrem Stuhl herum. „Es ist wirklich gut.“

„Ja, gern.“

Sandy spießte zwei Muscheln auf und zog sie durch die Sauce, bevor sie die buttertriefende Gabel auf Jennys Teller legte. Jenny bemerkte, daß Sandy ihren Hummer beäugte.

„Ich nehme an, du möchtest meins probieren?“ sagte Jenny mit belustigtem Lächeln.

„Einen kleinen Happen nur.“

„Ich hätte nicht gedacht, daß sich deine Freundschaft mit Mike so lange hält“, platzte Jenny ohne zu überlegen heraus. Warum hatte sie das nur gesagt? Sie merkte, daß sie verletzt und eifersüchtig war, weil Sandy weiterhin mit Mike befreundet war, aber mit ihr nie Verbindung aufgenommen hatte.

„Warum?“ Sandy sah erstaunt aus. „Weil er ein Mann ist?“

„Nun, eigentlich dachte ich mehr an eure gemeinsame Geschichte.“ Warum war Shelly bereit, mit Mike befreundet zu sein, mit ihr aber nicht? Sandy hatte mit ihnen beiden eine Liebesbeziehung gehabt. Vielleicht sah Shelly in Jenny eine größere Gefahr. Jenny war aufgeregt.

„Oh, wir haben das im Laufe der Zeit aufgearbeitet.“ Sandy schwenkte den Rest des Weines in ihrem Glas und trank ihn mit einem raschen Schluck aus. „Außerdem ist Mike einer der am wenigsten sexistischen Männer, die ich kenne, und er hat ein wirklich gutes Einfühlungsvermögen, was Lesben anbetrifft, also ist das in Ordnung.“

Jenny war bei der Erwähnung von Lesben unbehaglich, obwohl sie zugleich mehr Informationen wollte. Das Gespräch lief keineswegs so, wie sie es geplant hatte, aber offenbar war sie weder fähig noch willens, ihm eine andere Richtung zu geben.

„Hat er je geheiratet?" Jenny wollte wissen, ob Sandy glücklich war. Sie konnte kaum direkt danach fragen. Selbst Sandy nicht. Vielleicht sollte sie einfach fragen, was für eine Art Freundschaft Sandy und Shelly hatten, und von da an Sandy den Verlauf bestimmen lassen.

„Nein." Sandy klang ein wenig abweisend.

„Oh, wie schade." Jenny formulierte in Gedanken ihre Frage.

„Warum?" Sandys Ton war unverkennbar feindselig. Jenny wurde von dem Gespräch, das sie im Kopf führte, wieder in das tatsächliche Gespräch zurückgerissen.

„Ich finde es einfach sehr schade, daß er niemanden gefunden hat." Jenny hörte, wie defensiv sie klang. „Du verstehst schon ... daß er vielleicht einsam ist."

„Nein, ich verstehe nichts." Sandy ärgerte sich über sie. Jenny hatte plötzlich große Angst, so wie vor Jahren, wenn Sandy böse auf sie war. „Wieso glaubst du, daß er einsam sein muß, nur weil er nicht verheiratet ist?"

„Worüber regst du dich so auf?" Jenny verstand nicht, warum Sandy wegen Mike so empfindlich war. Was spielte es für eine Rolle, ob er verheiratet war oder nicht? Eigentlich wollte Jenny ohnehin nicht über Mike reden.

„Ich rege mich nicht auf, ich bin ärgerlich", sagte Sandy aufgebracht. „Bei unserem letzten Gespräch hast du die gleichen unsinnigen Hypothesen über die Ehe von dir gegeben. Bist du wirklich so naiv? Glaubst du wirklich, die Ehe wäre eine so wunderbare Einrichtung?"

Die Ehe war also der wunde Punkt. Jenny wollte auch nicht über die Ehe reden. Die Ehe war langweilig. Und sie hielt sie ganz bestimmt nicht für eine wunderbare Einrichtung. Notwendig vielleicht, aber sicherlich nicht wunderbar.

„Nein, so naiv bin ich nicht. Ich wollte nur ..."

Sandy fiel ihr ins Wort. „Warum hast du dann so über Doris und Bunny gesprochen? Ich hatte dich gefragt, was *sie* machen, und du hast mir als erstes erzählt, was ihre Ehemänner machen. Deine Hauptbotschaft war, wie glücklich sie nun sind, weil sie geheiratet haben. Du gehst davon aus, daß die Ehe großartig ist, daß Leute aus gutem Grund heiraten, und daß alle, die heiraten, automatisch glücklich sind. Und nun erzählst du im Zusammenhang mit Mike denselben Mist." Sandy machte eine Pause zum Luftholen.

Jenny spürte, wie sie nun ebenfalls wütend wurde. „Warum nörgelst du an allem herum, was ich sage? Sieh mal, ich habe dich acht Jahre nicht gesehen. Ich bin nervös. Ich habe das Gefühl, daß ich jedes Wort auf die Goldwaage legen muß. Und ich stelle fest, daß ich Dinge sage, die von meiner Mutter kommen könnten." Sandy saß still da; endlich hatte Jenny ihre Aufmerksamkeit errungen. Sie holte tief Luft. „Nein, natürlich glaube ich nicht, daß die Ehe alles im Leben ist ... aber so schrecklich finde ich sie auch wieder nicht. Ich bin gern verheiratet. Was ist daran so schlimm?"

Jenny wurde sich bewußt, daß Sandys Bemerkungen ihr Selbstwertgefühl verletzt hatten. Sie hielt sich nicht für besonders spießig, aber Sandy tat das offenbar, und irgendwie schien Sandy solche Reaktionen zu provozieren. Sie hatte das Gefühl, daß ihr ganzes Leben in Frage gestellt wurde. Nun, wer war Sandy denn, daß sie ein Urteil über ihr ganzes Leben fällen konnte? Niemand konnte eine genaue Prüfung des eigenen Lebens mit Glanz und Gloria bestehen, und wenn Sandy das nicht wußte, war sie immer noch ein unreifes Gör.

„Du nimmst das persönlich, Jenny, aber ich meine es politisch." Sandy versuchte nun offenbar, behutsam zu sein. Vielleicht wollte auch sie nicht mit ihr streiten. „Es ist nichts Schlimmes an der Ehe, wenn du sie als freiwilligen Vertrag auf Lebenszeit definierst, den zwei Menschen miteinander aushandeln. Aber das ist eine Abstraktion. Wenn du dir die Institution Ehe dagegen im historischen und kulturellen Kontext ansiehst, stellt sie etwas ganz anderes dar ... Geärgert hat mich, daß du so getan hast, als seien verheiratete Leute die einzigen glücklichen und erfolgreichen Menschen. Das heißt implizit, daß Singles – eine Kategorie, die übrigens die meisten Lesben und Schwulen einschließt – unglücklich sind."

Sandy war zunehmend lauter geworden. Als sie die Worte „Lesben und Schwule" sagte, schrie sie beinahe. Jenny bemerkte, wie die Leute sich umsahen und dann wegschauten, wenn sie ihrem Blick begegneten. Es war ihr peinlich, und sie fühlte sich wie auf dem Präsentierteller. Sandy hatte offenbar keinerlei Gespür dafür.

„Würdest du bitte leiser sprechen?" zischte Jenny und beugte sich über den Tisch. „Müssen alle im Restaurant mitbekommen, worüber wir reden?"

„Nein, natürlich nicht." Sandy wirkte beschämt. „Es tut mir leid, Jenny. Aber manches, was du sagst, bringt mich wirklich auf die Palme." Sie nahm die Rechnung und überflog sie. „Wollen wir zahlen und einen Spaziergang am Strand entlang machen, bevor wir zu unseren Hütten zurückkehren?"

Jenny nickte. Sie war völlig verwirrt. Ihre Gefühle für Sandy schienen sich mit jeder Wendung ihres Gesprächs zu verändern. Manchmal wollte sie Sandy nahe sein, sie berühren und spüren, daß sie die Berührung erwiderte, dann wieder hätte sie Sandy am liebsten ihren streitsüchtigen Hals umgedreht. Warum konnte Sandy nicht einfach friedlich sein? Sie war so verdammt liebenswert, wenn sie sich nicht gerade störrisch benahm.

Es war ein wunderbarer Abend, die kühle Brise brachte Feuchtigkeit vom Meer. Der Vollmond ließ den Sand in grauen und schwarzen Farbtönen glänzen. Sandy zog sich die Schuhe aus. Sie hatte Lust, in den Wind zu schreien, hielt sich aber zurück. Sie war sicher, daß Jenny das nicht gutheißen würde, und Jenny wirkte bereits verstört genug.

Sandy wußte nicht, was mit ihr selbst los war. Es hatte den Anschein, als gerieten sie letztlich immer über die falschen Dinge in

Streit. Na schön, Jenny war also unbewußt sexistisch gewesen; hieß das, daß Sandy ihr zu Hilfe eilen und den Fehler korrigieren mußte? Und ihre feministische Analyse der Ehe – Himmel, es war offensichtlich, daß Jenny nicht ein Wort davon aufgenommen hatte. Was hatte sie denn erwartet? „Glücklich verheiratete Frauen“ gaben ihre innersten Zweifel großmäuligen lesbischen Feministinnen gegenüber nicht zu. Außerdem ließ Sandy sich normalerweise nur dann auf politische Diskussionen ein, wenn sich alle Beteiligten vorher auf das Thema geeinigt hatten.

Es mußte noch etwas mehr hinter dieser Ehegeschichte stecken, was sie störte. Sie war seit Jahren auf keiner Hochzeit mehr gewesen, also war es das nicht. Eigentlich war sie das letzte Mal auf einer Hochzeit gewesen, als – das Bild war klar, zog mit unglaublicher Geschwindigkeit an ihr vorbei. Es war auf einmal so offensichtlich. Warum hatte sie es nicht früher bemerkt?

„Begreifst du überhaupt, wie es für mich war, zu deiner Hochzeit zu kommen, Jenny?“ Sandy versuchte, das Zittern in ihrer Stimme zu unterdrücken. „Noch dazu als Brautjungfer? Damit hast du unsere Beziehung endgültig für nichtig erklärt.“ *Und mir eine der schlimmsten Erfahrungen meines Lebens beschert.*

„Wovon redest du?“ fragte Jenny in ungeduldigem Ton. „Du warst meine beste Freundin. Dich zu fragen, ob du meine Brautjungfer sein wolltest, war eine Bestätigung dieser Freundschaft.“

Sandy sah Jenny aufmerksam an, um festzustellen, ob sie versuchte, sich diesem Thema zu entziehen, aber Jenny schien wirklich nicht zu begreifen, was sie falsch gemacht hatte. Es war verwunderlich – und zugleich auch wieder nicht. Damals hatte Sandy auch nicht ganz durchschaut, wie ungeheuerlich die ganze Situation war.

„Natürlich. Und zugleich war es die Verneinung der Tatsache, daß wir ein Liebespaar gewesen waren und unsere Beziehung nicht in beiderseitigem Einvernehmen geendet hatte. Als du gegangen bist, habe ich dich immer noch gewollt, und selbst zwei

Jahre später hatte ich nicht aufgehört, dich zu lieben.“ *Ich habe fast den Verstand verloren, Jenny. Ich war nie so einsam und voller Angst wie damals. Hast du eine Ahnung von den Qualen, die ich durchgemacht habe? Nein, ich glaube nicht. Ich bezweifle, daß du dich je um eines anderen Menschen willen solchem Leid aussetzen würdest.*

„Kannst du dir vorstellen, daß du mich zu deiner Hochzeit eingeladen hättest, wenn ich ein männlicher Liebhaber gewesen wäre?“ Sandy setzte den Gedankengang logisch fort. „Und daß du dann die Chuzpe gehabt hättest, mich zu bitten, Brautführer zu sein? Aber das ist kein fairer Vergleich.“ *Nichts an dieser ganzen verdammten Geschichte war fair, Jenny. Verursacht dir das denn keinerlei Gewissensbisse?* „Wenn ich ein Mann gewesen wäre, hättest du mich aus einem anderen Grund verlassen, zum Beispiel, weil du mich nicht liebtest.“

Sandy hielt inne und wartete darauf, daß Jenny antwortete. Jenny blickte stur geradeaus, und ihr Schritt war geradezu militärisch. Sie sah aus wie eine Kandidatin für die Führungsspitze der Junta.

„Und? Was willst du damit sagen?“ Jenny stieß die Worte mit zusammengebissenen Zähnen hervor. Sandy konnte nicht entschlüsseln, was Jenny empfand, aber zumindest drang irgend etwas zu ihr durch.

„Ich will damit sagen, daß es eine Sache war, unsere Beziehung vor der Öffentlichkeit zu verbergen. Ich bin wütend deswegen, aber ich kann deine Ängste verstehen. Aber daß du die Beziehung zwischen uns ungeschehen machen wolltest, indem du mich zu deiner Hochzeit eingeladen hast, ist etwas völlig anderes. Du mußt gewußt haben, wie schmerzlich das für mich sein würde. Und doch hast du mich im Namen unserer Freundschaft darum gebeten.“ *Um Himmels willen, Jenny, wie konntest du mir das antun? Hast du mich denn gar nicht geliebt?* „Das ist es, was ich nicht verstehe. Es war, als wolltest du, daß ich so tue, als sei alles in Ordnung. Als wolltest du meinen Segen haben.“ *Verstehst du, was ich deswegen durchgemacht habe, Jenny? Ich habe deine Heirat gehaßt, aber dich habe ich geliebt. Ich habe dich so sehr geliebt, Jenny.*

„Und was glaubst du, wie du dich gefühlt hättest, wenn ich dich nicht eingeladen hätte?“ verteidigte Jenny sich. „Wenn ich einfach geheiratet hätte, ohne es dir zu sagen? Meinst du, du hättest es vorgezogen, daß ich dich ignoriere oder so tue, als würdest du nicht existieren?“

Sandy wollte gerade antworten, als sie auf etwas Weiches, Schleimiges trat. Ein Brennen schoß ihr durch den Fuß und die Wade hoch. „O Scheiße!“ Sie hob das Bein, hüpfte im Sand herum und inspizierte Fuß und Boden, konnte aber nichts entdecken.

„Was ist los?“

„Ich bin auf etwas getreten. Es war glitschig und weich und hat mich gestochen.“ Sandy hüpfte weiterhin auf einem Bein herum und versuchte, ihren Fuß direkt ins Mondlicht zu halten. „Verdammt, tut das weh!“

„Sollen wir umkehren?“ Jenny klang erleichtert.

„Hör zu.“ Sandy wollte immer noch sagen, was sie zu sagen hatte, und Jenny zwingen, sich damit auseinanderzusetzen. „Du tust, als wären wir zum Zeitpunkt deiner Hochzeit immer noch die besten Freundinnen gewesen. Wir hatten fast ein Jahr lang keinen Kontakt mehr gehabt, als du mich aus heiterem Himmel anriefst, um mich einzuladen. Und wenn du bloß gewollt hättest, daß ich es weiß, hättest du mir eine Einladung schicken und die Entscheidung mir überlassen können. Statt dessen aber hast du versucht, mich am Telefon zu überreden.“

Sandy sah die Szene immer noch vor sich. Sie hatte an ihrem Schreibtisch gesessen und gearbeitet, als das Telefon klingelte. Es war schon spät, und sie war müde gewesen. Allein Jennys Stimme zu hören hatte ihr einen Schock versetzt.

„Du wußtest, daß ich nicht kommen würde, wenn du mich

nicht dazu drängen würdest. Ich leugne nicht, daß es meine Entscheidung war. Ich habe mich entschieden, zu tun, was du wolltest. Aber du hast meine Liebe zu dir mißbraucht." *Wie konntest du mir das antun, Jenny? War es nicht schon schlimm genug, daß du mich verlassen hattest, auch ohne mich auf diese Weise zu demütigen? Ohne mich zu zwingen, so zu tun, als sei ich einverstanden mit dem, was du tust? Bis zum heutigen Tage schäme ich mich für meinen fehlenden Mut in diesem Moment. Wie konnte ich zulassen, daß du mir das antust?*

„Und komm mir nicht mit diesem Blödsinn, meine Gefühle seien dir wichtig gewesen!" Sandy war zornig und empfand eine gerechte Empörung. „Denn wenn ich dir wichtig gewesen wäre, hättest du nach der Hochzeit von dir hören lassen. Aber das hast du nicht." Sandy blieb stehen und sah Jenny an, packte sie am Arm und zwang sie, ihr ebenfalls ins Gesicht zu sehen. „Nein, du hast mich so weit gekriegt, daß ich meine Rolle gespielt habe, und dann bist du munter und fröhlich aus der Kirche getreten und aus meinem Leben verschwunden. Warum, Jenny? Warum hast du mir das angetan?"

Tränen strömten Jenny über das Gesicht. Sie sah aus wie ein gefangenes Tier auf der Suche nach einem Fluchtweg. Sandy empfand kein Erbarmen, kein Mitgefühl. Jenny konnte die Tausende von Tränen nicht wiedergutmachen, die Sandy vergossen hatte.

„Also das muß ich mir nicht anhören!" Jenny riß ihren Arm los. „Ich gehe nach Hause." Sie wandte sich um und schickte sich an, in Richtung ihrer Hütte davonzustürmen.

Ohne nachzudenken, ergriff Sandy ihren Arm und riß Jenny wieder zu sich herum. „Du gehst nirgendwohin!" schrie sie und spie ihre Wut in den Wind, das Meer, den Mond. „Du kannst mich nicht an der Nase herumführen oder zum Schweigen bringen. Weil ich es weiß. Ich weiß, daß du mich geliebt hast, so geliebt hast, wie du diesen *schlub* da hinten niemals lieben kannst. Du hast mich begehrt, wie du keinen Mann je begehrt hast. Du weißt, was wir einander bedeutet haben. Und davor bist du davongelaufen. Vor mir. Vor uns. Und vor dir selbst, verdammt noch mal, auch. Und ich verstehe nicht, warum. Ich habe es nie verstanden. Ich weiß, es hat etwas mit Angst zu tun. Aber du bist so verdammt damit beschäftigt, ‚normal' zu sein, daß du jeden Bezug zur Wirklichkeit verloren hast."

Jenny zitterte am ganzen Körper. Sie hatte die Fäuste geballt und die Arme in die Seiten gestemmt. Die Art, wie Sandy vor ihr stand, traf sie tief und schockierte sie mit seiner wilden Qual.

„Was weißt du schon?" flüsterte Jenny, und ihr Gesicht sah im Licht des Mondes unheimlich aus. Sie atmete schwer. „Was weißt du schon von mir?" fragte sie böse. „Soll ich dir sagen, was du von mir weißt? Was du von mir weißt, ist das, was du vom Leben weißt. Nichts." Jenny spie die Worte aus und kam drohend näher, bis ihr Gesicht nur wenige Zentimeter von Sandys Gesicht entfernt war. „Hörst du mich, Sandy Stein?" schrie sie. „Nichts. Nichts. Nichts." Sie hämmerte mit den Fäusten gegen Sandys Schultern. Sandy stand reglos da, viel zu verblüfft, um sich zu schützen. Dann packte sie Jennys Fäuste und hielt sie fest.

„Jenny", bat sie. „Jenny, bitte!"

Jenny schien wie betäubt. Sie blickte Sandy verständnislos an. Dann riß sie sich los und ging ein paar Schritte beiseite. Sie krümmte sich zusammen und atmete schwer. Sandy blieb reglos stehen. In gewisser Weise war sie von Jennys Ausbruch erleichtert. Sie wartete. Nach einer Weile ging Jennys Atem ruhiger. Sie wandte sich langsam um und sah Sandy an.

„Du bist eine Romantikerin, Sandy. Das warst du immer. Du glaubst, die Welt sei in gut und böse, richtig und falsch eingeteilt, und wenn du nur aufrichtig seist, käme alles in Ordnung. Nun, dem ist nicht so." In Jennys Stimme lag eine resignierte Bitterkeit, die Sandy die Tränen in die Augen trieb. „Die Menschen können schrecklich sein. Niederträchtig und grausam. Du hast dich immer mit einer Fassade aus Zynismus gewappnet, aber ich habe dich mühelos durchschaut. Du bist weich und verletzlich, Sandy. Ich bin nicht so verletzlich wie du. Das war ich nie. Ich will es auch nicht sein." Jenny klang wieder wütend, aber diesmal wußte Sandy, daß der Zorn sich nicht gegen sie richtete. Er steckte viel tiefer.

Jenny hockte sich hin und ließ den Sand durch die Finger rieseln. Sie wirkte wie ein kleines ängstliches Mädchen, den zarten Körper zusammengekauert, kein Gegengewicht zur Weite von Strand und Meer. Sandy hätte sie am liebsten in den Arm genommen und gehalten, um sie vor der Niedertracht zu schützen, die sie so schwer verletzt hatte. Aber ihre Narben lagen in ihrem Inneren begraben, und Jenny hatte ihr nie wirklich Zugang zu diesem verborgenen Ort gewährt.

„Angst. Du redest von meiner Angst." Jennys Stimme hatte jetzt etwas von der universalen Gültigkeit eines Gesanges. Sie stand zornig auf und schleuderte eine Handvoll Sand in Richtung Meer. Der Wind blies ihn an den Strand zurück. „Es hat Nächte gegeben, in denen du eingeschlafen bist wie ein Baby, während ich neben dir gelegen habe und die entsetzliche Furcht in mich hineinkriechen spürte und wie gelähmt war. Ich konnte mich nicht rühren. Manchmal hatte ich zu viel Angst, um zu atmen. Und ich wußte, während du friedlich schliefst, daß wir kein gemeinsames Leben haben würden. Sie würden es nie zulassen."

Jenny sah Sandy mit einem merkwürdigen Gesichtsausdruck an: eine Mischung aus Liebe und Enttäuschung. „Verfolgung war für dich nie etwas Reales, Sandy. Oh, du wußtest Bescheid über Rassismus und Antisemitismus", fügte Jenny als Reaktion auf Sandys skeptischen Blick rasch hinzu, „aber es war nie real. Die Liebe würde alles überwinden. Himmel, manchmal hast du so kindisch dahergeredet. Und manchmal warst du so reif und erwachsen. Aber ich wußte es besser. Am College konnten wir damit davonkommen. Niemand kümmert sich groß um College-Studentinnen. Aber sobald wir in die wirkliche Welt hinausgegangen wären, wäre es anders gewesen. Es hätte die völlige Isolation bedeutet." Jenny seufzte tief und schaute auf das Meer hinaus. „Es hatte keinen Sinn, es auch nur zu versuchen. Ich hätte dem Druck irgendwann schließlich doch nachgegeben."

Sandys Zorn war verflogen, als sie die Frau betrachtete, die ihr einmal die Welt bedeutet hatte. *Ich hätte das alles riskiert, Jenny. Ich wäre für dich gestorben. Ich hätte nicht zugelassen, daß sie dir weh tun.* Idiotische Sätze, die Phantastereien einer romantischen Teenagerin, die die große Liebe ihres Lebens gefunden hatte und überzeugt war, nie wieder lieben zu können. Vielleicht hatte Jenny recht; vielleicht hatten sie nie eine Chance gehabt.

Sandy seufzte. „Wir konnten nicht wissen, daß die Frauenbewegung direkt vor der Tür stand, daß es viele Frauen wie uns geben würde, daß wir eines Tages Schwestern und Unterstützung hätten." Sie blickte ebenfalls aufs Meer hinaus. Das Ausmaß der Zwänge, denen sie zuwidergehandelt hatten, war zu groß gewesen, um es zu fassen. Was ihnen geschehen war, schien eine so sinnlose Vergeudung, ein schreiendes Unrecht. Jenny hatte recht – Sandy war kindisch. Warum glaubte sie immer noch, daß das Leben gerecht sein müßte?

„Jenny, mein Fuß fühlt sich gar nicht gut an." Das Pochen war schlimmer geworden, und der Schmerz schoß in einem stetigen Rhythmus ihr Bein hinauf.

„O Mist. Was ist damit?" Jenny legte Sandy den Arm um die Taille, so daß Sandy ihren Fuß heben und untersuchen konnte. Er war arg geschwollen.

„Er ist bereits doppelt so dick. Bei diesem Tempo kann ich in ein paar Stunden als Elefant durchgehen."

„Witze sind jetzt nicht angebracht", sagte Jenny ungeduldig. Sandy spürte, daß Jenny bestürzt war; es tat ihr gut. Jenny sorgte sich um sie. „Kannst du damit laufen?"

Sandy setzte den Fuß behutsam auf, hob ihn aber rasch wieder an und krümmte sich vor Schmerz.

„Ich glaube nicht. Dies ist eindeutig ein Fall für *Wonder Woman.*" Sie ließ ihren Blick suchend über den verlassenen Strand schweifen. „Aber diese Heldinnen sind einfach nie da, wenn du sie brauchst."

Jenny achtete nicht auf Sandys Geplapper. Sie sah zu den Lichtern der Hotelanlage hinüber. Sie war wieder eine kompetente Frau. „Du hast immer gut Entfernungen schätzen können ... wie weit, würdest du sagen, sind wir vom Hotel entfernt?"

Sandy warf einen Blick auf die fernen Lichter. „Eine halbe bis dreiviertel Meile."

„Himmel."

„Du wirst mich hier zurücklassen müssen. Geh und hol Hilfe." Sandy versuchte, so gelassen wie möglich zu klingen.

„Ich will dich nicht allein lassen, San." Jenny sah besorgt aus. Sie schien nicht einmal zu bemerken, daß sie die vertraute Kurzform benutzt hatte. Plötzlich war Sandy ganz friedlich zumute.

„Wir haben keine Wahl. Ich werde nicht bis dahin hüpfen können, nicht in diesem Sand. Lauf zurück und ruf einen Krankenwagen. Es wird dir nicht schwerfallen, mich wiederzufinden", sagte Sandy mit breitem Lächeln. „Ich gehe nicht weg."

Jenny sah Sandy eindringlich an. „Bist du sicher?"

„Ja, ich bin sicher. Hilf mir mal."

Jenny half Sandy, sich hinzusetzen. Sandy streckte ihren verletzten Fuß von sich. Der Schmerz wurde schlimmer. Jenny stand unschlüssig herum. Sie zögerte immer noch, Sandy allein zu lassen.

„Du gehst jetzt besser", sagte Sandy schroff. „Du warst noch nie berühmt für deine Sprints."

„Sei unbesorgt, Sandy. Ich bin gleich zurück." Sie nahm ihre Perlenkette ab, warf sie Sandy zu und rannte in Richtung Hotel davon.

Sandy stützte sich auf die Ellenbogen und blickte zufrieden in den Sternenhimmel. Die hellen Lichtpunkte waren von faszinierender Schönheit: ein elegantes Netz weißglühender Steine, so weit gespannt, daß die ganze Bandbreite ihrer Phantasie sich in einer kleinen Ecke des Himmels verlor. Sie betrachtete die Leuchtpunkte und die schwarze Weite. Sie verlor das Bewußtsein für ihre Umgebung und fiel in einen hypnotischen Zustand.

Jennys Lungen waren kurz vor dem Bersten, aber sie zwang sich, einen Fuß vor den anderen zu setzen. Ihr Atem ging so laut, daß er das Rauschen des Meeres übertönte; wenn sie ausatmete, hörte sie ein rasselndes Geräusch wie von Ankerketten. Nun reichte es. Sie würde aufhören zu rauchen. Während sie den Strand entlangstolperte, tat sie einen stillen Schwur: „Lieber Gott, wenn ich jetzt keinen Herzinfarkt oder Schlaganfall bekomme, verspreche ich dir, das Rauchen aufzugeben." Es war ein Abkommen mit einer Gottheit, an die Jenny verstandesmäßig nicht glaubte, aber irgendwie schien es verbindlicher zu sein, wenn noch eine zweite Person beteiligt war.

Jenny meinte in der Ferne einen Schatten auszumachen. Während sie mit letzter Kraft vorwärts taumelte, hielt sie den Blick auf diesen Fleck geheftet. Gott sei Dank, es war Sandy. Sie brach im Sand neben ihr zusammen.

„Wir sind schon ein tolles Team", sagte Sandy mit ironischem Lächeln. „Ich kann nicht laufen, und du klingst, als hättest du ein Lungenemphysem im Endstadium. Der Smog im ländlichen Ohio muß wohl ziemlich schlimm sein."

Jenny war noch zu sehr aus der Puste, um mehr herauszubringen als „Halt den Mund, Sandy!". Sie spürte, wie ihr der Schweiß zwischen den Brüsten hinunterrann. Als ihr Atem sich beruhigt hatte, stand sie auf und klopfte sich den Sand von der Kleidung.

„Ich habe mit der Managerin gesprochen. Offenbar bist du auf eine Feuerqualle getreten. Sie hat einen Krankenwagen gerufen und wird ihm den Weg weisen, wenn er kommt. Wie geht es dir?"

„Geht so. Eine Feuerqualle also. Warum haben sie uns im Hotel nicht gewarnt?"

„Die Managerin meinte, es wäre nicht die Jahreszeit dafür. Sieh *mich* nicht so an. Sie sagte, normalerweise kämen sie später im Jahr. Sie wirkte sogar überrascht."

„Ja, klar!" Sandy klang immer noch ganz wie eine New Yorkerin. Selbst unter Schmerzen hatte sie diese sarkastische Energie in sich. Sie war so verdammt lebendig.

„Wie kommt es, daß in den Reiseprospekten nie etwas darüber steht? ‚Willkommen auf Hawaii – dem Land der Feuerquallen, Sonnenstiche und der größten menschenfressenden Moskitos diesseits des Äquators!'."

Jenny lachte von ganzem Herzen, als sie in Sandys funkelnde Augen sah. Sie hatte vergessen, wie gut es tat, zu lachen.

„Hast du etwas, was du mir unter den Kopf legen könntest?" Sandy streckte sich unbehaglich. Jenny sah, daß sie sich immer noch auf die Ellenbogen stützte. „Ich kann Sand im Haar nicht ausstehen."

Jenny ließ sich neben ihr nieder, hob Sandys Kopf an und legte ihn in ihren Schoß. „Besser?"

„Wundervoll." Sandy drehte den Kopf ein wenig, um bequemer zu liegen.

Jenny wischte etwas Sand von Sandys Stirn und strich ihr die zerzausten Haare aus dem Gesicht. „Was machen die Schmerzen?" fragte sie sanft und strich weiter über Sandys Haar; sie empfand eine große körperliche Sehnsucht, als sie in Sandys mondbeschienenes Gesicht blickte.

„Welche Schmerzen?" Sandy gab sich tapfer. „Ich bin Profi. Nach dem zweihunderteinundfünfzigsten Unfall spürst du kaum noch etwas."

Jenny kicherte. „Das erinnert mich an all die Male, die ich dich in die Notaufnahme gebracht habe." Sie zerwühlte Sandys Haare in gespielter Frustration. „Einmal bist du durch eine geschlossene Glastür gegangen – sie mußten deinen Arm mit dreißig Stichen nähen; dann hast du dir vom Thunfisch in der Cafeteria eine Lebensmittelvergiftung geholt – eine Woche im Krankenzimmer; ein anderes Mal bist du von einem Zaun gesprungen und hast dir den Knöchel gebrochen – vier Wochen auf Krücken, und rate mal, wer dir die Bücher über den Campus getragen und dich gewaschen hat! Nicht zu vergessen, als du in der Kleiderkammer von einem Stuhl gehüpft bist und dir den Kopf an der Decke gestoßen hast. Ich werde nie kapieren, wie du das fertiggebracht hast."

Sandy schien sehr zufrieden, wie sie so dalag. Ihr Kopf schmiegte sich behaglich in Jennys Schoß. Jenny strich mit den Fingern über Sandys Stirn, dann die Nase entlang und hielt an der Spalte über der Oberlippe inne.

„Ich habe es nie verstanden", sagte Jenny. „Deine Bewegungskoordination ist ausgezeichnet, weitaus besser als bei den meisten anderen Menschen, die ich kenne. Du bist so gewandt und sportlich, und doch hast du dich ständig verletzt. Wahrscheinlich wolltest du die Aufmerksamkeit auf dich ziehen." Sandy lächelte Jenny an. Dann hob sie den Kopf ein wenig und schmiegte ihn an Jennys Brust. Jenny schob den Arm unter Sandys Kopf und drückte ihn an sich. Sandys Wange lag weich an ihrer Haut. Jenny war sehr friedlich zumute.

„Es tut so gut, dir wieder nahe zu sein, Jen." Sandy preßte ihr Gesicht an Jennys Brust. Dann hob sie den Kopf und sah Jenny an. „Darum habe ich aufgehört zu schreiben und anzurufen – es war nicht nur die Hochzeit. Unser Kontakt war so oberflächlich. Ich habe es nicht ausgehalten. Nicht nach dem, was vorher gewesen war." Sandy sah sie mit einem so verletzten Blick an, daß Jenny spürte, wie sie sich innerlich krümmte und dann wieder entspannte.

„Du verlangst so viel, Sandy." Jenny riß sich zusammen; sie wollte Sandy nicht erneut verletzen. „Manchmal ist es nicht gut, sich nahe zu sein. Wir hätten die Trennung sonst nie geschafft. Du hast wahrscheinlich geglaubt, daß es mir leichtgefallen wäre, dich zu verlassen und neu anzufangen. Daß ich nie an dich denken mußte. Ich habe es versucht. Aber ich habe doch an dich gedacht. Und dann kam Barry ... Er ist ein guter Mann, Sandy." Jenny blickte zu den funkelnden Lichtern der Hütten hinüber. „Du hast eine bestimmte Art von Mut. Den hattest du immer schon. Ich habe das an dir bewundert ... an dir geliebt, als wir zusammen waren." Jenny sah wieder aufs Meer hinaus. Ihr Blick folgte einer Welle, die sich aufbaute, überschlug und dann am Strand auslief. Die einzelnen Wellen wirkten so einsam, so vergänglich. Sie formten sich, stiegen auf und starben. „Wir sind wirklich getrennte Wege gegangen."

„Allerdings." Sandy stützte sich auf den Ellenbogen und näherte ihr Gesicht dem von Jenny. Erschrocken erkannte Jenny, wie schön Sandy war. Sie spürte einen Kloß im Hals. Sie räusperte sich, aber er wollte nicht verschwinden. Sandy hob an, etwas zu sagen, zögerte und sprach schließlich doch: „Vor vielen Jahren hast du gesagt: ‚Sandy, ich möchte dich küssen.' Das war wohl das Wichtigste, was mir je ein Mensch gesagt hat. Es hat mein ganzes Leben verändert. Manchmal frage ich mich, ob ich lesbisch geworden wäre, wenn du das nicht getan hättest, wenn wir es nicht getan hätten. Letzten Endes doch, glaube ich, vermutlich, als die Frauenbewegung stärker wurde. Aber wer weiß, welche Scheiße ich vorher hätte durchmachen müssen." Sandys Blick suchte Jennys Augen. „Ich verdanke dir sehr, sehr viel, Jenny. Wenn ich nicht gewußt hätte, wie es sein kann, mit einer Frau zusammenzusein, hätte ich mich vielleicht mit sehr viel weniger begnügt."

Jenny schluckte mehrmals. Der Kloß wurde kleiner, und sie konnte schließlich sprechen. „Das glaube ich nicht, Sandy. Da ist etwas in dir ... Ich glaube nicht, daß du jemals in deinem Leben Abstriche gemacht hast, egal in welcher Hinsicht."

„Ich möchte dich küssen", sagte Sandy sanft. Jenny lachte, und dann sah sie, daß Sandy es ernst meinte. Jenny spürte, wie sich etwas in ihr ausdehnte, als sie sich vorbeugte und ihre Lippen sich trafen. Sie küßten sich zart, erst zaghaft, dann mit wachsender Vertrautheit. Es war wie Fahrradfahren – wenn du es einmal gelernt hast, vergißt du es nie mehr. Sandys Lippen waren weich und sanft; sie gaben nach, wenn Jenny sich vorwagte, und tasteten sich vor, wenn Jenny zurückwich. Es war ein vertrauter, ausgewogener Rhythmus von Geben und Nehmen. Jenny spürte, wie ihr Körper seine ganze Energie auf diesen Kuß konzentrierte, als strömte ihre gesamte Kraft in ihre Lippen, damit sie sich mit Sandys vereinte.

Langsam beendete Sandy den Kuß, ihre Lippen formten sich zu einem Lächeln und zogen sich dann zurück. Jenny sah zu, wie Sandy wieder in ihren Schoß sank und den Kopf an Jennys Bauch legte. Sandy wirkte heiter, selbstsicher. Jenny kämpfte gegen das Klopfen in ihren Adern und ihren Händen und ihrer Brust an, aber es hörte nicht auf.

Sie hatten Sandy fortgebracht, und niemand machte sich die Mühe, ihr Bescheid zu sagen. Jenny schritt in dem leeren Wartezimmer auf und ab. Ihre Augen wanderten immer wieder zu den beiden Flügeln der Schwingtür, die nun stillstanden, einige Augenblicke zuvor jedoch voller Bewegung gewesen waren, als Sandy hineingerollt wurde. Sandy winkte zum Abschied wie im Varieté, auf einen Ellenbogen gestützt, bevor sie hinter diesen Türen verschwand.

Sie war während der ganzen Fahrt im Krankenwagen guten Mutes gewesen und hatte einen Witz nach dem anderen gerissen, bis die Krankenpflegerin in schallendes Gelächter ausgebrochen war. Jenny ebenfalls. Aber nun schien das Lachen eine Ewigkeit her zu sein, und Jenny spürte die Last dieser verdammten geschlossenen Türen. Das war das Schlimme an Krankenhäusern: Eine Frau konnte lächelnd fortgebracht werden, und dann sahst du sie nie wieder. Was hinter diesen Türen vorging, war ein sorgsam gehütetes Geheimnis; die weißen Uniformen und makellos sauberen Gänge sollten dich überzeugen, daß alles Menschenmögliche für dich, die Patientin, deine Lieben, getan würde. Aber niemand glaubte noch an diesen Hokuspokus. Alle wußten, daß die Medizin eine Institution war, die sich ihre eigenen Regeln und Rituale geschaffen hatte, um die Interessen ihrer Mitglieder zu wahren. Du konntest aufsässig werden und schreien, aber du würdest nicht viel erreichen; die Alternativen waren systematisch zerstört oder in die Illegalität gedrängt worden. Es war das einzige Angebot, das es gab, und entweder du spieltest mit oder du schiedst aus.

Jenny hatte einen sauren Geschmack im Mund. Sie ging zum Wasserspender hinüber und spülte sich den Mund aus, aber der Geschmack wollte nicht verschwinden. Den ganzen Abend hatte ihr Körper sich ihren Befehlen widersetzt: hatte reagiert, wenn sie es nicht wollte, und sich verweigert, wenn sie ihn brauchte. Gleich würden die anderen hier sein. Unter diesen Umständen durfte sie nicht die Beherrschung verlieren.

Jenny betrachtete ihren Körper in dem alten Spiegel, der neben dem Schwarzen Brett hing. „Na gut“, flüsterte sie ihrem Spiegelbild zu, das ihren Blick erbarmungslos zurückwarf, „wir schließen einen Handel ab. Du läßt mich für den Rest des heutigen Abends in Ruhe, und wenn du morgen übernehmen willst, lasse ich dich gewähren.“

Sie stand reglos da und nahm weder die Zeit noch ihre Umgebung wahr; in ihrem Kopf war eine barmherzige Leere. Wie aus weiter Ferne hörte sie das Geräusch eines Automotors näherkommen und dann ersterben. Eilige Schritte nahten, und dann flog die Eingangstür auf und knallte gegen die Wand. Jenny drehte sich widerstrebend um, um zu sehen, wer da hereinstürmte. Es war Shelly.

„Wie geht es ihr?“ Shelly lief auf Jenny zu. Ihre Bluse war unten nicht zugeknöpft, und die Riemen ihrer Sandalen waren nicht richtig geschlossen.

„Ich weiß nicht. Sie haben sie da hineingebracht." Jenny wies auf die Schwingtür. „Ich glaube aber, es ist nichts Ernstes", fügte sie automatisch hinzu, als sie Shellys Besorgnis bemerkte. Sie hatte das Gefühl, weit weg zu sein, als verfolge sie durch ein Opernglas eine Szene in einem Schauspiel; sie sah das Mienenspiel der Schauspielerinnen dicht vor sich, aber sie war nicht dabei.

„Verdammt!" Shelly ging auf die Schwingtür zu, überlegte es sich dann aber anders und kehrte zu Jenny zurück. „Sie verletzt sich ständig. Ich kann Ihnen gar nicht sagen, wie oft wir diese Notaufnahmeszene schon durchgespielt haben." Shelly sah Jenny aufmerksam an. „Aber vermutlich kennen Sie das alles."

„Ja. Sie war damals schon so." Jenny war sehr verlegen. Sie hatte nicht erwartet, daß Shelly so nett sein würde; sie erkannte sogar an, daß Jenny früher einmal gleichfalls sehr vertraut mit Sandy gewesen war.

„Danke, daß Sie sich um sie gekümmert haben." Shellys Dankbarkeit schien echt zu sein.

„Das war doch selbstverständlich." Jenny merkte, wie beiläufig und distanziert sie klang. Dies hatte sie doch gewollt: Shelly kennenlernen. Warum verhielt sie sich dann so steif und zugeknöpft? Einen Augenblick hatte Shelly einen fragenden Ausdruck in den Augen, dann war er verschwunden. Jenny wußte, daß sie diese Begegnung vermasselte, aber ihr fiel nichts ein, was sie hätte sagen können. Bei ihrer Abmachung mit ihrem Körper hatte sie ein Aussetzen des Gefühls verlangt, aber ihr war nicht klar gewesen, daß dazu auch eine geistige Blockade gehörte. Sie versuchte, ihren Kopf wieder in Gang zu bringen, ihn zu zwingen, die richtigen Worte zu finden, um Shelly anzusprechen und ihre freundliche Geste zu erwidern. Doch sie stand stumm da, und ihr Geist wanderte durch leere Räume, während sie hilflos zusah, wie Shelly sich von ihr entfernte und auf die Klingel an der Aufnahme drückte.

Wieder wurde die Eingangstür krachend aufgestoßen. Diesmal war es Barry. Er trug seine gestreifte Schlafanzugjacke, die er hastig in die Hosen gestopft hatte. Zehn zu eins, daß er unter der Hose das Unterteil des Schlafanzugs trug.

„Hallo. Was ist los?“ Barry sah Shelly an der Aufnahme stehen und ging zu Jenny hinüber.

„Sandy ist in eine Feuerqualle getreten. Sie wird gerade behandelt.“ Ihre Stimme klang mechanisch, fast gelangweilt. Zumindest waren alle Mitspielenden nun aufgetreten, und sie würde die Szene niemandem beschreiben müssen. Es gab im Fernsehen eine Seifenoper mit dem Titel *General Hospital* oder so ähnlich. Vielleicht sollte sie diese Szene niederschreiben und einsenden; sicher hatten sie diesen Aspekt noch nie gezeigt.

„Du hast mich aus dem Tiefschlaf geholt. Ich erinnere mich nur noch daran, daß du gesagt hast, ich solle schnell ins Krankenhaus kommen.“ Barry lockerte seinen Gürtel und steckte seine Schlafanzugjacke ordentlich in die Hose.

„Hm.“ Jenny sah den Mann an, der neben ihr stand. Sie spürte keine Verbindung zu ihm; er war ein Fremder mit einem vertrauten Gesicht.

Shelly sprach mit einer Person, die hinter dem Glasschiebefenster aufgetaucht war. Sie hörte aufmerksam zu, erwiderte daraufhin etwas und hörte dann wieder zu. Jenny versuchte sich zu erinnern, warum sie gedacht hatte, Shelly sei unattraktiv. Sie war sicher keine Schönheit, hatte aber ein besondere Anziehungskraft. Sie strahlte Vertrauenswürdigkeit und Aufrichtigkeit aus. Ihr Gesicht verriet Charakter.

Die Schwingtüren öffneten sich. Ein Krankenpfleger betrat den Raum und sah sich suchend um. Er steuerte auf Barry zu.

„Sie müssen Mr. Stein sein. Ihrer Frau geht es gut.“ In diesem Augenblick schob eine Krankenschwester Sandy in einem Rollstuhl heraus, den Fuß verbunden und von sich gestreckt.

„Wie findest du es, mein Ehemann zu sein, Barry?“ sagte Sandy mit hinterhältigem Grinsen.

„Anders“, gab Barry den Ball zurück.

Jenny beobachtete, wie Sandy Shelly erblickte, die in der Ecke stand, den Kopf schüttelte und Sandys verbundenen Fuß musterte.

„Liebling, sei nicht böse. Es war wirklich nicht meine Schuld." Sandy wandte sich hilfesuchend an Jenny. „Sag es ihr, Jenny. Wir gingen gerade am Strand entlang ..."

„Es ist immer irgend etwas, Sandy", schimpfte Shelly, aber offenbar war sie erleichtert, daß es Sandy gutging. Sie trat auf den Rollstuhl zu und legte Sandy die Hand auf die Schulter. Jenny zuckte zusammen, als wäre sie geschlagen worden. „Wie geht's dir?"

Sandy schaute lächelnd zu Shelly auf. „Ganz gut. Eigentlich nicht schlecht." Shelly lachte. Sie beugte sich hinunter und zog Sandys Kopf an ihre Brust. Jenny hatte das Gefühl zu ersticken. Sie schien keine Luft zu bekommen.

„Himmel, ich könnte dich umbringen." Shelly zerzauste Sandy das Haar, so wie Jenny es eine Stunde zuvor getan hatte. Jenny wäre am liebsten aus dem Raum gerannt, aber ihre Füße bewegten sich nicht, und ihr Blick war weiterhin auf die beiden Frauen geheftet, die niemanden um sich herum wahrzunehmen schienen.

„Wenn das der Tod ist, hätte ich gern noch mehr davon." Sandy reckte sich, um Shelly leicht auf den Mund zu küssen. Es war ein taktvoller Kuß für einen öffentlichen Schauplatz, aber Jenny spürte die Intimität, die dahintersteckte. Sie kam sich wie eine Voyeurin vor. Sie wandte sich Barry zu.

Er stand verlegen da, einen Fuß auf den anderen gesetzt, und betrachtete die beiden Frauen, die sich umarmten. Dann blickte er seine Frau an. Es wurde Zeit, daß sie gingen.

„Also, ich denke, wir gehen jetzt lieber", sagte Jenny und wandte sich wieder den beiden Frauen zu. Sandy blickte überrascht auf, als hätte sie vergessen, daß Jenny da war.

„Ach ja. Hör mal, nochmals vielen Dank, Jenny. Es tut mir leid, daß ich dir soviel Scherereien bereitet habe."

„Schon gut." Jenny wandte sich an Barry. „Gehen wir?"

„Ja." Barry sah Sandy an. „Gute Besserung."

„Danke."

„Tschüs."

„Tschüs", antworteten Sandy und Shelly gleichzeitig.

Jenny und Barry gingen zur Tür.

„Du bist mir eine!" hörten sie Shelly sagen. In diesem Tadel schwang etwas so Liebevolles mit, daß Jenny fast ihr teurer Lobster Thermidor wieder hochgekommen wäre. Sie öffnete die Tür und hielt sie Barry auf.

Beim Hinausgehen warf sie einen letzten Blick zurück. Shelly hielt Sandys Hand gegen ihre Brust gepreßt, und Sandy lächelte unschuldig zu ihr hoch. Es war ein Bild, das sich ihrem Gedächtnis einbrannte. Zwei Lesben und ein Rollstuhl.

50

Jenny betrachtete ihr Spiegelbild im Wasser. In den letzten vierundzwanzig Stunden hatte sie sich von Spiegeln, Glasscheiben und anderen reflektierenden Flächen magisch angezogen gefühlt. Wieder und wieder studierte sie ihr Abbild, als könnte ein intensives Hinsehen die Antworten enthüllen, die sie suchte. Aber ihr forschender Blick enthüllte nur das, was sie bereits kannte; das Gesicht, das ihr entgegenblickte, war ebensowenig bereit oder fähig, sich bloßzulegen, wie sie selbst. Frustriert ließ Jenny ein Bein über den Rand des Swimmingpools hängen und planschte mit dem Fuß im Wasser.

Gestern abend am Strand hatte sich etwas verändert. Sie hatte es noch nicht ganz verstanden, aber sie wußte, daß sich eine Tür geöffnet hatte und es nun eine Frage des Mutes war, ob sie hindurchging, um zu sehen, was auf der anderen Seite lag. Sie betrachtete den Mann, der neben ihr saß. Sie hatte sein Profil immer gemocht; die scharfgeschnittene Nase, die hohe Stirn, die durch die buschigen Augenbrauen noch unterstrichen wurde. Wie konnte sie diesem Mann erklären, was in ihrem Innersten vorging? Er hatte seine eigene Welt aus Träumen und Ängsten und Wünschen; wie konnten sie beide diese Welten erforschen, ohne einander zu verletzen oder zu vernichten?

Sie wollte ihn nicht verlieren. Das war eines der wenigen Dinge, deren sie sich gewiß war. Aber sie wollte auch nicht die Tür schließen, die sie gerade erst entdeckt hatte. Es hatte einmal eine Zeit gegeben, da hätte er sie vermutlich hindurchgehen lassen und ängstlich gewartet und gehofft, daß sie zu ihm zurückkäme. Aber er hatte sich verändert, und Jenny war sich nicht sicher, ob er noch da sein würde, wenn sie zurückkam. Falls sie zurückkam. Es schien sehr ungerecht, sich zwischen etwas, das du kanntest und liebtest, und etwas Unbekanntem, das dich dennoch verlockte, entscheiden zu müssen.

Letzte Nacht hatten sie nach stundenlangem Streit miteinander geschlafen. Es war nahezu der beste Sex gewesen, den sie je gehabt hatten. Sie hatte ihn mit einer Leidenschaft begehrt, die sie seit Jahren nicht empfunden hatte. Und Barry war gegenwärtiger gewesen, egoistischer in seinen Bedürfnissen, und das hatte ihr die Freiheit gegeben, ebenfalls egoistisch zu sein. Was hatte das alles zu bedeuten?

Zugleich hatte sie nicht vergessen können, was sie empfunden hatte, als sie Sandy letzte Nacht in den Armen gehalten hatte. Sie hatte sie an sich drücken und einen Schutzschild um sie beide errichten wollen, so daß niemand sie trennen konnte. Sie hätten am Strand gesessen, der Augenblick ihrer Wiedervereinigung für immer im kalten Licht der nächtlichen Sterne gebannt. Sie wären eine abgeschlossene Einheit gewesen, die Vollendung eines Kreises. Als sie sich küßten, hatte sie gespürt, wie die Grenzen ihres Körpers sich verwischten, und aufgeregt und erschrocken hatte sie es geschehen lassen. Es war Sandy, die es unterbrochen hatte. Und dann der Krankenwagen mit seiner durchdringenden Sirene, die ihre Zauberwelt in Stücke sprengte und sie in die Wirklichkeit zurückkatapultierte. Oder zumindest in diese Wirklichkeit.

„Wo bist du, Jenny?“ Sie blickte auf und sah, daß Barry sie besorgt anschaute. Er verhielt sich sehr verständig. Wo immer seine Grenzen auch lagen, er war auf jeden Fall fähig, eine Krisensituation zu bewältigen.

„Ich weiß nicht.“ Jenny wollte ihn nicht belügen, aber sie war sich der Wahrheit nicht sicher. „Ich weiß nicht, was ich empfinde. Ich weiß, es klingt albern, aber es hat angefangen, als Sandy mich küßte. Etwas ist geschehen. Es war, als wäre in meinem Körper eine Kapsel aufgesprungen und hätte eine warme Flüssigkeit verströmt.“

Sie hob verzweifelt die Hände. Wie konnte sie erwarten, daß Barry ihre Empfindungen verstand, wenn ihre Erklärungen klangen wie die eines bekifften Teenagers auf dem ersten LSD-Trip. „Es war einfach ein sehr sonderbares Erlebnis.“

Jenny wandte den Blick von Barry ab und tat, als beobachte sie ein paar Kinder, die am anderen Ende des Swimmingpools schwammen und lachten. Er war sichtlich verstört; er knackte mit den Fingerknöcheln, wie so oft, wenn er nervös war.

„Von nun an wird alles anders werden“, sagte Barry halb fragend, halb als Feststellung. „Es ist merkwürdig. Ich habe von den verschiedenen Männern im Laufe der Jahre gewußt, und das war in Ordnung. Nicht gerade toll, wohlgemerkt“, sagte er mit schmerzlichem Lächeln, „aber in Ordnung. Ich habe nie erwartet, all deine Bedürfnisse erfüllen zu können. Ich glaube, ich habe gewußt, daß deine Gefühle für Frauen eines Tages wieder hochkommen würden, und geglaubt, das würde mir auch nicht mehr ausmachen. Aber das stimmt nicht. Ich weiß, daß ich keine schlechten Karten habe, wenn es um Männer geht. Ich kann mithalten mit dem, was andere Männer dir bieten können. Aber diese Frauengeschichte ist etwas anderes ... sie macht mir angst.“ Barry sah sie flehend an, wollte, daß sie ihm versicherte, alles würde in Ordnung kommen. Sie wollte sich ihm zuwenden, ihn beruhigen ... aber was gab es zu sagen? Sie schwieg.

„Was geschieht nun, Jen?“ Barry hatte sich wieder gefaßt, seine Stimme war fest. Sie sah ihn an und ließ ihn die Tränen in ihren Augen sehen und hoffte, sie würden ihm etwas mitteilen, was sie mit Worten nicht sagen konnte.

„Ich weiß nicht.“ Sie spürte, wie die Tränen überquollen, ihr die Wangen hinunterliefen und auf ihre Beine tropften. Barry machte keine Anstalten, sie zu trösten. Das war richtig. Für einige Zeit würde jede/r von ihnen sich selbst trösten müssen.

Jenny spürte, daß hinter den vereinzelten Tränen, die den Weg in ihre Augen gefunden hatten, ein ganzer Strom lauerte. Eine Sintflut, die ansteigen, hochbranden und in einem riesigen Schwall überquellen würde, um sich dann neu einzupegeln. Diese Überschwemmung würde sie überwältigen, sie vielleicht sogar mit sich fortreißen, aber sie würde nicht untergehen. Schließlich hatte sie gelernt zu überleben.

51

Sandy lehnte sich in das weiche Polster zurück und ließ die Reihen von Eukalyptusbäumen rechts und links an sich vorüberziehen. Taxi fahren hatte etwas Besonderes an sich, vor allem in den alten, geräumigen Taxis, deren Innenraum dem Komfort gewidmet war. Vielleicht war es das Gefühl, daß du dich einfach zurücklehnen und eine Zeitlang jemand anders das Steuer überlassen konntest, geborgen in dem Bewußtsein, daß sie dich bringen würden, wohin du wolltest. Taxis ähnelten einem Fliegenden Teppich: Du machtest es dir bequem, gabst Anweisungen und dann – wusch – ging es los, und du konntest dich entspannen und die Szenerie genießen, die auf dem Land immer schön war und in den Städten zumindest interessant.

Ab und zu war es sehr angenehm, das eigene Leben jemand anders anzuvertrauen und für eine kurze Weile der schrecklichen Verantwortung zu entfliehen. Shelly klagte oft, Sandy habe Schwierigkeiten, loszulassen. Vermutlich hatte sie recht. Es fiel ihr ebenso schwer wie zu akzeptieren, daß es viele Dinge gab, die zu beeinflussen, geschweige denn zu steuern, nicht in ihrer Macht lag.

Wie Jenny. Vielleicht war das Ende dieser Liebesbeziehung deshalb so schwer für sie gewesen. Ganz gleich, was sie gesagt oder getan hatte, sie hatte Jenny nicht umstimmen können. Und wenn du eine Frau, die du liebst und die dich liebt, nicht umstimmen kannst, hast du die größtmögliche Hilflosigkeit und Ohnmacht erlebt.

Sandy beobachtete, wie sich der anmutige Eukalyptus im Wind wiegte. Das Verführerische dieser Bewegung ließ sie noch tiefer in die heitere, beschauliche Stimmung sinken, in der sie sich befand. Es ging nicht nur darum, loslassen zu können. Die Geschichte mit Jenny hatte sie so gnadenlos verfolgt wie ein 24-Stunden-Geisterdienst. Sandy lächelte vor sich hin. Südkalifornien war eine Hochburg für Astrologie, Okkultismus, Orakel und andere „esoterische Phänomene". Vielleicht sollte sie übernatürliche Kräfte dafür verantwortlich machen. Sie stellte sich vor, daß sie und Jenny in einem früheren Leben verwandte Seelen gewesen waren und es ihr deshalb so schwerfiel, loszulassen. Sie waren im mittelalterlichen Frankreich Schwestern gewesen, und Jenny hatte mitangesehen, wie Sandy als Hexe auf dem Scheiterhaufen verbrannt wurde. Diese Erfahrung hatte für die überlebende Schwester schlimmste Folgen; das würde erklären, warum Jenny heute so große Schwierigkeiten hatte, sich für eine gesellschaftlich nicht akzeptierte Lebensweise zu entscheiden. Und da sie einmal Schwestern gewesen wären, mochte Jenny auch unter einem Inzesttabu leiden, das ihr zunehmend Unbehagen bereitet hätte, wenn sie die Beziehung aufrechterhalten hätte. Nach den Maßstäben mancher Leute war das eine vollkommen glaubhafte Erklärung, aber Sandy gab sich damit nicht zufrieden. Wie kam es, daß *sie* sich von den Tabus nicht abschrecken ließ? Und wieso war *sie* fähig, sich für eine nicht allgemein akzeptierte Lebensweise zu entscheiden, und ihre Schwester nicht?

Sandy erinnerte sich auf einmal an Marilyns Traum, in dem sie mit einem Mann in einer Nervenheilanstalt gewesen und auf eine Gruppe von Lesben gestoßen war, vor denen sie aus Angst, ihr eigenes Lesbischsein würde entdeckt werden, die Flucht ergriffen hatte. Marilyn befand sich im Anfangsstadium des Coming-out-Prozesses: einer heftigen Panik, die Verwirrung über ihre Identität und Angst vor dem Entdecktwerden beinhaltete. Aber zumindest war sie auf dem Weg. Trotz all ihrer Angst und Unsicherheit und Verwirrung hatte sie den Sprung gewagt. Warum? Vielleicht war das eine viel interessantere Frage als die, warum Jenny und Millionen von Frauen wie sie es nicht getan hatten. Was war es, das Frauen befähigte, so viel aufs Spiel zu setzen?

Sandy spürte den leichten Druck einer Hand auf ihrem Bein. „Wie geht's dir?" fragte eine warme, vertraute Stimme. Sie wandte sich Shelly zu.

„Ach, die Schmerzen sind halb so schlimm." Sandy nahm Shellys Hand und hob sie an die Lippen, dann legte sie sie wieder auf ihr Bein. „Nichts, was ein paar Tabletten nicht kurieren könnten."

„Ich meinte nicht deinen Fuß."

„Ach so ... ganz gut. Ein bißchen ausgelaugt. Eigentlich besser als ganz gut." Shelly hob die Augenbrauen und schaute Sandy fragend an.

„Ich fühle mich erleichtert. Als hätte ich mich von einer Last befreit, die ich lange Zeit mit mir herumgetragen habe. Auf jeden Fall bin ich einiges von meiner Wut losgeworden", grinste Sandy und schüttelte den Kopf, „und ich glaube, ich habe diesen Teil meiner Vergangenheit nun so ziemlich abgeschlossen." Sie schlang ihre Finger um Shellys und spürte die Beständigkeit ihrer Verbindung. Shelly war so offen und verständnisvoll; was zum Teufel hatte Sandy getan, um eine so tolle Frau zu verdienen?

„Ich weiß, das war nicht einfach für dich, Shelly, noch dazu in unserem romantischen Urlaub." Sandy bemerkte, daß der Taxifahrer sie im Rückspiegel anstarrte. Nun, er würde seinen Kumpels am Taxistand heute abend eine phantastische Story zu erzählen haben.

Dann kam ihr ein Gedanke. „Ich hab' eine Idee – ich bin dir etwas schuldig, nicht wahr?" Shelly nickte. „Wie wäre es, wenn wir etwas unternehmen, was du immer wolltest, ich aber nicht? Wir könnten im nächsten Urlaub in diesen Ort in Frankreich fahren und uns die Höhlenmalereien ansehen. Das wäre doch nicht schlecht, oder?"

„Sandy."

„Ja?"

„Wenn du etwas mir zuliebe tun willst, wie wäre es dann, wenn ich mir aussuchen dürfte, was wir machen?"

„Oh, tut mir leid, ich dachte nur ..."

„Du hast es gut gemeint", unterbrach Shelly sie, „aber du hast mich schon wieder gegängelt."

„Entschuldige." Sandy ließ den Kopf hängen.

„Ich wünsche mir", sagte Shelly und betonte hoheitsvoll jedes einzelne Wort, „daß wir uns ein Opernabonnement für diese Saison besorgen."

„Oper!" rief Sandy. „Ach komm, Shelly. So schrecklich war mein Vergehen doch nicht!" Shellys Blick war eisern. Sandy versuchte es mit einer anderen Strategie. „Also gut, laß uns Karten für eine Vorstellung besorgen und sehen, ob es uns gefällt. Wer weiß, vielleicht magst du Opern ja gar nicht mehr oder das Ensemble in L.A. taugt nichts!"

„Ich werde sie mögen", sagte Shelly bestimmt.

Sandy wußte, daß sie verloren hatte. „Bitte, Shelly, hab doch ein Herz", jammerte sie. „Willst du mich wirklich dazu zwingen, mir drei Monate lang jeden Freitagabend von einem Haufen gellender Weiber und bulliger Kerle ein Gekreisch in irgendeiner komischen Sprache anzuhören, die ich nicht einmal verstehe?"

„Die komische Sprache ist Italienisch, Sandy."

„Du bist grausam!“

„Also abgemacht.“ Shelly sah sehr zufrieden mit sich aus.

Sandy grummelte und ließ sich gegen Shellys Schulter sinken. Shelly schlang die Arme um sie. Einige Augenblicke später warf Sandy melodramatisch die Arme in die Luft und rief: „Was wird mit der armen Sandy Stein geschehen? Zuerst kam die Oper. Dann fing sie an, ein Riechfläschchen bei sich zu tragen. Und nicht lange danach wurde sie in Taftkleidern gesehen, im Stil von Ludwig XIV. natürlich.“ Shelly kriegte einen Lachanfall und hielt sich die Seiten. „Und eines Tages ging sie dann in ein vornehmes Viertel und meldete sich zum Ballettunterricht an. Und ehe sie sich's versah, heiratete sie den Märchenprinzen und lebte unglücklich bis an ihr Lebensende. Willst du, das ich so ende, Shelly?“

Shelly zog ein Taschentuch hervor und trocknete sich die Augen, während sie versuchte, ihr Lachen zu unterdrücken. „Du bist unglaublich! Meinst du wirklich, du wirst als Hetera enden, nur weil du in die Oper gehst?“

„Es sind schon merkwürdigere Dinge geschehen.“ Shelly sah skeptisch aus. „Ach Scheiße, Shelly, ich weiß nicht. Es kommt mir nur so vor, als würde es mich verändern, als würde ich etwas verlieren.“

Shelly legte Sandy die Hand auf den Arm und war plötzlich sehr ernst. „Du hast sehr hart gearbeitet, um die Frau zu werden, die du bist, Sandy. Niemand kann dir das nehmen.“

Sandy spürte, wie sich ein Gefühl von Wärme in ihr ausbreitete. Shelly legte ihr den Arm um die Schultern, und Sandy schmiegte sich an sie und fühlte sich von Shellys Brillanz und Sanftheit gleichermaßen beschützt. Sie saßen lange Zeit da.

Schließlich brach Shelly das Schweigen.

„Was ist mit Jenny? Was wird mit ihr geschehen?“

„Ich bin nicht sicher. Sie ist immer so verdammt cool, es ist schwer, aus ihr schlau zu werden. Und sie setzt sich auf eine ganz andere Weise mit den Dingen auseinander. Sie wird die Wahl, die sie getroffen hat, jetzt gewiß mit gemischten Gefühlen betrachten. Aber ich weiß nicht, ob die Entscheidung, lesbisch zu leben, für sie ebenso richtig gewesen wäre wie für mich. Sie scheint sich mit ihm wirklich wohlzufühlen, vielleicht sogar glücklich zu sein."

„Klar. Wohlbehagen. Geborgenheit. Sicherheit." Shelly zählte die Worte auf, als lese sie eine Einkaufsliste vor. „Aber um den Preis der Leidenschaft."

„Vermutlich. Aber wer entscheidet denn, wie wichtig Leidenschaft ist?"

Shelly wollte etwas sagen, schien es sich dann aber anders zu überlegen und sah statt dessen aus dem Fenster. Sandy blickte sie zärtlich an. Im Augenblick war sie zu erschöpft, um große Leidenschaft zu empfinden, aber sie wußte, das würde sich geben.

Vielleicht hatte Shelly recht. Vielleicht gab es wirklich einige Dinge, die dir niemand nehmen konnte.

Originaltitel: Choices
Published in the United States by Alyson Publications, Inc.,
40 Plympton Street, Boston, Mass. 02118.
First published by Persephone Press, 1980.

Die Deutsche Bibliothek – CIP-Einheitsaufnahme
Toder, Nancy:
Die Wahl des Glücks / Nancy Toder.
Aus dem amerikan. Engl. von Cornelia E. Kähler. –
Berlin : Krug & Schadenberg, 1994
ISBN 3-930041-02-2

Heimstraße 19, 10965 Berlin

2. Auflage 1995

Übersetzung: Cornelia E. Kähler
Lektorat: Andrea Krug, Doris Janhsen
Satz und Gestaltung: Types, Berlin
Druck: Clausen & Bosse